村 路

路西平 著

陕西新华出版传媒集团
太白文艺出版社

图书在版编目（CIP）数据

村路 / 路西平著. — 2版. — 西安：太白文艺出版社，2017.9（2022.3.重印）
ISBN 978-7-5513-1224-0

Ⅰ. ①村… Ⅱ. ①路… Ⅲ.①长篇小说—中国—当代 Ⅳ. ①I247.5

中国版本图书馆CIP数据核字（2017）第180119号

村路
CUN LU

作　　者	路西平
责任编辑	李　玫
整体设计	前　程
出版发行	陕西新华出版传媒集团
	太 白 文 艺 出 版 社
经　　销	新华书店
印　　刷	三河市腾飞印务有限公司
开　　本	787mm×1092mm　1/16
字　　数	480千字
印　　张	30.125
版　　次	2015年10月第1版
	2017年9月第2版
印　　次	2022年3月第2次印刷
书　　号	ISBN 978-7-5513-1224-0
定　　价	88.00元

版权所有　翻印必究
如有印装质量问题，可寄出版社印制部调换
联系电话：029-81206800
出版社地址：西安市曲江新区登高路1388号（邮编：710061）
营销中心电话：029-87277748

长篇小说《村路》由陕西省作家协会主席、茅盾文学奖获得者、著名作家贾平凹，中国作家协会副主席、著名文学评论家、原《人民文学》主编李敬泽，陕西省作家协会副主席、《延河》杂志执行主编、鲁迅文学奖获得者、著名诗人阎安联袂推荐。

贾平凹推荐语：路西平的长篇小说《村路》咬准了具有独特民俗风韵的北方农村生活，塑造了以村党支书刘乐然为代表的当代农民形象，通过对乡土生活、乡亲乡情的描绘，展现了中国新农村建设所取得的成就和艰苦历程，是新近充满了现实感的、不可多得的农村题材小说。语言智慧精到，动感鲜活。

李敬泽推荐语：这是一部新型改革背景下中国式乡村的编年史。作品的功夫在于以小见大、管中窥豹，通过对农村新型现实深入细致地观察与表现，以一个时代的名义将农村与农民所面临的历史性困境与选择，进行了诚恳而精确的记录性再现。

阎安推荐语：路西平是城市化时代农民心灵史与成长史的忠实记录者。这部作品尝试从更深一层的社会变革理论探索的角度去表现中国农民在改革开放中的精神面貌、他们的理想与追求，以及因此而形成的精神品格，有力地拓展了农村题材小说的想象与展示空间。

第一部

第一章

（一）

  在关中道，这种蛇是极其少见的。它浑身透着凉飕飕的紫红的晶莹，像造型精湛的玉器，超然地打坐着，眼睛似闭非闭，如同一尊欲了尘缘的佛徒。烈日把空气点燃了，透明的流火借着风势，肆无忌惮横冲直撞。岑寂的乱坟岗里，疯狂的杂草们痛苦地低下脑袋，软绵绵的，有气无力，欲哭无泪。田鼠们用两只后腿站起来，警惕地四下张望，发出干涩的"吱吱"的叫声，它们一边忙碌着性事，一边寻觅着水源。野鸡卧着或者站在草荫里，眼帘一挑一挑，纤细的舌头垂下来，两腮扇动着，抵抗着烈日。

  热浪一波又一波地掠过乱坟岗，掠过旷野，显示着它的强硬。奇怪的是，当它冲到一座老坟边时，立即就站住了，掉头了。老坟边的草骄傲地昂着头，说，看看，这才是强硬，这才是不可侵犯。它神采奕奕，举止优雅，就像惊涛骇浪中一个沉静从容的漩涡，就像一片世外桃源。草丛下，是一个洞。在洞口，那条紫晶蛇玻璃缸一样盘坐着，等待着，寻觅着，阴险着。

  这是北方的七月，生命澎湃而灿烂，热闹而残酷。金色的麦浪退去了，退到了农民们的口袋和粮仓里。烈日下，白花花的麦茬已经被苞谷苗的碧绿淹没了。考完最后一门课，正好是下午四点半，刘乐然和同村的田小雨出了县城，沿小路徒步回家。对国人来说，每年七月的七、八、九日（前些年）是高考，是火车站，是人生的站台。孩子们长大了，他们拥挤着，趴在窗口，使尽十多年积蓄的力气，去买票，去抢购通向辉煌或并不辉煌的资格。

  刘乐然的家在蛤蟆村，距县城只有几公里，走小路就更近。路旁没有树荫，刘乐然用柳条编织了一个绿茵茵的帽圈递给小雨。小雨一笑，摆摆手，刘乐然就戴到自己头上。两个人走着，谈论着考试的感受，谈论到哪个题错

了,刘乐然就很不在乎地笑笑,说,错就错了,没办法,反正尽力了!如果哪道题是因为粗心错了,刘乐然也哈哈一笑,一点不往心里去。刘乐然乐观,很少有人看见他皱眉头的样子。小雨却不一样,她多愁善感。不过和刘乐然在一起却很快乐。十多年的学生生活里,她很喜欢和刘乐然在一起。

路边站着一只鸟儿。它浑身金黄,嘴巴鲜红,双腿纯黑。翅膀耷拉着,翅翼上几个火红的花斑极其炫目。它是什么鸟,不知道。它看起来有一点站立不稳,翅膀一抽一抽,身子就一摇一摇。

田小雨一眼就看见了,她跑过去,伸手就抱。

刘乐然取下帽圈,给上面添加新折的柳枝。

田小雨刚刚抱起小鸟,那条紫晶蛇箭一般地射了过来!她尖叫一声,抬腿就跑。

紫晶蛇紧追不舍。

"蛇!有蛇!"田小雨扭曲的叫声在旷野上传得很远。

刘乐然明白是怎么一回事了!他手提树枝使劲追着,抽打着。

紫晶蛇钻进了路边的地里,腹背受敌是很危险的。

田小雨并没有停下来,一直坚持到跑不动了才扑通坐在地上。她上气不接下气,脸色苍白,惊恐不堪,手中的金色小鸟早被捏死了!它还是没有逃脱死亡的宿命。

田小雨本来就胆小。这条紫晶蛇就像一把飞刀,闪着寒光,呼啸而来,突然而至。惊慌把她击倒了。恐惧伸出魔手,抽了她的筋,碎了她的骨。田小雨软作一团,难以站立。刘乐然只好背着她回家。

(二)

蛤蟆村东头靠南塬是一家砖厂。砖厂占地近百亩,土源广阔土质优良,烧出来的砖是最好的佐证。它吸纳了蛤蟆村相当一批劳动力。刘乐然背着小雨经过,村民们立即就发现了。这不是一件平常事,有人赶紧报告了砖厂厂长、蛤蟆村支书田冷春。砖机出了故障,老田正窝在土壕里修理,他扔下工具,抓一把土擦擦手上的油污,起身走了。

村路上没有看到刘乐然和田小雨的影子。田冷春大步进了村子。小雨是老田的小女儿，也是他仅存的子嗣。小雨上边曾经有过两个姐姐两个哥哥，不幸的是，这四个孩子都没有活过三岁，就无痛无恙突然地莫名其妙地死去了，死得有些神秘，有些让人心惊肉跳。百思不得其解之后，田冷春曾悄悄地请来神婆诊断。这些腋下长着翅膀的嘴子客们神秘江湖一番，吃了喝了拿了就走了，让老田两口慢慢用有限的逻辑去梳理他们留下的语录。在这种背景下，小雨来到了人世，小雨安然地度过了三岁，六岁，九岁……自然就成了田冷春的最爱，田家的希望，田家这一院子家产、这一摊子基业的受益者。知道小雨是被蛇惊吓之后，田冷春的心就有了底。他对刘乐然说了一番感谢和表扬的话，然后就把注意力转向了他的砖厂。他把电话打到砖厂，询问砖机的工人们都在干什么，机油买回来没有，他很快就来了。刘乐然用绿帽圈扇着凉，仰脖饮了杯子里的啤酒，起身要走。小雨她妈赶紧劝阻，让他吃了饭再回去，田冷春偷偷瞪了女人一眼。

刘乐然把那绿帽圈戴到头上，到了大门口，田冷春突然叫住他，压低声音说："娃呀，回去叫你爸有空过来一下，我这还有一个低保的名额，你妈一直有病，你又上学，你们家里情况不是很好！"

刘乐然很感激地说："没问题，回去马上给我爸说。"

刘乐然戴着绿帽圈在街道上一晃一晃去了。田冷春很是看不惯，他默默地盯了几秒钟便回家去了。刘乐然在众目睽睽之下背着自己的女儿，他是很不感激的！两个娃都十九、二十岁了，怎么能这样？小雨吓软了，你可以叫人呀，怎么能背回来呢？在蛤蟆村，田冷春可谓有钱有权有势啊，他是村支书。拿他的话来说，他就是党和国家的最低领导人！全村几千口人结婚，生老病死，上学当兵，盖房修路，计划生育，浇地饮水——哪一样都得过他田冷春的关啊！他还有砖厂，这个占地上百亩固定资产上百万的砖厂！这个砖厂，吸纳了全村上百名闲散劳力，没有他这个砖厂，村子里那些小伙子买四轮拖拉机跑什么运输？拉什么呢？这些拖拉机，哪一台一年不在他砖厂挣去几万元？

按他的思路，无论如何，都不能让小雨和刘乐然把同学关系深化下去！刘乐然怎么能配得上他家小雨呢？刘传统是个什么东西？一脚踢不出三个屁，不问三七二十一拉住领口打他两拳，他只会害怕而莫名其妙地看着你，后退几步，本能地捂住胸口，连问为什么打他的胆量都没有！而且，这刘传

统的老婆还是个药罐子,家里经济基础实在太差!特别要命的是刘乐然这小子,那一言一行,怎么看都不顺眼,怎么看都让人讨厌,浮躁、张扬、花里胡哨!唉,现在这娃怎么是这样子?田冷春点上一支烟,不愿意再想下去。他安排好家事,起身去了砖厂。

　　刘乐然的家的确很穷,他老子刘传统是一个勤劳而老好的有些软弱的男人。他不会做生意,也没有任何手艺,下苦挣钱是他唯一的生存手段。他挣的钱当然有限,有限的钱还要投入到老婆那无限的药罐子上。应该说,整个蛤蟆村,像他家这样还住着土木结构的破椽房的恐怕没有几家,而他的房最老最烂,那是上世纪60年代初爷爷手里建造的。在父亲手里几乎没有动过。整个院子破落颓败,从开始发朽的椽缝里墙根里瓦楞里,散发出一种陈旧的腐气。这种腐气只要你一推开大门就能闻到,就会扑面而来。特别是阴雨天,这种腐气会熏得你肠胃不舒服,甚至作呕发吐。刘乐然试图消除过几次,但仍然不能根除。他也清楚,要想根除就得把这破房扒了,重新盖一院新房。而对一个正上中学的他来说,这种想法太大胆太虚妄,有点超现实。现在,他的中学生活结束了,他应该比较认真地想这件事了,不光想,他可以为此做点什么了。首先,刘乐然拿出整整几天的时间,把家里从前门口到后门外,通通地仔细地打扫了一遍,特别是这三间椽房里里外外,脚下屋顶每一寸地方都不放过,把那些腐朽的垃圾、尘土、蛛网扫出来,运出去,扔到村外的土壕里。第二天,他挑来一缸水,将窗台门板家具刷洗了一遍。第三天,刘乐然把父母和他房间的墙壁用报刊书纸糊了一遍,他把行动不便的老妈搀下炕洗了澡,换上干净的衣服。他把烂鞋、烂衣服、烂纸箱子、烂自行车零件,不用的旧书装进蛇皮袋子,用架子车拉着去了镇上。

　　这天,阳沟镇正好是集会日。天气很热,刘乐然戴着一个绿帽圈,拉着一车废品沿大路走着。阳沟镇西头旁边有一片不大的空地,扔满了垃圾。刘乐然在垃圾堆里居然翻捡了一袋子有用的废品,比如,小药纸盒,破饮料瓶,等等。街上人很多,刘乐然拉着车子挤过去,明星似的,创造了很高的收视率。刚出了街道,突然有人喊了他一声。刘乐然怕听错,就继续朝前边的废品收购站走。"然然!"又传过来一声。"然然"是蛤蟆村那些伙伴和同学们对他的叫法,刘乐然回过头,原来是同村的小伙同银马!

　　同银马嘴里叼着一支烟,提着一瓶啤酒走到了跟前:"你拉的啥?"

"破烂!"

"破烂？你拾破烂哩？"同银马头一歪，阳光下，那墨镜熠熠生辉。

"没有，这是我屋里的，把这卖了去。"

"走，跟兄弟混。靠这破烂能弄几个钱!"同银马摸出一支烟扔过去。

"呀，高档烟抽的!"刘乐然把烟放在鼻子上闻了闻，盯着同银马的脖子看。

同银马低头看看自己的胸脯。

"男戴观音女戴佛，你这个玉观音好看得很!"

"得是啊？知道不，我这要几百块钱哩!"

刘乐然一脸的羡慕。

"咋个样？跟上兄弟混，保你吃香的喝辣的，比一天给人下苦强。小伙子一天不是砖瓦窑就是建筑队，有啥出息?!"

"那你现在弄啥呢？"

"咱县里群哥你知道不？我现在跟的是群哥!群哥是三秦房产开发公司的副总，专负责拆迁啦、要账啦啥的。"

"我想想。"

"能行，这是我手机号，你记下。"

"你都有手机啦？"

"那当然!我给你说，我这是翻盖的，咱村田书记拿的还是烂直板。"

刘乐然记下同银马的手机号，二人再说了一会儿话，就散了。

卖了废品，刘乐然买了一瓶花露水回蛤蟆村去了。

（三）

废品一共卖了三十二块钱，花露水就用去了十五块六，刘乐然还是有些心疼。他再给母亲买了几瓶软化血管的药，包了五块钱的油糕，拉着空车子回家了。他没有想到，这些破破烂烂的废物，竟然换了几十块钱!他决定走大路回家，虽然远一点，但行人多，沿路的村庄多，更重要的是，镇子西头有一所初中，他知道学校一天可产生很多的垃圾。在这里，他拾到了几只啤酒瓶、十多个饮料罐。在一个蔬菜大棚附近，发现了一大堆报废的棉絮一般的

塑料薄膜,刘乐然高兴坏了,他一下装了满满两蛇皮袋子。渠水清澈,他洗净手脸,顶上柳叶帽圈,快乐地上路了。

经过刘乐然几天的清理,老屋散发出的腐气淡得多了,推开院门几乎闻不到什么气味了,只有走到房间门口,进到屋内,这种气味才会钻到你的鼻子里,特别是天气异常闷热的时候。这种腐气吸足了水分又让湿度膨胀了,立即就变得很活跃,很浓烈,很凶猛。刘乐然进了院子,那种腐气汹涌而上,将他淹没。他放下架子车耸耸鼻子,皱皱眉,拿起花露水,脸上随即绽出得意的笑,花露水的香味是浓烈刺鼻的,晶莹细碎的花露水珠匆忙地奋不顾身地扑出去,爆炸开来,在院里、屋内、墙上、椽缝和腐气展开了肉搏,展开了碰撞,展开了你死我活的空间争夺战。

从上世纪60年代到如今,四十多年了,这座土木结构的房子真的老了,朽了,墙皮脱落了,瓦楞间已长出一代又一代的青苔。屋檐太低,窗门太小,通风太差。这房子也脏得不像样子了,这种脏不仅是视觉上的更是味觉上的,那就是这房子的腐气!刘乐然在院子里走着,闻着,吸进鼻孔的几乎全是花露水的芬芳了,他满意地笑了。

但有人不满意!有人不满意地发怒了!他就是刘乐然的父亲刘传统。刘传统发怒是极其少有的,蛤蟆村人从来没有见过他发怒的模样,连刘乐然也很少见。在他的印象里,他只见过父亲发愁,发愁地抱着头,唉声叹气。当然,刘传统发怒是有原因的,那就是儿子买的这瓶花露水。他并不觉得屋里有什么腐气,有难闻的异味。这几天,刘乐然打扫卫生的彻底劲、入木三分的劲就让他很反感。农民嘛,整天和粪土打交道,干吗弄那么干净?但他没有发怒,也不制止,毕竟,儿子才高考结束,玩一玩、放松放松也是应该的。这一年来,孩子连个礼拜天都没有,整天埋头复习也确实太紧张了。问题是,这娃不该买花露水,更不该花那么多钱买花露水!十多块钱,那需要他在砖厂流将近一天的汗啊,什么时候兑现还两说哩!在刘传统眼里,挣一分钱都不轻松,一分钱都是宝贵的,他的家里需要钱的地方太多太多!房没有盖,老婆的病是个无底洞,儿子要是考上大学,还得一大把票子!不念了,问个媳妇就是几万元!刘传统一想起这些就头疼,就失眠,就恨不得白天黑夜去挣钱,气愤的是,刘乐然竟把这十多块钱买了花露水!刘传统瞪着儿子半天不语,嘴巴半张着,牙齿停止了工作,口腔里的一块蒸馍不上不下放在舌

— 8 —

头上发愣,犹豫,不知何去何从。

"爸,快吃啊!"刘乐然提醒道。

"你,你这个败家子!"刘传统很夸张地扬起巴掌。

刘乐然愣了。

刘传统的巴掌却落在了自己的脸上。

刘乐然拾起脚下的筷子,洗净,放到父亲的碗沿上,一笑:"爸,不就是十多块钱嘛!你甭心疼了,我明天就给你挣回来,给,你打我!"刘乐然把脸伸过去。

(四)

刘传统的发怒,最终以扇了自己两个耳光,软弱而无奈地收场。这就是他的脾气,他的连火星也放不出来的肝火。老刘在田冷春的砖厂出窑。所谓出窑,就是把烧好的砖块从冷却的窑室里搬运出来,按标准放好,等待出售。现在的行情是出一万砖十五块钱,计件制。刘传统一天大约挣到十五六块钱,还得吃自己喝自己的。但这活自由,干多干少没人冲他指手画脚,刘传统喜欢这样,渴望这样。说实话,几十年了,无论是务农打工还是和别人一起干活,刘传统从来都是被人数落指责的对象。他一面听着,一面连忙去改正,由于领会得不正确,改正得就更错误。他天生笨拙,干活不动脑子,缺乏灵气,但他实在,一招一式都是踏实的有力的,不会投机取巧,不会弄虚作假。当然,刘传统不会反抗不会和人打口仗,并不代表他就心服口服。时间久了,他就有意无意地喜欢独自干活,干相对独立的活,尽量不与人合作。不合作就避免了别人对他的教训,他就不会紧张兮兮,反而干得好。现在,刘乐然高考结束了,也休息了几天,应该跟上自己出窑挣钱才是。但想起儿子的模样,他就有些犹豫。刘乐然才从学校出来,细皮嫩肉受得了这么重的活?他很爱干净,愿意干这么脏这么累的活?他爱穿,爱打扮,三五天换一个发型,他乐意干这活?刘传统叹口气,使劲吐一口痰,把那满心的犹豫吐得远远的。他决定让儿子上砖厂,跟他出窑。儿子已经二十岁了,该锻炼锻炼了,该好好地锻炼锻炼了!刘传统看看三间破厦房,把烟屁股掐灭,撕开,将烟丝装进包里。身体使劲摇晃一下,做一个站起来的辅助动作,腰腿很痛,竟有些直不起来。他伸手扶住枣树,起身一颠一颠去了厨房。

知子莫若父。刘传统估计得不错,刘乐然当然不愿意去出窑,甚至不愿意去砖厂干活。这倒不是他吃不了苦,也不是嫌砖厂的活脏。他想干另一件事情,他想拉上架子车满世界转悠着去拾破烂。等有了本钱就收破烂,他认为这是一个不错的门道。刘传统却不同意,他心里没底,他觉得这事不稳当,是让瞎猫去碰死老鼠,一天拾多拾少,拾到拾不到全是一个谜,他不喜欢猜谜,只有踏踏实实流一天臭汗,稳稳就是十五六块,父子两个就是三十多块呢!这事就美得很。田小雨知道后,也很反对,一个年轻人,一个很帅气很阳光的小伙,怎么能去拾破烂?她认为这很别扭,错位得太厉害,太好笑!总之,一句话,她认为这不妥。

　　刘乐然到底还是去了砖厂。去砖厂干活,首先要解决的问题,是他那一头长发。记得踏进高中的大门,他就再也没剪过发。这一头长发乌黑闪亮,飘逸洒脱,足足有四十厘米长,一年四季,天热天冷刘乐然从来是用冷水洗头,什么洗头膏、亮发油也不用,甚至连香皂都很少用,可他的头发却不见发干、发涩、分叉,看上去任何时候都是舒服的,顺溜的。更有意思的是,局部头发太长了,他就找一把剪子和梳子对着镜子自行解决。比如刘海,他这一次是剪成齐眉的,下一次又剪成波浪或锯齿式的,再一次又剪成一边长一边短的,长发压到耳后。他的长发在母校是出了名的,一则是很长,二则是很新很另类很别致,看了总使人眼前一亮,心里一动。起初,许多老师、同学看不惯,但很快大家都接受了,认可了,欣赏了。去年进入高三,学校调来一位新校长,新官上任三把火,这位新校长首先从学生们的穿戴抓起。他不准学生穿奇装异服,不准留长发,不准留胡须。那天,刘乐然从街上回来,和几个同学刚走到校门口,这位新校长突然出现了,他用手一指刘乐然:"你过来!"刘乐然站住,旁边的几位同学也站住,校长问:"你是哪个班的?"田小雨紧张地看着刘乐然,一旁的同银芳忙道:"报告老师,他不是咱校的学生!"校长回过头:"不是?"同银芳紧接道:"他是我弟弟,给我送书来了。"校长把目光落在刘乐然的脸上,刘乐然低下头。田小雨也连忙说:"对对对,他不是咱学校的。"校长迟疑地看看,背着手走了。刘乐然脱险了,总算保住了他那一头长发。他伸出手,悄悄从耳垂上抠下闪闪发光的耳钉。从此,为了保住那头长发,刘乐然在学校里每走一步,都要小心翼翼,寻找一下校长的影子。现在,总算不用顾忌了,可他老子却很顾忌!刘传统说,要出窑,先把你长头发剪了去！刘乐然自然不乐意,说:"这根本不影响做活!"刘传统很不耐烦:"你是农民,是下苦的!装龙像龙,装狗像狗!"

"咋？农民咋哩？农民就不能留一个自己喜欢的发型？"刘乐然笑着问父亲。

刘传统无话可说,把头转向一边,不看儿子。

到了砖厂,刘乐然把长发在头顶一盘,在手提袋里拿出一顶早备好的帽子,扣在头上,换上干活的脏衣服,刘传统扔给儿子一双手套,两个人大步钻进了窑室。刚刚冷却的窑室,温度至少在六十摄氏度左右,灼热的空气干燥而刺鼻,划一根火柴就可以点着,鼻尖、眼帘、耳朵有一种烧烫的疼痛。刘传统吐一口烟,刘乐然被呛得剧烈咳嗽,终于忍不住了,跑出窑来。他大口呼吸了一会儿,擦擦眼泪,又钻进了砖窑。新鲜出炉发红的砖块棱角锋利,通身滚烫。不一会儿,刘乐然那双隔着手套的指头蛋就烧起了泡。三天下来,双手就全起了泡,肩膀头也肿了,胳膊疼得抬不起来。特别是晚上,浑身又困又疼,最要命的是,疼得难以入睡,疼得浑身沉重。刘乐然实在睡不着就坐起来,找了一本小说去看。刘传统的确没有想到儿子竟然吃得了苦,干活那么泼辣,那双手也快,第一天,两个人就出了两万块砖;第二天,儿子一个人就出了一万块;今天已经赶上了自己,达到了一万一!刘传统靠在院子的枣树上,一面吸着烟,一面喝着茶,满意地看刘乐然在院子当中稀里哗啦洗头洗身子,心里很有一种成就感:儿子成人了,长大了,是小伙子啊!你听,他又唱开了,不错,这家伙的嗓子不错!声音又高又亮,太好听了!那调儿也好,我看,一点都不比电视里的差。

三天过后,刘乐然的四肢以及浑身的疼痛开始减轻,肿也消下去了。但另一个症状必然地如期到来了:他上火了!两眼发黏,二目赤红,口腔还烂了,溃疡了,别说吃饭,喝水都疼,坐在饭桌旁,看着一大碗面条香喷喷的,牙根酸得直流口水,却很不容易过口腔这一关。平常一顿饭十分钟就结束战斗了,现在却需要四十分钟。刘传统有些心疼儿子,就劝他别干出窑的活了。刘乐然说,刚刚学会了装车,学会了出窑,上火无所谓,他有的是办法。刘乐然所说的办法就是利用业余时间,到半涧上去挖芦苇根。他挖了一大笼芦苇根,很甜,个个都有筷子粗。刘乐然就切成半寸长的节,用滚烫的煎水泼了,使劲喝。到砖厂去,他就用十斤重的铝壶提上一大壶。

（五）

在蛤蟆村大多数人的眼中，刘传统有一个喜欢发神经的儿子。有些人认为，这孩子有点像小混混，头发长得有点怪，花里胡哨奇装异服，家里穷成那样了，还有心思打扮，简直不可思议；有的人直接认为这孩子有神经病，一天神神道道难以捉摸！刘乐然好像没听见，要怎样就怎样，我行我素。他到砖厂去干活，头戴绿帽圈，提一只大铝壶，背一袋脏衣服，特别是都这年头了，竟还拿着一台用透明胶布贴了又贴的收录机！然而，几天过去，蛤蟆村许多人就改变了看法，这小伙很能干，很泼辣，每班出的砖比他老子还要多！这也正好应验了田小雨、同银芳几个人的看法。几天来，田小雨的心头虽然没有彻底消除那条紫晶蛇的阴影，但也恢复得差不多了，坐在家里看电视书报实在没有多大意思，当她听说刘乐然到砖厂干活去了，就心里一动，也想去。母亲说，那是流汗干活的地方，你去能弄啥？还是一心一意好好念书。田小雨却坚决地摇摇头。母亲就说，那你给你爸说去！田冷春平常在家里时间不多，这么大的砖厂，他一手掌管着，很难离开，又是蛤蟆村的支书，杂七杂八的村务也不少，三天两头就要到镇上去。要想见父亲，最好就是吃饭的时候，然而这几天，父亲很少按时回来吃饭，田小雨就去了村头的砖厂。

田冷春恰好在砖厂里，他刚刚送走了镇上的两名包村干部。收奶员吕哈定终于等到没人了，便四下看看压低了声音，神秘地说："田书记，我刚才交奶回来，听了一句闲话，不知道该不该对你说。""说！有啥话你说，没人！"田冷春一口喝干了杯里的啤酒。吕哈定连忙倒上，伸手将茶几边的几只空酒瓶拾了放到门后："我听说黄会计给人盖一个章子收两块钱，开一个介绍信五块钱外带一包烟。"田冷春白一眼吕哈定："你一天没事好好收你的羊奶，在秤上少给人挂挡，与自己无关的事少管。""不是，问题是有人把电话打到电视台去了，投诉哩！我听说了就赶紧给你汇报来了。""电视台？几时，谁打的？"

"还能有谁，张运动么。""张运动不是跟黄木泥好着哩么。""听说张运动他老婆办二代身份证去了，黄木泥收了五块钱。"田冷春听了，半天没说话。

关中道是全国有名的奶山羊基地,盛产羊奶,蛤蟆村家家都养羊卖奶,吕哈定从他老子手里就收奶,如今他又是收奶员。其实,收奶这活也不是很好干的,老实人干不成,老好人也干不成。从上世纪70年代初至今几十年了,蛤蟆村奶农早已卖出技巧了,卖出科技含量了,这种技巧就是给奶里掺假。至于这种掺假,是由收奶人先做的还是奶农先做的很难说清楚,反正如今已经形成了一个相互"推拿"和解决的办法,你奶稀密度低,我就在秤上做文章,一斤奶一上我收奶员的秤就成了七两。反过来,你秤能大能小,我奶就能以少变多,至于最终谁吃了亏,那就比较复杂了,一句话两句话很难说清楚。但吕哈定眼亮,脑子灵活,书记老婆提来的羊奶,他从来不用表量,连看也不看,就收了,田冷春他是得罪不起的。想当年,他老子在世时,曾因得罪了田冷春,老田给县里奶厂打了个电话,让他老子立即就停了收奶,幸亏觉醒早,才保住了收奶的差事。吕哈定深深知道和田书记搞好关系的重要性,也做到了这一点。他一天并不是很忙,清晨五点起床收奶,中午十二点就从奶厂回来了。他一肚子心眼儿,从县城交奶回来时,就隔三岔五地给田书记家捎点时令蔬菜,钱一分都不要。他有空就去书记家或砖厂,听到什么风吹草动,立即就报告给田书记。

田冷春点上一支烟:"黄木泥当了十多年村会计,这人本质没问题,咱这是穷村,办公又没有经费,老黄也不过是收几个笔墨纸砚钱。"吕哈定一听连忙点头:"田书记说的是,黄会计人没问题,不过电视台真的播出来就不好说了!""我知道!"书记有点不高兴。吕哈定看看老田的脸色说:"要不,我去给黄会计说说,就说是你让我来的。""你?对了,你再甭伸爪子了!我亲自去说,你抽空见见张运动,侧面劝一劝,我让黄会计转个弯子,把那五个元给张运动退了!"吕哈定连连点头。吊扇的风太大,田冷春含在嘴里的烟没及时抽,灭了,他拿起打火机刚要点,吕哈定用手罩着火苗已递到嘴边。老田猛吸两口,蓝色的烟圈刚一探出嘴巴,就让风扇打得稀巴烂,卷走了。吕哈定讥笑道:"田书记,你猜谁来出窑了?""谁?""刘传统的宝贝儿子!""是刘乐然?刘乐然能下得了那苦?一天穿得像清风鬼子一样!""就是的,这碎尿还是个怪货!""咋哩?""出窑就出窑,这货把长头发在头上一盘,就跟过去绾发髻的女人一样。最可笑的是,不戴草帽,用柳树条编一个帽圈扣在头上,简直滑稽得很!"说着,吕哈定不屑地笑了。这些话,田小雨全听见了,她就站

在砖厂办公室的门外。她本来就反感吕哈定这种人,哈巴狗似的,扑扑地摇着尾巴,现在就更让人反感。但她不好说什么,她只是直截了当地向父亲说了自己的想法。田冷春沉吟着没有立即表态,吕哈定却说:"对了对了,高考完了,叫娃也该放松放松!一天光学习就成书呆子了!"田冷春一想也对,就勉强地答应了。

第二章

（一）

　　田小雨再也不用坐牢似的待在家里等高考分数下来了，父亲总算答应她来砖厂了。她是自由的，想怎样就怎样。田冷春根本不指望女儿干什么，指望的是她放松心情，养好身体；指望的是她高考的分数。按理，放松身心的方式很多，比如走亲访友，比如上县逛商场，田小雨却偏偏喜欢来砖厂。起初，连自己也弄不清为什么，过了几天，见了刘乐然，才明白是因为老同学在砖厂的缘故。十几年来，从小学到高中，两个人一直在一块上学，天天见面，并不觉得。现在，中学生活结束了，几天不见，却有点想。她相信，刘乐然能吃得了苦，能干得了出窑的活。但真正地见到出窑这种活，她还是吃惊不小。她一个人绕过窑背，悄悄来到出窑的地方。烈日下，砖窑是一个散发着热浪的活火山。发红的砖块整齐地码放在那里，强烈而滚烫的硫黄味让人鼻子很难受。一个熟悉的身影从窑室里小跑着闪了出来，脚步声有力而轻快。他推着特制的架子车，眨眼就到了下货的地方。他抹一把头上的汗，双手快速而熟练地卸着砖。他的长头发缠在后脑勺之上，用一根细绳子收拢着，活像扣了一个黑底的钢精锅。他光着身子，下身穿一条大裤衩，一双破旧的皮鞋让人怀疑很可能就是他拾破烂的收获。脖子上搭一条湿毛巾，汗水顺脸颊淌下去，冲出几道河渠般的沟壑，干燥的红而黄的砖末吸了汗水，紧紧附在他的皮肤上，倒成了一层抵御热浪的铠甲。他偶尔一抬头，碰上了田小雨的目光。砖尘挂在他的眉毛胡须上，田小雨扑哧笑了。刘乐然看见小雨有点意外，也咧嘴跟着笑了。笑过，还不知道笑什么。"想不到，这苦你也能吃得下，赶紧喝点水！"田小雨递过一瓶矿泉水。"我喝这个！"刘乐然一指砖旁的大铝壶，擦擦脸。"给，这是冰镇的！""不不不，我这有药用价

值!"刘乐然倒了一杯黄澄澄的水。"这是啥水?"田小雨不明白。"我这是用甜甘草和芦苇根泡的,败火,降温!""这法子能行?""没问题。你看,我这溃疡都好得差不多了!"刘乐然张开嘴。

　　第二天出窑,事情就发生了一点小变化。半晌休息,刘乐然来到砖堆后边的阴凉处,一杯芦苇根水下肚,他觉得水味有些不对,再倒一杯,喝了一口,就问:"今儿这水咋这么甜的?"刘传统喝了一大口:"真的,咋这么甜?"刘乐然揭开铝壶盖,让刺眼的阳光斜射进去,看了看:"爸,这壶里好像搁糖了!是不是我妈搁的?""你妈? 不可能,你妈哪来的糖?"父子二人有些莫名其妙。

　　临近黄昏,一天的活按计划干完了。刘乐然放好架子车,提起铝壶,发现砖旁的衬衣上放着一大包白糖,足足有五六斤重。"白糖?""谁把白糖搁这儿哩?"刘传统问儿子。"不知道么。"刘乐然琢磨着。"对了,不是咱的,咱不要,去,给田书记送去!""这合适不?"刘乐然看了老子一眼,他已经估计到这可能是谁放的了。"咋不合适? 这不是咱的,咱不能要!""我知道,一会儿到厂子大门口了,我问问。"

　　砖厂大门的右首就是办公室,上下班必须经过。刘乐然还没到大门跟前,田小雨就从办公室出来了。刘乐然并不像他老子那样笨,他想,这白糖一定和田小雨有关系,但他从不会无缘无故接受别人的东西,更不要说拾了。而小雨猜想刘乐然肯定不收她的东西,就悄悄放到他衣服上走了。刘乐然问:"这糖真不是你?""不是。""那我就在大门口问呀!再不行,我爸让交给田书记哩!""那你说是不是?"小雨想不到这父子俩更不会拾物而昧。刘乐然挠挠头。"去去去,拿回去,再甭喊叫!"小雨转身走了。

(二)

　　这场大雨来得特别意外和突然,没有一点先兆,没有一点暗示。就连天气预报说的也是晴天、微风和继续的高温。天空高阔而邈远,几缕像棉絮一样的白云有意无意地游荡着,很低调很平凡的样子。刘乐然仍然出他的砖,推土机冒着黑烟,很卖力地吼叫着给砖机喂着土。田冷春没在砖厂,好像到镇政府参加什么防汛会议去了。田小雨刚进了砖厂,她站在窑背子上看了

— 16 —

看刘乐然,就进了办公室。砖厂里的一切都像平常一样按部就班,笼罩在人们习惯了的毫无戒备的意识里。

问题是,今天的确有些不同,很大的不同。整整一个夏天还没有下过一点雨,人们好像把下雨忘了。但雨自己没有忘记,此时,乌云悄悄在北山后面聚积着,翻滚着,野心勃勃,不怀好意。云头红红的,火烧了似的,而且太快了,一翻过北山就猛虎下山般扑了过来。短短一二十分钟,天色就暗了,暗得像傍晚,乌云满天,疾风呼啸。高大的梧桐树都背过头去,发出筋断骨折的噼啪声,小一点的树不是腰断就是被连根拔起,火蛇在云层里强硬地扭动着。时机成熟了,雨们乘风而下,砸出一片密集的响声。响声相互重叠交叉终于汇成巨大的没有界限的轰鸣。雷声异常尖利,就像一把把闪着寒光的飞刀利剑,豁天划地、前刺后劈。

砖厂和天气有着很大的关系。砖厂没有砖坯,就像一张没钱的银行卡。风雨把砖坯一瞬间化成了泥水,化成了巨大的亏空,这种损失比卡上莫名其妙丢了钱还严重,雨不光粉碎了一大场子砖坯,让人无米下锅,还给人扔下一堆制造砖坯的费用去清偿。经营砖厂的人没有不注意天气的,田冷春也不例外,他的库房里,砖坯场附近,就预备着大量的草帘子、塑料篷布等雨具。

吕哈定是第一个对天气变化做出反应的。他赶紧给田书记打电话,然后快步来到砖厂,他刚向田小雨通报了情况,抬眼一看窗外,那云就到砖厂上空了。田小雨没有经过这种阵势,找出库房的钥匙交给吕哈定。砖机停止工作了,烧窑师傅从小房子里跑出来,几个粉煤工关了电闸,工人们不约而同地奔向了砖坯区。距离土壕大约两百米就是开阔的砖坯区,这地方看上去至少有二十多亩,那一排排一行行少说也有七八百万砖坯。此刻,大家手忙脚乱地遮盖着,吕哈定的声音都喊哑了。问题是,风太大,必须有两三个人合作才能将塑料盖到砖坯上,尽管这样,一点配合不好,风就把塑料揭跑了。

雨太猛太大,几分钟后,整个砖厂就笼罩在一片白色的苍茫之中。有人大喊,下冰雹了!球状的、椭圆状的、清亮的冰疙瘩砸下来,人们受不了,纷纷跑向有房子的地方。混浊的泥水在脚下急切地流动着,冲刷着,汇聚着。刘乐然没有走,那一头厚实的长发,遮挡着乱砸乱打的冰雹,使他终于盖好

了最后一块篷布。雨幕中,他看见砖机房那边好像有个人影,穿着粉红色的上衣。田小雨!暴雨冲刷着他的视线,扭曲着他的视线,模糊着他的视线,他使劲擦了一下眼部的雨水。刚一睁眼,急切的雨水就迫使他再一次眯起眼睛低下头。刘乐然走出砖坯区,一脚就踩进了洪水里。砖坯区比较高,道路比较低,滚滚的泥水早已淹没了道路,淹没了他的脚踝。水面上漂来一张草帘子,刘乐然一把抓住,甩甩雨水,顶到头上,向砖机房艰难地走去。到处都是水,找不到路,他深一脚浅一脚地走着,原来真是田小雨!当人们都撤回去的时候,有人大喊砖机房还没有遮盖,田小雨就掉头去了。水往低处流,遍地的泥水,从四面八方涌向土壕,砖机就在大土壕的中央,推土机已将它周围的土全推走了,推得喂了砖机,制了砖坯,砖机房就像在一个岛上,在一个高高的土台台上。刘乐然终于到了砖机房,北风如刀,冰雹就像有一串疙瘩的皮鞭子,疯狂地抽击着大地,抽击着砖厂。机房门朝西,田小雨和刘乐然费了好大劲才挡住北窗,雨水从窗缝快速地灌进来,顺墙流下去,刘乐然用铁锨铲出一道小沟,将水排出去。盖好砖机、电机,一切就绪,刘乐然伸头一看,砖机房成了一个孤岛,四周全成了混浊的泥水,通往机房的小路已经找不见了,土壕成了河。没有离开的路,没有退路,刘乐然看看门外,刚迈出一只脚,田小雨就一把拉住了他。土壕有多深,这水就有多深!两个人只好待在机房里。刘乐然突然打了一个冷战,这才发现自己只穿一条大裤衩,脖子上的毛巾早没影了,大裤衩湿漉漉的,膏药似的紧紧贴在大腿上、屁股上。野风突然撞进来,刘乐然又一个冷战,他真感到冷了,上下牙直碰,他赶忙咬紧牙关。田小雨没淋多少雨,她犹豫一下,抓起短袖的衣襟,去擦刘乐然背上的雨水:"你说,这咋办呀?"语气里却没有多少发愁的情绪。"白雨就是一阵子,它就小呀!"刘乐然把长头发理顺,拧去上边的水分。天渐渐变亮,雷声好像走远了,刘乐然来到机房门口,侧着头,将长发拉直,让房檐水落在上面,然后又及时地揉揉头发。"快进来,你不冷?"小雨一拉他胳膊。"头发太脏,我洗一洗!""算了算了,快进来!看你嘴唇都冻成青的了!"

雨小了,两个人坐在砖机旁的塑料篷布上,被风掀进来的冰雹开始融化了,白色的冷气挥发着。田小雨往刘乐然身边靠靠,低声说:"冷得很!"她抱紧双肘。"你看我头发咋样,净了没有?"刘乐然话音刚落,田小雨突然尖叫一声,扑到刘乐然怀里,浑身发抖:"蛇,蛇,蛇!"

"蛇？在哪？"刘乐然一惊，连忙抬头四下寻找。

"门，门框上头！"田小雨紧紧抱住刘乐然。

刘乐然看见了，在门框上边与土墙的接茬处，果然伏着一条蛇。它浑身紫红晶莹，和那日高考回来遇到的蛇一模一样！这条蛇，估计也是被雷电和洪水赶到这里的。刘乐然四下打量着，紧张地思考着处置办法，气温骤降，他的四肢有些麻木。刘乐然从电机旁抽出一截一米长粗壮的枕木，放到门口的水边，拿起门后的铁锹，慢慢伸向紫晶蛇，蛇不动，它好像也被冻得有些僵硬了，刘乐然把紫晶蛇拨拉到锹上，蛇木然蠕动了一下，又蜷缩紧了。田小雨扶在砖机上，几乎屏住了呼吸，她惊恐地看着。刘乐然把那截枕木踢到水里，枕木浮在水中，晃了晃不动了。刘乐然掂起铁锹，伸出去，突然扣在浮木上，蛇落在浮木上，旋即掉到水里，冰冷的雨水把它激醒了，紫晶蛇在水里翻滚着，很快找到了枕木，爬上了枕木。刘乐然放心了，用锹使劲一推，那枕木嗖一下射向水壕的中央，然后，随着刘乐然的视线一晃一晃地漂远了，两个人这才放下心来。

雨又下开了，水面被砸出越来越密的水坑。两个人紧紧地靠在一起，依偎在一起，拥抱在一起。温暖产生了，在相握的手间产生了，在相拥的肌肤间产生了。你的鼻尖真凉！你的嘴唇抖得好厉害！你的脸颊热了，你的脸颊滚烫的热！目光燃烧了，熊熊火焰烤得人喘不过气来！咚！咚！咚！两颗心使劲敲打着心房。胸脯是万恶的墙，心推着墙，砸着墙，寻找着出口，寻找着另一颗心，心要和心在一起！两个胸脯挤着、擦着、压着，空气被挤扁了，挤爆炸了。桃花开了，美丽的蜜蜂落在花蕊上，吸吮着。阳光明媚，百灵鸟欢快地歌唱着。

（三）

大约三个小时之后，就蓝天白云了，太阳看上去异常温柔，鸟雀们又跳上枝头，嘹亮地鸣叫起来。吕哈定没有让工人们走，雨一停，他们就出去寻找田小雨，并且很快寻见了。砖机所处的这个土壕至少有二十米深，砖厂里大部分水都流向这里，水中央的砖机房看起来很脆弱，有人认为，土壕里的水如果不尽快排走，砖机房就会陷下去，不要说砖机和价值几千元的电机，

更重要的是上面有人！田冷春没有回来，吕哈定觉得这是他表现的最好机会。经过一番努力，他把潜水泵下到土壕里，加大马力开始排水。大雨之后，还没来电，吕哈定就把自家送羊奶的三轮车开过来当电机用，但水太多，仅靠泵抽实在太慢。田冷春赶回来，不顾满身泥污，立即让司机开动推土机，向北边的低洼地开出一条三四米宽的水渠，土壕的水这才明显回落。通往砖机房的小路露出来了，田冷春不顾众人劝阻硬要过去接女儿。刘乐然摆摆手，用铁锨铲去路面上光滑的泥浆，然后，护着田小雨出了砖机房。"这雨咋不多下一会儿？"田小雨一捏刘乐然的手低声道。"再下，天就黑了，咱就难出去了！""过夜才好！"

由于工人们都在厂里，也多亏吕哈定发现得早，砖厂的损失并不算大，只是田冷春又一次很不情愿地欠了刘乐然一个大人情。女儿好像真对刘乐然有点意思，这让老田很忧虑。有恩报恩，要刘乐然做他的女婿，田冷春可是一万个不答应。刘乐然无论如何都配不上他田冷春的女儿！他田家是蛤蟆村的大户，刘家不过是解放前逃荒要饭到蛤蟆村的难民，刘传统这个窝囊废就更不用说。吕哈定是个很聪明的人，他一眼就看出来田小雨对刘乐然有意。这几天，他也对刘乐然改变了从前的看法，他告诉自己，今后绝对不能在田书记跟前说刘乐然的缺点了，那样，只能落个里外不是人。但他知道，田冷春比较讨厌刘乐然的爱穿戴爱张扬这一点，特别是刘乐然那一头长发，令田书记很不爱，他要找个机会给刘乐然提醒提醒，最好是给刘传统说说。如果时机成熟，他想给这两个娃保媒。

大雨之后，窑背子需要维修，暂时不能出窑，刘乐然突然闲下来还有些不习惯，运输队的张运动就说，走，跟我拉砖去！刘乐然知道跟车送砖当然比出窑强，问了工钱，就去了。

张运动有一台四轮拖拉机，常年在砖厂为人送砖。这几年，蛤蟆村砖厂生意不错，张运动组织了七八台车，成立了一个车队，整天待在砖厂为人送砖挣运费。这行当也不错，几年下来，他盖了房，娶了妻，生了子。从最早的一台十二马力的手扶拖拉机，换成十五马力的小四轮。去年，又筹集几万元买了一台三十马力的拖拉机。平常拉砖挣脚费，农忙旋地播种做庄稼，那小日子过得倒也从容。张运动能吃苦，干活有一股子狠劲，这几年，他种的地越来越多，他觉得种地有利润，但要多种。多了，就有利了。他生活俭朴，一年四季,只有逢年过节来客人才割二斤肉,在平常,想都别想!他儿子上小学一年级了,上学路上,拾了一个方便面袋子,把那里面的余渣舔了又舔,回家问他要方便面,没吃上,反而让他在屁股上抽了两巴掌。

刘乐然跟车送砖,主要的任务就是装卸。张运动性急,装车的时候,一边拼命装着,一边催刘乐然加快速度,卸的时候也一样。一天下来,人家跑四趟五趟,他的车却跑七趟八趟。刘乐然年轻,吃得消,反正是计件制,也谈不上吃亏占便宜。但令刘乐然吃不消的是今天这趟拉砖!

盖房建筑离不了砖,蛤蟆村砖厂的产品是闻名方圆几十里的,谁家需要砖就到田冷春那儿去交钱,然后把提货的票交给运输队就不用管了。运输队有个不成文的规矩,给谁家送砖,主人必得无偿地管饭,免费提供烟茶,谁出门也没有背锅嘛!这样,一天下来既挣了钱又省了家里的粮,空里还落一盒烟,刘乐然挺满足。可是,今天却有点奇怪,已经送了两趟砖了,还不见主人露面,有问题全是通过电话联系,好处是,刘乐然没有烟瘾,张运动却受不了了,他每天出工,身上只带两三支烟,最多维持到第一趟砖送到主人家门口。现在,张运动没烟了,搓着手,着急地转来转去。过了一会儿,主人终于骑着摩托车来了,他好像很忙,说了两句客气话,看看放砖的地方,就说,我正忙着哩,家里没人做饭,也不知道你俩喜欢抽啥烟,给,这五十块钱拿上,你俩到食堂看着吃去,剩下的一人买一盒烟。说话间,他又穿插地接了一个电话,然后把五十块钱递给张运动。

张运动点点头,答应了,二人继续拉砖。早已经过了吃饭时间,刘乐然肚子咕咕直叫,张运动却不吭声,不说休息也不说吃饭。干体力活,肚子一空就没劲了,刘乐然四肢有些发软,头上直冒虚汗,但也只能忍着。终于到了午饭时间,张运动在砖厂转转,看前边还排了几个空车,砖少车多,张运动就说,兄弟,你先回去吃饭,我到村南王麻子那电焊部把拖拉机拾掇一下。刘乐然一愣,点点头,他还没走,张运动就开着他的拖拉机出了砖厂。吃了饭,刘乐然心里有些郁闷,便不想去了,刚躺在床上,翻开一本书,张运动就匆匆跑来了,他一拉刘乐然,快快快,走,我把车装满了!

这一家开的砖少,两天就拉完了。张运动账一结,立即跑过来给刘乐然送工钱,但却少给三块钱,他说,一趟六块,其中有一趟全是他装的。刘乐然想提主人给的那顿饭钱,却又不好意思开口,只好忍了。之后,二人又合作

了几次,张运动觉得刘乐然不错,别看爱穿爱打扮,干活实在,吃得了亏。刘乐然也有些佩服张运动,他勤快能吃苦,虽然抠门儿,吝啬,但会赚钱,有心眼儿。

(四)

　　刘传统的智力一点也不比别人差,逐渐上升为心头一件重要的事是儿子的婚姻问题。最近不断出现了一些好兆头,大雨把两个娃困在砖机房这件事他知道,在他心里,兴奋比担心多。更令他激动的是,村民们半开玩笑地议论,要不是田书记亲自登门,说了一大堆夸奖儿子的话,刘传统根本不知道,儿子曾把田小雨背回家,刘乐然至今对他都只字未提。一个小伙子背着一个大姑娘从街上走过,人们会怎么说呢?一个小伙子和一个大姑娘单独待在一起,人们又会怎么说呢?没有人知道,更没有人看见。但人的思想却是个智慧无边的东西,很伟大的东西,它能想到,感觉到,预测到!经验能让人想得很丰富,很生动,很迷人!那条蛇是什么样子的?它肯定是个神虫虫,它是通神性的!不然,为什么两次都出现在他俩面前呢?吕哈定很快知道了田书记主动给刘传统办低保的事,接下来他还知道了,老田亲自登门去刘传统家的举动。吕哈定上门了,他说他给刘乐然瞅了一房媳妇,这媳妇保证刘家百分之百的满意。这门亲事要是成了,刘家就要改换门庭了,光宗耀祖了。这可是前世修来的呀,这媳妇就是田书记的宝贝女儿田小雨!刘传统听着激动得浑身发抖,划了几次火柴都没有点着烟。嘴唇也抖了,说出来的话,抖得像热锅里噼噼啪啪乱跳的豆子:"他叔,是不是田书记让你来的?"吕哈定喝一口茶说:"差不多,你知道我和田书记的关系。再说这种事,女方不可能太主动,还有,田书记是啥身份?不过,我估计这俩娃的事十之八九没问题,不过,田书记——""咋?是不是嫌咱家穷?"吕哈定摇摇头:"我估计田书记对你娃不是很满意。""呀!那、那、那咋办?""咋办?改么!"吕哈定看一眼刘传统。"到、到底咋哩?你、你说!"刘传统紧张得不行,那嘴巴使劲抽着,脸憋得通红。"这个,你娃这以后呀,要沉实一些,田书记最见不得那些华而不实的年轻人!你看你娃那一头长发,哎!"吕哈定表现出无限的担忧。

刘乐然刚走到村口,被同银芳叫住:"听说那天大雨把你困到砖机房里了?""嗯。""幸福不?""啥幸福不,再甭胡说!"刘乐然的脸有些红,他摸了田小雨的身子,心虚。"啥时候发喜糖哩?"刘乐然连忙摇摇头,把话题岔开:"你不是在县饭馆里么,咋回来了?""我想歇了,想回来把你看看,得成啊?""你又不想我,看我咋哩?""我就是想你了,你看这是啥?"同银芳麻利地从裤兜里掏出一个小物件。"MP3?是你兄弟的?""胡说,我买的。""我咋看着和银马拿的一模一样?""谁说一样?你看这都不是一个牌子。"同银芳递过来,刘乐然听着曲子连连点头:"不错,这外置喇叭声还大得很!""你不是想要一个哩么,给,送给你。这上边下载的全是好歌,还有我唱的几首歌哩。""给我?真的?"刘乐然一惊,"算了算了,我咋能要你东西呢!""我知道你不敢要,你是不是害怕小雨说啥?""田小雨和我的关系就跟你一样,我俩啥都没有,你甭胡想!那是这,把你MP3借我听听,过几天还你。""能行,给。"同银芳一把塞到刘乐然的大裤兜里。"对,我好好听听你唱的歌!"刘乐然掏出MP3。

从小学到初中高中,同银芳一直是文艺队的活跃分子,她的嗓子铿锵嘹亮,把一些明星们唱的歌演绎得惟妙惟肖。她也爱跳舞,爱表演,她的理想就是当一名歌星或影视明星,哪怕是三流四流,能上电视就行。可惜命运不济,家境不好,去年,老爸突然车祸去世了,两个月前,母亲又改嫁了,弟弟同银马初中没毕业就辍学了,她勉强上完高中,连高考都没有参加就去了县城一家饭馆打工。所幸的是,弟弟现在不问她要钱了,甚至有时还问她需要钱不?她就劝弟弟:"别乱花钱,好好攒着,一定要争口气,有一天在蛤蟆村把平房盖起来,让村里人正眼看看!再就是,注意安全,更不要干违法乱纪的事。"同银马说:"姐,你放心,别看我抽好烟哩,我不掏钱买,谁甭想把我套住!"其实,这同银马从小就心眼儿多,脑子活泛,真的有人想把他陷进违法乱纪的套里,还真不容易,这一点,同银芳最清楚。

从砖厂回来吃了喝了,把一头长发洗了,刘乐然仔细照了一会儿镜子,就上床睡了,并没有像往常那样出去串串门。"这娃可能乏了,窑上的活到底不是当干部坐办公室!"刘传统偷偷向屋内看了一眼,心里说。他张张口,也想回房睡觉,进去又出来了。刘传统给院里铺了两个化肥袋子,轻轻躺下来,看天上的星星。有蚊子在耳边嗡嗡,刘传统伸出巴掌虚张声势地抽过

去。没有月亮,院子里黑黑的,蛐蛐们使劲抒着情,视线在黑夜里四处碰壁哪儿也落不住,就上了天,落到了星星上。星星不语,只是一眨一眨用眼挑逗他。刘传统的心思却没有随视线去,他现在关注的是儿子。刘乐然上床早入睡迟,他在享受 MP3,他很惊奇,同银芳的声音从 MP3 里放出来,竟这么好听,这么有韵味,吐字、音色、语气、节奏的把握,真可谓以假乱真。当然这是他的水平,但他自认为自己的欣赏水平不低,他也喜爱音乐,他更喜爱文学,从初中开始他就进行文学创作,他的作文是同学老师公认的范文,他的几篇文章都上过市级报刊呢!艺术是相通的,所以他觉得他的音乐欣赏水平并不低。只可惜银芳家庭条件不好,这样的人才真浪费了!刘乐然听着想着,突然听见父亲喊他的名字,这才知道父亲还在院子里乘凉,并没有回房休息。刘传统很意外,只当儿子睡着了,原来还醒着,是不是想他和小雨的事哩?刘传统暗想。他吸了一口烟,立即就催促儿子快睡,明天还要干活呢!这一次,刘乐然听了,他关了 MP3,理理长发,调整好睡姿,休息了。

  刘传统听到儿子的鼾声后,就把视线从星星上收回来,又等了一会儿,穿上鞋,悄悄去了儿子的房间,随后屋里的灯亮了,他就干了一件大事,一件很有爱心的事。

  刘乐然一大早起来,就遇到了一件极其严重的事情,意想不到的事情。他的一头骄傲的长发没有了!剩下的是二三寸长的乱糟糟的短发。刘乐然拿起镜子,照着照着,发起呆来,他摸着头,仔细地想来想去,他不可能得啥病,这也绝不是什么"鬼剃头"!如果是,那就成和尚的脑袋了!可我那头发咋了?是父亲?他一直都看不惯我这头发,肯定是!那又为什么要这样做,父亲会这样做吗?刘乐然真想摔了镜子,摔了一切!他太气愤了,太伤心,他放下门帘,坐在窗前,双手托腮,泪流满面,不知不觉,他的右手掌流血了,血滴到了桌子上,流到了手腕子上,那是他气愤和伤心的结果。他的嘴巴咬住托腮的手掌,咬住大拇指,大拇指受不了了,充当了箭靶子,做了出气筒,大拇指以它的鲜血化解了主人的痛苦。

  刘传统突然闯了进来:"娃呀,你手破了!"刘乐然使劲一扭身,给父亲一个后背。

  这一天,刘乐然没有去砖厂上班。刘传统什么也没说,这个结果比他预想的要好多了。说实话,他早已经做好了儿子质问、斥责他的心理准备,如果需要,如果能让儿子消气,他还做好了打自己几个耳光的准备。尽管偷偷剪掉儿子的长发是好意,但他的双手仍抖得厉害,心脏怦怦直跳,甚至一夜都没有睡好,而且还做了一个噩梦,梦见他把儿子杀了,血流如注,然后,警察把他抓去了,啪的一枪,他醒了,看看天色还早,就躺下,却再也睡不着。老婆一遍又一遍地问,他终于说了,老婆并没有责怪他。"你娃明早起来咋办?他肯定要问头发哩!"刘传统不安地说。老婆说:"那就实话实说,反正也是为他好的,他成人了,应该能想来好歹。"两个人设计着下一步的棋路。

刘乐然睡了一天,下午,他拿着镜子,照着一份画报上的明星图,自己理起发来。后脑勺那一部分,他就用两个镜子来折照进行。他向来都是这样,干什么都为了自己满意,自己高兴,从来不考虑别人说什么怎么说。他心灵手巧,还别说,自理的发型看上去不错,像回事,只是细节方面还有点粗,观念多元化的年代,这种粗也是一种风格。田小雨见了很高兴,问他在哪儿理的?真就把那一头长发剪了?同银马在村口碰见了,缠住他问在哪儿理的,他也想理一个。说着,还把好烟亲自递到他手上,无意中看到了刘乐然的MP3:"咦?你这MP3啥时候买的?""我拿别人的。""别人?我知道了,是不是我姐的?"同银马拿过来看看。"凭啥说是你姐的?"刘乐然笑问。"凭啥?我能认得,这是我给我姐挑下的。"刘乐然点点头,同银马瞅着很有意味地笑笑。

刘乐然成功的头发改型,让他自己很高兴,但还是不能忘记他那一头长发。吃着饭,他问父亲把头发放哪儿了?刘传统就连忙从后屋里取出一个化肥袋子。"你咋能放到这里边?"刘乐然取出头发。"你妈说,门口来收头发的让卖了,这么长至少卖一百多块钱哩!"刘乐然没有立即说话,他把自己的头发梳理好,找一个塑料袋装起来,很有感情地说:"这不能卖,这是我从初一到高三六年生活的见证!"说完进了屋子,收藏好头发,然后,唱着刚刚从MP3里学的《东风破》到砖厂去了。

第三章

（一）

　　无论多大的伤心事、烦恼事在刘乐然心里都不会过夜。夜晚对他来说，是个很好很奇妙的东西，是他的收容所，收容他的悲伤，他的痛苦，他的疲惫。夜晚是一张老天爷用神手编织的网，这张网从头到脚拉一遍，他就又回到了从前，他就又精神饱满、神采飞扬了。他最为钟爱的那一头飘逸的长发让老子剪掉了，但他很快就从痛苦里走了出来，并且制造出另一种快乐。他仍然带着经常带在身边的那个小镜子、小木梳，不论干什么，不论有多忙，他还像留长头发时一样，抽空掏出小镜子照照，掏出小木梳梳梳。当然，这些举动他都是在秘密中进行的，万一被人看见了，也不躲不避，是很磊落光明的那种。他把自己那一缕长发用红毛线系好，小心翼翼地放进桌下的木箱子里，和他当年在市级报刊里发表的那几篇文章放在一起。

　　忙碌的日子总显得很短。高考成绩下来了，田小雨叫刘乐然一块去学校看成绩。刘乐然不去，他说出窑的活不能耽搁。看那一脸的沉静，田小雨非常诧异。"真的，高考分数下来了！"田小雨再重复一遍，她以为刘乐然在开玩笑，刘乐然依旧沉静地说出自己的理由。"出窑比看成绩重要？"田小雨心里想，她张张嘴，并没有问出口。

　　是的，干活比看高考分数重要。其实，在刘乐然心里，早已有了打算。高考只是一个手续，一个对自己学业的检测，他根本就没有打算上大学，照目前上大学的行情和他家的经济状况，想也是白搭，所以最好不要去想，条条大路通北京，天底下没有上大学照样干出惊天动地之事的人多得是。再说人要活得快乐，与其被幻想折磨，不如多干些能干的事，自己愿意并且能使自己快乐的事。

田小雨从学校回来,第一个见的人就是刘乐然。她没有回村,直接去了砖厂,她站在窑背子上高兴地说:"刘乐然,你分数上二本线了,超线十多分呢!"刘乐然听了也非常高兴:"你哩?"他一面卸砖一面问。"我,没有,离二本线还差几分。"刘传统听得一清二楚,他兴奋地问:"我乐然考上了?这可是真的?"

刘乐然并不大关心考上考不上,他高兴的是自己的成绩,自己高中三年还学了些东西,还对得住老子,对得住这个贫穷的家。就是不上大学,往后,蛤蟆村的人也不会小瞧他了,这种压抑已经欺负他们刘家几代人了!刘传统激动的是儿子争了光,但他很快又心情沉重了,考上了就该大把要钱了,这钱怎么办呢?田小雨高兴的是刘乐然考上了,他们以后的发展就顺利了。至于自己,无所谓,她可以上三本,她家有的是钱,托托关系上一个好专科,两年就工作了,也不错。问题是,刘乐然没钱上怎么办,他不上了怎么办?想到这里,田小雨就有些烦恼,有些坐卧不安。她摇摇头,不愿再想下去。

不愿想的偏偏变成了事实。刘乐然在全村人面前宣布他不去上大学,也不出窑了,他要去拾破烂。等条件成熟了,就去收破烂。他的目标是办一家废品公司,当一个破烂王!

那天,刘乐然从砖厂回来,晚上好久都没有睡着。父母的心情也很振奋。第二天刘乐然也没有去砖厂,破例提了一捆啤酒,弄了几个凉菜,叫来田小雨、同银芳姐弟、村里的张运动等人,好好热闹了一番。他们唱歌跳舞喝酒划拳。同银马挎着他的吉他,同银芳亮开嗓子,姐弟合唱了几首歌,一下就把气氛推向了高潮。惹得村里不少人跑来看热闹,开眼界。没想到村会计黄木泥也跑来了,喝了几杯啤酒,竟扯开嗓门吼了几折秦腔。《打镇台》激昂得他满脸涨红,气壮山河;《状元媒》又扮一个青衣,婀婀娜娜,极尽风情。细一想,原来老会计曾是县剧团的演员,多生孩子给计划回来了。老会计天生爱戏,农忙之余,他就四处赶场子,给人家的红白喜事助兴。开始只是为了过把戏瘾,享个口福,混个肚圆。时代渐渐地变了,唱一天或一个晚上还能挣个二三十块钱,黄木泥于是更来了兴趣,他不光唱秦腔,还有意识地学了不少流行歌曲,他庆幸自己居然有先见之明,那年从剧团回来,顺手牵羊的那几件龙袍、武将的戏衣很有用场,为他赶场子添了很大的风采!兴至酣处,黄木泥主动邀请谁和他合唱一首周杰伦的《千里之外》,同银马立马

站了起来。没想到这小子竟和他姐姐一样有一副天生的好嗓子,那声音优雅含伤,简直和黄木泥悠远清亮的嗓子形成一种绝妙的组合与映衬,两条声带,就像两条绸缎,一黄一绿,突然飘起,枣树叶一颤一颤,炊烟被拦腰砍断,几只麻雀坐在墙头喳喳着点头。哗——一片掌声,一片惊呼,热烈的气氛爆开了花,花香四溢,众人皆醉。刘乐然没醉,他站到高处,大声说,他考大学是玩呢,他本来就不爱念书,他决定从明天开始去拾破烂!他要办一家废品公司,他要当一名破烂王!

一语未了,老会计开腔了,他快速反应,坚决赞成!他认为拾破烂是个好门道,社会发展了,人们生活的新陈代谢也加快了,产生的废品也比原来多了、快了,废物利用,变废为宝,投资小,见效快,利润高。张运动也认为这个行业不错,这个选择绝不是刘乐然喝了几杯酒荒唐做出的,应该是动了脑子的。同银芳也赞成,有本事的人就是不上大学照样把事能干成!同银马却说,不上大学没啥,一个大小伙子,高中毕业,以拾破烂为职业有些滑稽!社会大了,行当多了,干吗偏要去拾破烂?算了,然然哥,走,跟兄弟混去!万一不行了,在建筑公司学个预算看个图纸多美。田小雨不同意,她听了皱了好久眉头,考不上没办法,考上了偏偏不去上,现在不是有上大学的绿色通道吗?可以贷款啊!令她最为忧虑和不安的是,她和刘乐然的关系走向,他俩以后怎么办?这样下去,父母就更不会同意了!的确,田冷春听说刘乐然放弃上大学之后,嘴里不停地惋惜摇头,心里暗暗松了一口气。现在,排除了干扰,他就可以专心地很好地设计女儿的美好前途了!他省公安厅有熟人,那人早答应了孩子的事,他花了钱,就顺利地把女儿送到了省警察学校。如果没有万一,没有重大的特殊变故,田小雨就是一名警察了!那时候,女儿穿着警服,坐着警车回家,光宗耀祖,风光无限!要是再找一个当官的警察女婿,那就更好了,他田家在蛤蟆村的势力影响就更大了!请问,谁还敢再找他田家的麻烦?他这个书记位子,他这个砖厂,要一直坐下去,要一直办下去!

(二)

儿子的这个决定,应该说是重大的,刘传统的反应却意外而低调。他只是走了个过程,他没有底气,没有让儿子上大学的能力,没有钱,他感到惭愧和内疚,他没脸向儿子吆五喝六,以至于刘乐然做出拾破烂的决定他都没有反对。但他在心里反对了,悲哀了,他当然还是渴望儿子跨进大学门槛的,拾破烂算个什么工作?这样一来,直接就影响到他和田小雨的关系。可以说,田小雨这一上大学,两个人就分道扬镳了,不在一个路上了。特别是当他听说田小雨被省警察学校录取的消息之后,他的心情沉重极了,难受极了,一个美好的愿望一闪就破灭了。展现在儿子面前的是土地,是庄稼,是哗哗的汗水,展现在他刘家面前的仍然是弯腰夹尾,一步一步默默无闻小草般寂寞冷落的日子。也许这就是命,真不知道他姓刘的到哪一代才能扬眉吐气,才能被蛤蟆村人瞧得起啊!

　　田小雨非常清楚刘乐然的性格,他要去拾破烂,谁说也白搭,但她还是怀着一线希望,一次又一次徒劳地耐心地去找刘乐然。刘乐然拉上架子车上路了,走村串户去了,她留下了绝望的秘密的几滴泪水。她痛苦了几天,她的思想在两难境地,一会儿靠前,一会儿靠后,一会儿乱蜂蜇头,一会儿鸟语花香。火山爆发了,熔岩淹没了一切,世界没有了,海隆山陷,万物灭顶,旭日东升,云开雾散,一棵草,一朵花,新的世界风光无限,突然乌云满天,电闪雷鸣。田小雨疲惫的思想,在沼泽中力不从心地犹豫地挣扎着。

　　就要开学了,田小雨偷偷去见刘乐然,人却不在家。天黑了,她亲眼看见刘乐然进村了,进家门了,一架子车的废品还没有卸啊!刘传统正给羊圈垫土,田小雨走过去:"叔,乐然到底干啥去了?不是才回来么?""我,我还没注意。"刘传统神情不安,这就更证实了田小雨的判断,刘乐然肯定在!他这是有意躲着她,不愿意见她了!她心里有些难受,她已经看到了,刘乐然离开了她,踏上了另一条路。第二天一早,田小雨再次来到刘家,刘乐然却早她一步上路了。这次,刘传统没哄她,架子车不见了!明天她就要上学走了,不管怎么样,总该见一面才是。就是看在几年的同学情分上,也该见一面的,这是礼节问题!她给刘传统留下话,就回家去了。下午,同学、亲友、邻居都陆陆续续来到田家,看望田小雨,祝贺田小雨,送别田小雨。田冷春两口非常兴奋,摆了几桌子,隆重招待。田小雨总是心神不宁地回头去瞅大门口,刘乐然竟然没有来,最该来的人没有来!田小雨很是伤心,是不是他老子没把话传到,刘乐然并不知道她明天走?现在还早,也许晚上就会过

来。刘乐然到底没有过来！这个晚上,她一直等着,谛听着大门的响动,渴望着熟悉的脚步声。第二天,田小雨默默上路了。她徒步去县城,她不死心,相信刘乐然就在村外路口等她。田冷春不解:"小雨,快上车吧,爸专门给你雇了一辆出租!""我不坐车,我走着,时间早着哩!"田冷春只好依了女儿,塞给司机一包好烟,说了几句道歉的话,出租车这才不大情愿地走了。幸亏这司机是本村人,不然至少得给人家几个油钱才行。

  汽车终于启动了,田小雨突然有点想哭,她看着窗外,看着熙熙攘攘的人流车流,却找不见刘乐然的影子。客车出了站,出了大街,上了环城路,她还痴痴地望着窗外。车速加快了,清凉的夏风变锋利了,刀子一样,从窗外刺进来,她猛然鼻子一耸,几乎喘不上气来,绝望地关上车窗。车子拐上了310国道,就在这时,她突然看见一个熟悉的身影站在路口,默默地瞅着每一辆从身旁开过的客车。在他旁边,放着一辆架子车,车上堆放着不少的烂纸箱烂塑料等废品,这是刘乐然!尽管一闪而过,她还是认出了他!田小雨一把拉开车窗,伸出头,刘乐然也看见了她,使劲向她招手!没想到两个人竟是这么告别,一闪而过,连句话都说不上。老天爷有些太残忍,太绝情!

（三）

  刘乐然确实有意躲避田小雨,并不是因为他们已经不是同路人的缘故。他不喜欢烦恼,不想想起田小雨。说实话,他不知道如何面对田小雨,更不知道他俩的关系能走到哪一步,他捏了一把汗。黑暗中,他从熟悉的桌面上拿过一玻璃杯水,喝了,又摸索着,凭直觉和经验放回桌面。第二天起来,发现水杯就放在桌子的边缘上,而且有一半还悬在半空里,如果窗开了,一阵并不大的夜风都会吹落杯子,击碎杯子,或者有一只老鼠,刚好从桌面上兴奋地走过,水杯都会经受不住震动而跌碎在地板上,碎成八瓣,碎成一朵忧伤的白莲花。路还长,他们的感情经得住夜风、鼠动或者别的意想不到的外力吗？随着那辆"金龙"客车的绝尘而去,刘乐然慢慢放下了挥舞的手臂,他轻轻叹了一口气,感到心里空荡荡的,她走了,也许一去不返了！刘乐然看看车上的破烂,走到渠边洗洗手,掏出小圆镜照照,用小木梳梳理了一下头型,拉起架子车上路了。

这一天,刘乐然的收获并不理想,几次他都想踏上回家的路,尽管天色尚早。他有点麻木,想好好睡一觉,但最终还是坚持到了天黑,坚持完成了一天的工作。不过第二天,他把什么都忘了,拉起架子车又兴致勃勃走乡串户了。日复一日,他从不间断,除非下雨了,就是这样的日子他也不闲着,他把捡回来的废品,分门归类,重新打包装好,到了月底,掐指一算,父子俩都瞪大了眼睛,他净净挣了一千八百块!这一下,更增加了他对捡破烂的热情,甚至连他老子刘传统也动了心。这一点,刘乐然看出来了,但他没有说,他想干干再说。

这一干,又是几个月,效益确实得到了肯定,刘乐然就让老子不去出窑了,又买了一辆旧架子车,父子二人兵分两路,开始拾破烂。

冬天即将来临,刘家的日子终于发生了变化。蛤蟆村有人开始悄悄议论刘乐然了,同银芳回过几次家,她腰里别上手机了,她让刘乐然也买一个,刘乐然说,这东西当然要买,一定得买,只是得过一段时间才行。他买了一个MP3,花一百八十块钱装一部电话。进入腊月,刘乐然三千多块钱买了一台摩托三轮车,从此正式开始收破烂!他老子刘传统也不去拾破烂了,待在家专门整理、归类儿子收回来的破烂。

这些破烂或者废品,在主人家里从来是不被关心的,不被管理的,总是被随意地、无序地扔在那里,妨碍着主人的眼球,可到了刘乐然家里就大不相同了,他擦去它们满脸、满身的灰尘,抚平它们的皱纹,让它们干净地、体面地、有序地站着或坐着,很有成就感地等待着刘乐然把它们流转上路,走向社会,重新发光发热,重新为人民服务。

有一天晚上,刘乐然刚迷迷糊糊进入梦乡,电话突然响了,他拿起话筒,一个女人的声音:"是乐然吗?""是啊,你是谁?"那边就再也没有声音了。刘乐然下意识地看看话筒,又放到耳边,通着,却没有声音。"请问你是谁?"刘乐然又问了一句,他回味了一下,突然感到那声音好熟悉,"你不说话我就挂了。"刘乐然又攻了一步卒,对方马上说话了:"你为啥不给我回信?""回信,你,你是田小雨?!"刘乐然听出来了,他不由得坐起身,"我不知道你说的啥意思?""我问你为啥不给我回信?""回信?我没有,我从来没有收到你的信啊!""我不信!""你见过我说假话吗?""人在不断变化,你做开生意了,能不说假话?""我真的没接到你的信。""一封都没有?""没有。"

这个夜晚,刘乐然失眠了,黑夜这张过滤烦恼的网好像哪儿破了,或者把网没有撒好。他根本没有想到这电话是田小雨打过来的,但他猜出来了,田小雨知道他电话号码的两个途径。其一,可能是从她家那儿知道的,田书记两口子都知道他的电话号码,田家的废品,砖厂的废品,一般都是书记打电话让他去收,但田书记会把他刘乐然的电话告诉给女儿?他不相信。其二,同银芳知道他的电话,田小雨有可能从同银芳那儿得到电话号码。这件事并不复杂,复杂的是田小雨在电话里质问他的那几句话!小雨给他写信了,而且写了不止一封!可他却一封都没有收到,蛤蟆村到省城也不过三百里,邮局的安全投递是没有任何悬念的,田小雨写信的地址更不会有差错,问题到底出在哪儿?黎明时分,刘乐然终于睡着了,就那么似梦非梦,似睡非睡地度过了两个小时的夜晚,他觉得头涨涨的,眼帘沉重,双眼发酸。一夜雪花纷飞,世界就疙疙瘩瘩地臃肿笨拙地白了。刘传统不让儿子出去了,雪太厚,也该歇歇。刘乐然抱起扫帚就清理积雪,吃了早饭,看看雪小了,他开起三轮摩托上路了。三轮车也有好处,不怕道路积雪,更不怕雨水泥泞,这家伙公路土路通吃。

一年的腊月就是这样,什么生意都好做,都兴旺,刘乐然一直忙到腊月二十六才强行停业。下来的时间就是准备过年。这是刘乐然走向社会自食其力的第一个春节。应该说,这半年经营得不错,钱没有积攒下,规模却在不断扩大,要说经营不好的,应该是他和田小雨的关系。从小雨九月开学至今,将近五个月,他几乎没有得到她任何消息,终于得到了却是一个让他无论如何也想不明白的,根本没有见到的什么来信。离过年还有三四天时间,刘乐然有好多事要做,近期所收回的各类废品已经全部卖掉了,父亲按照他的意见将院子里打扫得干干净净。现在的问题是,父亲所喂养的这十多只鸡。这些鸡是在后院放养的,自由散漫却长得快,就是太脏,风吹鸡毛飞,下脚是鸡屎,刘乐然很是看不惯,废品味、老房味、鸡屎味相互厮咬、纠缠、交融、渗透、发酵,刘乐然一闻就想吐!现在有时间了,刘乐然打开后门,彻底地清理了一遍。这些大红公鸡们,个个身材魁梧,羽翼丰满,火红的鸡翎子迎风抖动,一副强壮、成熟、渴望征服的气派。遗憾的是它们的羽毛很脏,挂满灰尘,沾满鸡粪,特别是那一双金黄的大脚,粗大、锋利、肮脏,还有屁股淌着粪便,更是不雅!

刘乐然连连摇头,他利用鸡吃食的机会,将一个个抓住绑好,热了一大锅温水,亲自给大公鸡们洗澡。关于使用什么洗涤用品,倒还犹豫了好久。开始他用透明皂,在鸡翎子上,鸡翅膀上,鸡爪子上,特别是鸡屁股上使劲地、反复地搓洗,这样洗出来的鸡羽毛鲜亮、干净,缺点是太慢,水不能太热,太热鸡受不了,也不能偏凉,就像这一只鸡,等到洗完澡,盆子里的水已经没有什么温度了,别说他的双手感到冷,大公鸡们更冷。天气阴沉,北风如刀,大公鸡们冻得直打哆嗦,把小脑袋窝在墙角,缩成一团,细看翅膀、尾巴已经冻硬成冰了!刘乐然就改用带有漂白功效的洗衣粉。盆子成了澡堂,刘乐然抓一大把洗衣粉扔进去,搅出五颜六色的水泡,让大公鸡鸭子般戏水洗澡,这样一来快了很多,跳出盆子,个个却成了落汤鸡。

刘传统的大公鸡们没有想到,在他儿子的爱心里,异想天开地享受了一次温水浴。可惜时候不对,天气太过寒冷,到了夜晚,这些大公鸡们就开始感冒发烧,跑肚拉稀。最要命的是,刘乐然没有观察出来,他站在那里只是很诗意地欣赏大公鸡们鲜亮的羽毛,洁净的双足和嘴巴,他还让刚刚赶集回来的父亲看。但他也发现了两三只鸡屁股让稀粪糊着,他在心里骂道,这几个真不是东西,跟碎娃一样,拉屎不知道脱裤子!

两天之后,有三只鸡突然死在了架下。刘传统紧张了,他跑过来问儿子给鸡喂的啥?他叼着烟坐在后门一遍又一遍地想鸡死的原因,他打算下一个集日也就是腊月二十九卖掉呢!像这鸡一只少说也卖二十多块呢!刘乐然也很意外,最后父子俩都把原因落在了洗澡上。好心办了一件坏事,又是在新年的门上,刘乐然拍拍自己的头。

(四)

寒假一放,田小雨就归心似箭地回到了蛤蟆村。她挺拔高挑的身材配上英气勃发的警服,让村民们羡慕不已。她还特意理了短发,有意识淡淡地化了妆,这一切元素组合起来就更像一朵铿锵玫瑰了。几个月来,她不断地有意识地强迫自己去淡忘刘乐然,用学习和大量的活动来摆脱刘乐然,结果适得其反,偏偏更想了!田小雨最终放弃了,感情这东西只能疏不能堵,积聚在一起,就会溃堤,就会爆炸!她给他写信,等待回声。等待是最会折磨

人的,它总是躲在你看不见的地方挑逗你,逼得你发急,逼得你坐立不安,逼得你苦思冥想,逼得你发痴发癫,逼得你想喊喊不出,想睡睡不着。等待是被动的,特别是恋人间的等待,你得自控,得矜持,你很急,却不能毫无顾忌地显露出来。一句话,你得等。田小雨很急很急了,就又写了一封信,等待就像一扇紧紧关闭的门,她伸手推了推,谛听院子里的脚步声,没有动静;田小雨很急很急很急了,再写去了一封信,门仍然紧紧关着;她继续和等待苦苦博弈,她走上前再次推门,发现门外边还有一把锁!她这才犹豫了,外边锁着,里边关着,原来一切都是枉然,主人在与不在,她其实并不清楚。田小雨需要弄清的正是这个。

回到蛤蟆村之后,她悄悄去了刘乐然家。那是一个很突然的夜晚,刘乐然没有回避的余地,他刚刚整理完今天收回来的破烂。看见田小雨,还是手忙脚乱和心慌意乱了一阵。过了一会儿,想一想,也就坦然了。他取出一次性纸杯,把一杯热茶递过去。两个人开始有嘴没心地说一些客套、不痛不痒的废话,心里却充满着一种甜蜜的疼痛和激动的期待。特别是田小雨,再次看见刘乐然,她的手微微抖动着,嘴唇微微抖动着,目光火辣辣的。"我真的没有收到你的信!"刘乐然终于向实质和敏感地带迸发了。"嗯,我知道了。""你知道了?你没写信?""我,我……"田小雨点点头。"那你说,我咋能接到你的信?""我,我写了!""那就是没发?"田小雨低下头。"笑话,好我的大学生哩,咋犯这号低级错误哩?咋还问我不回信哩?"刘乐然笑道。田小雨没有笑,她说:"我写了,我发了,就给你发了!""那我为啥没收到呢?""我爸把信压了!"刘乐然看着田小雨的脸半天不语。"听说,你拾破烂还可以?""嗯,我现在是收破烂。""我相信你说的话,我也相信你会成功。"田小雨往刘乐然身边靠靠,"事在人为,不上大学一样能把事干成!"刘乐然却说:"也许你爸的做法是对的,咱俩不能走得太近。不过,你爸有点太敏感!""你失去信心了?"田小雨盯着刘乐然的眼睛,刘乐然不语,对着手里的小镜子,揪腮边的青春美丽痘。"你不相信我?"田小雨又问。她抓住刘乐然的手,把头靠过去,枕到刘乐然的肩上,半闭着眼睛,胸脯一起一伏。

两个人缠绵了一会儿,刘乐然说,他很想看看她穿警服的样子。田小雨说,她现在是学生,在家里偶然穿穿可以,没必要天天穿,那样不合适,所以才穿成这样。接下来的一天,刘乐然刚收破烂回来,田小雨就穿着一身警服进了院子。她帮忙卸完废品，刘传统很有用意地说剩下的活他来，两个人对视一笑，进了房子。

刘乐然天生喜欢漂亮的衣服，对田小雨他一边欣赏一边称赞。那目光看得田小雨都不好意思了，心动了，手痒了。她渴望刘乐然能扑过来，很野蛮地抱她，抱起她，然后放到床上，搂到怀里，把嘴巴凑过来，就像下大雨那次！那么猛烈，那么硝烟弥漫，那么气喘吁吁！刘乐然突然开口了，他问："小雨，相机带回来没有？""带回来了！"

这个下午，田小雨跑回家取来相机，刘乐然说："人家都说我长得像女娃，咱俩胖瘦差不多，我化妆一下，穿上你的警服照张相咋样？"田小雨一听哈哈笑了起来。"咋？你不同意？""同意同意！"

刘乐然连忙洗了洗，描眉的时候，田小雨说："那你这胡子咋办？""我一刮，搽些粉！"刘乐然一化妆，一打扮，竟比许多美女还漂亮！丹凤眼、柳叶眉，瓜子脸，一颦一笑、一举手一投足真和美女没有两样！再一穿警服，柔中有刚，飒爽英姿，销魂迷人！对着镜子，刘乐然也笑了，他都认不出镜子里的他了，他想不到自己还是一个大美女！要是做了变性手术，追他的男人肯定能拉几汽车！可惜他不想当女人。两个人说笑着来到院里，院里光线好，视野宽敞，刘乐然就摆出各种造型，让相机去固定，他展现出各种肢体语言去DV，这台数码相机不错，能照相能录影，倒回去一放，惊得他目瞪口呆。我的天，一上屏幕他的男扮女装竟美艳得惊人！他一连欣赏了几遍，说有一天他要专门上县把这刻成光碟，没事了可以欣赏欣赏，也给子孙后代留个纪念。

（五）

腊月二十九赶集回来，刘乐然硬拽着父亲来到砖厂的浴池。社会不断走向文明，这两年，农村人也开始讲究洗澡了，赤裸的身体，开始对配偶或父母之外的人开放了。害羞是保守，是无知，是少见多怪。坦然地赤身裸体地走进哗哗的水里和唰唰的目光里，是一种进步。如果心里不踏实，你就看看别人，大家千篇一律，一模一样，平起平坐，没有贫富，没有善恶，没有一切身体之外的附属和概念，于是，你就安然了，坦然了。在农村，应该纪念第一次洗澡和第一个洗澡的人，它是一个文化意味很浓的分水岭，他长这么大是第

一次洗澡。洗澡也有许多好处,它可以提醒你,帮助你,督促你关注自己,欣赏自己,爱护自己,认识自己,发现自己。洗澡是一种蜕变,一种整理,一种逃亡,一种摆脱,一种享受,你身体的许多部位原来是这个样子啊,怎么这么美呢!

田冷春就走了这步棋。大约在秋收之后,老田投资几万元,在砖厂东侧靠大路建了一排两层楼,装了一台锅炉,上了一套洗澡设备,挑了一个黄道吉日就敲锣打鼓地开业了。老会计黄木泥组织了一帮民间艺人,唱了一天大戏。蛤蟆村八个组的人都跑来了,人山人海,赶庙会似的。田冷春免费三天不管大池小池,大间小间通通爆满。收了秋,种了麦,那身上积了一层垢痂,汗干了湿,湿了干,早发酸了,遇上不掏钱的好事,一个比一个积极。人是凡夫俗子,谁都爱占便宜,哪怕再不合适,也要去占,不去,好像自己就吃亏了!吕哈定当然也去洗了,洗了三天,他彻底痛快地洗去了一身的羊奶味。他围着田冷春不断地献媚,建议让记者来采访报道。他的嘴巴像一个蜂蜜罐,那一大堆话就像黏稠的蜜从罐子里倒出来。这蜜不像花,看上去黄煞煞的,最可恼的是,田冷春还发现一只蜂死在蜜上,它不劳动偏偏贪蜜,落上去,吃饱了,却走不了,就像陷进了沼泽地,它奋力挣扎,沼泽就奋力把它拖下去。田冷春摆出一个躲避的姿势,鼻子却闻到了蜜的香,那蜜是有魔力的,立即就缚住了他,拖住了他。他尝到了甜头,就成了那只贪蜜的蜂,但他没有死,他知道吃饱搁碗,适可而止。他觉得吕哈定这个建议非常好,这家伙虽说善于察言观色,善于拍马,但也有能力。是的,他应该让记者拍拍,采访采访,他完全可以心安理得地堂而皇之地上上电视,露露他的英雄形象,乡上县上的领导们不可能也不会反感。

吕哈定及时地准确地捕捉到了田书记脸上掠过的那丝微笑,他立即跑回去,拿来一张名片递给老田:"田书记,你看这是《北山晨报》的记者鲁真,你不知道,这个记者可厉害了,上次我去奶厂交奶碰见的就是他,他还采访了我,给了我这一张名片。他说,不管有啥好事难事烦事感人事就去找他,打个电话他马上就过来。你看看,人家还是首席记者哩!"

《北山晨报》是一家贴近百姓生活的报纸,在省内外影响很大,它的知名度公信力都很高,那上边的新闻,不论官方还是老百姓都爱看。田冷春不知道这么多,但他却知道这家报社,如果能上这家报纸当然很好,可他怎么好意思主动去找人家呢？吕哈定马上看出了老田的心事,他立即就给鲁真打了电话,并说明了他和鲁记者一面之缘的事,为了让对方想起他,吕哈定赶紧说出了那次他们相见的时间、地点和原因。田书记仔细地听吕哈定打完电话,并且得到鲁记者近日就来的答复之后,顺手打开一瓶啤酒:"对对对,不说了,老吕,来,喝酒!"书记满意了,吕哈定自然更高兴。等吕哈定走了,老田拿起那个记者的名片,掏出手机刚拨了一个号就停了,他摇摇头,回了卧室。时间太晚了,这个时候打过去不合适。

第二天,老田要办的第一件事就是打电话。砖厂大,闲事多,办公室里人来人往的总是不断。田冷春去了砖厂的生产区,他转到晾晒砖坯的场子里,这里没有人,他躲在砖坯后面,拨通了鲁记者的电话,以一个村民的身份爆料了村支书为村民着想,免费洗澡的这件好人好事。记者问他贵姓,他就信口说了一个名字,再问他住址,他就说是第七组,终于挂了电话,那头上竟渗出一层细细的汗水。田冷春感到两个耳朵让火燎了,一阵一阵地发烧。

回到办公室之后,老田立即叫来灶房的两个妇女,对办公室进行彻底地打扫,又让粉煤的两个工人停了机子,专门收拾厂区卫生,比如地上的落叶,凌乱地靠在树上的那些玉米秆等。他找出这几年所得的各类奖牌,一一分列上墙。吕哈定交奶回来,也马上跑过来帮忙。

村民们很快知道了记者即将来采访田书记的重大新闻。

扫兴的是,几天过去了,《北山晨报》的记者却没有来!田书记沉下脸来,吕哈定就不安了,他赶紧当着书记的面给鲁记者打电话。原来,鲁记者不来了,他们认为,这件事的新闻性不足以上到《北山晨报》上,建议他们可以去找县报或县电视台。田冷春听罢,把刚刚吸了一口的烟掐灭,起身走到门外,吕哈定忙打114,问县电视台的电话,田冷春回过身:"对了,你忙你的去!"

这句话是一记耳光,重重的耳光,吕哈定头被打歪了,他愣在那里,好久,才悄悄走了。

田书记的浴池就这么晴天多云地开业了。几个月来,倒还经营得不错,特别是进入腊月初十以后,生意慢慢就火起来了。因为第一次洗澡,刘乐然等了好久,终于包了一个双人间,他怕父亲在大澡堂子不好意思。尽管是双人间,面对儿子,刘传统仍不愿脱衣服,裤头是身上最后一道掩体,刘乐然说了几次,他都不脱,看见儿子赤身裸体,他忙把视线移到墙角。

第四章

（一）

　　几个月来，刘乐然的确挣了些钱，但在过年买衣服这方面，还是花得有点多。这一点，刘传统老两口也很有意见，但这意见从来是放在心里的，提出来等于风过耳，他们深知儿子的脾性。刘乐然看不上县城的衣服，并不是质量，而是款式和色彩。他悄悄去了市里，在人车如潮水的大街上，先转了几个小时，就像一位风水大师，手持罗盘观察山水走向似的。他在大超市，在政府广场，在最繁华的东风大街，在火车汽车站，用双眼当罗盘，认真地观察着人们的穿戴，色彩的搭配，琢磨流行的趋势，同时从自己的最爱出发，看街上的少男少女，看哪一个人的穿戴能让他心动。他心动了，就固定下来，嫁接到他观察出的流行趋势上，然后再在这个范围内选择穿戴。至于质量都是第二位的，原则是花钱少，穿开心。实际上，这天，他虽说买了两身衣服，但连三百块钱都不到。穿出来之后，却把蛤蟆村的年轻人镇了！蛤蟆村的中老年人有说好的，有说根本没有人样的，如此等等。从除夕到正月初五，刘乐然每天的着装都不一样，有时候引人注目的是一条围巾，有时候是扎在腰间的一条皮带，花样翻新，层出不穷。你看了，第一次也许反感，第二次你就会沉默，第三次你就会琢磨，你觉得围巾不光是护脖子，皮带不仅仅是系裤子，你觉得这种穿戴法也是一种美。有意思，耐看，看了兴奋，高兴，人好像也年轻了。总之，整个春节期间，刘乐然就像是蛤蟆村的时装模特，衣服的搭配，春光的映衬，让你感到他很阳光，很热烈。春风拂面，侧脸看去，他身材窈窕，红白分明，极像一位远眺等归的"少女"，谁人看了都会心动，动一下小小的邪念。感慨老天爷给了人间这么一位"美人"！蛤蟆村的青年男女都把他当成了中心，他的着装成了这群男女追随效仿的目标。同银芳硬让刘乐然领她去买衣服,张运动老婆玉女拦住刘乐然,让给参谋参谋他儿子穿啥样的衣服好看。这个春节,应该说,是刘乐然长到二十一岁记忆中最幸福快乐的一个春节。

但也不是所有的方面都感觉良好。从田书记的浴池洗澡回来,皮肤就开始发痒。先是慢慢地从四肢起痒,轻微地,不动声色地,就像深夜落雪。几天之后,不由自主地就抓挠得频繁了,就突然发现小腿胳膊脚面手背都在发痒,细细查看,什么也没有。刘乐然就有些奇怪。痒在蔓延,在发展,几天之后,大约是农历正月初二初三的样子,这痒就已经遍布全身了。刘乐然详细查看,翻书比对,还是找不出原因。快乐的春节,遭遇皮痒,心情也有些发痒了。父亲给猪倒上食,不由得伸手极困难地去抓挠背上的某一个部位。一问,刘乐然才知道他老子也是浑身发痒。刘乐然觉得问题有点严重了。他询问了父亲发痒的经过感受,然后就出了门。蛤蟆村大多数人都在田书记的澡堂子泡过,他突然想,是不是浴池有啥问题?消毒不到位?张运动开着他的拖拉机过来了,他热情洋溢地挥手给刘乐然打招呼。"今儿该不是拉砖去吧?"刘乐然笑问。"那当然不是,走丈人家去!"坐在车厢里的老婆玉女笑道:"兄弟,嫂子给你说个媳妇咋个样?人没问题,保证你能看上!"还没等刘乐然回答,拖拉机就起步开走了。没有熄火,站在那里,嘟嘟叫着空烧油,张运动心疼。刘乐然没有来得及问洗澡的事,又一想,张运动不可能去洗。他抬脚去了老会计黄木泥家。黄木泥别看五十多岁了,和刘乐然却谈得来,两个人倒有不少共同语言。他喜欢刘乐然,觉得刘乐然真实,单纯,表里如一。他的一言一行都真实,他的思想他的心灵完全暴露在众人面前,很自然,不矫揉做作,任何复杂的事情都能简单化,而且他永远是快乐的,烦恼和痛苦对他只是一阵风,很小的一阵风。刘乐然喜欢老会计的嗓子,他唱戏唱歌都很好听,还有他的思想,虽然和刘乐然老子一样年纪,可那思想却超前,想问题比一般农村人强多了!两个人高喉咙大嗓门,声震屋瓦。说到戏剧,黄木泥的兴致更高,他还拿出收藏的戏衣,一件件展开来让刘乐然欣赏。刘乐然说,他很喜欢戏台子上那些文官们优雅的走步,武将们健步腾挪舞刀挥枪的彪悍,还有轻移莲步的小娘子,一颦一笑的眉目传情,特别是少年天子龙袍金冠甩袖回身的潇洒。黄木泥就挪开桌椅,要给刘乐然传授这些人物在舞台上的走法造型,刘乐然听了极是高兴,就提出他想先学少年天子康

熙。到了最后,黄木泥成了师傅,刘乐然做了徒弟。临走,他才想起要问的话没问。谁知,这一问黄木泥一怔:"咋,你也痒?""是啊!""怪了,我也是!""你年前没洗澡?"刘乐然问。"洗了。""是在田书记那儿?""你说是澡洗的?"黄木泥睁大眼睛,"对了,我老婆子咋不痒哩?她没洗澡啊!"黄木泥一边想一边自语。"我也是猜测。"刘乐然谨慎地说。黄木泥跺着步说:"这件事千万别说出去。""我知道。""你不知道,田书记这个人不是好惹的,再说,咱也没有证据。""如果不是洗澡,那你说为啥?"刘乐然问。黄木泥看一眼刘乐然继续跺着步:"是啊,世上也不能巧成这样,凡是洗澡的人都发痒。"黄木泥坐下,摆摆手,"算了,以后别到老田那儿洗了。""那身上这痒咋办?""没事,我昨天走亲戚,让我表弟看了,他说这可能是皮肤过敏引起的,抹些皮炎平过一段时间就好了。""你表弟?""对,我表弟是咱县医院的皮肤专家哩,他说的话没错。"刘乐然有些不赞成:"我想应该弄清这到底是咋回事,要不对谁都不好。""没事,现在这人灵得很,谁还让一块石头绊倒两回啊。"嘴里这样说,心里却是盼望老田的澡堂子赶快关门。

在这个问题上,师徒两个没有共同语言了。整整一个下午,刘乐然都在思考这个问题,他想出了两个办法,一个是马上去找田小雨,让小雨告诉她老子,如果真是洗澡的问题,赶快采取补救措施。这里面也有两种可能,一则是无意识,经营者自己也不知道的原因;再是有意,为了某种目的故意让人洗了发痒。这个理由似乎有些荒唐了,越想越复杂,这也正是刘乐然不愿意直接去找田书记说明的原因。二则就是暗中取些洗澡的水拿去化验,如果是洗澡池的问题,造成人发痒的最大可能就是水。洗澡的水,即使锅炉池子管道等等的问题,也是通过洗澡水来让人发痒的。现在是春节期间,都放了假,化验水并不现实,刘乐然决定去找田小雨。

刘乐然清楚,田书记两口是不欢迎他去的,但要见田小雨也并不困难,田小雨经常过来看他。当他把这件事说了之后,田小雨很是吃惊,然后极力地否定,刘乐然就立即亮出胳膊让她看,举出老父亲、老会计等人发痒的例证和黄木泥老婆因为没洗澡而不发痒的例证。田小雨沉默了,她一个人跑到砖厂、跑到洗澡堂子,仔细地全面地查看,就像接到了一个很严重的案子,她现在已然是一个刑警,正在侦查破案。特别是洗澡的主要东西——水,她查水源和水经过的路径,水的去处,去处的设置,处理的办法。整整用了两天时间,她终于对水提出了疑问,然后在大门口挡住了父亲。田小雨并没有提刘乐然,一个字也没有,只说是自己偶然听人说的,至于谁说的不重要,重要的是这件事,重要的是这洗澡水到底是怎么一回事。田冷春是个极聪明的人,当他听到身体发痒就马上紧张了起来,要真是水的原因,他的澡堂子就该关门了,完蛋了!他不由分说,推开女儿大步去了澡堂,田小雨也跟了去。

　　田冷春直接去了澡堂子后边,那里有一个较粗的PVC管子,所有洗过澡的污水,都从这个管子流出来,流向哪里呢?田冷春掀开一个小水泥盖板,原来这是一个葫芦形的水窖,污水汇集到这窖中沉淀,里边插着一个单相水泵将沉淀的清水又抽了上来,通向了给锅炉上水的接口。一切不言自明了,污水沉淀清了,但水中所含的各种病菌并没有沉下来,那些比空气还小的你眼睛根本捕捉不到的虫子们混进了锅炉,混进了温室,它们更兴奋了更活跃了更忘情了更繁殖得快了,它们依依不舍地告别坚固的铜墙铁壁的温室,顺管道坐地铁似的奔向各个洗澡间,奔向池子奔向喷洒的淋浴头,它们扑向一个个软乎乎香喷喷的肉山肉海,开始定居,开始占地盘,开始正式地娶妻生子过日子。人本能的反应就是痒,挠痒,再痒,再挠,受罪的却还是自己,那些小恶魔们却发出无声的嘲讽的阵阵冷笑。

　　"好我的女儿哩,你这个问题提得太好了!要继续这样发展下去非关门不可。"田冷春点上一支烟,感激地看着女儿,自言道,"我娃长大了,会给爸操心了。""这是刘乐然发现的!""刘乐然?"田冷春看一眼女儿,没有再说什么,他暗暗感慨,这伙娃长大了,不再是娃了,也不能再当娃看了。特别是这个刘乐然!

(二)

　　田小雨很快把洗澡水的问题反馈给刘乐然,刘乐然也就放了心,但田书记的这种做法却是让他没有想到的。老会计说得不错,田书记的确是一个肚子里长着牙的人物,以后无论干什么多动动脑筋才是。那么和小雨的关系该如何处理呢?随缘,任其发展是一种不负责任的做法,是一种无能的无奈的甚至有些令人讥笑的做法,刘乐然已经开始感觉到障碍了,这障碍就是田冷春,强大的高深莫测的无从下手的田书记,他敢伸手吗?他敢接招吗?

田小雨能承受得了？这个胆小多愁敏感的女人能行吗？不过,从这件事来看,小雨还是挺有头脑的,挺让他欣赏的。

春暖花开,年过完了,田小雨要去学校了。傍晚,两个人相约来到村外的小河边。这条河人称蛤蟆河,蛤蟆河是一条季节性河流,两岸碧绿迷人的芦苇早绝迹了,代之而起的是一层一层的梯田,小河已经解冻了,静静的河面在微风中泛着涟漪,河水清得发暗,西天那道火红的晚霞映在水里,是一种模棱两可的火红,遥远的难以捕捉的火红。田野里清冷而寂静,小河有一种甜甜的凉凉的腥味,淡淡的白色的烟雾从村子里散发开来,升腾着扩大着,村子就更模糊了,似幻似梦,恍如隔世。就要分别了,田小雨心里痛痛的,往前的路她也有些担心,她无论如何也不愿放弃,光线越来越模糊了,拉开了两个人的距离,他们看不清对方了,陌生了,捉摸不定了。"到了学校,啥也不要想,好好念书!""我知道,你还继续收破烂?""那当然,等条件成熟了,我还要成立废品公司哩!""好,我支持你!""我也支持你好好念书!"村子里传出一声又一声的猫叫,那声音深切急迫,又好像软软的。春天了,那是猫儿在发情,在等待,在渴望!野鸡的叫声悠远绵长,舒服地很有历史感地滑过涧头,滑过静静的河面。"我最近听到一首歌,好像叫啥《穷开心》。""那就叫《穷开心》。""是吗？这歌好听,我给你唱两句,你看音准不准。"刘乐然说罢,快乐动情地哼了两句:"哎,可惜我没记下歌词。""不错,音准着哩,你MP3哩？我晚上给你下载。""你家电脑装好了？""好了!""那好得很,将来我也要买一台。"

田小雨给刘乐然说,第二天中午走,其实,她一大早就走了。这次是她有意要错过他。临走,她看着刘乐然开着三轮摩托车出了村子,这才悄悄来见刘传统。她把MP3交给老汉,又拿出一个崭新的手机递过去,她说这是刘乐然买的,让她昨晚给手机下载歌曲,现在她回学校去呀,不等刘乐然了。刘传统当然不知道内情,但他信了,他认得儿子那个什么三。

可想而知,刘乐然赶中午收破烂回来,田小雨早已经走了,也许这会儿都快到学校了。这部手机让他既兴奋又有些不大心安理得。刘乐然打开手机,立即就有音乐和文字提示有新短信,打开提示是一段话:乐然,这部手机送给你,它是我们联系的信鸽,以后就再也没有人扣押我的信件了,我也愿它代替我成为你工作的好帮手! 记住,我一直看着你,想着你,牵挂着你!

田小雨。

　　这是春天,在春暖花香里,又收到这样一份礼物,刘乐然高兴坏了。皮肤的痒早忘了,他把那短信一遍又一遍地看,激动从眼睛里掀起,从手机的屏幕里掀起,像潮水一波又一波翻滚着,汹涌过他的全身,心在波浪里嬉戏,游弋,伸展,发光放彩。他吃着饭,都摸出手机去看,走几步路都站住去看,晚上睡觉他把手机搂在被窝里。刘乐然很亢奋,他的生命深处有一种用不完的澎湃的所向披靡的力量!

(三)

　　刘乐然虽说是收破烂的,但他的三轮摩托车却不破,就像他的人一样,车子总是一尘不染的、干干净净的,无论有多忙,无论刮风下雨,什么时候看上去都是这样子。他给车上插一面小旗,上写收废品几个字,车行风吹,小旗招展,"收废品"就激动地醒目地显摆着,很有趣,很壮观。车头的中间,固定一个电喇叭,到了村子跟前,他就打开电源,喇叭就高亢地洪亮地穿透力极强地播出他收废品的吆喝声,他不用方言而是普通话,那声音不粗不细,调儿标准,简直和电视主持人的声音没有区别,他一天一身不相同的漂亮而干净的衣服,尤其那领带,鲜艳夺目,很不一般。与众不同的是,他把收破烂和娱乐结合到了一块,车子开进一个村子,除过吆喝他就放音乐,农村留守人员大多是老人和妇女,他放秦腔,让他们点,他们愿意听什么他就放什么,没有的节目他就记下来,想方设法去借或买,下次过来再播放。如果是礼拜天,孩子多,他就放流行歌曲,他还模仿歌星唱。那些留守妇女们,年龄大约都在三十多岁以上,她们既爱听秦腔又爱听流行歌曲,刘乐然就满足她们,既唱戏又唱歌,他还邀请这些妇女们唱,气氛很是热烈。刘乐然还特别有眼色,无论路上或村头,老人或妇女磨面回来的架子车陷到坑里或水渠里了,他就马上跑过去帮忙。谁家的羊脱了跑了,他就赶紧去撵去逮,重新拴好。他走到哪里就娱乐到哪里,快乐到哪里,村民只要有破烂就主动给他送过来,甚至专门等着他去收,他收一车废品从不费劲。他把蛤蟆村方圆三十里以内的村子,分别做了规划和安排,每一个村子,都是在十多天以后去一趟,这时候去,既娱乐了,又有不少废品,是一种双赢。

村路

这是一项事业,日子久了,刘乐然也在吸引群众上不断地动脑筋。他跑到黄木泥那里学秦腔,学一些村民喜欢的折子戏;他还花钱做了几套戏衣,经常装在车旁的小箱子里;同银芳流行歌曲唱得好,他就去找她,请教她。总之,他把一天忙过的闲时间,全用在了学戏学歌上。他的生意也在不断地扩大,实力不断地增强,经过一段时间的准备,他终于要成立"刘乐然废品回收公司"了,消息传出去,在蛤蟆村引起了不小的轰动,蛤蟆村的年轻人不用说都服了,连一些上了年纪的能人,有本事的人,日子过得滋润的人都服了。黄木泥逢人便夸,吕哈定是连连点头,就连支书田冷春也暗暗竖大拇指,只是他不表露出来,他一直避而不谈或者保持沉默。刘乐然举行了一个挂牌仪式,蛤蟆村大多数人都提着啤酒、鞭炮前来庆贺。更令人想不到的是,相距二十八里的美人村的几个上了年纪的老汉老婆、几个三十多岁的留守妇女合伙雇了一辆微面也前来庆贺了!大家把支书田冷春推到主席台上让讲几句话,老田推辞了一下,就大步走了上去。他说,他看到"刘乐然废品回收公司"成立了,心里非常高兴,青年人自主创业,这是一件很值得肯定的事,他认为蛤蟆村大有希望,蛤蟆村的年轻人后来居上!一句话,他双手赞成,热烈祝贺!说着,田书记带头鼓起了掌。正在这时,吕哈定忙跑上去,附耳说:"田书记,王镇长来了,在砖厂大门口哩!"老田一听忙结束了讲话,匆匆离去了。刘乐然不认得王镇长,这事好像与王镇长关系也不大,他接着就让同银马几个人去放炮。噼噼啪啪声中酒瓶子就打开了,杯盘叮当,笑声四起。吃罢,刘乐然举办了一场热闹非凡的文艺大联欢。他首先跑到台上,清唱了一段《三滴血》中的"虎口缘",那捏细了的脆音惹得众人哈哈大笑。随后,黄木泥穿上戏衣提袍甩袖地唱了折《金沙滩》,台下一片掌声,同银马姐弟合唱了几首流行歌曲,刘乐然接着宣布自由清唱,美人村那位张老汉抖抖衣服,放开嗓子很激越豪迈地吼了一折《铡美案》。总之,刘乐然的挂牌仪式,整整折腾了一天才算完。

按照计划,第二天,刘乐然该去阳沟镇北村收破烂。北村,在镇政府北二三里。他到了那里,电喇叭一开,呼呼啦啦老汉婆娘女子娃就围了一大堆,大家嚷嚷着质问他公司挂牌咋不请他们?不行,今天得补上,不然车和人通通别想走!刘乐然早就料到这一手,他把大家拿过来的废品一一收了,便从小木箱子里取出一套戏衣,戴上一个黑脸谱,放上伴奏带很卖力地唱了一出《小包公》,众人听了拍手称赞,有几个人围上来不解地问,他这本事是从哪学来的,小小年纪还真有两下子!咋不到省电视台参加《戏迷大叫板》去?刘乐然哈哈一笑,说自己全是为了热闹,只要热闹就对了,目的就达到了!有人早做好了饭,沏好了茶,热闹完了马上就拉到他家院子去了。平日里,农闲了,年轻人都进城打工去了,孩子们都上学去了。一天到晚,偌大个村子静悄悄的,空荡荡的,只有羊叫猪哼哼,村民乏味得很,无聊得发慌,一天天就指望刘乐然过来热闹一回哩!

　　离开北村时间已经不早了,刘乐然也收了满满一大车废品。照他目前发展的速度,他家的空院子已经不够用了。老会计有一院老房闲置着,离大路也不远,如果能盘下来或承包下来,维修一下倒还不错。不过,他现在周转资金相当大,最近又换了一辆大车,买了彩电,装了电脑,资金确实有些紧张。刘乐然开着车,思想悄悄溜号了。突然,他发现前边有一个黑色手提包,刘乐然连忙停住车。皮包的提手断了,里边鼓鼓的。刘乐然打开一看,吃了一惊,一沓百元人民币厚厚的,号码都没有乱。他数了数,整整一万五。刘乐然坐到车上,拔下车钥匙看看天色尚早,就打开手机听歌。丢了钱的人肯定着急,一旦发现很快就会来找,他认为最好的办法就是等,等人来找,等真正找钱的人来问他,但他不能去问过路的陌生人,社会复杂,什么人都有,冒领失物的人也会有的。时间慢慢地过去,不觉已等了四十多分钟了,这丢钱的人不急吗?怎么还不来找?刘乐然有些急了,因为家里还有一大堆事等着他呢!这些钱如果是他的,那该多好啊,他现在急需的就是买一台数码摄像机。每次出去收破烂,可以有选择地录一些唱戏唱歌的精彩节目,然后在下一次播出来,如果有必要,可以制成光碟赠送给那些戏迷们!还有,他就立即可以去租或买老会计的房子,他就不必为此事头痛了!问题是,这钱是人家的,不是他的,他不能随便拿走人家的钱,不知道丢钱的人都急成什么样了!但话又说回来,这是他拾的,钱上也没有写谁的名字,拿回去不是照样用吗?刘乐然摇摇头,点上一支烟,继续等着。

　　再有一个小时,天就要黑了,太阳耀眼的光芒开始泛红,刘乐然走下车,在路边慢慢踱步。

　　这时,有人骑着摩托车过来了,车骑得很慢,那人四处乱看,显然是在寻找什么。刘乐然看了一眼,蹲下身,假装观察自己的车轮子。那人到了他跟

前,停住了摩托:"喂,兄弟,请问你没拾一个包包么?""啥包?"那人留着整齐的平头,月白的衬衣装在裤子里,方脸大眼,看上去很精神,而且有点面熟。"黑的。""多大?"那人用双手比画了一下。"是你丢的?""对对对,我有些急事,在信用社取了些钱,包包挂在车头上,这路不好,骑得又快,包包就没见了。""里边有多少钱?还有啥?""有一万五,还有一个信用卡。"刘乐然从车旁的小木箱子里取出皮包:"你清点一下!"

那人一愣,连忙接过去,双手发抖,他拉开皮包看看说:"兄弟,真谢谢你了!""你点点,钱财当面点清!""不用不用,我相信,你能给我,我就相信不会少!对了,我咋看你面熟熟的?""我也看你面熟熟的!""我是阳沟镇政府的王经书。""王镇长!我是蛤蟆村的刘乐然。""是你办了一家回收公司?""对,是我。""好好好,我早听说,早准备到你家看看去哩!只是最近家里有些急事。""到底咋哩?""你不知道,你嫂子是血癌,明天又去西安动手术哩。这不,我在信用社贷了一笔钱!"王镇长低下头。刘乐然忙道:"对不起,我不该问你这些。""没事没事!说实话,镇上准备把你当一个创业典型宣传哩!我想了很久,我觉得你这种经营模式,经营理念好得很,很值得深思。以后你工作上有啥问题,尽管来找我,我全力支持,咱镇政府全力支持!"

(四)

两个人年龄相差不大,有很多的共同语言,一谈起来就忘了时间,突然发觉天黑了,才握手而别。临走,王镇长一再感谢,说要让记者来采访采访他,刘乐然却真心地推辞谢绝。回到家里,一切忙完了,就睡在床上想那件事,宣传实在没必要,那钱本来就不是咱的,物归原主是应该的,天经地义的。自然,他也就没对任何人提起这件事。直到过了好几天了,村里突然来了一位记者,说是找他的,而且是收羊奶的吕哈定领到家里的。那位记者姓鲁,三十岁左右,近视眼,说起话来滔滔不绝,慷慨激昂,是很感性很容易冲动的那种。一问才知道他是省上大报《北山晨报》的记者,和王经书镇长是大学同学,他是王镇长请来的。刘乐然说出了自己的想法,并且觉得根本没有报道的价值,那鲁记者就受感动了,认为这是一篇很好的稿子。说到刘乐然废品公司的成长历程,鲁记者更感动了,说一定要为刘乐然写一篇特别报道,大篇幅的,这事迹太好了!记者一走,刘乐然拾了一万五千元的好事马上就传遍了蛤蟆村,刘乐然的名字,又在村民们的闲谈中被热炒了几天。

有一个人的心里,却一直热炒着刘乐然的名字,那就是田小雨。两年的警校生活很快就要过去,两年来,她和刘乐然的关系也在跌跌撞撞躲躲闪闪的回环缠绕中发展着。无论父母如何反对,她还是不能放手,不愿放手。父母的理由也很堂皇,她就要毕业了,不管分到公安局还是监所、农场,她都是政法干部,是吃财政的,是国家公务员。刘乐然呢,农民一个,那个什么废品公司是自封的,自己弄的,是风里的灯,是瓜地里的瓜庵子,没有安全感、稳定感。钱多少无所谓,给国家干事是根本不一样的,从里到外的感觉都不一样,这体面,光荣,为祖宗添彩。所以,找女婿,一定要找一个干部、找一个公务员,最好也是干公检法的。话又说回来,田家人单苗稀,女儿女婿都是公检法干部,那肯定就没人敢欺负!田小雨回来一次,父母就苦口婆心地肺腑一次,软硬兼施一次。田小雨相信这些话,但也没有彻底地绝对地动摇她对刘乐然的感情,她在犹豫地摇摆不定地度日子。有几天,她觉得父母说得对,父母生养她确实不容易,上面的哥哥姐姐们都没有留住,父母把一切都放在她身上。她得承载家族的使命,父亲创下的那一摊家业,凭她的长相条件找一个相匹配的,或者更优秀的女婿是没有一点问题的。她应该渐渐疏远刘乐然,淡忘刘乐然。过了几天,她又觉得父母太自私,光为自己和先人考虑,不为她田小雨着想!也太世俗,现在社会,无论干什么只要有本事,活得真实,活得自然就最好了!那些什么虚荣的世俗的传统的都是虚的空的,刘乐然是她的初恋,她怎么能放弃初恋呢? 放弃真爱呢?特别是当她听到刘乐然的事业在不断扩大的消息,人们称赞刘乐然的消息,她心里就很幸福。她觉得她的眼光没有错,她就给刘乐然悄悄发短信,嘘寒问暖。她干什么的时候,她就会想刘乐然会干什么,是在开车? 是在唱歌? 是在分拣废品? 想着她就笑了。那个鲁记者手真快,采访的第二天,刘乐然的照片就上《北山晨报》了!田小雨忙跑出去买了一份报纸,还在网上调出来看,还看网民有没有评论,怎样评论? 这晚,她和刘乐然在网上QQ了三个小时,那些无聊的废话不断地相互重复,在重复中体味着幸福,感觉着对方的心跳。两个人就这样甜蜜地痛苦地维系着感情,维系着爱。现在,田小雨就要毕业了,婚姻的事可以放到桌面上谈了,可以提到议事日程上来了,两个人之间的感

情纠葛应该打一个结了,定下一个框架了。田小雨期待着这一天,这一天在她走上工作岗位之后,马上就要面对了。

对于和田小雨的关系,刘乐然一直不愿意多想,也不敢多想,他只是很深情地对待这个美丽得让人有点担心的爱情。他总是让自己的理智在这片海域里睁只眼闭只眼,能过就过,什么时候过不去呢?那可能就是田小雨毕业参加工作之后,那时候,就必须确定两个人的关系了,然后就要结婚了,那时候他不理智就过不去了。但是现在还没有,所以,对于田小雨,他能爱就爱,即使将来不能在一起也不后悔,将来怎么样,他给自己的最好办法就是"到时候再说"。

应该说,刘乐然虽然没有上大学,但在蛤蟆村这片天地里,还是闯出了一些名堂。不到三年,他就彻底改变了蛤蟆村老少爷儿们对他的看法。老祖宗留下的那些什么软弱无能贫穷等等定论,被他彻底推翻了改变了!他是蛤蟆村第二家装电脑的,他在蛤蟆村人眼中,是一个活得自在,活得自我,活得如意,活得真实,活得快乐的人!他想穿什么衣服就穿什么,想怎样玩就怎样玩,他活在自己的愿望里,他活在自己的快乐里,他从来不考虑别人对他的评价。蛤蟆村许多人开始羡慕他的生活,他的活法,他对生活的巨大热爱,蛤蟆村老老少少对他的评价很快高过了老支书田冷春。王镇长正好是蛤蟆村的包村干部,经过一段时间的考察调研,一个念头在镇长的脑袋里越来越变得清晰,蛤蟆村三组也就是刘乐然这个组是一个大组,多年来组长一职让支书老田兼着。老田还经营砖厂,明显有些力不从心。王镇长就找田书记交换意见,提出三组组长让刘乐然代理,一两个月就到了村级换届,到时候让群众去选,以刘乐然的人缘、能力、品德,估计有戏。田冷春是不满意的,但一细想也觉得没啥大不了,刘乐然对他田冷春不会有什么威胁,两家之间,历史上也没有什么矛盾,万一有什么不测,女儿也是一个砝码,既然拗不过,田冷春就爽快地答应了,还一个劲称赞王镇长有眼光,这个顺水人情做得实在漂亮。

刘乐然就这样突然地意想不到地十分顺利地代理了三组组长,经过群众的推选,名正言顺地担任了三组组长。

这个结果,让一个人非常气愤,那就是吕哈定。这些年,他之所以拍田书记的马屁,图的什么?不就是守好一份收奶的差事?不就是还想弄个组长当当？而且三组这个组长的位子是田书记亲自许诺的，要不他还想不到哩！田书记是不是在耍他？是不是真的要把女儿嫁给刘乐然？唉，怎么半路里杀出个刘乐然哩？他怎么又和王镇长挂上了，天命啊天命！吕哈定听到这个消息后，午饭都没吃，一个人坐在黑房子里喝闷酒。但他不服气，不想认输，他满腔怒火，火却没处发！这两年，当个村民组长也不错哩，日弄个承包地，办个低保，特别是庄基，你再有庄基证我不划地，你上哪儿盖？你不上货，庄基证闲着去，没地啊！可是，可是，唉，狗日的田冷春，人面一套背后一套！吕哈定狠狠地放下酒杯，酒杯的底儿碎了，他把火撒在了无辜的酒杯上。

　　田书记听不见骂声，老田这会儿正在忙着找公安局的李局长。现在，女儿马上就要毕业了，他要按照两年前的计划，把女儿安排到公安局。李局长是他老田的朋友，又是公安局的当家人物，但任何事情都不能大意，只有等办妥了，人才能放心，事情每时每刻都在发生着千变万化。为了万无一失，田书记还特意叫上了在阳沟派出所开车的李军，他是李局长的亲弟弟。李军用警车拉着田书记直奔公安局。李局长还在开会，让他们在单位外边等，两个人就出了公安局，来到一家酒店的茶秀。

　　田书记找的人很硬棒，女儿的事几乎没费什么劲就搞定了。李局长也是个有良心的人，他并没有忘记，他做阳沟派出所所长时，田书记给他办的事。李局长家在县城北边的桥山腹地，是典型的山里娃。阳沟镇在县南，一马平川，条件当然好。李局长当时想把父母兄弟姐妹大约三四家人迁出来，却又一直找不到合适的地方和时机。一次吃饭，老李就把意思给田书记说了，老田第二天就去找老李，主动把这事给办了。他顺利地把李局长的家人迁到了蛤蟆村，还分了地，划了不错的庄基。隔山翻炮，舍车保帅，老马卧槽，这就是交情，这就是眼光！田书记的政治眼光！不然，女儿怎么能进警察队伍？笑话！

　　回到家里，田书记高兴坏了，他一颗心终于放进了肚子。他打开一瓶啤酒，抓起电话一句话一口酒地和女儿聊天。他说，他有伟大的政治眼光，李局长一手把事办了！全办妥了！女儿哪儿都不要去，就待在公安局里！那些科室，咱随便挑，想进哪个进哪个！田书记正在得意忘形地激动，吕哈定幽灵似的溜了进来，站在身后，竖起耳朵。

第四章

第五章

（一）

　　刘乐然担任村民组长之后，却毫不知情地惹了一场不大不小的风波。

　　村组换届是在秋收冬藏之后进行的。今年的换届选举好像比上一届竞争得更激烈了。据说有些地方，有些村民为了当上村组干部，不惜花重金去打通关系，去笼络民心，去争取选票。县城附近的一个小伙，为了担任村民组长，竟在村口搭起帐篷，请来厨师，宰了几只羊免费让村民去吃羊肉泡。还有一个村民，在外包矿挣了钱，为了当村主任，竟自己掏腰包给全村几百户拉上了有线电视。总之，有些村民们挣钱了，手里有钱了，很想弄个村民组长或村主任干干，为村民们好好干出几样大事、实事，以证实一下自己的本事。当然，也有人是为自己私利着想的，国家把村级干部越来越当干部看了，有了工资，有了待遇，有了一点地位，同时，也有了这样那样的好处。刘乐然才二十三四岁，他根本没有想到这些，他也没有把这个村民组长真正当干部看。不过，今后为村民们真真正正干些实事，他倒是想过，认真地想过，也决心试试。选举结束之后，并没有多少事让刘乐然干，他就继续忙他的废品收购，时间不长就是春节了。

　　在这个春节里，刘乐然自己掏钱叫了一帮子老鼓队，在全村排门挨户地敲打。大大小小各式各样十多个古朴的鼓发出隆重的震耳的轰鸣，心都几乎被震出来。鼓手们头系白羊肚手帕身穿红马褂，围着老鼓跳着转圈地击打。轮到哪家，哪家就敞开大门，响一串鞭炮给鼓手们一人一包烟，喜庆地送上糖果副食。农历正月十三，是刘乐然的生日。今年这个生日他想过得别致一点，他记得老会计黄木泥那里有一套龙袍，就借了过来。正月十三一大早，刘乐然洗漱之后，就换上了龙袍，他还对着镜子描了描眉毛，轻施了一些粉黛,出了自家大门。他背着手把蛤蟆村的八个组,大小十一条街道当作舞台,气宇轩昂地很皇上地走了一遍!黄木泥正在家里摆弄他的二胡,老婆匆匆忙忙跑进来说:"你快来看,快来看!"

黄木泥瞪了老婆一眼不动,老婆就使劲拉他,等二人出来了,"皇帝"早过去了,黄木泥使劲瞪了老婆一眼。街道转完了,刘乐然顺田间小道上了县城。春风掀起衣袍,阳光照在身上,金光闪闪,刘乐然低头看看胸前身后,又看看地上的影子,很是满意。正月十三,小县城里到处还是节日气氛,又正好是个礼拜天,街上散步走亲访友的人你来我往,熙熙攘攘。刘乐然走过去,好多人都站住,回过头指指点点议论纷纷。有时候,他和别人的目光碰上了,刘乐然还友好地点点头,微笑一下,人家也连忙向他点点头,微笑一下。刘乐然继续往前走,这是一个十字路口,红灯亮了,"皇上"就礼貌地站住,等待绿灯发话。过了马路,前边是一家酒店,刘乐然刚走了几步,从旁边跑过来一男一女两个中学生模样的青年往刘乐然前边一站,行一个清朝时代的君臣大礼,齐声道:"皇上吉祥!"旁边看的人就哄地笑了。刘乐然一抬手:"免礼平身!"然后拍着双手也笑了。一位中年人走过来说:"我以为你们这是拍电影哩!""没有没有!"刘乐然摇摇头。"那你咋穿这衣服?""咋?这衣服好看,穿上开心!今天是我的生日!哈哈哈……"

(二)

黄木泥没有看见穿着龙袍的刘乐然,吕哈定却看得一清二楚。那时候,他刚从奶厂开会回来,摩托车刚到他家门口,熄了火,一眼就看见了走过来的"皇上",他大吃一惊,甚至有些莫名其妙,稀里糊涂,他揉揉眼睛简直不敢相信。吕哈定忙赶了上去,的确是刘乐然!吕哈定张张嘴,什么也没说,转身走了。他没有回家,直接去了支书田冷春的家。

田冷春没在,手机也没人接,吕哈定来到砖厂。这时候,他的手机响了,吕哈定一看是田书记打过来的。原来,田书记在镇上正和人喝酒哩!吕哈定为难了,田书记又问了一次,吕哈定只说,你啥时候回来,有个情况想给你汇报一下。吕哈定站在砖厂门口打电话,那双小眼睛不停地左顾右盼,之后,他匆匆回了村子,迎面遇上张运动。张运动拉着一架子车地龙(塑料尼

龙合成的水管)正低着头大步往前走。吕哈定主动搭讪:"兄弟,你浇哪儿地去呀?""庙背后,去年没冬灌,趁这两天有时间赶紧浇了去。""你不等引黄水了?""等引黄水就迟了。""我给你说一个新闻。"吕哈定扔过一支烟,"知道不,刘传统那个种刚才穿了一身古代皇上的衣服,背着手在街上扎势哩,神气大得很!""噢,我听说了。刘乐然就是那种人,爱热闹!""外人还以为他是神经病哩!""现在这社会嘛,谁管谁呢?谁想咋就咋,只要不犯法!""不是,我觉得当了组长,不一样,要沉得住气哩!再说,穿一身皇上衣服,这不是明显向大家说,他就是咱这蛤蟆村三组的土皇上嘛!哎,太嚣张!""那人家刘乐然现在就是咱组的土皇上呀!咋?你没弄上还不服啊?""我,我就不想,我有收羊奶这差事哩,让我当我都不当!""再甭胡吹,谁不知道,你还不是把头削尖了往里钻哩!"两个人说着说着就擦开火花了。吕哈定气呼呼地走了,他没有回家,掉过车头,去了阳沟镇。

　　田冷春听了吕哈定的话,第一个反应就是否定了刘乐然"黄袍加身"的企图。他说,刘乐然就是这号娃,小时候不知道,自打前年高中毕业回村后,你看看一天三换衣,头发一会儿这样,一会儿又那样,从去年开始又染成红的黄的白的。还有,你看他不管弄啥,身上老带一面小镜子,一把小木梳。说实话,这货是咱蛤蟆村几百年才出的一个张厌货!还有还有,我听说,前几年这货给鸡洗澡哩,把几个鸡洗死了,到底有这事没有?吕哈定摇摇头,却说,田书记啊,这娃张是张(张狂之意),也很有头脑哩,我想,这一回穿黄袍,肯定有用意,这明摆着说,他就是咱村里的土皇上嘛,这简直是把你书记打了弹弓咧!田冷春鼻子里哼出一声冷笑,想跟我比,他娃嫩得很哩!尻子屎痂子还没干透哩!我动个指头,都让他娃疼半月。吕哈定故意摇摇头,哎,后生可畏,何况人家现在跟王镇长关系美得很哩!田冷春有点来气,这些话全是他不爱听的。他瞪一眼吕哈定,说,他俩才认得几天?他个小小组长,再说也在我手底下,县官还不如现管哩。吕哈定换个语气说,田书记,说实话,我觉得你应该重视这件事。田书记点点头,我知道,把他娃褂褂子撤了,是你的心思,也是我的心思。但事情得有一个过程,人家这组长是选上的!吕哈定连连点头,两个人低语了许久这才回了蛤蟆村。

　　吕哈定有些心花怒放。刘乐然终于露出了破绽!他现在需要做的就是抓住刘乐然的每一个破绽,用刀用剑用毒气用炸弹,把那个破绽炸开劈开放翻，再跳上去，踩上一万脚，踩扁踩死，踩成一张烂纸片，让风刮了，让雨淋了，让风刮到垃圾堆烧了，让雨水冲到阴沟沤了！他回到家里，打开电视，竟哼起了他并不爱听的秦腔《小寡妇上坟》。

田冷春回到家里所做的第一件事，就是让人找来老会计黄木泥。

黄木泥对田书记的为人处世一直是有看法的。也曾经很勇敢很含蓄地用语言反对过田冷春，刺激过田冷春，提醒过田冷春。不过，那事做得特别隐蔽，特别不动声色，那是在没有第三者在场的情况下做的。田书记被刺痛了，痛得他半天没有反应，痛得他把一连串质问黄木泥的话又无奈地放回了肚子，生一回窝囊的闷气。当然这件事也怪黄木泥。村上原有的三十亩承包地，其中有十亩承包给了黄木泥的弟弟黄木牛。五年之后，黄木牛还想续种，却迟迟不交承包费，田冷春就采用各种理由搪塞着不签合同，于是黄木泥就做主给弟弟那合同上盖了村委会的公章（他是村会计，他管理着村委会公章），并模仿田书记的笔迹签了名，以最优惠的价格和弟弟成交了。黄木牛就把承包费给了亲哥哥，黄木泥把钱装到自己包包，顶了这几年村上应给他开的工资。最可气的是做了还不给田书记说，把老田这个书记就没当回事，然而，田冷春只好忍了。过了一段时间，黄木泥看田书记不闻不问，那心里倒不踏实了，有一晚，专程跑到老田家里把黄木牛承包地的事一五一十给书记汇报了，他说，他现在是不是补一个领工资的手续？田冷春一挥手，不急跟上，迟早扎总账的时候补上就行了！这一来，倒让黄木泥有些不安，他怀疑田冷春肯定在记他的黑账，抓他的把柄。那么，老田现在叫他有什么事呢？黄木泥推门进了田家院子。

原来是问刘乐然是不是借他的戏衣？黄木泥一颗心这才放进了肚子，他连连点头，田冷春很有怨气地说："这戏衣是皇上穿的黄袍！他穿在身上到处显摆，好像他就是蛤蟆村的皇上！你看看，一个村民组长咋能这么沉不住气？这让群众咋说哩，社会咋看哩，这种歪风邪气跟打麻将赌博有啥区别！"黄木泥面无表情，他从书记的烟盒里抽出一支烟点上："对了对了，不说了，以后一定注意。刘乐然还是一个娃，头脑简单得很哩，咱都是多年的老干部了，以后再不会纵容他胡来！"

正月十五刚一过，镇上召开了三干会。这是刘乐然第一次以村民组长的身份参加三干会。他穿了一身大红的西服，大红的保暖衬衣，扎了一条大

红的领带,头发也染成红色,红皮鞋红袜子,戴一副大红的美人镜,尤其是两边耳垂贴着闪着红彩的耳钉,走进镇政府大院,就像一道红霞,唰地就吸引来了一片热烘烘的目光,有人啧啧称赞,小伙精神,帅!有的连忙打听这是谁,弄啥的?几个镇上的女干部也不由得狠狠地多看了他几眼。午饭的时候,刘乐然跑到王镇长桌边说:"王镇长,小弟想给你提个意见!"王镇长看看满饭厅的人:"你说,我虚心接受。""我看咱镇上一些干部的房子脏得很,桌子上尘土一麻钱厚,床上被子窝一疙瘩,烟把儿遍地,有的沙发海绵都在外边露着。"有人道:"镇上经费紧张,哪有钱买新沙发!""不是,我是说不干净!"王镇长点点头:"好好好,你这个意见提得好,这是一种精神面貌嘛。三干会结束后,咱要好好抓一抓才是!"

　　三干会两天时间,第二天下午就结束了。临散会,王镇长果然在会上提出了这个办公环境的卫生问题,并说,要把干部的精神面貌工作纳入正常的管理考核。吃过饭,村干部们都走了,王镇长却喊住了刘乐然,他关了房门说:"刘乐然,听说前几天你又制造了一个新闻。""制造新闻?我不知道领导说的啥意思?""听说你穿上戏装上县去了?""噢,对对对,那是正月十三我过生日。我喜欢古人的衣服,特别是看电视上少年康熙那一身衣服漂亮得很。我村里老会计有一套黄袍,那天没事我穿上逛了一圈,为自己好好庆贺了一下生日!""过得咋样?""好好好,开心得很!""那你到县里咋不给老哥打电话哩?我该能好好把你招待一下么!""我没打搅任何人,领导就更不用说。你知道不,那天我在大街上走哩,跑过来一男一女两个娃给我行礼说——"刘乐然做了一个行礼的姿势,"皇上吉祥!还用的是普通话,我把脸一板,也没笑,说,免礼平身!也用的是普通话!"说着两个人哈哈笑了。"之后,我跑到公园逛了几圈,在街旁小吃摊吃了一碗面皮!吃面皮的时候,人家都不吃了,全看我吃哩!""你都没听一下人家对你的评论?""没有。""你蛤蟆村的人也没听?""没有!我从不管人家咋说。嘴是圆的,舌头是扁的,想咋说咋说去,我才不管哩!"王镇长很含蓄地:"不过,你以后要注意哩,现在你是蛤蟆村三组的组长!"刘乐然看看王镇长,没有说话。

（三）

　　这是田小雨上班之后的第一个礼拜天。田家在县城一家很有档次的酒店摆了一桌很有档次的酒席,真心诚意地宴请了一些为女儿办了事的人,然后分别登门致谢。第二天,小雨继续请人,这次请的是同学朋友,刘乐然当然去了。他不光是祝贺,小雨还让他招呼客人。田小雨说,她的事就是他的事,他至少做一半主。开席之后,田小雨还隆重地向她的同事们介绍了刘乐然。她说,刘乐然原来是她的同学,现在是她未来的亲人,她的另一半!这一席话,连刘乐然都有些突然,但更多的是幸福。一旁的李军问:"从来没听你说过啊,也没听田叔提起过,你俩这是啥时候定下来的?"田小雨一笑:"这是我俩的秘密,以前是地下秘密,现在是公开秘密!我今天一说,你不是就知道了么!来,乐然,先给李军兄弟倒一杯酒,他可是功臣!"这一来,气氛一下子活泛了。李军仗着大哥是公安局长,虽说只有初中学历,却上班早,去年就转了正。办不了案,做不了笔录,会开车,爱开车。手容易痒,几天不打人,就没地方放。派出所平常带回来的人,不管是哪个警区的,他都要上去盘问盘问,打两拳,抽几耳光,踢几大脚。他说,车是女人,坐上去就来了兴致,来了感觉。车档次越高越舒服越享受,刹车、离合、油门、方向,更诱人更让人享受的是换挡,他爱听那种微妙的轻巧的换挡声,那声音就像一把美丽的软软的羽毛轻轻从心灵滑过一样,宽阔平展的路面,开阔的视野,轻点一下油门,车就飞了,平稳地却是强劲地不动声色地飞了。破车不成,低档次车不成,坐上去败坏人的情绪,开起来很自卑,很不好意思。要是在稠人广众之下熄火了,你再打也打不着,或者打着火了轰隆隆地浑身发抖,平路走成了不平,颠簸起伏,叮叮当当,哼哼唧唧,就像一位气喘的风烛残年的老女人!那就更丢人,更自卑,更让人无地自容!李军还爱开好牌照的车,号小的车,带8的车,特别是警车,那开过来威风凛凛,气宇轩昂,要是打上警灯、警笛更是高人一等!白领们就是好车,女警察就是好警车!李军很早就惦记上田小雨了!他已经害上了比较严重的单相思。最近,他正在盘算这个事,盘算着和大哥说说这个事,要命的是田家父女一点也没觉察到,更要命的是,田小雨突然当着朋友们的面说,她有男朋友了,而且就是刘乐然!这怎么可能呢?刘乐然是个农民呀,难道田小雨喜欢他?难道田冷春愿意把女儿嫁给一个农民?

同学朋友们都陆续散去。刘乐然从卫生间出来,同银芳一把将他拉到楼梯拐角:"人往高处走,水往低处流,祝贺你啊!""你说话的味儿咋怪怪

的!"刘乐然看看脸颊红扑扑的同银芳。"啥时候结婚啊?"同银芳仍然怪怪地问。"八字还没一撇呢!""我也准备订婚了!""是谁?""咱是农民,咱不敢高攀,咱的男人嘛,是个杀猪的!"同银芳仍然是怪怪的口气,楼道里传来田小雨的喊声,同银芳拧过身,唱着歌去了。"我多想抱着你哭,紧紧地把你抱住……"那歌声醉醉的有些凄凉。

回到小县城和蛤蟆村,田小雨就生活在了关于刘乐然的赞誉声中。现在,她的工作已经稳定了,她可以理由充分地心安理得地考虑自己的婚姻大事了。此刻,对于刘乐然的感情似乎变得更强烈了,她的信念更坚定了。她是刘乐然的,刘乐然是她的。他快乐,单纯,爱美,热爱生活,他有能力,人品好,这不正是她所要的吗?她知道父母会反对的,实际上也一直反对着,但是,这件事她必须做自己的主!刘乐然听着同银芳的歌声,心头掠过一丝感慨。田小雨站在包间门口笑盈盈地看着他:"你没吃好!"田小雨低声说。"我忙着招呼人了,这会儿还真的饿了。""想吃啥?你点。""走,我不点了,去看一下你租的房子。"

田小雨在公安局附近租了一间民房,两个人进了房子,聊了一会儿就动手做起饭来。虽然已经备了一些简单的厨具,但小雨长这么大还没真正做过饭。两年警校生活,她只学会了煮方便面下挂面。刘乐然则不,锅上那一套不管是捏、擀、蒸、炒样样精通,那是家庭环境逼出来的;另一个是,他也喜欢做饭,做饭是一种创造,吃饭是一种对劳动果实的享受。刘乐然和了些面糊,摊了些煎饼,炒了一盘土豆丝,一盘香椿鸡蛋,田小雨看看也饿了,两个人津津有味地吃着说笑着。

喝了一些酒,环境又静静地没有任何干扰,这是一个绝佳的良辰美景,爱情澎湃的时刻。手开始寻找,肌肤裸露出来,显摆着,诱惑着,互相摩擦着,使劲摩擦着,很侵略很霸道很雄心勃勃的那种。肌肤并不痒,那是心在痒,感情在痒,现在需要抱紧,已经抱紧,呼吸开始费力,两个胸膛使劲挤在一起。脸颊贴住了,嘴巴贴住了,舌头变换着角度,身体也不由自主地跟着变化。生命像一江春水,东风挟火而来,旭日娇艳,霞光满天,蓝色的波涛开始跳舞,一波紧似一波,一浪高过一浪,堤坝松动了溃散了,脱缰的春水呼啸着奔腾着,一泻千里,势不可当……

（四）

  从田小雨的聚会上回来,李军的心很受伤。他一夜没有入眠,怎么也想不通田小雨会看上刘乐然,这是不可能的,根本不可能!然而,田小雨却说得那么清楚,那么肯定,肯定得让他绝望,让他心痛。按理,他的条件,他的社会背景,他的人样和田小雨是再合适不过了!他该怎么办呢,他能怎么办呢?老田真会同意这门亲事?恐怕未必。李军很快就去找了吕哈定,让吕哈定去探田冷春的口风。当然,他找吕哈定也不是盲目的,吕哈定和田书记关系非同一般,说得上话,他曾有恩于姓吕的。吕哈定的儿子在学校打聋了一个同学的耳朵,是他李军从派出所捞出来的,吕哈定也从来没有忘,逢年过节总是提上东西来看看他,顺便通过他,看看他那个当局长的哥哥,拉拉关系,找个靠山。临出门,李军还向吕哈定说明了自己的心思,吕哈定很聪明,头点得像鸡啄食似的说,没问题,老哥一定尽力,兄弟,你本来就一表人才,又是正式工,你哥还是公安局长,一些人想攀还攀不上哩!

  对于女儿和刘乐然的关系,田冷春早就看出了门道。自从两年前高考之后,紫晶蛇吓坏了女儿被刘乐然背回来,老婆就曾经对他说,小雨对刘乐然有心。当时,他还有些不大相信,这么大个娃,不可能,但他还是开始留心了。那场暴雨之后,田冷春相信了,但作为一个男人,他不便直接告诫女儿,利用吃饭时间,而且是没有外人在场的时候,就比较隐晦地说,我娃现在还小,正是学知识长本事阶段,等考上大学了,再考虑这种事,等工作了再确定这种事。那时候,目光准,稳固可靠。婚姻是人生大事,千万不能感情用事,不能冲动!暗地里,田冷春又让老婆说女儿劝女儿,还不失时机地以命令的口气让女儿不要和刘乐然来往。接下来发生的一件事,田冷春就很好地把握住了。女儿一连给刘乐然写了三封信,那三封都是普通信,邮递员一般只送到村民组长家里。接到信之后,田冷春很生气,把老婆无端地训斥了几次。女儿回来,田冷春就拿出那三封信,让女儿解释,小雨气愤地质问父亲,为什么私拆她的信件?这种行为是犯法的!田冷春一下火了,你念了几天书,翅膀硬了,给我讲起法律来了!弄清,连你都是我的!我想咋就咋,谁都挡不住!老婆害怕了,连忙上来劝阻,田小雨把那几封信撕成碎片,蒙住头

整整两天不吃不喝,吓坏了田冷春两口。说实话,这是田小雨长这么大第一次见父亲冲她发火,发这么大的火,而且蛮不讲理!但也促使她对她和刘乐然的关系进一步咀嚼反思。从此之后,田冷春再也没有听到有关女儿和刘乐然的任何消息,就是小雨回来,也没见她再提起过刘乐然的名字,田冷春渐渐放心了。老婆却不然,她曾告诉男人,女儿可能还和刘乐然没有断,田冷春听了很生气,但没有证据,事情也只好作罢。吕哈定今儿来一说,他马上跳了起来。万万没有想到,女儿和刘乐然的关系竟然发展到了这种地步,这实在是太气愤了,太不应该了!这娃咋这么不争气,这么糊涂!田冷春抓起桌上的茶壶,大幅度地举起,摔下。受到重力的冲击,茶壶破碎了,散伙了!这些还不解恨,田冷春抬起脚,把茶几踢出去几米远,杯子烟灰缸,噼噼啪啪像经受了一场地震,非碎即裂。吕哈定看得心惊肉跳,连忙去劝田书记,阻挡田书记。田小雨从房子冲出来,用手一指,吕哈定,你给我滚出去!吕哈定愣了,见田小雨眼含泪花,义愤填膺的样子,连忙退了出去。

田冷春接过话茬,咋,你还歪了?你还不服,是不是?难道我说得不对?羞先人哩,把你养这么大你长本事了,我跟你妈给你说过多少遍了,你真的就当耳旁风了,真的就不记得?你咋不争气哩,我是你先人,难道是害你的?你你你——田冷春气得直跺脚。

田小雨起身进了房子。天快明的时候,她听见父母还在唉声叹气,你一言他一语地说着什么。

田小雨要上班去了,她当着父母的面,深思熟虑地说,爸妈,你们也不要劝我了,我任何事都答应你们,哪怕要我命都行,就是这件事不行,这得由我。日后就是吃糠咽菜,我愿意!我不怪你二老!

望着女儿的背影,田冷春彻底绝望了,完了,这娃没想到倔强成这样了!我再不说了,我再也不见她了!从今以后,她不是我娃,我不是她先人!

(五)

组上的事务一多,收废品的时间就会被挤掉一些,为了达到两不误,刘乐然尽量把二者的时间岔开。这样,走乡串户的时间就没了准点。尤其是最近,春暖花开,组里的事就特别多,卫生防疫,养殖业政策扶植补贴,这些还没到头,又开始了新一轮的合作医疗。

这天,刘乐然刚开完合疗动员大会,安排人去统计收费,自己打算去收破烂,手机响了,村上通知火速到镇上开会,老会计黄木泥还亲自跑过来叫他。"啥会还这么急的?""好会!听说这次中央拨下来多少个亿呢,咱农村全修成水泥路哩!""真的,那好得很!我这两天忙得都没上网。"两个人说着就去了阳沟镇。

镇政府的大会议室里叽叽喳喳塞满了人,全镇十一个村上百个组的干部统统来了。王镇长站在主席台上,一会儿热情洋溢,一会儿斩钉截铁,有时为了配合语言表达还摇头晃脑,握握拳头挥挥大手。刘乐然开了眼,王镇长年龄不大,讲起话来却滔滔如河,清清如水,听得大家一会儿鼓掌,一会儿发问。特别是谈到报项目,语气更是强硬,他宣布了三个村的名字,让他们赶下午四点就报来项目,迟一分钟都不行。这三个村都是离镇政府比较近,交通便利,或者虽远经济状况却好,村组干部配备硬棒的。蛤蟆村算不上,属于第二批,必须赶明天下午报上项目来。村村通公路,每公里国家拿出百分之八十,村组只拿百分之二十。也就是说,修一公里水泥路才花三四万元,这是做梦都梦不见的好事!水泥路还不比柏油路,它坚固结实,就像用上好的石板铺出来的,还平坦如镜,天阴下雨就再也不用愁出不了村,上不了县做不成生意走不成亲戚了!关键是,这不是梦,不是设想和规划,是真的,千真万确,立马就能给你兑现的!村组干部们听了,不由得鼓掌,兴奋地交流探讨,那烟头烧了指头都没觉得。大家都在回想自己的村组,村路的长短,贴补的资金,脸上的神情渐渐地凝重了,这贴补的资金如何来?尤其是第一批这几个村,赶紧分头召集自己辖区的干部商议去了,规划去了。王镇长已经敲明了,如果哪个村没有及时报上来,误了指标,就交帽子,腾位子!这指标可是费了好大心思,从县上"夺"过来的,"抢"过来的!

刘乐然从会场的气氛和干部们的言语里已经看出来几分重要性。从镇政府回来,蛤蟆村立即开了会,田书记说,修路的重要性,我就不说了,镇上争回来的指标不容易,现在,各组立即把项目报上来,实际量一量,你们组的通村路到底多长,需要拿出多少钱,以及这些钱的来源。强调一点,这不是花拳绣腿,这不是写文章,这是刀下见菜的实打实!对了,各组到黄会计那儿去领上报表,赶晚上八点送到黄会计手里。

村路

蛤蟆村虽说离县城不远,但却闭塞,交通不便。全村三千多口人除过老田的砖厂外,什么也没有,农业没特色,收了苞谷就是麦,没有大型的养殖场,没有规模型的果园。村里以留守的妇女老人为主,青壮年都外出打工劳务输出了,村上的经济状况可想而知。这么好的事却让人感到形势严峻,心情沉重,钱可是硬通货,怎么办呢?

刘乐然没当过村干部,根本不知道如何从集体,从村民腰包里弄钱。这一点,田冷春看得一清二楚,他目不转睛地瞅着刘乐然,他看小伙如何耍这个把戏!吕哈定听了田书记的话乐得眉开眼笑,没想到,田书记在这儿等着刘乐然,看来,这村民组长最终还是我的!如果这次筹不上钱,误了修路机会,刘乐然就得马上辞职,最好是撤职!属于蛤蟆村三组的村路一千五百米长,最少需要五万二千元,刘乐然还真不知如何下手。集体的收入有什么呢?那几眼井早卖了,承包地包出去多少年了,不知道到期没有,听说每一年光党报党刊的征订款就上千元哩!刘乐然坐不住了,他去找会计黄木泥,黄木泥说,这个问题我也想过了,修路既是好事,也是难事,这件事能否办好,三组一千多口人就拿眼看着哩!蛤蟆村三千多口人拿眼看着哩!王镇长拿眼看着哩!田书记也拿眼看着哩!那眼光是意味深长的,是捏一把汗的,是等着看热闹哩,是期待的,是相信的,也是随时准备找出你的软肋,将你碎尸万段的!总之,这件事是在考验你,磨炼你。你是幸运的,又是不幸的,既是巨大的困难,又是千载难逢的机会。好了,你刘乐然还年轻,前途一片光明,弄不好就是昙花,是流星。刘乐然实在忍不住了,一摆手说:"师傅,你别说那么多了,你光说这钱咋弄呀!"黄木泥却问:"你打算咋弄?""我心里一点底都没有!""你现在是三组组长,应该先了解咱三组集体都有啥哩,这就是底儿,有底儿了再说!""看你说的,弄清底细了,这黄花菜就凉了!""很快!办法就在你了解三组集体财产的底子上。""这种搞清算淘茅坑的事总觉得不太好!""你现在是组长,你要为大伙修路,不淘茅坑就没钱!当然,那也就不得罪某些人了,但修路的钱得弄,咋弄呢?这有两个办法,以集体的名义去信用社贷款,再一个就是全民集资!""贷款恐怕不容易吧?""那当然不容易,现在信用社宁愿放给私人,都不愿放给集体,集体没有收入,没有财产,信用社也不可能放款!"刘乐然有些失望,又问:"集资咋弄哩?""这很简单!在外职工干事的人捐上一点,全体村民平均一人收上一点。""那你说,

— 60 —

这钱咋收?"黄木泥摇摇头说:"不过,集资这个事也不是好操作的,现在这村干部都倒了牌子,群众不一定相信,不相信就不愿意捐款,集资捐款毕竟不能强制人家,不能硬收。弄不好了,钱没收下,事没弄成,还有可能撤了褃褃子!""那你说还有啥办法?""还有就是跑资金。"刘乐然一皱眉:"啥叫跑资金?"黄会计给茶壶里续了一把茶叶,添上水:"那就是发挥你个人和咱三组在外干事人的能力,到政府部门寻求支持。比如,农发办啦,移民局啦!"刘乐然连连摇头:"这不好办。我也没有当官的亲戚,我的朋友当官最大的就是咱镇长王经书,不行不行!"两个人沉默了一会儿,黄木泥问:"那你想咋办哩?"刘乐然低头不语,手机响了,是田书记打过来的:"喂,刘乐然,报表弄得咋样啦?啥?正弄着?好,抓紧时间,千万不敢马虎!"刘乐然冲黄会计晃晃手里的电话,咧着嘴:"看看看,田书记可催哩!"刘乐然站起来伸个腰打个哈欠,掏出小镜子,查看腮边的那个小疙瘩:"黄叔,你看我脸这儿肿了没有?"黄木泥顺口道:"没有。""没有?你就没看嘛。"黄木泥只好认真地看了看摇摇头,笑道:"你是不是心里有主意了?我看你一点都不急么!""我一点主意都没有,急又急不出办法。你不知道,我在美人村收破烂,认识了一个张老汉,这人原来是西安一个大工厂的厂长,厉害得很,人家遇到天大的事都不慌,他有一句口头禅,他说,事大事小,人先吃饱;事小事大,先不害怕。再说,我这人不爱想这些泼烦事!"黄木泥从房子里拿出一本账递过去:"这是咱三组自田书记兼任组长以来的账目,你拿回去好好看一下,摸摸咱三组的底儿再说!""这有用?"刘乐然接过来掂了掂,有些怀疑。"你去,先看大账,比如,咱组里一共有多少机动地?包出去的情况咋样?还有啥?对了,你看看就知道了。"

第六章

（一）

蛤蟆村三组一千多人，将近两千亩良田，四眼机井及配套设施。当年保管室那片院子，院子里那些高大的树木，等等。这么大一个摊子，看上去好像没有什么，细想还真不少。刘乐然抱回账本，就开始寻找。改革开放三十年，农村围绕土地以及集体财产的转迁，是一大堆乱麻，手再巧也解不开，刀再快也斩不断，心再灵也难理清。它是一座迷宫，这座迷宫不按科学建造毫无规律可言，进得去出不来，它是一团相互纠缠的密不透风的酸甜苦辣、真善美、假恶丑的故事，它牵挂了、煎熬了、折磨了、辛苦了几代农民的身心，刘乐然把心扔进这团乱麻里，开始缠绕，开始傻不唧唧地不知深浅地寻找，打捞，捕捉。

院子里，那些不知道眉高眼低的麻雀扑棱着嚷嚷着，刘乐然跳进庭院，挥舞双手气愤地虚张声势地吆喝几声，麻雀们飞了，他进了房子，麻雀们又来了，他故技重演，麻雀们动动翅膀，竟没有走。刘乐然无奈地进了房子，算了吧，是你遇到了麻烦，不是它的错，老天爷给了它一张嘴巴，除过吃饭，不叫做什么？他拿起账本，这本账是老会计黄木泥做的，比较细致但却有限，它只是田书记兼任三组组长期间的所有账目。土地是一大块子，上世纪90年代初，蛤蟆村曾进行过一次小范围的土地调整。除过每家每户的口粮田、责任田以外，当年三组还留了一百二十五亩机动地，这些地的承包费收入用于集体管理经营，也就是村组干部的费用。仅属于这个范畴的账就把刘乐然搞得眼花缭乱，不知东西南北了。那些莫名其妙的收据、借条、欠条、领条，错综复杂，无从下手。刘乐然合上账本，给黄木泥打电话。

这个电话足足有二十分钟，通话中，他们的神情是秘密的机警的，语调是抑扬顿挫的。之后,刘乐然又翻开账,问题慢慢显露出来了。

第一个就是乌云厚。乌云厚包了五亩地,至今二十年从没交过一分钱承包费;第二个是郑利马,五亩地只交了一年的钱;第三个是李强,包了十二亩地,只交了一百元!

乌云厚是蛤蟆村出了名的恶人,典型的钉子式人物。他长得如同一座黑铁塔,膀大腰圆,凶神恶煞。他总是沉默着,阴阴的,孤僻寡言,很少和人交往。无论干什么事,他的原则就是硬打硬撅。他是一颗钉子,遇到土木向里钻,碰到铁石也向里钻!见物通吃!刀刺过来不眨眼,枪打过来不躲闪,他有点像机器人,头脑里还没有害怕这个词,他不知道害怕是什么意思。他的思想就像打开电门射出去的手电光柱,直直的像一条线段、一根棍棒,不会拐弯,不会掉头,不会后退;没有方向盘,没有刹车,没有离合,只有油门。那油门也是只能加不能减,直至憋死或熄火。他没有老婆儿女,和老妈生活在一起。80年代,他还是一个十多岁的少年,父亲给生产队淘井塌死了,队上没有钱,把他家原来的茅草房拆了,给盖了六间大瓦房算是补偿。90年代,田冷春兼任村民组长后,进行承包地调整,已经二十多岁的乌云厚就选了一块离水源近、好浇、平整的地,锄一锄,种了。全村哗然,田冷春跑到地里去责问,乌云厚只一句话:"我看上这块地了!"田冷春就很威严地说,国有国法,村有村规,不行!一语未了,乌云厚的锄头就砸了下去。万幸的是,田冷春本能地一躲,头上的草帽让砍飞了。老田大惊失色,抱头就跑!乌云厚脚有伤,没有追上。竟有人敢挑战他,而且如此的生硬,田冷春害怕了,害怕了却不甘心,这是公然地破坏土地政策!田书记就打发几个村干部一块去见乌云厚。那时候,乌云厚正和老妈坐在院子里剥苞谷。他看见村干部们到了家门口,就站了起来,双目如电地瞅着。干部们站在门外就不动了。"弄啥的?"他恶狠狠地问。有人就说,你想包地就要按板来,不能乱种!话还没说完,他就说,并把我爸塌死按板来了没有?滚!他顺手提起墙角的小铁镢(一种挖玉米秆的农具)。一名村干部用手一指:"你、你想咋?""我想日你妈!"乌云厚的小镢飞过了头顶。几名村干部赶紧就跑。田书记沉默了,沉默却没有放弃,他把地有意识地包给了李强。李强仗着弟弟是阳沟派出所所长,交了一点钱就雄赳赳气昂昂地种地去了。乌云厚就在地头等着,他一把拎住李强的领口:"你是弄啥的?""队里把这块地包给我了!""包你妈

的巴子！""你咋？你敢动我一指头，我马上让派出所把你抓了！""我打你狗日的！"乌云厚挥拳就打。李强的脸上挨了几下，急忙就跑。下午，乌云厚蹲在茅坑拉屎，让阳沟派出所的民警抓个正着。一顿皮肉之苦后，派出所让交二百元放了他。乌云厚说："二百元？一毛钱都没有！爱关你关！"第二天十二点，就把乌云厚放了。乌云厚回到家里想不通，就把阳沟派出所的牌子扛回了家。民警又把他抓了回去，要了牌子，又放了。李强被弟弟训了一顿，也放弃了那块地。乌云厚胜利了，不交一分钱，就种了几亩良田，让他心里很高兴。不光如此，乌云厚浇地还不掏水费。砖厂有一眼机井，担负着附近上百亩地的灌溉任务。乌云厚把地浇了，看见田书记骑摩托过来，就伸手挡住，说："这浇地钱甭给我要！""那你少给点，掏个电费算了！""我一分钱没有！""那不行！""我学手哩！"乌云厚抡起镢头就打，田书记跑了，摩托车的油箱砸扁了，汽油流了一大摊。这摩托是个125型的，买上还不到一年，仅油箱也值好多钱。田冷春又气又心疼又怕，让人从中调解。乌云厚一听赔车，慷慨地说："能行！两毛钱以下咱再说，超过两毛钱走人，我这命只值两毛钱！"

那年麦忙大天，乌云厚正在场里晒麦，听说路边过来的吉普是镇长的车，大步走了过去，往大路中间一站，端着铁叉问："哎，你是镇长不？"镇长知道乌云厚是个人物，连忙点头。"镇长，我是蛤蟆村的乌云厚，我想跟你商量个事！""行行行，你说。""把我的公粮免了！""公粮免了？""咋，不行？""能行能行。"镇长说："听说你对老妈好得很，难得有这么一片孝心，这就好，没问题，免了！"

镇长是给乌云厚戴高帽子，他只知道乌云厚有个老母亲。其实，乌云厚确实对他老妈好。他从不出外打工，务农又舍不得投资，纯粹掠夺式经营，老妈又一直病在床上，所以，乌家的日子过得很寒酸。那年，老妈突然跌倒，偷吃了过量的安眠片想死，乌云厚把老妈抱着连夜跑到医院，这才救下老命。老妈却说，好娃哩，你救我弄啥？有我在，你咋问下媳妇呀！乌云厚却说，我不要媳妇，女人事多！

就是这么一个人，田书记都缠不下，他刘乐然又怎么行？

（二）

郑利马又是为什么呢？他包了五亩地，从1993年至今，这么多年了，为什么只交了二百块钱呢？近年来，蛤蟆村这地，黄河水都能灌溉，就是一亩地一百五十块钱还包不到手，田书记难道缠不下郑利马？郑利马像个教书先生，文质彬彬的，中等个儿，说话总是带笑，嗡嗡嗡，就像蚊子叫唤，从不会大呼小叫，田书记为何不收他的承包费？

郑利马不会武，却擅长文。他戴副近视眼镜，头发从来都是乌黑发亮，一丝不乱。他是农民，从骨子里爱地，却从来都是雇人耕种。他不是公务员、生意人，却一年四季大部分时间都住在酒店，吃饭顿顿有酒，不是请人就是人请，抽烟至少都是十块钱一盒。他干什么呢？什么也不干，什么也都干！他有一个外号，人称"皮条王"。皮条，人都知道是干啥的，再加一个"王"字，就更能说明人家在皮条行道的功夫了得！他有一个超人的灵活的脑袋，他的眼睛闪亮而机敏，眼珠的转动快速而灵活。转动中，他对一个人一件事一句话一个举动，就分析清楚了，定位准确了。他的敏感是无与伦比的，他全身长着看不见的密密麻麻的极长极长的触须，就像八脚的蜘蛛。他能随时随地地感觉到对方的心思、目的。他有很广泛的交际圈，很丰富的人际关系，他什么事都可以办。你办厂子跑手续交给他，他让你快而省，你想贷款去找他，他认识很多银行界的人，就是不认识，有你给的经费，他会活动，会请人吃饭，会送东西，这就认识了。

当然，办事也有风险，你比如花了人家钱，事还没办成，当事人肯定不乐意。郑利马有经验，他办事两个字：稳、实。所以很少失手，就是失手，没哄人，没骗人，钱花了，苦下了，事没成，没办法，他表现出相当的坦然。如今，在这方面，他已经积攒了很丰富的经验，总结起来却只有四个字：说死拉活。给人定事的时候，说死，必须肯定下来；回头给求他办事的人汇报的时候，又留开余地，说成模棱两可，这就叫拉活。郑利马从不放过任何一个为人办事为自己挣钱的机会。那年，田书记经营的砖厂濒临倒闭，八百万砖坯遭遇上秋天一个漫长的连阴雨，成为一堆烂泥，小学校房倒屋塌，砖厂拉去五十万砖没要回一分钱。工人要工资，煤矿要炭钱，电管站要电费，田冷春愁得一夜成了光头，躲在县城一家私人旅社里不敢回家，不敢回厂，甚至不敢在大街上露面。万般无奈，悄悄把自己的手表卖了二十块钱，把郑利马拉到羊肉煮馍馆让贷钱，郑利马终于被说心动了，谈了条件，给高息贷了十五万元，这才解了危。砖厂活了，田冷春省吃俭用赶紧还了贷款。原先答应给郑利马

三万砖只给五千,说砖厂才转开,等一等,你又不急着用砖。郑利马很不悦,嘴上没说什么,就趁机包了五亩地。第二年,田冷春派黄木泥收承包费,郑利马勉强给了二百元了事。

这些事,还是老会计黄木泥以后告诉刘乐然的。很显然,郑利马不交承包费是有原因的,这也是之所以能包十多年不给钱,田书记不再去要的原因。三万砖的代价高低不说,但既然答应了,人家也把事办了,就应该兑现。十多年了,五亩地的承包费算起来也不会少,到底谁吃亏,谁占便宜?

这第三个就是李强。李强一家是田冷春一手从北山迁到蛤蟆村的。李强仗着弟弟是派出所所长现在又是公安局长,说出话来是很占地方的,很有优越感和高人一头的味道。那年给田冷春交了钱,却从乌云厚手里没争到地,反而让所长弟弟训了一顿,心里很是窝火,就掉过头来找田书记,趁着调整土地,他一下就包了十二亩,并且再也没有给队里交一分钱。这李强不光说话扎势,那举止那做派更爱扎势,更爱显摆。他给人最大的印象就是显摆——穿衣服他爱显摆,他穿了一双公安局长给他的皮鞋;他吃饭爱显摆,喝一瓶啤酒都要站到大门口,唯恐过往的人看不见;上会赶集也爱显摆,买个东西,一点不对就说,我是公安局长的哥哥,你秤称好,少一两就让派出所把你抓起来!他也常常答应一些乡亲或朋友的要求,去找局长弟弟办事。比如,摩托车让交警挡住了,他马到成功,可有些事,却花了钱说得天花乱坠,偏偏办不成!

刘乐然想了,这三个人,没有一个人好对付,话又说回来,容易的话,田书记怎么能吃的剩下?问题是,就是把这二十来亩地的费用都收了,也不够修路啊,远远不够呀!老会计却说一点一点来,只要打开缺口就好说,大鱼在后边!

事情的确如此,不久,刘乐然就和那条大鱼必然地相遇了,火光冲天,硝烟弥漫。这一切厮杀,十分的凶险,这是后话。

穿了这套衣,上了这顶轿,就得坐下去,没有退路。刘乐然清楚,现在,他不下硬茬不行了,事情把他逼到了三角旮旯,他本不想得罪人。他也知道,多一事不如少一事,但这钱得筹,这路得修,说严重一点,就是拼个鱼死网破,就是这个村民组长不当了,也得修了路再说。刘乐然决定去找李强。十二亩承包地,十七年了,一亩就是五十块钱,这也收他上万元哩!局长怎么了,能当局长,绝不是他那样的觉悟!

李强的解释却让他吃了一惊。不错,他李强是包了十二亩地,可那是当初那样一个叫法,其实是给他两家八个人补的口粮田、责任田,田书记还收了一百元的手续费哩!现在,人家都包了地,我两家却没包一分地,我们也是蛤蟆村人,凭啥不给我承包地?我还准备找你刘乐然要承包地呢!我是农民,我也要吃饭,我就靠地哩,你看咋办?

刘乐然没要到米,李强还要夺他的升子!事情冒出这么一个情况,恐怕连科学家也想不到!他丢盔弃甲地逃出了李家,想了想,鼓起勇气,又去了郑利马家。

郑利马说得更好听,修路是好事,大好事,我全力支持,别说承包地钱,就是捐款,我都愿意!但是,我不能现在交,你年龄还小,才上任,咱三组的情况不是很熟悉,特别是三组的历史,我建议你好好做做调查研究,看看会计账目,不要捡了芝麻丢了西瓜!等你把咱组的大西瓜抱住了,我把承包费亲自送过来!另外再捐一千元!刘乐然说,你说的意思,我知道,咱修路这事明天就要报上去了,立马就要钱哩,不交钱,路修不成!我的意思是,承包地你种了这么多年了,现在把钱交了,至于你和田书记之间的事,过后慢慢算,都不是跑户走户。郑利马笑笑说,别急,修路还有个过程,你现在报上去,还要审查,通过之后,交通局把钱拨到账上,也不是一天两天,我成天给人办事哩,我知道,我还是刚才那句话,事情没问题,只要你把西瓜抱住了,我马上给你送过来,我们这些芝麻粒现在给你也不解决问题!来来来,贤侄,抽一支烟!

刘乐然从郑利马家出来,让黄木牛挡住了:"兄弟,听说收承包地钱哩?得是修路啊?""噢,你干啥去?""不咋,我在这儿专门等你哩!""等我?""嗯,钱收得咋个样?""正在收。""我给你说,咱组里这承包地乱得很哩,我也包了五亩地,三年的钱我都没交了!""那咋不交哩?""不想交!""那现在修路呀,你一交嘛!""修路是好事,但我不交!也不是不交,等人家交了,我再交!""我现在正收哩!""我知道你收哩,我的意思,你再甭收,白跑!我敢吹,你一分钱都收不下!""为啥?""为这!"黄木牛朝村旁的砖厂指指,刘乐然有些不解。"你来你来!"黄木牛把刘乐然拉进自家屋里。

（三）

　　吕哈定的摩托车一直骑到砖厂办公室门口，田冷春瞅了一眼，又把视线移向了电视屏幕，吕哈定有些不满地说："电工还嫌交得迟了要加收一百八十块钱的滞纳金哩！""你交了么？""没有。"吕哈定掏出钱递过来："我看这小伙认不得秤！""不说了，我找他站长。""对，把尿皮扒了！哎，对了田书记，刘乐然收承包地款哩！"田冷春放下手里的遥控板："几时？""今儿上午。""收下没有？""没有，听说一分钱都没有！"吕哈定得意地坐下来，点上一支烟，"田书记，你不如打电话把小伙再催催。"田冷春看了他一眼，没说话。他轻轻叹一口气："你看着，一会儿过来两汽车炭，你只管一收。""我收？""嗯，啥都是说好的，你看着让倒好就行了，我还有事。"田冷春起身走了。

　　田冷春什么事也没有，他直接回了家，关了房门一个人悄悄地睡觉去了，还叮咛老婆，谁要找他，就说没在。又特意把摩托车推到后院，避开人的耳目。

　　刘乐然从黄木牛家出来，也直接回了家，进了屋，睡了。田冷春睡着没有，不知道。刘乐然没有睡着，他现在需要的是冷静，一个人冷静地好好地想想。事情已经变得越来越复杂了，越来越重大了，他好像看见自己把一只手指塞进了磨眼里，石磨沉重地冰冷地无情地有力地转动着，磨槽里流出一缕殷红的糊状的液体，这是他被碾碎的手指吗？他看见他一不小心跨进了沼泽地，一动就陷进去一点；再一动，再陷进去一点；再动再陷，再陷再动。

　　现在的问题是弄钱修路。承包地款要收回来，就得先把蛤蟆村砖厂收回来，砖厂是西瓜，其余都是芝麻。砖厂收回来了，村民们就会自觉地交承包地款。那么，砖厂到底是支书田冷春个人的还是蛤蟆村的？如果是集体的，田书记一年又交多少承包费呢？这些年交了没有，交给谁了？账呢，账在哪儿呢？他斗得过田书记吗，他敢和田书记叫板吗？历史上他们两家私人之间从没有过什么过节、矛盾，现在，他还和田小雨是这么一种关系。事情就是这样相互牵制，相互勾连。

　　复杂的问题简单化，这是刘乐然无论干什么事的习惯，不管咋说，先弄清砖厂的真面目再说。少想多做，乱马都要从桥上过，头发想白也是枉然！

刘乐然来到院里,洗洗脸,梳梳发型,换了一身红西装,大步去了老会计黄木泥家。

黄木泥对蛤蟆村的砖厂应该是最知底的。刘乐然一问砖厂,黄木泥扑哧笑了,对,你问得好!要想修咱组里的路,还就得从这儿下手!刘乐然说,那你咋不早说?黄木泥恳切地说,我是想让你听听群众的呼声,然后我再蹄蹄爪爪地给你说!我想你爸都应该知道,咱这砖厂是1984年建的,当时三组在农行贷款三万元,每户每人入股二十元,砖厂建起,占地二十来亩,背靠坡塬,烧出来的砖特别结实,一年出去,在方圆就出了名,远近都跑来开砖,生意红火,供不应求。当时组长是我爸,田书记是副组长,主管砖厂。听说八六、八七、八八连续三年年年分红。1990年,组里研究,将砖厂承包给田冷春。1992年我爸病逝后,田冷春就当了咱组组长,说老实话,老田承包之后,砖厂的效益时好时坏,这也跟当时的大环境有关系。听说1998年足足关了一年,砖厂几乎倒闭!到了2000年,砖厂慢慢好了,而且是一年比一年好,就是现在也很不错!砖厂从当年的二十来亩到现在八十七亩大,当年是十来间烂土坯房,现在是平房,田书记还打了一眼机井,盖了一座浴池,几万元买了一台推土机,砖机都是最好的!应该说,砖厂把钱挣了!可这几十年来,咱组里得了几个钱?村民们分过几次红?说实话,1990年,在我爸手里,九月九重阳节,还雇了一辆大客车把咱组六十岁以上的老人拉到西安逛了一圈,过年分钱不说,每个老人还一包茶叶一双棉鞋哩!现在呢?唉!刘乐然就问:"田书记没交承包款?""不知道!人家是村支书,还是咱组里的组长,交都是从左手换到右手,谁知道?"刘乐然问:"那就没有账?""账?现在小组只有一个组长,连啥都不设,虽说各小组账都在我这儿,可人家田书记从来不提账的事,咱能有啥办法?""那你给我账上也根本没有砖厂呀!""人家就不入账,当然没有!""那你刚才说的群众入股,农行贷款有啥证据?""当然有证据!咱组里当年的会计就能证明!""会计是谁?""环环他爸朱五四老汉。当年我爸是组长,老汉是会计。砖厂建厂的账、每年经营的账目,还有田书记包砖厂的合同,都在朱五四老汉手里呢!"

刘乐然渐渐明白了,群众抗着不交承包费是有原因的,而且这个理由还十分充分,特别具有说服力。这个理由也有杀伤力,它具有杠杆的作用,是一种借力打力,是一种追求心态平衡的好办法。黄会计领着刘乐然亲自去

找朱五四老汉。朱五四老汉独自生活着,住在儿子的梨园里。据说,老汉是被儿媳妇撵出来的。原因是老汉光偷儿媳洗下的胸罩裤头,压在褥子下边,枕头下边,夜夜拿出来欣赏,痴痴地仔细地查看这两件东西的针脚,做工的精细程度,然后把鼻子凑上去对着乳罩或裤头的关键部位狠吸几口!当然,这些都是儿媳喷出来的,到底是不是真的,很难说。反正朱环环的老婆把公公抽了两耳光,赶出来了,说是偷看她尿尿被逮了个现行。也有人说,朱环环两口不是个东西,早都不想赡养老人,故意设了这么一个很阴险的招儿。

快清明了,油菜花一片金黄,梨花洁白如雪,刘乐然拨开树枝,走进花木深处。在深处有一座极小的斗室,门旁支着一口铁锅,朱五四老汉靠在墙上,歪着脑袋打瞌睡。刘乐然递过一支烟,点上。老汉连忙含到嘴上,吸得如痴如醉。朱老汉看上去有些痴呆了,耳朵也有点背,两颗门牙掉了,说出话来噗噗带风。老汉说,田书记能干,田书记是好人,田书记经常来看他,田书记还给他买过肉夹馍。说到砖厂,砖厂的事他不知道,他忘了,这是田书记特意叮咛了的!黄木泥忙问,砖厂的账还在不?老汉摇摇头,天冷他烧炕做引火柴烧了,还剩了一点田书记要走了,田书记不让说。哎呀,田书记给的那个肉夹馍香得很,他想起来就流口水。

这么大个砖厂,却找不出一个证据来证明田书记和这个砖厂的真正关系,实在是怪事!甚至,有的村民还说,这砖厂本来就是田书记家的,与集体根本就没有关系。

(四)

上报项目的期限到了,田书记接连打了好几个电话,显然很急。刘乐然一分钱还没有落实,但他必须去参加村上召开的关于修路项目的紧急会议。

八个组的组长都到齐了,田书记一一询问上报的情况,资金的来源,目前的缺口与计划实施办法,他还不时地指点指点,强调强调。对于情况比较好的组,他很奢侈地及时地进行鼓励表扬;而相对较差的,他就会沉下脸,适度地批评两句。那批评的语气是温柔的、和缓的,但弦外之音却是强硬的、沉重的,细想,心里还有些后怕的感觉。问到刘乐然了,刘乐然如实地说:"没有,一共需要五万二千元,现在一分钱还没有落实,我查看了近几年的账目,决定收承包地钱!"田书记就问:"收的情况咋样?"刘乐然话里有话地说:"群众还是通情达理的,对于修路双手拥护,承包地款也愿意交,只是有个前提条件,希望组上能好好查查账,先抓西瓜,再拾芝麻!"田冷春听着听着,几次想插话忍住了。刘乐然说完了,老田张张口还是忍住了,最终没有说出一句话来。

田书记太想训斥刘乐然了。从刘乐然说完第一句话就想挡住,但刘乐然的话是飞过来的箭,很利很快的箭,每一箭都刺在他的神经上,每一箭都穿在他的心窝上。特别是最后几句话,纯粹就是一个大西瓜,西瓜扔过来,砸在他的脑袋上,他眼冒金星天旋地转,西瓜烂成了八块,连续地拍在他的嘴巴上,他的嘴巴好疼,疼得发麻发木。田书记的脸青了,一句话说不出来,手使劲地抖动着,正是春天,一只脆弱的苍蝇,在老田手背的上方,忽左忽右,调不好焦距。

会就这么戛然而止,有头无尾地散了。听到"对了,散会"这句话的时候,刘乐然有些意外和突然。

田书记和谁也没有说话,骑上摩托突突去了。砖厂到底怎么一回事,只有他心里最清楚,他也渐渐地意识到,刘乐然对他开始具有威胁了,两个人已慢慢接上火了。怎么办呢?是谈还是战?这不是一个小事。

从村委会回来,刘乐然就开上三轮摩托收破烂去了。昨天耽误了,今天,美人村的张老汉已经打过好几次电话了,他必须得去。收完各家的废品,原计划的娱乐活动只好取消,因为天已经黑了。他给张老汉说明了最近比较忙乱的情况,掏出一个打印的材料递过去,说:"张叔,你看一下,这是我给你说的那个小品的脚本,熟悉一下故事,记下你的台词。"张老汉接过来:"我是演所长他爸?""对,下次我过来,咱就排练!"

刘乐然离开美人村,天已经彻底黑了。黑暗中,灯光黄亮黄亮的,顺路飞跑,刘乐然感觉好像骑在马上,双手驾着扶手,就像抓着马缰,头前倾着,腰猫着,使劲地全神贯注地追着前面的光,就像精神百倍地追着他的梦想。

回到家里已经是晚上十点多了,老会计黄木泥和他父亲正在闲扯着等他。几个人卸了废品,刘乐然一面洗一面问:"师傅叔,有啥事?""好事!我寻着我家当年入股的发票了!"黄木泥掏出一张纸片,朝刘乐然晃晃。

刘乐然嗯了一声继续洗,抹护肤品,然后又对着镜子梳梳发型。两人进

了房子,刘乐然接过字条。这是一张收款收据,字面发黄,复写纸印下的字迹有些模糊,但细看,仍能辨认出,是蛤蟆村三组建砖厂入股六十元的字样,收款人就是朱五四,并且盖着当时任三组组长的黄木泥父亲的印章和亲笔签字,刘乐然心里更有底儿了。"你打算咋办?敢不敢去摘西瓜?"黄木泥眼光灼灼地瞅着刘乐然的脸。"心底无私天地宽,咋不敢?""好,我没看走眼!你弄,我们都支持你,咱全组老百姓都支持你!""我不怕,我年轻着哩,万一跌倒了,再爬起来!"

　　送走黄木泥,刘乐然并没有睡意,他拿出那个小品的脚本,在房间里踱着步看着记着。后院传来鸡叫,刘传统起身敲敲儿子的窗户:"快睡,不早了!""不乏,我睡不着!"直到凌晨一点四十,刘乐然才很满意地睡了。那头刚一放到枕头上,就响起了呼呼的鼾声。根本没有前奏,没有酝酿,没有过程就睡着了,快得让人羡慕,让人嫉妒,这就是二十多岁的年轻人!他们有的是用不完的热情,使不完的劲!他们不气馁,不放弃,单纯!他们的单纯是一张神奇无边的网,任何千变万化的事情,任何复杂的牵一动万的事情,任何荆棘丛生的事情,经过他们的单纯,就会变得迎刃而解。他们的单纯,是一把锋利的削铁如泥、削金如木的宝刀!这刀是关公牌的青龙偃月刀,这刀刺出去,砍下去,削过去就把一件复杂的事情解剖了,就像庖丁解牛,他们会把复杂的事卸胳膊卸腿,抽筋剔肉,通通拆开了,成为一件件的,然后从容地孩子气地解决掉!

　　这个晚上,刘乐然很累,睡得很香,中途没有醒来,没有树叶大的一片梦。他一觉睡到天光大亮,睡眠质量相当好,思维敏捷,精力充沛。这个夜晚,田书记却没有睡着,他一夜似梦非梦,似睡非睡,翻来覆去。老婆卖羊奶回来了,他还躺在被窝里。

　　这个早晨,田冷春破例没有喝早茶,他一起来,就匆匆上了村委会。田书记一边走,一边打电话通知开会。今天这个会很突然很紧急,蛤蟆村所有的村组干部,以及各组的党小组长都来参加会议。大家猜测这八成跟修路有关,有人甚至认为,关于修路的事,上边可能有什么重大变化!谁知,这个会开得时间却很短,等大家都到齐了,黄会计点过名之后,书记田冷春开腔了。他首先进一步渲染了一番,修通村公路的重要性,然后话锋一转说,他是蛤蟆村三组人,这些年,砖厂经营尽管费尽周折,也曾九死一生,但在每一次重大集体事件上都出了一份力,比如2004年连阴雨,村小学房倒屋塌,以后重建的一百二十万块砖,全是砖厂无偿提供!如今,要修路了,砖厂占着三组的地,他代表砖厂做出决定,自愿为三组修路捐款两万元!吕哈定带头鼓起了掌,那掌鼓得很卖力,接着干部们都鼓起了掌,黄会计处在田书记的视线之下,就使劲地夸张地鼓着,后边的村干部们却敷衍地拍着巴掌,有人故意咳嗽一声,把脸转向了窗外。窗外的电线上,一只断线的风筝在风中哗哗作响。刘乐然一听很吃惊,也有些模糊的兴奋。

接着,就散会了!

每个干部都是一个很好的传播媒体,很快,全蛤蟆村的人都知道,村支书田冷春为修路捐了两万元的巨款!

实际上,田书记要的就是这个效果,他已经估计到刘乐然会来找他。为了砖厂,为了筹钱修路来找他要钱!既然那样,主动出击还落一个好名声,如果小伙聪明的话,就不再来找他田冷春的麻烦。其实,自从将三组组长让出去,老田就感到了一种不妙,他就觉得自己的一只胳膊让人卸了!他太大意了,太麻痹了,办事太拖拉。他是三组组长,又经营着砖厂,早应该弄个手续的。自己给自己弄手续,这还不容易?比如签一个砖厂用地协议,问题是现在晚了!他其至在思考,镇长王经书是不是对他怀疑了,不然,干吗突然让他把组长让出去呢?接着又选举呢?他非常后悔,后悔得半夜一个人坐起来,握紧拳头,使劲砸自己的膝盖,砸床。那么,刘乐然要是再来找他怎么办?说砖厂的事怎么办?田冷春给女儿打了一个电话,让小雨这个星期回来一趟。挂了电话,又觉得还不放心,吃过早饭,他骑上摩托车去了县城,他决定动用女儿这枚棋子来制约刘乐然,一步一步控制刘乐然。对于这个办法,他充满了信心,他相信自己的判断和感觉。

第七章

（一）

　　田小雨被安排在县公安局办公室。办公室是一个弹性很大的工作部门。平常，多一个人少一个人，无所谓。田小雨把茶端过来，田冷春却心不在焉地望着窗外。小雨安排好手头的工作和父亲出了公安局院子。女儿长大了，穿上这身警服，更是英气逼人。他曾经对女儿寄予厚望，指望女儿将田家发扬光大，他曾经因为女儿是警官豪情万丈，也坚决地毫无余地地反对女儿和刘乐然走近。但万万没有想到，事情演变到这一步，演变到他不但同意两个人好，还主动找女儿来说这事。

　　田冷春找了一家不起眼的小饭馆，问女儿喜欢吃啥随便点。田小雨却让爸爸点，她说，她发工资了，工作了，也该好好请爸爸一回了。父女两个相互体贴的情景，真让人感动和嫉妒。他们要了一个小包间，又临街，闹市中求安静，很有些情调。菜上齐了，田冷春就让服务员掩上门站到外边，小雨感觉到父亲有重要的事和她说，她也不催，一边吃菜，一边等父亲开口。

　　田冷春转的圈子很大，离目标很远很远就下马步行了。他先回忆家史，叙述自己一生的奋斗历程，风风雨雨，艰难险阻，痛说家门的不幸，小雨两个姐姐和哥哥莫名其妙地死掉，又说如今的辉煌与骄傲。比如这么优秀的女儿，比如他的政治生涯，他一手创造的家业，特别是砖厂，这实在是耗费了他几十年的心血。下苦流血流汗不说，那年，砖卖不出去，大雨又冲了窑室，毁了砖坯，工人要工资，煤矿要炭钱，电管站要电费，村上给砖厂派来的会计出纳，一看大事不妙，各自拉了几万砖，扔下砖厂，打工去了。他是承包经营，他走不了，但也待不住，麦收了，还没晒干，债户就上门装了粮！万般无奈，他锁了门，把女儿放在岳父家，带上老婆去潼关下金矿，干了十个月，有了钱,这才重新点窑开工。还有,为给村上打一眼深井,他在基金会贷了十万元,砖厂效益差,没有及时归还,基金会清欠队就把他铐了两天,十一月的天气,北风刺骨,这腿疼就是从那时候得的,这都是为的集体呀!

这些话,田小雨已经听得不止一遍了,但她又不忍心打断父亲。那么,父亲今天说这个,又是为了什么呢?田小雨把茶杯递过去,他发现父亲的眼眶里有混浊的泪光。"不过,现在好了!"田冷春突然话锋一转,情绪昂扬地说:"时间过得太快了,不觉我娃都工作了,都二十二岁了!要在旧社会,十三四岁就成家了!给爸爸说,有目标没有?""爸,你咋突然问起这个来了?""到时候了,你不考虑,爸我着急啊!""没有。""真的没有?你不愿意给爸说?有就说,让爸也高兴高兴!社会不同了,只要我娃看上的,爸就同意,爸就高兴!爸也会像疼女儿一样疼女婿!""真的?""当然是真的!""你不反对?""不!""那你就知道是谁!""是谁?""你想想!""是——"田冷春故意想想,"是——刘乐然?""嗯。""好,爸双手赞成!我想了,刘乐然虽是个农民身份,家境也不是很好,可这娃能折腾,有恒心,能下苦,不错!何况,你俩青梅竹马,感情基础好!你说,打算让爸做啥工作?""不用不用!""咋不用?咱根都在农村,你俩年龄也不小了,我看选一个媒人,定个日子,摆几桌子,把婚订了!""这太俗气了!算了吧,没必要,只要您和我妈没意见就好!"田冷春沉思了一下,说:"那是这,也不叫媒人了,也不说是订婚,要是有人问,就说你两个确定恋爱关系了,叫些亲朋好友,摆几桌子热闹热闹,咋样?""行,那我和刘乐然再商量一下!""这有啥商量的?爸我做主,酒菜席面我去订!"

田小雨万万没有想到,父亲今天来是和她说这个事!这个惊喜来得太突然了,她有点晕,父亲太会雷人了,一下就雷倒了她!田小雨跑进洗手间,掏出手机就给刘乐然打电话。"这是真的吗?"刘乐然的声音明显有些发抖。"当然,爸爸现在就在我身边!"接着,她听见刘乐然快乐地亲了手机一口!打完电话,田小雨习惯地洗一下手,对着镜子看看,做个鬼脸,又回包间去了,洗手间的用途被她篡改了。父亲是一个因为聪明而比较固执的人,怎么会变得这么快?没有人做工作他就通了,而且比她还积极?!她隐约感觉到有些不正常,他是父亲,他爱女儿,他看到了社会的发展,这有怀疑的必要吗?

田冷春比较满意地回蛤蟆村去了。临走,他再次叮咛女儿,赶快和刘乐

然联系。他直接回了家,放弃所有杂事,原因是,他还有一个关节没有打通,这个关节就是老婆。对于女儿和刘乐然的婚事,老婆一直立场坚定地紧密地和他站在一起。在母亲的心目中,女儿不光是心肝宝贝,更是生命的杰作,那些常在电影电视上露脸的明星们也没有女儿漂亮,女儿没有缺点,而优点又被母爱无限地放大了!刘乐然怎么能配得上她的女儿?首先,他家庭不行,老娘多病,她女儿嫁过去怎么能整天伺候她?住房不行,这年头谁还住那种房?这个娃也不行,她的女婿不能只比女儿高一点,他应该再高一点,至少高三厘米左右,而且这个娃还有最大的一个硬伤,他是农民!他才高中文化!一句话,他俩没有相配的地方!对于刘乐然,她只有两个字:不行!

到底行不行,不是她说了算,而是田冷春!田冷春现在能行了,她就得跟着说能行。田冷春说:"现在社会向前发展了,咱们的老脑筋跟不上了。婚姻大事,还真的得由娃们自己决定,咱看上的他们看不上,要是硬弄,硬按咱的办,后果一般都不好。性子温顺的娃听从你的了,有一天,日子过不好就会责怪父母,到那时父母也后悔,从此后悔一辈子;性子烈些的娃,会采取私奔,弄你个鸡飞蛋打,竹篮打水;再烈一些的,喝药上吊,扑河跳井也不是没有。到那时,后悔就来不及了,如果要是由了她,将来日子过穷过富,过好过坏,咱都没责任!比如小雨,她一心看上刘乐然了,迷上刘乐然了,咱就是再反对,也白搭,弄不好倒把咱孤立起来了,落个里外不是人的下场。女儿毕竟是人家的人,和儿子不一样,就随她去吧!"老婆听着,不由得张大了嘴巴,以一种奇怪的不理解的眼光看着男人:"你真的想通了?""我想通了!""哼,我不信!"老婆一撇嘴,白一眼男人。"我不想通有啥办法?与其硬挡得罪人,不如做个顺水人情。我看透了,现在这娃咱根本就挡不住!"老婆听了,再看一眼男人,她还是不相信男人的话。田冷春不解释,却以感慨和沉重的口气回味他曲折艰难的创业史,重点渲染了一下砖厂的苦难历程!这段话确实打动了老婆,引起了她的同情和共鸣。的确,为了这个砖厂,老田让基金会清欠队铐到司法所,她深更半夜送棉衣送饭菜,二十多里土路她步行着去,到了司法所,那馍菜都冻成了冰疙瘩!还有,砖厂周转不动了,眼看就要关门停窑,她求爷爷告奶奶,冒着大雨搭车到省城表姐家里,苦苦哀求,赌咒发誓,终于借了五万元,才救了砖厂的急。唉,这些还真不敢想,想起来就心疼,想起来就胆战心惊,想起来就害怕!总之,老田和她对这个砖厂,付出的太多太多了,感情也太深太深了。砖厂不光是一个营生,也不光是一项事业,它更像他俩的一个孩子!可是,这与小雨有什么关系呢?她还是不赞成女儿和刘乐然成婚,她还是那两个字:不行!

"不行也得行!不是嫁你!也不是嫁我!你能挡住吗?"女人哀叹一声,低下头,好久,很不甘心地说:"这个刘乐然凭啥要我小雨?"田冷春站起来,说:"你要知道,刘乐然现在是三组组长!砖厂的情况你真的不知道?"女人不解:"你是村书记,还怕他组长?小腿还能拧过大腿?"田冷春一扬手:"去去去!你知道个啥?修路用钱哩,组上没钱,刘乐然就要寻砖厂哩!"女人还是不解:"你不是给了两万吗?"田冷春瞪女人一眼:"给你说你也不懂!"他一挑门帘,抬腿出去了。

(二)

刘乐然接田小雨电话的时候,他正在美人村张老汉院子里排练小品,台词各人都背诵得差不多了,但对人物的把握还是不行,每一场戏的动作,环境还是弄不好。毕竟不是专业的,自己瞎摸索还真不行。他猛然想起了黄木泥,黄木泥当这个导演再好不过了,这事应该把师傅叫上。他把自己的主意给张老汉一说,立即得到了同意,大家定好下一次排练的日子。装好废品,刚走到门口,田小雨就打来电话了。刘乐然接完电话,开上车就走。他一路高歌,一路飞车,竟忘了回蛤蟆村,拉着一车废品,进了公安局大院。门卫值勤人员还没等他停稳,就跑了过来,从刘乐然的衣着打扮,到三轮车的废品,看了又看,接着审查他的身份、来路,并让他把车开出去,放在公安局那一排整齐的警车旁边伤眼。正说着,田小雨出来了,刘乐然一招手,小雨就坐了上去,刘乐然掉过车头,一溜烟跑了。值勤人员愣愣地看着。

父亲不但同意她和刘乐然的事,而且热情高涨,大力支持,但有一个条件,如果两个人确定了,就得有一个仪式,这个仪式怎么搞,搞多大的规模,还要他两个自己决定。两个人特别高兴,并相互提示对方想周全,把每一个细节都要做好。框架定下来之后,刘乐然就回蛤蟆村去了。他不能耽误太久,他还是三组组长,关于修路还有一大摊子事。

村路

清明过去十多天了,已经到了暮春,阳光晒着风,风吹过来热烘烘的,大地一片生机。雪白的梨花,一片一片地镶嵌在广阔的绿油油的麦田里,就像一朵朵落在碧波上的云。不过,那云是被人修剪了毛边的,呈矩形或长方形不等。刘乐然在一片梨园边停了车,四下看看,解开裤子撒尿。耳边突然传来一阵鸟儿的鸣叫声,那声音清亮、悦耳、婉转,画一个半圆的弧,就像一弯新月,就像一个青绿滴翠的尖辣椒。刘乐然忙回头去看,却并不见鸟的影子,他急忙系好裤子,猫腰钻进梨园。不远的一棵梨树下,一只麻雀大小的鸟,正在那儿抒情,在它不远的地方,另一只鸟儿回应着。他蹲下身,仔细欣赏那鸟儿的歌声。这家伙看上去灰不啦唧的,其貌不扬,可那声音却如此动听迷人!刘乐然慢慢退出林子,取出随身带的数码相机,趴在一棵梨树边,摄下了这几只鸟儿高歌的姿态。听得出来,这鸟儿很高兴,很快乐,心情舒畅,是不是它也觅得新欢了?是不是它的爱情也取得了大丰收?

这个订婚仪式选定在周末,这个周末又是一个阳光极为明媚的日子。刘乐然当然没有要田家的钱。前来帮忙的邻居朋友一律按照他的要求,头一天下午就进门了。大家一直忙到凌晨一点多。第二天上午十点多,也就是农村人刚刚吃过早饭的时候,双方的亲朋好友就粉墨饰带,陆陆续续进门了,刘乐然站在大门外三丈远的地方迎接。今天,他把头发染成了红黄蓝绿多彩的,阳光下,五颜六色地闪烁,戴一副极时髦的黑边眼镜,细看却没有镜片!原来是一种装饰!上身穿一件中性的方领的白衬衣,打着漂亮的黑色的蝴蝶结,下身穿一条紧紧的挺挺的大红色的西裤,一双白色的皮鞋。他皮肤雪白,鼻梁高隆,描了眉,轻施脂粉,看上去,格外帅气!

来客一见,就惊异了。惊异他的"姿色",他的美!再一进大门,又惊异了!

院子里,东西两旁挂着两排漂亮的鸟笼子,笼子里是各色叫声不同的名贵的鸟类。此刻,它们此起彼伏地歌唱着,比试着。宾客们不由得走过去,参观那一只只造型各异做工精湛的鸟笼。鸟笼里,千姿百态羽翼绚丽的鸟儿,跳上跃下,啄食唱歌,有的还冲人眨眨眼,然后,骄傲地充满炫耀地向来宾献媚或扎势。院子中心是一片小花盆集合成的花海,细看,花儿们用自己的颜色按照主人的意图摆出了欢迎您的贺词。看完,心里不免涌起一种温暖。头顶悬着一排排的相片,全是田小雨的大头贴,中间和四角有几个风铃,风摇动铃铛为鸟儿伴奏,鸟儿歌唱向人们祝贺。

田冷春老两口根本没想到,女儿的订婚仪式会是这么个样子!甚至连小雨自己也没有想到,真不知道这些东西都是刘乐然从哪儿弄来的!小雨的心里幸福极了,快乐极了,骄傲极了!席间,刘乐然还亲自给老丈人田冷春敬了三杯酒,在场的宾客们都热情地鼓起了掌。

吕哈定也来了,但他心里不痛快,他喝了几杯酒就感到头有点晕,默默地回家了,倒在炕上闷闷不乐。院里的一只羊脱了,另一只就使劲地嚎叫,那急切的样子简直有点声嘶力竭。吕哈定跑到院子撵羊,羊带着缰绳满院跑着,躲闪他伸得老长老长的一双手。吕哈定趿拉着鞋跑不动,转了几圈还是不能得手,他就破口大骂,还顺手抄起一根棍子。羊紧张了,见势不妙就冲出了家门。吕哈定穿好鞋,提着棍子紧追。黄木牛站在门口正歪着头,专注地掏他牙缝的杂物,看着吕哈定的样子,扑哧笑了:"哈密赤,你脑子简直进水了!你不想想,你两个蹄蹄,羊四个蹄蹄,你咋能跑过羊!""木牛,来,再把你那两个蹄蹄加上撵,咋个样?""那你明早别验我的羊奶!""你?你是有名的水大王,要是不验你,我担心咱蛤蟆蟆村河里的水就干了!"黄木牛一听,笑得更响亮了。羊跑累了,喘着粗气,终于缴了械。这是一只良种的富平奶山羊,现在挤了奶还不到四个小时,那奶包子又鼓起来了,长长的,奶嘴已亲上了地。吕哈定看着心里一喜欢,手里的棍子就抽不下去了,他拴好羊又回屋去了。吕哈定躺在床上,心思又跑到田书记身上去了。他很有怨气,这种说不出口的暗伤,让他非常难受。他跷起二郎腿,感觉体内有一股子硬硬的怒气,一会儿冲到喉咙,一会儿又掉个头,扎下去,钻进五脏六腑,一会儿又在丹田发威。怒气像一个铁钩,钩住丹田不断地拧,不断地转圈,就像一只疯狂的鳄鱼张开血盆大嘴,撕咬住猎物,疯狂地旋转。丹田就膨胀了,疼痛难忍了!最要命的是,吕哈定还有疝气,这股蛇一样的怒气就顺肠子钻到丹田底部。底部好像是一个很陡峭的崖头,崖下就是深谷。那怒气不知道害怕,它就拖着肠子纵身跳下去,下边的深谷是圆形的,漆黑的,像一只口袋,没有孔,那气就看不见,就发急,就折腾。吕哈定真的岔了气,半个身子笨笨的不配合不协调,一动,就疼得龇牙咧嘴,扭腰摆屁股,甚至连胳膊都抬不起,翻身都得小心翼翼。

但他家那只标准的富平奶山羊不管这套,它又很智慧地用嘴巴一拱一拱,一舔一舔地解了缰绳,然后自由了。它侧耳听听看看,就轻车熟路地出

第七章

了大门。刚才脱缰,它已经发现了西头张运动家门前有一小块菜地,那里面的蒜苗绿油油的,菠菜伸开茂盛的叶子,它真不想走,它牙根发酸。现在,这只富平奶山羊终于兑现了自己的梦想,它甩开腮帮子,贪婪地奋不顾身地大吃大嚼起来。奶山羊有一个窄而长的嘴巴,更有一条把什么都能揽进怀抱的万能的舌头,舌头上有无数的小小的肉刺,什么东西让它抓住就很难逃脱。它非常灵活,尽管不断淌下口水,却永不打滑,永不失手。一片绿油油的菠菜眨眼就被它消灭了。它做活很彻底,干事很绝情,但它偏偏遇上了比它还厉害的角色,那就是这片菜地的主人!

　　张运动从刘乐然家回来,一眼就看见了那只富平奶山羊,他气坏了,从很远的地方就开始跑步追上来,他一把抓住了缰绳,还好,奶山羊暂时还没有进攻到那片蒜苗地。张运动想狠揍一顿,但他忍住了,把羊拉回了家。时间不长,吕哈定就过来了,张运动往门口一站,问,哈密赤,今儿咋有工夫过来啊?吕哈定偏头瞅着院里,说:"我羊不见了!你没见一只羊么?""见了,你看是不是这?""是是是。"吕哈定赶紧往羊跟前走,张运动就问:"你咋呀?""啊,兄弟麻烦你了!"并从口袋里摸出一盒烟塞过去,"给给给,拿上,我才抽了四五支,改日给你买一整盒!"张运动接过烟看看牌子:"不行,你看看!"张运动把吕哈定拉到菠菜地跟前,用手一指,"咋弄哩,我一畦菠菜吃了个精光!""是这,你看现在菠菜也老了,没啥吃的,再说也不值钱,给,多少别嫌,你把这十个元拿上!"张运动这才很不情愿地接过钱,随后悄悄给老婆玉女使个眼色。这女人能说得出做得出,她忙提了个奶桶,说,羊吃了他家菠菜,她得挤了羊奶!吕哈定气得哭笑不得,想大声说句话,那腋下的肋子马上疼得他直咧嘴。

(三)

　　刘乐然和田小雨的婚事,有人表示了担忧,很深切的担忧,那就是老会计黄木泥几个人。担忧什么呢?当然不是婚姻本身,不是这两个娃的感情,而是这桩婚事所产生的作用和影响。担忧的是刘乐然,他是三组组长,修路集资,让他出面去讨回三组的砖厂承包费,是再好不过了!而且,经过这么一段时间的观察考验,他发现刘乐然虽然年轻,但人不错。现在的问题是,他已经成了田书记的女婿,他会去揭砖厂的老底吗?会出这个头吗?应该说可能性已经很小了!黄木泥开始失望了,他走访了一些群众,大家也开始摇头。百姓就有这么一个缺点,考虑自己太多,考虑集体太少,心不齐,难办事。他们在私下,提起砖厂振振有词,当双方局势不明朗的时候,当他们还看不到胜利的曙光时,想让他们勇敢地站出来,几乎不可能,或者根本不可能。当你把砖厂的承包费要回来了,当你给大家准备分红的时候,他们才会毫无顾忌地站出来,激动万分地大张旗鼓地为你拍手!你若斗不过田书记,你丢盔弃甲地惨败了,他们就以兔子般的速度逃跑了,离你越远越好,和你的界限划得越清越好!现在,黄木泥也开始有些后怕田冷春了,他觉得,老田已经知道,也许早就知道,他在和他唱对台戏。黄木泥心里有些郁闷,坐在后院里,抱着二胡,一个人拉起秦腔曲牌来,这一拉,心中的郁闷就泄了,他觉得还是安心过日子的好,集体的事少管,世事大了,一个老百姓又能怎样?弄这个会计当着,睁只眼闭只眼,一月还几百元工资哩,偶然盖个章、开个证明什么的收几个烟钱,就当多养了一只羊。遇上红白喜事,再捏几个钱就行了!但是,一看见自己的女人,他就想起了田冷春,就觉得难受,觉得心不甘!这时候,前边传来一阵矫健的脚步声。一看是刘乐然,黄木泥马上就来了气。刘乐然满面春风,师傅长师傅短。他说,他想和美人村的文艺积极分子合演一个小品,各人的台词都记好了,就是不会演,想请他去当导演。当导演曾是黄木泥又一个强烈而辉煌的梦想,当年在剧团的时候,他应该算作一个多才多艺的年轻人。他能唱,学任哲中老先生韵味十足,有鼻子有眼,他擅长板胡、二胡,音乐方面,他每次都是头把交椅。他还热爱剧本创作和导演,他曾悄悄写过《铡美案》《三滴血》的后本,做导演是他的终极目标,等他音乐精通了,唱功高深了,笔下有功夫了,他就去做导演,连编带导带演!这个梦想曾经在他生命里燃烧了好几年,现在,刘乐然想让他导,让他过一把导演瘾,他心里非常兴奋,但却果断地拒绝了。他淡淡地说,我还有事,没工夫。刘乐然没有想到老会计会拒绝,再求了一会儿,又说了一些群众的热情,黄木泥并没有心动,他意味深长地说,你是三组组长,又是书记的女婿,你应该多和书记走动走动才对!

刘乐然本来还想和老会计说说修路款的事,说说砖厂承包费的问题,这一来,他就张不开嘴了。黄木泥抱起他的二胡,继续拉秦腔曲牌,刘乐然只

好回家去了。不管怎么说,田书记或者说老丈人,觉悟还是蛮高的,一说修路承包地款收不下,他马上就表态,砖厂拿出两万元!也许,老丈人在砖厂的问题上有一定问题,但没有他老人家,几十年了,砖厂能办下来吗?能一步步走到今天吗?能发展壮大吗?谁都知道,砖厂是个高风险的企业呀!当年,砖厂濒临倒闭的时候,那些组里干部们干什么去了,怎么不想为砖厂筹资金呢?怎么不帮助砖厂克服困难呢?怎么都卷了行李,离开砖厂,出门打工挣钱过小日子去了?就是朋友也该讲有福同享有难同当啊!你们可好,那时候,也没见一个人说这砖厂是集体的,全村人应该集合起来去帮一帮砖厂。现在经营好了,产生效益了,就眼红了,想要分钱了?那夜,刘乐然在老丈人家坐到了深夜,田书记两口声情并茂地给他从头至尾学了一遍,几十年经营砖厂的风风雨雨,有些地方,他听得都掉眼泪了,田小雨还悄悄递过纸巾让他擦擦。公说公有理,婆说婆有理,这个砖厂如果说是集体的,它却有太多的私营痕迹,如果说是个体的,又有很多集体的影子,刘乐然感觉到砖厂的问题越来越复杂了,越来越看不清了,越来越让人迷茫了!但还是那句话,复杂的问题简单化,馍,一口一口吃;事,一宗一宗办!现在,最重要的事就是修路款。等路修了,再一心一意地,专心致志地解决砖厂的承包费问题。其实,在田书记提出代表砖厂为三组捐款两万元之后,刘乐然只是很短暂地兴奋了一会儿,很快他就感觉到了书记这步棋的玄机。他计划去讨要砖厂承包费的棋路动摇了,他有些犹豫了,不好意思了,张不开口了。紧接着,就是书记同意他和小雨的事。这一来就彻底动摇了他的计划,他对田书记就更张不开口了。与此同时,刘乐然对书记产生了一些看法。第一,你不该把我和小雨的关系扯进来,作为砝码。第二,你不该这么处心积虑地对付我,计划我,阴我!如果顺利地发展下去,你我的关系不同一般!不过,刘乐然根本不在乎这些,他不想这些原因,他也不愿意为别人设套子!他喜欢单纯,他看的是结果!只要你为修路愿意拿钱,只要你愿意我和你女儿的婚事,那就够了!现在,对于五万二千元的修路款来说,两万元只是一小半,剩下的三万元又该怎么办?砖厂已经高姿态地主动地拿出了两万元,那些家的承包地款,是不是也该动一动?实在不行,就施加一定的压力!刘乐然走到自家门口,手机响了,一接,原来是老丈人叫他,他连忙赶过去。见了面,田书记关切地问:"剩下的几万元咋办?"他就说:"组织人下硬茬收!"田书记摇摇头:"霸王硬上弓不行,就像乌云厚,你硬,他比你还硬""那您的意思呢?""咱组里还有两三家的承包地,应该说已经到期了!"田书记刚说了一句,镇长王经书的电话就来了,从对话的单方内容和神情里,刘乐然知道,又是在问修路筹款的进度、措施。田书记一接电话就站了起来,习惯性地一边踱步,一边打电话。

　　田书记所说的到期的承包地一共只有两家,每家各十五亩。还有一家那是有问题的,仍然搁置着。出现这个现象是有历史原因的。1998年,老田因砖厂无法运转而暂时关门,几乎一年的时间和老婆在外打工,三组上千口人也不可一日无主,有一些事必须开展,包村副镇长就通过一定的程序任命了一名临时组长。这组长名叫石锁子,石锁子在镇上开过几天饭馆。饭馆是媒介,让他结识了镇上的好多干部。石锁子爱喝酒,特别是啤酒,两三瓶就醉,但那醉却是似醉非醉,不睡觉,不呕吐,不出洋相,却很黏,很仗义,很豪爽。他的黏最要命,他不让你走,一杯一杯,一瓶一瓶使劲喝,想吃什么上什么,不尽兴,那就上县城!上大酒店!华灯初上,出了酒店,他又拉着你上夜市!最后,雇个出租拉回去,扶到床上,一直睡到第二天上午。好处是,再吃再喝,都是他掏钱,任何人别想!饭馆开烂了,他整天什么事也不干,也不回蛤蟆村,在镇子上瞅熟人的酒场子。有一件事,张运动至今想起来又气又恼又无奈。那年,张运动把拖拉机卖了,想在基金会贷五千元,就求书记田冷春搭话。问题是,张运动前边有陈贷,但是还要办,老田就给张运动出了个主意,张运动把石锁子从街上拉到饭馆,酒到八成,张运动说想以他名义贷五千元。石锁子好久没吃没喝了,注意力全在菜盘子和酒杯子上,张运动接连问了几声,他才听见,想也不想地就答应了,第二天又请了石锁子一顿,这才去贷款。怕露馅,张运动没出面,让田书记和石锁子去基金会办事,自己坐在饭馆里静候佳音。不久,田书记和石锁子胜利归来了,张运动咬牙又叫了几个菜,酒过三巡,石锁子还没有掏出贷款的意思,张运动就悄悄给田书记使个眼色,老田说:"锁子,这一下你把贷款给运动吧,让运动给你打个手续!"石锁子却道:"哎呀呀,急啥哩!我两年都没见过这么多钱了,让我多暖一会儿嘛!"老田也不便说什么。过了一会儿,石锁子摇摇晃晃地去了厕所。很久不见回来,田书记不放心地说:"运动,你去看看,锁子可能喝多了!"张运动转了一圈,并不见石锁子的人影。老田就说:"可能回去了,事都

是说好的,你明天一早到他家取钱就对了。"张运动一夜没有睡踏实,第二天一大早就跑到了石锁子家。石锁子还在被窝里做梦,半天才认得是张运动。还没等张运动开口,石锁子就非常惊讶地说:"哎呀,坏了!我昨晚把钱遗了""遗了?"张运动大吃一惊,"不会吧?""真的,真的把钱遗了!""呀,咋能这样,我还等着买车哩!""那没办法,我真的遗了!""这,这可咋办呀!"张运动就地打转儿,石锁子却说:"对了,对了,咋办啥哩?这是用我名字贷的,又不是你的名字,现在遗了,我给人家想办法还嘛!"张运动长叹一声,气呼呼地走了。石锁子从枕头底下拿出五千元,高兴地笑了。

　　正因为爱钱无耻,石锁子上任后,把到期的承包地一下子包出去,十年承包款一次交清,一分不欠。六月份,他又收了一笔组上群众的农业税,然后叫一帮子民工盖了一院新房。因为胆子太大,连农业税都敢用,镇上干部找他,并且动用了警察,石锁子连夜逃到外地打工去了。田书记的砖厂恢复生产后,三组组长又让他继续兼任。

　　这三家其中一家有问题的就是黄木牛,老会计的弟弟,那是老会计的责任。另外两家,分别是李军和李就就。

　　李军就是阳沟派出所的司机,公安局长的弟弟。李军这些地包得特别意外。那天,石锁子和几个村干部喝多了酒,又跑到二楼去玩小姐,正玩在兴头儿上,警察从天而降,抓个现行,带回派出所,要罚他三千元。石锁子就想起了李军,也偏巧看见了李军正好从门前经过,连忙喊住,两个人私下谈好,只要李军能让所里放了他,他给李军十五亩地种十年,李军当真就办好了。之后,李军把地让一个亲戚去种,每年除过无偿给他提供粮食外,每亩地再交五十元承包费,地一直种到现在,按约定,2008年就到期了。

　　还有一个就是李就就,李就就本是一位教书先生,家里只有老婆的地,孩子多地少,就慷慨地拿出一笔钱,打在了石锁子的软肋上。于是,拿着一张二寸宽的收条,开始耕种长达十年的十五亩良田。

　　这两家总共三十亩地,现在发包出去,一次十年,每亩一百元,这修路的款就够了!刘乐然和田书记不谋而合,给王镇长一汇报,王镇长也觉得可行,就赶紧让找下家。如果人家不放心的话,咱镇农经办给当监证,签订正式合同!现在的问题是钱,是修路!

　　这下家根本不用发愁,蛤蟆村想种地的人多得是!一百元一亩也不算贵!

开会很难集合起村民,就是集合起来,人也不全,并且得用烟和糖这种小小的奖赏来引诱。刘乐然从小卖部买了几张红纸,一瓶墨水,把包地的事,立即就以告示的形式贴了出去。

(四)

告示贴出之后,引起了两个方面的轰动。一个是还没有彻底从土地上走出来的农民,这些地足以让他们心动,包十五亩地,再加上自有的少说也二十多亩,这才经得住种,才能维系住人。另外,农闲时打打工,日子就不错了。还有一方面的轰动,就是即将失去这些承包地的那两户人。李军找出石锁子当年开的收条,特意看看时间,的确是截至2008年,他有些不敢相信,日子难道过得就这么快,掐指算算,不觉有些后悔,当初为啥不写成十五年或二十年? 现在不好办了! 特别是农村,正在修路,还号召在外职工捐款哩。不行,这得想个办法才是!

李就就心里也一样,他感到时间太短。他刚刚退休了,五十三岁,还精神得很哩,心里还对土地憋着一股子狠劲哩! 这期限怎么就到了呢? 哎呀,这地板子刚养肥了啊! 他看看那张交款条,心里再难受也白搭。"就不能再想想办法?"老婆赵水仙看他一眼,说。"到期了你还能再想啥办法?""要不你去见见刘乐然。他是你的学生,就说再续几年,咱交钱!""你没看一次十年,要一万五千元哩!"

看了告示,心动的人不少,有的人经济不行,打了退堂鼓。有的人还对土地的前景表示怀疑,也打了退堂鼓。只有张运动和哥哥张运喜最积极,他们有拖拉机,地当然多了更好,他哥儿俩一心想包地哩! 他们早早就跑到刘乐然家里去了。首先,他俩要弄清这条消息的准确性、可靠性,这两家的地是否真的到期了,确实到期了。然后考察刘乐然的能力,看看是否能把这两片地按时收回来。刘乐然感觉到了人家对自己能力的怀疑,就立即去找田书记和王镇长。村上和镇上全力支持,并指派农经站的老陈和小陈来到蛤蟆村协助收地和签约新的承包合同。

其实,还有一个人对这告示心动了,不安了,特别是当他看到张运动兄

弟俩张牙舞爪想包地的时候。那个人就是老会计黄木泥。他父亲一手建起来的砖厂却成了田冷春的摇钱树,这让他心里是极其不平衡的,他有钱怎么了?他是村支书怎么了?女儿是警察怎么了?他不应该软弱下去,他应该勇敢地站出来和他田冷春对着干,针锋相对地干,他有那么确切的关于砖厂的证据啊!最关键的是,他听到了一个惊天的秘密,令他羞辱的仇恨的无地自容的秘密,这就更激发了他和田冷春斗争下去的勇气。

那天,他一个人转到村外那片雪白的梨园,就想起了朱五四;想起朱五四,就想起了砖厂当年那些陈账。黄木泥在村口小商店买了一瓶烧酒,揣在怀里,钻进了梨花深处。朱五四老汉依然靠在土墙上,面南晒着太阳,学着秦腔老艺术家刘毓中的唱腔,深情地、模糊地唱道:"祖籍陕西韩城县,杏花村中有家园……"后边那个"园"字打一个旋音,颇有几分味道。黄木泥长长地叫了一声五四叔,就笑着到了跟前:"你看,侄给你拿的啥?"他一晃酒瓶。朱五四两眼放光:"酒!叔可是好长时间没闻到酒味了,这梦还真应验!昨晚梦见和你爸买砖机回来了,一调试,没麻达,我俩一人喝了八两烧酒!哈哈哈!""真的?您老不知道,这开春以来,我天天晚上梦见我爸哩!""你爸好啊,你爸有本事!好酒好酒!"朱五四说着,发出极为贪杯的嗞嗞声。这是陕西当地产的店头大曲,六十度,劲很猛。很快,那朱五四就满嘴跑舌头了,酒后吐真言,酒后吐的是酒前从来不能吐的秘密!朱五四说:"好侄子哩,你不知道,田冷春这家伙作风差得远!你媳妇枣花,哎!"黄木泥一听,两眼瞪得像铜铃:"啥?枣花咋哩?""你当你摘的是一个鲜桃哩?枣花是个烂杏!""你,你,你吃的这么大年纪了咋胡说开了?""没有,我亲眼所见!让我逮住了!知道不?天天晚上,田冷春半夜从砖厂回来,顺后墙翻到你屋里了!你爸在砖厂哩,你在县剧团呢,你说,孤男寡女干啥呢?""我妈在家里!""你妈,你妈是个聋子,听不见你不知道啊?对了,那次,在村小学背后,我去解手,你媳妇枣花趴在歪歪树上,田冷春趴在尻子上正狗打狗娃哩!""你你你放屁!"黄木泥的肺都要气炸了,他大步出了梨园。

没找到砖厂的证据,倒生了一肚子气。肚子像气球,还在不断地增压膨胀,随时都有可能爆炸。黄木泥坐在渠沿上,发了疯地抽烟。他思前想后,相信朱五四,不相信朱五四,相信朱五四,不相信朱五四,肚子里两种观点激烈拉着锯,一会儿东风压倒西风,一会儿西风压倒东风。他想起了那年回家,老妈给他含含糊糊说的那些话;他还想起了弟弟黄木牛给他说的,关于枣花和田冷春的风言风语;他曾经那样打枣花,枣花却矢口否认,还显得非常无辜。第二天,枣花穿戴一新,坐在门口的井沿边,哭喊着说她不活了,她没脸活了,人家给她泼脏水,没想到她家里人也不相信她!看见邻居围上来了,她扑通跳了下去。那井不深,又干涸了,村民们七手八脚把人救了上来。从此,黄木泥相信自己的女人了!将近二十年过去了,夫妻两个再也没有因此吵过架,就是吵架也不再揭这方面的短,原因是儿女们大了,要活人了,枣花也从此和田冷春真的断了。

如今看来,这件事是千真万确的了!这个田冷春!要是放在前些年,我非杀了你不可,现在却不能,现在老了,要为孩子着想!但也不能就这么便宜了他!黄木泥雄赳赳气昂昂地去了张运动家,他觉得他于公于私都应该站出来和田冷春针锋相对地干!现在要做的就是,无情地坚决地戳穿田冷春的阴谋和恶毒用心。他对张运动兄弟说,田冷春这个人非常阴险!就说咱组里这砖厂,从1990年到现在,他承包了二十年,一年给队里上交一万五,这也该交三十万!钱呢?为啥说一万五,这是有根据的!据账务记载,1987年砖厂给队里上交一万七千元,1988年一万八千元,1989年是两万元!这一万五还是按最低说的!咱全村人都入了股,1990年以后,一次红都没分过!这些钱干啥了?最可恶的是,在许多场合,田家人还说,这砖厂是他家自己的,早已经和组里没有任何关系了,这是想一口吞吃了集体砖厂啊!还有,他为啥同意女儿和刘乐然订婚,原因很简单,刘乐然是组长,修路要用钱,刘乐然收不下承包地钱,准备问他要砖厂的承包费呀,准备查砖厂的底细呀!现在一订婚,刘乐然没办法了!田冷春那天集合全体村组干部开会,只说了一个事,他代表砖厂给三组捐款两万元。把上交承包费说成了是捐款,这是啥目的?太不要脸了!现在,没办法了又包地哩!叔给你弟兄俩说哩,石锁子包出去那地不容易收回来,咋?不信?不信,你就走着看!我给你说,现在,咱村上正是多事之秋,最好不要去包地!要我说,就是大家团结起来要砖厂!这是集体的砖厂,凭啥让他田冷春长期霸占上?

说到砖厂,张运动兄弟也很激动,一直表示坚决拥护收回来,重新发包!再就是要回这几十年的承包费,给各家各户分了!说到眼下这包地,兄弟两个沉默了,他们认为,砖厂和包地并不矛盾,而且有镇村组三级干部撑腰哩!

黄木泥刚走,三级干部就进门了,农经办的老陈、小陈、田书记、刘乐然,轮番和张氏兄弟谈话,表态,做洗脑工作。修路是大事,你兄弟俩都有机动车辆,都是跑运输的,当然知道路好与不好对车况的影响,再说,咱这路你俩也成天跑哩!修路也是积福行善哩,路好了,咱蛤蟆村的经济发展就驶入快车道了!现在你俩出一把力,到啥时候,干部群众都不会忘记的!这些甜言蜜语,在干部们一定要修路的强烈的欲望支撑下,竟说得光鲜漂亮,美妙动情,连说者自己都被感动了!张运动兄弟心中也不由得产生一种高大感和豪迈感!他们痛快地在合同上签了字,作为镇农经站干部的老陈小陈,又在监证机关一栏里,庄严而神圣地盖上了农经办的公章。

钱总算凑齐了,刘乐然一分钟也不耽误,开上他的三轮摩托,冒雨送到了镇财政所。

第八章

（一）

村村通公路，主要建的是水泥路面。所有的技术人员、建筑材料均由交通局解决，村组主要做好协调配合工作。过了谷雨，天气一下子就变得热情澎湃起来。刘乐然只穿了一件雪白的短袖，他跑前忙后，累得满头大汗。按照图纸，刘乐然配合技术员下了灰线，噼噼啪啪放了一串鞭炮，推土机轰轰叫着施开工了。村民们都自觉地帮忙干这干那。这条路是从二组村头引过来的，绕过村西枣园，然后穿过村子的主干道，在砖厂旁边与四组相接，全长一千五百米。村头这个枣园建于解放前，解放后通通收归集体所有。联产承包后，又作价处理给了村民。平常村民们把收回来的苞谷秆围树而靠。冬闲了，苞谷秆干了，就一点一点抱回家喂羊喂牛。牛羊吃了叶子，光秆子就烧锅做饭，烧炕取暖，没有一点浪费的。六畜家禽们所产的粪又拉出来堆在枣园的空地上，深冬了再送到地里上庄稼。水泥路紧贴枣园穿过去，很有可能伤及一些人的小利益，李就就老师家的玉米秆挡了路，刘乐然还没说，李老师就赶紧用架子车去挪，但吕哈定却不，灰线从他家的粪堆上划过去，这堆粪就必须挪。张运动看了看，有些怀疑，他说，这恐怕不是吕哈定的粪吧？他家枣树在哪儿哩！粪咋能放到人家树底下？黄木牛肯定地说，没问题，就是哈密赤的！这货就没安好心，这是黑牛家的！众人哦了一声，多少都有些明白了。吕哈定和黑牛是儿女亲家，大前年，黑牛在煤矿上塌死了，老婆改了嫁，那枣树却带不走，吕哈定就积极地给代管了。这个粪堆不小，要靠人一架子车地挪，费力又费时，再说时间也不允许，机械快，可吕哈定不在！刘乐然打发人去叫，他老婆说没回来。黄木牛说，他亲眼看见回来了，怎么能说没回来？再叫了一次，那女人仍然说没见人。大家也就明白了七

村路

八分,这吕哈定是故意躲避哩!为了不误修路大事,刘乐然就让推土机把那粪推到一旁,先让出路再说。刚推了几铲子,吕哈定小跑着过来了。他挥舞着手,气势汹汹,大有兴师问罪的架势。他用手点着司机的鼻尖,问为啥动他的粪?不行,这一推把粪里的有益元素放光了!说,这事咋弄哩?司机就说,我是司机,人家让我弄啥我就弄啥。这事不能怪我,你去问你组长去。吕哈定一扬手,我不问他,谁动我的粪我问谁!然后一屁股坐在推土机的铁铲上。有人立即告诉了刘乐然。刘乐然解释了前因后果,说:"你人起来,有啥咱慢慢说,不要影响推土机的工作,这推土机一小时八十块钱哩!"吕哈定却不,说这枣树是他亲家的,枣树底下这地不能随随便便成了路。刘乐然不吭声,只问:"你让不让?"吕哈定坚决地说:"不解决问题,这路就先别修哩!"话音未落,刘乐然一把抓住他领口,揪起来就拉了一个狗吃屎!手一挥,让司机继续推!

吕哈定满嘴满下巴都是土,他愣了,这货不是碎娃了,是大小伙子啊!那心里就有了几分胆怯。刘乐然说:"修路大事你不要胡搅蛮缠,想咋的心思趁早打消!要是这样,组里把这枣树收了,不包给黑牛家了!"

吕哈定跳了起来:"你少胡说,这是组里卖给人家的!根本就不是承包!"

老会计黄木泥也来了,他一拉吕哈定:"快对了,修路这事你少出头!这是给咱组修路哩,你想叫谁赔哩?点子放清白!"

支书田冷春一拨人群走过来:"吕哈定,滚回去!"

吕哈定立即成了夹尾巴狗,低下头,溜了。世事就是这样,一物降一物。包括老会计黄木泥在内,别看他背后慷慨激昂,但一见田书记发火,也就吓得屁都不敢放了。

乌云厚却不吃这一套,谁要是敢动他家的粪堆,他就敢把推土机砸了!这一点村干部们都清楚,所以都尽量不去惹他。修路重要,论说他再恶,还能怎样?国家的专政机关是干什么吃的?刘乐然也一样,大家都不愿意和乌云厚硬碰硬。乌云厚却早就做好了准备,按照规划,路在枣园这儿拐弯的时候,正好让一棵小枣树挡住了。这树是乌云厚的。原来没栽树,这儿是枣园的一个角儿,人来人往,根本不能栽树。现在,乌云厚就蹲在小树旁,一把铁镢靠在他的肩膀头,他一言不发,阴阴地瞅着冒黑烟的推土机。

刘乐然叫了一声云哥，递过一支烟，说："给你老哥汇报一件事，咱现在修这村路呀，你以后拉架子车干活弄啥就方便了，不怕刮风下雨了。"乌云厚斜了他一眼："你长得男不男女不女的，到底让我咋叫你？"刘乐然笑了："我是中性人，云哥随便叫！""中性？该不是二女子么？不过，看起来还好看！你说，啥事？""跟老哥商量一下，我用一棵大树换你这树。""啥大树？""当然是枣树。你来看！"

乌云厚懒洋洋地站起来，跟着刘乐然走了一二百米远。"你看，这是我家的枣树，咋个样？你那树小，又在路边哩，结些枣就让过路的摘了，你看我这！"刘乐然拍拍树身。乌云厚一看，笑了："那能行，我当你叫我挪树哩！挪树没门儿，我不管你修路不修路！"

两个人说好了，乌云厚扛起镢头要走，刘乐然一把拉住："云哥，你拿的农具，把这碎树挖了，拉回去烧柴！""真的？"乌云厚乐了，使劲给手心吐一口唾沫抡起铁镢，三下五除二就把小树收拾了。临走，他还特意把树根挖了出来，说："这一下就好修路了！"

黄木泥一直看在眼里，对刘乐然的做法，还是很佩服的。望着乌云厚的背影，他沉思了好久。

（二）

准备工作做好了，路修起来还是很快的。一千五百米，仅仅一个礼拜就修好了。李就就老师心细，刘乐然就让李老师每天去洒水养护。再过了几天，凝固好了，刘乐然又组织了几个村民，每天抽出一段时间给水泥路两边培土，进行加固。村里好多人都夸张运动兄弟为修路出了力。一个雨天，皮条王回到家里，摆了一桌子酒菜，请来刘乐然、张运动兄弟，痛快地喝了一场子。从个人的角度表示了一下对村干部和村民的感谢。

刘乐然看到这情景，心中有一种小小的自豪。郑利马说："侄子，我听说修路还差两千元？"刘乐然道："咱村里在外干事的人都表示捐款哩，抽空儿一收，然后，我想在村头立一个修路功德碑！""收啥哩？捐款都是自觉自愿的，张飞卖豆腐，只说不割那咋成？我说话算数，给，这两千元收下！说明叫响，这是我心甘情愿捐的！"刘乐然很感动，也多喝了两杯，就说："郑叔，侄我

爱唱歌,为了表示感谢,我给你唱一首歌!你说,想听啥?"郑利马乐了:"能行,就把周杰伦的《双截棍》唱一下,又跳又唱,热闹!"张运动不愿意:"不唱不唱,嘟嘟嘟半天听不清说的啥,不如好好唱一个歌,唱《走西口》,这好听!"刘乐然接过话茬:"一个一个来,我先唱《双截棍》,再来《走西口》。你看看,我这舞是专门跟人学的!"

郑利马一时兴起,打开音响,调出周杰伦的《双截棍》,把话筒递给刘乐然。

听着听着,郑利马睁大了眼睛;看着看着,郑利马站了起来,也蠢蠢欲动。没想到刘乐然歌唱得这么好!舞跳得非常棒!

修路功德碑一事,引起了很大争议。刘乐然给王镇长说,王镇长就忠告他:"这件事虽是好事,但也得谨慎,把握好尺度,农村的人和事是非常非常复杂的,弄不好,一个事就会生出几个事!"刘乐然说:"英雄不问出处,不管人家过去怎么样,只要在修路这件事上出了力流了汗,就应该记载下来。"王镇长就再也没说什么。刘乐然又征询村上意见,田书记竟和王镇长持相同的意见,最后还说,我的意思最好不要立。刘乐然没有听,他不会想那么复杂,这个功德碑就叫修路功德碑,与别的任何事任何人都没有一丝一毫的联系。

黄木泥赞成立,但对上面的几个人表示了反对:"这第一个就是书记田冷春!砖厂是集体的,是蛤蟆村三组的!田冷春这些年缴过承包费没有?请把账公布出来!我是村会计,连砖厂的一分一文都没有见过!承包费不交,凭什么捐款?有承包费,村上修路就不用承任何人的情!第二个人就是郑利马!你既然有那么大的本事,既然和书记、县长都称兄道弟,为啥拖欠承包费不交?偏偏捐两千元买名哩?"郑利马一听,立即反驳:"我欠承包地钱是有原因的,砖厂能有今天我是立了汗马功劳的。当初不是我给田书记弄那十几万元,就凭你们,就凭田书记,连一千元都弄不下!砖厂开不了,你当干部的筹过一分钱没有?不要头上顶的屎,还嫌人家屁臭!"黄木泥站了起来:"你这话是啥意思?你查一下账,我黄木泥没包一分地,没花组里一分钱!我走得端行得正!"郑利马转过头,问:"木牛的地是谁弄的?没有经过书记、主任同意,作为一个会计,你凭啥签字盖章收钱哩?"

刘乐然悄悄出了门,坐在院子的石头上,掏出手机打游戏。他早打好了主意,修功德碑的事,不行了就先放一放再说。你们爱吵就使劲吵去！但是,虽然打着游戏,脑子还是想起了黄木泥说的话。砖厂确实是一个问题,路修完了,下一步就应该面对。

其实细想,大名刻在了这个功德碑上,也确实是一件相当荣耀的事。那影响是深远的,现在不怎么觉得,到了儿孙后代就显示出来了。人生不过匆匆几十年,这石碑的一生却极其漫长,千秋万代。想到这里,张运动兄弟就感到无比自豪相当骄傲,就像当年新媳妇的小嫩手抚摸他的胸口一样。人就是这样,不光喜欢钱财,还喜欢那些虚无的看不见的东西。

终于进入六月份了。张运动兄弟拿着那份合同整天往地里瞅。联合收割机还是厉害,一川道满眼荡漾的金浪,上下不到十天,就成了黄亮亮的光地。土地是不歇的,顶多喘几天气,苞谷就播种进去了。张运动、张运喜早准备好了肥料、农药、玉米种子。一双眼睛瞪圆了,目不转睛地盯着承包地里的麦子,只要人家一收,他俩立马就开着各自的拖拉机进地。问题是这两家商量好了似的,迟迟不去收割那里的麦子。麦穗干得都张开了嘴巴,露出了宝贝。张运动端着饭碗,站在平房顶。那儿视野辽阔,一眼就看见了承包地的麦子。"这咋还不收?都不怕一场大风摇了?一场冰雹砸了?"张运动自言自语,一脸的焦虑。

问题是晚上看不见,那两家突然在半夜里把麦子收了！第二天黎明,哥哥张运喜就砸他的门。张运动一听的确有些紧张,忙问:"种了没有?""没有！""走,赶紧种去！"

两台拖拉机分别拉着种子、化肥和两家的男女主人出发了。到了村口,玉女突然喊停车,一问才晓得承包地的合同没有拿。张运动就骂,玉女就急头急脑地跑回家。

车开到地头,张运动刚熄了火,李就就老两口就上气不接下气地跑来了。水仙头也没梳,乱乱的花白头发,粗鲁地往脑后一绾,大喊:"种不成,这地种不成！"一屁股坐在张运动拖拉机的前轮上。张运动解开肥料袋子,说:"我咋种不成?我交了钱,签了合同,就得种！"玉女掏出合同书递过去:"给,你看看！"李就就接过来细看。"李老师,你都是教书先生哩,干啥总得讲理吧?"张运动不紧不慢地说。"就是,我咋没种别的地去?"玉女接过话。水仙一把夺过合同往地上一扔:"咱不看,不行,反正这地种不成！"说着,连忙又

坐到车轮上。

那边,张运喜遇到了同样的情况。

张运喜的拖拉机一进地,李军开着派出所的警车就从大路那边驶了过来。拖拉机没停稳,李军就到了跟前:"运喜哥,你弄啥呀?""我我我……"张运喜结巴了,年轻时喝酒打架吃过警察的亏,看见警车就条件反射。"我记得我没包给你么!"李军不急不慢地点上一支烟,很香甜地吸一口说。"我这是组里包给我的!""组里?组里凭啥把我的地包给你?"李军并没有接张运喜递过来的包地合同。张运动一看,哥哥的地也让人挡住了,心里一沉。他立即去找刘乐然。

刘乐然没在。此刻,他正在美人村上演自编自导自演的小品呢。那电话里人声鼎沸,很难听清楚在说什么。张运动就跑到砖厂找田书记。厂里人说,田书记领着工商所的几个人坐车走了。张运动问出书记的手机号码,急忙打电话,关机了,打不通。关键时候就拉稀!张运动无奈地看看远处,抬起脚,不知道往哪里走。

地没种成,张运动兄弟头大了。有人却乐了,那就是老会计黄木泥!这是他预计看到的,希望看到的,高兴看到的!晚上,他悄悄去了老教师李就就家。

黄木泥去李就就家,无非是火上浇油,出谋划策,千方百计不让这两家撂地。李就就心里当然不想撂地,但啥都得讲理,没有道理可讲,那就得撂地,跟人胡搅蛮缠根本不行。问题是,确实到期了,实在没有道理可讲。今天人家没有种成,明天人家还会来种地。人家交了钱,手里有东西。水仙说:"我兄弟在省财政厅,听说咱县上领导经常找他办事,让我兄弟给这些领导说一声就行了!"李就就连连摇头:"这么大点事,咋能麻烦人家?不行不行,你兄弟也就把咱笑了!"黄木泥却说:"这是娃他舅,怕啥?省财政厅权力大得很哩!下边的领导都溜尻子哩!他舅说一句话如雷贯耳,肯定能成!""你说能行?"水仙满脸惊喜,立即就拨通了电话。水仙一说,电话那边就说:"这么大一点事都找我?""好兄弟哩,你姐再没有啥事嘛!""行,我给你说说!"再问了一些家长里短,就挂了。

黄木泥却说:"我还有一个办法,让你花点小钱,肯定能成!""啥办法?"李就就两口子忙问。黄木泥警惕地四下看看,悄悄低语了一番。李就就有些迟疑,水仙却满心欢喜,连连点头,并按照黄木泥的吩咐,给李军打了一个电话。李军问啥事,黄木泥接过电话一说,那李军很快就赶来了。然后,李军开着车,拉着李就就连夜跑到县城的一个工地上,找到了穷困潦倒的石锁子。

第二天,张运动兄弟开着车,拉着所有的农具、化肥、种子,在刘乐然的陪同下,满怀信心地来到承包地。但李就就李军两家早早就到了,正在给梁上培土,修整。很坦然很从容。玉米种子放在地头,静等条播机的到来。

两个人忙碰一下刘乐然。刘乐然走到离他最近的李就就跟前。"李老师,谁让你种地哩?"刘乐然问。"这是我包的地呀!""你包的?你包的早到期了!这地现在包给人家张运动了!""啥?凭啥包给张运动?我期限还没到哩,凭啥往出包哩?你还想一女两嫁呀?"水仙跑了过来,那嘴巴就像一挺机关枪,突突突,打出一排连发弹来!"婶婶,你别激动,如果不到期,我咋能往出包哩?你看,这是正规的土地承包经营合同!镇农经站还盖了章哩!你说,你没到期,你把东西拿出来!"刘乐然知道对方没有。"拿就拿!给,你看!"那水仙果真递过来一张收条。这是石锁子在 1998 年打的,将十五亩承包地一次性包给赵水仙十五年,日期是 1998 年 6 月 1 日至 2013 年 5 月 30 日。刘乐然傻眼了,而李军拿出来的也是这么一张条子。刘乐然连忙给田书记打电话。田书记和镇农经站的老陈很快就赶到了,看了那张收条却哑口无言。田书记和刘乐然到一旁低语了一会儿,刘乐然说:"张运动、张运喜你俩先回去!李军、赵水仙你两家也把地先撂下,等事情研究了再说。"李军走了过来:"研究?有啥研究的?我交了钱,没到期就得继续种地!有啥权力让我撂下别种?"

刘乐然无话可说了,田书记已经走远了。他后悔自己不该按照田书记说的去说。

回到家里,张运动兄弟早在大门口等着了。一见面,张运动就急切地问:"兄弟,你看这事咋弄呀?""出了这号事,我也没想到!"刘乐然生气地说。"那收条肯定是日弄下的!"张运喜气愤地说。

(三)

这个情况让村干部们感到非常意外和不安。特别是刘乐然。为什么会

成了这样？这可是万万没有想到的。他也非常怀疑那两张收条,现在要解决问题,就得弄清收条的真伪。田书记也和他有同感。两个人决定万不得已就动用司法机关。如何动用,却不清楚。刘乐然立即跑到县城去找田小雨。他把事情的经过一介绍,田小雨也很生气。她提议给这两张条子做笔迹检验即可,十年前写的收条当然和现在写的不一样,这个很容易就能鉴别出来。问题是,这两张条子如何要到手里？人家肯定不会拿出来,只有公检法机关有强制性手段。两个人商量了一下就去找石锁子。建筑队的领工说,石锁子今天早上已经背上行李走了！

忙了一天,没多大效果。下了班,田小雨坐着刘乐然的摩托回蛤蟆村了。刚刚下过一场雨,临近黄昏,东风很利,摩托车逆风而行。刘乐然让小雨伸过手来,双手抱住他。小雨怕路人看见,不好意思。刘乐然就说他肚子太凉,凉得发胀,衣服让风一吹,偏偏又盖不严。小雨这才伸过手把衣服角儿压在双手下边。刘乐然腾出一只手,轻轻捏了一下小雨的手。然后把那双环抱的手放在衣服下边,贴着自己的肚皮。小雨嗔怪地说,注意安全！刘乐然就呵呵笑了。

晚上,两个人来到李就就老师家。这是两个不速之客,李就就两口有些紧张和心虚,特别是小雨那一身警服让人心里发毛。刘乐然还没有开口,田小雨突然说:"李老师,您都是为人师表哩,教了一辈子书了,桃李遍天下,你咋能弄虚作假哩？""啥？这这这不是我弄的！"李就就一听,那脸都白了,连忙辩解道,手里正擦茶几的抹布都掉了。"伪造合同那是犯法哩,情节严重的要追究刑事责任呢！"田小雨进一步说道。还没等李就就再开口,赵水仙急忙道:"啥弄虚作假？这就是石锁子开的！""啥时候开的？"刘乐然问。"当然是包地那时候开的！""婶子,你不要胡说了,石锁子把啥话都说了！""啥？石锁子说了？那完了！"赵水仙扑通坐在炕边,一想,突然说:"这种还拿了我五百元哩！""那一家是不是跟你这一样的？"刘乐然问。李就就点点头。

从李家出来,两个人立即把情况给田书记说了。老田心头的石头一下落了地。他长嘘一口气,说:"张运动兄弟俩的地总算有着落了！说实话,你们不知道,这张运动兄弟是构树皮(一种树,此树树皮坚韧结实如同牛皮)！缠住你就解不开了！""爸,那你看咋办？"小雨问。"刘乐然是组长,是经办人,主要是刘乐然,你问刘乐然!""问我?"刘乐然想了想,"我的意思是动派出所!"田小雨摇摇头:"不行,我想,这种事只能以蛤蟆村三组的名义来起诉,然后申请法院对那两张收条进行检验,检验结果就是案子的结果!"

刘乐然和田书记连连点头,决定第二天一早就行动。末了,刘乐然和田小雨两个人来到小雨房间,软软地说了许多情话,动一动小手脚,然后刘乐然就回家了。

刚到家门口,突然冒出来两个人影。一说话,才知道是张运动兄弟。"兄弟,你咋才回来?"张运动用手一遮照过来的手电光柱,站起来问。"还不是为你俩这地的,走,进去说。""快说,到底咋个样?"刘乐然扬扬手,先去了后院,张运动也跟了进去。"你等着,我去个厕所。"刘乐然回头道。"我也想尿尿!"刘乐然就不能阻拦了。"兄弟,你说说,到底咋哩?"张运动心不在焉地问。"你先进,我肚子难受,在房子等着。"刘乐然催他。张运动刚走了两步,刘乐然又叫住,让他从床头撕一点卫生纸。张运动一摸口袋,掏出两张揉成一团的纸。"不行不行,这是写字的本子纸!""哎呀,咋不行?我还不是老用的这纸!""快去,这纸太硬,擦得尻子疼!"张运动只好去了。

刘乐然一说那两张收条的真伪,以及和小雨的调查经过,张运动兄弟心里好受了许多。接下来,刘乐然又说了下一步的打算,如果这两家还不主动给地,他马上就以蛤蟆村三组的名义提起诉讼,让法院一判,强制执行!张运喜胆小怕事,忙道:"不用不用,只要把地给了,得罪人干啥?都是本乡本土的!"

(四)

事情总是在千变万化中,充满了捉摸不定的变数,它承载了来自方方面面的里里外外的力的制约。刘乐然和田小雨走后,赵水仙被李就就狠狠地埋怨了一顿。赵水仙心里不甘,又忙给财政厅的兄弟挂了电话。围绕承包地,利用手足这条情感线,说了许多动情的急切的甚至哀求的话,然后又和李军通了电话,这才心情沉重地睡了。

刘乐然睡了一个幸福而安稳的觉。第二天,他一骨碌爬起来,麻利地洗漱之后,换了一身休闲衣,骑上摩托车去送田小雨上班。到了县城,猛然想

起县电视台招聘碎戏演员的事,和小雨分了手,就赶紧去了电视台。刚到大门口,手机响了,一看是田书记打过来的,汇报了平安把小雨送到单位之后,田书记就让他赶快回去有重要事。刘乐然犹豫了一下,还是进了电视台。在电视台影视制作中心,一个女工作人员接待了他,对他的长相和比较另类的着装很感兴趣。那女的说她姓余,名叫余小鱼。还要了刘乐然的手机号码,并让提供几张生活照。正说着,那电话又打来了,一个是田书记打的,问他回来没有?另一个是张运动打的,问他在哪儿,忙啥哩?刘乐然没有回答,直接赶到田书记家。田书记站在窗前,神情严峻,刘乐然轻轻咳了一声,坐在沙发上。"你和小雨刚一走,镇上就把我叫去了!""是王镇长?""哦,还有徐书记哩!上边的意思说,既然李就就那两家的地没到期,就让人家继续耕种。现在要以大局为重,以安定团结为重,以和谐为重!""啥?那张运动兄弟咋办?""镇领导的意思是另想办法,不要把一件事复杂化,弄成几个事!""现在哪儿还有地?咋想办法?又不是二三亩地!这两家要三十亩哩!"田书记沉重地点点头:"情况我知道,镇长、书记说,这是政治任务,想办法也得完成!唉,你……"田书记欲言又止,显得很为难。

刘乐然沉默了,他低下头,久久不语。

"我的意思先稳住张运动兄弟,咱再另想办法。"

"这李就就、李军到底有多粗的腿,连书记、镇长都给撑腰哩?"刘乐然生气地说。

"咋?你不知道?这个赵水仙你别小看,她弟弟是咱省财政厅一个实权人物哩!她这地是县长、书记亲自给咱镇长、书记打了电话的!"

"这太欺负人了,那她弄的这假条子晃荡谁哩?不行,我没办法给人家张运动兄弟交代!要弄,让他王镇长来弄!再不行,我就上法院告去!"刘乐然感到自己没有退路了,这合同是他和张运动兄弟签的,张家种不上地肯定向他要!他夹得难受的时候,你们干啥哩?到底是权大还是理大?刘乐然起身走了。

田冷春从来没有听刘乐然说过这等强硬的话,于公没有,于私更没有。他叫了两声刘乐然,刘乐然没理,头也不回地走了。田书记脸色铁青,嘴唇抖动,胸脯剧烈起伏着。

刘乐然一走,田冷春坐不住了。年轻人想事简单,容易冲动,万一告上法院,就不好收拾了!但他也不能找刘乐然再去解释呀!他是谁?他是村支书,是蛤蟆村的最高领导人!他还是他刘乐然的准丈人!谁去说呢?黄木泥?不行,坚决不行!他不光不做刘乐然的工作,反而会火上浇油!他对我田冷春一直怀有很大意见,一直都在背后煽风点火,挑起事端!田冷春突然想起了女儿田小雨!这又怎么对女儿说呢?还好,女儿正好在单位。两个人来到小雨的住处。一进门,小雨就问:"我看你脸色不好,到底咋哩?出啥事了?"田冷春打个唉声,把事情的经过学了一遍。"那这地应该让张运动种么!""问题是镇上领导说话了!""那你的意思是啥?""我想让你做刘乐然的工作。""刘乐然做得对着呢,你让我咋说?"田冷春又重复了一遍赵水仙他弟弟在省财政厅的事。"他就是当厅长也得讲理!"田小雨气愤地说。"县上领导敢和人家讲理不?为了全县的利益,咱就得牺牲!好,算我白来了!"田冷春起身走了。田小雨赶到大门口,委屈地说:"我去,我去行了吧!"田冷春转过身,深情地说:"好娃哩,爸求你了!这实实在在没办法了,领导交代的事,咱再难受也得办呀,这是政治任务!"

离开县城,田冷春心情稍稍有点好转。但他没有回去,他直接去了镇政府。基层工作是非常复杂的,他给镇上两位领导再好好解释一下,看能不能别这样。他对镇长、书记说:"不管怎么说,张运动兄弟是咱当干部的主动找的人家,三级干部都给人家表了态,承包地没问题,人家这才把钱拿出来的。现在,咱把路修了,难关渡过了,总不能把人家架在火上烤吧?失去威信,以后村组这工作还咋开展呀?再说,张运动兄弟本来素质就不高,借钱卖粮交的承包款打了水漂会善罢甘休?他会死死缠住你,缠得你走路迈不开腿,吃饭张不开嘴,睡觉闭不上眼,想哭还没眼泪!他有巨大的毅力,超人的耐力!当然,这也是被逼出来的,他没有关系,没有亲戚在省财政厅当官,他的一分一文都是流血流汗换来的!他不这样,他的问题怎么解决?"田冷春说着,看着书记、镇长的脸色,开始还很谨慎,到了后来,低下头,谁也不看,只是一个劲地说自己想说的。

镇长和书记交换了一下眼色,用一种很同情的口气说:"你们的难处,就是不说,我也能体会到,不过,这件事是一个政治任务,你就是再为难也得完成。你就死了这个念头!这个事不会更改的,那地说啥也得让李就就家种,要是连这一件事都办不好,那咋能行呢?我俩咋向书记、县长交代?"

从镇政府回来,田冷春就彻底绝望了,死心了,只有架到火上烤了,烧了!问题是,每个人的能力和承受力都是有限度的。刘乐然承受得了吗?要是受不了呢,他从哪儿弄这三十亩地去?如果弄不下地,这几万块钱怎么退?他会不会回过头来再打砖厂的主意?田冷春想着想着,脑袋轰的一下就大了!就爆炸了!而且,他深知张运动的能耐,这家伙不光过日子能下苦,遇到事也一样。他不会忘记,那年,张运动的女儿被电伤截肢后,张运动背上行李躺在电力局长的办公室门口要赔偿的事。他从那件事已经看到了这件事的博弈过程。现在的情况是刘乐然这一关,不知道女儿行动了没有?

田小雨的确说了,但刘乐然没有答应。而且,田小雨说得很认真,很动了一番脑筋。她从一个心上人的角度,首先给刘乐然买了一双最时兴的硬底的半高跟皮鞋。还是一个名牌,穿到脚上,不光优雅大气,走起路来脚板与地面相击,发出响亮的清脆的咔咔声。如果跳舞,效果更好。当然,这双皮鞋也是他俩曾经谈论过的,想买的,只是没有说什么时候买。一切都没有说,小雨是突然回村的,突然出现在刘乐然面前的,让刘乐然高兴得手舞足蹈!她并没有急于说出她该说的话,而是深情地和心上人制造快乐。等快乐覆盖了一切,她才慢慢引出正题。但万万没有想到,刘乐然却果断地摇摇头,他说:"我不管谁说,要按理来,既然到期了就得交出承包权。再说,人家的钱已经修了路,一切无法再更改,生米做成了熟饭!"末了,刘乐然不禁问,"你也愿意因为这件事把我架在火上烤吗?你知道张运动的为人么?你和张运动打过交道吗?你爸都害怕张运动这构树皮哩!"田小雨就说她爸如何去求她。做了几十年村支书,经营那么一个砖厂,他啥时候看过人的脸色?可他求她了,一脸焦虑的样子,她看了很难受,所以她来了,求他答应这件事,答应父亲的要求!这不管咋说都是为了工作!要是不答应,镇上领导愿意吗?这干部还能当下去吗?刘乐然一听,说:"这草草编的帽子,我根本就不稀罕,想撤职马上撤,我还倒解脱了!""你真的不答应?""不答应!""你咋钻死牛角哩?""要按理来!要答应也行,让你爸弄三十亩地来!""那你知道这是不可能的事嘛!""你要知道,我答应就失信了,就把我架到火上了!想不到,你竟然劝我来了?我真的就在你心里那么不重要?你走你走!我不听你说,你不要解释!""你、你赶我走?""少废话,快走快走!""走就走!"田小雨哭着走了。

刘乐然打开音响,并且放到最大。让那咚咚的震耳欲聋的连窗户也跟着发颤的歌声淹没他！撕碎他,融化他！

　　下午,他开上三轮摩托收废品去了。

　　因为修路,吕哈定和刘乐然闹得很不好,甚至对支书田冷春也很有怨气。黄木泥就乘机和吕哈定套近乎,以便从中知道更多一些关于田冷春等人的信息。他很清楚,田书记已经提防他了,封锁他了,他两个面和心不和已经成了一个公开的秘密,而且两个人的矛盾也在不断地升级,他在私下所说的关于砖厂的历史承包费等问题早有人告诉了田书记。当然,他也不怕田冷春知道,从修路筹资到如今,张运动兄弟包地遇阻,他密切关注着,并且参与着。刘乐然与田书记因包地出现的最新情况他也知道了,那是从吕哈定那儿知道的。吕哈定说,田书记开始想让他去做刘乐然的思想工作,他不想去,说自己和刘乐然有过节,田书记就拍拍脑袋,说他倒把这个茬给忘了！之后打发谁去就不知道了。黄木泥点点头,想了想,就亲自去找支书田冷春。老田给倒上茶,闲扯了几句,便问黄木泥有啥事？黄木泥就开始用深切的惭愧的口气,检讨自己这几年的错误,特别是不该乱说乱讲,不该在公众场合说什么砖厂的事,因为自己根本就不知道砖厂的情况,并保证以后再不乱说乱动了。好歹他也是共产党员,也应该配合书记的工作,他也决心好好为人处世,人生在世,实属不易！应该珍惜才是！最后,他提出愿为书记分担工作上的烦恼。他说:"田书记,我听说为承包地的事,刘乐然不听话？我对刘乐然是比较了解的,如果同意,我愿意去做做工作！"田书记心中冷笑一声,摇摇头:"没啥,工作嘛,意见分歧是正常的,正在协调！"黄木泥一拍大腿:"看看看,你这不是把我黄木泥当外人了吗？事情的经过我都清楚,我给你出一个主意,你就对刘乐然说,李就就那两家的地确实是十五年。账记错了,不就完了,他还能告啥？"田书记重新看了一眼黄木泥。其实,这个办法他也在想,他也想到了。他在犹豫,他在想这样做的后果。

　　晚上,田书记亲自去了刘乐然的家。老丈人登门是不能随便的,刘乐然赶忙去准备酒席。田冷春却一心要的是随便,当然,他也根本没有心思饮酒吃菜。他开门见山地说:"关于李就就那两家的承包地,镇上领导的意见是一方面,甚至咱也可以不去管,我要说的是这两家的账记错了,承包期就是十五年,应该说,现在确实没到。"刘乐然一听傻眼了！他最少发了一分钟的

愣,然后说:"你当时让我看的账是十年嘛!这咋成了十五年哩?""账记错了,""不可能!修路前,我一再问你,你都说没问题呀!"田书记点点头,低沉地说:"这两天我细细回忆了一下,确实记错了,应该是十五年!"田书记非常清楚,这样说,就会进一步加深他和刘乐然之间的矛盾,但他不这样说,又能怎么样?这是政治任务呀!刘乐然激动地说:"你这不是把我推到火坑了么!这两家要地咋办哩?""这个问题应该是咱镇村组集体承担,绝不可能让你一个人扛着!""哎,你这一伙当干部的咋都这样办事哩,难怪群众不信任!"刘乐然太激动了,他忘了田冷春的身份。

其实,这一切正是黄木泥所希望的。他的目的就是把承包地这件事做成一枚能量巨大的炸弹,轰隆一声,把田冷春和刘乐然的关系炸得血肉横飞,炸得片甲不留,从而通过刘乐然这个三组组长的身份揭开砖厂的老底,讨回承包费,打翻田冷春这个禽兽不如的东西!他坚信,他在为蛤蟆村三组的群众讨利益、讨公道!他在维护集体财产不流失不损失!

第九章

（一）

这个晚上，刘乐然感到了前所未有的压力。他躺在床上，翻来覆去地烙饼子，直到天明饼子还没烙熟。田小雨让他感到一阵阵心痛。田书记的话让他彻底死心了！没有一点余地了！既然承包没到期为何还要签合同？这难道是一个圈套？这居然是政治任务？他在心里开始鄙视田冷春！算了，不当了，这样的村干部让人指脊背，骂先人！

然而，事情发展到这个地步，不当也不行。从良心来说，也是对张运动兄弟不负责，过后，提起这段经历也会不安！不仅如此，就是刘乐然不愿意当，张运动兄弟也不会答应，也不会放过他。这兄弟两个越来越害怕了，越来越坐不住了。看来，事情真的让黄木泥说中了，这承包费当真要打水漂了！放风筝了！在张运动家里，他的女人玉女这一关就过不了。

玉女是个小家娃，自小家里穷，十块钱，在她眼里就是一百块钱。对钱，她的眼睛是个放大器；对人情世故，却又是个色盲。张运动给她钱，眉开眼笑；花钱，就吹胡子瞪眼，用铁钳也夹不出来！这次做了几天的工作，终于说通了，拿出钱去包十五亩地。玉女把钱依依不舍地递过去，警告道："钱要是放了风筝，我马上跟你离婚！"

这婆娘的臭嘴偏偏应验了！现在，张运动一想起来，肚子就气得鼓鼓的，一口饭都吃不下去。其实，就是想吃也没有人给他做！玉女躺在炕上，蒙头大睡，猪不喂，羊奶不卖，不吃不做，沉默的样子真让人害怕。当她听说刘乐然没办法了，承包地要不回来了，就一骨碌坐起来，突然扑上去，扇了张运动几个大嘴巴。张运动一惊，自知理亏，只好忍了。玉女就一屁股坐在大门口，放长声哭她的一万五千元来，惹得四邻都偷偷地拿眼来瞄。有心来

劝,却不知说什么,更怕让这女人黏住走不脱!时间久了,张运动嫌丢人,就去拉老婆。玉女不起来,脱了鞋,照张运动的脸就扔了过来!男人没注意,这鞋就很准确地很有力地打在了张运动的腮帮子上。张运动一捂脸,街道上就传来残缺不全的笑声。

这还是轻的,最要命的是玉女想出了奇招!她装上满满一架子车枣刺荆条,拉到村口刚刚打好的水泥路口,横着用架子车一挡,撑一把伞,拿一瓶水,几个蒸馍,开始设卡收费。她的理由是,这路是用她的血汗钱修的,谁走就得交钱!不让她收能行,把承包地给她!

这个做法未免太过分、太霸道,蛤蟆村三组的村民们一下就炸开了锅!玉女还扬言,不交钱,就把脚扛在肩上走!没本事扛到肩上,又不想交钱,村民们只有转到村西头进村。修路为方便反而不方便,很多人开始明目张胆地大骂村干部,大骂刘乐然,大骂田冷春!

刘乐然开着他的三轮摩托刚出了家门,就被张运动兄弟拦住了。还没等刘乐然说话,张运喜就飞快地早有预谋地拔了刘乐然的车钥匙。刘乐然吃了一惊,本能地想上去夺,并说:"集体的事,你拔得我车钥匙咋哩?""你不说,我咋能交钱包地哩?不给!"张运喜生气地说。"就是我说,你都没有头脑啦?"刘乐然也有些急。"那地没到期,你为啥往出包哩?你打的啥主意,你这不是骗人钱哩?"张运喜连续质问。"你要是给我扣这帽子,我就没办法了!但我给你说一点,我要是骗子的话,今天我开车出去就碰死!"张运动说:"对了对了,咱兄弟绝不是那种人。钥匙给人家,我就问一句话,我包这地到底咋弄哩?你管不管?""运动哥,咱俩打过交道,我这人到底咋样,你清楚。我今天郑重给你说,这事是我手里的事,我当然管,不光管,我还要一管到底!当然,你俩发火,我做兄弟的也能理解,你那钱也不是马路上拾的,河里捞的,是你下苦挣来的!"说着,刘乐然递过一支烟去,让气氛尽量地缓和下来。"那你说,现在咋办?"张运动问。"我正在积极想办法。而且你看看合同,很正规,也有镇农经站的监证公章,村上的公章。你放心,你俩的钱绝不会一风吹了!"

张运动想了想,一拉兄长,走了。

刘乐然终于嘘了一口气,开上三轮摩托出了村子。他知道,这才是危机的开始,压力的开始。随着事情的发展,会越来越激烈,越来越严重,甚至会让人意想不到。然而,既然踏上了这条路,既然染上了这种事,也就没有什么可后悔的,更没有什么可烦恼的。兵来将挡,水来土掩,该咋就咋!他掏出几张自己的生活照片看了看,告诉自己,今天再忙,一定要把照片给电视台送去,说真的,影视中心那个余小鱼长得还真漂亮!

张运动兄弟俩放走刘乐然,二人直奔支书田冷春家。田书记围绕砖厂的一切计划,刚刚实施就被上级的指示彻底打乱了。如果刘乐然不从他手里夺走三组组长,谁还会寻砖厂的事?就是寻事,也很好解决,自己写一个合同,盖一个村委会的章子,一切都在掌控之中。就是刘乐然当了三组组长,没有突如其来的如此紧急的修路,修路所产生的资金需要,砖厂也会无恙的,刘乐然也不会想起对砖厂下手。现在,以牺牲家族希望,放弃家族的长远计划,而委屈地同意女儿和刘乐然的婚姻,从而使砖厂躲过一次又一次险情,没想到,镇上又让李就就和李军继续种地,这显然就是把村组干部朝火坑里推,那张运动兄弟能答应?现在最担心的就是刘乐然。张运动兄弟首先找的就是他,他的压力将比任何人都大,刘乐然承受不了,就麻烦了!蛤蟆村三组现在什么也没有,从哪儿弄这三十亩地去?没有地就得给张家兄弟退这三万元,这钱从哪儿来?弄不到钱,刘乐然就会打砖厂的主意,到那时一切都被动了,不好收场了!田冷春再也不敢深想了,索性起来,出了砖厂办公室,他的头涨得发疼,涨得已逼近爆炸边缘!但为了砖厂,为了几十年的心血,他还得想一个万全之策,他不能、不会也不心甘就这么完了!

然而,田书记并没有想到张运动兄弟会这么快就来找他。他认为,刘乐然会抵挡一阵子,实在不行了来找他要解决办法,谁知刘乐然没来,这两个构树皮却来了。这其实和老会计黄木泥是分不开的!这两个是按照他的授意来的,他们现在很佩服老会计黄木泥。黄木泥说,你俩先去找刘乐然,给刘乐然一定的压力,但要把握好尺度,目前还不能逼得太急。然后去找田书记,找镇上农经办的老陈小陈。一次不行两次,八次,十次,不厌其烦地找,只要把刘乐然拉过来就好,只要刘乐然掉头弄砖厂,目的就达到了!现在,咱组上就没有地,你俩要做长远打算!

田书记看见张运动兄弟进了砖厂大门,心里一紧,他本能地想走开,又走不了,已经在人家的视线中了。老田稳一下神,装作没有看见,顺手拿起墙角的一把铁锨,铲地上的杂草。张运动兄弟走到跟前,叫了一声田书记,

老田转过脸,从嘴角取下烟:"噢,是你俩?这几天咋没见你俩拉砖哩?""好我的田书记哩,你都不知道为啥?"田书记难堪地笑笑:"走走走,坐到里边!"老田也感觉到了自己这句话的无知,笨拙,完全是往枪口上撞。"田书记,你说这事咋办呀?""你是说种地这事?""那当然嘛!""解决解决!我那天给刘乐然还说,这件事无论如何想方设法都要解决,都要解决好!""那咋解决呀?"张运喜问。"咋解决?是这,解铃还须系铃人,具体解决还得找刘乐然。他是咱三组组长,最终还得要他亲手解决!""那你说这话还不是推哩么!"张运动显然有些不满。"不不不,我绝不会推,我找刘乐然,我催他。""当初包这地,你村上镇上人不说话,我就不包!现在把你的工作支持了,给集体把路修了,把我兄弟俩担到空里了。这事要是不解决,我婆娘要和我离婚哩!"张运喜鼓起勇气说。"我玉女都把村头的路堵了,我几天还没吃饭哩!"张运动埋怨道。田书记想了想说:"你俩是这,现在去镇上找农经办,找老陈,你问他们这事咋办哩。"田书记想说让找王镇长却没敢。"应该说,这件事农经办也有责任,你俩去缠住他!"

张运动兄弟一听也有道理,这也是他们计划要找的,出了砖厂大门,张运喜回过头想说什么,老田忙道:"你去你去,今天是星期一,人在哩。我这儿没问题,我保证当事!"

刘乐然今天收废品特意带了大小两身龙袍,两身清朝格格的衣服,给数码相机的电池充足了电。七月的北方,虽然炎热却天蓝云白,万物葱绿,一派生机盎然。刘乐然让村民们换龙袍,换格格服装,排队照相。田野里景物很多,他给参谋,人家做主,一下热闹了两三个小时。有人早备好了饭菜,吃饱肚子,各家的废品都拿到了三轮车跟前,收了货,记好各自照片的人名,刘乐然快乐地上路了,再咬牙的事,再烦恼的事,只要一坐上他的三轮摩托,那就全忘了!就像演员,听见锣鼓家伙,走上舞台,立刻进入了角色,就成了剧中人一样!经过县城,他把自己的几张生活照送到电视台,然后在街上买了一盒打印用的相纸,看看表,去了公安局。田小雨趴在桌边,沉着脸,两眼有些发呆。刘乐然悄悄看了一会儿,偷偷拍了两张照片,溜了。

在照相馆,没有十分钟就洗好了相片,他拿着相片端详了一会儿,觉得自己的水平还不错,然后来到小雨的住处,掏出钥匙,开了房门,洗了两个西红柿,切到碗里,撒上白糖,用纱网罩住,然后躺在床上,拿出刚才给小雨拍的相片细细品味。西红柿白糖是小雨最爱吃的,天热也泻火,刘乐然看着相片,脸上渐渐弥漫起幸福甜蜜的笑影。他把相片贴到胸口,翻过身趴在床上,床上散发出一种淡淡的芬芳,他贪婪地过瘾地幸福地吸吮着,品尝着芬芳。他想象小雨睡觉的模样,睡觉的姿势,脱衣服的样子,光滑娇嫩荧光下闪着亮的雪白的像陶瓷一样的玉体。这是他的,他刘乐然的!

突然,刘乐然的眼光落在身旁的一根毛发上。床单在那儿打了一个不起眼的褶儿,那根毛发就静静地躺在褶皱里。刘乐然轻轻用手捏起来,侧了头细看。这根毛发大约一寸多长,有点弯曲,不像头发,它粗,它硬,而且微微有点泛黄,一头带着白点,那是毛发的根,刘乐然目不转睛了!这是谁的?哪儿的?会不会?不可能!思量的结果,刘乐然悄然地笑了,他翻身坐起,把床重新打扫了一遍,把刚才偷偷拍的照片放到镜子旁边,擦擦脸,梳梳头,走了。

(二)

那根毛发像羽毛,在刘乐然眼前不住晃动。他车开快了,羽毛飞快了,慢了,羽毛也慢了,总也碰不到他的脸上。那东西来自生命的根部,它是根的一部分,它是根的胡须,根的眼睛;它覆盖着根,维护着根,神秘着根,它把快乐传递给根,根快乐了,它就快乐了。它比身体别的部位的毛发要粗壮,要坚硬,这是需要也是必须,在快乐的风暴中,蹂躏中,它要承受很多无辜的疯狂的打击和折磨。它见证生命播种的过程,它见证生命诞生的瞬间,它比生命的任何部分都看得真切细致,它身临其境,它参与了生命的制造过程,它把一切感动深刻化,它把所有的爱具体化。它是伟大的,简单的,却是神秘的永恒的,这根爱人的毛发啊!

前边就是蛤蟆村了,刘乐然停住车,打开手机,是田小雨打过来的电话:"坏蛋,你在哪儿?""马上到家了!"他一脸灿烂的笑容。"来了干吗不说?""路过,不想打扰你!""为啥不等我?你听,我吃你的西红柿白糖呢!"刘乐然高兴地在手机上亲了一口。"这照片啥时候拍的?""就是下午你上班的时候。""你偷拍的?坏蛋!""哈哈哈……"刘乐然得意地笑了。"干吗把我照得那么严肃,像丢了钱一样。""你好像正在想心事啊?""对,我正在想你哩,

想你那天干吗那么倔!""好,再见,我要进村了!"刘乐然挂了电话。

张运动家的女人玉女,在村东头路口挡了半天也没有人。通往村子的路多,本村人见状也不吭气,掉了头,另选一条路回家或者出门了。那些转乡卖菜,收羊收猪的小商贩们不知道,车到了跟前一问,玉女马上就挡住,她先讲政策,两轮包括自行车一人两块,三轮三块四轮五块,不愿交就走人!有人不急着走,就问原因,其实,她就等人问哩!这女人马上就一脸气愤,从头至尾学一遍村干部的骗钱经过,然后很解气地骂骂各个村组干部。玉女的嫂子张运喜的女人也早早加入了收费站,这时候,也义愤填膺地帮忙敲边鼓,生意人听了,四下看看,谨慎地笑笑,掉转头去了,周围没人,就发表几句评论。远远看着的黄木泥心里高兴,佩服玉女这女人肚子里有牙,这种弄法,不出三天,蛤蟆村就出名了,出大名了,说不定还真把记者招来呢!他嘴一歪,吐掉烟屁股,随口哼起了秦腔:"大路小路千千万……"词出了嘴,还一时没想起是哪出戏上的。

刘乐然到了跟前,后悔已经来不及了,妯娌两个早气呼呼地扑了上来,一个没好气地叫"小伙!"一个用手一指喊"姓刘的!"然后就说,你日子过得滋润,你吃香的喝辣的哩!你一天车开着挣钱哩!你一天嘻嘻哈哈热闹哩!我咋办哩?这事咋办哩?刘乐然就赶忙解释,说,这事是村组镇三家出面弄的,绝不会亏待咱农民,不管咋说,一定要解决的!玉女刀响就要见菜,一伸手:"给钱还是给地?我现在就要哩!""对,现在就要哩!"他嫂子也帮腔道。刘乐然勉强一笑:"这不现实嘛!现在咋行?"玉女走过去就拔轮胎的气针,这机关和自行车不一样,玉女竟不知咋弄,那手抓住气门芯摸来摸去竟不见气出来,伸手从屁股后边抓了一块半截砖就砸,刘乐然忙跑过来阻拦,却迟了,只听噗的一声,轮胎一下就扁了,气体有力地冲到玉女的脸上、脑门儿上,头发吹起老高,脸都吓白了,一屁股坐在地上。这阵势把两个女人弄蒙了,但很快就恢复了常态。

刘乐然有些生气地说:"我最后把你俩再叫一声嫂子,你这样逼我,不是办法,也不是我个人和你两家的矛盾。如果相信我,我劝你俩赶紧把架子车拉回去,瞎事有个瞎道理,胡搅蛮缠坚决不行!你这是闹事哩,弄热闹让人笑哩!要是这,我给你俩说,你想咋闹就咋闹,我不管了!"

正说着,乌云厚从地里回来了,他拉着架子车,车上放着农具铁锨,光着脚板,裤腿挽得老高,浑身湿淋淋的满是泥点子,看样子,他可能浇苞谷才回来。前边架子车横挡着,他过不去,听见吵闹,他大步走了过来。"谁这么霸道?"他恶狠狠地问。没有人回答,然后他看看眼前的情景,也发现了三轮车没气的问题,他把刘乐然往旁边一推,说:"把你架子车拉回去,少挡路!"只一句话,两个女人就怯火了,忙站了起来。"快些!再往路上搁,我就一把火烧了!不信还有比我霸道的!没包下地叫组里给你地就对了,你放的组长气咋哩?臭婆娘,我看你是个瞎尿!"他嘴里骂着,就走过去,伸手拔了架子车的气门芯,而且两个轮胎的气都放了!

强中自有强中手,两个女人一个屁也不敢放,拉上车子就走,没气的轮胎,就那么扁扁地拖着走。

张运动兄弟在镇政府终于找见了农经办的老陈和小陈,这两个干部从二楼会议室下来的时候远远就看见了,镇长王经书也看见了。王镇长一皱眉,他感到不安无奈和无助,他不能说什么,也不便说什么,头一缩,趁机悄悄溜了。老陈和小陈是根本溜不掉的,尽管二人真的急切地想溜。不管这兄弟两个怎么发火,二人还是得忍着,并且满脸堆笑,态度和蔼。让人最难的是,张运动兄弟要政府表态,这合同上盖着你们鲜红的大印,你们应该负责,说:"这事咋弄?你们不去,不代表政府和我兄弟两个谈话,我们怎么会签合同?老陈和小陈,像两只从田野误闯进房间里的老鼠!这房间光秃秃的,没有床、家具等物做掩体,脚下是冰凉的瓷砖,四面是光滑的瓷质的墙壁,主人开了灯,亮如白昼,老鼠的呼吸都看得见,每根胡须都看得见,主人手里举着棍棒,两只老鼠手无寸铁,无路可逃,只有嘴巴,嘴巴里那一副牙齿有一点点威胁,再一切都没有了。不过嘴巴再有威胁,面对的却是棍棒而不是主人的手指头!

老陈和小陈没办法了,也只能嘴里打哈哈。这个,这个,对,我们确实代表镇政府和你们谈了话,可是,可是,我们也是为了工作,不不不,我们呢,是监证,对,监证机关!你看看合同,我们的公章在监证机关这一栏,我们监证什么呢?就是说:"我们主要监证这份合同的真实性,证明这份合同是按正规程序签订的,至于这地到不到期,我们并不知道啊!对,我们不知道以前的承包合同到期啊!我们只证明这份合同没有弄虚作假!老陈和小陈满头大汗终于绕出了理由,他们不绕没有办法,领导没有政策,这兄弟还要对付,

只有这么违心地绕!

弟兄两个听傻眼了,事情越发展越让人难受!

老陈和小陈看看,觉得不能再绕了,就话锋一转,说:"这个事你最好找村组,让村上做工作,组上具体操作,我们只能协助。放心,不管什么时候,我们都敢站出来证明你们签的这合同是真实有效的!这合同没有任何问题,说良心话,这怪村组,村组没做好工作,刘乐然才上任不知道情况,情有可原,你田书记不该啊!他当了这么多年组长,难道不知道那两家的地到期没到期?造成目前这种局面,老田应该负很大责任!"这是老陈说的,老陈的话明显带有倾向性!

老陈当然有倾向性,老陈本来就有点生田冷春的气,蛤蟆村生产大葱和大蒜,每年春节,老田都要给镇上干部们有目的有针对性地送一捆葱和蒜苗,今年偏偏没有给他老陈,是不是听说老陈马上就要退休了?可是,这种气一直窝着,没机会发出来,心里不免有些恼火,就留了神,时刻等待着。

"这狗日的田冷春!"出了农经办,张运动咬牙切齿地骂道。"现在咋办?"张运喜问弟弟。

(三)

玉女回到家里,坐在院子里,越想越生气,咋就遇上乌云厚这二货!这人倒霉了放屁都砸脚后跟!不行,总不能就这样让人耍了。让运动跟他们闹,不闹这事就毕了!想到队里没有地,没有钱,村上啥也没有,镇上有也不会给,这是给蛤蟆村三组修路了的,玉女就绝望了,急得眼泪流了下来。

张运动兄弟跑了一天,事情没有任何进展,肚子却咕咕噜噜直叫唤,已经饿了两三天了。这会儿,兄弟俩突然感到一阵饥饿。工人们回去了,灶房里飘出一股蒸馍的香甜,两个人挑帘进了办公室,却见田书记正和吕哈定吃包子,这包子像是韭菜豆腐粉条包的,浓浓的韭菜香直扑鼻子,张运动满嘴酸水,田书记正手托一个包子,咬个口,灌一勺子红红的辣子醋水,然后一大口就咬去了四分之一。那贪婪,那快速鼓动的腮帮子,配上黏黏的响声,实在馋人!张运动满嘴酸水溃堤而出。"哟,兄弟是你俩,吃了没有?来来来,吃个包子!"张运动兄弟嘴里说不吃,手却拿起了包子,那利落劲就像老鹰抓小鸡,饥饿到一定程度,尊严就退后了。吃!不管三七二十一,先吃饱再说!田书记给两个人倒上茶,看他们的吃相,包子没有了,有软软的海绵一样的大白蒸馍,两个人吃光了包子,一个人再吃了一个蒸馍,这才长嘘一口气,打一个嗝,肚子有一种充实的饱饱的舒服感。吃人的嘴软,说话也就一下子很难硬起来。"田书记,你说这事到底咋弄呀?"张运喜问。"人家说,这主要责任在村上,在你田书记!我也想,我就不信你真的不知道那两家的承包地到期没到期?"张运动接过话荏儿:"你这一不弄清,叫我俩的几万元放了风筝!现在可好,给队里修了路,社员群众不记好,还说我俩是瓷厌,瓜子,让你田书记哄了!你说,这事你到底咋个管法?"等两个人都问完了,田冷春说:"我已经说了,这事我肯定管哩!但这是组里具体经办的,得让组里弄,我作为村上干部只能是督促帮助解决。我想问一下,谁给你说这事主要责任在我哩?你想,这地当年不是从我手里包出去的,和你俩签合同说事也都不是我,咋能说我是主要责任人哩?作为组长是干啥的?负啥责任哩?话说回来,组上不提出这种筹资办法,村上咋能提哩,现在出了乱子了给村上推哩?干工作咋能是这种态度哩?不说了,你俩回去,找你组长去,我也找他,无论如何尽快把问题处理了!"田冷春说得斩钉截铁,其实后边的话全是一时兴起,连他自己也不知道到底说了些什么,事后一想,他有点不安了,不知不觉中,他把这二人的矛盾指向了刘乐然,这是不应该的!

问题出现了,相互踢皮球,是一种本能的自我保护,但却是消极的,其结果是皮球越踢越大,最后嘭的一声爆炸了,弄得每个人都受了伤。张运动进家门的时候,天已经黑透了,他发现玉女躺在院里的枣树下睡着了,呼——呼——拉风箱似的,是很香甜的那种。张运动开了灯,想叫醒女人,却没有,他抱起玉女进了屋子。然后,倒一缸子开水,一个人坐在门槛上想心事。玉女在被抱的时候就醒了,她坐起来,厉声道:"张运动,你过来!"张运动吓了一跳,来到床前。"地要下没有?"一听这话,张运动转身就跑,他跑到客厅,放声哭起来。那哭声像一把黑色的刀,在黑夜里沉闷地挥舞。

这是男人的声音,一个中年男人的委屈无奈悲伤的哭声,粗壮,真切,石头一样的绝望。

玉女坐在炕上,听着听着也流下了眼泪。她来到男人跟前,伸手去搀,张运动不愿起来,玉女就说:"放个大男人,哭顶啥用?看这事咋弄呀。"

张运动慢慢止住悲声。

"走,我给你擀面去,咱吃饱喝饱跟他闹!要不下地就要钱,不信世上还没有讲理的地方。"

张运动听了,一颗心终于落了地,谢天谢地,玉女这一关总算过去了。

根本不是夸张,一万五千元,在北方农村的小农家里,虽不是天文数字,但也是很庞大的,他们对这些钱的心疼和重视程度,是很多城里人体会不到的。更要命的是,它还散发着一股被愚弄和欺骗的气息。家庭终于和好了,现在的问题是攘外,全力以赴地对外,对村组镇这些混账王八蛋!怎么对呢?首先是兄弟齐心合力,拧成一股绳,对此,张运喜两口子也一致赞成,有人提议应该听听老会计黄木泥的意见。黄木泥是文人,知道得多,神机妙算,他是姓黄的诸葛亮!黄木泥听了,沉思片刻,说:"你两家这几万元要回来必须经历一番波折,你看,咱组上再没有弄这些钱的地方,村上现在啥也没有,就是有,也不可能给你们。镇政府更不用说,县上财政只拨个人头工资,连办公经费都是零预算,现如今又不准在咱农民手里乱收钱!现在唯一有希望的就是咱村里这砖厂,可砖厂在人家田书记手里,想要回砖厂,肯定得下一番功夫!而且这还得咱三组组长出面!"张运动说:"照你这样说,再没有办法了?"黄木泥肯定地说:"我看没有!"几个人就沉默了。"现在难的就是刘乐然愿不愿意弄砖厂!"张运喜沉思道。"对,你说得好!"黄木泥说,"这两个人的关系要翻脸就得从中想办法。""刘乐然这小伙不错,要是实在没办法了,他肯定会给砖厂要承包费的。那次我俩闲聊,刘乐然说路修了,准备破砖厂的账哩!"张运动接过话茬。"我知道,要不是田小雨在中间,上次刘乐然就弄砖厂了,还和我说过哩!"黄木泥点头道。

几个人一直聊到半夜鸡叫。

第二天一早,张运动兄弟就来到了刘乐然家。

这次来得不同,不光是他弟兄两个,各自还带了几个人马,个个都是十七八或二十岁左右,奇装异服,发型也五彩缤纷。进了院子,不和刘乐然说话,也不打砸抢,找座位坐了,掏出扑克牌,兴趣盎然地"挖坑"。渴了,有自带的啤酒,汽水,饮料;饿了,几个人一组骑摩托车到镇子上换班吃饭。这些人都是玉女的弟弟,外号"长鞭子"找的,长鞭子上高中的时候和人打架,因伤害罪坐了四年牢,回到社会上就出了名,听说姐姐的包地钱放了风筝,就吆喝一声，带了十个八个弟兄，助威震慑来了，是很扎势的那种。对于乌云厚，长鞭子早有耳闻，那是老前辈、老英雄，不管咋样都不能动。刘乐然就不一样了，他有个警察媳妇怎么了，警察也没什么可怕的！

有人壮威，张运喜的胆子就大了许多，他首当其冲，痛骂刘乐然是耍手腕的，是以包地为名骗钱的！刘乐然就说："钱装到我包包没有？你看看我的家当，我稀罕你那几个钱？别说骗你这几个钱，那年我在路上拾了一万五我都不稀罕！"张运动就拉一把兄长说："刘乐然，咱都是邻家，低头不见抬头见，你答应尽快解决我的地哩，到底咋样？咋解决？你给我说说，我也好给你嫂子交代。"刘乐然看到这么多人很生气，就说："咋解决我还没有想好，反正一句话，我正在联系村上镇上积极想办法！我也不是跑户走户，我的为人我想你运动哥应该清楚，就是吃屎喝尿，我也把你包地的事解决好！"张运动说："你说啥时候，最迟啥时候解决？"张运喜抢过话说："快对了！人家镇上村上都说是你刘乐然的事！他们顶多只是协助，人家跟你商量啥哩？再是咱组里一干二净，你拿啥给我解决呀？弄清，几万元哩！"刘乐然忙问："你说，谁说我是责任人？谁让你寻我哩？"张运动一挡兄弟，对刘乐然说："你都是灵人么，你想我能说不？"张运喜毫无顾忌地说："这有啥，我不害怕他娃是警察，有本事她把我铐了去！"玉女往前一走说："好兄弟哩，你以为你丈人是啥好货哩？不是砖厂，他要是愿意你这女婿，狗拉到哪儿，我吃到哪儿！"

张运喜拿着几个肥料袋子走过来说："刘乐然，为了凑包地钱，我把粮食卖光了，现在，我这一家子人没一把面了，是这，你粮在哪儿哩？"刘传统一看急了，忙挡住张运喜说："好我的贤侄哩，你把粮装了我吃啥呀？这是我全家一年的口粮，跟组里没关啊！"张运喜的女人突然喊道："来来来，在柜里呢！"几个人呼啦走了过去，刘传统自小受过饿，把粮食看得比命还重要，赶紧去挡，刘乐然却一点不急，他大声说："爸，你走开！"张运动也忙去阻挡兄长两口子。张运喜还不依不饶，张运动就使劲挤个眼色。几个小伙子在长鞭子的带领下早收了牌，站成一个半圆，歪着头，冷冷地看着。张运动说："兄弟，你别见怪，我哥这是真的没啥吃了！""那就叫你哥装么，吃多少装多少，我不挡！""不不不，事咋能那样做！是这，你给咱说个时间，你看这事最迟啥时候能到头？""要时间能行，你先给我解释一下这些人是弄啥的？咱都是一个村的，我家你知道，我院里也没拴老虎，你带这些人弄啥哩？"

这一问,张运动哑口无言,回到家里,给了长鞭子两百元,让他的小弟兄们去吃饭,回过头就埋怨玉女不会弄事,因为刘乐然是咱争取的人,怎么能让社会闲人弄事呢?但事已至此,也不便再说什么。

黄木泥一听经过也连连摇头。第二天,张运动兄弟又去了刘乐然家,刘乐然今天又换了一套洁白的西服,特别有意思的是,他在领边别了一朵塑料做的红桃花,看起来异常鲜艳夺目热烈,摩托也擦得一尘不染,干净耀眼。摩托刚发动,张运动兄弟挡住了去路,刘乐然并不惊慌,摘了眼镜说:"我现在有些急事,你俩下午过来。"张运动就说:"只耽搁你三五分钟,说完话就走!"刘乐然点点头。张运动说:"现在快八月份了,赶国庆前要是解决不了,你家今年这苞谷就是我弟兄俩的,明年六月麦子下来了还是我俩的,反正一料苞谷一料麦,直至扣完我俩的承包地款,钱的利息按基金会走!"说完,并不等刘乐然说什么,就头也不回地走了。

(四)

张运动兄弟的这一趟没有白来,刘乐然看着两个人的背影陷入良久的沉思。这个晚上,他入睡得很艰难,就是当年决定不上大学也没有这样过。连日来,张运动兄弟的承包地问题一直死死地纠缠着他,就像一条紫晶蛇,如影随形。他没有办法,他把三组承包地的账看了一遍又一遍,还是找不到希望,那么,出路在哪里呢?面对张家兄弟的步步进逼,他已经有些招架不住了!偏偏这时候,镇上、村上有人又从中挑拨,通通把皮球往他这儿踢!他想不通,田冷春是村支书,是他的老丈人,干吗也这样做?他隐约感觉到,田冷春好像是在利用他。在田冷春的心里,根本就没有他这个准女婿的任何位置,还有那个所谓的丈母娘,既然看不起他,瞧不上他,他又何必低三下四地迎合他们呢?刘乐然感到了政治场的残酷、绝情、无耻,如今看来,要解决这兄弟俩的问题,只有指望砖厂!刘乐然骑上车,直接去了田书记的砖厂。

砖厂最近也不是很顺利,出窑的工人提出来,出一万砖给一斤白糖,十万给一包茶叶的劳保,因为天气太热,附近的砖厂在一入伏就这样办了。田冷春没有理会,第二天马上就有三四个出窑的工人请假了。这是个连锁反应,没有砖,运输队就有几辆车停工待料了。要命的是第三天,出窑的工人突然全不来了,运输队的车就全停了。客户要货,运输队的车说靠不住,快到别的窑上买砖去!把顾客撑了。砖不按时出窑,整个循环就慢了,干砖坯腾不出地方,砖机就得停产。答应了出窑工人的条件,砖机那些工人就提开意见了,接着也耍起怪了。田冷春整天黑着脸,感到没有一件顺心事。当然,最为闹心的还是张运动兄弟的承包地,刘乐然也一脸愁容和焦虑,他问这件事咋办?田冷春低头抽烟,久久不语。刘乐然就说:"张运动兄弟已经逼得我没有办法了,张运喜还要装我家的口粮!"听了这话,田冷春抬起头看了一眼刘乐然。刘乐然继续说,"今天又来了,那些话明显是最后通牒,他说赶国庆节前解决不了,他就收我的庄稼,直至扣完承包地款,还按基金会的利息算息!"田冷春沉默了一会儿,说:"这件事我给你说了,你是主要解决问题的人,签合同也是你和张运动兄弟签的,作为村上来说,我现在尽量帮助你,你也不要气馁,想想办法。你还年轻,好好干事,关键时候要勇于承担责任。万一不行了,可以贷款。你的废品公司经营得也不错,如果实在不行,可以以三组的名义借你的钱,组里以后有了还你,给你把高利息出上。"刘乐然不禁看了田书记一眼,想不到这话竟然是出自老丈人之口,他感到非常吃惊!你怎么不出钱借给组里?我有几个钱,难道你不知道?要是真的有钱,我不知道买辆小车开上,我做梦都想买小汽车哩!再说,事情发展到这种地步,你难道还不知道集体的情况吗?就是贷款,谁会给贷?要是能贷,还能等到今天吗?刘乐然对田书记的心术产生了严重怀疑,他甚至想,要真的我个人把这钱出了,我受累了,像张运动一样了,他一定会再抬腿踩上一脚,拉着女儿离开我!

晚上,黄木泥找刘乐然来了。两个人一见面,黄木泥就问:"贤侄,你那个小品咋样了?"刘乐然忙拿出录制的碟片,说:"这是我和张老汉商量着演的,不是很理想,反正是为大伙热闹的,咱也不图啥,我放放你看!"刘乐然打开碟机。这个戏比较短,一共二十三分钟就完了,看了,黄木泥称赞生活气息浓郁,人物也不错,就是表演和动作设计不到位,刘乐然连连说:"师傅教导得好,我也有这种感觉。"接下来,黄木泥拿出一套旦角的华丽衣服,说:"贤侄,我想凭你这身材悟性,化装成一个富家小姐,绝对漂亮!来,你试试!"刘乐然果然就换上衣服,他拿起假发看来看去,说:"这假发好,就是有

些脏了,你闻闻,一股味儿!"最后,黄木泥又帮忙给化妆了一下脸面,刘乐然一看镜子,惊异得都认不出自己了!他又让师傅教了教小姐、姑娘在舞台上的唱念做打,随后取出相机,给自己拍了不少各种造型的照片。

谈完了艺术爱好,黄木泥关切地问刘乐然:"张运动兄弟的承包地问题如何解决?"刘乐然叹口气,摇摇头。黄木泥就说,"好贤侄哩,这事你要引起足够重视哩,千万不敢推了!""那你说咋办?"刘乐然问。"事情对你目前很紧急,我把你也不当外人,也就有啥话说啥话。觉得好了,你听;不好了,权当我没说!""客气啥?我想听听你的高见哩!"

黄木泥笑笑说:"你现在唯一的出路就是要砖厂,要砖厂的承包费!田书记心黑得很哩!你把他当亲人,他把你当仇人!过去的事,件件都能说明问题,晚上静了,你好好想一下!"刘乐然抬起头:"那我咋要哩?""以你三组组长的身份,给他要砖厂的承包费!支书是另一码关系,在这个问题上,他是承包经营户,被管理者!这个事,如果解决好,可以说是三赢的事!第一,钱要回来,解决了张运动兄弟的问题,你马上就摆脱困境了;第二,咱蛤蟆村三组,百分之八十的人都拥护你,支持你,感谢你,你维护了大家的利益!第三,你丈人如果会想了,也感激你,在你手里解决砖厂这个事,比任何人都好,都合适,你丈人兼任组长,只能是疙瘩越弄越大,他自行解决人不相信,另一个人当组长,对他不会高抬贵手!""我如果以我个人名义贷款解决这个事,行不行?"刘乐然问。"你头是不是让驴踢了?如果这样,最严重的结果是鸡飞蛋打,猪八戒背媳妇。你就是第二个张运动兄弟,甚至比这还惨。不是咱不相信集体,现在这事太复杂。这是谁给你出的主意?"刘乐然没有吭气。

黄木泥取出一根火柴棍掏着耳朵,说:"就是现在这事,估计也得你几身汗出!"刘乐然默默看了一眼老会计,说:"不说了,我上网去呀!"

第十章

（一）

没有选择了，刘乐然决定去要砖厂的承包款。但是面对田书记，却鼓不起张口的勇气。他是小雨的亲生父亲，自己未来的岳丈。可是，不说又不行，刘乐然从很远的地方开始向目标渗透，迂回，靠近。他说，张运动这件事农经办的干部纯粹是推脱责任，踢皮球。田书记却不语。又说张运动兄弟逼得他已经无法正常工作了。田书记就说，那你应该快刀斩乱麻，或贷款或自己垫资尽快解决。刘乐然一听这话，心里就凉了半截，他说，这件事村上镇上都应该承担责任。田书记却说，作为上级部门承担，也只能是个领导责任。刘乐然一听，另一半心也凉了！"这事是个硬杠子，领导责任有啥意思？"田冷春不语，显然不赞同他的说法。"领导责任就跟没责任一样！""话不能这样说，这件事本来就是你三组内部的事，你组上筹不下修路款，作为村上和镇上是在帮助你们！"刘乐然听了，很生气，感觉到越来越孤立无援了，他们都跑了，连我的老丈人田书记都跑了！"那你说，这事咋办？"刘乐然问。"你是三组组长，又不是三岁娃，主意要你自己拿！再说，这是你组上的事，组上的事组上消化！"田冷春显得异常平静。听得出来，这语气是一种虚伪的平静，刘乐然的心彻底凉了，凉透了！"那是这，"他使劲咽下一口唾沫，说，"这砖厂是咱组里的，这些年你给咱组上交了多少承包费，咱把账算一下。"刘乐然终于击中目标了。

田冷春狠狠地久久地盯着刘乐然。

这目光是愤怒的、吃惊的、悲伤的、失望的。田书记接受不了这句话，尽管他已经想到刘乐然迟早会这样说。这小狼崽子向他龇牙了！

刘乐然用一种很无奈的别无选择的口气说："张运动兄弟要承包款，我

现在没有任何办法，只有来砖厂。另外，咱三组群众对砖厂的意见也很大，都说这几十年了，没见过砖厂一分钱的回头子，那几年还分过红哩！有的群众嚷嚷要清砖厂的账哩！"田冷春不接话茬，却说："这些年，虽然没有分红，但给集体办的事不少，花的钱不少！村小学建校，我一把拿出五万，群众一分钱没掏；另外，至今还有几十万砖没给我钱！2003年打机井连配套，砖厂又拿出十二万元，群众现在浇地凭啥哩？既然你今天把话说到这个份儿上了，对不起，小伙，请便！承包费一事连想都别想！"刘乐然愤怒地点点头，起身就走，田冷春也不拦。出了办公室，刘乐然回头道："好，这话是你说的，我现在也没办法，那咱就法庭上见！"

关系就这样破裂了。两个人之间的战争终于爆发了。

刘乐然一走，田冷春扑腾坐在沙发上，习惯地掏出一支烟，因为激动，点了两三次烟才燃烧，一支烟没抽完，他就后悔了。最近就是这样子，肝火盛，急于发火，也很想发火，总想放肆地毫无顾忌地发一场火。但这件事，他是不应该发火的，发了就要付出代价。田冷春把头靠在沙发上发起呆来。法庭见，就意味着彻底翻脸了，宣战了，任何人情关系，方方面面的关系都不顾忌了。在农村，对簿公堂是一种最绝情最彻底的做法，刘乐然真会这样吗？真的上了法庭，出了二帘子，一切就没有挽回余地了，几十年心血就拱手送人了，什么也没有了。甚至，甚至……田冷春突然满头大汗，不行，这得想办法！田冷春匆匆回了家。

刘乐然从砖厂出来，骑上摩托就上了县城。他不是去见田小雨，而是同银芳！同银芳已经在今年元旦结了婚，女婿是一个律师，很能干，在县城买了好几套房子。女婿出差了，同银芳一个人在家里上网，见了刘乐然，非常兴奋。同银芳天生丽质，身材丰满，皮肤白皙，看上去很性感。女婿名叫余心照，低个儿，小脑袋，双目如电，炯炯有神。同银芳忙关了电脑，给刘乐然沏茶取烟，问长问短。婚后，同银芳看上去温柔了许多，眼中没有那种放肆的野性了，射过来的目光，含情脉脉，让人难忘。她并不问田小雨，也不提他们的婚姻关系如何，刘乐然知道，同银芳也一直有心于他，只是没有田小雨的竞争优势罢了。这是夏天的中午，小区里很静，午饭后，离上班还有一段时间，各家主人都在午休。"最近忙不？"同银芳瞅着刘乐然问。刘乐然在任何时候、任何地方、任何情况下看上去都是干净的、光鲜的、神采飞扬的。

"有一点！""组长咋个样？有当头不？"刘乐然摇摇头。"你过来，看我背上这儿有个啥！"同银芳突然慌张地、声音颤抖地说。刘乐然忙走过去，同银芳一下子抱住刘乐然，呼吸紧促地说："我想你，我想要你！""对不起，我，小雨她——不不不！"刘乐然连忙拒绝。同银芳不顾一切地疯狂地抱住刘乐然："我想你，我想你很多年了！"同银芳用自己热热的嘴巴死死堵住刘乐然的嘴巴！终于溃堤了，两个嘴巴终于疯狂地残酷地厮杀起来。同银芳说："我不管田小雨，我也不当第三者，我也不破坏你们，想你了我就去找你！答应我答应我答应我！"两个人上了床，床上柔软而开阔，很适合于嬉戏交火。但天太热，一出汗皮肤就发黏，同银芳拿起遥控板，打开空调。毕竟年轻，风暴过去，没半小时，两个人又缠在一起，制造了新一轮的暴风骤雨。刘乐然看看墙上的挂钟，同银芳亲他一口，安慰他不用急，猴子出差了，两天后才回来。

正在这时候，门铃突然响了。两个人面面相觑，一下子紧张了，赶紧去穿衣服。麻烦的是两个人赤身裸体，所有的外衣内衣手机全扔在一块，一慌，你穿了她的裤头，她穿了你的袜子！越忙越乱，越乱越忙！门铃又响了，怎么办？这么长时间不开门，余心照发现妻子和一个男子在家里会怎么想？两个人低语了几句，同银芳梳梳头，这才装出睡眼惺忪的样子去开门。

"你找谁？"原来是一个陌生男人。同银芳一下放心了，甚至有些生气。

"这是余律师家吧？余律师让我把这些材料送过来！"说着，那人并不等你让，就进了客厅。

"啥材料？他人不在！"同银芳很是恼火。

"我知道，他打电话让我送过来的！你看看，一共两份材料，三个发票的复印件，这是我提供的证据！"

正说着，刘乐然一身女装走了出来。同银芳吃了一惊，将他看了又看，眼睛睁得老大。刘乐然忙使一下眼色。那男的也很惊讶，说着话那眼睛不住偷看这位美人。

"这，这是我表妹！"同银芳忙给那个人说。

等那个男人走后，刘乐然说："你不是多此一举吗？干吗给他解释？我是你家什么人与他什么关系？"同银芳一笑："去，我这是做贼心虚！"两个人又笑了。"没想到，你装女人，比女人还女人！""再别提了，吓死我了！"刘乐然连连摇头。"你不会是真的来看我吧？"同银芳上下打量一番刘乐然。刘

乐然说:"一是来看看你,再就是想打官司!"同银芳忙问什么事,并答应让余心照代理这个案子。

说到案情,同银芳还气愤地骂了一通田冷春,劝刘乐然打完这个官司,别当什么狗屁村民组长,好好干自己的公司!

这段时间,刘乐然的一举一动都是蛤蟆村人关注的焦点。特别是张运动、黄木泥这一伙人!早上和支书翻脸并说法庭见的话,很快就传遍了蛤蟆村!刘乐然从县城一回来,黄木泥几个人就跑过来了,对刘乐然做出起诉的决定举手称赞,热烈响应!张运动兄弟也激动地说:"我俩现在也不催你了,全力以赴支持你告砖厂!只要你给咱把砖厂要回来,我们敲锣打鼓给你挂匾,给你披红戴花?"黄木泥跑到小卖部提了一捆啤酒,倒了一杯双手递给刘乐然!刘乐然看到大家激动的样子,端起酒杯一饮而尽!

(二)

田书记回到家里后,立即让老婆给女儿打电话,让小雨马上回来,原因是他有病了,很重!老婆白他一眼,对这个理由很不满意。老田一扬手:"就这样说!"

刚好局里有去阳沟派出所的顺车,田小雨马上就赶回来了。一进门,看父亲躺在那里,就吓了一跳,急忙张罗着要打120,送父亲去医院。田书记翻身坐起来,说:"好娃哩,不用叫,你爸这心里得病了!得重病了!"小雨没听懂,就问:"爸,你到底咋哩?快说呀!""咋哩?刘乐然要到法院告我去哩!"田小雨就更不明白了:"你说,到底咋回事?刘乐然凭啥到法院告你哩?"

田冷春就把事情的经过原原本本学了一遍。

田小雨却沉默了。

"你看这娃有良心不?这还没结婚呢就把我这个老丈人不当人了!这还了得?"田冷春悲愤地说。

"那你把我叫回来是啥意思?"

"看你问的这是啥话,难道你不知道啥意思?"田冷春很吃惊。

"你这事盐里没我,醋里没我,你叫我咋呀?"

"你你你——"田冷春瞪女儿一眼,"知道不,刘乐然现在把我往法院告

— 120 —

哩,法院一判,咱这砖厂就毕了!你爸就毕了!咱这一家人就毕了!"

田小雨明白了,父亲这是想让她出面阻挡刘乐然,上次去说刘乐然就没答应,如今又要去说,这能行吗?就是说,又怎么开口呢?砖厂不管咋说,父亲都占不住理,但要不说,一旦告到法院,事情也就真的弄大了,自己和刘乐然的事咋办?如今,刘乐然要是不告,他又怎么办?他给张运动兄弟如何交代?他也没办法啊!不能说,这话不能说!

田小雨仍然不吭声。

"你爸问你哩,你快说话啊!"母亲看她一眼。

"我给你说,如今这事,你说啥都得出面去给刘乐然说!"

"我咋说?"田小雨没好气地说。

"咋说?就说你要告砖厂,咱俩这婚事就吹了!"

"这一码归一码,咋能这样说呢?"

"事情到了这一步,就得这样说!"

"我不说!"

"你真的不说?"

"我不说!"

"好,那我今天就碰死算了,也比让刘乐然把我告下来气死强!"一语未了,田冷春跳下床,照门框猛然碰了上去,那架势就像一只公鸡去追一只小母鸡,伸着头,缩着脖,撅着屁股,冲上去。

母女两个急忙去挡,抱腰的抱腰,抓胳膊的抓胳膊,田冷春这才刹住车,他往床上一睡,哇地哭了起来。

做母亲的转过身扑通给女儿跪下了:"小雨呀,咱田家就你一个苗,如今出了这事,你说啥都得办呀!"

田小雨也忍不住哭了:"妈,我说,我去说!上次他就不听我的,我怕这次也是白说!"

"不会!"田冷春翻身坐起来,"你就给他说,要是他真的不同意,婚事马上就吹!"

"爸——"田小雨低下头,"你咋老和这事往一块黏哩!"

"你说,如果刘乐然不同意,你和他吹不吹?"

"不!"

"不吹,就不去说了!你走,田小雨,我没有你这女儿!我把你生养这么大,权当是喂了一个狼娃子!你打听一下,像你这能力,不是我,咋能到公安局上班?不是我,你拿啥上大学?说实话,才生下的羊娃还跪下吃羊奶报答哩!"

田小雨沉痛地说:"爸,你甭说了,我去,我去给刘乐然说,他不答、答应,我就和他、他、他吹!"

田小雨走出房门哇的一声哭了,那是委屈的艰难的伤心的哭声,她已经没有选择了,她将承受太多不该由她承受的痛苦,她的爱太无辜了,太沉重了,世界太不公平了……

刘乐然把关于砖厂的材料准备工作都交给了黄木泥,黄木泥很容易就办到了。对他来说,这些都是他很早很早就随时准备办的,也许在心里在梦里他已经做了好多遍了。比如哪一年建厂,建厂投资情况,群众入股情况,谁经手办的,并且找了几张入股的收据,等等。黄木泥一早就来到了刘乐然家,他拿出材料,一一给刘乐然介绍解释,并询问如何上告,给法院的状子写了没有,考虑是否请律师。刘乐然说,当然要请个律师!

正说着,门外传来一阵摩托喇叭声。"刘乐然!"一个女人的声音急切地扑进院子,刘乐然忙从房子出来,原来是同银芳,身后一个小伙推着熄了火的摩托车。"来来来,给你介绍一下!"同银芳拉过刘乐然,说,"这就是我组里的组长,我同学刘乐然!"又一拉那男的:"这是我女婿,咱县里蓝天律师事务所的律师余心照!"

两个人紧紧地握手,刘乐然的脸不由得红了。余心照掏出名片递过去,他一身笔挺的西装,虽不怎么帅,却很精神。

黄木泥一听是律师来了,连忙上前搭讪。

几个人坐定,刘乐然打了个电话,不一会儿,阳沟镇高友酒楼的微面车就停在家门口,来人提进来几个凉菜,一捆啤酒,餐具等。撤去茶杯,打开酒瓶,杯盘叮当,几个人就边说边喝起来。刘乐然一介绍砖厂的情况,余心照马上表态说,这官司赢定了,没问题,包在他身上,今晚就写起诉状,明天就送法院,七天内就立案了!三个月内就结案了!几个人一听,心花怒放,杯子一碰,齐声喊:"喝!"

酒是最容易让人激动的东西,几瓶啤酒下肚,各位的兴奋点就变得更高了。比如,黄木泥大赞刘乐然年轻有为,气质非凡,刘乐然是为蛤蟆村的老百姓谋利益,群众表示案子结了,给刘乐然披红挂花。对了,还有余律师,学识饱满,口若悬河!好!很好!啤酒使黄木泥使劲地拍!尽管他的文学功底有限,语言平庸无华;尽管那是一双粗糙的沾满泥土的手,青筋暴突,瘦得像鸡爪子却爱好文艺爱好舞台的不幸的手!

田小雨和刘乐然的感情不是一天两天了。不是因为爱情本身的原因而让两个人分手,是一件非常困难的事,但父母是天地,她从感情上、理智上都不能违背。她步履沉重地推开了刘乐然的家门,刘乐然没在。刘传统看她神色不对,马上也就神色不对起来,田小雨给刘乐然打电话,刘传统就扔下手里的活计,不安地在院子里走来走去,那耳朵却伸得老长老长。

已近黄昏,天边有黑黑的老云蠢蠢欲动。西边的云头被太阳烧红了,给人一种不安的疼痛的感觉。最近,一直没有下雨,蛤蟆河瘦得像一条线,河床裂着不规则的宽宽的口子,河泥翻卷着,蛤蟆的鸣叫汹涌过来,田小雨听着,像是哭声,很澎湃、很广阔的哭声。

刘乐然匆匆来了,吃惊地问:"你咋了?"手伸上去梳她的头发,"谁欺负你了?谁这么大胆敢欺负警察?"

田小雨却不接他的话茬儿,刘乐然就严肃了:"你到底咋了?你啥时候回来的?"

两个人坐下来,她又把头放到刘乐然怀里,悄悄哭了。刘乐然慢慢抚摸她的头,低声说:"不想说就哭吧,先哭出来,哭畅快了再说。"

过了一会儿,田小雨抬起头,望着刘乐然的脸,说:"我求你别告了!"夜色已变得越来越厚重。厚重的夜色,就把刘乐然的脸变得很模糊很遥远,很隔阂。还有声音,彼此说话的声音,都变得很远很陌生。"我知道,你寻我的目的,我知道,你会这么说;我不知道,啥时候你才能有自己的主见,人民警察同志!"刘乐然说着,打开手电,从裤兜里取出一沓纸,"你可以看看这个,全蛤蟆村三组有多少群众签名按手印要求你爸交出砖厂,交出砖厂的承包费!"

田小雨哑然了,她无言以对。

刘乐然接着说:"我知道,你会说,他是我未来的老丈人。不错,也许是,要这样他就更不应该逼我了,把我往火坑里推了!你知道不?为了承包地

的事,张运动兄弟硬要装我家粮呢!我给你爸说,你爸却说,这是你们三组的事,你们内部消化去。说实话,我没有办法了,我确实没有办法了!"

"你看这样行不,我给你弄三万元,你先拿去,把张运动包地的事摆平。"

刘乐然一愣:"你?不行,绝对不行,这样弄下去,越来越复杂,越来陷得人越多!三万元不是三百,你一月多少工资?你考虑过咱们的以后没有?我也这样想过,我都不敢!"

"那你的意思真的要告砖厂?告我爸?"

刘乐然点点头。

"一定得告?"

"我没有办法。"刘乐然痛苦地说。

"那我给你说,你真要告的话,你告!我就啥也不说了,但我声明一点,我爸接到法院传票的时候,就是咱俩关系结束的时候!你走你的阳关道,我田家过我的独木桥!"

"你咋把咱俩的事扯进来了?"

"我也没有办法。"田小雨无奈而痛苦地说。

"咱俩的感情就这么脆弱?"刘乐然有些激动。

"我不知道。"停顿一下,田小雨继续说,"我也没有选择,你看着办!"田小雨站起身,匆匆走了。刘乐然也站了起来,叫了两声小雨,小雨并没有回头,她想,刘乐然一定会追上来的。然而没有,她失望了,后悔了,想站住,已经没有理由了。

(三)

刘乐然的起诉,既无奈又勇敢,这是田书记不愿意看到的,不想看到的,后悔看到的。田小雨回到家里,只说了一句话:"我和刘乐然分手了,我尽力了!"就起身离开蛤蟆村回县城去了。她不愿回头,她的心已经碎了,蛤蟆村她最亲近的人突然变成了来自不同方向的最锋利的尖刀,刀光一闪,她的心就流血了,受伤了。田冷春绝望地跌坐到木凉椅上,身体被碰得扑通一声,他一点都不爱惜生命,好像这一副皮囊根本就不是他田冷春的。许多人已经开始介入了,事情复杂了,一个人不可能左右整个事件的发展了。

田小雨回到县城,却没去上班,坐在窗前,木然地望着窗外。院子里很静,各家人都上班或者做生意去了,难道事情就这样结束了,就因为这个理由结束了,突然结束了? 从此,我们各奔东西,谁和谁再也没有任何关联? 田小雨感到一阵阵心痛,她拿起修理眉毛的剪子,在左胳膊上一刀一刀使劲地划着,殷红的鲜血立即就冒了出来,汇成一个球,一个团流下来,在胳膊下边的桌面上涌动,而她竟没有感到疼。

这是个阴天,没有风,乌云低垂着,闷热的空气好像凝固的热块。田小雨来到郊外,田野并没有给她开阔感,反而更加压抑,那些黑油油的苞谷秆,已经比人高了,它顶着已经苍老泛黄的花,静穆地拥挤地站在那里,淹没了道路,淹没了荒草,连那些电线杆子,公路上过往的汽车都淹没了。潮湿的乌云压下来,压下来,几乎要和它挤在一起。田小雨走在绿草疯狂的小路上,静寂而闷热。这世界突然没人了,就是她和这些高大的苞谷秆们! 她忘了害怕和孤独,她的心正在一片嘈杂喧哗波涛汹涌的感情中煎熬。

一条紫晶蛇,也从密密的苞谷林中钻出来散步,它幽灵似的前行着,身体和地面的荒草摩擦出沙沙的响声。远看,它就像一条透明的、泛着弱红的、波浪形的荧光棒。

这种不期而遇是神秘的,不能理喻的。田小雨好像看见了,又好像没有,最主要的是她没有害怕,她的心被法院、砖厂、父母、刘乐然这几个词死死地网着,困着,一点也动弹不得。这些词是带尖的流矢,是带刃的刀剑,带钩的铁刺,田小雨突然站住,冥冥中,她好像得到了一种暗示,回身匆匆走出田间小道,走向蛤蟆村。她推开家门的时候,发现父亲半躺在客厅的木凉椅上,两眼微闭,似乎睡着了。

田小雨犹豫了一下,还是走到了父亲身边,她轻轻一推父亲,田冷春睁开眼看了一下,又闭上,平静地说:"你不是上班去了么,咋可回来了?"田小雨说,她想到解决问题的办法了。父亲问啥事情的解决办法,田小雨就说当然是砖厂啊!"真的吗?"父亲坐起来。也许是小雨心里有事,看上去,父亲突然苍老了很多。小雨于是就说:"咱拿出三万块钱给刘乐然,让他把张运动兄弟承包地的问题摆平,这不行吗?"父亲苦笑一下,说:"砖厂目前是外强中干,根本没有钱,就是上次修路那两万元,还是托人高息贷的私人的钱! 这些年,砖厂换设备,添设备,盖厂房,打机井,建校捐款,唉! 田冷春痛心地

摇摇头。"钱不成问题,我想办法!"田小雨信心十足地说。"你想办法?你才工作,你能弄下钱?"田冷春重新打量一眼女儿。"你只要同意,我马上去找刘乐然!"田冷春点点头,接着又摇摇头。事情演变得已不像起初那么简单了,对女儿的这个建议,他并不抱多大希望,但也有死马当活马医的想法。结果也正如他的判断,刘乐然说,起诉状已经递上去了,法院已经立案了,律师正在做各种证据的收集工作。最关键的是,老会计这伙人在后边呕喝着,推动着,要回头,已经很难了,没有办法了!

事情也正像刘乐然所说的,律师余心照正在精神百倍地全力以赴地办理着这个案子。妻子同银芳有交代:"我是蛤蟆村人,你是我老公,当然就是蛤蟆村的半个儿子。砖厂要回来了,咱不光有钱分,更有荣誉感,和刘乐然一样的荣誉感!蛤蟆村的人全都知道,是我同银芳的男人办的案子,更知道我同银芳的男人是一个律师!再说,刘乐然还是我的同乡、同学(只差说情人)!你要排除一切干扰,这段时间啥案子也不要接!"余心照就说:"那当然,老婆的话是最高指示,一切行动听指挥!我也向老婆大人保证,这个案子一定打赢,没问题打赢,绝对打赢!"同银芳嘴一撇:"再甭吹了,你接每一个案子都给人保证能赢,到底赢了几个?"余心照扑哧一笑:"这个不一样,这个案子保证能赢!"

作为律师,余心照虽然律龄不很长,却得到老律师们的真传不少。比如接案子,他开口的第一句话就是这官司能赢,这明显是夸口!这句话正好是当事人最最关心,刚刚开口要问的话,其实,到底有几分胜算,他也不知道,当事人本来还没有决定请律师,只是咨询,一听他说能赢,交给他们律师肯定能赢,百分之一千能赢,于是就动了心,签了委托代理合同,那一沓红红的代理费,就装进了他的腰包。接下来就是正常代理,判决书下来了,官司真的赢了,当事人就更信服他了,自然成了他的活广告,他呢,也趁机再锦上添花地吹吹自己的能耐;判输了,他就打个唉声说,狗日的,这伙法官胡判哩!因为在代理过程中,特别是有自己当事人在庭的时候,尽管没有多少理由,也明知道法官不可能采信他的话,他仍然要慷慨陈词,滔滔雄辩,热汗淋淋,给自己当事人留下一个好印象。这会儿,拿着输了官司的判决书,那当事人也会感慨地说,律师给咱把力出了,是这些法官胡判哩!

代理费是代理费,案子要取证要调查要到有关地方去,这就需要食宿差旅费,去一次问当事人要三五次的钱,有的一次没去坐在那里打麻将,还要差旅费。这是余心照们弄小钱的另一个途径,但这个途径在刘乐然这里关闭了,行不通了,同银芳提前打了招呼,敲了警钟。

余心照深深爱着同银芳,这个案子自然就办得很卖力很老实很积极。

刘乐然把官司全部委托给了律师。他最近的心情坏透了,田小雨的两次到来,使他的心不光更加烦恼,也更加悲痛了。他很受伤,他甚至停业了两天,以便自我调节和心理疗伤。好处是他天性快乐,这才没有被事业和情感的双重打击放倒。他每天一大早就开车收废品去了,直到天黑透了才进家门,到了家里,他就关上门,谁叫也不开。干什么呢?他看上去并没有不快乐,他打开数码相机,把白天收废品时的娱乐场面,放电影似的看一遍,然后剪辑一下,刻录到光盘上,末了,到网上转转,打开自己的博客,把那些娱乐资料传上去。想起小雨了,他就点上一支烟,在房间转转,写一些自认为诗歌的东西。把思想文字化后,心情自然就好受多了,他似乎把蛤蟆村这一摊俗事忘了。但是有一天,他突然接到了一个电话,那时候,他刚刚卸完废品,正洗车哩,掏出手机一看,是律师余心照打来的。余律师说,有一个重大情况,需要和他当面谈谈,刘乐然这才想起,自己现在还在打官司哩!刘乐然开上车向蛤蟆村驶去。

余心照是在刘乐然家里打这个电话的,他所说的重大情况,当然是关于砖厂的。今天上午,按照工作安排,他一早就去了工商局调查砖厂营业执照的有关情况。遗憾的是,在网上查不到一个蛤蟆村群建机砖厂。是不是没有上网,遗漏了,细想,这些根本不可能。但有一个砖厂,引起了余律师的注意,那就是阳沟镇春雨机砖厂。阳沟镇有砖厂四家,为何只有春雨机砖厂让他注意呢?原因是,春雨机砖厂的厂址是阳沟镇蛤蟆村三组,整个蛤蟆村只有三组群建机砖厂这一家,春雨机砖厂在哪儿呢?再查,执照显示,这是一家私营企业,经营主就是田冷春,该厂是1992年9月注册成立的,调出注册档案发现,该砖厂的经营地点就是蛤蟆村三组原老砖厂!再一个就是田冷春和当时的三组组长石锁子签订的一个企业用地租赁协议,细看,这个协议竟然是伪造的!甲乙双方的签字及合同内容均出自一人之手。余律师心细,他立即调查石锁子在别的账务上的签名,经比对,整个协议签字,均出自支书田冷春一人之手!那么,老砖厂,也就是蛤蟆村群建砖厂到哪儿去了?

经过查询,余律师终于发现,蛤蟆村群建砖厂已在1997年10月注销,也就是说,法律上这个砖厂已经不存在了,而事实上,它仍然存在,一直存在!这个发现太重大了,余心照立即告诉了同银芳,同银芳马上给刘乐然打电话,刘乐然却关机了!那时候,刘乐然正和村民们娱乐哩!没有办法,两个人就骑摩托来到刘乐然家。

黄木泥这一双眼睛不做别的用,专用来关注刘乐然与田冷春这个官司的一举一动,一草一木。看见刘乐然家门口放着一辆摩托车,他马上就跑了过来,一见人,更高兴了,原来是代理律师余心照!听了余心照的叙述,刘乐然大吃一惊,还没缓过神来,黄木泥就跳了起来:"我的爷呀!太无耻了!太大胆了!这不是公然侵吞集体财产吗?!"他吆喝着出了刘家大门。

刘乐然很痛心,很难过,他想不通田书记怎么能这样,怎么敢这样?这可是犯法啊!当然,这也是他不愿意看到的,根本不希望看到的!送走余心照,他关了大门,赶紧打开法律网,他真为田家担心,为田小雨痛心!小雨啊,你真的不知道你父亲的这些情况吗?

(四)

从朱五四老汉那里无意中确定了枣花和田冷春那些见不得人的事后,黄木泥就彻底见不得自己的女人了,恶心自己的女人了!他是演员出身,具有浓烈的诗人气质,性情中人。那天从朱五四老汉的梨园回来,就找出当年那个用牛皮条做的小鞭子,放到温水里浸泡着,让皮条软下来,然后把老婆从村北的地里叫回来。枣花正给羊拔草,笼没满,不愿意走,他就说快回,羊草多着哩!我有好事给你说!枣花一听觉得很奇怪,这些年了,黄木泥从没有对她笑过,也没有和蔼地说过一句话,今天这是咋了?她心里一阵热乎乎的,毕竟老夫老妻了,和好比什么都重要,枣花很高兴地就跟着回来了。

进了门,枣花去给羊喂草,黄木泥就悄悄关死了后门,然后再关死了前门。枣花很奇怪,就问关的门咋哩?黄木泥就说,想你哩!枣花更有些奇怪,这些年,黄木泥很少碰她的身子,就是昨天晚上,她梦见和黄木泥亲热哩,伸胳膊蹬腿地醒来了,就再也睡不着了,便悄悄伸过手去摸他的下身,黄木泥感觉到了,没有反应。现在,这大白天的,老家伙咋又想了呢?枣花年轻时也是一朵有几分姿色的花,她的眼睛会说话,流光溢彩,很勾人魂魄!而且这女人天生情欲旺盛,难耐寂寞,黄木泥又不能夜夜陪她,这就开始偷偷出轨了!当然,她并不是那种见男人就要的主儿,她同样喜欢高大威猛的,帅呆酷毙的,或者神通广大能踢能咬的男人!而这些,村支书田冷春好像都沾点边,只是不很典型而已。谁知,那天一个眼神,一个笑,就把田冷春半夜勾来了!以后,就秘密地一发不可收拾地偷起情来。有次月经晚点了,吓得枣花不安了好几天!只是世上没有不透风的墙,自从那些风言风语传到黄木泥耳朵后,她真的就害怕了。那次,黄木泥从她身上下来,几乎捏死她,问和谁?万幸没有承认,特别是听了田书记的话,演了一出假跳井才躲过去。不过,从此他俩也就渐渐地断了,如今已经彻底断了。

黄木泥现在想要她的身子,枣花嘴上推辞着,手却快,早进了房子,三下五除二就剥出了一个光蒜瓣,只穿一双拖鞋,双手放在阴部前边,站在门口,很风情地望着黄木泥笑。

黄木泥抢先来了一个关门打狗!他从后腰上抽出皮条鞭子,照枣花两腿之间,突然猛烈地乱抽起来,枣花啊的惨叫一声,本能地用双手去保护。黄木泥像是一台机器,手里的皮条鞭子,又蘸了水,使劲地抽着,嘴里还一个劲地骂道:"不要脸的东西,我抽烂你,抽烂你!我让你发贱,我让你发贱!说,谁给我戴的绿帽子?"

枣花哭叫着:"没有啊,没有啊!"

黄木泥一听,给他的机器又挂了一个挡,手中的鞭子就抽得更欢,更有劲了!

"我说我说!好我的木泥爷哩,你再甭打了,再甭打了!"枣花开始屈服了,彻底屈服了。

黄木泥拉下闸门,鞭子停住了。

枣花两条大腿,两双手臂,特别是丛林覆盖的地方,立马就肿起老高,青印子,血印子,相互重叠着,更严重的是大腿内部的皮肤已经烂了,血开始流出来。

"和谁?"黄木泥猛抽一下,然后将鞭子停在半空,厉声问道。

"田书记!"

"狗日的田冷春!"

"对对对,田冷春!狗日的田冷春!"枣花忙道。

"咋弄来?"这句话问得有些问题,枣花不知道如何回答,胆怯地看男人一眼。

"最后一回是几时?"黄木泥改变了问题。

"四五年前!"

"到底几年?"

"四年半了!"

"狗日的还记得清!说,这一回咋弄来?"

"在咱屋里,他寻你来了,你没在,田冷春喝些酒,就在炕边,他脱下我一条裤腿,我睡着,他立在地上!"

"田冷春我日你先人!"黄木泥猛然一声怒吼,推上闸门,那鞭子又雨点般抽起来。枣花拼命跑出来,胡乱穿了一条裤子,顺后门钻进了苞谷地。

从此,黄木泥就自己搬到后边屋子住去了。算是彻底和枣花分了居。不仅如此,还分了家。他连枣花做的饭蒸的馍都不吃,口粮都分开了。人就是这样,有时候,贪图一时的快乐,带来的却是一生的痛苦,而且不只是一个人的痛苦。

现在,黄木泥不但不痛苦,眼看着田冷春一步步走上被告席,以及想想他倒台的狼狈样,就高兴得不得了!令人更加振奋的是余律师报告的这个特大新闻!原来,蛤蟆村群建砖厂早成他个人的了!他捏造合同,冒名签字,这是犯法啊!不行,我得想办法!黄木泥稍做思考,就立即开始在村子里串通开了!

第十一章

（一）

　　刘乐然不懂法律,但法律条文他看得懂,至少字面意思他懂。这一切如果是真的,田冷春的后果将不堪设想!他也渐渐理解了田书记这一系列的做法,他更进一步了解了田书记这个人。什么都有底,只有人的心没有底,人的欲望没有底!他悲哀小雨怎么会有这么一位父亲?也许一切真的都是命,也许他和小雨注定是一场空!他摇摇头,不愿多想,想得多了头痛,身体是革命的本钱!看来,这场官司必须打了,必须鼓起勇气打了,好好打了!他感觉到蛤蟆村三组许许多多的群众都看着他,都站在他的左右,不管怎么样,哪怕小雨真的离开他,这桩官司都要打,坚决要打!刘乐然一握拳头,照墙壁狠狠砸下去。年轻人的手是有力量的,沉重的,墙壁发出浑厚的震动声。

　　乌云厚的恶名主要是因为他手黑手硬,无论干什么都立竿见影,刀响见菜,从不在脑子中过滤,以想到做到而著称。他不出去打工,不做生意,一年四季就是种地,养羊喂鸡,所以尽管免了农业税,免了水费,免了生活用电,他的日子仍然紧巴巴,掐指算算,今年他已经四十岁了,老妈从前年开始,那身体一天不如一天,断断续续地吃药打针就成了常事。他娶不到一房媳妇,又不愿意和外人接触,终日少言,没事就靠在院子里的土墙上看羊吃草,实在无聊了,就钻进房子,伸出手,和自己的那个玩。

　　乌云厚虽说专业务农,但庄稼长势收成却很不理想,原因是他从不买肥料,不打农药,不相信良种,他的麦子、苞谷是典型的无公害粮食。但有一点让村里人很佩服,那就是喂羊。他喂的羊,比邻家的羊明显高一头大一膀,毛色光滑发亮,奶包子就像两只细长的桶吊在肚子底下。他的羊身体好,发

情早,怀孕早,来年春上下崽早,羊奶下来早,卖的价钱就好!所以说一早百好。每到秋天羊发情的时候,乌云厚就格外经心,甚至发情那几天寸步不离。头窝羊很难把握,有的发了疯地叫唤,慌张迟疑,智力低下,反应迟钝,有的不叫不嚷,只是吃食少了些,这种羊,弄不好就错过了一轮又一轮的机会,你还以为它没发情!乌云厚看得清,他总是能及时地不迟不早地把握住这个机会,然后拉到配种站,一次搞定。当然,老羊们好认,有些人为了让羊早早发情,下午或早上没事就把母羊拉到配种站去适应环境,观看"黄碟",激发联想,发挥条件反射的作用,这法子也确实管用,乌云厚也这样做。

来年春上,听说乌云厚的老母羊下崽的时候难产死了!但他没有把老母羊卖到羊肉煮馍馆,没有给羊贩子,他在自留地头挖了一个很深的坑,把老母羊埋了。黄木泥对人说,他亲眼看见乌云厚埋了老母羊蹲在旁边呜呜地哭了好久好久。现在,黄木泥找乌云厚来了,他说:"刘乐然代表咱全队人把田书记告到法院了,咱请的律师说,田书记把咱队的砖厂弄成了他自己的。"乌云厚就说:"那砖厂就是人家田书记的嘛!""不是,那是集体的,咱全组人的!""咱全组人的,咱全组人咋不弄去,让他弄哩?""那是包给他经营的!""那还是他的!"乌云厚道。黄木泥解释不清,就扔过一包烟,说:"兄弟,这砖厂有咱每个人的份儿哩!走,咱都到砖厂去,挡住不准他田书记弄!"

"不行,我羊没草了!"乌云厚不想去。

"走走走,回来到我地里割苜蓿去!"

和乌云厚说好之后,黄木泥挨家挨户开始鼓动。这个民间艺术家亢奋了,无限激动了,身不由己了,不知道自己要干什么了!他只是残酷地无情地疯狂地到处煽动着。

朱环环从梨园回来了,身后还背着药桶子,黄木泥故意提高嗓门儿,在大街当中挡住,说:"环环!药桶子放下来!"环环不知道什么意思,黄木泥一指东头:"田书记把咱组的砖厂弄成他个人的了!走,寻他走!"环环很顾忌地压低声音:"咱凭啥寻人家?""凭啥?砖厂是咱组的。当年你先人是会计,还年年分红哩,不信问去!现在刘乐然把砖厂告到法院了,咱要帮忙凑威哩。不去,厂子要回来了,你别分红!"环环低声问:"谁都去哩?""多着哩,正往砖厂门口走的!胆小鬼,田书记把你吓死了!"

张运动兄弟最近拉砖也很不顺利,蛤蟆村三组这七八台车,眼看就要全军覆没了！田书记也许是出于报复，已经把四台本组的拖拉机辞退了，却让邻村的几辆新车插了进来，说什么外村人好管理，听话，给客户服务好。不像本组这些老司机投机取巧，主人给的烟不好或吃的饭不好，就故意耍怪，拉过去的砖不按地方放置，有的甚至和砖厂发货人勾结，多拉然后将多拉的砖倒卖。田书记就很生气，不得不逐步调整。张运动他们不这么认为，他们觉得，这是蛤蟆村三组的砖厂，三组的砖厂就应该让三组的拖拉机挣运费，外村车来就不行！黄木泥对朱环环说的话是颗手榴弹，一下扔到了汽油桶上，燃烧爆炸，浓烟滚滚，火光冲天。蛤蟆村让战火烧焦了，什么也看不见了。

张运动打了几个电话，然后就见七八台拉砖的拖拉机向蛤蟆村砖厂奔去了！平时空荡荡的村道上，这会儿婆娘女子娃老汉老婆却站了不少。黄木泥已经疯狂了，他跑回家提了一副铜锣，在大路上来回跑着，吆喝着，锣声激荡，心脏也随着震得哆嗦。

这是人们所没有想到的。现在蛤蟆村砖厂大门口已被拖拉机堵上了，村民们七嘴八舌叽叽喳喳很难听清楚说些什么，身后还有人不断地赶来。现场拖拉机已经十多辆了，还有摩托车拖拉机在继续赶过来。

田冷春赶紧打110报警，然后让人赶快关大门。这大门只是一个框架，关不关人车都能进来，几台装满砖的拖拉机出不了砖厂，只好熄了火，停在那里看热闹。田冷春在砖厂里到处挥舞着吆喝着，他让砖机上的十多个人继续干活，砖机不能停，又让出窑的工人继续出，都不准过来，然后命令人给保管室库房厨房统统加锁，两人一组守在门旁。这时候，乌云厚来了，他横冲直撞地进了人群，村民们一看也都赶紧让开道。张运动说："云哥，来得好！这砖厂是大家的，快来，每个人都有一份！"乌云厚一挥手："你让开！"乌云厚使劲推了几下大门，不行，从身后一台拖拉机的工具箱里拉出一把铁锤，狠砸！这时候的黄木泥也挤了进来，他带头鼓起了掌。田书记看着乌云厚砸门，很着急，又给阳沟派出所打了一个电话。

乌云厚是没有人敢阻拦的，包括田书记，至今想起乌云厚砸他摩托，还咬牙切齿胆战心惊。大门的闩子终于砸坏了，乌云厚大步流星地冲进来，几个房子门都上了锁，乌云厚没有办法，就直接闯进了办公室，转了一圈，伸手抱起了桌子上的电视机，那嘴里还喊："这砖厂是大家的，也有我一份！我今

天就要这电视了!"冲开人群,竟抱上走了。

村民们一看,立即骚动起来,有的摩拳擦掌跃跃欲试。这时候,刘乐然声嘶力竭地冲了进来,他往大门的缺口处一站,挥舞着双手,大声劝说:"大家不要冲动,千万要冷静,砖厂现在已经进入了司法程序,法律会给大家一个公平公正的交代! 请相信,这场官司我一定打到底,打出结果!"然后,他又换了一种口气,劝大家千万不要闹,不要把有理事闹得没理了!

一阵急促的警笛声响过,阳沟派出所民警赶来了! 李军和三四名民警跳下车,提着警棒,走向人群,不过却是马后炮,村民们已经开始散去了,只是这几辆拖拉机让民警叫住了,问了堵大门的原因,并警告他们这是违法,这是破坏他人正常生产的行为。张运动就说:"这是我们三组的砖厂,我们三组的拖拉机不让干活,偏用外村的这不公平,所以才要堵。"警察又问谁弄坏了大门,大家都不吭声了,乌云厚的名字一般人不敢说,警察问田书记,田书记却摇摇手:"算了,这大门也不行了!"吕哈定忙道:"办公室的电视还让人抱走了呢!"田书记又挡了,说:"老电视值不了几个钱,没事!"一切又恢复了平静,田冷春的心却难以平静,对他刺激最重的就是刘乐然那几句话,他竟然面对群众说,他这官司打定了,打到底了! 不行,不能这么坐着等死,县上有那么多熟人关系,他应该找找才是!

(二)

田冷春一大早就去了县城,他不是去见女儿,而是郑利马。因为提前打了电话,皮条王郑利马没有出门,专门在明珠酒店等他。谁都知道,这是皮条王的长期包房,房间有空调,有洗手间,有热水器,有彩电,一楼就是餐厅,吃喝娱乐一体化,很方便。两个人客气了几句,田冷春就问县法院有熟人不? 郑利马说当然有,成天打交道,怎能不认得几个人? 比如几个院长啦,各庭庭长啦等等,说出一串名字,就像数他家中宝贝似的。田冷春叹了一声,就叙说了最近发生的一系列事,还掏出法院给他的一封信。

皮条王接过来看。这是县法院民一庭副庭长胡半月发来的,说有人把他起诉了,让他在七日内提交答辩状,并附有起诉状副本。郑利马感到意外地问:"刘乐然不是你女婿吗,咋把你起诉了? 你现在想让我弄啥呢?"田冷春说:"看能不能找个领导说说,把这个案子想办法压下来!"皮条王摇摇头:"这恐怕不行,现在一旦立案,就等于启动了诉讼程序,要不审,除非是遇到不可抗力或重要当事人不在了!"田冷春就问:"那你说咋办?""拖!""咋拖?""你有砖厂,咱组上一分钱没有,你可以采用肥的拖瘦,瘦的拖垮的办法!他把你告了,咱找法官活动活动,案子审慢一点,三个月审成半年,一审判决下来了,咱不服,提起上诉,在二审再花点钱,又压上几个月,再发回重审。这一来回又是几个月,判决下来了,咱再上诉,这上来下去把他刘乐然就拖死了,你打着官司开着砖厂挣着钱,两不误,怕啥?"田冷春听着不住地点头,不过,郑利马优雅地漂亮地吐出一个烟圈,说:"这得经费!送礼就不说了,至少我得把主管院长、庭长、主审法官约出来吃顿饭吧,买条烟吧。"田冷春掏出两千元说:"不说了,给,多少就是这,你看着办!到二审了再说!"皮条王接过钱,显出一副为难状,说:"唉,这是你田书记说哩,谁让你是咱的老哥哩,对了,我想办法办事就对了!"

送走田冷春,皮条王郑利马想吃羊肉,就哼着小曲向街南老黑家羊肉馆走去。皮条王给人办事以利益为原则,他一权衡,拿得下来,就上阵了。

田冷春出了明珠酒店,并没有直接回家,又去了另外几个地方,回到砖厂的时候,已经是下午了。

尽管晚了,原告的律师余心照还坐在办公室等他。两个人没有见过面,田冷春有些诧异,余心照就掏出有关证件,田冷春心里紧张了,他强作镇定,那倒茶壶洗茶杯的动作看上去很细致,很坚实,其实,是指东打西,虚晃一枪,他在紧张地思考着,权衡着,分辨着。余律师问他:"蛤蟆村群建机砖厂是哪一年吊销执照的,为什么吊销的?"田书记就说:"砖厂停产了将近一年,人都走光了,连村上派到砖厂的会计都走了,工商局来人看彻底停产了,就把执照注销了。"余心照又问:"你为什么要重新注册成阳沟镇春雨机砖厂?"田冷春就说:"重新开业时,为了少缴税和工商管理费,因为个体私营比集体所交的税和管理费都少。"余律师问:"再没有别的用途?"田冷春就说:"当然没有!"余心照又问:"那办理工商执照时,砖厂那个企业租地协议是咋回事?"田冷春已经紧张得满头大汗了,他说:"当时石锁子是组长,可石锁子找不见人,砖厂开了,工商执照很紧,我就代石锁子签了字,因为我还是村支书。"余心照点点头,至于有没有权利代签,代签为何不签成自己名字,余律

师没有再问。那是后话，如果需要，会在法庭辩论时提出的。

余心照走了，田冷春却很紧张。

第二天，余心照刚出了家门，一辆出租车在他身边停住了，原来是阳沟派出所的李军，两个人攀谈了几句，就上了出租车。余心照还记起来了，他曾到阳沟派出所办过案子，李军和他聊过。还有一层原因，这李军是公安局局长的亲弟弟，公检法口里的人大多知道，而余心照呢，又是蛤蟆村的女婿，李军也应该是蛤蟆村人，两个人说透了关系，心理上就又靠近了一步。出租车来到县城关西门外边，找个茶秀喝茶聊了起来。余心照问有什么事，李军就把田书记的事说了。他说："老田只有一点要求，就是那份关于代签租地协议的事，希望他能抬抬贵手。"余心照说："我正在调查，调查完了再说。"接下来，两个人再扯了一会儿闲话，就出门到一家洗浴中心去了。

从洗浴中心出来，两个人就分了手。余心照有一种精疲力竭的感觉，李军握握手说："老田那个事就拜托你了！"余心照点点头，他没有直接回家，而是回了律师事务所。他趴在办公桌上，心里一直念叨，老婆对不起，老婆对不起，我以后再不干这种事了！然后，他就自责自己的自控能力干吗那么差！为什么要干那种事？万一让同银芳知道就完了！这女人什么事都能做得出来！她那么爱我，我也那么爱她，我怎么干这种事呢？他暗暗发誓，今后打死都不了！坚决都不了！

（三）

吕哈定收奶，最近遇到了小小的不顺。蛤蟆村七组的唐绪娃也突然收起了奶，对他的收购市场产生了直接的威胁。他九毛一斤，人家马上就是一块，奶农呼啦就跑了过去，吕哈定很生气却没有办法。市场化了，收奶员不再由村上审核了！为了巩固自己老字号的传统地位不动摇，吕哈定除过从价格上和人家竞争外，还降低收购的质量门槛，特别是大打感情牌！比如他有拉奶的三轮车，闲了就主动地义务为一些养羊大户帮忙拉拉饲料拉拉青草。特别是最近一次，唐绪娃收奶突然跟了两个厂里的质检人员，他们拿出仪器设备化验，这一下，几乎一半奶农的奶都打下了架，倒了可惜，有些奶农就提到他这儿来卖。吕哈定一看，满肚子气，但他最终还是微笑着收下了。

这一招厉害,一下子就拉来了不少客户。渐渐地,他的生意又好了起来。这天,吕哈定交奶回来,刚进门,田书记就来了。老田穿了一件铁锈红的T恤,下边装在裤子里,看上去精神了许多,气色也好,言语中带着轻松的笑,是很神采奕奕的那种。他扔过一支烟,问吕哈定今天怎么回来得晚了。

吕哈定没有接好,烟掉到了地上,他连忙拾起来架到耳朵上,蹲在脸盆边洗洗手。这是夏天,奶腥味浓得像铺天盖地的乌云,院子里人一走,就轰的一下,飞起又落下一群苍蝇。"走走走,到砖厂去,奶腥味把人能熏死!"老田用手在鼻子边扇着。"你刚才打电话说有啥重要事哩?"吕哈定擦着湿淋淋的头发问。老田看看院里,低声说:"走,过砖厂再说!你老婆嘴快,不能说!"

吕哈定被老田的悬念牵引着,就放下钱袋子,匆匆去了砖厂。

朱环环那天并没有跟着黄木泥去封堵砖厂大门。他是真有些害怕田冷春。紧邻砖厂,他还有二亩地,这些地全靠砖厂那眼机井灌溉,每次浇地,老田从没有出过难题。有时还帮忙给他拉拉水管子,浇完了,他把时间一报,田书记就点点头,说知道了,也不问水费给不给。那次,他去清以前的水费,算了二百三十二块钱,田书记只收了二百,零头全免了!这让朱环环两口子感激了好久!平常一看见田书记,没笑都要硬把笑挤到脸上去。上次浇地,田书记照样只收了整的,朱环环感激得不行,就问田书记用得着的地方请说!老田问,你爸手里那些老账还在不?朱环环说不清楚,晚上他跑到砖厂特意找田书记,说,那账还在,我给你拿过来了!田书记问,是从哪儿找见的,朱环环说在梨园的房子里,田书记就让他赶紧送过去,没事,他只是随便问问。晚上,田书记买了几样好吃的,专程去看朱五四老汉,这位当年建厂时的老会计激动得热泪盈眶,喝得酩酊大醉,那晚天冷,炕烧得太热,被子着火了,一大包账全烧成了灰!

朱环环还有一个害怕田书记的理由,近些年,地下水位下降得很厉害,三五十米深的土层已经彻底没有水了,浇地的井全在百米以下,以至于蛤蟆村人畜饮水一度成了问题,田书记就在砖厂修了一座水塔,安了阀门,给村民们供水。因为要用电抽水,来拉水的群众就要掏电费。一般农家,一大铁桶子水也就一天到两天,特别是夏天,人喝水、洗浴,六畜也大量饮水,尤其是那些奶山羊,一顿至少一大盆子,所以特别费水。朱环环当然不例外,他

也在田书记这儿拉水吃,当然就不敢得罪田书记,又怎么能去砖厂闹事呢?这实在是一个极其简单的问题,他就搞不懂,黄木泥他们怎么能去得罪田书记呢?同时说明这些群众也太没良心了!有恩不报反为仇,可恶!没有田书记,娃娃们能在结实而明亮的教室里上学?没有田书记,你拿啥去浇地?没有田书记,你喝什么?没有田书记,村里这些拖拉机到哪儿去挣钱?现在,朱环环拉起架子车,摸摸口袋还有几张五毛钱,就向砖厂走去。

砖厂里并没见田书记的人影,朱环环有些奇怪,刚才他清清楚楚地看见田书记和吕哈定过砖厂来了,朱环环站在办公室门口发呆,办公室门突然开了,田书记探出头问:"环环,你有啥事?"环环就一指拉水的架子车。田书记从墙上取下水房的钥匙,放完水,老田说:"环环,把水送回去,你人过来一下。"环环连忙答应了,掏出五毛钱,田书记摆摆手,笑笑。环环很积极,他快步把水拉回去,连用皮管子给瓮里抽水都交给了老婆,便匆匆来到砖厂。

见了田书记,环环喘着气,声音颤抖地说,刚才在村子里碰见刘乐然了。田书记点点头,示意他说下去,朱环环用手比画着说,刘乐然拉了一三轮摩托的花,红的红,白的白,好看得很!田书记见他不语了,又拿眼问他的下言,朱环环说,刘乐然拉到他家去了。吕哈定问,就这些。朱环环答应一声,吕哈定关上办公室的门,说,我当刘乐然拉的飞机大炮哩,没事没事!田书记单独和朱环环说了一会儿话,就让二人走了。

这两个人出了砖厂并没回家,他俩今天可是有公干在身哩。两个人拿着一个本子,一支笔,还有一盒红色的印泥,在蛤蟆村三组一家一家排门征询意见,签字画押。他俩说,村上决定给每家免费安装自来水,以后吃水就成了真真正正的自来水,如果同意呢,就请签上户主的名,按上户主的印章或者指印,不同意,就说明你不想要自来水,以后人家安装了,你千万别后悔。这一来,村民们心里很兴奋,想也不想就签了字画了押,当然也有在脑子里过一遍的,想一想,问怎样施工,以后如何放水收水费?因为田书记的水塔正在营业,现又改成自来水,大家自然不会怀疑。末了,还问安水管收钱不?吕哈定就肯定地说,当然不收,这是支书个人投资免费安装!以后水费也绝对低于国家规定的标准。这样一来,蛤蟆村三组三百多户人几乎家家同意,当走到刘乐然家门口时,刘传统刚好拉着羊出来了,吕哈定就问:"老刘哥,我贤侄在不?"刘传统说:"刚刚开车出去了。"朱环环就等刘传统拴好羊说:"村上要给咱安装自来水,征求各家意见哩,你愿意就签个字!"刘传统有点难为情,说:"多年不写字了,怕都忘光了,再说这事我也不做主!"这话里有了一点推脱的意思,吕哈定就连忙做工作,说:"这是安装自来水,而且是免费的,公益事业,你看,全组人都签了字。"刘传统挠了半天头,这才签了字,按了手印。

  人口多,每家都得去,这工作整整干了大半天。村民们也都知道了,大家在一块议论,有人分析说,这肯定是书记在收买人心哩,扩大正面影响哩。有人说,这是刘乐然把他告了,他俩这是过招哩!反正不管他俩怎么样,咱老百姓没啥!反正自来水是一件好事,谁安都行!最后,大多数人的意见是,他俩打官司就打去吧,现在局势不明朗,立场尽量中立,谁也别得罪!刘乐然胜了,咱双手赞成,砖厂承包费要回来了,咱还能分些钱!田书记胜了,咱也不反对,虽说砖厂是组里的,各家都有份,这些年,组里管过砖厂的啥?反而光知道要钱,前些年砖厂经营艰难,负债累累,组里没有给砖厂投资一分钱,那年,田书记不想包了,给组里,组里不要!说实话,砖厂那时候是个烂摊子,一屁股账谁要?现在好了,有钱了,当然人都眼红!但也没想想老田为砖厂受了多大罪,所以要不回来,咱也不在心里来回!

  刘乐然生性爱花,老房子没有时间翻修,那些陈旧的气息,时不时会冒出来,他就根据苗圃务花人的指点,跑到北边的山上到处采花,然后买了些花盆,把家里打扮得就像个花园。他相信花草能制造新鲜空气,一天忙完了,就把竹躺椅搬到花丛里休息,呼吸花朵的芬芳。他还把香气比较浓郁的给自己房间和父母房间放了许多。大清早起来,无论多忙,先打开窗户,让新鲜空气进来。几年来,他仍然保持着在学校时的某些习惯。比如一早起来先跑步,然后在自家院里放上音乐做广播体操。这天早晨,他刚跑进村子,就有人叫他,他答应一声继续跑步,并回头看了一眼,发现收奶点的村务公开栏下围了很多人,大家正叽叽喳喳地议论着什么。

  吕哈定收奶一般是清早六点半到七点半的样子,他把三轮车开到村口,吹几声哨子,奶农们就络绎不绝地提着奶桶,端着奶盆来了,有的家养的羊多,就用水担挑了两桶奶来了,每逢这时候,那些转乡卖时令鲜蔬的,卖豆腐大肉的,就都赶了过来,很快村口就拥满了人,像过集赶会似的。缺点是,时效性强,时间短,以收羊奶为主,奶收完了,不久这集会也就散了。村民们卖

村路

了奶,转过身就买菜或肉,这一天的生活就在这一刻定下了水平和档次。今天早上却有些不同,村民们刚卖了奶,有的还没来得及买菜,就被对面村务公开栏的大黑板报吸引过去。大家看着看着,人群里就起了波澜,接着就哗然了,惊讶了,傻眼了,看不懂了!原来,村务公开栏上贴着一张特别公告,内容大体是说,由于刘乐然担任三组组长后,不注重安定团结和谐工作的大政方针,干群关系非常紧张,群众强烈不满。经统计,全组百分之九十六的村民强烈要求罢免刘乐然同志的组长职务,经蛤蟆村委会研究,并报镇政府同意,决定尊重群众意见,罢免刘乐然同志组长职务,从即日起,刘乐然同志不再担任三组组长。同时决定,由吕哈定同志临时代行三组组长职责。

第十二章

（一）

刘乐然跑着步，看见自家门口停了一辆黑色小轿车，感到有点意外，进了门，却见皮条王郑利马站在院子里笑眯眯地看着他。郑利马问，家里怎么放这么多花？都是些啥花，有的他还从来没见过。刘乐然就笑了，说："不知道，是从北山里挖的，只要看着好看就挖了！这两年，村后的蛤蟆河，流入了从县化工厂排出的臭碱水，西风一刮满院臭气，放些花空气好，人看了也心情好！"刘乐然一面说话一面放开体操音乐，就在当院做起了体操。郑利马就问他："官司打得怎样？最近有没有进展。"刘乐然就说："一切按部就班，不知道郑叔有啥事？"郑利马说："我今天来看官司进展情况如何？要不要帮忙，再一件事就是……"郑利马停了一下，说，"你先洗，洗完了咱在房子说。"刘乐然就不再开口，洗漱完，进了房间，刘乐然又问，郑利马低声道："贤侄，是这，砖厂承包费收回后，你准备咋弄？"刘乐然就说："根据群众意见决定。"郑利马说："既然是咱大家的砖厂，就应该承包给有管理经验、经济实力雄厚的人去经营，以利润最大化为目的，你看叔说的咋个样？"刘乐然点点头。郑利马看刘乐然顺自己的思路来了，就接着说，"那是这，到时候，叔给你介绍一个能人，有钱人来承包砖厂，咋个样？"刘乐然就说："没问题。"郑利马一拍刘乐然的肩膀："那咱就一言为定了！"刘乐然说："那就一言为定，不过这事还早哩！"郑利马说："没问题。这只是一个时间问题！"两个人刚站起来，出了房子门，黄木泥心急火燎地来了："贤侄，走，你快看走，村上把你组长职务免了！"刘乐然愣了："免了？""对！公告就在村头大黑板报上贴的！""你是会计，开会不叫你？""我，你知道，田现在半个眼见不得我！""走，咱看看去！"路上，刘乐然问："贴出去多长时间了？"黄木泥说："已经两三个小时了，

天一明人就发现了,公告上还让吕哈定代替你的职务哩!"

郑利马听得一清二楚,他摇摇头,点上一支烟,开车走了。

几个人刚走了几十米远,迎面就碰上了张运动。张运动一扬从墙上揭下来的公告,说:"村委有啥权力免人哩?"黄木泥道:"村民自治法有明确规定,组长是选出来的,村委会咋能免人家的职哩!"刘乐然接过那张所谓的特别公告,看了一会儿说:"这上边写得没错,这是村委会根据群众的强烈要求罢免的,是罢免的!咱现在要弄清的是哪些群众的强烈要求?""哎呀,你要是不当组长,这官司的事就毕了!"黄木泥十分担忧地说。"呀,那我这承包地咋弄哩?"张运喜一拍大腿。"走,咱寻田冷春去!问这地咋弄的?"张运动一挥手。"别急别急,不用说,这免刘乐然就是因为打官司的,咱不能冲动,走,坐一块好好想个办法!"黄木泥摇摇头。

这个通告是田书记连夜让吕哈定贴出去的,一共贴了三份,分别在村子的东西两头和中间。第二天一大早,当村民们看到这个的时候,田书记已经到了县城,他将蛤蟆村的决定,以村委会的名义给了法院的主办法官胡半月一份,并附上群众要求罢免的签名复印件,然后马不停蹄又到了阳沟镇,给了镇政府一份,给了书记、镇长各一份。为什么吕哈定当三组组长呢?这当然是有原因的,其实,就在昨天晚上准备贴出这个决定之前,老田就和吕哈定谈好了条件,吕哈定如果顺利当了组长,第一项工作就是代表三组撤回对砖厂的起诉。当然,这一步棋也是老田经过高人指点的。釜底抽薪,法院暂时就没办法开庭,只能等新的原告产生再说。至于这个群众签名,显然有欺诈行为,只是到了生死存亡的关头,人还是啥事都敢做的,顾不得那么多,只要达到目的就行了。

这个突然袭击,让刘乐然有点晕了,他手足无措,但也怒火万丈,一战到底的斗志更旺盛了,不让当我还非当不可!等把这个官司打完了,让当还不当呢!他拿着公告找田冷春,田冷春说:"这是村上决定的,为此,我专程拿着群众签名,跑到县医院村主任老王的病房,征询意见,你可以看看,这儿也有王主任的签字!"刘乐然问能否看看群众意见签名,田冷春停顿了一下,拿出一个本子,上面写着,蛤蟆村三组全体群众,强烈要求罢免我组组长刘乐然!下边几页全是群众签名,更有意思的是,刘乐然的父亲刘传统竟然也签了名并按了鲜红的手印。刘乐然看罢并没有递过去,往茶几上一扔,说:"书记这圈圈编的就是圆！作为长辈,作为几十年的党员,作为村支书,我想不到竟然会这样公然地骗取群众签名！等着,我要叫记者！叫电视台曝光！"然后转过身,头也不回地走了。

　　张运动几个人也很心急,刘乐然如果不当组长了,承包地这事更难办了,他没有权力解决,新上的组长接受不接受这个事？这又要拖到猴年马月去。再是,刘乐然一免,这官司也肯定就黄了,要是黄了,承包地的事就更没门儿了。到那时候,田书记回过头来,就会一一报复！不行,必须让刘乐然当组长,可这又是谁强烈要求罢免刘乐然的呢？张运动兄弟匆匆去见吕哈定。吕哈定正在院子里洗他的三轮车,嘴里还腔不在调地哼着秦腔《花亭相会》里的片段,看样子,他的心情不错。张运动一进门就说:"吕哥,听说你高升了,还不请客？"吕哈定一愣,故作不知然后又笑道:"哎呀呀,碎碎个事嘛,还不是为大家服务哩！""那你不请客？""请请请,没事都喝酒哩,这有啥！来,我桌子底下全是啤酒！"几个人坐下,吕哈定啪啪就开了几瓶酒,又让老婆切了一盘黄瓜,炸了一盘花生米。几杯酒下肚,张氏兄弟的话就多了起来:"吕哥呀,你当组长我们不反对,谁当组长都不反对,就是棒槌刻个人当组长都不反对！不过,我兄弟有一个事,这事你也许知道,就是村上修路,骗了我弟兄两个三万元的事,如果你明天上任,明天我弟兄两个就带着婆娘娃来你家过日子,老嫂子做好饭了,你舀一碗我舀一碗,黑了睡觉咱一炕滚！一直等你给我把事解决了,我自动就搬回去了！你看咋样？""啊？"吕哈定吓了一跳！张运动并不惊讶,接着说:"你想想吧,看这时候这组长敢当不？"说话间,玉女抱着一床被子走了进来。吕哈定连忙站起来:"妹子妹子,你这是弄啥呀？""在你屋里过日子呀！"

　　吕哈定万万没有想到张运动兄弟会这样,连忙说:"这组长我不当了,我找田书记去,我找田书记去！"张运动一走,两口子就吵了起来。老婆的话其实很有道理,过日子要紧,儿女们成人要紧,好好收羊奶要紧,千万别想着登上什么蛤蟆村的政治舞台,那是没事找事,那是手不疼硬往石磨眼里塞哩！过了几天,老婆知道那签名画押是他弄的后,又和男人狠狠吵了一架,说:"这一下把骂名丢上了,把罪名留下了,你能玩过田书记,你个猪头能玩过田书记？给人家当枪使了是不是？"并且立即逼着他给田书记下话,三组组长坚决不干,咱没那本事！

刘乐然终于找见了王镇长,并在王镇长那里见到了田书记让他看的那份群众签名的复印件。王镇长痛心地不解地说:"我想不到你是如何工作的,短短几个月,全组人竟然都让你得罪了,全组人竟然都反对你,强烈要求你下台!刘传统是不是你爸?你看,连你爸都反对你哩!"刘乐然听罢,一本正经地说:"王镇长,这是一个圈套,这绝对不可能!你等着,我会给你一个满意的答复。"然后就走了。没有证据,说出来的话就轻飘飘的,像空气,无色无味,连屁都不如!现在,最好的办法就是什么也别说,找有分量的有力度的证据去。

(二)

事情还在继续发展着,从镇政府回来,律师余心照就来了。

余律师神情严峻,他说,原定星期三开庭,现在取消了!刘乐然忙问,为啥?余律师摇摇头,说,前几天法院接到一个你村委会的决定,说是你的村民组长职务被罢免了,出现这种情况,法院只得中止,等你们产生新的村民组长,案子才能继续审理。"法律一般是不是这样规定的?"余律师点点头。"还有没有办法了?""按照法律没有办法,法院只能等。"黄木泥说:"我看,最关键的是阻止这个罢免决定!""咋个阻止?"刘乐然问。"按照法律规定,罢免村民组长,必须召开全体村民大会,在大会上表决通过!"余律师看了一眼刘乐然说。"这根本就没有,据我所知,这是田书记以给组里拉自来水为名,征求各家各户意见,骗取群众签名的!"黄木泥气愤地说。"可这得有证据呀!"余律师接过话茬。"那咱就找证据!不管咋弄,这个官司非打到底不行!从今天开始,我啥也不干,专打官司!不行我就上访,我去叫电视台,叫记者曝光!"刘乐然站了起来,一面果断地说着,一面在院子里打转,显得很兴奋,他还特意弯下腰,使劲闻了一下花香。余律师说:"你可以把砖厂的情况写成一个举报材料,比如田冷春是怎样一步一步侵吞砖厂的,那个假协议是如何出笼的,去公安局经侦大队,检察院,纪检委,人大,通通都去!""对,说得好!"刘乐然兴奋地一挥手说,"啊!对了,我还想了一个办法,田书记骗取人民群众的签名,咱也可以搞一个签名!"黄木泥忙问:"你说的啥意思?"刘乐然咽下一口唾沫说:"咱可以搞一个民意调查!就目前咱组上这几个问题,拟一个问卷,咱让群众来表决。比如,我刘乐然是不是一个合格的村民组长;比如,砖厂是不是应该收回来!"黄木泥忙问:"那咱以谁的名义去征求群众意见哩?"刘乐然挠挠头:"我想,咱就以民间形式搞,越民主越好!"黄木泥连连点头:"我是村会计,张运动是咱组里的群众代表,我再问问另外几个群众代表,要不,以群众代表的名义搞,你就不出面了。"刘乐然点点头:"能行,那你给咱设计问卷卡,咱组上一共一千零二十三个人,争取把问卷发到每个人手上。"

送走余律师,黄木泥立即去设计他的民意调查表。刘乐然打电话叫来同银马,商量了一会儿,然后找出那身黄袍,细细熨了熨,轻施脂粉,在镜子前照了照,同银马则一身笔挺的西装,领带皮鞋,手提一面大铜锣,二人就优雅潇洒地出了家门。

这一次,刘乐然没有到县城去,也没有到阳沟镇去,而是专门绕着蛤蟆村转悠。首先,刘乐然刚一迈出大门,同银马就嗵的一声惊天动地一声锣,长长地吆喝道:"皇上出宫了!"走了几十米,同银马又嗵的一声,吆喝道:"皇上游街了!"村民们都被锣声叫了出来,惊奇地看着,然后开心地笑了起来。这是个星期天,不一会儿,刘乐然后边就跟了一长串娃娃,他们嬉笑着打闹着追逐着,遇到巷口空院,同银马也嗵的一声锣,说:"皇上游街了!"一位八十多岁的老太太拄着拐杖把老花眼揉了又揉:"皇上,皇上?万岁爷咋能到这儿呢?这到啥朝代了?"嘴里说着又抬头看看天,以为做了梦,村民们又都哈哈地笑了起来。转完村子,刘乐然又和同银马专程去了砖厂。到了砖厂大门口,同银马找一块高台台站上去,使劲敲了一通锣,惊得满砖厂的回声,连出进拉砖的拖拉机都停了,做饭的、保管、传达室一摊闲人呼呼啦啦围了过来。同银马拉长声调,半唱半说:"皇上驾到,皇上驾到——"

刘乐然背着手,迈着八字步,悠闲地进了砖厂大院,张运动开车过来了,他一看扑哧笑了,拍着手道:"你还有闲心弄这耍耍!"有人接过话茬儿:"大胆,你竟敢和皇上开玩笑!""对对对,我,我小民给皇上请安了!"

田冷春正窝在土壕里,两手油污地修理砖机,几个工人没事就跑到厂前边去了。"谁弄啥哩?"田冷春心不在焉地问。刚看热闹回来的工人就说,刘乐然穿着黄袍在砖厂门口耍笑哩。田冷春鼻子里哼了一声,没吭声。

出了砖厂,身着黄袍的刘乐然站在村口的水泥路上,说:"这条水泥路

呀,可让朕费神死了!"他手一伸,同银马忙递上一支烟,点着。这时,他看见不远处的枣树旁,有一个废弃的烂橡胶轮胎,眼一亮,忘了黄袍在身,连忙跑了过去。原来是一只燃烧了一小部分的三轮车轮胎,旁边还有些麦秸和没有燃烧的烂纸片。他伸手拾起几个纸盒,另一只手提着破轮胎上路了。同银马道:"皇上视察哩,拿上这烂垃圾干啥呀?"刘乐然忙道:"在我眼中,所有的废品都是宝贝!"

　　黄木泥虽是农民,生性却不喜欢干农活。他热衷于文艺,也热衷于政治活动。他设计了一个民意调查问卷答题卡,上面主要提了这几个问题:第一,你认为砖厂是不是三组集体的?第二,砖厂该不该收归集体?第三,你认为,刘乐然是不是一个合格的村民组长,你同意罢免刘乐然,还是不同意。刘乐然看了,觉得很满意,他还是有点担心地说:"咱这样弄合适不合适?"黄木泥干脆地说:"咋不合适?没问题。"两个人又叫来张运动等人来看了,没有异议,就连夜拿到镇上去打印制表。第二天,黄木泥等人就光明正大地认真地开始了调研问卷活动,全村一千零二十三个人,他们将在村的、在砖厂干活的、在附近打工的统统都调查问卷了,共有八百四十一个人参加问卷,七百六十个人同意刘乐然继续担任村民组长,三十多人弃权,三十多人反对!这才是真正的民意,没有强权影响,没有弄虚作假,就是几个平常的不能再平常的老百姓组成的调研,被问卷者可以大胆地毫无顾忌地说出自己的心里话。

　　看到这个结果,刘乐然信心更足了,他立即写了一份汇报材料给镇政府送去了,随后他又去了县城。他怀里还揣着另一份材料,那是举报揭发田冷春,侵吞蛤蟆村三组砖厂的材料,这份材料是他写的,可以说是三易其稿,然后又让余心照从法律角度进行了把关。他相信这份材料完全可以将田冷春撂倒,撂得他人仰马翻,永难翻身!这份材料是炸弹,轰隆一声,田冷春就烟消云散了,就吹灯拔蜡了,就成了看不见的空气了!刘乐然进了公安局,那心却咚咚跳得厉害,他在办公大楼一楼的平面示意图上寻找经济侦查大队的位置。他回过身,刚要上楼,却被一个人挡住了,应该说离他太近,他迈不开腿了,那个人就是田小雨。田小雨站在他跟前,很近,甚至都能听到心跳声,一双热烈的幽怨的委屈的眼光落在他脸上身上。"你怎么来了?"田小雨低沉却是用了很大的勇气问。"我——"刘乐然不想说。"我知道你会来!"田小雨的眼泪出来了。"小雨!"刘乐然不由得伸出手。"我想你!想你!想你!"田小雨一下抱住刘乐然,这女孩子忘了这是什么地方,她太激动了。

两个人离开公安局,小跑着来到小雨的宿舍。他们迫不及待地关上房门,猛一下抱到一起,身体哆嗦着,嘴唇忙了,你的眼泪滚到我的脸上、手上、身上、胸脯上,我的眼泪也同样落在你身体的许多地方。两个人疯狂地缠绕在一起,他们翻滚着,匆忙、笨拙、急切地脱着身上的衣服。田小雨终于脱光了,光得一丝不挂,她把她的一切终于给了她心爱的男人。但她根本不知道,爱人的口袋里,装着一封可以把她父亲送进高墙的举报材料,那也是刺向她心灵深处的一把利剑。所幸的是,刘乐然把那材料撕成了碎片,然后偷偷放进抽水马桶,哗的一声,消失了。事后,刘乐然也没想到自己竟会那么做!他有些后悔,从电脑里找出底稿,重新打了一份,爱是爱,恨是恨,公是公,私是私,他再不能糊涂了!他得迎战,他得出击!

(三)

《北山晨报》的首席记者鲁真对刘乐然还是有较深印象的。听了刘乐然的简单叙述,又问了几个问题,当即就赶过来了。他来蛤蟆村已经不是第一次了,他开玩笑说:"你们这儿出新闻!正面负面都出!"他笑声爽朗,声音洪亮,富有激情,打手势的过程中时不时扶一下鼻梁上的眼镜。刘乐然递过去几份材料,他快速地看着,镜片后边的眼睛珠子不断地很有规律地转动着,他放下手中的材料,把拳头狠狠砸在桌子上!掏出录音笔,详细地询问了张运包地的经过,又同样详细地询问了砖厂的历史现状,看了律师写的起诉状,刘乐然问他还需要什么,他说:"如果需要,我会找你的。"刘乐然就说:"你吃了没有,还需要哪方面的材料。"鲁真说:"谢谢关心,吃饭就不用管了,忙你的吧!"两个人站起身,刘乐然掏出几百块钱,往鲁真手里一塞,说:"这是你的食宿费,以后我们好好报答你!"鲁真把钱塞过来,说:"你这人年轻轻的咋这样?"刘乐然一愣:"你是嫌少?"鲁真把推过来的钱扔到桌子上,说:"好好干事,不敢这样,收起来吧!我们是从来不收一分钱的!"刘乐然忙道:"我看律师每一步都收费,还以为你们也一样,皮条王说他曾叫了个记者,曝光交通局,花了好多钱哩!"鲁真一笑:"我们从来不收人一分钱。你知道的,都是不该知道的;新闻界该知道的,你并不知道。好了,咱们随后联系!"

很快,张运动、黄木泥几个人就来找刘乐然了!他们很兴奋,把该说的话,心里的话,终于给记者说了。记者是什么?记者是无冕之王,记者啥也不怕,记者有一条特殊的言论通道,那是高速路,专用高速路,一直通到省委省政府,一直通到中央,一直通到大人物的桌子上手上。大人物看一眼,就刮风下雨了,贪官们就慌了,屁滚尿流了,四处溃逃了,求爷爷告奶奶了!然后,就有一个很森严的院子,很高大的围墙,很坚固的房子,还有人站岗放哨,还有钢丝电网,等着他们,神情庄重,义正词严!张运动他们看到记者就看到了希望,我们上访,你一哄,支走了,记者问问你,恐怕屁都不敢大声放了!张运动破例提了一捆啤酒,招呼大家喝起来。黄木泥很有兴致地问:"贤侄,你面子就是大,说请记者立马就请来了!这花钱咋弄哩?"刘乐然很有学问地说:"花啥钱?第一,咱这事硬棒,有新闻价值。第二,鲁记者以前报道过我,对我有较好的印象!对了,鲁记者说,张运动包地是典型的一女二嫁!"黄木泥接过话茬儿:"对对对,鲁记者看问题尖锐,问话也厉害,不看人脸,他问我组里这事和你并没有直接的关系,你为啥这么积极地参与呢?还说我热情高涨!我就说我看不惯田书记的做法,手段太残忍,集体的砖厂硬弄成他自己的!鲁记者点点头,还问我这民意调研问卷卡是谁设计的?怎么想到的?一共印了多少份?发出去多少?收回来多少?我这儿有复印部的打印制表数目及收费票据,我说,这是刘乐然从田书记派人搞签名得到启发的,刘乐然说,他骗人签名哩,咱写清说明光明正大地问人!鲁记者他服了!"刘乐然听了也高兴地笑了。

其实,鲁记者采访完黄木泥等人,又随意问了几家,问他们那天谁让签名?签名干什么?都签了没有?群众都如实回答了,说是田书记给大伙拉自来水,同意拉的让签名按手印。随后,鲁记者又去找吕哈定、朱环环以及田书记,按照田书记的吩咐,这几个人早已回避了。鲁记者在村子里一调查,吕哈定就警觉了,他立即报告了田书记。新闻是不经过行政关卡的,它来手太快,不像法院审案子。一旦出了二帘子,晒在众人的眼下,就被动了,甚至就完了!田书记也有些慌,他悄悄安排好砖厂生产,玩起了失踪。接下来的两天,鲁真再也没有找到一个他要找的人,他给砖厂拍了照片,然后去采访律师余心照,采访县工商局。工商局认为他们没有错,他们注册,只审核对方有没有经营场地,至于这个租地协议的真假,不是他们的职责范围,所以执照就发了。为什么发成私营的这个问题:该注册分局局长说:"人家就直接这样申请的,以前那个砖厂,因为关门了,所以就注销了。"对于这个答复,鲁记者根本就不满意,他说:"好,就这个问题我将咨询专家,而且还会再来的!"那言外之意就是,如果不是这么一回事,我看你工商局还怎么说!

鲁记者开始一步步地接近了事件的真相,但田书记几个人见不到,仍然是缺陷。过了几天,当人们以为他走了之后,鲁真却突然出现在蛤蟆村收羊奶的地方,他终于堵住了吕哈定。吕哈定说:"这件事正打官司,我不知道,没有什么可说的。"鲁记者说:"那我就把你这句话写到文章里,还有,我问你,那天你和朱环环到各家征求签名是签啥名?"吕哈定不语。鲁记者说:"希望你如实回答,说假话是要承担责任的。"吕哈定还是不语。鲁记者继续说:"你不说人家已经说了,这件事你积极最好,要不然,后悔都来不及!当然,你就是不说,也改变不了事件的性质!好,你忙,我走了!"鲁记者拧身就走,吕哈定一把拉住让他等等,然后给正替他收奶的老婆说:"你收,我还得一会儿!"接着把鲁记者拉到一棵枣树下,将田书记让他如何去签名,并承诺让他当村民组长的经过全说了。末了,他说:"我早想过了,这组长不能当,也不敢当,我也给田书记早把话都说了!"

仍然没有见到田书记,离开蛤蟆村,鲁真直接去了阳沟镇政府。就在阳沟镇街口,田书记专程等着他,等着鲁记者!他把鲁记者拉到一个临街小商店后边的小房子,以回忆的方式,叙述了他的艰辛岁月。他沉郁,深情,激越,甚至声泪俱下。他是70年代初的回乡知识青年,那时候,他热情,对未来充满希望,他天生爱折腾,当大队团支部书记时,和队长商量办砖厂,他们采用集资入股和银行贷款的方式建起了阳沟镇第一家砖厂,并取得了很好的效益。以后,他被抽调到公社企业办,在这段时间,他又帮助几个村建起了砖厂。他在企业办的成绩有目共睹,但以后由于计划生育的原因,他回村了!回来后,他就磨豆腐,走乡串户,效益还不错。第二年,村上硬让他经营砖厂,在他的管理下,砖厂利润翻倍增长,每年除过给村民分红,还给六十岁以上的老人买茶叶、买衣服,等等。1990年,他正式承包了砖厂,村上给砖厂派了一个会计。这个会计上下班自由还要拿大工资,后来,砖厂效益波动很大,忽好忽坏。那年,几十天的连阴雨使砖厂几乎倒闭,会计一看完了,就赶紧溜了,跟人到省城打工去了!他去找组长,组长呵呵一笑说,砖厂债台高

筑,组里没钱也没能力支持,你看着弄去,弄好弄坏都是你的!从此,他没有任何外援,孤军奋战。之后不久,组长不干了,村上做工作就让他担任组长。过了两年,大约是1996年,乡党委任命他为蛤蟆村党支部书记,但第二年就遇上了严重问题,村小学坍塌了!幸好没有师生伤亡,他就带头捐款、捐砖盖起了学校。刚刚起色的砖厂因此又栽倒了!没钱买煤,没钱交电费,砖厂眼看就要关门了,为了筹到钱,他发动了所有的亲戚朋友,只要有一线希望,就付出百倍努力。他打工下金矿,从私人那里高息贷款!来年再开砖厂时,工商局的人说:"执照已经作废了,以后为了少交管理费,他就注册成了私营企业。他说,没有他田冷春就没有砖厂,就没有今日的砖厂!建校是砖厂的钱,修路砖厂拿钱,两眼机井二十多万还是砖厂的钱!没有这些,蛤蟆村小学怎么能成示范小学?蛤蟆村的庄稼能那么绿油油?恐怕早旱死了!

鲁真听着,有时还沉重地点点头。接下来,田冷春拿出一份材料双手递给他,那题目是:一个村支书的艰辛历程。

和田冷春分手后,鲁记者感到头脑中乱糟糟的,原来想好的,准备问王镇长的问题却又觉得不大合适了,应该找个地方好好清理一下再说,他开车回到县城的宾馆。

吃过午饭,鲁记者接了一个电话,是阳沟镇镇长王经书打来的,电话里说:"老同学,不够意思,你又来寻事了?咋不打个招呼,现在在哪里?咱俩见见面,我也好尽尽地主之谊啊!"鲁记者就说:"本来就计划去你那儿呢,好,你来吧!"

两个人见了面,鲁记者立即就问:"蛤蟆村三组那个'一女二嫁'的事,你知道不知道?砖厂的事,你知道不知道?"王经书一挥手:"你这急脾气老也改不了!走,咱先吃饭。"鲁记者就说他已经吃了。王镇长说:"你吃了我还没呢!走,陪我!"两个人吃着饭,鲁记者又提出了这些问题。王镇长点点头:"当然知道,镇上的包村干部都给我汇报过几次了!刘乐然、田冷春我都见过,还有张运动几个人!噢,你看,我这儿还有一份田书记送来的材料,这材料很感人!不过,现在这农村工作是极其复杂的,改革开放三十年,围绕土地所产生的矛盾层层叠叠,犬牙交错,实在是扯不断理还乱!"鲁记者问:"那你们的意见是啥?"王镇长说:"针对蛤蟆村的这几个具体问题,经过镇党委会研究决定,我们成立了一个专门的工作组,近期就进驻蛤蟆村,由徐书记和我亲自带队！我们将下大力气，公开、公正、公平、依法处理这些问题，一定给蛤蟆村群众、上级政府、社会各界一个圆满的答复！当然也包括你这大记者啊！"说着，王经书举起杯子，使劲碰一下鲁记者的酒杯。

（四）

　　田书记对砖厂样样活计都很在行。摸爬滚打了几十年，可谓真正的专家，从装窑留火路到点窑看火色再到出窑摞砖，甚至包括装车子、推车子，每一道工序，那都是有路数的。他也算得上一个自学成才的电工，砖厂的各种机械用电，走线路装闸刀开关，引线搭火他都很精，当然这也是逼出来的，总不能天天找供电站，人家也不是光给咱砖厂当电工。所以他就得学，他就得会，不能影响生产。他还是不错的电焊工，砖厂一般用的都是铁架子车，时间长了，难免裂缝脱断，他就得想办法。还有一点，他还会开链轨推土机。砖机是吃土的，土送到砖机的嘴巴里，原来是人工，是一架子车一架子车往机口倒，机口专门有一个工人管理进土量的大小。现在是推土机，司机突然病了，来不了，这一班十多个人就得误工，老田就学会了开推土机，以防万一。还有修砖机，老田就更拿手，从20世纪80年代初就摆弄砖机，至今三十年了，怎能不精？他侧耳一听，就会知道砖机哪儿有问题；他眼睛闭上，可以把砖机拆成零件又重新装回去，而且分毫不差。所以在经营管理、生产等等砖厂的各个方面，田书记的能耐，蛤蟆村三千多口人没人不服的。

　　历史有着惊人的相似，这又是一个极其少有的大旱！整个夏天几乎没落一滴雨，立秋之后仍然没有。时间进入了九月，天高云淡，根本没有下雨的迹象。苞谷秆缺水，长不高，矮矮的，粗粗的，过早的枯萎苍老，显出严重的营养不良。毫无疑问，今秋减产已成定局，但天旱也有好处，比如，砖厂就不希望下雨。刘乐然的官司果然搁置了，法院等待新村民组长的产生，鲁记者走了，不知什么原因，他的稿子至今没有见报，但有一个消息特别振奋人心，阳沟镇政府组织的工作组听说明天就进驻蛤蟆村了！而且镇党委还停了田冷春的职！蛤蟆村三组的所有人都关注着即将到来的工作组同志们，田冷春却表现得异常的平静，好像什么事也没有发生一样，他整天守在砖厂，和工人们抓住无雨的黄金季节，忙碌地紧张地生产着。

砖机所用的土必须含有一定量的水分,不然压不出砖坯。由于天太旱,土太干,田书记就亲自开沟引水把要做砖坯的土,提前像浇地一样浇一遍,等太阳微微一晒,合适了才让推土机去推。从今天开始,砖机使用前两天浇湿的东边大涧土。这儿土层高,土涧的高度大约在十二米左右,又相当陡,推土机暂时用不上,田书记就用铁镢在大涧上掏出两道平行的竖槽,然后再掏空涧土的底脚,最后从涧上边,利用杠杆的原理一撬,这块巨大的土就下来了。这时推土机再推,推完土块,顺高涧的这个缺口切入就可以发挥推土机的作用,这种工作方法是常用的方法,人需要注意安全的就是,掏涧土底脚的沟槽时,以防土块突然滑落坍塌。现在是午后,砖机上的十多个工人们正在上班,天气一点也不像秋高气爽的九月,依然夏天般地炎热。田书记光着膀子仍然热汗淋淋,他一面挖底脚的沟槽,一面警惕着随时做好撤离的准备。这时候,北山方向已经阴云密布了,大家都不在意,一边流着汗一边说笑。云看起来很高,好像根本没有下雨的可能性,再说,已经是九月了,不可能有雷阵雨。

但突然起风了,一股很强很猛烈的风疾速吹过来,先在砖机那一堆人窝里打了一个旋儿,瞬间就把两顶草帽、一条毛巾悬在了半空,然后抡到了很远的地方。还没等人回过神来,这风又到了土壕的涧边,只一下竟把田书记打得就地转个圈,然后倒下了!田书记吃了一惊,连忙站起身,突然感到脚心发毛,头发直立,一丝寒意,竟电波一般掠过他的全身。砖机上的工人们也都惊得嗷嗷乱叫!

转眼,一两朵跑在最前面的云团就把太阳光包起来了。有人大喊:"天下雨啊!你看北边阴得重得很!"人们回过头去看,就发现有红红的亮亮的带子一样的闪电在云丛中穿越!紧接着就传来震耳的沉重的雷声!"响雷了!响雷了!"有人欣喜地大喊!九月响雷还不常见,尤其这响亮的有力的沉重的雷!锋利的雷!下雨的可能性越来越大了,越来越真实了,田冷春立即组织人寻找雨具盖护砖坯。

大雨说到就到,只要你看见第一滴雨,马上就会感觉到第二滴第三滴,又一声炸雷!雨点密集了,风使劲吹着,更增加了雨点的抽击力!白茫茫的雨雾迅速腾起,雨点响出一片稠密的噼啪声,脚下到处都成了水。土坯苫好了,工人们开始往回撤。涧上边的水顺田书记刚刚挖出的沟槽哗哗地流下来,几个人刚跌跌撞撞走到这儿,那巨大的土块,突然就扑了下来,田冷春一把推开旁边的一个女人!这个女人头上顶着花布衫,一下被推得向前紧跑几步,扑通跌倒!几个人转过身,吓了一跳,那巨大的土块滑坡了,就像一个小山头!人们顾不得多想,急急忙忙往砖厂前边的房子跑去。被推了一把、救下性命的竟是张运动的老婆玉女,玉女这几天没事在砖机上干活,大家挤在屋檐下,擦着湿了的头发,或拧着水淋淋的衣服,一面说话,都说这雨好,太好了,应该美美下一场才是!这雨来手真快,眨眼就下到地上了,伏里天气多下几场这样的雨,苞谷也不至于那样!应该下上三天才对!说归说:"但这雨很快就停了,头上的云散了,北山那边露出湛蓝湛蓝的天空,像刚洗过一样。玉女突然说:"刚才谁猛地推了我一把,一回头大土就扑下来了!"随即也有人跟着肯定这件事,田书记放的那块大土,这一下就用不成了,太湿。玉女猛然醒悟似的说:"天哪,我记得是田书记推了我一把!"有人立即响应说:"就是的,咋没见田书记哩?真的?"有人回头看看拥拥挤挤的办公室里边,确实没有田书记的人影!

　　谁也没有想到事情会是这个样子!雨后,大家找不见田书记,就开始刨那个小山包似的土堆。雨水太大,土堆成了泥堆,一个小时后,人们突然发现了一只鞋,有人肯定这就是田书记的鞋!参与挖刨的人越来越多,玉女当然刨得最起劲!张运动等村民们也闻讯赶来了,刘乐然听说后没有回家,将拉满废品的三轮摩扔在砖厂门口,跑了过来!他把大家组成几个组,分别用锹、小铁镢、双手一点一点谨慎急切地刨着稀泥巴。大家都成了泥人,满脸满身都是泥土。这个时候,是人命关天的时候,村民们早忘了情仇恩怨,只有一点,赶快救人!玉女是个厉害女人,却也是个有良心的女人,她不歇,不要人换,用一双很利落的手,不知疲倦地刨着刨着,就像一架性能良好的机器,她也是有心的,她是从她被推倒的那个角度刨进去,最终,还是玉女最先发现了田书记!他发现了田书记的毛茸茸的血淋淋的泥糊糊的头发!他尖叫了一声,大家立即扑了上来,人们扔了手里的工具,开始用手小心翼翼地急急忙忙地刨着土,刨出田书记的身体。刘乐然早成了泥人,他一句话不说,却干得最多最疯狂!田书记的身体完全显露出来了,他是被巨大的土块拍倒的,压倒的,他面朝下趴在地上!刘乐然慢慢翻过身体,老田满脸蜡黄没有一点血色,双眼紧闭,嘴巴里全是泥土,鼻子被压扁了!看起来非常怕

第十二章

人!刘乐然伸手摸摸胸口,还有微微的余热。这时,有人大叫一声!原来就在刘乐然挪动田书记的身体时,紧挨老田的肩膀有一条蛇,也以扭曲抽搐状死在那里!那是一条紫晶蛇!它有一米五六长,通身紫红透亮,晶莹无比。奇怪的是,在距它头部大约二十厘米的地方,有一个特别明显的粗壮的疙瘩,那疙瘩放着暗暗的青亮,刘乐然提起蛇扔到土堆外边。张运动走过去,用脚踩住碾着,将那疙瘩逼着往前走,最后,从紫晶蛇的嘴巴里逼了出来,众人一看,却是一只不小的蛤蟆!那蛇吞了蛤蟆,突然遇到了雷声、大雨和滑坡,笨重的身体逃不掉,就连本钱也丢了!刘乐然顾不了这么多,他飞快地跑到砖厂门口,解开绳就地倒下收购的废品,开着三轮摩托来到砖厂的土堆边,几个人帮忙抬上田书记。突突突,一阵怒吼,就向城里的医院奔去!

第二部

第十三章

（一）

　　事情正如王经书向《北山晨报》记者鲁真介绍的那样，针对蛤蟆村的承包地"一女二嫁"、砖厂以公充私等等问题，阳沟镇党委、政府连续召开了三次会议，最终决定由党委书记老徐、镇长王经书任正副组长，镇纪检委农经办财政所司法所参与成立联合调查组，立即进驻蛤蟆村，展开全面的调查，该撤职的撤职，该处理的处理，触犯法律的移交司法机关，彻底查清蛤蟆村暴露出来的一切问题。语气是坚决的，声势是浩大的，毋庸置疑的，到底能收到怎样的效果，其实每个人的心里都没有底。农村基层的管理一直是粗放的、散漫的，看似有序实际许多方面是无序的，要想查清几十年积累的问题谈何容易？更难的是有些问题根本无法查清，没有账，如何查？总不能像公安一样去破案吧？但老徐和王经书心里还是有一个目标的，不管怎么说，至少应该把砖厂搞清，把承包地的事处理了。尽管像蛤蟆村这种事谁都不愿意去管，谁都头疼，但谁让你是阳沟镇的领导干部呢？谁让你害怕记者呢？谁想得到，一个小小的村民居然与省上有关系呢？居然连县长也能调得动呢？谁让你被逼到角落里呢？

　　有意思的是，事情一瞬间发生了逆转！九月里一场出奇的大暴雨阻止了工作组的脚步。说得准确一点，田冷春的意外受伤让工作组犹豫了，找到退路了！镇长王经书轻轻透一口气，从手提包里拿出那份让田冷春停职的镇党委的决定，不免多看了两眼。薄薄的一张纸，却觉得像一块石头似的，很沉，像一只趴在手掌上的发怒的刺猬，很扎手！他迅速地逃跑似的塞进抽屉，起身去找徐书记。上上下下的工作，风风雨雨的来往，村镇两级干部之间，还是有一定感情的。比如，他王经书对老田的印象就不坏，至少见了不

讨厌，根本没有再也不想见的意思。客观地说，老田是一位老同志，农村基层工作还是有一套的，更难得的是负责。负责就是重视，就是有回声，有交代，这一点能做到就了不起。人是很复杂的动物，特别是长在人胸脯里的那颗活蹦乱跳的拳头大小的心，它更复杂多变。真理这东西不一定都掌握在多数人手里，群众的眼睛也不一定都是雪亮的，特别是革命革到自己头上的时候，就会说些违心的言不由衷的话。王镇长嘴一歪，吐掉烟屁股，就像一瞬间脱去了捆在身上的毛衣毛裤，走起路来格外地轻快。不过，老田到底塌得要紧不？会不会有性命之虞？这样一想，心里又沉重了，觉得又穿上了冬天的毛衣毛裤。

暴雨之后，满世界都是明晃晃的大大小小的水坑。刘乐然的三轮摩托车吼叫着，旋转的车轮溅起两道脏兮兮的水幕。前轮溅起的泥点泥水渍像泼过来似的弄得他满脸满身，但他顾不了这么多，只是不间断地擦着眼帘上的雨水，尽量让视线不要受到妨碍。此刻，时间就是老田的命，速度就是老田的命！去县城的路并不远，只有九里，眨眼，县城就在眼前了！要命的是县城北大桥正在修路，根本过不去！绕道城东，还要多走五六里。刘乐然决定从大桥旁边的小路进城。雨水仍向更低处哗哗啦啦地流着。小路是土路，崎岖而泥泞。为了减少颠簸，三轮车越来越慢，越慢他越心急！刘乐然回头看看车上的田书记，摇摇头，咬住下嘴唇，继续开车。车突然停住了！更要命的是前面的路被洪水冲断了！缺口达两米多宽，三轮车成废物了！混浊的洪水仍在匆忙地骄傲地嚣张地越过断路的缺口。刘乐然使劲跺跺脚，伸手掉转车头，但这个愿望他也实现不了了，小路很窄，刚刚能开过一辆三轮车，连回身都难。

田小雨是在开会的时候，知道这个可怕的消息的。她关了手机，家里把电话打到了她的办公室。值班员一听事情重大，就把她从会议室叫了出来。她抓起电话，母亲泣不成声，还是一旁的吕哈定才给她说明了情况。小雨立即给刘乐然打电话，却是无法接通，她冲出公安局大门，拦了一辆出租车，直奔县医院。

进了医院，小雨一把推开急诊室的门，却没有发现父亲或者刘乐然，她急忙进了门诊大楼，推开急救室的大门，还是没有！小雨到处寻找，到处打听，就像疯了一样。令她越来越发疯的是，这么长时间了，并没有见到蛤蟆村的一个人影！她跑出门诊大楼,掏出手机又给刘乐然打电话,依然是无法接通！正在这时,张运动、吕哈定、黄木泥等人的摩托车风风火火地进了医院的大门。玉女眼尖,一推她男人:"运动,你看,那不是小雨!"

吕哈定也看见了,他把摩托车交给黄木泥:"给给给,你寄车去!""你的车你寄去!"黄木泥不愿意。"我的车你没坐?放心,寄车费不要你掏!"吕哈定说着朝田小雨走去。

田小雨也一眼看见了这几个人。大家见面一说,才知道事到如今,主角还没有上场！

"这刘乐然也是,这么大的事,到底把田书记弄到哪儿去了?"吕哈定一拍大腿,急切地说。

黄木泥递过车钥匙:"才下过雨,北大桥修路哩,该不是走东门了吧?"

"那咱就是从东门过来的,咋没见呢?"张运动皱皱眉。

"快打电话,看人到哪儿了?"玉女忙道。

小雨把手机放到耳边听听,生气地说:"打不通!"

"咋打不通?"吕哈定掏出手机又打。

刘乐然的手机当然打不通。他把一车废品和兜里的手机,一起倒在了砖厂门口的空地上,而且还毫不知情。估计手机的脑袋进水了,所以通不了。刘乐然发现丢手机是在路断了车不能走了之后。他熄了火,决定给家里或小雨打电话,这才发现不见了手机。他很清楚,他不能犹豫,不能多想,浪费一分一秒都是罪过！他麻利地挽了挽裤管,背起田书记,下了小路蹚过过膝的深水,向县城疾走。其实,疾走一词对他来说,并不完全准确。由于道路异常泥泞,他的每一步都跨得很吃力,蜗牛似的缓慢,特别是蹚过冲毁小路的洪水时,水深竟然达到了他的膝部,流水和复杂的路面险些把他撂倒！终于过了,还要上一米多高的光滑的松软的土涧,如果是单人倒无所谓,问题是他背着情况万分危急的田书记！所以说,疾走只是他的一厢情愿,他的一种心情而已,真正快起来,是在他正式进了县城,坐上出租车之后。

看到刘乐然,站在医院大门口的田小雨等人已经真的快疯了,望眼欲穿了！

（二）

刘乐然坐的出租车在门诊大楼前戛然停住，田小雨几个人呼啦就围了上来。

"哎呀，好爷哩！咋弄的？你咋才到！把人都快急死了！"吕哈定一把拉开车门。

"废话少说，快弄人！"黄木泥瞪了一眼。张运动伸手去抬，刘乐然用手一推，钻进车里，双手托着田书记出了车，快步向门诊大楼跑去。

"这边这边，先到急诊！"黄木泥一拉刘乐然的衣服角。

老田紧闭双眼，仍然处于昏迷之中。田小雨不得用自己的衣袖去擦父亲脸上和脖子里的泥水、隐约的血迹。进了急诊室，小雨的悲声终于止不住了，就"哇"的哭了出来，玉女赶紧过去安慰。急诊室的大夫一面抢救，一面督促家属赶快去缴费办手续。急着救人，谁也没有想到钱。

田小雨忙道："好好好，你赶快救人，我马上取钱去！"

"你在这儿，我去拿钱！"刘乐然轻轻一推田小雨。

"不用，我去！"小雨坚决地说。

一旁的玉女连忙从裤腰里掏出一个皱巴巴的手帕，解开来："给，我身上还有一百多块！"

"不不不，好嫂子，我咋能要你钱？你人来，我就感激不尽了！"小雨执意不接。她还不知道父亲受伤的真正原因。

刘乐然终于说服田小雨，抬腿回家去拿钱。小雨她妈被几个人搀扶着进了医院大门。刘乐然忙道："婶，您咋来了？"

田婶一脸的悲伤立即变成了愤怒，嘴唇抖动着，眼冒凶光，完全是仇人相见，分外眼红的那种："滚，你快滚！不是你，我老汉能成这样？！"说着，全身就抽动起来，就像触电。

刘乐然使劲挤出一丝笑意，点点头，拧身就走。他跑步来到车子棚，去骑张运动的摩托车。

事情并没有完，或者说，这才是个开始。当田婶听说刘乐然是去拿钱的时候，愤怒又让她抽动了起来！她说，刘乐然已经让她忍了许久了！他是个二女子,阴不阴,阳不阳,她家小雨怎么会看上他?除非太阳从西边出来!啥?已经订了婚?那是他娃逼的!他娃耍花招搞阴谋诡计哩!小小年纪就学会给人日瞎事,将来我看还翻天呀!钱?你别说!他娃的钱说啥都不要,没钱看病,我就是给人磕头作揖求爷爷告奶奶都不要他的钱!这会儿你收买人心呀?这会儿你假仁假义地拿钱去呀?呸!不是你娃日瞎事,我老汉能成这样?不是你娃一天背地里煽风点火写材料告黑状,我老汉能成这样?咋,见砖厂挣钱眼红了?呸!看把你娃手腕子折了!田婶完全歇斯底里了,她根本就不管小雨的任何劝说,任胸中的怒火高度开放地噼噼啪啪地燃烧!压抑得越久,就燃烧得越猛烈!越疯狂!疯狂得什么都不顾了,她不管时间就是生命,她不管急诊室里躺着的老田!她不管满院子围观的男男女女、老老少少!此刻,她什么都不管,她只是一团怒火!

吕哈定听着,不住地去偷看黄木泥和张运动的脸色。眉宇间滑过一丝丝外人难以觉察的笑。

黄木泥很不自在,刘乐然早走了,说不定这会儿已经到家了。可这女人仍然在酣畅淋漓地发泄,这不是在骂他又会是谁?黄木泥看小雨根本劝不住母亲,就很气愤地一拉这个发疯的老女人:"老嫂子,快对了!这是医院,咱到底是顾田书记呀,还是顾你呀?"

田婶连看也不看地说:"你快对了!这是医院,不用你给我说!得是你耳根子发烧了?弄清,谁是啥货谁知道!"

黄木泥有些蒙了,张张嘴,却什么也没有说出来。

阳沟镇党委书记老徐和镇长王经书也赶来了,他俩站在人群里,田婶的这一把大火也烤得他俩的心里很不是滋味。这个砖厂,唉!老田怎么这么糊涂呢?当初为什么不把手续健全呢?不过,事情该收场了,要是继续这样闹下去,连阳沟镇的人都丢在县医院了!他们两个是无地自容。问题是这女人连她女儿的账也不买,黄木泥就是现成的例子,谁还敢去劝说?王镇长和徐书记低语了两句,又叫过小雨说了几句话,招手叫过来一辆出租车。小雨带头,几个人七手八脚把田婶塞进出租车拉走了。

不管怎么说,到目前为止,田冷春还是蛤蟆村的支书。作为顶头上司,老田遭难了,镇上领导那是应该来甚至必须来看看的。不过,时候不对,老田仍在抢救中,任何人也见不到。王镇长从头至尾询问了一遍事情发生的

经过,关于老田救玉女的细节问得特别仔细。

"老田咋推了你一把?"徐书记盯着玉女的脸,进一步问道。

玉女就当场演示了一遍。

徐书记默默地点点头。

一旁的田小雨嘤嘤地哭了起来。

(三)

田冷春在蛤蟆村算得上家喻户晓的人物,即使在阳沟镇也有相当的名气。毕竟他做了几十年的村干部,更重要的是,他是蛤蟆村砖厂的老板,掌柜的!蛤蟆村砖厂那可是阳沟镇百姓心目中名副其实的大企业,它不光是一台挣钱机器,更是一个强势媒体!不过,它和报纸广播电视,以及网络这些常规媒体不同,它不用方块字,不用普通话,不用影视画面来占领人们的眼球和耳朵,它用砖块直接砸到人的心上!田冷春的名字就随这些红红的长方形的砖块坐着运送它们的拖拉机深入到十里八村,家家户户。

现在,老田遭了意外,这消息立马就传遍了阳沟镇。嘴是圆的,舌头是扁的,从一张嘴巴传到另一张嘴巴,人们就有意无意地不由自主地加盐调醋放佐料,各人观点不同,理解深浅不一,水平高低有别,以及修养好恶,等等。于是,老田遭难的版本就从一个变成了两个、三个,甚至更多。比较客观或者说很良心的版本是:天降暴雨,土涧滑坡,田书记为救一位女工,自己被塌了!现在,生命垂危!而另一个版本却充满了神秘的令人不安的元素。说是田书记被塌那是必然的!据说,很久很久以前,砖厂的底子原是一座庙宇,这个庙宇敬的是一只五只脚的蛤蟆。有一年夏天,突然乌云蔽日,电光刺目,雷声炸耳,有一条浑身青紫晶莹的战龙跳下云端,将蛤蟆抓走了!至于为什么,谁也不知道。蛤蟆村的名字就是从那只五脚蛤蟆来的。为什么说田书记遭难是必然的呢?因为在场的人都看到了那条可怕的紫晶蛇。最奇怪的是那蛇肚子里还有一只蛤蟆,最最奇怪的是紫晶蛇就在田书记的旁边,而且离得很近很近,好像是枕着田书记的肩膀哩!第三个版本却有了一定的居心叵测的味道。说是老田让一条紫晶龙抓了!有人看见当时电闪雷鸣,那紫晶龙伸出巨爪一下就把涧头劈下去了,涧头不偏不斜正好压在了田书记的身上。老田刨出来时,脑袋成了大饼了!真是惨啊,旁边还有一条吞了蛤蟆的紫晶蛇!知道不,那是紫龙现身了!

总之,这几个版本在阳沟镇产生了很大反响。一时间,人们交头接耳,议论纷纷。俨然成了近几日政治生活中的一件大事。冥冥之中,好像老天爷站在谁也看不见的一个高远的神秘的地方,手拿笔和纸,目不转睛地观察和记录着每个人的善恶行踪,一旦到了他老人家设置的底线,他就采取措施了,他就找你了,和你谈话了,安排你的后事了!蛤蟆村绝大多数人都坚信不疑,而形象地提出这个观点的人不是别人,正是蛤蟆村的民间艺术家老会计黄木泥。不过,很少有人知道黄木泥这样说的真正目的。当然,这是后话。

现在,田书记的不幸遭遇很快传到了田小雨的舅舅家。小雨的舅舅家在侯家湾,和蛤蟆村相距大约二十多里。三舅侯水丁是当地出了名的嘴子客,黑律师,满肚子的丘壑。据说,他一连讲上三天三夜的话,都不会重复,更不用说打草稿了!他思路清晰,层层递进,滔滔不绝。即使再没理的事,他也能绕出三分道理七分同情来。他把白的能说成黑的,把煤球能说成月亮,把天能说成地,把高山能说成海洋,把公的能说成母的,把死人能说得激动地站起来,钻出坟墓,再活一回。总之,他的嘴巴是一个古今不遇的宝贝,比水比空气比牛鬼蛇神更多变,更会变!而他的肚子却是一个巨大的让你无法弄清规模的理由王国,那心就是国王。国王至少有十万八千子民,每个子民少说也有十万八千种手段!他正有正理,歪有歪理,好有好理,坏有坏理。它的最大特点是绕,不断地勤奋地优雅地艰难地厚颜无耻地和你绕,和你死缠烂打,绕着绕着,他就找到理由了!再一个就是拖,陆路敌不过就走水路。他圆圆的嘴巴里,那条扁扁的舌头连接着一个性能优良的转轴。转轴一转,舌头就成了风扇,风扇转着绕着,形形色色的冠冕堂皇的理由就被绕出来了,转出来了,理由驾着舌头煽起的强劲东风,扑向你的面门,糊住你的嘴巴,缠住你的心。他比赵树理的常有理还常有理。民间至今还流传着他智斗王教授的段子:

那年,侯水丁替人打官司。原告请的是省城政法大学的王教授。就要开庭了,吴法官依次介绍着原被告及代理人。之后,刚要宣布开庭,侯水丁立即举手站了起来,他说,请问法官,原告啥时候换代理人了?法官很诧异,

说，没换啊？他说，材料显示，原告代理人名叫王忠实，王叫兽是干什么的？何况法庭不是野兽嚎叫的地方。吴法官很不悦地看了侯水丁一眼，郑重宣读了一次王教授的大名王忠实。王教授愤怒地抖抖嘴唇，欲言又止。左边的女助手帮他打开很阔气的案卷夹子，右边的男助手支起笔记本电脑。侯水丁又举手了，他说，请问法官，啥时候给代理人的助手还有座位？吴法官立即否定。侯水丁马上说，我看原告代理人左右两个背枪拿账本的金童玉女咋还坐在原告席上？吴法官再次打量了一眼侯水丁，命人撤去座位。这件事使侯水丁的名气大增，此后的唇枪舌剑故事更是不少。姐夫田冷春的砖厂纠纷他是多少知道一些的，但却没有介入。并不是田书记没有想到他这个内弟，不想用这个黑律师，也不是侯水丁不愿意帮忙，而是两家之间曾经发生过一场矛盾，至今没有完全冰释前嫌。

  1998年，是田冷春经营砖厂最艰难最狼狈的一年。各种债户逼得他无处安身，无法也没有能力经营砖厂，只好锁了家门，将小雨托付到侯家湾老丈人家，带着妻子深更半夜逃出了蛤蟆村。他们一面打工糊口，一面找亲朋好友融资弄钱挽救砖厂。那年冬季，他两口终于联系上了给一家私营公司当说客（类似于法律顾问）的内弟侯水丁。而此时的侯水丁正是春风得意，他刚刚用嘴巴为公司战斗回来了一笔上百万元的项目款。毕竟是血肉关系，侯水丁找到公司老板，以他的名义借了五万元，然后交给了田冷春。清付了急账，有了经费，老田安下心来，继续找人筹钱，第二年开春点窑开工。正因为这五万元使二人之间起了矛盾。老田没有迟迟还款，当然是有原因的。砖厂刚刚活过来，身负的债务太多，一时间难以清付。更重要的是，老田知道了关于这笔钱的更多内幕。原来，侯水丁借的这笔钱，公司根本没有给他算利息，而他却给姐夫要千分之二的高息！再一点，他每个季度都按时给侯水丁清付着利息，不能说不讲信用。到了2002年，砖厂红火了，侯水丁不让按季度清息了，太麻烦，让放在砖厂继续运转。过了两年，老田不想再用高息款了，两个人为算账起了争执。焦点问题是田书记不愿意为放在砖厂的五万元再出息，说是当时根本没有这样约定。侯水丁说利息没收归去当然就转成了本金必须付息！几番调解仍无结果，侯水丁一纸诉状将姐夫告到了法院，两家从此成了仇人。既有血肉关系，这样僵持下去惹后人笑话，过了两年，小雨的大舅、二舅就从中说和，眼见两家关系有了松动，谁知田书记却突然遭难了！小雨的大舅、二舅一说，侯水丁也坐不住了，兄弟三人连忙去了县医院。

（四）

命运就是这样,总让你事与愿违。刘乐然不顾一切地抢救田书记，一分一秒都不愿耽搁,却偏偏耽搁了！大夫不断地责问,干吗来得这么迟？为什么不早来？快一点儿来？刘乐然不做解释,只是积极地敏捷地做着各种各样的后勤工作。应该说,他的心里还真有一丝内疚和自责。是啊,如果不走那条小路,如果那条小路不被水冲断,一定会早早到医院的,至少提前十分钟不成问题！十分钟,对一个危在旦夕的生命来说,该是多么多么的重要啊！田书记要是真的去了,他将要承受巨大的持久的内疚和来自田家人的谴责！尤其是田小雨,他将如何面对？因为内心里多了一分不安,刘乐然在抢救田书记的工作上,就表现得格外地不由自主地积极踊跃。也因为这没有抓住的十分钟,让刘乐然在以后的事情上,面对田家的时候,心里总有一种疼痛,一种不安,一种迟疑。黄木泥不禁问,人到底咋样了？那些匆忙出入的白大褂们也许是忙或者没听见,并不作答。而小雨和刘乐然根本没有询问大夫有关这些问题的勇气。望着刘乐然急忙下楼的背影,吕哈定小声嘀咕道："刘乐然不知道咋弄的,比我走得早,反而到得迟！人命关天的大事么,咋能这样哩！"田小雨不语,脸上却明显地有些不满刘乐然了。

抢救工作已经三个多小时了,田冷春仍然处于深度的昏迷之中。此刻,他的灵魂就像人们手中放飞的那只风筝。现在,风筝飞得很高很高,已经与云与雾与风并肩了。没有阻隔,风变得越来越锋利。锋利的流风恶狠狠地扔着刀子,一下一下飙向牵着风筝的丝线；云雾招来雷电,雷电暴躁地一闪一闪地劈着风筝的丝线！轰隆一声,丝线断了,风筝自由了,它一下提高了上升的速度,穿过云层,穿过崇山峻岭,它自由地无牵无挂地漫游着……田冷春的灵魂不想再回到躯体了,他觉得,那副皮囊太臭太沉重太束缚人！他来到一个集市上,一街两行,要什么有什么,那桃子又大又红,那骡马膘肥体壮,那些男男女女们个个眉目光鲜,衣带如锦。田冷春很好奇,拉住一个白须老头问这是什么地方？老头只笑不语。突然冲过来一队白衣兵士,他们

手执刀枪,围住他就刺就剐就杀,龇牙咧嘴毫不留情。他吓坏了,拼命地疯跑,一头钻进一个洞穴里。洞里黑乎乎的,一双女人的花鞋闪着红红的血一样的光芒……总之,田冷春的灵魂就是不愿意回到他那副臭皮囊上来。

田婶被出租车一溜烟似的拉回了蛤蟆村。她家门口早有黄木泥的老婆枣花,吕哈定的女人双秀,还有朱环环等人接了电话,专程等着迎接她了。

那一刻,田婶被塞进车里,突然就不骂了,也忘了悲伤。她不解地趴到车窗上,望着外面飞驰而过的树木门店,陷入了惶惑。等清醒了,出租车早出了县城。田婶使劲敲打着车窗,拍着座位喝令停车,还质问要把她拉到什么地方去?司机知道情况,也不回答,使劲踩一脚油门,车更快了。田婶实名叫侯水甲,是一个很男性化很冷僻的名字。她有三个弟弟水乙、水丙、水丁。这女人在侯家排行为大,心气很强,命运偏偏让她遇上了心气更强的田冷春!几十年的磕磕绊绊中,她性格的棱角磨去了,抛光了,也变软了,变圆润了,变温顺了。但这种温顺有些皮焦里生,就像没烧熟的红苕,外边软,里边还是一个硬芯子!对于刘乐然的所作所为,家道人样,她其实一点也不感兴趣。特别是刘乐然当了村民组长以后,更准确地说,这小子打砖厂的主意以后。这怎么成呢?小雨是她和老田的宝贝女儿,而砖厂就是她和老田的宝贝儿子!他两口对砖厂有太多太多的付出,太多太多的感情,太多太多的心血。酸甜苦辣风霜雨雪春夏秋冬,通通不能表达她和田冷春对这个砖厂的感情!他们的关系是切肤的,血肉一般的!刘乐然弄砖厂这不是弄她的肉吗,割她的心她的肝吗?而她又怎么会答应呢?如今,老田成了这样,这不是他刘乐然闹腾的又是谁?要是刘乐然不打砖厂的主意,老田不为这事伤脑筋,想办法,会出这么大的事?要是不为砖厂,小雨能和他刘乐然订婚?我娃长得跟天仙一样漂亮,又是个警察,天下哪样的男人找不到,凭啥会看上他刘乐然这个不男不女的东西?如今,老田已经成了这样,我还顾忌个啥?不行!刘乐然甭想得到我家小雨。我就是拼上老命,也要小雨和他娃断了!哎呀,不知道小雨她爸这会儿咋样了,醒了没有?

下了出租车,田婶拢拢头发,揉揉脸,迈着豪迈的步伐走向自家大门。枣花几个人连忙上来搀扶,田婶用手一推:"没事,走,进屋里!谁想看我田家的笑话,没门儿!"

雨后的天空,无限地干净幽蓝。夕阳如血,几块已经变得安静下来的云团浮在残阳的左右上下。那云团看上去仍然很厚很黑很沉重,不免让人想起中午发威时的疯狂和张牙舞爪。一阵秋风刮过,阴阴的寒气激得人打战。枯黄的桐树叶片飘落了一院。院墙上,残阳突然收走了那一缕血色的虚弱的光晕,院子里一下子就暗了。田婶雄赳赳气昂昂地在家里前后转了一圈,啪啪啪打开了所有的电灯。她一挥手,招呼大家都到客厅来坐。伸手从冰箱里拿出几听饮料,又洗了一大串葡萄。

枣花偷偷看了一眼双秀,说:"老嫂子,客气啥,咱都是乡里乡亲的!我几个过来看看。哦,对了,你看满院树叶,我扫去!"枣花拿起门后的扫帚就去了院子。双秀一看,忙说:"老嫂子,你还没吃午饭吧?我给你帮忙做去!"朱环环挠挠头,他是个男人,干什么呢?他看看,拿起铁锨给羊圈垫土去了。这些家务活,很快就干完了。接下来,只有坐在客厅,围着田婶继续说话。田婶表面没有什么,心里已经接近崩溃了。她吃了一口泡面,终于说:"不早了,你几个都回去。我也乏了!"这样催了两遍,枣花几个才走了,眼看着田婶关了大门,又偷偷趴在大门缝看了看,这才去了。

田婶如今遇到的是比天还大的事,这女人又怎么能睡得下,睡得着?她关了大门,熄了院子里的灯,把头埋在被子里,放声哭了起来。老田不在,也许永远都不会在了!此刻,就她一个孤老婆子,她不需要顾忌什么,完全可以把内心的难受哭出来,哭出来,哭出来!只是心里越这样想,反而倒哭不出来!完全不像下午在医院里,那么多应该顾忌的,偏偏天翻地覆地哭了起来,闹了起来!也许,没有那一场哭、那一场闹、那一场骂,她真的就疯了,就爆炸了!

但还有让她无法哭的事,哭不出来的事,比哭还要难受的事,那就是老田!老田的命!他到底咋样了?他会不会——不!小雨工作了,有出息了,该享女儿福了,他怎么会舍得走?不会,他的心不会那么硬,也不会扔下她和女儿的!要果真那样,他田冷春就太不够人了!太不是人了!要真是那样,她侯水甲也不活了!她要变成一个厉鬼,变成一个世界上跑得最快的厉鬼,她要撵上他,抓住他,说啥也不能便宜了他!

田婶锁了家门,穿上厚厚的长袄,打着手电,悄悄出了蛤蟆村。

雨后的秋夜,雾气如水,蛙声如潮。蛤蟆河那边,蛤蟆声更是汹涌澎湃,势不可当,几乎把田婶掀倒!

（五）

侯水丁兄弟是和姐姐侯水甲一前一后赶到县医院的。

此时,已经是凌晨一点钟了。所幸的是刘乐然刚刚离开,找地方休息去了,没有和田婶打照面。小雨执意要一个人留下来,刘乐然就同意了,打算过两三个小时再来替换。所有急救的手段都用上了,田冷春仍然没有苏醒,生命随时都有可能扬长而去。大夫们仍在密切地关注着监视屏幕。田小雨没有丝毫睡意,尽管事情已经发生八个多小时了,但她仍然不能接受眼前的事实。她头脑里是一团乱麻,天昏地暗,乌烟瘴气,莫名其妙。意识和感觉变得麻木了迟钝了模糊不清了,思想不思了不想了不动了。眼前的每一件事每一个东西每一句话每一个眼神都有隔世之感,漠然之感,都需要她努力地刻意地使劲去判断去思索,方能弄清弄明白。看见母亲,她怔了一下。突然惊异地问:"妈,你咋又来了?"田婶却问:"快说,你爸要紧不?"田小雨摇摇头,母女两个对视而泣,然后紧紧抱在了一起。就这么长时间,侯水丁哥儿几个就到医院了。

其实,来了只能是看一看插满各种仪器的姐夫,至于老田的病情发展情况如何,就连医生自己也不知道。但也根本用不着悲观,侯水丁很轻蔑地说,这算个啥,没事!他一扬手,提高声音,很自信很大气地夸奖道:"现在的医学发达得很哩,这根本就不是个啥病!人家都给脑子开天窗哩,给心脏搭桥哩,连腰子肝子都换哩!不怕,根据情况看嘛,不行了咱把人往西安弄,到大医院看去!再说,那么大个砖厂还没有几个看病钱?姐,心放宽,甭难过!还有我弟兄几个哩!噢,对了,今天当着两位老哥和我外甥女的面,我郑重声明,那几万元我不要了!"

说到底还是一母所生的亲骨肉,这几句话特别打动人,特别提劲。田婶抓住兄弟的手,失声痛哭,心里却很振奋!

凌晨四点,刘乐然来替换田小雨的时候,才知道田婶几个老弟都来了。小雨眼尖,她连忙给刘乐然摆摆手,指指低头浅睡的母亲和几个舅舅。两个人掩上病房的门,来到走廊。田婶很快发觉了,这次,她终于忍住了没有发怒,直等到刘乐然走了,她才过来。她拉住小雨的手在医院走廊的条椅上坐下来。母女两个刚说了几句话,舅舅侯水丁出来了,他揉揉眼睛,说:"姐,是这,人不能不休息,我哥儿几个在这儿看着,你俩到小雨宿舍睡一会儿去,等天明了再来!"

田小雨领着母亲来到自己的宿舍,却一分钟都没有睡着。起初,田婶的神情是悲伤的,随着她不厌其烦的自语式的却是真切的絮叨,就渐渐变得坚决和愤怒起来。田冷春的遭遇就是这个家的遭遇,田冷春倒了,这个家就倒了;田冷春完了,这个家就完了!小雨就说,你放心,我爸不会有事的。再说还有我,我长大了。不早了,咱睡吧,睡一会儿吧。小雨一拉母亲的胳膊。田婶却叹口气:"唉,我是说咱这砖厂啊!"田婶无力地靠到床背上:"关灯吧。"她说着慢慢闭上眼睛。小雨刚翻了一个身,田婶立即就让她开灯。她坐直身子,一拉女儿,坚决地说:"咱一定要给你爸把病看好!就是砸锅卖铁,就是上北京,去国外都要看好!看好!唉,要说应该怪老会计黄木泥,怪刘乐然!要不是他俩在背后煽风点火,写材料告黑状,你爸咋能让涧塌了呢?昨天,你爸一天都没吃饭,心里烦得很,见啥烦啥,本来去镇上给我看病的,他心里烦都没去,睡又睡不着,跑到砖厂就挨了这事!这狗日的刘乐然年轻轻的,咋这么心黑的!不行,事到如今,我想了,你爸一病倒,他就告不成了,就是他工作组来也没有办法!是这,不能让我娃受委屈了,跟他娃退婚!咱现在不求他啥了!"

小雨实在听不下去了,说:"妈,咱快睡吧,五点了,咱一会儿还要去医院哩!"

田婶好像并没有听见,一脸的义愤填膺:"你不知道,我看见那个不男不女的货,黑血病就犯了!"

"妈——"田小雨使劲叫了一声母亲。

"好娃哩,你要想想,刘乐然他是咱家的仇人,咱——"这女人仍不依不饶。

"咱现在要紧的是我爸,不是我!"

第十四章

（一）

　　田冷春的意外，让很多人都跟着意外了。只是老田的意外是在身体上，大家的意外却是在心里。黄木泥的心里更是意外得不得了！从医院回来，他的心情是沮丧的沉重的，更是不安的着急的无奈的。深思熟虑之后，他理智地告诉自己，他要对抗这种无奈，解决这种无奈。他怎么会无奈？他不应该无奈。对于群众赞叹或感叹田书记的救人之举，起初他也是频频点头，但很快就不了，他公然地说，这是人家老田的高明之处。你想想，那天要是真把玉女塌了，会咋样？玉女可是在砖厂干活哩，谁赔？谁负责？哼，要真是那样，老田上吊都没绳！

　　这话似乎有些道理，但黄木泥嘴上那样说着，心里还是有些惭愧。近来，他特别关心田书记的病情进展，几乎每天都要给刘乐然打电话询问情况。听说老田苏醒了，却仍在危险期，这让他看到希望又更加担心。说实话，他根本就不愿看到老田的生命扬长而去。那样，一切事情就完了，就泡汤了，就半途而废了！他希望老田的病赶快好起来，康复起来，立即接受工作组的调查，乖乖地交出砖厂！还有一件事让他看到了曙光，那就是刘乐然。几天来，从他掌握的信息分析，田冷春的女人是极其不满刘乐然的！她竟然多次在公众场合恶狠狠地谩骂刘乐然，更要紧的是，她还让女儿田小雨和刘乐然解除婚约，一刀两断！这一点，正合他黄木泥的心思！

　　这是深秋时分一个难得的暖和日子。蓝天如洗，阳光充足。黄木泥倒背双手，信步走在田间的小道上。地里墒情不错，麦苗不觉已有两寸高了，齐刷刷，绿油油，微风吹过，摇头晃脑，很是精神，一副对未来充满信心的样子，却不知道还有一场无法回避的严冬，悄悄地恶狠狠地等着。肚子突然一阵咕噜咕噜地叫唤,黄木泥暗说不好,手提裤角,急忙躲到一堆苞谷秆后面。肚子畅快了,顺口哼起了秦腔《小寡妇上坟》。要命的是,小寡妇还没找到坟,却听见远远的一阵吆喝声和匆乱的脚步声。黄木泥没带纸,顺手扯了几片苞谷叶子,粗糙地抹一把,提起裤子,扭头一瞅,却是一群撵兔的!前边几只细狗,猫了腰,后腿超前腿地跑,发挥集体优势,拼命地围追堵截,后边几个主人,扛着木棍,挑着被狗捕到的野兔,兴致勃勃地奔跑着,吆喝着。

秋收冬藏,那些被庄稼喂得肥实的野兔们,没了藏身之地,自然成了人们向往的美味。其实,狗撵兔,人撵狗,也是一种情趣,蛮诱人的!黄木泥羡慕得很,发誓有一天也要撵一回兔去。上了大路,黄木泥加快了步子。正走着,身后传来一阵摩托声,刚往路边靠了一步,摩托就到了身边。

"老会计!"有人高声叫道。一看,原来是李强。

"在地里转哩?"李强很热情地问道。

"哦,我看麦出得咋样?你干啥去?"黄木泥随口问道,李强到底干啥去,与他并不相干。

"我上县医院看了一下田书记!"

"田书记咋样了?"黄木泥马上来了兴致,李强的去向还是和他相干的。

"听大夫说,命能保住。估计下半身不行了,这辈子毕了。来,抽一支!"李强摘下白线手套,掏出一盒烟,故意给黄木泥炫耀一下牌子,说:"这是公安局局长我老二给的!尝一支,软中华,一盒七八十块哩!"

这样的烟当然是难得抽到,黄木泥赶忙接过来,送到鼻尖闻闻:"好烟好烟好烟!"

"当然是好烟!你想,谁敢给公安局长送假烟?"李强很自豪很有优越感地说,并飞快地摸出一支含到嘴上。不过,自己抽的却是四块钱一盒的软延安。当然,这是秘密,只限于他一个人知道。

看着李强的背影,黄木泥猛一拍大腿,匆匆回去了。午饭后,他特意跑到李强家,要了他兄弟李军的手机号码,跨上摩托,直奔阳沟派出所。为了砖厂能回到三组村民的手里,为了集体,更为了他的仇恨,他要去干一件很有意义的事!

从上个月起,李军已经不再给局领导开车了,不再是公安局的马夫了。他正式调到了阳沟派出所,成为一名体面的光荣的公安民警。不会查案子

不要紧,不会做笔录没事,不会审讯也无须着急!世上无难事,只怕有心人,只要有心,什么事都难不倒!他还年轻,有的是时间,所以,对他来说,没有难事,没有烦事,只有大事和小事。不过,这话还有点吹牛,有点绝对,有点自欺欺人,有点阿Q精神。因为,他现在就有一件难事,一件烦心事,一件着急事。他还没有找到女人,还没有成家!他今年已经二十六岁了,不敢说有的是时间了,青春已经不允许他学习学习了!当然,要说他找不到老婆,那是胡说,问题是,他找不到中意的。而让他中意的又都有了主儿。王八找不到绿豆,总是对不上眼!所以他很着急,很焦虑,甚至有些气馁。父母不在了,大哥、二哥开始经常询问他,催促他,实在不行,就准备上阵了,帮兄弟了。于是,孤独的时候,半夜醒来的时候,雨天睡觉的时候,他就痛苦,他就坐卧不安。这几年,要说最痛苦的事,最伤心的事,莫过于田小雨和刘乐然订婚。这件事对他打击太大了,曾经有一段时间,他都颓废了,悲观厌世了。他恨不得杀了刘乐然。有一天晚上做梦,他梦见刘乐然让汽车撞死了!他高兴得一脚把被子蹬到了床下!醒来后,好不伤怀,一支接一支地抽烟,直到天光大亮。当然,他也恨田小雨。他不明白,他哪一点比不上刘乐然?小雨实在是一个世上少有的蠢女人!可这蠢女人偏偏长得让人心疼,让人疯狂,让人神魂颠倒!比较准确地说,这场痛苦的单相思的青春风暴在李军的生活里至少持续了两个半月。现在,伤口总算愈合了,结痂了,长出新肉了。特别是调到阳沟派出所之后,他工作积极,勤奋好学。他恳求所长把他安排到治安情况最复杂最偏远的警区,他专门拜老警察做师傅,他发誓要做一名好警察!

这天下午,李军刚出警回来,端一盆水去洗车,蛤蟆村的老会计黄木泥进了院子。李军把乡党让到自己宿舍,连忙沏茶找烟。

黄木泥并不客气,给茶就喝,给烟就抽。他说,从派出所门口经过,听李强说他调到这儿了,就顺便进来看看。别看他五十岁的人了,却爱和年轻人在一块。年轻人有朝气,坐到一块热闹,不像五六十岁的人,死气沉沉,唉声叹气。接着,他感慨地说,田书记这回伤得不轻,要不是为救张运动老婆,也不得成这样。哦,对了,咱村好多人都上医院看田书记了,刘乐然一直守在跟前!不过,好多人都说刘乐然不该那么积极,热脸蹭人家冷屁股,不值!李军听着听着就在意了,他说,刘乐然咋是热脸蹭冷屁股哩?不是小雨他俩关系好得很么？黄木泥摇摇头，女人心，海底针，难说得很哩！何况人时刻都在变！还有就是，听说小雨她妈坚决反对这门亲事，在稠人广众之下，把刘乐然骂得跟仇人似的，她还明确表态不同意他俩的婚事！黄木泥为了配合意思的表达，脸上的皱纹使劲抽着挤着，脑袋摇得就像拨浪鼓，嘴巴撇得又斜又高。末了，他郑重地说，你跟小雨关系也不错，你局长哥又和田书记好，你应该去看看才是！临走，他高深莫测地一笑，说，我看，你跟小雨才是天生的一对！

（二）

　　黄木泥一语点醒梦中人。李军兴奋地照墙壁砸了两拳。机会是个好东西，它是意想不到的一种必然巧合，它是你不得不相信的一种缘分，它是你走投无路时突然打开的一扇门。李军没用电动剃须刀，那声音嗡嗡的，模糊而杂乱。李军特意找出刀片，用湿毛巾慢慢地温软了胡子，对着镜子，收割起来。他爱听这种声音，嚓、嚓、嚓，节奏分明，很干脆，很男人；还净，没有青色的楂子。然后是头发，他一直不满意的就是这头长发了。天生的干枯细弱，经不起风雨，最要命的是少白头！黑中夹白，白的还是白梢子黑根子，中间却是灰色，这让他很生气，暗暗地闷闷地生气。所以，几乎每个月他都要染一次发，焗焗油，以弥补父母留给他的缺失。现在，他提前走进了理发店，他决定重新染一染，剪一剪，焗一焗，因为明天他要去县医院看望田冷春。这么重要的外交活动，他当然是要翻新翻新自己的。

　　毕竟有些心怀鬼胎，踏进医院大门，他的心就咚咚咚地使劲敲打胸脯，到了住院大楼，他突然犹豫了，不想进去了。好在这种念头只一闪就过去了，一切都是调查好的，李军上了三楼直接去了315病房。

　　昨天下午，医生终于宣布，田冷春脱离危险期了！他的灵魂总算又回来了，风筝的牵线总算又接上了。这可是一个划时代的消息，具有历史意义的消息。这应该从心里从言行上深刻地感谢一番这群白衣战士，他们顽强地千方百计地人多势众地续上了风筝的丝线！田书记早上醒来了一会儿，此刻刚刚睡着。护士又换了一瓶药液，田小雨坐在一旁，手托下巴，默默地望着窗外。田婶半躺着佯睡。李军推开门，一下子就和田小雨的目光碰在一

起,他心里一震,昨晚上彩排了四五十遍的开场白,让目光碰击产生的余震轰地炸成了一地碎片,李军急忙低头去找,却怎么也拾不起来,脸涨得像猪腰子。田婶愣了十几秒钟,然后就触电似的坐了起来,跳下床,连忙接住李军手中的礼品:"哎呀呀,看这娃,人来就对了,还拿啥东西哩?"

田小雨也清醒了,她四下看看,抱歉地说:"这儿啥也不方便,给你倒杯水吧?"

"来来来,喝这个!"田婶从床头柜里摸出一听奶味饮料,急忙塞到李军手里。对李军的到来,她是满心欢喜的!虽说这小伙原是山里娃,可人家现在也是警察,长得高高大大,仪表堂堂。他哥又是公安局局长,腿粗得很哩。好好好,合适,合适,太合适了!田婶直勾勾地盯着李军看。

李军不安了,他担心自己是不是脸上不干净,或者是纽扣系岔了,田婶的表情在哪儿搁着?

必需的客套过后,李军的心情有些舒缓,人渐渐回到了状态里。他先是站在病床前用很认真很关切很仔细的神态看了看田书记,又歪头看了看吊针,询问了一下病情,还说,如果需要帮忙,尽管开口。这句话倒是真的,也是迫切的。他很想帮忙,即使要他身上肉,他都会毫不犹豫地献出来!这是他与田小雨感情更进一步的机会,夺取全面胜利的机会!从这母女的表情看,他来得很有必要,非常重要,也效果显著。田婶的热情洋溢,小雨激动的眼神,就是很好的说明书。

当然,接下来发生的一件事,却是一本印刷精美的彩版的纪念版的说明书!

田书记度过了危险期,听到医院宣布的这个重大消息,刘乐然非常高兴。他和小雨立即通知了所有的亲朋好友,上至镇长、书记,下至黄木泥、吕哈定。张运动两口子是当然要通知的。上午,刘乐然把收回来的废品拉到院子,安排让父亲卸货,匆忙洗洗手,饭也顾不上吃,拿一个蒸馍,就一根大葱,囫囵地吃了,骑上摩托去了县医院。田小雨恰好出去了,病房里只有田婶和李军。李军终于得到了田婶的批准,每日下午过来照看田书记三个小时,以便让这母女好好休息,做好晚上的看护工作。李军心里掠过一阵狂喜,他听见了嘹亮的冲锋号声,胜利的红旗眼看就要插到刘乐然的阵地上了!然而,令人着急的是,刘乐然全然不知,敌人已经攻到鼻子底下了他还毫无觉察,毫无觉察一步步逼近的险情!

刘乐然推开315病房的门。田婶把头扭向南窗。

"噢,李军,啥时候来的?"刘乐然主动而客气地问。李军却一点也不客气。脸上的愤怒比脱裤子还快!他厉声质问:"我问你,你对田书记到底存的啥心?"

"我?"刘乐然很意外,"你要说啥?"

"砖厂离县城只有十二里,你走了多长时间?你知不知道时间就是生命?我给你娃说,田书记要是站不起来,别说田婶不放过你,我李军这一关你都别想过去!"李军怒火中烧,眉毛一挑一挑的,嘴角一抽一抽的。他动怒的理由总让人怀疑。

"这是病房,有话咱到外边去说。"刘乐然压低声音提议。李军立即同意,两人一前一后匆匆出了住院大楼的北侧门。

"过来,在这儿说。"刘乐然招招手。

住院部大楼的北门外比较偏僻,出入的人很少。离门口不远,是一片空地,修了围栏,种了花草。

爱情强烈的排他性,使李军对刘乐然恨得牙痒痒。如今正是冲锋陷阵的时候,充分表现的时候,一颗红心奉献给田家的时候,他又如何会退缩?不过,凭他的个子、身手,虽是警察,那倒未必打得过刘乐然。刘乐然一米七六,至少比他高出十五厘米,一寸骨头一寸力。但李军还是有办法的。刘乐然让他坐在花栏旁边的石条上,李军没动,他压低了声音,说:"你过来,我给你说个话。"

刘乐然就走了几步,把脑袋凑了上去。他做梦也没有想到,李军并没有用嘴巴给他说话,而是把拳头疾风一样捶到他的耳根子上,腮帮子上!刘乐然脑袋轰的一声,眼冒金星,打个趔趄,险些栽倒!耳朵又木又麻,好像即刻剩下半个头了!

"狗日的,心咋这么歹毒!说,为啥要害田书记?"又一拳,再一拳,然后飞起一脚!

刘乐然摔倒了,嘴角淌下的鲜血,就像急速流动的小溪流。刘乐然下意识地摇摇头,用手背擦一下嘴角,慢慢爬了起来。回头看着,一声不吭。

李军得意扬扬地走了过来。他丝毫没有防备,好像已经没有还手之力

的刘乐然突然以身体做炮弹,飞撞了上来!爆发力极强,一切在一瞬间!李军刚掏出来的烟被碰出十米之远,刘乐然骑在李军身上,照面门就是一顿乱拳。

这时候,田小雨突然大喊一声。

刘乐然愣了。他看了一眼田小雨,整整衣服,向花栏边的水龙头走去。

李军没有占上便宜,又羞又恼,狠狠地瞪着刘乐然,鼻孔滴滴答答淌着血。

田小雨掏出一叠卫生纸塞到他手里。李军好激动,他立即朝刘乐然扑过去。小雨给他的不仅仅是纸,更是一个信号,一个态度,一个立场!生命诚可贵,爱情价更高,而且他还是一个警察,如何受得了这等羞辱?

刘乐然虽然洗着,好像一脸的不在意,一双耳朵却在机敏地注意着李军的动向。他甩甩手上的水珠,顺手拿起花栏边的一块砖。他不想欺负人,但也不会轻易被人欺负,更重要的是被人冤枉!

田小雨飞快地跑到两个人中间。她生气地说:"要打,你俩到大街上去打,这是医院!好好看看,都是些啥素质?"

素质一词用得相当好,两个人马上泄气了。其实,田小雨并不是这么巧遇地到现场。巧的是她回到病房,这两个男人刚刚出去。田婶已经感觉到了什么,特别是李军,全都写到脸上了。她立即给小雨说了,让赶快去看看。这老女人实际是怕李军吃亏。

(三)

没有伤到筋骨,打一架,对年轻人来说,无所谓。刘乐然的嘴角已经不流血了,李军的鼻子却不争气,他仰起头,这样就不能走路了,刘乐然伸手去搀,小雨忙制止,以为他还不放过李军。"我是扶他!"刘乐然勉强笑道,轻轻擦一下嘴角的伤。

"不要你搀!"李军气愤地低下头,大步朝前走。那鼻孔的血立即又下来了,他只好再仰起头来。田小雨忙过去搀住。

田小雨这个举动实际上还是有一定分寸的。李军却很受鼓舞,心跳加速了,加速的心跳弄热了全身的血管和血液。刘乐然看着,脸上无所谓,心却掉在了醋坛子里。他突然站住,很有怨气地说:"我就不上去了,明天有空,我再过来!"拧过身,大步去了。

田小雨转过身急忙说:"你过来!"

刘乐然犹豫了一下,走过来:"有事吗?"

"回去把衣服换了。"她看一眼刘乐然,伸手拉一下开了线的上衣口袋,把一枚纽子放到刘乐然手里。

进了蛤蟆村,刘乐然的醋劲就散了。和小雨的爱情,那是经过考验的,牢固得很哩!心里只是有点愧对李军,毕竟人家是来看病人的。不过,最近随着田书记的病情一天天见好,另一个问题又重新回到他的脑海中,那就是砖厂,那就是张运动兄弟的承包地款问题。他现在担心的是张运动兄弟和老会计他们又来找他,担心镇上的调查会不会再度启动。这样虽说自己抽手了,轻省了,田家受得了吗?田书记能受得了再度的打击?这不是要他的命吗?天渐渐黑了,刘乐然给父亲招呼一声,匆匆去找张运动。

张运动最近倒霉得很。拖拉机换成了大的,砖厂却停产了,没活干,放在院子里,看见就着急。玉女跟上人家到外村出红薯打零工,平路走着,闪了脚腕子,拍X光片是骨折了,坐在床上让人伺候。最要命的是老妈,很健壮的身体,大清早起来穿不上裤子,高血压偏瘫了!张运动抬头看看天,想问问老天爷,是不是不让这一家人活了?张运喜搀着老爸赶忙过来,建议张运动抓紧时间给老娘看病。张运动答应着,心里却使劲叫苦。同样身体健壮的父亲张士官紧张了,忙让张运喜请大夫给他量血压。顺带交代一下,张士官老两口分别由两个儿子赡养着。老两口吵吵闹闹了一辈子,两个儿子分了家,老两口也跟着分了家。还有田冷春的伤,工作组不来了,砖厂要不回来了,承包地款咋办?提起这个,张运喜就特别来气。他骂着田书记,骂着刘乐然,鼓动张运动去找刘乐然:"不行了,咱到镇上弄去!田书记没死,这事就得解决!"

张运动蹴在一旁使劲抽烟,一言不发。

"你说话呀!"张运喜看一眼弟弟。

"砖厂是大家的事,人家不追,咱出头不是得罪人哩?我不去,要去你去!我光关心我的承包地款!"张运动撂下一句话,起身走了。

刘乐然已经等了好一会儿了。如果是平时,张运动没在,他转身就走

了,今天没有。这是一个机会,他要和玉女好好谈谈他家承包地款的事。玉女这一关是非常关键的,张运动是一杆枪,这女人就是枪的扳机!如果卸了扳机,枪就威风不起来,说不定还能退了枪膛的子弹!今天,刘乐然可是有备而来的。从田书记推她一把,救了玉女的性命入手,是再好不过了!刘乐然客观、老实、凭良心地说:"嫂子,田书记这人确实不错,危难之时显身手。最感人的是,他救了你,自己却被塌了!虽说命是救下了,可成了一个废人,下不了床,走不了路,连吃喝拉撒可能都要别人来照管。唉,你说这是受罪哩不?田婶照顾好了不说,不好的话,田书记咋活呀?再过几年,说句难听的话,田婶要是死到田书记前面,田书记咋办呀?"

玉女连连点头:"就是,你看我,这几天把脚崴了,下不了床,啥都弄不了,还要人伺候,难受得很!唉,田书记确实是好人!当然,我玉女也不会没良心,田书记今后要是用得着我家,一定没问题!人嘛,救命之恩就像再生父母,咋敢忘呢?"刘乐然要的就是这几句话,他高兴地说:"嫂子,其实我今天来,就是想和你商量一件事。"

"和我?我一个女人家和我商量啥哩?"

"我想和你商量一下承包地款的事。"

"你说。"

刘乐然把凳子往床边挪了挪:"我的意思是,砖厂的事咱就不要出头了,你家承包地款咱组想办法解决。你看,田书记毕竟遇了这么大的难。"

玉女忙问:"咱组拿啥给哩?"

刘乐然忙道:"这你不用管,有我刘乐然哩!"

玉女低头想了想,说:"砖厂我不管,我家那地钱你跟运动商量去!我给你说清,这地钱可是我两口子流汗挣来的,千万不敢放风筝了!"

刘乐然把工作做到这个程度,张运动推门进来了。一听刘乐然的来意,张运动很不高兴:"功是功,过是过,豇豆一行,茄子一行,那不行!"

刘乐然一想,笑笑,回去了。他心里还是有底的,玉女这个扳机作用大着哩!

田书记的生命力相当顽强,伤势恢复得很快。当然,大难一场,不死即福。下地行走可能是不行了,大夫说,他的大脑思维影响不是很大。庆幸的是,肚子里那一帮东西都无碍,心脏很好,肠胃很好。黄木泥说是去医院看病人,其实是火力侦察了一遍。心里有了底,他决定再提砖厂的事了!但张运动兄弟让他很生气,这两个没骨气的东西害怕了,要打退堂鼓了。黄木泥到了张运动家,恰好张运喜也在,他给这两人尖锐地指出:"老田是一个手段毒辣,城府很深的人,你们千万不要被他的伪善蒙蔽了!对着哩,他是救了玉女的命,可他不救有啥办法?玉女是给砖厂干活哩,她要是塌了,他田书记脱得了干系?砖厂镇上要收回,玉女得看病,还是我那句话,姓田的上吊都没绳!"

里屋的玉女听不下去了,敲着窗棂说:"叔,你这话我不爱听。对着哩,砖厂当年建的时候,我家也入了股,可这几十年,谁关心过砖厂,管过砖厂?还不是人家田书记两口子弄哩?现在,砖厂红火了,有利了,说这话哩,要砖厂哩?那几年倒闭的时候,咋没一个人出钱哩?田书记给组里,组里不要,跟一箩筐蝎子一样,谁都躲得远远的!"停一下,她接着说,"运动,再甭说了!咱不出那头,谁要叫谁去!"

黄木泥忙道:"那你家的承包地钱也不要了?"

"谢谢你关心,那钱要不要是我的家事,跟人家田书记没关系!"玉女的话是明显有了下逐客令的意思。

黄木泥站起来:"好好好,算我多嘴,算我多嘴。我走,我走。不过,我把丑话说到前边,砖厂要是要回来,你张运动兄弟可别想!"

"叔,叔!"张运喜跟了出去。

玉女这个扳机到底起了作用。第二天,刘乐然的三轮摩托车刚开过来,张运动就从家里跑出来挡住了。

"兄弟,砖厂这事我跟玉女商量了,咱不参与。可我这地钱咋弄哩?"

"玉女没给你说?地钱有我哩,有咱组上呢!"

"我这地钱给咱组修了路,服了务,事到如今,这这这,唉!"

"你放心,组里给你把利息算上。"

"可组里拿啥给呢!"

"这你不用管,有我哩!"

"利息咋算?"

"按信用社走!"

"那不行,我这钱有一半是高息借上私人的!"

"不说了,按信用社贷款利率的两倍算!"这是刘乐然的底线。

"对,我相信你兄弟!还是那句话,组里我不认,到时候我寻你!"

"没问题,但有一个条件,你哥听你的哩,你必须做通你哥的工作!"

"能行,那我哥的利息咋算?"

"当然跟你一样。"

接下来,两个人再商量了一下还款的期限、方式等等细节。

三轮摩托车出了村口,刘乐然终于嘘了一口气,随口哼起了流行歌曲。

(四)

玉女的话是一个用棉花包裹着的八磅大铁锤,几下砸得黄木泥逃跑了!这锤不伤筋骨,也不伤皮肉,却伤心。逃到村口,黄木泥站住,摸出一支烟,大手罩了,吧嗒了几下,不见起火,扬起手,把打火机摔了!刘乐然找到退路了,镇上的工作组也不来了,张运动兄弟要下软蛋,就连烟也点不着,形势还真有些不妙。黄木泥愤恨地骂道:"妈日的,这咋样样事都背点子呢?"

这话明显带了情绪了。回到家里,他还是遇到了一件并不背点子的事,好事,喜事,归根却是一件不顺心的事!因为动了肝火,那气就在身体里暴跳如雷,横冲直撞,脚步也迈得快了,带上劲了。黄家大门旁的椿树上,一只喜鹊喳喳喳喳喳喳极其卖力地叫唤,嘹亮的歌声瞬间化解了黄木泥的怒气。树叶早落了,光秃秃的枝杈上,那喜鹊格外突出,张着嘴,忽闪着尾巴,黑白相间的身体,很有些招摇的意思,几乎是给黄木泥一个特写了!早报喜,晚报财,中午报得客人来。喜鹊是一种人见人爱的吉祥物。好久没见过这种鸟雀了,黄木泥很振奋,对喜鹊点点头,意思是他知道了,推门快步进了院子。

原来是儿子黄连胜回来了!这家伙可是个稀罕物!他长得帅,皮肤白,个子高,就连眼睛眉毛五官,以及手掌手指等各个小部位都长得很好,完全经得起推敲。一头天生的自来卷的棕色长发披在肩头,回眸一笑,就是一个十足的混血儿。混血儿行情好,本钱好,容易招人追捧。大概黄连胜也知道自己长得好,他一心想当演员,青春偶像型的。他自小就喜欢文艺,喜欢演戏。他把生活和舞台有时候都混淆了!问题是他文化课不行,绣花枕头一包草,不是念书的料。初中没毕业就辍学了,原因是电视上的一条招聘信息,说省城一家影视公司招聘影视演员,这让他激动得不得了,于是就给老子黄木泥说了自己的想法。黄木泥坚决不同意,黄连胜才十六岁,正是上学的好时光。演员这个行当,可怕着呢,水深得很哩!黄连胜是独苗,娇惯大的。娇惯最大的成绩就是让人变得任性,自信,但很脆弱。偏偏黄连胜很坚强,只是把任性发扬光大了。他学会了迂回和包抄,先是怄气,关起房门,与世隔绝,严重地自闭自己。门缝看不进去,窗上看得见。黄木泥和枣花拿一双高度警惕的眼睛换班地观察儿子的动向。接着,黄连胜就绝食。绝食大概是弱者和强者对抗的最有效最有力最没有办法的办法,也是所有办法里最有办法的办法。

还好,这一关终于挺过去了。儿子到底是个孩子,他背起书包乖乖上学去了。周末没事,照样出去玩。一玩大半天,枣花不叫,吃饭也不知道回来。黄木泥就坐在桌边等,等枣花把儿子找回来一块吃饭。问题是,今天却是枣花一个人回来的,没有儿子黄连胜。枣花说,几个同学家去过了,没在那儿。黄木泥掐灭烟头,说:"不管他,吃!"

说是咱吃,没有儿子,却像嚼蜡,寡味得很。天就要黑了,还没见人影,黄木泥坐不住了,开始唉声叹气。枣花像是屁股钻进了旋风,屋前屋后地打转儿。

黄木牛比他俩更着急!

上午,黄连胜来见黄木牛,说是他爸让去镇子上买菜,用一下摩托车,四十分钟就回来。黄木牛很不放心,几千元刚刚买了一辆新摩托车,真舍不得。但碍于老大的面子,还是忍痛给了,看着侄子黄连胜猛一加油,他心疼得直咧嘴巴。这一走,别说四十分钟,四个小时也没回来!黄木牛等不住了,就来找,才知道黄木泥两口子还蒙在鼓里,什么也不知道!

黄木牛使劲拍一下屁股,一跳老高,后悔得嘴角都能抽到耳根。

黄连胜从此就没影了!黄木泥大动干戈,无奈打算报警。黄连胜突然打回了电话,黄木泥刚要问摩托的事,电话就挂了。然后再也打不通。几天后,有人说,黄连胜把他二爸的摩托车卖了两千五!黄木牛一听,嘴巴咧得像盐碟子,哎呀呀,这个败家子,这车可是我五千元买的,我才骑了一个月呀!

从此,整整三年,见不到黄连胜。黄木泥三下省城,只得到了儿子还在人世这么一条可靠消息。如今,这挨千刀的东西突然回来了!黄木泥且气且喜。

更有意思的是,不光回来了,还领回来了一个女娃!不叫媳妇,说是女朋友!儿子长高了,更帅了,女朋友也很漂亮,一朵花似的娇艳。听说和儿子同岁,嘴甜得很,每一句话都是从蜂蜜罐里拉出来的,让你的心甜许久。更要紧的是,老两口和好了,用语言交流了,又重新合床了,睡到一块了。晚上,黄木泥在儿子的陪同下,多喝了两盅。儿子是他的心病,儿子的媳妇问题是他心病的心病!在蛤蟆村,黄连胜三年前都已经成名了,二爸摩托车事件让他一举成名。经验老到的媒婆无情地指出,这孩子要想在方圆二十里以内问到媳妇恐怕难了,因为他是名人,名人效应是最厉害的!现在,这个问题迎刃而解了,儿子自己把媳妇的问题解决了,他黄木泥兴致不高都不由他!

然而,黄木泥把形势估计得过分乐观了,简单了。女朋友的家原来是陕南山区的,一千多里地呢!太远,不方便。更要命的是,黄连胜是去做上门女婿!对黄木泥来说,这无异于晴天霹雳,他几乎气得吐血!他就这么一个儿子,为了生这个儿子,他把剧团的铁饭碗都舍了!为了这个儿子,他背着被子回到了蛤蟆村,重新披上了农民这张皮!现在倒好,给人家生了,养了!白忙活了!黄木泥断然拒绝!他叫来弟弟黄木牛,秘密地策划了一个晚上。然后,果断地心狠手辣地把儿子锁在了房间。回头又把这个陕南女子臭骂了一顿,要了他和枣花送给这女子的衣服和手机,把她赶走了,并给了一顿严重的警告!

黄连胜整整被关了二十三天。看儿子渐渐驯服了,黄木泥这才解除了单独关押。白天,他有事,让枣花看守。晚上,他就睡在儿子身边,以防万一,还取走儿子的衣服,鞋袜,甚至连裤头也拿走。只是猴也有丢盹儿的时候,有一天晚上,黄连胜穿着他老子的衣服,光着脚走了。从此,又是一去三年,这是后话。

黄连胜光脚走了,是因为父亲的鞋太小,实在穿不上。那夜,北风很利,黎明时分落了入冬以来的第一场很大的霜,大地一片银白,枣花看了,心疼得直流泪。但也说明了这孩子的决心,为了自己心中的念想,还真有点不管不顾,就像冲锋陷阵的勇士。

听说儿子已经参加过好多电视短剧的拍摄工作了,在省城好几家影视公司都比较熟,可是,唉——黄木泥彻底绝望了。他认为,黄连胜不是他的儿子,是催命鬼,是前世的冤家对头!再回头想想父亲,想想自己,一手建起来的砖厂,让田冷春霸占了,如今他还是斗不过人家。黄木泥就更心痛了,他一个人坐在后院里,幽幽地拉起二胡来。

刚刚下过一场雨,大地的潮气上涌着,像是给天下很细的雨。傍晚了,黄木泥披在身上的棉袄,湿漉漉的。枣花靠在后门框上,不说话,好像听他拉二胡,又像在默默地看他。黄木泥收起二胡,扯一下袄角:"回屋。"

"嗯,茶沏好了。"枣花接过二胡,跟在黄木泥身后进了屋。

(五)

黄木泥连续几个夜晚都失眠了。昨晚,总算睡了一个好觉。睡眠好,实在是一个幸福,拿钱也买不来的幸福。四肢酸困,头昏脑涨,眼眶发痛,全身像被掏空似的感觉全没有了,有的是充实和风平浪静的理智。黄连胜的再次出走,他开始接受了。现在,需要考虑的还是当下,还是自己力所能及的事。早饭后,他专程去找了张运喜。一一得一,一二得二,经过一番算账,分析,以及忆苦思甜,张运喜终于又回到队伍里来了。他要和兄弟张运动决裂,田冷春救了兄弟媳妇,并不是救了他的媳妇!他也有一家人,他要过日子,他要养家糊口,一万五千元,不是大路上拾的,不是一沓纸,还有砖厂,要回来,他家也分不少钱的!

从张运喜家出来,黄木泥透口气,感到这场小阻击战打得还算顺手,但绝不能懈怠,他要发扬连续作战的优良作风,继续扩大战果。黄木泥掉回头赶忙去找刘乐然。他现在迫切需要知道的是刘乐然的态度。刘乐然是怎么想的,他到底动摇了没有?他还会继续追砖厂吗?接下来,他还要去镇政府,看看工作组到底咋回事,还来不来?

刘乐然没在家。废品收购站的院子里,停放着两辆大货车。刘乐然领着几个工人正在装货。虽然是寒意十足的深秋,个个却干得满头大汗。刘乐然只穿了一件背心,汗水和灰尘把他的脸颊画成了世界地图。大家一面

干着,一面你一段他一段地唱着流行歌曲。渴了,一人一瓶啤酒,痛饮着,嬉闹着。

这种热情洋溢的场面,最近很少遇上。黄木泥心生羡慕,不由得受了感染,脸上的皱纹绽开了笑影。刘乐然忙跑过来,打开一瓶啤酒递过去,说:"师傅,好长时间没听你唱秦腔了,给咱来一段,解解乏!"

黄木泥也被酒弄亢奋了,他清清嗓子,平平气息,很投入很动情地来了一段《花亭相会》,一人两角,又是男声又是女声,不紧不慢,相当从容。几个人拼命地鼓掌,这应该是黄木泥多年来发挥最好的一次清唱!他一仰脖,几大口喝光瓶子里的啤酒,一挥手:"干活!"竟脱去外套,装起货来。

送走货车,打理好废品收购站的碎事,黄木泥一点也没有要走的意思。两个人来到房间,刘乐然知道老会计有事,却不问,把主动权让给对方。

"今天去医院没有?"黄木泥开腔了。

"走货哩,没去。"

"田书记最近咋样?"

"可以,恢复得不错。"

"镇上工作组还来不?"

"人还没出院,咋弄?"刘乐然已经猜到老会计的用意了。

"我是说,不知道砖厂这事镇上下一步咋弄哩?"

"我也不知道。"

"唉,群众意见大得很,张运动兄弟闹腾得要寻镇长、书记哩!"

"为啥?"刘乐然故意问,他根本不相信这句话是真的,因为他刚刚和张运动达成了口头协议。

"还不是承包地款么,还不是砖厂么!"

"就是死刑犯恐怕也得等吃饱了再执行嘛!田书记塌成那样了,咱现在提砖厂的事,我觉得不合适。"

黄木泥听这口气怪怪的,也很陌生,不像是从刘乐然嘴里说出来的。他看看房子里,看看刘乐然,并没有第三个人在场。

"那你的意思是砖厂现在还不能问?"

"我觉得不合适。"

"那要是田书记一年不出院,砖厂这事就老撂着?还有,张运动兄弟能等一年不？"

"你这是抬杠的话，田书记现在恢复得很快，我估计时间不长就会出院！"

"你是组长，你是啥意思？"

刘乐然把目光从窗上放出去，落在墙头上两只发呆的麻雀上，不语。

"其实，我这是吃咸萝卜操淡心。我又不是咱组的组长，他张运动也不会寻我要钱，群众也不寻我要砖厂！只是我觉得咱俩毕竟关系不错，何况你一直叫我师傅，我才提醒你哩！再说，你还很年轻，大家对你这组长抱着很大希望，你可千万不敢让三组全体村民寒了心呀！"

这几句话显然打动了刘乐然。刘乐然点点头："对着哩，情况我也知道，这些天我也一直在想这事。不管咋说，张运动兄弟的问题一定要解决，砖厂弄到这一步了，也不能半途而废！"

听了这话，黄木泥激动地一拍大腿："我等的就是你这句话，说得好，我黄木泥没瞎眼窝，没看错人！贤侄，我相信你！"

出了门，黄木泥走出去好远了，又折回来，不无担忧地说："贤侄，小雨你要注意哩，听说她妈放出话，要小雨和你退婚哩，再是李军最近老跟小雨在一块哩！"

"没事，这我知道。李军主要是看田书记呢！"刘乐然嘴上说得很轻松，那心里早已经开始隐隐担心了。

摇实了刘乐然，黄木泥赶忙又去找张运喜。两个人嘀咕了半晚上，这才回家睡觉。

第二天一大早，张运喜就来见刘乐然。七七八八一说，刘乐然才明白，原来张运动至今还没有做张运喜的思想工作！也许做了，没有做通。问题严重的是，张运喜几个人上午就去了镇政府。王镇长让堵在了办公室，上趟厕所都跟着，完全是让蛤蟆沟三组的人民群众给围住了。王镇长终于给刘乐然打了一个电话，而此时的刘乐然刚刚来到医院田书记的病床前，一旁的小雨自然听到了一些电话的内容。

第十五章

（一）

张运喜原是一个有群胆没孤胆的主儿，而今天却显得特别大义凛然，不管王镇长如何解释，他只一句话："工作组啥时候去蛤蟆村？"王镇长说："这个事还没定下来。"张运喜就问："啥时候能定下来？"王镇长只能说："尽快吧！"张运喜就把黄棉大衣往王镇长办公室的地板上一铺，脱了鞋，席地而坐，说："包地钱是借的，如今，债户要账，老婆骂仗，我没地方去了，这办公室一尘不染，还有暖气，在这儿过冬天最美了！"王镇长头大了，软不得硬不得，抽出一支烟递过去，又给张运喜点上，说："你看，天不早了，你先回去，徐书记从县上回来，我们马上开会研究。你放心，你们组上的承包地问题，砖厂问题一定要公平圆满地解决！"张运喜点点头，说："行，尽快吧！我尽快回去！你会一开，时间定下来，我马上就走！"王镇长噎住了，抽完一支烟，他出了办公室，站在院子里，瞅着树上的一只麻雀歪了头，用嘴巴梳理后背上凌乱的羽毛。这麻雀一定是刚刚打了一场败仗，他想。

张运喜趴在门缝偷偷看了一眼，又连忙坐了回去。蓝色烟雾和他那令人窒息的脚臭味混合着，弥漫着。张运喜的手机响了，他警惕地四下看看，低声说："王镇长出去了，下来咋弄？哦，对对，我知道。"他鸡啄米似的点着头，忙合上了手机。

刘乐然离开医院，直接去了张运动的家。玉女坐在床上，张运动端着碗碟挑帘出来，一见刘乐然，忙咧嘴道："哎呀呀，你看我，忙了外边忙家里，连个放屁的空儿都没有！"

刘乐然笑道："我不信，放屁还要专业时间哩？抽空就放了！"

"好兄弟，你不知道，我外边忙一天，回来还要钻厨房做饭，做好饭，还要先伺候人。先给我老妈端过去,喂着吃了,再给玉女!我吃毕就到夜里十点多了!你看看,老哥弄得这是啥事?"张运动两只手筛着。

"那你今儿回来早?"

"噢,没活了,工地上放一天假!"

刘乐然递过一支烟,说:"跟你说个事。"

张运动一摆手:"走,进屋说。"

玉女也搭声道:"兄弟,进来说,怕啥?院里冷!"

刚刚立冬不久,季节交接之时,天气多变,上午还有红红的太阳,下午就阴了。北风一抽,枯叶乱舞,风飕飕地发冷。

刘乐然进了屋子,玉女忙坐直身子,拽拽被角,盖掩下身,笑道:"我光穿了条线裤!"

"你又不是黄花闺女,谁看你的啥呀?"张运动笑道。

"婶子病得咋样了?"

"唉,还是老样子,言语不清,嘴还呙着,就是脚指头慢慢能动几下。"张运动失望地摇摇头。

"兄弟,你没看田书记咋样了?"玉女岔开话题。

"好多了,还吵着要出院哩!哦,对了,运动哥,咱说的那个事给你哥说了没有?"

"还没有,这几天太忙了!"

"你老大跑到镇政府闹去了,坐到王镇长房子不走!"

"啥?真的?"玉女不光不相信,还有些意外。

"不会吧,我哥有这胆?"张运动睁大眼睛。

"王镇长刚刚打电话要我领人去哩!"

"哦。"张运动低下头。

"是这。"刘乐然站起来,"你哥听你说哩,走,把咱商量的方案给你哥说说,无论如何先把人叫回来!事有事在,这样闹,人家镇长工作不成,就过分了,弄不好,还要挨批哩!"

"就是,就听刘乐然的,快去吧咱哥劝回来!"

"这又不犯法,能挨啥批?"张运动有些紧张,忙问。

"你这话就外行了!阳沟镇不光是咱蛤蟆村三组一个村的!人家王镇

长也不光是咱三组的镇长。咱全镇几万人哩,人家的事多着哩,你哥赖到办公室不走,影响人家办公,王镇长完全可以报警,让派出所铐人!"

"真、真的?"张运动真急了,一拉刘乐然,"那快走!"

张运喜还真没有那么大的胆,他敢赖在镇长办公室不走,当然是有人撑腰,而且不止一个人!

黄木泥没有说通张运动,很是生气,再加上儿子黄连胜那一场闹腾,更使他气愤不已!但这家事、国事的不顺利并没有打倒他,相反激发了他的无穷斗志,他和张运喜秘密地商量了好久。他鼓动张运喜去镇上闹腾,连怎样找王镇长,怎样赖在办公室不走,怎样对话都是黄木泥一字一句给教的。张运喜听了,一问,让他单枪匹马去,心里就突突,黄木泥就说,我也去,我在镇政府外边,咱俩电话联系!你放心,不是你一个人,你只是一个代表!张运喜心里还是不放心,就去找张运动。张运动听了,说,你一个人出面能行,没事,这样一弄,咱的事倒还解决得快些!然后,又给张运喜说了刘乐然和他商量的解决承包地款的事。"我其实不太愿意,只是玉女答应刘乐然了,我不好再说啥。"张运喜看看兄弟,去了。

刘乐然和张运动一起去镇政府。出了家门,张运动说,稍等一下,就转身回去了。他一直跑到后院厕所,掏出手机给张运喜打了一个电话,意思说他和刘乐然来了,咱见好就收,太过分防顾王镇长叫派出所,咱的目的是给政府点压力,赶快处理问题,不是真的闹事!

张运动从后院出来,刘乐然和镇长的通话也到了尾声:"我知道,我马上就到。十五分钟,十五分钟!"

两个人进了镇政府,躲在大门外一旁拐角处的黄木泥瞅瞅,骑上摩托车,哼着秦腔走了。

来到王镇长办公室,刘乐然连忙拉开门:"哎呀呀,喜哥,你几个月没洗脚了?我的爷,把人能熏昏!"

张运动一拉兄长:"哥,起起起,事有事在,你看你,还真把王镇长办公室当你屋里了?"说着,偷偷给张运喜递个眼色。

"看你说的,这事不说个张道李胡子我咋回去?回去又跟你嫂子吵架呀?"

"你先把鞋穿上,起来走,咱吃饭去,我掏钱!兄弟今儿个到现在也没吃饭哩!"刘乐然一拉张运喜。给这兄弟说话,必须先把谁出钱说在前边,不然,张运喜怕让自己掏腰包,那就更不起来了。

"我起来能行,这事咋弄哩?"张运喜慢腾腾地穿上鞋。

"这事没有问题。你问运动哥,我俩前几天都说好了,我还让他给你先说说,抽出空闲,兄弟专程给你说去呀!你放心,就那几万元承包地款嘛,我刘乐然已经不是前两年的刘乐然了,保证也有能力给你兄弟把事情处理好!"刘乐然拍拍腔子,完全是那种小菜一碟的架势。他压低嗓门儿,换个口气,说:"再说,王镇长不光是咱蛤蟆村三组的镇长,你这样闹不合适,直接影响人家工作哩!工作组的事也不是他一个人就能定的事,开会也得等徐书记回来商量以后才能定,你要时间,人家咋给你时间?"

"来来来,老哥,抽一根烟!"王镇长又给张运喜点上,"刘乐然说得对着哩,我是个实在人,给你说的都是实话,你问我时间,我只能说尽快!我要对自己的话负责,最起码,我不能忽悠你吧?今天当着刘乐然的面,我郑重其事地对你兄弟俩说,田书记很快就出院了,他一出院,镇上马上开会研究砖厂的问题。你俩的事我交给刘乐然,让他无论如何处理好,就是掏自己的腰包,也不能让你兄弟俩的钱打水漂,而且必须让你俩百分之百满意!"

从镇政府回来,张运动才蹄蹄爪爪给玉女说了一切。玉女嘴一撇:"没看出,你还狡猾得很!就是有些缺德!"张运动忙说:"嗨,这有啥?咱又没出面,何况我还不是给刘乐然一些压力,督促他赶快把咱的事弄好嘛!"

(二)

县公安局局长李建终于抽出了时间。这是一个周末,李局长微服简从悄悄来到了田书记的病房。和两个兄弟不同,李局长看上去是一个特别随和的人,一开腔说话就笑,喜滋滋的模样,好像从来就不会生气一样,老田相当地受宠若惊。到目前为止,这可是来看他的级别最高的领导,就连大夫护士们都一脸的羡慕。老田动动身子想坐起来,李局长忙伸手挡住:"没事没事,你就躺着!"田婶恭敬得有些紧张,一双手来回挪动,不知道放在哪里合适。"我还是坐起来吧!"田书记的眼睛里充满了惭愧和不安,但还是感觉到很有面子,自己的脸很大。他示意女人来扶他一把。

"我来我来,是不是躺的时间长了不舒服?"李局长忙伸手去扶。到底是男人,胳膊有劲,一双大手插到老田的腋下,只一挡一提,就使田书记半躺半靠地坐好了。

"呀呀呀,这这这咋能让李局长动手哩!你还不快帮忙?"田书记瞪老婆一眼。田婶急忙将老田背靠的被子用手捯捯,扯扯,放实在。

李局长摸出一支烟点着递过去。老田慌忙去接,过分的激动倒把烟打掉了。李局长笑着重新点燃一支烟,直接放到老田的嘴唇上。

田婶悄无声息地待在一旁,一点也不敢乱说乱动,一脸的自卑和奴性。单是这样也就罢了,问题是把老田吃药的时间给忘了,老田却记着,他向老婆挤一下眼,低声说:"药。"田婶没反应。公安局长的光临让她变迟钝了,不灵敏了。老田又说了声:"药!"田婶终于醒了,拿来药,却忘了倒水。

李局长接过杯子:"我倒,壶在我这边!"

田婶不光递过杯子,还把药塞到局长手里。

"田哥,来,吃药!"

田书记赶紧推辞。田婶突然挤到床边:"咋敢让局长喂药哩,我,我我喂!"她飞快地从局长手里抠出药粒。

不会说话,又这般冒失,这让老田特别生气,就连刚刚推门进来的田小雨也很不悦母亲的举动。经历了老田这一场灾难,田婶好像变得迟钝和神经了,原先的机敏沉静全不见了。

临走,李局长又当着老田的面郑重地叮嘱了一番田小雨。他让小雨安心地照管好父亲,工作不要考虑,一切都不要考虑,要是还有什么困难,就直接去找他,不管哪方面都可以!他自然会全力以赴的!局长的这几句话是很有力度的,很有权威性的,你听听,无论哪方面都可以!这可不是随便说说的,这充分说明了李局长的能力魄力,以及对田家的重视和诚心!田小雨感动得点点头,田书记也听得非常仔细,他开始后悔,砖厂的事闹成那样了,为啥不去找李局长呢?不过现在也不晚,无论哪方面都可以,这是多么大的气魄!这一定包括砖厂的事在内!想到这里,老田真想趴在地上给李局长磕几个响头!这几句话是一剂药力极猛的兴奋剂,是一个很粗很粗的腰,一个巨大的雄伟的坚实的宽厚的靠山!你说,往后还有啥可怕的呢?不过,李局长的另外几句话却让他的心波动了。他说,咱俩关系不错,我又比较忙,不能天天过来,就让李军代表了,以后他过来,你们也不要客气,就当自己人对待。田冷春暗问自己,这话是什么意思呢?但有一点,他还是看得比较清楚的,李军明显对小雨有那种意思,对,不光有,而且很强烈!但是,小雨的态度还是看不出,再说,刘乐然咋办?田冷春轻轻叹口气,不愿多想。女儿出去了,田冷春狠狠收拾了一顿老婆,畏畏缩缩,呆头呆脑,神经兮兮,不偷人都像个贼娃子!田婶想反击的冲动很高,却找不到突破口。

　　李局长的光临,田小雨十分感激,也备受鼓舞。县医院的环境还算不错,田小雨出了住院部,一个人在花草掩映的小道上散步。父亲住院已经两个多月了。这些天来,她的心里好像什么也没有想过,每天只是默默照顾着父亲。不是没有时间想,而是不愿想,不敢想,她的心里是乱糟糟的,麻木的,隐隐伤痛的,对什么都没有兴趣,心就像死了一样,疲惫,沉重,颓废。家庭的变故是主因,但还有一个原因就是关于刘乐然。父亲没什么,而母亲可是一个容易走极端的偏执的人,她现在愈来愈讨厌刘乐然了,愈来愈憎恨,不,仇恨刘乐然了。这使小雨很为难,很担心,以后怎么办?将来怎么办?是啊,刘乐然那天下午为什么会来得那么晚?为什么不早点把父亲送到医院?为什么不解释这个情况,为什么不对我田小雨说?难道真的是故意拖延时间,贻误病情吗?难道他刘乐然真的会做出这种事,心真的这么黑?再就是李军,女孩子的心在感情方面是天才,她又何尝不知道李军的用意?李军的目的?只是李军对她越好,母亲越高兴,她越不安,越难过。

　　李军开着派出所的警车大大咧咧地进了医院,他一眼就看见了田小雨。他停好车,快步走了过来。

　　"小雨!"李军高兴地叫了一声。

　　"你咋又来了?"话一出口,小雨就感到不妥,但也是事实。李军上午在医院待了两个多小时,这才回单位多长时间呀!

　　"给,这是三百二十块钱,这个月的奖金,我替你领了!"李军说着掏出钱,"还有劳保,在车上呢,走!"

　　"这又麻烦你了!"

　　"看你说的,客气啥?这就见外了!"

　　李军拉开车门,抱出一个箱子。

　　"这是啥?"小雨问。

"猕猴桃！这东西营养好,给你爸吃!"

小雨哦一声,没有再说什么客气话。走了几步,小雨说:"你先上去,我在院子里坐一会儿,透透气,看见病房,我心里烦得很!"

李军一愣:"那,我把箱子放车上,咱一会儿上去。"

"你去,我想一个人静一会儿。"

李军又看了一眼田小雨,小心地问:"有啥事吗?"

田小雨摇摇头。

李军不放心地去了住院部,到了大楼门口,还禁不住回头看了田小雨一眼。

刘乐然一般是下午来医院,前半天他还要收购废品以及忙活集体的事。小雨望着医院大门外,突然暗问自己,我是不是在等刘乐然呢?

刘乐然没有来,李军从住院部过来了,他在小雨旁边坐下来。小雨不好意思地挪了挪,有意和李军拉开距离。

李军轻声问:"心里不舒服吗?"

小雨没理会。

"说出来吧,别闷在心里。"

小雨叹口气,有气无力地说:"没有。"

"要不,咱出去走走?"

小雨摇摇头。

"走吧,走吧!"李军站起来。

两个人出了医院。

(三)

余心照办理过不少的民事、刑事案子,还从未遇到过蛤蟆村砖厂这种情况,起诉最终搁浅了。同银芳有些不甘心:"你就再想不下别的办法,我村上给你出的代理费就毕了?你不是本事大得很嘛,咋不想办法哩?"接下来,同银芳又说,事情到了这一步,她今后咋回娘家?咋见刘乐然?小两口因此别扭了好几天。之后,同银芳亲自找刘乐然解释情况,给刘乐然宽心,小组长不当就不当了!年轻轻的,好好干自己的事业,不行了再组织些资金,把废品收购站扩大成废品回收公司！集体的事出力不讨好，还生闲气，甚至到头来落个里外不是人，划不来！

这天，同银芳又给刘乐然发了一条宽慰的短信，一个人待在家里觉得无聊，正要出去，余心照突然回来了。吃着饭，余心照说："你猜，我今天见到谁了？"

"谁？"

"你猜！"

"我不猜！有意思不？"同银芳的急脾气又发作了。

"当然有！"

同银芳盯着余心照的脸，企图找出一些蛛丝马迹："刘乐然？"

余心照摇摇头。

"不猜了，不是他就没意思。"

"猜到刘乐然就快了！"余心照提示道。

"谁？快说！"同银芳用筷子敲打一下余心照的筷子。

"田小雨！"

"那又能咋？"同银芳很不以为然。

"下午回来，我在街上看见田小雨和李军手拉手逛街哩，两个人关系绝对不一般！"

同银芳两眼放光："真的？"停顿一下，不解地说，"小雨咋是这样呢？不行，我给刘乐然说去！"

刘乐然接到同银芳的电话，马上笑着说："不可能，小雨的人品，你也知道，她就不是朝三暮四的人，而且我俩这是经历了考验的。李军常去医院，我知道，田书记跟李局长关系不一般，可以说有恩于李家，李军去医院是应该的，人嘛，要有最起码的良心，要是我，我也会这样做！"接下来，又说了几句感谢同银芳的话。

毕竟还是心虚，挂了电话，刘乐然连干活的心思都没有了，他让父亲照看收购站，自己骑上摩托车，回家睡觉去了。其实，他一点睡意都没有，他只是想找一个让思想能自由的不受任何干扰的环境而已。虽说相信他俩的真情不会变，但自田书记受伤住院以后，他慢慢感觉到了田小雨对他的微妙变化，那眼神里有一丝幽怨，一丝无奈，一丝动摇和不安。对年轻人来说，最容

易狂热最容易受伤的感情就是爱情。爱情可使聪明人变傻,可使枯木结果,铁树开花。爱情具有巨大的蛊惑性、煽动性,可使人变得特别美丽,也会使人变得十恶不赦。有一种可怕的感情叫失恋,叫各奔东西。那时候,天塌地陷的痛苦悲伤会让人去死,去复仇,去充当恶魔;那时候,一切都是可怕的,偏执的,发疯的,颓废的。

刘乐然一夜难眠。对田小雨的感情,他已经陷得太深了,李军要真的和小雨走到一块,他将怎样面对?他挺得住吗?这样的问题,他终于开始预测了,思考了。黎明时分,刘乐然总算睡着了,而且一下就睡了五个小时,直到上午十点四十分才睁开眼睛。

恰恰就在这几个小时里,父亲刘传统竟给他做成了一笔合算的买卖。

一大清早,刘传统打开收购站的大门,抱着扫帚扫地,同银马就骑着摩托过来了,他热情地叫了一声叔,然后停住车,双手捂住冻得发紫的脸颊,问:"我哥在不?"

"还没起来哩!"

"我哥平时就不睡懒觉嘛,今儿这是咋啦?"

"可能有啥事哩,一夜都没睡好。"

"那他早上过来不?"同银马说着,偷偷瞅了瞅收购站里边。

"可能不过来。"

同银马骑车走了。

刘传统看着背影,心里感叹:没看出,老同家的小子已经这么大了!这娃一年四季在城里混老不回乡下,今儿一大早骑个车弄啥呢?

扫完地,炉子上的水也开了。刘传统端着一壶热茶,来到大门右边的废品堆旁边。这里的废品是每天收回来的啤酒瓶、饮料罐、烂铜破铁,可谓应有尽有,堆得像小山包。刘传统的工作就是把废品分门别类,然后重新堆放到各自应在的位置。这个活虽不像拉架子车那么重,时间长了也一样累人。关键是,你要不停地弯腰直起,不停地左右前后地腾挪码放。量变带来了质变,同时也带来了腰酸腿痛。刘传统习惯性地伸手捶捶后腰眼,嘴对嘴地吸溜几口茶水。这当儿,从大门外走进来一个十多岁的女孩子,还推着一辆半新不旧的自行车。

刘传统上下打量着:"你弄啥呀?"

这女孩把车子靠在大门上,说:"伯伯,你收车子不?"

"车子好好的,卖啥?"刘传统仔细瞧着自行车。

"屋里急着用钱呀!"

"我不要车子,我家里有车子,我都不骑。"

"你收铁不?我当废铁卖给你!"

"废铁?好娃哩,这当废品就可惜了!"

"我不管,我妈有病哩,我爸在广东打工,我要弄钱给我妈买药呢!"

"这。"刘传统看看这孩子,受感动了,"你妈买药得多钱?"

"我只要十八块钱,你给我十八块钱就对了!"

"你屋里在哪儿?咋看你眼生生的?"

"我,我屋里在大王村!"

"呀,那远着呢,那你咋跑到这儿了?"

"我、我、我迷路了。"这女孩子说着,低下头,泪花在眼眶里打转。

"好好好,是这,我给你五十块钱,你快给你妈买药去!车子嘛,由你,骑走也行,放这儿也行。"

"真的?那、那就谢谢伯伯了!"

"记住,再有两个月就过年了,你爸回来了让过来取车子,车子我不会要,我只保存到年跟前!"

"好好好,谢谢,谢谢伯伯!"这女孩子千恩万谢地走了。

刘乐然知道后,埋怨父亲不该收人家的车子。自然也就没当回事,抛在了脑后。问题是有人没有放在脑后,而且就此大做文章,这是后话。

(四)

田冷春终于出院了。这就是说他又回到了蛤蟆村,回到了砖厂,回到了蛤蟆村的政治舞台。当然,老田回来还是动过一番心思的。医院的标志车没用,红十字看着不舒服,不吉祥,甚至有些不着调。他采纳了李军的建议,相当骄傲自豪地坐了一回阔气的小轿车,并让李军驾驶着警用面包车在前面威风凛凛地开道。看着车窗外,老田的心情比较激动,他执意点上一支烟,车窗玻璃有意降下一大半,使他戴墨镜的整个脸庞显露出来。村路是新

修的水泥浇筑的路面，不够宽，却相当平坦。车子遵照田书记的意思，一到村子跟前就明显放慢了行驶速度。迎面开过来的三轮车拖拉机大老远就靠在了路边，让出道，让警车和小轿车先过去。

到了家门口，田小雨下了车，赶忙去开家门。李军首先扶下田婶。已经发觉的村民们就赶了过来，对着田家人很谨慎很规矩地问候，眼睛却快速地仔细地观察书记及一家人的神态表情，争取探寻到更多不愿让人知道的秘密。小车和警车停在大门口，看上去很威严，很有势。这种势是一种霸气，一种强硬，它直逼人的心里，迫使你臣服，迫使你害怕。黄木泥也不例外，他很不甘心地在心里骂了田书记几声，但脸上还是热情地替田书记拉开小车门。

吕哈定出其不意地放起鞭炮来，好多人都吓了一跳。噼噼啪啪，响亮的爆竹声在十一月的天空相当悠远，很有些造势的味道。李军忙跑过来责备和制止，田冷春却听着高兴，不光让放，还指使多放点。

这种造势还在继续，而且明显有了挑衅的意思。

第二天，田冷春早早就醒了，他吵着让老婆赶快给他穿衣服，他要去砖厂看看，研究研究开工的事。

去砖厂是在上午十点以后。温暖的阳光，是一双灵巧的姑娘手，不一会儿，像薄纱一样的落霜就从大地上揭走了，一地寒气也退到了阴暗角落。阳沟派出所的面包车开到砖厂大门口，李军拉开车门，几个人搀下田书记坐到早已备好的轮椅上。吕哈定很有争议地驾起了轮椅，小心翼翼地推着田书记进了砖厂。

砖厂停产已经快三个月了，整个场子的创伤仍然定格在九月里那一场大暴雨的下午。窗台上一层厚厚的尘土，退色的烟盒的碎片、方便面袋子卡在窗缝或门缝。地上是一层干枯的桐树和杨树的烂叶片，踏上去嚓嚓作响，通往生产区的道路让大洪水冲刷出深深的嶙峋的沟槽依然明晰可见。苫盖砖坯的塑料布草帘子静静地坚守着岗位，偶尔有少数的外围的砖坯裸露在外边，让以后的几场风雨剥蚀得有些面目不清。那个闯下大祸的滑下来的小山包还无声地堆在那里，阳光下，有些冷漠和阴险。

田冷春坐在轮椅上，不断地指指这里，点点那里，那派头，那气质还是村支书，还是蛤蟆村砖厂的老板，脸上的表情仍然很生动，还在受伤以前。

理所当然,这一场巡视也引来了许多群众注意。老田看上去并不在意,完全是一副专注工作的态度,但他却知道大家都在看他。他低声问小雨:"刘乐然咋没来?不是说好的嘛!"

不光刘乐然没来,张运动兄弟也没来。黄木泥来了,却没露脸,他躲在一堆麦秸垛背后,肚子都快气爆炸了。

打开办公室门,田书记执意要进去,要坐在沙发上研究砖厂的工作。办公室一层灰尘,蛛网交错,没有一点生活气息。小雨劝父亲回去说,老田却说:"哈定,你去看看,能入窑的砖坯还有多少?"

吕哈定迟疑一下,去了。

出了办公室门,老田并不急于回家,他把朱环环叫过来,让叫上几个人明天一早就来砖厂打扫卫生,然后又让联系烧窑的煤炭、工人。父亲的每一个动作、每一句话都是尖刀,刀刀都扎在小雨的心上,但她又不能表现出来,小雨有意看看表,然后催父亲赶快回家,该吃药了,中午还要吊针呢!

吕哈定气喘吁吁地跑上来,说,砖坯没多少了,全见了雨水,绝大部分都成了雨淋头,估计不够一窑烧。

"啥?"田冷春很意外,他忘了伤,突然一动,想站起来,却险些栽倒!紧接着,他噗地喷出一口不稀不稠的胃液,随后,就大口大口地吐起来了。几个人连忙捶胸抚背,一阵剧烈的呕吐过后,他的脸色显得很苍白,很疲惫,面包车赶紧就把老田拉回去了。

刘乐然当然没有来,他为田书记的张扬十分担忧和着急。他在电话里对小雨说,田书记现在应该静养身体,千万不要去砖厂,砖厂现在是一个火药桶,一个最敏感的地方!遗憾的是,田小雨听了这话很反感,她立马就挂断了刘乐然的电话。事实上,田小雨已经对刘乐然的言行改变了判断的角度,她渐渐地不知不觉地潜移默化地开始用怀疑的消极的恶毒的观点去衡量刘乐然。她认为,刘乐然说这话是别有用心的,是想夺他父亲一手建起和壮大的砖厂,她已经开始认为刘乐然的心术很阴暗,很阴险,很歹毒,特别居心叵测,从上学到现在,她怎么就没看出来呢?

回到家里后,田冷春休息了一个上午。下午,他打电话叫来吕哈定几个人,继续研究砖厂开工的事。吕哈定积极发言,他认为,砖厂应该立即开工,先打扫卫生,清理场地,虽说上冻了,做不成砖坯,原来的砖坯又不能烧砖,

那就放在来年开春解冻再做砖坯烧窑。"不管咋说,现在拾掇砖厂就是一个信号!一个态度!"吕哈定语气坚定地说。田冷春爱听这话,他一挥手,高兴地说:"对,就是这意思!不然,蛤蟆村有些人还以为我田冷春毕了!"

吕哈定是猜着老田的心思说的。他认定老田要急于开工,急于表明自己的,马屁拍到这个程度,也真难为他了。其实,吕哈定非常清楚砖厂目前的敏感性,但他还是相信田书记的能力、背景和实力。他希望通过砖厂的争夺,解决了刘乐然,扒了他三组组长的马褂!等一切都成定局了,他再接任。那时,谁敢不服?再说,这三组组长本来就是他吕哈定的,上次村委会的告示已经宣布他代理了!

第十六章

（一）

吕哈定的判断是准确的。田冷春是火引子，砖厂是火药桶。老田巡视砖厂，跃跃欲试地要动工，纯粹是把火引子往弹药库扔。这偏偏是吕哈定所希望的！他希望双方赶快出招，说直接一点，赶快把刘乐然这一伙咬蛋虫们打倒、皮扒了，他就顺理成章地做了三组组长。

的确如此，田冷春下午在家里研究砖厂开工的事，黄木泥、张运喜几个人就跑到镇上去了。他们的目的就是镇上不给确信就去县上、省上，甚至找记者！几乎是同时，徐书记和王镇长告别了公安局局长李建，坐车进了镇政府大门。前有虎将，后有追兵，没有退路，阳沟镇两个党政一把手紧急磋商了一下，只好表态三天之内上手处理蛤蟆村砖厂等事宜，否则，村民们尽可以去县委、政府、人大或者报社、电视台告状投诉！

这么久都等过来了，当然也不在乎再等三天，几个人憋着一股子劲回去等信了。而镇上的领导们不能再等了，既然田冷春康复出院了，砖厂的事就不得不再次提起来了。徐书记叫来镇农经办的老陈说："你昨天看老田去了，你说说，老田到底恢复得咋样？"老陈全名陈光荣，是镇农经办主任，派往蛤蟆村的包村干部，老陈摇摇大脑袋："有可能下半身全瘫。"徐书记指指自己的头："司令部咋样？"老陈想想："医生说没问题，但我觉得不如以前了，好像脑线圈受潮了，想事简单，容易冲动，哦，对了，大夫估计老田不会长寿！""谁说的？"徐书记忙问。"我姐夫说的，人家是县医院内科主任。"徐书记若有所思地点点头："对了，不说了，通知人开会！"

阳沟镇二楼会议室，干部们从下午两点一直开到晚上十一点四十分。

这一天，刘乐然开车收废品去了。按约定，今天他是不去大王庄的，他

应该坐在公司收购各村点收废品人员送来的货物,但他把这一切交给了父亲刘传统。从大王庄回来,天已经彻底黑了。对于田冷春大张旗鼓地巡视砖厂,刘乐然十分忧虑,更让他不舒服的是田小雨为此直接挂断他的电话,根本不听他的意见,又打发吕哈定亲自过来叫他一块去砖厂。他当然不能去,那样只会进一步激化矛盾,更不利于解决问题。当然,砖厂的事还没有了结,迟早都要面对,即使田书记不去砖厂张扬,老会计他们也会来找他刘乐然的。还有一件事,他需要和小雨好好谈谈,几个月来,田书记的伤情让他的心里乱糟糟的,没有一点心思,也没有时间谈论他俩的事情。

刘乐然去了田家。他约小雨出去走走,田小雨明显有些推辞,但最终还是同意了。没承想,田婶突然出面阻止了,她的意思是天黑了,太冷,小雨还一阵一阵地咳嗽。那语气是果断的,毫不犹豫的,没有一点商量的余地。房间里很静,只有电脑主机发出轻微的嗡嗡声。小雨把手覆在鼠标上,左手托腮,木然的表情看着显示屏,刘乐然坐在沙发上翻阅手机,两个人都不主动说话。这种静场不是和谐的融为一切的安静,它让人感到别扭,陌生,隐隐的人为的并且不断加固的隔阂,一颗心找不到另一颗心,一颗心拒绝去靠近另一颗心。

时间消逝着,静场是一块厚厚的冰,两个人的温度太低,总是融不开。刘乐然站起来,说,不早了,他该走了。

田小雨欲言又止。

第二天一早,刘乐然就被叫到了镇政府。同他谈话的是徐书记和王镇长。根据镇党委的决定,王镇长说:"第一,由于田冷春同志身体等原因,暂时停止村上的工作,蛤蟆村书记一职由镇上包村干部陈光荣同志代理,等到明年村组换届时再定;第二,蛤蟆村砖厂的问题,属于蛤蟆村三组自己内部的事务,此事应由该组自行消化解决,包村干部陈光荣同志全力配合。"之后,徐书记强调,"砖厂的处理,一定要以和谐稳定为大前提,化解矛盾,互惠互利,共同发展。"看王镇长去了厕所,刘乐然连忙追了过去,悄悄问:"工作组不去了?镇上不管了?"王镇长苦笑一下,低声道:"兄弟,现在这事很复杂,公安局李局长都插手了,你看这事,唉!想个好的办法,妥善处理吧!再说,老田身体成了那样了,跟个废人一样,弄得重了,万一有个三长两短,出了人命,一个事就能成几个事了!多动脑筋,嗯?"王镇长拍拍刘乐然的肩膀。临走,徐书记握握刘乐然的手,问:"入党了没有?"刘乐然摇摇头。"申请吧,我俩做你的介绍人!我看你不错,明年村级换届,争取把蛤蟆村的大梁挑起来!"徐书记用特别欣赏的眼光看着刘乐然,说。"我能行?"刘乐然看看两位领导。"没问题。"徐书记说,"当然,我知道你肩上的担子有多重,不过,你很年轻,这也是个锻炼的机会,要勇敢地富有智慧地去迎接挑战,最终夺取胜利!"徐书记的一番话激情饱满,特别打动人!

从镇政府回来,刘乐然感到每一根头发都有千斤分量。这一头密密实实的黑黝黝的千斤重量压得他抬不起头来。他真切地感觉到,新一轮的博弈已经拉开序幕了!刘乐然打了一盆温水,闭上房门,光着膀子,把头插到水盆里,大张旗鼓地洗了起来。今天已经是十二月二十二日了,时令已经交过冬至了,一年最冷的冬天已经到来了,但刘乐然似乎不觉得,他需要的是清醒一下头脑。洗过之后,他对着镜子。细心地兴致很高地相当自恋地欣赏起自己来,同时打开音响,放出那些快乐男声、超级女声来给他解闷。

可是,这种方法今天好像失灵了,刘乐然无论如何也摆脱不了从镇上带回来的烦恼。镇政府直接把皮球踢到了他手里。砖厂是三组的事,内部消化是什么意思?稳定和谐又是什么意思?刘乐然感觉到自己是一头年轻的没有丝毫生存经验的蠢猪,此刻,正被书记、镇长两位猎人五花大绑,用铁锹扎住,挑起来,架在烈火上烧烤。他烦透了,甚至感到头都要爆炸了!他关了音响,骑上摩托车一溜烟出了村子,四处游荡去了。砖厂到底如何处理?如果不做这个村民组长,这些事就和他不会有任何关系,他就会一心一意干他的废品收购,快快乐乐地谈恋爱,娶媳妇成家生子立业!他后悔了,暗骂自己干吗要当这个破组长,然后又骂王镇长,不是姓王的,他怎么会当村民组长?眼下的问题是,他是村民组长,没有退路,只能处理砖厂的事,说难听一点,他要代表三组从田书记手里把砖厂夺回来!田冷春是谁?小雨是谁?砖厂要过来了,小雨就飞了!摩托车上了一条田间小道,刘乐然放慢车速。一阵飞车,他感觉到轻松了许多。刘乐然停住车,点上一支烟,抬起头,猛然发现一只土灰色的野兔站在不远的路边,竖起两只大耳朵,一脸高度警惕的模样。知道抓不住,他就有意咳嗽了一声,吓跑它了事。奇怪的是那兔子不动,像是没听见或者吓傻了。刘乐然喊了一声,野兔跳了两步又站住。哈哈,有趣!刘乐然把烦恼全忘了,他停好车,掐灭烟头,猫腰悄悄靠了上去。

近了,更近了,几乎清晰地看见了兔子一呼一吸的神态,突然,他跳起来,老鹰抓小鸡似的扑了上去!貌似后知后觉的家伙却身快如箭,从刘乐然的身下逃脱了!但很快又收住了脚步,大耳朵一甩落下来的碎雪片,回头看刘乐然,眼睛里竟有了挑逗的意思。刘乐然来了兴致,他脱去外套,系紧鞋带,瞄准一个机会,凌厉地扑了过去!有意思的是,就在野兔刚要跳起来的一刹那,前边一只野鸡突然扇动粗大的翅膀,飞了起来,给兔子造成了一种前后夹击的假象,只一犹豫,刘乐然就结结实实地抓住了野兔。这是一只三四个月大小的兔子,它还根本没有学来一套完整的自我保护的本领,小家伙惊慌地傻不啦唧地看着刘乐然,为它刚才的挑逗后悔着。刘乐然捋捋它的皮毛,兴奋地看着。这小东西浑身热乎乎的,因为害怕和紧张,身体不住地打战。刘乐然把玩了一会儿,摘下车头上的红绸子,牢牢地系在野兔的脖子上,然后放了。小兔子撒脚如飞,再也不挑逗了,脖子上的红绸子飘扬着,一点点变小,直至完全消失,刘乐然这才骑上摩托车回家去了。

  阳沟镇党委、政府的决定是第二天中午传达到田书记耳朵的。

  天阴沉沉的,风越发显得寒冷。阳沟镇政府的黑色桑塔纳小心地转过弯,驶入蛤蟆村。这个细节立即就被张运喜捕捉到了,他不知道是镇政府的车,但清楚地看到车停在了田书记家的大门前,更清楚地看到了从车上下来的徐书记和王镇长,以及司机拎着的两包东西。张运喜赶紧告诉了老会计黄木泥。

  黄木泥有些狐疑。连书记、镇长都去看望老田吗?难道领导给我们打太极?用缓兵之计?他没心思干活了,叫过来枣花,帮忙取下架子车上的苞谷秆,用草绳系成捆子,挡在羊圈门口,下雪了,羊圈门口太大,羊冷。洗洗手,装作串门的模样,去了田书记家。

  田书记没有想到他遭了一场难,书记、镇长去医院看望他;如今出院了,又赶到家里来看,心里产生一种由衷的感激之情。他兴奋地连说话的声音都异常的愉快和骄傲。黄木泥的到来,他非但不生气,反倒高兴。高兴的是他找到了显摆炫耀的机会和最佳人选,他故意和镇领导说笑话,胡乱扯,争取打破一切规矩和严肃的界限,好像他们之间不分彼此,不论你我,关系铁得很。田婶遵照老田的吩咐,满村子找年轻媳妇过来帮忙做饭,明知道玉女脚崴了下不了床,还偏偏跑过去请帮忙,其目的当然是告诉玉女,她家男人后台很硬,谁想在他田家头上磕烟锅子,门儿都没有,还嫩得很哩!

这种热情劲,显然有了小题大做的嫌疑。

徐书记和王镇长立即阻止,声称坚决不吃饭。王镇长说:"田书记,是这,我和徐书记今天来,有两件事。"田冷春听着心里有点意外,他忙对黄木泥说:"老会计,你先回去,我跟领导还有工作要谈。"王镇长忙说:"没事没事,老黄,你就在这儿吧!"黄木泥赶紧说:"那我给领导倒水!"

王镇长看一眼徐书记,说:"今天来这儿的第一件事,就是我俩代表阳沟镇党委、政府来看望看望田书记,祝老田身体恢复越来越好,笑口常开!"徐书记插了一句:"身体是第一位的,安享晚年幸福!"王镇长拍了拍手,说:"这第二就是工作的事。昨天,镇上就蛤蟆村三组的问题专门召开了专题会议,经研究决定,第一,由于田冷春同志的身体原因,目前不宜继续担任蛤蟆村党支部书记一职,决定免去老田的职务,老田今后就可以一心一意恢复身体,安享晚年了;第二,蛤蟆村党支部书记一职,暂由镇上包村干部陈光荣同志兼任,等明年春上三干会再定;第三,关于蛤蟆村砖厂的问题,由蛤蟆村三组内部处理,必要时村、镇干部配合工作。同时,就砖厂的处理,镇上有这么几条处理意见,第一,处理砖厂问题,必须以稳定和谐作为大前提;第二,一定要妥善、酌情处理,使干群之间达到高度谅解共识,谋求共同发展。"

这个决定使田冷春和几分钟之前的神态截然不同。因为太突然,更因为觉得自己有靠山以至于把前景想得太美好,老田愕然了,夹在手指间的烟掉在了地上。形势急转直下了!他抬起头,双眼直勾勾看着屋顶的风扇。外面飘着雪花,风扇看上去相当地不着调。

领导一走,田冷春就躺下了。到了晚上,他的病情就明显地加重了。

(二)

李军最近几乎天天都来田家。田小雨原打算再过两天,等父亲适应了家里的环境,病情平稳了再回单位上班,没想到镇上这个决定一下子就把父亲击倒了!按理,父亲这样的人根本不会的,这场大祸使父亲变得更脆弱了,不堪一击了。小雨越想心情越沉重。这时候,李军进了大门,有意轻咳了一声。老田立即就辨认出来了,他挣扎着爬了起来,用手推开田姆递过来的药片,让李军赶快给李局长打电话。不是说和徐书记把一切都说好了吗?

怎么会是这个结果？李局长的电话始终关机。"打他的小灵通！打小灵通！"老田不依不饶。

"关机了，人家肯定有重要事呢，咱不能再打了！"小雨忙说。

"我这事不重要？打，李军，你打！"田冷春变得相当任性，就像个宠坏的孩子。

小雨偷偷给李军使了一个眼色。

李军会意，把手机放在耳边，做了一个假动作，随即说："小灵通也关机了！"

田冷春不语了，沉重的脑袋重重地放在枕头上，喘着粗气。

"爸！"小雨坐在床边，伸手给老田抚着胸口，慢慢说，"你想想看，我觉得镇上的决定还是可以的，李局长应该把话给徐书记说了，要不镇上两个一把手都来了，还给你提礼品了呢！还有，砖厂的事镇上不插手了，不派工作组来了，这不是好事？还说要以和谐稳定为大前提哩！这就是说，对以前的历史问题有可能不深究了。"

李军听了也连连点头。

"不，不！这砖厂我经营了一辈子，咋能白白给了刘乐然、黄木泥一伙人呢？"

"对，说啥也不能给！这是我跟你爸风风雨雨几十年的心血，就是天王老子也别想！"田婶把手里的茶杯有力地往桌子上一搁。

"刘乐然，刘乐然……"老田躺着伸出一只手，在床边不住地敲打着，喊着刘乐然的名字。

"爸！"小雨心疼地抓住父亲的手，不让使劲地敲打。

"我，你、你扶我起来！"田冷春要坐起来。

"爸，有啥你说。"小雨伸手去搀父亲。

李军也连忙过来帮忙搀扶。

"刘乐然，刘乐然处理砖厂的事，这，唉！"田冷春连连摇头，"这娃根本就不听我说！不会向着咱呀！"

"刘乐然就不是个好东西！狗日的，本来就是个白眼狼！"田婶咬牙切齿地说。

李军撇撇嘴，露出几丝狞笑。那笑看上去阴阴的，深深的，就像黑夜里的一口井,难以捉摸。他轻蔑地说:"你放心,我让他娃管不成!说实话,我早给他娃想办法了,你看,最近就让他见火色!"

田小雨警惕地看了看李军。这应该是她第三次听到李军说出关于刘乐然的话。头一次是在县医院两个人打架之后,李军曾警告刘乐然等着,有他后悔的时候。第二次是他给田婶说的,他说,到时候定让他刘乐然认得喇叭是铜锅是铁!

田小雨暗暗叹了一口气,这两个人之间也许又要发生一场战争了!这会是一场什么样的战争呢?多大规模呢?谁会把谁怎么样呢?田小雨的心不安起来,着急起来!糟糕的是,这种不安和着急是一个烫手山芋,没法脱手又特别烧手!

镇上的这个决定可是一个特大新闻,他黄木泥应该说知道得最早。从田书记家里出来,老会计赶紧就去找张运动兄弟。走到半路,他改了主意,掉头去了吕哈定家里。

这时候正是收奶的淡季。羊奶不比牛奶,可以一年四季收购,它有比较明显的季节性。每年秋季,是奶山羊发情受孕的高潮期。进入冬季,羊就把奶子给了肚子里一天天长大的羊羔。来年春上,小羊出生了,羊奶才从奶包子里下来。不收奶,吕哈定当然没有多少事,特别是今年冬季,田书记出了意外,砖厂停板了,邻村盖房当小工他又不愿意去,麻将不爱打,没事就在街上晃。如今老田回来了,要张罗着开砖厂,吕哈定表现得十分积极。今天,按照书记的吩咐,吕哈定打算一吃过饭就去找工人,联系砖厂所需的消耗材料。吕哈定放下饭碗,正紧张地用老婆针掏牙缝,老会计黄木泥进了门。

"啥?你、你说,把老田的书记撤了?"吕哈定把老婆针朝吃饭桌上一丢,眼瞪得就像鸡蛋。

"千真万确,我就在当面!"黄木泥一拍膝盖。

老会计黄木泥的话是三九寒天的一股刺骨的凉水,从头顶倒下去,浑身是火的吕哈定立马成了一根冰棍!砖厂没来得及开工,吕哈定停板了。黄木泥说得非常清楚,非常得意,这是阳沟镇党委的决定,田冷春从今以后就不再是蛤蟆村的最高领导人了!黄木泥把田冷春几个字叫得特别响亮,大有翻身农奴得解放的口气。这之前,无论在什么公众场合,黄木泥可从来没有提名带姓地叫过,一般都是田书记,书记,最不成也称老田,今天却声震屋瓦地叫

田冷春!末了,黄木泥歪头冲吕哈定一笑,迈着骄傲的步伐出了吕家大门。

看来一切都不需要了!吕哈定轻叹一声,重新拿起老婆针掏牙缝。免了书记,说明老田的腿还是不硬!书记的位子保不住,砖厂就更不用说!唉,还是高估老田了,刘乐然再嫩,再不行,人家还是三组组长!正想着,吕哈定猛吸一口凉气,心思跑了,老婆针扎了牙根,吕哈定使劲吐一口带血的唾沫,用手摁摁嘴唇。

张运动兄弟很快就从黄木泥嘴里知道了镇政府的决定。几个人兴奋地议论了一会儿,就跟着老会计去找刘乐然。

刘乐然正在收购站紧张地装车走货,黄木泥赶紧招呼大家帮忙。他心花怒放地说:"贤侄,镇上的决定你知道不?"

"把田书记免了!"张运动抢先说。

"还啥田书记哩,田冷春!"张运喜忙说。

"我知道。"刘乐然平静地说。

"那,那你准备咋办?"黄木泥忙问。

"我还没想好呢,镇上的意思必须以稳定和谐为大原则,叔你是老江湖了,经验丰富,你看咋弄?"

"照我说,领导的意思是想让咱把砖厂要回来,还不能过分地为难老田!"

"那咋弄?不为难田冷春,人家会乖乖交出厂子?"张运喜忙问。

"问题就在这儿!"

"说一千道一万,没有田书记就不可能有砖厂的今天!我觉得不管想啥办法,都不能硬弄。"刘乐然看了一眼老会计,说。

"正因为老田两口子为砖厂出了力,人家才不愿意交出来!"张运动半天说出了一句有道理却没有价值的话。

"不说了,走,歇一会儿,完了再说。"刘乐然拍拍身上的灰尘,领大家进了屋子。

房子里暖烘烘的,刘乐然加了两块炭捅旺炉子。黄木泥洗着手,突然说:"我想了一个办法,你可以通过小雨做老田的思想工作。"

刘乐然鼻子哼了一声,心里却说:我们的关系都难说了,小雨会听我的?

（三）

田小雨的担忧到底发生了！

李军终于让刘乐然见到了火色！

遗憾的是,事发之前,刘乐然丝毫没有发觉！

冬至之后就是名副其实的数九天了,北方的大地彻底冻实了。太阳似乎忘记了它的职责,乌云堆积着,天气总是阴沉沉的,雾蒙蒙的,短暂的白天过后,就是漫长漆黑凛冽的寒夜。

这天早晨,刘传统像往常一样,开了大门,抱着扫帚扫院子。一辆警用微面驶进蛤蟆村,随着刺耳的刹车声,警车的前轮结结实实地轧住了刘传统的扫帚。他本能地拉了一下扫帚,没拉动,抬起头,却见两个警察跳下车,其中一个正是李军。

"这是刘乐然的废品收购站?"李军用食指一指。脸上的表情比地上的霜还要冷。

"是、是。"刘传统惊慌地结巴了,又本能地拽一下轧在车轮下的扫帚。

"带路!"另一个胖警察命令道。

"我娃没在,你们这是弄啥哩?"刘传统用试探的口气问。

"阳沟派出所的,执行公务!"胖警察道。

这时候,只穿着一身运动单衣的刘乐然回来了,他头上冒着热气,脸颊红扑扑的。今天的晨练效果不错,出了汗,浑身特别舒服。虽说是零下十一摄氏度的寒冬,刘乐然一点也不感觉冷。门口的警车让他有些意外,进了院子一看,原来是李军。

"咦,李军,你咋一早过来了?"

李军微微一笑:"不过来不行啊!"然后优雅地点上一支烟。

刘乐然一愣:"走走走,屋里坐,外边冷得很!"

"你就是刘乐然?"胖警察上下打量了一下,"我们是阳沟派出所的,看清了,这是搜查证! 走,带路!"

"搜查证? 别急别急,你们这到底啥意思?"刘乐然莫名其妙。

"你不要激动,一会儿给你说。"李军扬一下下巴。

"那行！"刘乐然一指,说,"你看,这儿,还有这儿,统统都是我的,你们想咋搜就咋搜,随便！"

李军白了一眼:"哼,你嘴别硬!"回头匆匆去了。

两个人搜查得非常仔细,恨不能把墙根的霜也拾起来看看。

"把这个房子门打开！"胖警察推推门,命令道。

刘传统忙从抽屉拿出钥匙开了门。

胖警察进了屋没一分钟,随即叫道:"李军,过来！"

两个人看了看放在墙边的自行车,相互对视了一下,点点头,就把那辆自行车推了出来。刘传统一见忙走过来。

李军看看车子的商标,又掏出一个本子对照着查看了一番,立即果断地说:"没问题,就是的！"

"这、这、这车子——"

"走,到派出所解释！"李军推一把刘传统。

"你们这到底是弄啥哩？"刘乐然急忙问。

"我弄啥不要紧,主要是你弄了啥！走,你俩都走,上车！"李军厉声说道。现在,他变得更加严肃了,那眼睛瞪成了圆的,嘴角的肌肉一抽一抽,门牙黄黄的,看上去无情得有点狰狞。

刘乐然见状连忙换了说话的口气,笑着说:"二位是这,自行车的事很简单,在这儿就可以完全说清,走走走,进屋进屋,爸,你去买一盒好烟去！"

刘传统赶紧转身就去买烟。

"过来！咋？你是想叫我铐你了？少来这一套！"李军说着从后腰取下手铐。

胖警察突然扑上去,扭住刘乐然的胳膊,李军干净利落地给刘乐然戴上了手铐。

刘传统何曾见过这种阵势,而且发生在儿子身上！这个懦弱的勤快的老好人吓傻了,吓得不知天高地厚了,吓得不管不顾胆大妄为了,吓得气壮山河了！

刘传统一下子抱住胖警察:"放了我娃！放了我娃！放了我娃！我娃没做过亏人事,我娃没害过人！"

胖警察有点手足无措。不知哪儿来的那么大的力气,刘传统把胖警察抱住摇晃着就像筛糠过米。

冬天的早晨,乡村里异常的寂静,刘传统的求饶声在寒冷的空气里相当尖厉,几只麻雀窜出院子,急忙飞走了。

胖警察急了,使劲掰开刘传统的大手,猛一推,刘传统拧过身,一把又抱住李军:"好贤侄哩,咱都是乡里乡亲的,我求你了,你别铐我娃,你把铐子打开吧,要不,你铐我!"

李军忙冲胖警察喊道:"王力,快些!"

"这咋办啊?"

"铐上!"

"铐不成!"刘乐然大喊着冲过来,用身体挡住王力,"凭啥铐我爸?"

"就凭他袭警!"李军理直气壮地说。

"这是袭警?"刘乐然反问,"我爸六十多岁了,还有高血压,发生意外,我绝不放过你!"

"哼,你敢威胁警察?"李军眼一瞪,"拿来!"他伸手要过王力的铐子,麻利地将刘传统铐了起来。

这一来,蛤蟆村很快被惊动了!枣花抱起放在地上的白菜,顾不上买豆芽了,把钱往卖菜的手里一塞,小跑着回了家。她伸手一拉被子,急匆匆地说:"掌柜的,快起来,不好了不好了!"

黄木泥从热被窝探出头:"慌啥哩慌啥哩?天没塌!"

最近,老会计黄木泥的心情不错,天冷,没急事,总要多睡一会儿懒觉。当然也不是真的在睡,他抱着收音机,听电台的戏曲广播,同时,等待枣花烧好茶端过来,这叫被窝茶。不洗脸,不刷牙,吃一块干馍或点心,然后喝上两壶浓茶,实在是舒服透顶了!今天这是咋了?老会计看看枣花,连白菜都来不及放到厨房去,就问:"出啥事了?"

"刘、刘乐然让派出所铐了!"

"啊?真的?"黄木泥翻身坐了起来。

"还有刘传统哩!"

"这到底为啥?你听谁说的?"黄木泥慌忙穿上衣服,一只袜子穿反了也顾不上纠正,趿着鞋就往出走,更甚的是裤头还在被窝里忘了穿!

（四）

　　黄木泥跑过来,活像战场下来的逃兵,躲在房屋拐角,探出半个头,紧张地观察形势,脑子飞快地想着办法。此时,刘乐然已经戴上铐子,刘传统正和李军撕扯着。他黄木泥算老几?李军当然不会听他瞎咧咧,黄木泥眼珠一转急忙去找李强。李强挠挠大脑袋,不想去,黄木泥忙给他戴二尺五:"兄弟,你去说说嘛,连你家当公安局局长的老二都听你的哩,我不信老三他敢不听你老大哥的话?"

　　"那对着哩,不过是这,我现在还要上工去哩!没时间,再弄就迟到了!你看我把大衣都穿上了,你再迟来一步,我就走了!再说,我跟刘乐然也没多少交情,人家也没来找我!"

　　"走走走,人家小伙为人不错,又是组长,迟早用得上!听我的,我代表他来请你!"

　　李强推辞不过,还是跟着黄木泥去了。

　　看见那辆白色的警车,李强掏出茶色墨镜戴上,有力地故意咳了两声,走了上去。黄木泥却后退了几步,有意和李强拉开距离。

　　"军,大清早的,这是弄啥哩?"李强把一只手从大衣口袋里抽出来,一指现场。

　　"哥,你咋来了?"李军松了刘传统,诧异地问。

　　"咱这都是一个村的,你这是咋哩?"

　　"你别管,我这是执行公务哩!"李军又伸手抓住刘传统的衣领。

　　刘传统因为吓傻了反而变得胆子更大,他慷慨激昂地说:"放了,放了!把我娃放了!我没亏人,我一辈子没亏过人!!"一双手拼命想从铐子里挣出来。

　　"啥?我不管?"李强觉得很丢面子,他提高嗓门儿,"你说的啥话?我是你大哥,弄清,是我给你说话!"

　　"我是执行公务,你是大哥也不行!"

　　这个死要面子的男人彻底无地自容了,他扑上去,左右开弓给了李军两个嘴巴子:"今儿这事我管定了!谁不知道刘老汉是老好人?人家六十多岁了,你竟敢拿铐子铐人家？给,有本事把我也铐了!"

李强吵着,伸出一双手:"铐呀!"

"你你你起来！我再给你说一遍,我这是执行公务！你再胡闹,我就不客气了！"

"呀,没看出你还是条毒蛇？你二哥是公安局局长,公安局局长都听我的哩！敢说对我不客气,我让你娃把现成领上！"李强真气坏了,他挥拳就打！

胖警察王力一把拉住李强:"强哥,李军是警察,我俩现在是执行公务,不是在你家里！妨碍公务是要承担法律责任的！"

"哼,少拿大屎吓瓜女子！"李强瞪了王力一眼,却没有再动手。

李军始终没有还手,他掏出手机,喘着粗气,急切地打电话。

黄木泥一看事情复杂了,连忙跳了出来:"走走走,兄弟！李军这是公事嘛,对了对了,人家也有难处！"

"啥难处？我是他哥,老汉六十多岁了,再执行公务,也不能铐人家！"

"你甭急！"李军突然喊道,"过来,我二哥让你接电话！"

李强迟疑了一下,大步走过去,接过手机:"喂——哦,是这样,本村的刘老汉是公认的老好人,你可以问问,谁都知道！对对对,军儿说话难听得很,我一时气不过,对对对,我知道了,对。"说着说着,李强慢慢低下了头,脸上红一阵白一阵,然后神情变得紧张和不安起来。末了,他递过手机,低头默默走了。黄木泥叫了两声,李强竟头也没有回。

黄木泥叹口气,后悔自己真不该去找李强。救不了人,还有可能坏了事。只是这刘乐然到底咋了？难道真干啥违法事了？黄木泥急得直搓手,问题是这样一来,砖厂的事又搁下了！

坏事的不光是他,还有乌云厚！

入冬以来,乌云厚的日子可是有不小的起色。阳沟镇党委政府因地制宜大力提倡村民发展奶山羊事业,并推出一系列扶持优惠政策,这正合了乌云厚的胃口,别看他一米八九的个头,膀大腰圆体重二百多斤,人前一站,黑铁塔似的,但却从不出门打工,他坚守他的几亩薄地,几只奶山羊和多病的老母亲,蛤蟆村很少有人见到他笑,他一天说的话几乎不到十句。刘乐然大概是第一位看见他露出笑意的,那是在秋后,刘乐然找他,鼓励他扩大养羊

规模,并根据镇上的优惠政策,三上信用社,为他担保贷了一万五千元,建起了饲养三十只羊的圈舍,又帮他买回了五只已经怀孕或已发情的奶山羊。从刘乐然的三轮摩托上卸下羊,拉进圈里,看羊欢快地吃起草来,乌云厚咧嘴笑了,那眼神穿过刘乐然似乎看到了一圈白花花活蹦乱跳的小羊羔,一桶桶白得像珍珠的奶乳!从此,乌云厚更爱羊了!他居然把床铺搬到了羊舍,吃饭都要端着饭碗蹲在羊旁边吃。冬天渠沿上,阳沟里,果园里到处都有他高大的身影,他一天拾三架子车树叶干草,那不小的草料房,塞得满满的,完全够羊一冬的食用。最近,有一只体弱多病的奶山羊经过他的悉心经管,终于强壮起来了,而且发情了。乌云厚很高兴,他揭起小小的羊尾巴,拿眼一瞄就知道发情到了什么程度,今天一大早他就拉到邻村给羊配种去了。

给羊配种,早晨一定要去得早,争取第一个让种羊配,这是乌云厚多年养羊的经验。尽管现在已经是深冬,配种的季节早已经结束,但他仍然去得很早,睡一晚上,公羊精神头十足,兴趣大,交配的效果当然好,这可马虎不得!乌云厚眼看着结结实实稳稳当当地配了种,然后坐下来,等上一会儿,这才牵着他的羊回家。去配种站找公羊可以慌张一些,迫不及待地跑,但回来不成,速度一定要慢,步子一定要小,得四平八稳,特别是要让羊走平路,千万不能颠簸,震荡,不然从公羊那儿买来的那些珍贵的水水就掉了,流了,白跑了!

回家,刘乐然的废品收购公司是必经之路,乌云厚一眼就看见了那辆白色的警车。他不由得加快了脚步,接着,他就看见黄木泥跟在李强屁股后边匆匆进村了。也看见了已经上了警车的刘乐然。此时,刘传统老汉正被李军往车跟前拖。

"把老汉放了!"话到人到,乌云厚一把提起李军的衣领,李军的双脚一下就离了地。

乌云厚的名气是相当大的,阳沟派出所的干警无人不知无人不晓这个铁塔似的家伙是个什么样的狠角色,他是一个从来不考虑生死的人,刀砍到身上不知道疼的主儿。李军脸涨得通红,说不出话,呼吸开始费力了。

王力用手一指,大声道:"乌云厚,你可不要胡来!我们这是执行公务!"

"少扎势!把人放了!"乌云厚呵斥道。

"你放冷静些,这事与你无关,我们这是调查一起刑事案子!"李军使劲扯着搋在下巴的衣服,费劲地说。

乌云厚抡起胳膊,照李军的后背一拳砸了下去！同时,松了提着衣领的手。

李军紧跑一步,狗吃屎趴在地上。

"你、你、你要干啥?"王力本能地后退两步。

"刘老汉这么老好的人你们也欺负？我看你这皮是松得很了!"乌云厚又伸手提起李军。

"好好好,我放我放!"李军真的害怕了,急忙掏出手铐钥匙。

"还有刘乐然,马上放了!"乌云厚一指警车。

"我们要带回去调查的,不能放!"王力忙道。

"把铐子打开!"乌云厚完全是一种命令的口气。

"那不行!"李军断然拒绝。

"放不放?"乌云厚顺手拿起靠在大门后边的铁叉,对准王力的胸口。这工具平常是用来挑翻废品用的,那一排五个铁齿每个都三十厘米长,又尖又利。

王力大惊失色,连忙后退。

刘乐然拼命拍着车窗:"乌哥,乌哥！听我说,你千万不敢这样！你放心,我是去派出所配合调查,我保证不会有事!!!"

"快些!"乌云厚命令道。

李军打开面包车后门,让刘乐然下来。

这时候,两辆警车尖叫着冲到了跟前。原来,乌云厚一到,李军就打电话搬救兵了。

第十七章

（一）

　　上铐子，坐警车，进看守所等等，对乌云厚来说，就像去地里干农活，平常得很！世界上没有比死亡更可怕的了，他把死亡都不放在眼里，还有什么好恐慌的？没有。

　　但他有话说。

　　乌云厚把警察掏出来的铐子一掌打落在地，说："甭急，你等着，我把羊拉回去！"

　　警察们太熟悉乌云厚了，他们眼看着乌云厚拉回他家的羊，又到老妈的房子，说："妈，我有事出去一下，吃饭不要等我！"然后，上了警车，说："发车！"那架势，好像他是去阳沟镇赶集。

　　到了派出所，警察们很快就把乌云厚放了。连警察也不再和他计较了，罚款没有，拳脚不屑，手铐脚镣牢房不怕，还要白白搭进去粮食，而且他家里还有一个老妈，又没犯大法，关他划不来。何况，李军主要针对的是刘乐然。

　　天气就像扣了一口巨大无边的铁锅，阴得人压抑窒息。上午十点多的时候，终于飘起了鹅毛大雪。阳沟派出所的禁闭室是一个不到二十平方米的结实的房子，门是钢板做的，坚固无比。房间里空荡荡的，在很高的地方，有一个极小的用作透气的窗，一盏十五瓦的日光灯更显得房间昏暗压抑，墙壁上镶着钢筋铁环，刘乐然进了禁闭室，第一眼就看见了这东西，觉得好奇怪，但很快就明白了。李军把他拉到铁环跟前，把铐子从铁环穿过去，又将他的双手铐起来。穿过铁环的铐子滋味相当不好受。更严重的是，没有把他铐在齐胸部位的铁环上，而是高出头顶的铁环上，双手高举，像投降，更像上吊。很快，刘乐然就尝到了难受的滋味，李军用欣赏的目光默默看了一会儿,撇一下嘴,关好门,扭头走了。

刘乐然隐隐感觉到了情况的不妙。他大声问走出去的李军:"我到底犯了啥罪?李军!你说,我到底犯了啥罪!"

"你先想想,一会儿就让你不皮翻了!"李军恶狠狠地说。

从警车上下来,刘传统直接被带到了审讯室。现在,刘传统又回到了惊恐不安的懦弱之中。他低着头,不知道是冷还是因为紧张害怕,浑身筛糠似的哆嗦着。

胖警察王力直指放在旁边的自行车:"认得它不?"

刘传统没有反应。

"抬起头,你看这是啥!"李军使劲拍一巴掌自行车的座儿。

刘传统看一眼,点点头,又摇摇头。

"回答,认得还是不认得!"王力严厉地问道。

"认得。"

"哪儿来的?"

"我——"

"我啥哩?说!谁偷的?"李军抢过话头,"这是一辆赃车!老实说,你们团伙有多少人?"李军一拍桌子。

刘传统哆嗦一下,那巴掌好像抽在他的脸上:"啥团伙?我不知道!"

"哈哈,人都说你是老实人,没看出,你倒是个老麻雀!实话对你说,我们没有证据不会去你家里,也不会把你叫到这儿来!知道这是啥地方不?"

"我真的不知道你说的啥意思!"

"哼,我看你是贼嘴硬如钢!"李军抡起拳,哎一声又放下。

"好好好,是这,你说这一辆自行车是咋来的?"王力换一个口气。

刘传统想了想,就把那个小女孩如何找上门,他如何给钱一字不漏地说了一遍。

"你给那女娃多钱?"李军点上一支烟。

"五十块钱。"

"这么好的自行车你五十块钱大得很!"李军不信。

"不是的,不是的!我借给了那女娃五十块钱!"

"到底是借给娃五十块钱,还是买娃车子钱?老实说!"王力问。

"借给的,我说得很清!我儿刘乐然还嫌借给娃太少!我给娃说,这车子暂时保管,最迟到年底!"

"借给的?哄三岁娃去!借给的自行车咋在你家里?"

"我,我真是借给的!"刘传统皱着眉头,真想哭。

"老老实实说,车子到底是咋回事?"

"我一再对娃说,车子只保管到年底,他爸打工回来了就马上来取!"刘传统说,"我说的全都是实话,有半句假话,出门马上就让我碰死!"

"你一共销了多少车子?这是第几回?"

刘传统不语。

"弄清,你现在面对的是《中华人民共和国刑法》!老实说,这是第几回?销了多少辆车子?"

刘传统睁大眼睛看看,呆呆的,低下头,再也不说一句话。

李军和王力再问了一会儿,刘传统还是不说一句话。

"把头抬起来!"王力命令道。

刘传统慢慢抬起头,脸色难看得吓人。

两个警察暗暗抽口气。

"你把我娃咋了?"

"放心,在另一个房子里。"王力说着,突然闻到一股异味。他四下看看,嗅嗅,好像是尿臊味,还有粪便的臭味。

王力走到刘传统跟前,气味更浓了,仔细一看,刘传统的屁股底下已经全湿了。

审讯不得不终止了。

王力领着刘传统来到厕所。

"去,把你裤子上的屎弄了去!"王力扔给刘传统一个小树枝。

刘传统看看王力,犹豫不决。

"快去,这么大年龄了还害羞?知道害羞就不干那偷鸡摸狗的事!"

刘传统靠到墙角,脱下裤子,用树枝刮剔裤裆里的污物。冷风突然从窗子扑进来,被裹挟进来的大片雪花落在赤裸的下体上,激得刘传统直打战。

李军来到禁闭室。

"刘乐然,你看这环境如何?"

"我问你,我到底犯啥法了?"

"你想去!这一回我叫你娃好进难出。明天这个时候把你娃就送到看守所去!你长得跟个泰国人妖一样!"

刘乐然惊异地看了一眼李军。

"看啥哩?咋,还不服?"李军往门外看看,顺手关上门。走到刘乐然跟前,突然就是一阵暴风骤雨式的拳打脚踢,嘴里还低沉凶狠地骂道:"狗日的,你不是本事大得很嘛,我这下叫你出风头,叫你咥砖厂!叫你跟我争女人!"

刘乐然就像一吊子大肉,像武夫们练功的沙袋,他先是痛苦地哎哟了几声,接着就咬紧牙关,一声不吭。

(二)

刘乐然父子被派出所抓走了!这消息很快就传遍了蛤蟆村的角角落落,许多人感到震惊和着急。特别是黄木泥,李强没有挡住他兄弟李军,黄木泥就赶紧去找张运动兄弟商量办法。全是老实巴交的农民,亲戚诸人也没有在外干事当官的,大家相互看看,干瞪眼,没办法。

"那这砖厂就毕了?"张运喜沮丧地说。

"不就是一辆自行车嘛,有啥大不了的?我不信他还能给判刑!最多把刘乐然拘留几天!"张运动有些满不在乎。

"就怕刘乐然受这事牵连,镇上把刘乐然的村民组长给停职了!"黄木泥担忧地说,"到那时就迟了!我看,咱最好还是想办法把人弄出来!"

"咋弄哩?咱两眼一墨黑,都不知道公安局的门朝哪边开着哩!"张运喜连连摇头。

"这事肯定有人给刘乐然出鬼哩!"黄木泥沉思道。

"对,我也觉着像是的。"张运喜附和道。

"哎,怕的就是这样!要真有人出鬼事情就麻烦了!"张运动也开始担忧了。

"不说了,是这,你俩寻咱原来请的那个律师余心照去!让律师插手,我寻田小雨去!"黄木泥狠狠一扔烟头,干脆地说。

枣花挑门帘走了进来:"传统叔回来了!"

"真的?刘乐然回来没有?"几个人异口同声地问。

"没见。"枣花道。

大家急忙去了刘乐然家。

见了黄木泥几个人,刘传统呜呜哭了起来。他使劲拍打着自己的脑门儿和腮帮子,伤心欲绝地说:"怪我,都怪我!我好心做了驴肝肺!我不该借钱给那个女娃娃!我不该留下人家的自行车!"

几个人就连忙上前劝慰,刘传统好久才止住悲声。

"传统叔,你说说,自行车到底是咋回事呀?"黄木泥急切地问。

刘传统就一五一十地从头至尾仔细说了一遍:"你看这事,一点儿都不怪我家刘乐然,这与刘乐然一点关系都没有!"

"要是见了,你还能认得那个女娃不?"黄木泥问。

刘传统长长打个唉声,摇摇头。

"这肯定是有人下的套!"张运动十分肯定地说。

"那这事真的就不好办了!"张运喜低下头。

"同银马这娃平常很少回来,他家也在村西头,就是回来也不从收废站的门口过嘛!奇怪!"黄木泥皱皱眉。

"对,我也觉着怪怪的,同银马这娃从小就爱睡懒觉,平常不睡到十二点不起床,这事会不会是这家伙日的鬼?"张运动沉思道。

"有可能!现在咱不知道那个碎女娃是哪儿的!"黄木泥接过话茬儿。

"要是能找到那个小女娃,啥事都没有了!"张运动道。

"那咱现在就找去!"张运喜站起来,马上就要走。

"找?说得轻巧,上哪儿去找?"张运动看兄长一眼。

黄木泥慢慢说:"我看万一不行,咱还就得想办法寻那个碎女娃去!你看,咱社会上没关系,公安局没亲戚,要想救出刘乐然,只有找出那个碎女娃才行!"

"我知道,可咋寻哩?社会这么大,到啥地方寻去?"张运动皱起眉头。

"蝇子飞过去都有个声哩!咱下个茬儿,我就不信找不到!传统叔,你说,这娃长得啥样?"黄木泥狠狠吐一口唾沫,急切地问。

"这是个女娃。"刘传统说。

"都知道,快说下去!"张运喜催道。

"对,这娃说她是大王庄的,姓孙。"

"个子多高?"黄木泥问。

"娃有十三四岁,个子一米五左右。脸白白的,偏瘦,眼窝圆圆的,对了,下巴还有个红痣,麦粒大小。"

黄木泥听着用笔记了下来。他沉吟了一下,说:"你俩骑车去大王庄,把传统叔领上,排门过,一家一家问,我去找律师余心照,找同银芳,通过同银芳了解一下她兄弟同银马,走,咱马上行动!"

"走,救人要紧!"张运喜急忙往出走。

张运动看看窗外,天十分阴暗,雪花仍悠悠地飘着。"是这,传统叔,你在门口等,我开拖拉机去,雪路打滑,骑摩托操心!"

黄木泥回家穿上大袄,挡了一辆公交车,直奔县城。他先到律师楼,不巧,余心照出差上外地了。经过打听,很快来到余心照的家。一听说刘乐然让派出所抓了,同银芳大吃一惊,放下正要沏茶的杯子:"走,咱去阳沟派出所!"

黄木泥道:"去能行,咱现在去了能起啥作用?"

"这么冷的天,咱先看看刘乐然,看还要啥不?再问问李军,乡里乡亲的,咋这样办事哩?"

"我的意思是咱现在看不看都不重要,重要的是抓紧时间想办法救人!"

同银芳若有所思地点点头,问:"小雨知道不?她是啥意思?"

"说不清,我还准备找小雨去哩!"

"叔,我觉得刘乐然这事很可能是有人下套哩!"

"嗯,差不多!"黄木泥点点头。

"叔,那你说咋办?余心照出差了,我没事,用得到我的地方尽管说,没问题!"同银芳慷慨地说。

黄木泥想了想,说:"听传统哥说,那天早上,你兄弟还去过刘乐然的收废站。"

"你的意思是我兄弟跟这事有关?"同银芳瞪大眼睛,感到非常惊讶。

"我没说,就是觉得这事很凑巧。"黄木泥立即解释。

同银芳把茶杯放到黄木泥跟前:"叔,先喝些水,暖暖身子,给,这是烟!"

"不冷不冷,你这家里暖和得很!"

同银芳又打开电暖气,有意往黄木泥身边放放。

"你兄弟今年多大了?"

"二十二了,比我小两岁。"

"平常弄啥哩?"

"要文化没文化,还下不了苦,在社会上胡混哩!我也摸不清!"

黄木泥呷一口茶,说:"叔有句话想说就怕你见怪,可不说这心里又憋得慌。"

"嗨,看你!好我的叔哩,你咋这么多心哩?说,尽管说!"

"我的意思是,你看,咱村上这砖厂弄到这一步,实在不易,要是刘乐然这一回弄不出来,砖厂这事恐怕又要放下了!"

"你说,叫我咋弄?"

"你能不能想办法问问你兄弟,看他说不说,这次如果他说了自行车的事,刘乐然就有救了,咱村的砖厂也就有救了!"

"哦,那你能肯定这事与我兄弟有关?"

"我不敢肯定,现在只能死马当活马医了!只要有一丝希望咱就要试一试!"

"那好,没问题!我想办法也要把实话问出来,就是用铁钳钳也要钳出来!"

"那就好得很!叔不知道你个女娃娃说话办事还这么脆火的,佩服佩服!"

(三)

庄稼人从来都是不怕吃苦的,这些雪还有像刀子一样的寒风也就算不了什么。张运动开着他的拖拉机,拉着刘传统和张运喜匆匆去了大王庄。

大王庄少说也有二十里。路滑风紧,时紧时慢的雪花扑面而来,有意无意地扰乱着行车的视线。进了大王庄,三个人全成了雪人。脚尖手尖冻得发麻发疼,脖子僵硬得都几乎不能回转了。但和刘乐然关在派出所里相比,这些都是小事。问题是那个碎女娃到底在哪里,一家一户打听遍了,也没有一点消息。张运动使劲跺着脚:"算了,咱还是另想办法,那女娃肯定没说实话!"

"完了,这下毕了!"张运喜连连叹气,一副山穷水尽的样子。

这个小女娃当然找不见,永远找不见。她不仅不是大王庄的,她根本就不是女的!

黄木泥找同银芳算是找对了。听了老会计的话,同银芳也觉得弟弟可疑。毕竟一母同胞,父母死得早,同银马又是姐姐照管成人的,二人的感情还是很深的,不说平常生活上姐姐对弟弟的照料,两次打架进派出所都是姐姐交罚款托熟人将他保出来的。姐姐一句话,他同银马当然是会听的,不过,刘乐然这件事有些太大,其中牵涉到几个他得罪不起的人,同银马犹豫了。同银芳从弟弟的眼神里已经觉察到了这些,她于是苦口婆心、软硬兼施、金钱利诱,最后,同银马终于道出了实情。

应该是在不久以前,同银马和另一个小伙子争风吃醋,爱情很受挫折,气不过就叫上一帮兄弟去找那个小伙子的事。喝了酒,胆子大了,拳头痒了,几个人冲进小学校,噼里啪啦就是一通乱打乱砸,孩子们逃出教室,乱成一团,课也上不成了,两个胆小的女老师赶忙拨打110,同银马不在乎,把那小伙打得趴在地上到处找眼镜。

这是阳沟镇北村小学。之后不久,阳沟派出所的民警就匆匆赶到现场了。几个人被铐到派出所院子的大树上,不到两个小时就冻灵醒了,同银马开始后悔。李军把他带到办公室,说:"这回事大了,而且你已经好几次了,所领导准备上报劳教你哩!"同银马一听劳教,大吃一惊,弄个满贯三年,他就完了,那跟坐牢没啥区别!同银马连忙就求李军。李军眼珠一转,趁机开出了自己的条件。原来是让他找个人把自行车故意卖到刘乐然的收购站。他当时估计不是什么好事,但根本没想到是李军想法要治刘乐然的销赃罪哩!

那个小女孩正是同银马的一个小徒弟假扮的!为了不被认出来,专门戴上假发,穿上女娃衣服。好的是他这个小混混徒弟身板步行活脱脱一个女孩样儿,就连声音都特别像。

"这娃叫啥?"同银芳问。

"这娃十五了,叫铁娃。他爸得病死了,他妈跟人跑了,没办法在社会上

到处混哩！"

"人哩？现在在哪儿？"

"这我不太清楚，最近再没见。"

"铁娃平常在哪儿住的？"

"胡跑哩，前一段时间在北关洗车场干活哩！"

"不行，咱要把铁娃找见，要不然刘乐然还是出不来。"

可是，去哪儿找呢？姐弟两个人为难了。

"是这，先给老会计说说，看他有啥办法！"同银芳说着，翻出黄木泥的手机号，一拨，却无法接通。

黄木泥的手机还真打不通。给同银芳安排好事情之后，他立即返回蛤蟆村，走到家门口，只见大门大开着，雪地上有几行凌乱的脚印，枣花并没有在家里。进了院子，更是凌乱不堪，猪食盆扣在一边，猪食流了一大摊，几堆猪屎拉在雪地上。黄木泥跑到猪圈跟前一看，不见了大母猪，他大喊了两声枣花，没有动静，回身就往出跑，一问邻家，才知道自家的老母猪脱了，枣花撵去了。问清方向，黄木泥拔腿就向东追去。

出了村子，黄木泥一眼就看见了雪地里有两个移动着的小黑点，前边的是猪，后边的是人。黄木泥对自家这头老母猪特别看好，它是标准的二元种猪，毛稀毛短，体型长，纯白色，看上去肉乎乎的，用杜洛克一配，下的崽就是标准的抢手的瘦肉型猪：三元。可它怎么会脱缰呢？这家伙性凉温顺，走路摆着屁股，慢慢悠悠，坏了，应该是它发情了！它终于发情了！能脱缰说明已经到高潮期了！

想到这里，黄木泥小步跑了起来。很快，他就追上了他的二元母猪。这种猪发情迟，现在终于发情了，他怎能不高兴？而且是第一窝！不，二元现在还是一个成熟的处女哩！它要急着结婚哩！黄木泥指挥老婆从左边包抄，他果断地脱去大袄，毫不犹豫地扔到雪地上，长吸一口气，追得更卖力了。受到追击和拦截，二元更是加快了步伐。枣花不知啥时手里居然拿着一根一米多长的树枝，看猪过来了，猛地一扬，做出一个抽打的假动作，猪急忙掉头就往回跑，黄木泥趁机就去抓猪缰绳。这一闪一弯腰，手机从口袋里甩了出来，恰好掉到二元的前蹄下，手机落地，猪蹄随即就踩到了手机上。黄木泥哎哟一声，猪打个趔趄，缰绳让黄木泥顺利地牢牢地抓在手里，心里却没有丝毫的高兴劲,毕竟这个胜利付出的代价太沉重了。他让老婆拾起已经稀巴烂的手机,心疼地看看,瞪枣花一眼,生气地说:"你拿着棍棍是疯了?我手机不烂你心里歇不下?"

拴好猪,黄木泥连忙打电话让流动配种站的石坐爱过来,又打发枣花快去老田家叫田小雨过来。

"小雨不来咋办?"

"你去,就说出大事了,叫他赶快过来见我!"黄木泥提起猪食盆,进了屋子。

(四)

田冷春出院后,经过一段时间的适应调养,病情总算趋于平稳了。正当田小雨打算回单位上班时,田婶却突然得了一种奇怪的病。这种病说起来也算稀奇得很。白天一切正常,风平浪静,到了晚上夜深人静的时候,她就起来了,不管远近,不知疲倦四处游荡去了。虽说是四处游荡,但去的最多的地方仍然是砖厂,她不说一句话,默默地蹑手蹑脚地披星戴月地来到砖厂,一个人一会儿打扫地上的落叶,一会儿跑到窑室垒砖坯,当听到远处传来第一声公鸡打鸣,她就像被抽了筋骨,扑通跌倒,犹如一摊烂泥,呼呼打起呼噜来。睡醒,你问她怎么会在砖厂?她也十分惊讶,一夜的所作所为浑然不知。昨天晚上,是她犯病的第二个晚上,田小雨一直跟踪到砖厂的窑室。这难道是老人们所说的夜游症?小雨弄不清,心里只有一种生命遭遇连续重击之后的疲惫感、沉痛感、绝望感,真是想哭都哭不出来。把母亲从砖厂背回来,已经是清晨五点钟了,又困又累偏偏又睡不着!她熄了灯,靠在床背上,苦苦等着天明。

天亮了,等着她的仍然是一个坏消息。下午,枣花匆匆跑过来,站在门口,冲她悄悄招手,到了门口,枣花拉着她的衣服角就走。

"婶儿,你这是咋哩?"

"快走,到了你就知道了!"

"你说啥事嘛?"

"走,让你叔说,快,出大事了!"

"啥？啥大事？"小雨一惊，加快了脚步，心咚咚直跳。

到了黄木泥家里，一听刘乐然让阳沟派出所抓走了，田小雨的头嗡的一下，她马上就想起了李军说的那几句话。他到底动手了，真的动手了！

田小雨几乎没有听完老会计的话，就站了起来，一个人来到院子里，让凛冽的寒风吹拂自己。

黄木泥趴在客厅门缝看了看，然后又朝老婆摆摆手。

田小雨掏出手机："你干啥哩？咱俩见个面，我有话和你说，行，那我过去！哦，你快点！"

"进屋吧，院子里冷！"黄木泥招呼道。

雪几乎停了，风却大了。小雨已经忘记了寒冷。

"刘乐然是啥时候去派出所的？"小雨问。

"昨天早晨，唉，现在可以肯定，这绝对是有人陷害刘乐然哩！"

"你凭啥说是陷害哩？"田小雨有意识地问。

"凭啥？这事明摆着哩！话又说回来，派出所也不可能仅凭一辆没根没底的自行车就给人定销赃罪吧？"

田小雨看一眼黄木泥，匆匆走了。

现在，在李军眼里，田家每个人的话都是圣旨，田小雨的话更不用说。他给王力交代了几句，开着面包车去了蛤蟆村。刘乐然不光是他的眼中钉，也是田书记和田婶的肉中刺！不是他，田家怎会落到如此地步？不是他，他和田小雨早结婚了，说不定他都当爸爸了！为了布这个局，他想了好久了，甚至还详细给二哥说了。局长哥哥虽然没有说一句话，可他并没有制止，还一再嘱咐干工作要扎实认真，办案子要仔细多动脑子！以法律为准绳，以事实为根据，最有力的就是让证据说话！现在，他要扎扎实实地推进，彻底打垮他的废品收购公司，做足做好他的材料，不光摧毁他的经济，还要扒了他的村民组长，送进四堵城，让他再也翻不了身！一辈子都是人下人，一辈子都是穷杆烂娃！再也没有资格和他见高下。

李军远远地就看见了站在村口雪地里的田小雨。看样子，小雨并没有看他，只是呆呆地看着北边起起伏伏的山梁。车到了跟前，李军忙跳下来，打开车门："小雨，快上车！风这么大，你站在这儿弄啥哩？"

"等你哩。"小雨平静地说，心却剧烈地跳动着。

"我不是让你在家里等嘛!来,快上车!"说着,李军一拉田小雨的手。

小雨一把推开:"就在路边说。"

"这么大的风,天太冷,快上车,咱回去吧!"

"不用,就在这儿。"

"你——有啥事吗?"

"嗯。"

"那上来在车上说。"

田小雨不动。

"上来吧,你身体弱,感冒咋办?快上来,我也正好有事和你说哩!"

"你别碰我!"田小雨说着拉开车门,坐到后座上。

李军摇上车窗玻璃:"小雨,你说,啥事?"

"我要说的也是你要说的。"

"啥?你知道我要说啥?"李军有些兴奋。他只知道田小雨心情不好,却不知道是因为抓刘乐然。

"你无非是说你把刘乐然抓了,对不对?刘乐然与一个盗窃团伙有染,涉嫌销赃对不对?"田小雨苍白的脸上露出一丝古怪的笑。

"你真聪明!对,刘乐然太嚣张了!不是他,田书记能成了这样?不是他,砖厂能成这样?不是他——"

"别说了!没想到你是这么一个阴险的人!一个堂堂正正的男人,为啥总要搞这种阴谋诡计?我对你说,刘乐然现在仍然还是我的男朋友!我们可是举行过订婚仪式,摆过酒宴的!你对我田家怎样,对我怎样,他没制止过你吧?可你咋能这样?你也太让我失望了!和你在一起,我觉得害怕!你为啥不光明正大一点?为啥总爱干一些蝇营狗苟的事?"田小雨使劲一抹眼泪,哭了起来。

"我、我全是为了田书记,为了你们家!"

"快打住,你全是为了你自己!为了讨得我爸我妈的喜欢!"田小雨拉开车门,走了。

"小雨,小雨!你干啥去?"李军连忙去追。

小雨头也不回地进了村。

李军站在风中,呆了半天。末了,他把右拳狠狠砸在左手心,然后,蹲下

身,双手捂住脸。

黄木泥从村旁的一棵大枣树后面转出来,悄悄回家去了。

(五)

说出了事情的真相,同银芳问弟弟敢不敢上派出所作证?同银马为难了,他说,要是别人,他当然敢,可这是李军,李军也不是一般干警,腿硬得很哩!同银芳把桌子一拍:"不怕,有姐哩!他小伙要是给咱设圈套,我把状子告到北京去!"

同银马忙问:"铁娃咋办?"

"下茬儿寻他!他就是钻到牛尻子也要剥出来!"同银芳说着,又给黄木泥拨了一个电话,还是打不通,就立即打开衣柜,找出棉衣,要回蛤蟆村面见黄木泥,汇报这个特大喜讯。雪路不好走,同银芳拦了一辆出租车。有了证据,刘乐然就有救了!她心里松泛了许多,也来了心劲。出了县城,她改道先去了阳沟镇,一路上还不断催司机开快一点。到了阳沟镇,同银芳先买了些方便面、火腿肠、矿泉水饮料,然后进了阳沟派出所。给王力塞了一包好烟,说了几句好话,她就顺利来到了禁闭室。隔着铁栅栏,终于见到了刘乐然。刘乐然看上去很平静,并不像她想象的那样满腔怒火,悲愤交加的样子。不过,眼睛是心灵的窗户,她还是发现了他受伤的流血的心。

"你咋来了?"

"看你问得怪的,我咋不能来?"同银芳勉强一笑。

刘乐然点点头:"消息还真快!"

"快?人家今天下午就准备把你送到看守所去,报刑拘哩!"

刘乐然咧嘴笑笑:"不怕,雪地里埋不住死人,事情总会真相大白的!"

同银芳摸摸刘乐然的衣袖:"呀,穿得这么薄,冷坏了吧?"

"笑话,这点冷算啥?"

"给,这是吃的喝的。"

"好好好,这会儿我还真的肚子饿了!"

同银芳看看站在门外走廊里的王力,压低声音说:"放心,你很快就没事了,我找到证据了!"

刘乐然一听,使劲咽下一口方便面,让出嘴巴说话:"你说啥?"

"你这事是李军日的鬼,我寻到证据了!"同银芳有力地兴奋地低声说道,接着,她又原原本本地学了一遍黄木泥如何去找她,她又如何做弟弟的工作。

刘乐然听了,抓住同银芳的手,越握越紧,泪水悄悄流了下来。

正在这时,田小雨突然进来了。王力的主动问话惊动了同银芳和刘乐然。两人赶紧松开手,但还是没有小雨的眼睛快。看到两人离得那么近,两双手又紧紧握在一起,田小雨犹豫了一下。

"小雨,你总算来了!真想不到,咋把老同学弄到这地方来了!"同银芳说着,脸却红了。

"你消息蛮灵通的呀!"小雨的声音听起来怪怪的。

"哪里,我也是刚刚知道的!"同银芳闪开身子,让田小雨过来。

"小雨。"刘乐然低沉地叫了一声。

小雨看看,没有吭声。

同银芳识趣地出了房子。

"为啥不给我说?"田小雨低声问。

"家里的事够你烦恼的了。"

"你、你是不是不相信我?"

"没有。"刘乐然果断地说。

"同银芳咋知道的?"

"可能是老会计给说的。"

"咋穿得这么单?"

"没事,我不冷。"

"你安心等着,我去想办法。"

"请相信我是冤枉的,我绝不会干那种事!"

田小雨点点头:"我知道,我相信。"

"你是咋知道的?"

"老会计说的。"田小雨不由得抓住了刘乐然的手。她仔细地轻轻地抚摸着他的手,说,"手腕这儿怎么啦?是铐子勒的?"

"没事,无所谓。"刘乐然说,"知道不,我这事是有人日的鬼!"

"你咋知道的?"田小雨赶紧问。

"同银芳已经找到证据了!"

"真的? 那太好了!"

院子里传来一阵警笛声,李军开着警车回来了。一下车,他就一溜烟地跑到禁闭室。他一见田小雨,立即站住,快速地转过身,跑出楼道,站在院子里一脸愤怒。

田小雨终于从禁闭室里出来了。李军忙问:"小雨,你啥时候来的? 我不知道你干啥去了,原来是到这儿来了!"

"你过来!"小雨快步走着,李军紧跟上来。

"走,到我宿舍!"

"不用!"小雨站住,"我给你说,你赶紧把刘乐然放了!"

"放了? 为啥?"

"你日的鬼谁不知道? 我给你说,人家已经找到证据了! 要不然,刘乐然让报社记者一曝光,你就完了! 连李局长都保不住你!"

李军睁大了眼睛,吃惊地看着,好久,如同泄了气的皮球,无力地问:"你,你说的是真的?"

"不光是真的,弄清,刘乐然可不是一般农民,铐子好戴恐怕难取! 你赶紧给刘乐然说好话去!"

李军蹲下身,低下头,就像彻底斗败的公鸡,霜打了的红苕蔓,立即蔫了。

话是这么说的,心里也是这么想的。田小雨非常清楚这个假案子的后果。她好歹是警校毕业的,她说什么也要制止这件事,她不忍心刘乐然遭受无辜的铁窗之苦,也不愿看见李军因此丢盔弃甲,身败名裂,甚至把李局长也牵连进去,更不愿让蛤蟆村的人认为,李军这样陷害刘乐然是为了她田家,为了砖厂!

从阳沟派出所出来,同银芳和以后赶到的老会计几个人就坐在对面的小饭馆里说话,商量营救刘乐然的具体方案。很快,张运动兄弟开着拖拉机拉着刘传统风风火火地来到了阳沟镇。不久,同银马领着一个十四五岁的小孩子坐着出租车也来了。

第十八章

（一）

徐书记和王镇长也很快知道了刘乐然被抓的事。他们立即把电话打到了李局长和阳沟派出所。王镇长不放心,亲自跑了过来。这时候,刘乐然已被顺利地很快地放了出来。

刘乐然很不心甘,但也不想和李军纠缠。临走,他特意来到李军的宿舍。田小雨不放心,也跟了进来。随后,黄木泥、同银芳也跟着进了屋。李军非常客气,还时不时流露出难以遮掩的惭愧。他给刘乐然一支烟,刘乐然笑笑,叫了一声李军,然后动作很夸张地把那支烟拦腰折断,扔在地板上用脚尖狠狠地碾个稀巴烂,李军赶忙避开不看,脸上却显得十分尴尬。

"李军。"刘乐然跷起二郎腿,"当着大伙的面,我有几句话和你说。"

李军点点头。

"第一,你不要以为手铐好戴就好卸！在平常,如果不是看在乡里乡亲的份儿上,如果不是看在小雨、老会计、同银芳几个人的面子上,我今天是不会让你卸铐子的,至少你得给我一个理由,说出一个张道李胡子来！"

李军低着头,嘴里低声道："对对对,确实是我不对！"

"你也不用紧张。我说过了,今天我不和你计较！知道为啥不？"

李军摇摇头。

"第二,现在不和你计较,并不等于这件事就没有发生过。今后,你小伙要是再耍怪,给人日瞎事,我就不客气了！我也不吓唬你,到那时,就是拼个鱼死网破,也要把你收拾了！"

"是是是,我、我知道了。"李军像做错事的小学生,低着头,看着地上那支被踩成稀巴烂的烟卷。

刘乐然站起身。

李军忙说:"那你再坐一会儿。"

刘乐然看他一眼,又坐下:"谁说要走了?"

"那、那你喝茶!来来来,都坐下喝茶!"李军这才想起招呼大家。

"是这,你把纸和笔拿来。"刘乐然想了想。

李军意外地看了一眼,拿来纸笔。

"把你怎样让人卖给我自行车,又如何立案抓我父子写下来,按上你的指印。"刘乐然沉下脸,一字一句地说。

"你的意思是去告我?"李军忙问。

"我信不过你,你的心眼儿太脏,我是为了自保。"刘乐然看着李军的脸,冷静地说。

"这、这有点不合适吧?"李军不想写。

"你不写?"

"我不能写。"

"那就是你没诚意。那行,那我就把这当个事来弄,不要以为你有一公安局局长的哥哥就可以办假案!"刘乐然说完,起身就走。

田小雨连忙站起来,有意地往门口一站。

"走,不信没王法了!"同银芳也站起来。

李军一把拉住刘乐然:"哎哎哎,急啥嘛,有事咱商量办嘛!"

"我觉得没有啥商量的。"刘乐然看一眼李军。

"好好好,我写我写。"李军毕竟心虚,终于妥协了。

黄木泥看一眼刘乐然,心里叹道:"这小伙长大了,别看爱热闹,爱唱戏,嘻嘻哈哈,那肚子里还真有牙哩!"

从派出所出来,刘乐然执意领着大伙来到镇上最好的饭馆,要了各人爱吃的菜,点了这家厨师最拿手的菜,热了饮料,再来了一瓶白酒。同银芳爱喝酒,几杯烧酒下肚,那脸就红得像三月的桃花,她说:"刘乐然你听着,今天这顿酒算我同银芳的!就算是我们给你压惊,接风洗尘!"

田小雨听着,心里却不是滋味,特别是她发现同银芳看刘乐然时,眼神总是热辣辣的。她给自己倒上一杯酒。

"小雨,你咋也喝酒哩?"刘乐然忙问。

"我想喝。"小雨冷冷地说。

"你不能喝,你不是有咽炎嘛。"刘乐然伸手去挡。

小雨一把推开:"来,银芳,咱俩碰一个!"

"好,碰就碰!"

两个人一饮而尽。田小雨又满上:"来,咱连碰三个!"

同银芳道:"咱俩碰啥?刘乐然,你是主角,来,咱三个碰!"

"我不和他碰,咱俩碰!"

两个人正说着,小雨包里的手机响了。房子里太吵,她连忙跑到外边。这个电话是朱环环打来的。田小雨合上手机,打一声招呼,神色慌张地走了。刘乐然撵出去,忙问:"咋哩,小雨!"

小雨没好气地说:"不咋!"

刘乐然欲言又止,望着快速消失的田小雨,叹了一口气。重新回到包间,却怎么也提不起酒兴来。

"算了,不早了,咱收拾摊子。"黄木泥提议道。

"还没吃主食嘛,看谁还要啥?"刘乐然看看大家。

"好了好了,菜都吃饱了!"黄木泥忙道。

刘乐然立即喊服务员开账,一摸,却没带钱。同银芳一挥手,拉过服务员,掏出一沓钞票,刘乐然推辞不让开,同银芳把钱塞到服务员手里,对刘乐然说:"不用客气,再客气就见外了!"

田小雨神色慌张当然是有原因的。

自从田冷春出院后,老婆田婶的神情一直很恍惚,夜游症状越来越严重。得知刘乐然被抓之后,田小雨坐不住了,但又不放心家里,想了想,她叫来朱环环,暂时照看父母。和李军见面之后,她步行着去了阳沟派出所。刘乐然的顺利解救,她万万没有想到。她清楚李军的为人,但却不清楚李军会这样办事,这样如此歹毒如此笨拙地没有水平地报复刘乐然。出了饭馆,田小雨一口气跑回蛤蟆村。进了家门,她才真正知道母亲又不见了!而父亲田冷春却仍在持久地顽强地拍打着床沿,口干舌燥地不厌其烦地恶狠狠地交替谩骂着田小雨和田婶。见了田小雨,朱环环连忙解释说,自己给田书记喂了药,书记又让扶他大小便,然后换衣服。小雨忙问:"我不是刚给换的衣服嘛!"朱环环忙说:"没扶好,书记把屎拉到裤子上了。等我忙完一看,不见田婶了!我赶紧就出去寻找,实在找不见只好给你打电话。"

（二）

　　田婶的夜游症，起初只是在晚上入梦之后，现在，大白天也开始"夜游"了。她的目光是散的、木的、呆滞的，又是虚幻的，迷离的、恍惚的。她好像没有了白天和黑夜，她只生活在恍惚中，似真似幻中。在她的意识里，最刺痛她的就是砖厂和刘乐然。她整天到处行走着，转悠着，喃喃自语，头也不回地循环往复地行走着，不知疲倦，不知迟早，无论阴晴，没有时间概念，没有空间方向，没有目的。她好像在寻找又好像在逃亡，她说："砖厂是我田家的，是我田家的，是我田家的。"她还说，"刘乐然不得好死，不得好死，不得好死……"再说什么，就很难听清楚了。

　　现在，田婶到哪儿去了呢？为什么不在砖厂转悠呢？不光田小雨着急，刘乐然这会儿也很着急。李军知道了也表现得特别着急，而且还显得有些悲伤！田婶可是他对付刘乐然甚至田小雨的一张王牌！

　　雪停了，寒风阵阵，地上的积雪并不厚，却冻成了硬的，一点也没有融化的意思。脚踩上去软中带硬，那声音清脆而含糊。蛤蟆村外，白色的空旷地里，几个人影晃动着，蜿蜒着，他们大声呼喊着"妈——"或者"田——婶！"但立即就被寒风撕扯得面目全非，支离破碎。

　　随着夜晚的到来，大伙寻找的脚步不得不停下来。北方的冬夜异常寒冷，蛤蟆村又紧靠桥山，寒流从山谷的阴沟里窜出来，在旷野上呼啸着，肆虐着。田小雨却靠在大门上呆呆地望着黑夜流泪。刘乐然和李军叫了好几次她都纹丝不动，最后，还是李就就的老婆水仙和枣花把她拉回客厅的。

　　"明天咱多叫些人，扩大寻找范围。"刘乐然轻轻闭上客厅门。

　　"朱环环，你过来！"李军点上一支烟，"你把上午的事情经过仔细学学，看田婶到底是几点出去的？"

　　"我，我现在也说不清，我给田书记取药哩，没注意。"

　　"小雨咋给你交代的，你咋不注意哩？"李军有些生气。

　　"算了算了，现在商量看明天咋弄！"刘乐然话锋一转，"现在责备谁不起任何作用。"

　　小雨在一旁啜泣起来。

"商量啥哩？全怪你！不是你寻砖厂的事,田婶能成这样?"李军突然气愤地号道。

"你！我跟你不说!"刘乐然瞪了一眼,不再说话。

李军这几句话显然是居心叵测的。

"去！你俩出去!"小雨气愤地一拍桌子。

里屋的田冷春突然喊道:"小雨！小雨!"

小雨一抹眼泪,拢拢头发,进了屋子。

"爸,你醒了?"

田冷春看女儿一眼。

"爸,你想吃啥不?"

"不要打岔,你扶我起来!"

田小雨连忙来到床前。

"李军,你俩进来!"田冷春有意识地只叫李军的名字。

两个人撩帘进来。

"小雨,我问你,你妈哩?"

"我妈,我妈——"

"说!"

"我妈出去了!"

"现在几点了?"

"十点半了。"李军低声说。

田冷春慢慢低下头。突然,他扬起大手,雨点般地使劲打着床边。几个人吓了一跳,连忙去制止。

"甭管我！你妈肯定在砖厂!"

"我们全都寻了,没有。"田小雨赶紧说道。

"在,肯定在！我说在就在!"

"叔,你放心,我这就马上组织人继续寻,就是不睡觉也要把田婶找见!"刘乐然语气坚定地说。

"你出去。"田冷春低沉地却是心痛地说。

"去,你先出去!"李军一挑门帘,摆出一个请的姿势。

田小雨没有制止李军,刘乐然只好退出来,但他并不生田家人的气。他

现在满脑子思考的都是田婶的去处。应该找的都找了,应该去的地方都去了,田婶会去哪儿呢?刘乐然回到家里,穿上大衣,拿着手电筒,给父亲招呼一声,出去了。刘传统把大门一锁,也赶了上来。

"爸,你咋来了?"

"我在家里也睡不着,走,咱父子俩寻去!"

"你回去,天太冷,你也上年纪了,我一个人去,我妈身边没人不行。"

"没事,还是咱俩寻去,见不到田婶我真的放心不下!"这是刘传统的揭底话,他清楚,儿子这几个月来跟小雨的事有些困难,万一田婶出个啥岔子,这两人的婚事就可能毕了!

刘乐然走后,李军悄悄松了一口气。田小雨让他回去,他说:"那不行,我咋能回去?田叔是这样子,田婶还没找见,还有你,我咋能放心得下?"

田小雨听了,心里热乎乎的。刘乐然怎么不说这样的话呢?她不由得动情地看了李军一眼。这一眼是强心剂,很准确很有力很欢快地注入了李军的心田。李军好高兴,他再一次看见了爱情降临的曙光。他应该为小雨做些什么,天寒地冻,劳累了一天,能做些什么呢?李军来到厨房,系上围裙,切了两个西红柿,一根葱,几根香菜,煮了两碗挂面,给田书记和小雨端了去。之后,坐在床边,细心地一筷子一筷子地喂给田书记吃。

危难见真情,这让田冷春父女非常感动,多年之后,田小雨想起这件事还激动不已。

吃了饭,小雨去洗锅碗瓢盆,李军不顾阻拦,也进了厨房。两个人很快收拾好了厨房里的一切,小雨没有睡意,母亲下落不明,她如何睡得着?她把关上的大门重新打开,然后坐在客厅,围着火炉取暖。李军也没睡意,就坐在客厅陪小雨。虽说坐着,心和耳朵却时刻注意着大门的响动。渐渐地,夜越来越深了,丝丝寒气从门缝里窗缝里无孔不入地钻进来。小雨靠在沙发上,闭着眼睛。李军却没有。身边是一个日思夜慕的美人,当然没有睡意。他壮壮胆,挪挪屁股,坐到了田小雨身边,然后,做贼似的慢慢伸出手,先是放在小雨的腿面子上,等了等,并不见小雨有啥不满的举动,那手就顺膝盖往上摸索。突然,田小雨动了一下,李军吓了一跳,急忙缩回手,然后,取来大衣盖在小雨身上。小雨睁一下眼,又闭上了。李军给炉膛里填了一铲子炭,又轻轻坐在了小雨身边。

后半夜的时候,田小雨醒了,她发现自己靠的不是沙发,而是李军的胸膛!她大吃一惊,羞愧极了!更羞愧的是李军紧紧搂着她的腰,右手竟然放在她的小腹上!田小雨一把推开李军。这一把用力太猛,身子一摇,李军突然就醒了。

"我、我、我不是故意的。"李军连忙解释。

"放屁!"小雨起身坐到另一张单人沙发上。

"小雨,小雨……"李军忙跟过来,抓住小雨的手,迫不及待地说,"我、我是真的喜欢你!"

田小雨抽出手,啪地给了李军一耳光:"走远!我没心思跟你说这些!"

李军下意识地摸摸脸,好久没有反应过来。是啊,母亲不见了,小雨怎么会有谈情说爱的心思?

(三)

张运动母亲发病是在后半夜天最冷的时候。按理,高血压偏瘫是不会这么快就要了人的性命。这老婆偏偏匆匆地老了!冬天的热被窝是相当诱人的,再加上黎明时香甜的瞌睡。这个晚上,张运动鼓足劲,尽情地和玉女亲热了一回,我的天,一口气来了两次,时间还那么久,不怪人说男人三十如狼四十如虎,一点不假!完事后,撒了一泡尿,刚闭上眼睛打算美美地睡一觉,突然听见母亲那边传来一声大叫,他没有听清,玉女急忙推推他的肩膀,说:"我听见妈叫你哩!"

"我也听见了,不是叫我哩!"

"你看看去,我听那声音不对头!"玉女再推一把男人。

张运动翻个身:"我乏得很,叫我歇一会儿。"

"爱去不去,你妈有个三长两短就迟了!"玉女一拉被角,也睡了。

过了一会儿,张运动没动静了,老妈却有了更大的动静。起先,老婆使劲拍打着炕栏板,然后又用拐杖啪啪地击打窗户。这一来,张运动不敢马虎了,他一骨碌爬起来,穿上衣服就去了老妈的房子。事情也该他倒霉,昨晚靠在院墙上的铁叉让猫或许老鼠弄倒了,铁叉齿正对着从房子出来的路,慌

慌张张的张运动根本没注意,院子里又特别黑,他一脚就碰在了铁齿上,随即哎呀大叫一声,扑通跌倒,玉女听见不好,忍痛拄着拐杖来到院子。这一脚结结实实地扎在了铁叉上,冬季人的皮肤糙得像豆腐,一点经不得碰,鲜血立即就流了一摊。玉女打开房间的窗子,让灯光泻出来,然后帮张运动扶墙进了屋子,跌打损伤的药不少却没一样用得上,整整折腾了一个多小时,等东边的天空露出鱼肚白的时候,这才想起老妈!

"还是过去看看,到底咋哩?"玉女提醒道。

张运动有些懊恼:"我不去,还不是为看她的,我脚成了这样!"顿了一下,"你去,你看看,到底咋哩,深更半夜拐拐敲得嗵嗵响,真烦人!"

"活该,还是你屎贱!你不弄那事还能乏成这样?"

张运动扑哧一笑:"看你说的,不弄不行嘛,那跟吃饭一样,到时候就想哩嘛!唉,就是,这人慢慢老了,精力不行了!"

说完,抬眼一看,玉女早出去了。张运动挪挪枕头,让头枕得更舒服一些,耳边却突然传来了玉女惊慌失措的喊声:"妈,妈!快,运动,快来,快来呀!妈,妈你咋哩?妈,妈你说话呀!"

张运动一惊,一瘸一拐地来到老妈房子。

眼前的一切把张运动惊呆了。

只见老妈一只手狠狠地抓挖着撕扯着脖子上的领口,喉结已经破烂流血了,领口的纽子已掉了,另一只手死死抓着床单,脑袋却插在土炕和老式板柜的间隙里,屁股朝墙,撅得老高。可以看出,不是板柜卡住,老太太就倒栽葱摔倒在地板上了。老太太的整个神态就这样定格着……此刻,房间里凝固的寂静,无形中放大了张运动两口子的吃惊表情和惊恐声音。

过了一会儿,如梦方醒的张运动这才扑了过去,一下抱起老娘的头。老太太满脸是血迹和伤痕,毫无疑问,这是在墙上、柜角上碰成这样的。更怕人的是她圆睁着的双眼,完全是惊恐、急切、压抑的那种。

张运动本能地将手背放到鼻孔试了试,又将耳朵贴到胸口听了听。

"咋个样?"玉女急切地问。

"不知道啊!"张运动又急又气,接着,他又叫道,"妈!妈!妈!"双手不住地摇晃老人的身体。

玉女摸摸老人的手,尚有余温,身上也热乎乎软绵绵的:"来,叫我看!"

玉女坐到炕边,伸手掐住人中,渐渐加力,还是没动静。

张运动坐在炕边,把老妈抱在怀里,大声喊:"妈,妈,妈!"

老太太的身体突然幅度很有限地抽动了一下,喉咙里发出一丝吸气声,只是那声音太短,太紧,太急促,随即就被什么拦腰砍断了,堵实了,戛然而止,没有后音。

两个人一对视,竟然有点不知所措。

"嘴里,快掏嘴里!"玉女说着用力掰开老太太的嘴巴。

张运动把右手的大拇指和食指塞进老人喉咙里,搅着抠着刮着,最终捏住了一团十分黏稠的软软的又特别柔韧的东西并拉了出来,这是卡在老太太喉管里的一口发青发黑的稠痰!

然而,老人却没有一点反应,好像是窒息了,又好像是死了。张运动低声说:"喉咙里硬得很,堵实了! 来,你掰住,我再掏!"

玉女没有动。

"快些呀!"

玉女还是没有动。

"你、你咋了?"

"我不咋!"玉女四下看看,"就是把咱妈救活了又能咋?人都成了瘫瘫,咱俩娃还在地上爬呢,啥时候能成人?这日子啥时候能过到人头里?再说你看,已经没气了!"

"你是说——"

"我啥都没说!"

张运动怔了一下,轻轻把老妈放到炕上,简单清洗了一下脸庞,拉上被子,狠狠瞪了玉女一眼:"都是你这臭嘴说的!"

"我? 我说啥了?"

"你说看我妈有个三长两短咋办哩? 这下好,你说咋弄哩?"

玉女想了想,说:"天明了,咱俩把妈屋子收拾收拾,你到小卖部买一串鞭炮放放,然后叫你哥你爸去! 就说妈走了!"

自从老伴高血压引起偏瘫以后,张士官就变得紧张起来了。张运喜叫

来乡医一测,他的血压有点高,张士官一晚上没睡好觉,心情越发紧张了。他一个人来到阳沟镇,让镇上的老中医麦半仙又是号脉又是量血压,生怕自己有一天也瘫倒了。这种病也许当下要不了命,可那罪受不下来!一天到晚,一晚到明,一月一月,一年一年,身上的肉就完全睡烂了!还有吃喝拉撒,人常说,久病床前没孝子,这一切的一切想起来就吓死人了!张士官虽说想得这么久远,这么全面,但万万没有想到老伴突然死了!听了张运动的话,他根本不相信,以为自己耳背,听岔了,再问:"你说啥?"

"我妈走了!"张运动无比悲痛地说。

张运喜急了:"你胡说!"

"真的!"

"几时?"

"半夜。"

"那你咋不叫我哩?"

"不是,可能是快明的时候。妈一个人睡觉,一点动静都没有。今早娃上学,我起来给妈倒尿盆才发现的。"

"你妈就是一个偏瘫嘛,咋会这么快的?"张士官不大相信。

"对,咱妈就是偏瘫嘛,咋能这么快?"

"我也不知道!"

"走走走!"张运喜披上棉袄就往出跑。

随后,张士官也来到了儿子张运动家。

鞭炮一响,村子里人大概都知道了。吕哈定、黄木泥等人也都赶了过来。

老太太静静地躺在炕上,眼帘已经被强行拉上了,脸上脖子上的血迹已经清洗干净了。

"我估计我妈是一口痰卡住气管了,你看!"

众人凑过去。

张运动掰开母亲的嘴巴,试图继续掏出口腔里的稠痰。玉女把第一次掏出的稠痰让大家看。

黏黏的稠痰冷凝了,像是一枚砸得半扁的核桃。

（四）

天渐渐亮了。刘乐然和父亲刘传统仍然没有找见田婶。霜大概是在凌晨四点钟开始下起来的。刘乐然没有戴帽子,一头长发像是打了定型的强硬的啫喱水,不过是灰白的那种。寒霜冻住了他的长发,在头上结了一层硬硬的霜花。到了家门口,刘传统回去了,刘乐然直接去了田书记家。心里多少有些惭愧的朱环环早早就来了,几个人看见刘乐然的头发有些惊奇。

田小雨想问却没有开口。

"你干啥去了？头上都结霜了！"李军好奇地问。

"没干啥！"刘乐然摸摸头,走出客厅,弯腰捋捋头发里的霜花。

"是寻田婶去了？"朱环环问。

"嗯。哦,哈定叔来了没有？"

朱环环忙说："去张运动家了！"

"为啥？"刘乐然不解地问。

两人回到客厅。

"张运动他妈走了！"朱环环压低声音。

"啥？！"刘乐然睁大眼睛。

小雨忙从父亲房子出来："你说啥？"

"张运动他妈走了,吕哈定去张运动家了！"

"你咋知道？"李军问。

"一大早张运动在大门口放了一串鞭炮,还烧了一沓纸！"朱环环一面说,一面打扫炉子旁边的灰渣。

几个人沉默了,小雨叹口气,进了里屋。刘乐然看看李军,说："李军,我的意思是报警,让你派出所也帮忙寻找,村里这边我组织人去寻！"

李军点点头："行,小雨你看咋样？"

"你们看,我现在也没啥主意。"说着,小雨不由得看一眼刘乐然,脸微微红了。刘乐然坐的沙发位置正是她和李军昨晚坐的。

刘乐然站起来："行,李军你回派出所发动人,我先去张运动家打个招呼,再叫几个人去寻！"

刘乐然几乎是小跑着来到张运动家。他问了问老人的情况,宽慰了一会儿,并让张运动有啥事立即打他手机,然后就匆匆回到家里,开上自己的三轮摩托带上小雨、朱环环等人出了村子。

昨天以及昨天晚上,刘乐然已经将方圆至少十五里的地方都寻找了一遍,现在去哪里?到了村口,刘乐然四下看看,说,"我看咱先把我昨晚去的南边这些地方再看看,天黑,可能还有没找到的地方,然后再去远处!"

"你昨晚没睡觉?"小雨忙问。

刘乐然遗憾地笑笑:"睡觉事小,关键是毫无收获!"说着,他一摁电门,重新启动三轮摩托车,刚走了十来米远,他又停住,说,"走走走,我想起来了,还有一个地方没找!"

"啥地方?"小雨急忙问。

"砖厂!"

"砖厂早去了,全寻了!"小雨失望地说。

"就是,寻了至少也有三遍!"朱环环接过话茬儿。

刘乐然不理,直接将车开到砖厂,一指那堆滑下来的大土包,问:"这儿寻了吗?"

"当然寻了!"小雨肯定地说。

"你来!"刘乐然领着田小雨、朱环环来到巨大的土堆跟前。小雨看见这堆土就心痛,就是这堆土打倒了父亲,打倒了他们田家!

"你俩过来!"绕着土堆转了半圈,在两块大土块的掩映下,竟然有一口枯井!那井张着黑乎乎的圆圆的大嘴巴。不在这两块土之间详细地查看,很难发现这口井!

这口井是田书记十多年前找县里水工队打的,打之前虽然做了比较详细的地下水文的测量,却还是一个黑窟窿,没有一滴水!科学有时候也不靠谱。以后,只好拔了井架,另打,这才打出了水。可以说,白白扔了一万多块。那场大暴雨,土涧滑坡,这枯井被扑下来的浮土填了,时间一长,又下了几场雨雪,浮土沉了下去,枯井又显露了出来!这还是刘乐然和黄木泥悄悄丈量砖厂占地的准确面积时才发现的。田婶是不是掉进这口枯井里了?没有看,谁也不敢断定,朱环环连忙跑回去拿手电筒。

天总算放晴了,太阳拨开丝丝缕缕的云雾,放出越来越明亮的光泽,却没有一点热量。阳光下,积雪晶莹地闪着亮,面对太阳,一副毫不在乎的样子。刘乐然脱去外套,放在土堆上,田小雨伸手抱起来,抖抖雪渣,两个人的目光一碰慌忙躲开了。刘乐然拔了一把干草,清扫枯井周围的积雪。雪已经冻了一层硬硬的外壳,手中的干草有点力不从心。刘乐然挽起袖子,蹲下身,拾了地上的小土块,用手掌和胳膊刮地上的积雪。田小雨欲言又止,静静地看着。枯井周围地方不大,积雪很快清理完了。刘乐然站起身,试图清理大土块,他使劲推了推,纹丝没动,小雨放下衣服,也搭手来推。刘乐然摇摇头:"算了,冻实了,不行。"

这时候,朱环环拿着手电急急忙忙赶来了。身后还有吕哈定、黄木泥、李就就等人。

枯井原本很深,那次大雨土涧滑坡,落进去不少土块,估计现在最多也就十来米深;另一方面,它是老式的土井,井筒子粗,井壁上还有人下去的脚窝,只是月久年深,井壁垮塌得相当厉害,脚窝也就变得模糊不清了。刘乐然接过手电,猫腰探视井内。灯光下,井内有热热的雾气涌动,却根本看不到底。

吕哈定摇摇头:"不用看,田嫂不可能到这儿来,就是来也不可能掉下去!"

"这地方偏僻,就是来砖厂也不会来这儿,不可能!贤侄,算了,你不用费神!"黄木泥也直摇头。

"角角落落都寻遍了,就是这口井没寻,我看还是看看才放心!"刘乐然又往井边靠了靠:"环环哥,你过来!"

刘乐然伸出一只手,让朱环环抓住,然后把身体再往井边靠了靠。

"甭急!"黄木泥大喊一声,"你等等!环环,你快去,在我家里把那条大棕绳拿来!"

老教师李就就忙说:"对对对,安全第一。"

"不用不用,没事!环环你过来!"刘乐然摇摇头。

"环环哥,你去,拿绳去!"田小雨看一眼刘乐然,"给,衣服穿上,先等一下。"口气像是命令,一点也没有商量的意思。

几个人围着枯井窃窃私语,不少人感到很意外,没想到这儿还有一口井!吕哈定伸脖看看:"我以为这井早都填了哩!"

第十八章

"来来来,咱把这大疙瘩土推远些!"刘乐然招手让大家过去。

众人呼啦围了过来。"一,二,三!"大家一起使劲,大土块很快就被推出去五六米远,等朱环环的当儿,另一块土也被成功移走了。

黄木泥接过大绳,解开来,拦腰缚住刘乐然,几个人拉住大绳的另一端。刘乐然拿着手电筒,倾斜着身体,尽量大限度地把头探向枯井里边。这一次,手电终于照到了井底,他的视线也射到了井底。遗憾的是越往下雾气越重,井底并不能彻底看清楚。刘乐然眨眨眼,努力辨认着,仍然不理想:"再放一点!"

黄木泥招呼大家稍稍松了一点绳索。

足足三分钟,刘乐然摆摆手,这才退回来。

"情况咋样?"黄木泥问。

田小雨紧紧盯着刘乐然的脸。

刘乐然却说:"下边雾气太大,很难看清,哦,对了,田婶穿的啥颜色衣服?"

"咋哩?"田小雨忙问。

"我看下边有一片红红的。"

"水不可能是红的嘛。"吕哈定有些迟疑。

"井早干了,下边就没有水!"黄木泥肯定地说。

"记得我妈穿的是黑棉袄,蓝裤子。环环哥,你见我妈穿的啥衣服?"小雨忙问。

朱环环一脸茫然,他不好意思地挠挠头。

"不说了,拿绳来,给我绑上!"刘乐然脱掉大衣,田小雨伸手接住。

"你干啥?"黄木泥问。

"我下井!"刘乐然坚决地说。

第十九章

（一）

井下的空气稀薄得像一张纸。刘乐然还没到井底就觉得一双鼻孔不够用了，呼吸道太细了，甚至肺都小了，他不由得张大嘴巴。浓浓的热热的雾气包裹着他。原以为这口枯井不过十来米深，想不到远远不止，原以为井下很窄小，其实相当大！随着手电光扫视而过，他觉得这井下完全可以让一辆小轿车掉过头来！奇怪的是，这么深，这么大却没有一滴水。井壁垮塌得很厉害，目标近了，更近了，那个红红的半圆体的东西还真像是衣服！

不，是人！是人身上的红毛衣！

刘乐然下到井底，心里突然有些发毛。只见一个人倒栽葱插在泥土里，屁股朝天，后腰露出一圈枣红的毛衣。刘乐然换了一个位置，手电光柱渐渐照到了脑袋。花白纷乱的长头发贴在泥土上，那张满是皱纹的脸上，五官东倒西歪，南抽北拉。刘乐然一下子不敢肯定这就是田婶。他壮壮胆，大口呼吸着，伸手慢慢摸向目标，冰凉，僵硬。刘乐然的心跳不由得加快了，头皮发麻，浑身掠过一阵阴冷的电波，这人已经死了！毫无疑问死了！刘乐然伸手抱起尸体，把头颠倒过来，解下备用绳索。突然，他感到尸体的胸部轻轻蠕动了一下！他连忙睁大眼睛，死死盯着，胸部又动了一下，又动了一下，又动了两下！刘乐然兴奋了，他拂拂这个人的脸，这才看清的确是田婶！他把手放到鼻孔，却没有感到丝毫的气息。他又把手电光柱移到胸部，这一看，把他几乎吓坏了！手电光柱下，只见一条通体发紫的蛇从田婶的脖项里爬了出来，那蛇缓慢地稳稳当当地蠕动着，没有丝毫惊慌的架势。刘乐然本能地一松双手，田婶扑通倒在地上。那蛇谁也不看，独自爬行着，钻进几块大土的缝隙之中。

由于紧张,刘乐然的呼吸更加急促,他快速绑好田婶,用手电向上照了三照,又使劲拉一下吊绳,上边人接到信号,立即奋力地拉绳。

　　关中道人有讲究,死在外边的人,尸体绝对不能进村,更不可能进家门。田婶当然也不能例外。大家只好在砖厂旁边的空地上搭了一个灵棚,给田婶换了老衣,洗了头脚,一阵撕心裂肺的恸哭,就入殓了。

　　一个村子,一天葬埋两个人,这种情况,在农村并不多见,偏偏都是老女人,偏偏都死得干脆,意外,时辰相近。有意思的是,这两个老太太的墓穴都在蛤蟆村的公坟地里,而且相距很近。这件事不管是巧合也罢,别的原因也罢,总之,在蛤蟆村人的嘴巴里逗留了相当长一段时间。

（二）

　　田婶的意外死亡,对田家来说,更是雪上加霜。田小雨在父亲的唠叨中,在李军的阴阴的挑拨中,最终把这一切的根源都统统归罪于刘乐然。她渐渐地后知后觉地对刘乐然产生了讨厌、憎恶和仇恨。刘乐然是她田家的克星、灾星！她坚信,刘乐然要是不当这个村民组长,不修路不集资,不——唉！田小雨说不清楚。反正,那种从内心深处排斥刘乐然、憎恨刘乐然的情感越来越强烈,越来越炽热。她怎么能和这样的人在一起生活呢？太可怕了！一个人一旦对另一个人产生了偏见,那是非常可怕的,特别是女人。一连串的变故打击,小雨已经没有多少理智了,她甚至变得蛮不讲理了！要看清一切,她还真的需要一定时间的沉淀和冷静。比如刘乐然如何卖力地为她田家忙碌,田小雨却认为这是刘乐然别有用心。而对李军的看法也来了一个一百八十度大转弯。她现在认为李军才是真心对她好,对她田家好。李军抓刘乐然是为了她田家,是给她田家报仇,是阻止刘乐然夺她爸的砖厂！李军的苦心她应该理解。只是父亲田冷春让她十分地意外。对母亲的死,父亲表现得相当平静,甚至有些冷漠,他一点也不像田小雨想象的那么脆弱,那么不堪一击！难道父母之间的感情如此淡薄或者如此深沉？她宁愿相信后者。

　　田婶就这样死了,入土了。而张运动兄弟却为葬母发生了一场秘密的不显山不露水的风波。

事情的起因还是为丧葬费。按理,两个老人,一人管一个,当初的分家清单也写得十分清楚。问题是,两位老人死了之后的丧葬费用究竟是兄弟二人平摊还是谁养谁承担,并没有明确规定,这就为如今的多余说话埋下了伏笔。张运动提议母亲的丧葬费用兄弟两人各半,过事的灵堂酒宴当然在他家。当下拿钱,老大张运喜不乐意。他认为两个老人一人管一个,这个管字,当然包括老人过寿,丧葬,周年祭日,等等。一包袱裹,作为他来说,虽为重孝,但不必承担母亲的丧葬费用,他管的是父亲!其实,各半也好,谁管谁承担也好,都是公平合理的,谁也不吃亏,张运喜能想来这个理,他不乐意的是,母亲死得突然,他的计划没跟上,当下拿几千块钱出来,有些紧张,也打乱了他过日子的计划和步骤。只是这个紧张不能说出来,那样显得他张运喜无能,日子过得大有捉襟见肘之感。儿子眼看到了说媳妇的年龄,正是应该夸富的时候!等儿子订了媳妇,筹划结婚的时候,再向亲家哭穷,搞艰难,以取得亲家的同情谅解,达到花少钱办大事的目的。其实,张运喜的儿子也实在不争气。这孩子自小体弱多病,初中毕业就送到省城一家烹饪技校学厨师,几千块钱花了,结果光能剥大葱,连个土豆丝也炒不了。让去建筑队打工,身瘦力小,肩扛不起,手提不动,还常受人欺负。无奈又让学电焊,电焊没学成,眼睛被电光激得肿成了俩桃,又花钱看了一个多月眼睛。如今已经二十岁了,还不提早给娃说媳妇怕是后果不堪设想。这样的一肚子苦水倒不出来,拉不下去,张运喜自然难受。现在让他立马拿几千块钱出来,这不是给他烦中添难嘛!何况谁养谁葬,豇豆一行,茄子一行,清清楚楚,还黏啥哩?

其实,张运动并不比他强多少。家里的平房还没盖,包地鸡飞蛋打,砖厂停产了,拖拉机只好搁在院子里。他哪来的钱?何况过事不是三百五百,那是几千块的事!多年来,他每时每刻都在告诫自己,一定要节俭,一定要积攒,一定要不怕苦,一定要好好吃苦,他有两个儿子,两个儿子就是两个几十万元的账户!他怎么敢懈怠?他也根本就懈怠不起!即使这样,即使把腰杆子挣断,看能否将儿子养大成人,成家立业。在他眼里,钱比命轻不了多少,攒钱挣钱,是他最大最大的任务。老大不同意出丧葬费,这让他很生气,他就急忙打发老会计黄木泥去做工作。

黄木泥去了三次,两次都没有张开口。

头一次去,是在张运动他妈倒头的那天下午。穿上老衣,烧了纸,张运喜两口子就回家去了。因为没有吃饭,空着肚子,老婆心里就相当不舒坦,在他家过事,他老二就得管饭,哪里还有让人饿肚子的道理?做事也太不顾眉眼了!再抠再节俭,也不该这样!张运喜不吭声,他也有些闷闷不乐,这当然不是为了吃一顿饭,而是老二提出来合伙过事这个问题!黄木泥一进门,他就猜到老会计的来意了。张运喜胆子小那是在外边,在家里对自己人他的胆子大得很哩!脾气也相当暴躁!黄木泥刚一坐下,张运喜抓起一只茶杯,用一个极度夸张突然的动作摔了下去!杯子碎了,茶渍溅了黄木泥一鞋一裤腿,似乎还有星星点点落到了他的脸上。

"有完没完了?就是没让吃饭嘛,出去出去出去!看见你我就够了!"张运喜火冒三丈,只剩下跳起来叫骂的份儿了。

看上去是骂自己的老婆,黄木泥却感到脸上着火似的发烧。这明显是给他伤脸,赶他出去!

这个笨女人偏偏听不出,马上就回了过去:"我就是说说,你用得着发这么大的脾气?你到底哪根筋不对了?"

"说不成!我说说不成就说不成!"

这句话又让黄木泥觉得是在给他说话了!说不成?这事我不该提说?黄木泥忍住了,人家两口子这样火气冲天地对骂,他要说的事无论如何都不能再提了。

黄木泥一走,张运喜瞅着女人的脸忍不住笑了!

老婆瞪他一眼:"真神经病!"

出了张运喜家的大门,黄木泥越想心里越窝火,他愤怒地哼了一声,不料带出一个响亮的屁来。人老了,尻门子也松了,随便用一下力,就可能撒气放屁。他不管这兄弟俩的家事了,想咋闹闹去,盐里没他醋里没他,与他黄木泥何干?但转念一想,还真与他相干!不管咋说,砖厂的事没解决,姓田的还没打倒,他们还是战友,是统一战线!保护有生力量还很重要!

第二次去张运喜家是在第二天清早。黄木泥推门进来,张运喜正在喂猪,他蹲在旁边,看母猪津津有味地进食。这是一头从猪仔开始培养的母猪,就像过了十六岁的少女,已经到了怀春思孕的年龄了。由于水草均匀,这家伙长得毛色发亮,腰身圆圆的,泥捏的一般,特别招人喜欢。但这样并不好,母猪身体要长大,长强壮,却千万不能上膘。有了膘,就不好好发情,就是发情,也是假象的多,真正怀孕的少,就是怀了孕,也下的崽少,甚至半路小产的多! 张运喜歪头看看猪屁股,还有意掀一下猪尾巴。这家伙立即就夹紧了。这一歪头,并没有看清猪是不是真的发情了,却看清了进门来的黄木泥。想发火,随时都有机会。张运喜使劲一提猪尾巴,母猪慌忙一躲,半盆食掀翻了! 张运喜就真来气了,他站起身,抬起大脚照猪屁股蹬了几脚:"狗日的,我让你揭盆子! 我让你揭盆子! 该跑圈(发情)时你不好好跑圈,偏偏发贱,偏偏不务正业!"

"明明是猪日的嘛,咋是狗日的?"黄木泥笑着搭讪。

"你看,你是母猪就好好吃喝,把架子长起来,然后发情,给你配猪娃,将来好好下猪娃,这货偏偏不! 说发情又不欢,吃食吧偏偏揭盆子! 唉,我让你揭盆子! 我让你揭盆子!"说完,张运喜又狠狠地去打猪。

猪还年轻,有的是精神,怎么能乖乖站着让人打? 它使劲一挣扎,缰绳就断了! 一断,这家伙撒腿就跑。这一来,张运喜真急了,赶忙就撵。人家相互追赶去了,黄木泥孤零零站在院子里不成体统,只好怏怏地回家了。

在张运动的再三请求下,黄木泥第三次去见张运喜。他一提丧葬费的事,张运喜马上就回绝了,一点也不给面子。他说,兄弟二人一人管一个老人,这是当初分家时说得清清楚楚的,既然说清楚了,还为啥要平摊丧葬费用? 再说,这样也最容易闹出矛盾,两个人出钱谁管账? 买东西贵了贱了谁知道? 话说丑一点,你买的芹菜九毛钱一斤,拿一块二报账谁知道? 最要紧的是丧葬这事过多大规模? 酒席多高的档次? 将来父亲百年了咋过? 水平跟这一样还是应该高一点? 咋样才算高? 到时候物价是啥样? 太复杂了! 各人管的老人各人过事,这样简单,也不和谁商量,好歹在一个锅里!

张运喜这样的态度已经说明了一切,黄木泥并不需要用心去听解释,等张运喜终于闭上嘴巴,老会计点点头,抬脚走了。

张运动听了,看看黄木泥,一言不发,只是狠劲地抽烟,脸上的表情却令黄木泥担心。黄木泥点上一支烟,说:"拿我来说,你哥的话还是有一定道理的,既然一人管一个老人,就管到底,生养死葬,互不牵连。再说,又是一个肠子头掉下来的,没必要计较谁吃亏占便宜,外人知道了笑话!"

玉女却道:"好我的黄叔哩,这可不能用吃亏占便宜来说。都是一个妈

生的,兄弟俩过事和我一个人过那可不一样!我这样说合伙过事也是为运喜哥着想哩,我倒无所谓。我一个人葬埋老人,外人不知道还以为他是一个忤逆,不管老人哩!"

张运动却挥挥手,不让玉女说下去:"对了,不说了,我一个人过事!"话音未落,他已经大步出了前门。

张运动径直来到兄长家。他指着张运喜的鼻尖说:"妈的事与你无关,你是石头缝里蹦出来的!第一,给妈过事,你一家人不准过我家来!第二,咱妈的地你种了多少年你清楚,赶中午十二点把这些年的粮食给我送过来!"并不等张运喜解释,回身走了,到了大门口,警告道,"送不来,不要怪我翻脸不认人!"

张运喜刚刚拴好猪,打算和老婆过兄弟家为老妈坐草守灵,想不到张运动竟然为此找上门了!张运动虽是兄弟,却长得五大三粗,人高马大,看上去有使不完的力气。那张黑脸一沉,张运喜心里就发毛发怵,如今这几句话越发让他害怕。他感到了问题的重大和棘手,他真有些后悔了!掐指算算,母亲搬到兄弟家里,与父亲分开已经十一年了!起先,两个老人都住在他家,二老的口粮地也由他耕种作务,母亲搬到张运动家后,地却没有跟过去,这当然是有原因的。关中道的人均耕地只有一亩半,顶多二亩。蛤蟆村原来一人一亩九分地,现在一亩六。这一亩六分地也不是一整块,而由各个等级的耕地共同组成。母亲过来后,张运动曾让母亲向张运喜要过地,张运喜说,家里一共五六块地,各块地的水利条件,地板薄厚,地理位置都不一样,你看咋办?母亲给张运动说了,张运动一想,也的确如此,就让把水利条件好的地给一块,哪怕面积小一点也行。张运喜不同意,说,那就按组上分的办,每块地都划出一个人的面积来。张运动一听心里很不痛快,但又没办法,公平分配,老大说的也在理,问题是,这样划的话,一亩六分地就要分成五六块来种,现在都是机械化,面积小难种难收,于是,这件事就放下了,这一放就是十一年。张运喜万万没想到,一亩六分地的事竟从这儿跳了出来!这可如何是好?十二点,一亩六分地,这件事显然弄大了!张运喜害怕了,更要命的是还不知道咋办!害怕已经占领了他大脑里的所有空间,十二点是一堵墙,到了十二点他咋办?张运动翻脸不认人了咋办?他会怎么打他?会打他哪儿?除了打,张运动还会怎样?会不会拉了他家的母猪,扣押了他的摩托车,还有拖拉机?会不会装他粮仓里的麦子?对,找父亲,让父亲去说!父亲会说不?唉,这可咋办!张运喜开始后悔不该那样对黄木泥,不该不重视这件事!

老婆提议道:"寻老会计嘛,让老会计去说!"

张运喜挠挠头,想了想,一拍腿,硬着头皮去找黄木泥。老会计在张运动家帮忙,不在。他又不敢去兄弟家找,只好打发老婆去见枣花,让枣花去叫黄木泥。

绕了一个又笨又大的圈子,总算叫来了老会计黄木泥。这一次,黄木泥进门,张运喜特别热情,好像抓住了救命稻草,又是递烟又是敬茶。他说:"黄叔,我想了想,觉得我兄弟的意见对着哩,不管谁管谁,两个老人都是咱的老人,你给运动见话去,我弟兄俩合伙给我妈过事!至于事咋过哩,过多大规模,他说了算,他主过,我听他的!"

黄木泥知道张运动曾在两小时之前找过张运喜,张运喜怕张运动也是公认的,但并不知道兄弟两个到底咋说的,看表面,二人也没发生什么肢体冲突。而心里却把张运喜笑了:这种人欺软怕硬,到头来鞭子挨了,碾子推了,图啥?不过,兄弟两个最终和解了,他还是很高兴,他立即就给张运动说了。

张运动并没有表现出来老会计预期的高兴劲。他显得很平静,好像一切都在他的预料之中。玉女也不知道两小时之前张运动是如何快速出击拿下张运喜的。她听了,倒很高兴,连忙让人过去请大哥大嫂,还有老父亲张士官。

一场危机就这样不露痕迹地过去了,接下来,让张运喜作难的就是几千块钱在哪里?天黑,在老妈灵前烧纸,张运喜突然哭得特别动情,特别伤心,实在想不到老妈这么快就走了,走了还要敲他小子一拐杖!

(三)

随着田家遭受的一连串的打击,刘乐然越来越明显地感觉到了田小雨对他的不满。首先,小雨不再给他主动打电话了,本来因自行车假案的事,二人刚刚有所回暖的关系迅速急转直下,更严重的是小雨已经有意躲避他了,拒绝他了。还有一点,李军几乎天天都去田家,甚至在田家过夜!这就使形势变得相当严峻了!蛤蟆村男女老少都知道她田小雨是刘乐然的未婚

妻。李军这不是又在欺负他刘乐然嘛！想起这些,刘乐然很烦也很着急,却又没有一点有效的办法。拿出假案材料举报李军？刘乐然不忍心,太歹毒的事他还做不出来。和李军再打一架？无聊。去找田小雨,聊聊,问问。碰了几次钉子,碰怕了,没底气了。但有些事情,拖延根本不是办法。

刘乐然终于去找田小雨了。

那天,正好是田婶的五七祭日。李军去外地出差了,所以不在田家。吃过早饭,三舅侯水丁几个人来了,小雨略备了一些酒菜,十二点的时候,大家起身去坟上烧纸祭奠。田婶的坟地也在蛤蟆村的公坟里。蛤蟆村的公坟在桥山脚下一块上百亩的缓坡地里。解放之后,土地成了集体的,为了便于耕作,蛤蟆村特意划出一块半荒地作为公坟,各家的老人过世之后就都入了公坟。如今,公坟里已堆起一大片坟头了,还有不少合葬墓。田婶的坟墓和张运动母亲的坟墓都是新来的,祖上也没有在这儿入住,两个坟头都考虑着自己的家族在阴间的发展,自然都与别家的坟头远一点,坟前坟后相对留有部分空地。因为新坟都是一样的黄土,一样大小的土堆,一样插着这样那样的花圈纸钱,一样的坟前燃烧着飞舞着黑色的纸灰,当然看上去就十分相似。公坟处在阳坡,阳光充足,容易收入热量,那雪层又不厚,白色便罩不住了,绿茵茵的麦苗就探出尖尖的脑袋,一副"春风吹又生"的样子,但它不知道,目前仍是寒冬。

人是极其脆弱的,一瞬间就阴阳两隔了！侯水丁走后,田冷春突然把女儿叫到跟前,斩钉截铁地说,他要去老伴坟上！小雨抬起头,突然从父亲的眼神里捕捉到了生命里最柔软最伤痛的东西,那东西晶莹剔透,有点像泪珠。小雨点点头,她打电话叫来朱环环、吕哈定。老田硬要穿田婶生前给他做的也是最后一双黑色条绒布鞋。

"爸,天太冷！"

"穿上！"

"您脚有病,冻着咋办？"

"穿上！"

小雨只好给穿上,没办法又用一条毛毯把双脚包裹上。

几个人推着轮椅,慢慢出了村,向村上的公坟地走去。刚出了村,老田让停住,问:"纸钱拿上没有？"

"我……"小雨真忘了。

"你你你——"老田用手指着小雨。小雨急忙跑回村子。

到底是冬天,日头一偏西,气温明显就降了下来。小风飕飕地刮过,冷得人手尖手背发疼。

到了坟地,田冷春围坟转了三圈。他不觉得,推轮椅的人却使出了很大力气。虽是公坟地,仍然临时性地承包给村民种着麦子,这地又带着自然的坡度,轮椅当然不好走。在正坟前,田冷春让停住。他整整衣冠,对着这一堆黄土,一脸的肃穆。在他眼里,这不是黄土,是人,是女人,是和他风风雨雨几十年的同甘共苦的女人!夕阳投在他脸上,两滴混浊的老泪滚下来,跨过一道道皱纹,掉在他胸前的衣服上。

"扶我下来!"

"爸,这——"

"哈定,扶我!"

吕哈定一推朱环环:"去,把田书记背下来!"

几个人费了不小的力气,把老田从轮椅上弄下来。小雨把裹脚的毛毯铺到雪地上,田冷春没法跪就坐了下来。他倾着胸脯,伸着脖子,双手颤抖着拆开黄麻纸,小雨拿起打火机,递上火苗,田冷春用手一拨:"我来!"

田冷春要过打火机,亲自点着黄麻纸,又打开酒瓶,瓶嘴朝下,洒在坟前。风吹过来,黑色的纸灰就像黑色的蝴蝶飞起来,有一只竟落在他的轮椅上。

田冷春扔了酒瓶,扑通将额头磕在地上,呜呜大哭起来。

田小雨连忙去搀父亲,眼泪就流下来了。

在几个人的劝慰下,老田止住了悲声,被慢慢抬上轮椅。

这时候,有一个人匆匆向坟地走来了。

"那是谁?"田冷春看着来路。

几个人回头去看,小雨低下头。

吕哈定道:"像是刘乐然!"

"去,别叫他过来!我不想见他!"田冷春的语气突然有些激动。

刘乐然的到来实在不是时候,更不是地方。田小雨快步迎了上去。

"小雨,这么冷的天,咋能让田书记来呢?"刘乐然关切地说。

小雨并不接他的话,却问:"你咋来了?"

"我？我不该来吗？"

"你还是回去吧,我爸正在发凶呢!"

"小雨,我想和你说几句话。"

"现在不行。"

"那你看啥时候?"

"我也不知道。"

"一会儿回去,行不?"

小雨没有回答。刘乐然抬头看看田小雨的脸。田小雨低下头,目光有些慌乱。

"你快走吧!"田小雨说完,转身走了。

这一句话,从田小雨嘴里说出来,就是打在刘乐然头上的一闷棍。他真有点晕头转向,静了静神之后,这才迈着踉跄的步伐回去了。他觉得轻飘飘的,像是一具空壳,又像一个被放了气的皮球,腿没了根,也没了方向,轻一下、重一下,深一下、浅一下地拖着身体向前走。下午,刘乐然鼓起勇气给田小雨打了一个电话,小雨没有应答,到底为什么呢?是没带手机,是忙没顾上接,还是不愿意接,故意回避?刘乐然捉摸不透,他又打了过去。

电话通了!

小雨问:"你有事吗?"

刘乐然听了很吃惊:"咱见见面,见面再说。"

"你在电话上说吧,我忙着哩!"

"那我过你家来!"

"你不要过来,我说了,我妈不在了,我爸正发凶哩!"

"我可以给田书记宽宽心呀!"

"害死我妈还不够,你、你、你刘乐然是不是嫌我爸还没死?"小雨怒了!

刘乐然愣了一下,不由得看看听话筒:"小雨,你、你咋能这样认为哩?我知道你心情不好,可我刘乐然的为人处世所思所想难道你真的不了解?!难道——"刘乐然戛然而止,他看看手机,因为田小雨已经挂断了。

田小雨挂断的不仅是通话,还是他俩的关系。

误会越来越深,感情风雨飘摇,刘乐然握紧拳头,心痛得照着院里的桐树使劲砸了几下。

（四）

如何挽救这段感情,如何消除田家人对他刘乐然的误会?毋庸置疑,田姊就是带着对他的误会去了的!刘乐然坐在窗前,摸出一根火柴棒,左右掏着耳朵。然后把火柴头放在手心,默默地端详。他根本不知道老会计黄木泥已经进了房子。

老会计没有张口,刘乐然就猜到了他来的用意,他不耐烦地问:"你是不是又为砖厂的事?"

"对对对。"

"这事我正在考虑的,你不要再问了!"刘乐然的话里显然有了讨厌的味道。

黄木泥一听,不觉愣了,他想了想,说:"那好,不过我还有个事,不知该不该说。"

"不要说半截子话,有事你说!"

"小雨你要注意哩!"

"你说!"

"上午,我见小雨坐着李军的警车走了。"

"说完了没有?"刘乐然看一眼黄木泥。

根本没有再谈下去的意思,黄木泥默默走了。刘乐然看上去心情很不好,他来的不是时候,砖厂的事是不是催得太急?

不过,老会计的确眼尖,田小雨真坐着李军的警车出了蛤蟆村。李军刚刚从外地出差回来,这小伙心细,会巴结人,他给田书记买了一件二道毛的宁夏产的皮袄。那东西货真价实,里边的毛足有二寸多长,雪白的羊毛打着波浪形的弯儿,特别是衣领,那毛足足有三寸多长,软乎乎的,又宽又大,不仅盖住了脖子,连半截脑袋都护住了。田书记高兴地穿在身上舍不得脱下来。穿着羊皮袄不说,老田还吵着要吃羊肉泡馍,要吃阳沟镇老黑家的羊肉泡馍!李军立即答应,拉着小雨就去镇上。

"你一个人去吧,家里没人。"田小雨有些顾虑。

"走走走,一会儿就回来了!"李军强拉着小雨就走,到了门口,他附在小雨耳边低声说,"走,我还要送你一件礼物哩!"

两个人开着车就去了阳沟镇。

阳光灿烂,云白天蓝,这是冬天里难得的好天气。只是太阳的温度太弱,残雪还没有融化彻底。面包车出了蛤蟆村不久就突然熄火了!李军打了几次火,依然没有反应。田小雨着急地说:"这可咋办呀?"

李军给手上哈一口热气,坐进驾驶室:"可能是缸线湿了,我才擦了擦,等一会儿!冷得很!"

田小雨赶忙把车窗玻璃摇上去。

李军用热热的目光盯着田小雨。小雨感觉到了,慌忙低下头。

"小雨。"

"嗯。"

李军抓住田小雨的手。小雨犹豫了一下,没有动。

"你看,这是啥!"李军掏出一个精致的小盒子,打开,摊到小雨眼前。

是一枚戒指!

"不,不,李军,我咋能要你的东西?"

"这是我专门给你买的!"

"不,我不能要,我不能!"

李军取出戒指,抓住小雨的手指,硬是给戴上去。

"小雨!小雨!"李军顺势把小雨揽在怀里,然后,那手就急切地摸向了小雨的胸脯。

小雨使劲抓住李军的手。李军喘着粗气渐渐收了手。

"李军,这戒指你先拿着,你的意思我知道。"

"那,那你是不愿意?"

"我毕竟和刘乐然订了婚,摆了酒席,全村人都知道。我现在和你名不正,言不顺,对刘乐然也不公平,你给我一些时间!"

"刘乐然把你家害成那样,你难道不恨他?"

"别说了!"田小雨低下头。

李军心里有些不满,嘴里只好说:"行,我等,我等你。"声音不大,却显得很郑重认真。

下午,刘乐然穿了一身火红的西服,外套一件同样火红的羽绒服,去了田小雨家。这次,他没有打电话,他亲眼看着田小雨站在家门口,目送李军开车走了。

刘乐然这身红西服许久没穿了,今天穿上身,也是有用意的。这身衣服正是当初他和田小雨订婚时穿的那身,甚至包括红衬衣和红领带以及脚上的红皮鞋。如果田小雨有心的话,还能认得那双红皮鞋还是她给刘乐然买的。

刘乐然一进院子,田小雨立刻就跑了出来,她把刘乐然堵在客厅外:"你咋来了?"

"我不能来吗?"

"有事吗?"田小雨冷冷地问。

刘乐然犹豫一下,说:"嗯,有事。"

"你说吧。"

刘乐然尴尬地一笑:"能到屋里说吗?"

"我不想让我爸听见。"

"那就不对了,有些事是不能瞒的。"

"你是嫌他死得慢吗?他现在都那样了,知道了没有一点好处!你说吧!"小雨一点也没有让他进去的意思。

"好,那我说了。我能问一下,你为啥对我这么冷淡么?你要是有啥想法尽管说出来,我绝对不会为难你的。说得再直白一点,你要是觉得我刘乐然和你不合适,就直说,不用介意。当然,我非常清楚最近你家里出了那么多事,你的心情一直不好!可我刘乐然到底是一个啥人,你应该知道!说实话,也许是我不该当这个村民组长,更不该染砖厂这事!"

"你、你回去吧!"田小雨眼泪夺眶而出。

"能给我一个回答吗?"刘乐然幽幽地问。

田小雨哽咽了一下,抬手擦去泪水:"你说,都这样了,我们还可能吗?"

刘乐然点点头:"好吧,我知道你的意思了!谢谢,衷心地祝你幸福!"

"家成了这样,你说,我能幸福吗?"

"我能见见田书记吗?"

"不行,砖厂你想咋,随便!我爸的命只有一条!"

两个人的对话到底还是让田冷春听见了,他大声喊道:"小雨,你叫他进来!"

小雨愣了一下,一把将刘乐然推出院子:"走,你快走!"随即关了大门。

第二十章

（一）

　　这个冬天,对同银芳来说,注定有些不寻常。与其说这桩婚姻成就了她人生的幸福,倒不如说给她套上了枷锁。而以她的性格,这枷锁又如何套得住呢？据说,她又重新出来找工作了,而且还和余心照闹起了离婚！

　　其实,在蛤蟆村,提起老同家,那可是抓铁留痕,响当当的名号。爷爷同小虎是"文革"中有名的风云人物！他效忠红联,卧底炮筒。臂戴红袖章,身坐免费火车,南下北上搞串联。二十六岁竟登上了县革委会副主任的宝座。父亲同狮子,热武术,习棍棒,一生杀猪卖肉,是蛤蟆村有名的狮子王。可惜命短,三十八岁被一场车祸夺去了性命。那是冬天的一个黎明,同狮子像往常一样,用自行车载着二百多斤的猪肉去他城里的店铺,突然,一辆大货车呼啸而来,将他撞飞几十米远,又加速碾了过去。一瞬间,同狮子和他二百多斤的猪肉血肉模糊,分不清是人是白条肉了！而自行车却成了一地的破铁片！最可气的是肇事车跑了,竟没留下一点有价值的线索,此案至今还在公安局悬着。

　　随后,蛤蟆村一些消息灵通人士说,这是一场谋杀,原因是同狮子曾多次实名举报了一家大型屠宰场给生猪灌水,又屠宰病猪、死猪等黑幕,致使省市县三级工商、公安、食品安全联手取缔了那家屠宰场,并且给老板判了三年徒刑。不过,谋杀说全是推测,但同狮子实名举报却是千真万确。从此,同家的天塌了,孤儿寡母,度日如年。同银芳上高三那年,母亲给她和弟弟一人做了五双布鞋,两身棉衣,蒸了两锅馍,留一张字条,跟着一个河南男人走了！

　　可惜母亲走得并不是时候,同银芳已经剩下的半边天也塌了,这姑娘再也无心念书了,更无心参加高考了,她把母亲的字条撕得粉碎,连夜坐车去了河南。站在河南尉氏县的大街上,她傻眼了,尉氏这么大,妈在哪里?兜里又没有一分钱了,连回家都成了问题,她怎么办?同银芳疼痛而迷茫,她来到汽车站,发现开往西安的长途客车司机正在打扫客车的卫生,她眼珠一转,快步走了过去,提来一桶水,端起脸盆就帮忙擦洗,司机意外地打量了她一下,说:"姑娘,你是——"

同银芳抢过话头:"叔,你别怕!我不问你要钱,我当雷锋哩,免费帮忙给你擦车,这么大个车,你一个人擦到几时去呀?"

"真的?"中年司机摸摸自己提前谢顶的光头,呵呵笑了,"也没啥,发车还早哩,我自己能行!"

"看你说的,有人帮忙到底快嘛!我也是陕西的,咱是乡党,我回去还要坐你的车呢!"同银芳一脸笑容。此刻,她已经暂时忘记了自己的不幸,只是积极地殷勤地忙活着,竭尽全力构筑着和客车司机的关系。她擦地板,蜷着身子擦车座,踩着车座擦顶棚,擦轮胎,擦后视镜,几乎将这辆大车的里里外外仔细地认真地擦了一遍,光头司机感动得直竖大拇指。终于,同银芳达到了免费顺利回家的目的,只是她没有占用卧铺,不想影响光头司机的经济效益,毕竟都是承包制。一路上,她几乎代替了那个司乘的所有工作,她的不幸身世还让人家心甘情愿地包了她的伙食。

回到家里之后,同银芳就再也没有去学校,她独自来到县城,在一家酒店当起了服务员,一面养自己,一面供弟弟同银马上学,直至同银马在学校打架被开除。同银芳在学校就是数一数二的校花,进了酒店,一下子就成了无数客人眼睛追寻的风景。她渐渐褪去了学生的青涩,身体也日趋发育成熟。屁股圆了,个子又高了,腰身细了,胸脯丰满了,乳房挺起了。红装短裙,黑领结,高跟皮鞋,又轻施粉黛,完全成了这家酒店的一个招牌。慢慢地,客人吃饭,点了名让同银芳服务,许多优秀青年都索要她的联系方式,许多已婚男人都想入非非,想金屋藏娇,揽她入怀。一天,一个南方客人喝了酒,抓住她的手,承诺要一年五十万包养她。拉开皮包,挥笔就要为她开支票!那浓浓的酒气夹杂着从肺腑里排出来的发了酵的烟茶气一起喷到她的红腮上、鼻孔里,同银芳强忍着,委婉地推开,那客人不依不饶,追到走廊里,忽然从旁边冲出一个小伙子,抓住客人领口,一拳打了个仰面朝天!这小伙

就是余心照。此刻,余心照正和司法界几位朋友来店里吃饭,一眼就看到了这一幕。

说实话,余律师已经追同银芳十个半月了。直到两个月前才如获至宝地得到同银芳的手机号,如今已经到了鬼迷心窍的地步。拿到同银芳电话的那天晚上,兴奋了一夜,十一位阿拉伯数字就让他看了一遍又一遍,可恼的是,却没有勇气给同银芳打电话。他严重地不自信,他觉得自己个子低,眼睛小,形象远远配不上同银芳。可又一想,男人要的是本事,他余心照目前是全县最年轻也最能雄辩的律师,他已经办了好几个轰动全县甚至全市的案子。他案源多,收入高,能挣来钱,已经在县城置了三处房产,一处门面房了,同龄的青年能和他比吗?如今,他又花二十万买了一台越野车,难道他余心照没有资格追她同银芳吗?笑话!这样一想,余心照立即胆大了,他豪迈自信地拨通了同银芳的电话。知道同银芳电话,以及主动和同银芳联系的人确实不少,余心照自我介绍完了,同银芳却没有多大印象,这让他很伤心,但也越发激起了他追同银芳的决心。今天这一场英雄救美效果就特别好,看着同银芳赏识他的表情,他在心底里感激着那个南方客人。晚上,同银芳竟答应和他余心照约会了!余心照精心准备了一番,就准时见到了美人同银芳。从此,两个人的关系一日千里地快,余心照慷慨地将一处三室两厅的经过简装修的大约一百二十平方米的房子过户到了同银芳的名下,很大气地说,这是他送给她的见面礼,如何处置,权利完全在她同银芳!同银芳大为感动,不解地问他:"咱俩都快成一家人了,你干吗这样?"余心照一笑,说:"咱俩的新房是东街那个二百二十平方米的大房子,这个是你的私有财产,你那几年受了不少苦,我要补偿你!再是,银马也不小了,你乐意的话可以送给他!"

同银芳可以说是和余心照闪婚的。虽然余心照追她十多个月,但两个人正式交往不到三个月就结婚了!

新婚蜜月期的感情高潮退去之后,同银芳渐渐感到了无聊,寂寞,甚至憋屈。结婚后,她辞去了酒店的工作,像一只被关在金丝笼子里的画眉鸟,上网,看电视,逛街,购物,买菜,做饭,还有夜夜的激情不断萎缩的性生活。她才二十多岁,待在装修得有点金碧辉煌的房子里,生命白白浪费了!就像一支红烛在太阳底下毫无目的地燃烧一样。她怀念上学时和刘乐然、田小雨一起打闹戏耍发疯的日子,她怀念在酒店里想方设法刺激客人们多喝酒从而让她得到更多提成收入的情景,她甚至怀念没钱坐秃头司机客车的事。对于她和余心照的婚姻,只能说是命运的安排。其实,她并不满意,不心甘,她一直真心喜欢的是刘乐然。她不能和田小雨比,她只能默默地不甘地心痛地祝福田小雨和刘乐然的爱情。然而,也正是田小雨和刘乐然的恋爱促使了她和余心照的婚姻。他俩的订婚彻底粉碎了她对刘乐然心存的最后一丝希望,她立即同意了余心照的求婚,并且很快就做了夫妻。如今想来,同银芳感到有些后悔,这就是幸福吗?也许吧!可她不甘心呀,不愿意啊!她想逃出这个金丝笼子,她想飞,这和坐牢有什么区别呢?她甚至羡慕刘乐然了!终于有一天,她向余心照摊牌了,她如实地说出了自己的苦闷,烦恼,以及她真正渴望的生活。深爱她的余心照根本不忍心伤害她,无奈地同意了她出去上班。但不同意又有什么办法?同银芳的个性、脾气他余心照怎么惹得起?经过这一段时间的生活,他终于看清了,别看同银芳貌美如仙,却也是一个个性极其鲜明、理想十分远大的事业型女性!她天不怕地不怕,敢说敢做敢当。做事一斧头两半截,不拖泥,不带水!她生存的适应性又特别强,见人说人话,见鬼说鬼话,但心里有自己的主意。她坐不住,待不住,不喜欢衣来伸手,饭来张口。她爱的就是打打拼拼,风风火火。这样的人怎么会让余心照像花瓶一样将她摆放在家里?像小鸟一样关在笼子里?是的,同银芳的这种性格是余心照万万没有想到的,也可能是许多成功男人不希望的,余心照摇摇头,觉得与其伤害,她痛苦,自己痛苦,不如放她出笼去扑腾。成功了他只能认命,只能说他和同银芳缘分已尽;不成功,受伤了,她就回来了,也许从此就和他余心照安心过日子了。但一点,绝对不能答应离婚,不能!他爱她,他怕她在外边受伤。

(二)

日月更替,时间总是依照自己的规律从容地不动声色地走着。感到日子过得快或者慢全由一个人的忙碌程度以及心境决定。比如砖厂的事,刘乐然就感到日子过得太快,回头想想,从九月里田书记出事到现在,眨眼就三个多月了,阳历新的一年已经开始了,阴历年也很快就会到来。所以说,

老会计等人的一次次催促解决砖厂的事并无不妥。不过,他刘乐然年纪轻轻为了集体的事付出的也确实不少,小雨眼看就飞了,拜拜了,田家他算是彻底给得罪了,结下难解的冤仇了!偏偏黄木泥他们并不十分领情,还一个劲地跟在屁股后边催他,给他施加压力!但细想,田书记出了意外,他刘乐然总不能继续到法院去告吧?做人,不能出格,不能突破最基本的道德底线。谁知,田书记出院了,他刘乐然刚打算提说砖厂的事,田婶又惨死了!而且她的死和砖厂也有很大关系!在这种情况下,他刘乐然又如何开口?如何再提砖厂?说良心话,这个砖厂已经让田家付出了家破人亡的代价了!这样反过来一想,刘乐然就有些生黄木泥等人的气了,看见老会计他们,他都有些厌恶了!是的,他要清醒,他不能任人摆布了,让人当枪使了,他要通盘考虑,冷静考虑,他不能让老会计等人一催就言听计从地去找田书记了!他得有自己的主张和办法,他要动动脑子,讲究策略,消除与田家的误会,同时,又要做好黄木泥等人的工作才是。

一番冷静思考之后,刘乐然主动出击,他出门去找老会计黄木泥等人去了。

一冬虽下了两三场雨雪,但规模小,雨量少,庄稼仍然显旱。所以麦苗的冬灌就显得十分必要。庄稼人都知道,冬灌主要就是提高麦苗的御寒能力,促进麦子根系的充分生长。同时,一冬灌,土地也就实确了,麦苗自然不会发生断根、吊根现象。为了促进麦苗生长,庄稼人往往在冬灌之际,适当给麦子施一次化肥。一大早,黄木泥就相约张运动兄弟上阳沟镇买化肥去了。到了镇上,在黄木泥的竭力鼓动下,张运动兄弟也终于奢侈了一回,一人吃了八两羊肉煮馍。吃罢结账,张运动才弄清原来是各人吃各人,黄木泥并没有替他掏饭钱,心里就很不舒服,后悔进馆子前没有问明白。一份羊肉煮馍二十一块,顶吃十顿的豆腐脑!本来拖拉机里还有油,张运动故意开到加油站加了五十块钱的油,却掏出四十块钱,开口直接对黄木泥说:"黄叔,我零钱不够,你先给我十块钱!"黄木泥心里一动,但还是把钱递了过去。张运喜只管剔牙缝,什么也不看。

到了生产资料门市部,三个人一人买了三袋复合肥,就直接回蛤蟆村了。

路上,张运喜兴奋地说:"咱今天这化肥便宜得很!"

"一百八一袋,官行情,咋便宜?"张运动不解地说。

黄木泥道:"我跟运喜抬化肥哩,多抬了一袋子!老板没看见,你说便宜不?"

"真的?"

"没问题,十袋,多一袋子!"张运喜忙道。

张运动再没有说话。进了村子,张运动越过自家门口,直接将车开到村东头黄木泥家。趁黄木泥急急忙忙跑到羊圈撒尿,他给张运喜递个眼色,两个人赶忙卸下三袋子化肥,一踩油门,突突突,开着拖拉机去了张运喜家。再卸下三袋子,张运动发车要走,张运喜犹豫一下,忙跑到驾驶室,说:"运动,不是还多一袋子嘛!"

"哎呀,一袋子烂肥料你还盯得紧得很,你看我给你连运费都不要!对了对了,咱俩又不是外人!"说着,扔给张运喜一支烟,开上车回家去了。

这一泡尿憋得黄木泥小肚子又胀又疼,走路都不敢使劲,他吭吭哧哧地尿着。毕竟上了年纪,又有轻度的前列腺问题,越急,那尿越不畅,弱弱的,星星点点。他真羡慕老婆,看看人家,裤子一扒拉,哗哗哗,像水泵,不到半分钟就解决问题了!更气人的是,他刚刚尿到不能立即收住的时候,张运动的拖拉机响了,他斜眼一看大门外,张运动已经开始掉车头了,三袋子化肥给他匆忙地扔到大门里边的墙角。黄木泥急了,忙喊:"运动,运动!"然后,强行收住水枪,提起裤子向大门外跑,谁知,拖拉机一溜烟走了。

黄木泥瞅着冒着黑烟的拖拉机,怔了一小会儿,打个"唉"声,进了院子,重新来到羊圈,接着去撒剩余的尿。白白匆忙了一场,没拦住张运动,尿水子倒把裤裆撒湿了一大片,再次架起水枪,不光半天尿不出来,枪筒子还阵阵发疼。

黄木泥很郁闷,多出一袋肥料是他和张运喜的"功劳",这倒好,加油让弄去十块钱,这一袋子肥料竟也没有他一点好处!这张运动做事也太不顾眉眼了,太爱钱了!问题是这十块钱又张不开口讨要,但这一袋子肥料总该理论理论才是,不然,还以为他黄木泥是软柿子。损人又没利己,他心不甘。

正打算去找张运动,张运动的大儿子张光光一蹦一跳地进了门。

"黄爷,我爸让给你的!"

黄木泥看看张光光,接过十块钱,说:"去,赶紧回去!"他真想照张光光的屁股狠狠踢一脚。往常,张光光来了,黄木泥总喜欢和小孩子说笑一会儿,今天看见却很生气。他给枣花招呼一声,拉上大门,抬腿去找张运动。

刚走了不远,刘乐然在后边小跑着追了上来。

"师傅叔,你干啥去呀?"

黄木泥站住,将化肥的事前前后后一学,刘乐然笑道:"算了算了,咱和运动几个人关系都不错,为一袋子肥料说来说去人笑话哩,也显得太皮薄!何况你三个人分哩!你说,一袋子肥料咋分?运动哥就是那种人,他日子也紧!听我说,算了,说难听话,这也是不义之财,咱不要也罢!大家知道了也会说,你看几个人买肥料,多一袋子,人家老会计就不要!这就是人品,风格!"

"尿,昧了人家一袋子肥料还是风格?"黄木泥扑哧笑了,"哦,对了,你急急忙忙寻我啥事?"

刘乐然递给老会计一支烟:"是这,砖厂的事我和咱村的代理支书老陈商量了一下,也给镇长、书记做了汇报。你看,田书记为砖厂几乎把命搭进去,刚出院,咱准备谈砖厂的事,田婶又弄下这事。这一串打击,对田家可是灭顶之灾,田家人也都把事看到我头上了,现在,田小雨已经正式见话和我分手了!为此,我还被李军戴了一铐子,所以说,我想把砖厂的事放一放,等过完年,田家也平静下来了,心情好一点了,咱再找田书记谈砖厂。"

"啥?照你说,这砖厂的事又往后推呀?"

"砖厂现在就是弄回来,也进入冬季了,无法生产,这是第一;第二,田家人正沉浸在悲痛之中,咱现在弄砖厂不合适,我也不忍心,更不想背骂名;第三,万一田书记一气之下,没命了,咋办?!"

黄木泥久久地盯着刘乐然的脸,然后失望地摇摇头,说:"田冷春就是死了,也是他咎由自取,怨不得别人。"

"可是,到那时,田家如果找我闹事咋办?你想过没有?"

"田小雨?一个女娃娃能闹个啥事?"

"她快和李军结婚了。李军做事,你没领教过,我领教过。还有,田小雨的舅舅侯水丁你知道吧?这个人的名气不比你大?"稍一停顿,刘乐然继续说,"就在昨天晚上,黑律师侯水丁亲自找我去了,和我坐了一个多小时,他说的话给我启发很大,他希望我能把砖厂的事放一放,做一下冷处理。临走,说希望我处理砖厂的事能和他通个气,听听他的意见。"

"你是三组组长,你看!"沉思好久,黄木泥撂下一句话,转身走了。

（三）

张运动直接把拖拉机开进自家院子,卸下化肥,破例沏了一壶茶,一个人哼着连自己也不明白的调调品了起来。吃了羊肉煮馍容易口渴,浓茶在嘴里刺溜一个回转,然后滤过嗓子,下到胃里,十分惬意。

其实,今天让他惬意的不只这一袋子化肥的事,还有一件更惬意的事!

就在张运动打发儿子给老会计送那十块钱的工夫,老婆玉女回来了。她手里提了一个黑色的塑料袋子,蹑手蹑脚地悄无声息地小跑着进了院子,而且随手赶紧关上大门。

张运动眼一瞄:"神神秘秘的,咋哩?脚才好,注个意!"

玉女拉开立柜,将鼓鼓的黑塑料袋子塞进去,还轻微地喘着粗气。她用巴掌捋捋胸口,依然激动地说:"我拾了一个手机!"

"拾了一个手机?真的假的?"张运动惊异地睁大眼睛。

"看你猪声大的,怕邻家听不见?"玉女瞪男人一眼。

张运动起身就去拉立柜门。

"甭急,天黑了再看!"

"哎呀,吓死了!拾的又不是偷的,怕啥?"

"关门去!"玉女一推男人。

"没事,没事!"张运动伸手取出手机,"咦,还是新的,没拆哩!屎!这到底是不是你拾下的?"

"咋?连我都不相信?"玉女瞪男人一眼。

"啥地方拾的?"

玉女略一沉思,说:"村西大路上。"

"你不是给吕哈定家帮忙去了嘛,跑村西大路上干啥?"

"再甭问那么详细,闲了我慢慢给你说。"玉女一把抢过手机盒子,自己打开来。

这是一个翻盖手机,做工精细,款式新潮,应该是当下比较流行的一款。

"这手机不错,起码七八百哩!"张运动探过头,兴奋地说。

"啥?一千多哩!"

"一千多？你咋知道？"

"我估计一千多哩！"玉女忙改口道。

"这手机叫我拿上，你把我那个拿上。"张运动拿过手机，翻来翻去地看。

"去去去，这明明是一个女式手机，你拿上像个啥？你不给我买，我拾一个你还想要呀？想得美！滚远！"玉女一把夺过去。

张运动嘿嘿笑着点点头，然后把肥料的事给老婆学了一遍。

"怪不得我昨晚上做梦水大得很，明了还梦见一口棺材！"玉女笑道，"对，不说了，你吃啥？我给你做去！"

"不急不急，来来来，老婆，我刚沏上茶，喝两碗再说！"

从黄木泥的眼神里，刘乐然知道，老会计已经听进去他的话了。虽然心里有一百个对田冷春的不满，但也不会再起事了。刘乐然想了想，去了田冷春家。

走了几步，刘乐然又站住了，他掏出手机，犹豫再三，还是给田小雨打了过去。直到打第三遍，小雨才接了电话。

"你好，小雨！你在家吗？"

"没有，我在上班。"说完，电话立即就挂断了。

接连不断的打击，让田小雨吃不下喝不下，一下子消瘦了许多。母亲不在了，父亲瘫痪在床，可她还年轻，日子还得继续下去。田小雨听了李军的建议，临时雇佣朱环环白天在家照顾父亲，她回单位上班，下午下班后又赶回蛤蟆村，以便晚上能够陪在父亲身边，等一切理顺了，她想把父亲搬到县城去，那样就再也不用自己拉锯似的来回折腾了。刘乐然已经听说这些情况了，他给田小雨打电话的目的就是想证实一下，小雨是不是在家。不在正合他意，刘乐然买了一大把香蕉，知道田书记喜欢吃鲜枣，特意到镇上的超市再买了一箱礼品装的鲜枣，然后，悄悄去了田书记家。

老田睡着了，刘乐然给朱环环摆摆手，就蹑手蹑脚地来到床边，坐了下来。他掏出手机摆弄着，静静等待田书记醒来。

老田并没有真的睡去，女儿上班后，一整天一整天都没有邻家或者朋友来看他，家里总是静悄悄的，只有他和朱环环两个人，时间长了就寂寞，连看电视听收音机也觉得无聊，两只耳朵就不由得特别留意地听大门的响动，看看有没有人来看他,哪怕什么也不带,说会儿话,谝谝闲传也行。刘乐然一推门他就发觉有人来了,到了客厅和朱环环一说话,老田就听出来是刘乐然了,心头的火腾地就蹿上来了。他刚要张口让刘乐然出去,又立即改变了主意,他微微向床里边侧了一下脸,闭上眼睛,装作睡着了,一双耳朵却特别警惕。他听见刘乐然对朱环环说他来看看田书记,又说田书记爱吃枣,他特意带了些鲜枣过来,然后,又听见刘乐然轻声问书记的身体最近如何?恢复得咋样?听了这几句话,老田有一点感情波动。坚强的人病久了,情感总是变得很脆弱,老田悄悄咽下一口唾沫,竭力放缓鼻孔呼吸的速度和力度。这几个月来,老田已经渐渐接受了如今的自己,几十年风风雨雨的人生波浪,让人越受伤越坚强,想事也渐渐理智了,一分为二了,如果一味地仇恨刘乐然,对人家小伙来说也不公平。他是村民组长,下边那么多人盯着、怂恿着、鼓动着,他不这样也不行;再说,虽然自己一生几乎为砖厂付出了,但毕竟按理来说,砖厂也应该是蛤蟆村三组集体的。世事就这样,合理的不一定合情,合情的不一定合理!想到这里,几滴混浊的老泪冲破他心理的羁绊,从眼角涌了出来,弄得他两边太阳穴痒痒的,湿湿的,又有一些涩痒的蛰疼。老田禁不住伸手擦了一把,然后,装作睡醒的样子,转过脸来。

"田书记,你醒了?"刘乐然连忙站了起来。

"噢,你来了?好,坐吧!"

刘乐然并没有坐:"喝水不?我给您倒杯水。"

"不用不用,环环,来扶我起来!"老田冲屋外喊道。

刘乐然忙伸出手:"不用,我来!"

老田并没有推辞,在刘乐然的搀扶下坐了起来。

田书记的态度,让刘乐然感到非常意外。进门之前,他已经做好了让田书记不管怎样臭骂都要微笑面对的精神准备。他无论如何也没有想到田书记是这个样子,刘乐然心里很高兴,只是让他有些遗憾的是田书记并不接他关于村上工作情况这个话茬儿,这就让刘乐然一直不能将话题顺利引到砖厂的问题上来。田书记关心的好像是他收购站的事,他父亲刘传统的身体之类。刘乐然就没有再刻意地问下去,然后,他就适时地离开田家了。尽管如此,他仍然感到收获巨大,砖厂问题的解决终于让他看到了希望。

(四)

　　张运动的两个儿子,目前看来,至少老大张光光是一个不省心的家伙。虽说只有十二三岁,上小学六年级,但他已经无师自通地爱上了电脑,曾经有好几个周末,他领上同村的小伙伴跑到阳沟镇网吧玩游戏。尽管张运动两口子极其严格地控制着他的经济来源,但张光光仍然可以想到很多自力更生的办法。比如,敲诈恐吓甚至动用拳脚从低年级同学那里敛财;又比如,谎报或者乘学校收费之机采用二鬼偷油或搭车收费的方式从父母那里要钱。这些勾当有时候做得太过火,最终被家长识破了,顶多受一顿皮肉之苦,过几天又犯,旧伤未好又添新伤,他不怕挨打,反正习惯了。然而,这一次却把祸闯大了!

　　那天上午,张光光遵照父亲的交代,将那十元钱给了老会计黄木泥之后,并没有及时回家,而是和村里几个小伙伴玩打仗去了。最近,少侠拳打日本鬼子的影视剧比较火热,张光光就率领一帮小兄弟模仿电视剧成立了什么抗日儿童团,他自封团长,军事化管理,将自家后院一把退下来的扫帚拆了,挑出比较粗的竹子棍儿,一头涂成红色,一头涂成黑色,发给小伙伴,同时将更细的竹子棍儿弯成半圆形,用玉女纳鞋绳子两头一拉,变成了土制弓箭,几乎每个周末展开打日本鬼子的游戏。孩子们在一块玩,本来对什么潜在的危险性不安全成分就看不到,判断不了,再加上又拿着竹子棍儿这种东西你抽他戳,混乱厮杀,那就更让人操心。于是,不幸就毫无悬念地发生了!

　　儿童团长张光光亲自上阵与日本鬼子短兵相接,白刀子进红刀子出,完全进入了疯狂厮杀的亢奋状态。在毫无知觉的情况下,只听朱环环的儿子朱正确哎呀一声惨叫,随即扔了武器,双手捂脸,跌坐在地。张光光先是一愣,接着扑哧一声笑道:"装哩,装哩!朱正确,你少装!"他歪下头,立即就看见了鲜红的血从朱正确的手指缝里小蚯蚓似的流了出来,张光光害怕了,下意识地看看手里的竹子棍儿,左右看看,顺手拿起一张烂纸片,掰开朱正确的手,照眼睑捂了上去。朱正确终于哇哇大哭了。

　　张光光这个祸真闯大了!县医院的大夫经过几个小时的抢救,遗憾地说,这孩子的一只眼睛保不住了,并且还要立即动手术。医院同时通知让交一万五千元的押金!

孩子右眼保不住了,对朱环环来说,是一个晴天霹雳,他一下子抱住张运动的后腰子,千言万语只有一句话:"赔我娃眼窝!赔我娃眼窝!赔我娃眼窝!"相反,朱环环老婆却比较理智,虽然不停地流眼泪,但她却没有号啕大哭,她拉开朱环环,对张运动说:"运动哥,现在救娃要紧,医院让交一万五千元哩,你看咋办?"

玉女忙说:"去,还不赶紧寻钱去,等啥哩?"

张运动这才灵醒,答应一声,大步冲下门诊大楼。他一面快步走着,一面紧张地思考着借钱的目标。

张运动几乎不假思索地回到了蛤蟆村,将摩托车一直骑到刘乐然的废品收购公司。这件不幸的事让刘乐然也大吃一惊,不由分说,刘乐然立即拿出两万元货款,塞到张运动手里,说:"运动哥,你先送钱去,我去一趟镇上,随后就到!"

"一万五就够了,医院让交一万五!"张运动一面数钱一面说道。

"你拿上,啥话不说了,救人要紧!"刘乐然一推张运动,说。

终于数完钱,张运动骑上摩托就走。张光光站在村头的小路边,看见是张运动的摩托,转身就要溜。张运动也看清了儿子,大声说:"回去,给羊放些草,看好门!狗日的,等我回来再算账!"

张光光看父亲的摩托一溜烟去了,这才松了一口气,但一回味父亲刚才的话,心里又紧张了。这一次,仅凭一顿皮肉之苦恐怕对付不过去了。怎么办呢?张光光顺村后的小水渠走着想着。日头偏西,一片巨大的云彩从西边的山头爬上来,不一会儿,就遮住了太阳,天气立马就显得阴冷起来。张光光用冻得红肿的小手背擦一把清鼻涕。肚子突然感到好饿,浑身不由得打了一个冷战。

张光光回到家里,弟弟张明明一个人趴在床边写作业,他抬头看看哥哥,说:"哥,咱爸跟咱妈啥时候回来?"

"我不知道。"张光光在房子里看看,扭头就要出去。

"哥,我肚子饿了!"

"那你吃馍去!"张光光来到院子。他给几只羊分别放上干草,再给食盆

里倒上水,说:"明明,你过来!"

"咋哩,哥!"

"你看羊喝水,我买方便面去!"

"真的？你有钱?"

"你甭管,你不准给咱爸咱妈说就对了!"

"那也给我买一包!"

"嗯,咱俩一人一包!"

张光光快步出去了,时间不大又回来了。

"咦？你没买下?"

"急啥哩？一会儿就拿回来了!"张光光兴奋地说。他在家里转了一圈,拿了一截两米长的细棍子,鬼鬼祟祟地走了。

蛤蟆村有两家小卖部。李就就老师家的小卖部离张运动家最近。他家的小卖部开在大门右边的一间屋子里,在临街的一面墙上开了一个一米五大的窗,取下窗上的一块玻璃,露出一个方方的三十厘米的孔,算作对外营业的窗口。时令交了九,天气特别冷,营业窗口吸纳着外面的寒气,铺子里就十分清冷。炉子生在隔壁的卧房里,寒冬腊月没有多少事,李就就老师和邻家老汉围着火炉子喝茶聊天,老婆赵水仙坐在热炕上,也跟着凑热闹。有人来买东西了自然会敲窗格子或者叫人,赵水仙听见响动就赶忙跑过来当售货员。张光光侦察完"敌情",第二次来到小卖部。街道上很少有人走动,大都钻到家里取暖,又临近黄昏,到了烧土炕的时候,村子里弥漫起一团白色的烟雾。张光光四下看看,给棍子一头固定了一个大约二十多厘米的尖利的铁钩,警惕地来到小卖部的窗口,瞅准猎物,将棍子伸了进去。他成功地钩了四桶方便面,然后提着棍子,抱着胜利果实神不知鬼不觉地回家去了。

这件不幸的事情,吕哈定也很快知道了。他买了些东西,以邻家的身份,专程来到县医院探望。他不断地给朱环环两口子宽心安慰,又回过头宽慰张运动两口子。他说,张光光说到底还是个孩子,不知道利害,咱做长辈的千万不能打娃,不能粗暴,男娃嘛,就要调皮一点,捣蛋一点,这样的娃将来长大有出息。末了,硬将张运动两口子拉到街上的一家馆子,慷慨地请了一顿便饭。最有意思的是他还掏出五百块钱,说是自己的一点心意。张运动很意外,玉女却十分地激动,并且竭力推辞不要。吕哈定就说,你俩别嫌少,这是我的一点心意,不管怎么说,在我收羊奶期间,几乎每天早上,玉女都帮我发钱,记账,提桶等等,帮这帮那的,所以说,你们遇到一点难处,我这么做是应该的。张运动哦了一声,点点头,他这才弄清吕哈定为何变得如此热情友好。

等吕哈定走了,张运动不无醋意地说:"你对吕哈定那么好,咋从没给我说过?"

玉女毫不在乎地说:"这有啥?说到底,还不是为咱好卖奶的?为咱好要奶款的?你没卖过羊奶你不知道,吕哈定眼窝毒得很,你羊奶掺没掺水,掺了多少,他一眼就能看出来!你要是掺得多了,他眼一瞪,说不要就不要,叫他爷都不行,你一桶子羊奶只剩下倒树坑上树或提回去喂猪了!赵水仙家的羊奶今年夏天连续三回吕哈定都不要!再是欠下的奶款,知道不,从前年到现在,听说欠朱环环家几千块了!"

张运动听着,上下打量着玉女,说:"没看出,你心眼儿不少!"

"哼,还不是逼的,谁让我跟上你这号没本事的男人!"

医院连夜就给朱正确做了手术。等一切结束,回到病房,已经是凌晨四点半了。张运动两口子这才脱身回到蛤蟆村。

万万没想到的是,张光光竟然没在家!大门并没有关,二人一推就进了院子。房子灯开着,张明明正在熟睡。张运动吓了一跳,连忙在院子里检查了一遍,说:"我的爷,多亏没招贼,要不,咱这几只羊早让弄到羊肉馆去了!"

玉女四下看看,说:"光光咋啦?"

张运动一听赶紧去后边房子查看,根本没有儿子的踪影,这一来,两口子又慌了。

第二十一章

（一）

　　这一回，张光光知道自己闯了大祸。父亲张运动的严重警告把他吓坏了。吃饱喝足之后，张光光怀揣另外两桶方便面，溜出了村子。天已经黑严实了，隆冬的夜晚，寒风像一只无情而有力的大巴掌，打在脸上是耳光，脸颊发烧发疼，抓住耳朵，就像铁钳，恨不能将耳朵上的肉皮揭下来。四下漆黑一片，张光光靠在村边的一棵枣树上，热泪涌流，突然嘤嘤地哭了起来。他觉得自己是这个世界上最无助的孩子，最可怜的无人疼爱的孩子。

　　其实，他还小，他根本不懂天下父母的心。张运动两口子发现不见儿子了，一夜未眠的瞌睡劲马上烟消云散。两人将家里前前后后，羊房猪圈柴草庵，甚至后院的红苕窖统统翻看了一遍，没有人。这时候，天已经大亮了。叫醒张明明详细询问了一遍，并没有得到多少有价值的信息。玉女便说，看是不是去学校了？来到蛤蟆村小学，太阳已开始冒红了，孩子们正在做早操，一问老师没有，连学校都发急了！班主任韩小英，校长同大炮马上组织人力分头寻找。整整一大响，才在村北蛤蟆山下水沟旁的一大堆苞谷秆里找到张光光。玉女一见，扑上去，拉住张光光的胳膊，一边打，一边哇哇地大哭。

　　李军的心情最近格外好，因为他终于收获到了来之不易的爱情果实。如果说追求田小雨是一场大的战役的话，得到田婶、田书记的接受和支持等于是一场又一场的阻击战，一个个山头碉堡，而最终获得田小雨的芳心，却是一场持久的硬仗，是他人生的上甘岭。现在，他终于攻下了山头，将胜利的红旗插到了刘乐然的曾经无比坚固的阵地上。他当然春风满怀，当然觉得自己是世界上最幸福的男人！爱情是好东西，它让李军一个大小伙子突然变得十分多情、温柔、体贴和细腻。他觉得小雨受伤了,遭难了,痛苦了,他就想方设法地无微不至地呵护小雨,关照小雨,他为她买好吃的,好穿的,逗她开心,替她做所有的事情。不能替人生病痛苦,吃饭睡觉,如果能替的话,他也会义无反顾地替她!

  遗憾的是,田小雨却怎么也不能从天塌地陷的痛苦中走出来。起初,对李军的爱情表白她很反感,她无心谈及那些儿女私情,同时,她也觉得此时谈情说爱太不合时宜,太不靠谱。再是,不管如何,她已经和刘乐然确定了恋爱关系。但自己又面情软,不愿伤及李军。毕竟,李军对她的爱也是很真诚的,十分热烈的。然而,随着事情的发展,家庭的遭遇变故越来越和她与刘乐然的爱情连在了一起,这使她越来越受伤,越来越难受,不由自主地,心因受伤渴望有人疗伤了,关怀了,温暖了,终于,她做出了艰难沉重的和刘乐然分手的抉择。没想到,刘乐然并没有多少痛苦的激烈的不能接受的举动,但她清楚,越是这样,说明刘乐然的心越难受,只是他善于调节控制和转移罢了!而当她知道前一段时间刘乐然来过家里,并且和父亲谈得相当平静甚至气氛融洽的事情后,她心里突然感到无以名状的沉重和复杂的滋味。那天晚上,她使劲拒绝李军火热的身体,而已经尝到女人身体美妙滋味的李军又如何忍得住?如何能收兵回营刀枪入库?他狂热了,浑身火烧火燎,他粗暴地有力地抱起田小雨那娇小的身体,三步并作两步跑到卧室。他用嘴疯狂地急切地在小雨的脸颊、下巴、耳朵上乱拱。那手飞快地一面排除小雨那双小手的阻挠,一面激动地有力地毋庸置疑地解开小雨的衣服。

  田小雨平静了,眼泪却哗哗地流了下来。风息浪止之后,李军突然感到了内疚和不安,甚至有种伤害了田小雨的感觉。他慢慢给小雨盖好被子,温柔地说:"小雨,对不起,对不起!"他伸手一搂她的脖子,田小雨一把推开了。过了少女时代,女人的生活,女人的人生就这样开始了。从此以后,将和另一个男人一起生儿育女,风里来雨里去,挣钱过日子。多年以后,儿女大了,自己老了,突然有一天,也许和母亲一样夜游去了,然后消失了,成为一抔黄土。也许一切都大势已去了,无法改变了!田小雨回头看了一眼李军。李军忙说:"今生今世,我一定好好对你,好好爱你!一定要让你舒服,幸福!"他以为刚才的自己没有让小雨充分满意和舒服,那眼泪就是对他李军的不肯定,不同意。田小雨一拉被角,捂住头,不再理李军。李军的声音却顽强

地不管不顾地透过被套,钻进她的耳朵:"快过年了,咱快把结婚的日子定下来,我想天天和你在一起,夜夜和你在一起,你爸的身体没多大事,咱可以和他商量日子了!我哥说了,他建议放在正月初六或者初九……"

(二)

余心照同意了,同银芳却一下子不知道自己干什么。重新回皇甫酒店,完全可以,酒店老板一定会双手欢迎,但她不想去,好马不吃回头草。那又能干什么呢?不能打工,她要做一回老板,要么做生意,要么开公司,资金不怕,只要有项目,他完全可以用房子抵押去银行借钱,可项目在哪里呢?生意在哪里呢?同银芳上网搜,打开电视看,找报纸查,找朋友聊,说了不少,竟没有一样让她满意的。有人建议她学美容,然后开美容院代销美容产品,据说前景和效益都有潜力,很不错。同银芳起初很感兴趣,深入一研究,又打了退堂鼓,兴趣全没有了。美容是一门学问,不是一下子就能学会学通学精的。经营美容院以及相关产品也不是外行能弄的,况且,她从骨子里就不怎么喜欢捏捏拍拍,搓搓揉揉的细碎事。这东西太细腻,太麻烦,看了眼发花,守株待兔似的模式,太死,至少先把自己拴死了,她不能从婚姻的金丝笼里逃出来,进入自己编织的生意的笼子里,她喜欢跑,喜欢闯,喜欢车来车去地交易。这样详细地匡算下来,她大概缩小了自己经营的范围和方向。但没有具体的项目,仍是白搭。她干什么呢?还是不知道。同银芳一时无所适从,转念一想,算了,先放一阵子再说!

同银芳想起了同在县城的乡党郑利马,这老狐狸是饸饹床子百眼开,人脉广,信息多。同银芳在县城这几年,郑利马也曾来皇甫酒店消费过,见过面,说过话,那肉嘟嘟的肥脸,笑眯眯的眼睛,对同银芳既和善又热情,甚至都有些殷勤和显摆。那次,喝了六七成酒,一个电话将酒店老板叫到饭桌,交代说,同银芳这小姑娘是我本村的,说起来还有一点亲戚,准确地说,应该是我的侄女!以后要多多关照!又对同银芳说,侄女好好干,有啥事随时打电话,这县城没有我办不成的事!有一天真的干腻了,找我郑利马。进哪个单位工作,我郑利马有的是办法!临走,特意将电话号码给了同银芳。同银芳于是给乡党拨了一个电话。那边郑利马却没有接,正在犯嘀咕,郑利马的电话打过来了:"喂,哪位?"同银芳一怔,听上去是一种高深莫测又很有优越感的声音,而且还是八频道。

同银芳扑哧笑了:"叔,我是同银芳!"

"同——银——芳?这个——"

"咋?你把我忘了?咱是一个村的,我爸是同小虎!"

"嗯嗯嗯,对对对,不好意思!侄女,你说,有啥事!"

"没事,时间长了给你打个电话!"

"哦,谢谢,谢谢,是这,我刚才和省水利厅一位处长才吃完饭,你在哪里?"

"我在街上乱转哩!"

"我在明珠酒店2188房间,这是我的长期包房,不介意的话,你可以过来坐坐!"

"是吗?我正好就在明珠酒店门口哩!"

"好好好,那你进来吧!"

得到肯定答复后,郑利马心里一阵兴奋。他简单地收拾了一下茶几,将床脚的一双臭袜子装进刚刚提小笼包子的红色塑料袋,一揉,塞到席梦思床垫的夹缝里,去掉芙蓉王香烟,从抽屉里拿出一盒软中华,撕开一个小口,抽出一支,然后放在茶几明显的地方。接着,郑利马来到卫生间,弄湿头发,梳一梳,喷上啫喱水,左右上下照了照。这样翻新着自己的同时,心里也没闲着,他在积极地思考:同银芳为什么会突然给他打电话?最近回村子,听人说,这女子好像和老公闹离婚哩!那律师虽说有才,有钱,可长相不行,小鼻子小眼睛还小个子,没有一点点男人的气概。说实话,比他郑利马还差得远哩!现在的问题是,在这个时候,同银芳找他郑利马为啥?哈哈,有意思!郑利马冲镜子中的自己坏坏地一笑,掩上卫生间的门。

同银芳很快就找到郑利马的地方了。郑利马特意拿出两个专门喝咖啡的陶瓷杯子,细致耐心地冲好咖啡加上糖,整个动作尽量做出一种优雅绅士的派头。

同银芳轻轻搅一下勺子,呷一小口,笑道:"叔,没看出,你生活还蛮有品位的!像你这样,谁敢说你是农民?"

郑利马有些假无奈地说:"没办法,打交道的人不同,人家不是大老板,

就是局长、处长或银行行长的,要是在咱村里,谁还喝这个?全是十块八块钱一斤的茶叶!"郑利马停顿一下,拿起软中华,轻轻一弹,抽出一支,掏出过滤烟嘴,熟练地接上去,说:"不过,这咖啡喝习惯了,还真离不了。不怕说哩,这外国人也皮能!"

"耳闻不如一见,叔本事就是大,别看是农民,不种地,不上班,整天还吃香的喝辣的!叔一天到底弄啥事哩?"

郑利马哈哈一笑:"叔这工作一般人干不了。政府的组织部长只管公务员那些人,叔是社会组织部长,工农商学兵,样样我都干得了!"

同银芳咯咯地笑出一串银铃,之后说:"叔,是这,侄女现在没事干,你给安排个工作得成?"

"真的假的?"郑利马看着同银芳的脸,一本正经地问。

"当然是真的!"

"没问题,你想干啥,给叔说。"

"不知道嘛,你看我能干啥?"

"主要看你爱啥,只要你愿意,叔就是再难做,也给你把事跑成,就是将来你别忘了叔就行!"郑利马意味深长地说。

同银芳思忖着,没有立即答话。

"你说,到行政单位还是事业单位?"

"不去。"同银芳摇摇头。

"那你——"

"我想当县长!"

"啥?"

"你给我弄个县长当当,你不是说你是组织部长嘛!"

"你,你是不是——"

还没等郑利马说完,同银芳咯咯笑了起来。

郑利马也跟着笑了。他用手一指,说:"这女子热闹!"

"那当然,不说不笑不热闹嘛!"同银芳喝一口咖啡。

"哦,叔我有句话想问问,如果不合适,你可不要见怪。"

"啥话?"

"听说你和余律师闹矛盾了?"

"没错,我还想离婚哩,这货死活不离嘛!"

"叔这人爱说实话,你甭见怪。我觉得你老公虽是律师,但他的长相绝对配不住侄女你!你俩往人前一走,我都会骂老天爷办事不公,咋能把这么靓的一个姑娘给武大郎式的男人做媳妇哩?"

"叔,这话我可不爱听,你赶紧打住。"

"对对对,对不起,叔没别的意思,就是随口一说,随口一说。那你说,你到底想弄啥哩?"

"我想做生意。叔你看有啥生意可做的?"

郑利马没说话,看着同银芳只是点点头,想了想,他说:"是这,我一个朋友给我说了一种生意,他说实打实地赚钱,而且所有的货全给他就把钱挣了!"

"啥生意?"

"过几天他从国外回来了,专门来见我,等见了再说。"

"真的?"

"叔办事,你随便打听,从不失手!"

"你说说,到底啥生意?"

"你等消息,不过要是成了你咋谢叔哩?"

"没见啥事,我给你咋说?我只能说你放心,我同银芳绝不亏待任何人,特别是你郑叔!"

(三)

把一些烂铜废铁等等分门别类的东西统统拉走之后,收购公司的场地一下子宽敞多了。翻开账本粗粗地一算,从开年正月十五到农历十月底,不到一年,净赚了七万多元!刘传统知道这个数之后,放下旱烟袋,伸手摸出儿子的一支纸烟,贪婪地吸了一大口,然后慢慢吐出来,脸上绽出相当满意的笑来:"要是你不当组长,咱一年挣十万都没麻达!"

"钱慢慢挣,我还年轻,双手弹钢琴,十个手指头都要动弹哩!既然弄下这村干部了,我还想再弄弄,权当弄热闹哩!"刘乐然说着,哈哈笑了。

看见儿子这一段时间来终于露出开心的笑容,刘传统很高兴,他相信,

离了田小雨,他儿子刘乐然照样能找到可心的媳妇!对于田家,当初一提起他就不看好,田小雨是吃国家饭的,两个人就不般配。老田两口子也总是看不起他刘家,蔑视他刘家,现在,两个娃吹了倒好!

父子二人正说着,代理村支书镇农经办的陈光荣进了院子,刘乐然赶忙跑出来迎接。

客气了一番,老陈接过一杯热茶,说:"小刘,你如今可是徐书记、王镇长最器重的人物,也是咱全镇最年轻的村干部!"

刘乐然递上一支烟:"好我的陈叔哩,你再甭给俺戴二尺五了,是不是可有啥咬手事哩?"

"没有没有,今儿来是好事!一个通知你后天参加咱全镇的人大会,再一个就是领导交代让给你说说,你要积极向党组织靠拢,抽空赶快写份入党申请书!"

"行,我写!哦,对了,叔,我知道你爱抿两口,俺这儿还有半瓶好酒哩!"刘乐然取出酒,又让父亲先陪着老陈聊天,他去村小卖部买包花生米。

刘传统听了,比儿子还兴奋,运气顺了,好事也凑热闹扎堆。他一推儿子,兴冲冲地去了。看来,太阳如今照到他刘传统的家门上了。

刘乐然正和老陈聊得起劲,镇党政办突然打来电话,让他马上去一趟。一问,原来是他被推荐出席县人大的代表,现在要上报材料,请他赶快去填表、递材料。

老陈一听,说:"正事,赶快去,不要耽搁!"

"那是这,咱一块到镇上,填完表,俺陪你在饭馆好好喝!"

"不了,正事要紧。我虽说是代理支书,家又不在你蛤蟆村,可咱也总是常见面哩,你忙你正事去,下次再喝。"

"不是,俺刚刚给你汇报了,村上那几个村民我也基本做通工作了,至于张运动兄弟的承包地款,我刚说了,我借给了张运动两万块钱,目前暂时不会去闹腾,也不会去镇上,更不会去县上,这有我哩。过年后,砖厂承包出去,这一河水就开了!"

"好好好,你到了镇上,领导有可能问你这些事,毕竟马上开人大会呀,你就详细给徐书记、王镇长汇报汇报,让领导也吃个定心丸!"

两人站在院子里,越是要分手,越是话多,刘乐然尽管只穿着羊毛衫,但也没感到有多冷。末了,陈光荣又弦外之音地明点暗示地让刘乐然在镇领导面前,一定要强调一下他这个代理村支书在蛤蟆村三组有关砖厂问题的解决方面,也做出了巨大贡献。刘乐然不住地点头称是。其实,自从陈光荣被宣布为蛤蟆村的代理村支书这几个月来,和刘乐然总共见过三次面,而且一提起砖厂问题、承包地问题就躲躲闪闪,比泥鳅还滑。刘乐然对这个人很不满意,但也不敢得罪,并且,陈光荣来了,还不能让空手回去,这家伙成事不足,败事有余,又特别喜欢蝇头小利。一点对付不好,他就会挖墙脚,泼脏水。

填完表,刘乐然又特意去见了徐书记、王镇长,详细汇报了一下蛤蟆村三组的工作情况。二位镇领导很艺术地表扬了一番这个年轻人。刚出了镇子,手机突然响了。一看却是同银芳。

"你在镇上吗?"同银芳问。

"哦,在哩,你说,啥事?"

"我听刘叔说你去镇政府了。是这,镇西头有家快乐超市,在超市里给我捎两条红好猫!"

刘乐然一愣:"你是说红好猫烟?那李就就老师的小卖部没有?"

"没有,全村两个小卖部都没有!"

"行!你在村里?啥时候回来的?"

"我一大早就回来了,对了,你快些,直接拿到我家里来!"

刘乐然又掉头回到镇上买烟,心里却一直犯嘀咕:同银芳要烟弄啥?而且还要几百块钱一条的烟。想问,又忍了。反正很快就会明白的。人家有钱,咱何必多管闲事,再说,同银芳就是这么一个豪爽大气的人!

回到村里一看,刘乐然更犯疑了。原来,同银芳一大早在县城叫来一台挖掘机,将自家院里的六间瓦房全推了,一院子残缺不全的松木椽,檩条,更甚的是瓦片全碎了,碎成了一片瓦磕堆。几个村民得到同银芳的允许和鼓励,争先恐后地给自家抢拾着木材。

刘乐然停住车,不解地四下看着。同银芳跑过来,笑着问:"刘乐然,暖和不?"

"你这是弄啥哩?"

"弄热闹哩!"同银芳笑道,"一冬闲得没事嘛!"

这时候,乌云厚突然冲了过来:"都放下,这木料是我的!"

这一声大喊,打雷似的洪亮,在场的人都吓了一跳。

一早起来,吕哈定听见拖拉机突突叫,过来看究竟,一听同银芳让各给各家拾木料,二话不说,上去先抢了一根最大的檩条,跑回去又叫来老婆帮忙抬檩条。正抬着,乌云厚声到人到,一把将他推得跌个屁股蹲,万幸没让檩条砸着脚面。

吕哈定忙笑着站起来,给老婆使个眼色:"对对对,乌云厚,我这就是帮忙给你抬哩!"

"哼,你心好成啥了!"乌云厚眼睛一瞪,"都放下,这是我的,我拉回去盖羊房呀!"

刘乐然一听很高兴,说:"对对对,云哥今年冬里养羊发展最快,这木料全部奖给云哥!吕哥,来来来,闲着也怪冷的,帮忙给抬抬!"

同银芳给两位司机一人两盒高档烟,吃饭时人换班,挖掘机不能停,下午四点,准时将一院子瓦房变成了一个平平展展的篮球场,紧接着,拖拉机拉来砖块,将院子两头一封,形成了一个完整封闭的空院子。

蛤蟆村包括刘乐然在内,都弄不清这同银芳搞啥把戏。上前一问,这姑娘咯咯一笑,并不露底。更奇怪的是,过了几天,竟有三轮车四轮车等等,你来他往运来许多大大小小、长长短短、粗粗细细的石碌碡,不出一礼拜,竟放了密密麻麻满满一院子!

蛤蟆村于是炸锅了。围绕同银芳的婚姻、同银芳的一院子石碌碡一下子议论开了。男女老少,吃饭睡觉都在议论。大家全然弄不明白,这姑娘到底想干啥?是不是脑子有病了?看上去一点也不像呀!好多人问刘乐然,刘乐然也不知道,但他相信,同银芳这样做,心里肯定有主意!

一个北风呼啸又飘起雪花的晚上,村里突然来了两辆大卡车,一辆大吊车,全开到了同银芳放石碌碡的地方。那些大车看上去风尘仆仆,牌照也是外省的,显然经过了几天的长途跋涉。他们三下五除二,很快将一院子石碌碡装上车,又神秘地开走了。

(四)

同银芳这种生意不久又做了一次,谁也弄不明白她到底干的啥事。就在那天夜里拉走石碌碡之后,同银芳在明珠酒店里好好请了郑利马一顿。酒是郑利马爱喝的五粮液,甲鱼鳖蛋王八汤,高档菜任皮条王郑利马随便点。刘乐然有事一下子脱不开身,直到快散场子了才到。入席后,刘乐然又给郑利马敬了三杯。皮条王郑利马算是彻底喝高了。他说,同银芳这次能赚那么多全是他的功劳,他把同银芳塞到他皮包的三万元拿出来往桌子上一放,说,他有钱,他不稀罕钱,他要同银芳好好感谢他!用钱以外的东西感谢他!说话一高一低,思路不清,东拉西扯,只坚持一点,要同银芳感谢他!他有个毛病,喝多了酒,一个人睡不着觉,他要同银芳去陪他睡觉!还说,他的路子宽得很,升官发财致富的门道多得很!只要同银芳听话,他保证她发成亿万富婆!喝了酒,说出来的话,一半是能吹破牛皮的厚颜无耻的大话,一半是平常只能藏在心里从来不给人说出来的实话。

　　同银芳并没有醉,却用醉语回他:"郑叔,你老牛还想吃嫩草!我才二十多岁,你都五十多岁了,你都不怕我老公来把你的皮揭了去?你再弄清楚,侄女我可不是按摩店小姐!对,弄一个十八的,一晚上非把你折腾得爬不起来才怪哩!"

　　刘乐然听着不对,就想阻拦,同银芳却冲他挤挤眼。

　　明珠酒店的餐厅在左边,住宿在右边。刘乐然几个人架着郑利马回到了他的长期包房。

　　初涉江湖,旗开得胜,这让同银芳对自己更有信心,花着自己双手挣来的钱,十分自豪和坦然。虽然喝了一些白酒,但她仍然很清醒,丝毫没有醉意,脑子也没有让酒精弄狂热。刘乐然来得晚,就必须走得晚,可上哪儿去呢?

　　"去你家吧,我好久也没见余律师了,正好聊聊!"

　　同银芳摇摇头:"不行,最近是非常时期,尽管我自由了,尽管你俩也熟,但他会不高兴的!"

　　"那咋办?"

　　"上你家!"

　　"啥?"刘乐然有些意外,"天这么晚了,咋去?这还七八里路呢!"

　　"七八里要不了十分钟,叫辆出租。"

　　"哦,对了,开发区那边有家新开的咖啡厅,走!"同银芳一拉刘乐然的

手,说。

县城的出租车是最方便的,说坐就有车,招手它就停。二人到了咖啡厅,要了两杯咖啡,听着音乐聊了起来。同银芳一看刘乐然:"这环境不错吧?"

刘乐然环视了一遍,点点头:"对,真的不错。不过,我还没享受过这洋滋味,咖啡也是第二次喝。"

"你和田小雨彻底拜拜了?"

"嗯。"刘乐然点点头,看一眼同银芳,笑道,"你和余心照是不是也快了?"

"哈哈,我俩本来就没有多少感情基础,哪像你们相爱那么久!"

"我不恨小雨,我们之间经过了那么多风波,如果继续在一起,没有幸福,只有痛苦。所以,选择分手是最明智的!"

"那你现在有啥打算?"

刘乐然摇摇头:"顾不上,也没心情。再说,爱情是缘分,是相遇,也就是咱农村人说的遇货,等自然而然遇上了再说。"

"呀,一场失恋让你变得深刻了,成熟多了,没看出来。你收购公司咋样?"

"还可以,今年上下就是十个月吧,能赚七八万块钱!"

"美!对了,听说你升官了?"同银芳嘴里说着,眼睛勇敢执着地盯着刘乐然的眼睛。

"没有没有,农村那干部还叫官?不过,我还真当上瘾了,我还就不相信在咱农村,在咱蛤蟆村弄不出硬事来!再说,我这人从来不弄半途而废的事!目前咱村里那些事,都是我弄起来的,现在毡铺了床尿了,不弄到头咋办?咱还年轻,说啥也不能把牌子倒了!"

这天晚上,两个年轻人越谈越投机,话越说越多。通过这次折腾什么碌碡,刘乐然也进一步了解了同银芳,很佩服她的能力和魄力。让同银芳承包砖厂,也许是最理想的选择!这个念头忽然在脑海里闪过,令刘乐然心头豁然开朗,觉得下一步的工作越来越明晰,也越来越有信心。

一进腊月,各行各业的人都觉得日子过得快了,心头总有一种紧迫感,仿佛有人在后边催你赶你似的,脚步也不由得变得匆忙起来。刚刚吃了五豆饭,抬头就是腊八。一跌破腊月初十,年味就渐渐浓了起来,连平时比较清静的农村,都会这儿"叭"一声,那儿"叭"一声地响起爆竹来。日头也明显一天比一天长了。说也可喜,过了腊八后,天气一扫冬天那阴沉沉雾蒙蒙的模样,太阳出奇地鲜艳,天空也十分清朗。吃过早饭,同银芳就和弟弟同银马开着自家的小轿车来到了刘乐然家。不久,三个人又开车走了。

中午十二点的样子,蛤蟆村突然开进来一辆崭新的枣红色的小轿车。那车的后视镜、轮胎、车头前排的散气孔,以及排气管上都拴着火红的红绸子。有人站在自家门口好奇地张望。只见前边同银芳的车直接开到刘乐然家门口,又一退停在大门的右侧,随后,那红色的小轿车徐徐驶来,停在刘乐然家大门口的正中。同银马立即从自家车里抱出花炮,半圆形摆放在大路边,随即就"咚咚咚""啪啪啪"地放了起来。

要过年了,在外打工上学的蛤蟆村人都回来了,大家闻声呼啦跑了过来。原来,刘乐然买了一辆小轿车!

黄木泥高声埋怨刘乐然没有提前通知他,并小跑着去李就就家的小卖部买炮买啤酒。

张运动用极其羡慕的眼光围着转圈地欣赏,不停地点头竖大拇指,末了,兴奋地问:"兄弟,这小卧车多钱买的?"

一旁的吕哈定放下自家拿来的鞭炮啤酒,接过话茬儿:"兄弟,你这问话就外行了,这就要问,这小卧车多钱'接'回来的!"

张运动不好意思地挠挠头:"对对对,多钱接的?"

"八万多。"同银马回答道。

"我的爷,可惜可惜,有这些钱不如买一台联合收割机去!"

"瓜尿,你光知道给自己戴笼头,都不敢享受一下!"玉女讥讽道。

刘传统早已想开了,儿子如今就是买回来飞机他都不反对,不嫌乱花钱了。他故意不到小轿车跟前来,那样子看上去好像儿子买回来的是一只下蛋的小鸡,并不需要大惊小怪。他在院子里瞎忙着,可那一双眼睛却不停地急切地看向大门外的小轿车,一双耳朵几乎除过专心谛听门外的议论声外,再也没有用处。忽然,黄木牛跑进院子,一下子抱住刘传统的后腰,愉快地说:"老哥,来来来,你先在你儿子这小汽车里坐一下,感觉到底咋样,看胜不胜你出窑推砖的铁架子车!"

黄木牛嘴上说,脚底下也不闲着,他抱起刘传统跑了出来。有人及时拉开驾驶室的车门,随手就把刘传统塞了进去。这时候,同银芳几个人出来招呼大家快进屋去喝酒。

老会计黄木泥看见吕哈定独自一个人弯腰一会儿看看小汽车的轮胎,一会儿又伸手摸摸后视镜,说:"水大王,你没看这跟你那收奶车有啥区别?"

吕哈定听了,明知道老会计的用意,却一本正经地说:"当然有区别。这车一年需要五千元的保险,其次,还要加油,一公里六毛钱,一年跑一万五千公里就是九千元,几项一加,没有一万五千元不敢想。我羊奶车一天挣五十块钱,一年算十个月,好歹也挣一万五千元哩!"

老会计一笑:"你光是看到了表面现象,小汽车天生就是跑路的,可不是挣钱的,刘乐然一个年轻娃,从在老田的砖厂里,不对,在咱村砖厂里出窑开始,两三年,人家现在是小汽车的消费水平,而且还盖了一院子新房,你没看比你们的田书记如何?"

吕哈定一听,马上摆出一副严肃的较真的面孔:"老会计,你这话说得就有问题了!咋能说是我们田书记哩?那时,人家毕竟是书记嘛,我一个小小的收奶员,你说,敢不听人家话不?人家让我尿一点,我都不敢尿两点,没办法,我那是求自保哩!"

第二十二章

（一）

过年了，家家户户都贴上了对联，门两旁挂起了大红的灯笼。除夕，那爆竹几乎能噼啪一夜，到处灯火通明，天空都成了五彩缤纷的模样。第二天就是正月初一，早早地吃过饺子，邻里就互相拜年。初二一早，各类摩托车、三轮车就突突着上了路，开始走媳妇娘家、娃他舅家等等隆重的拜年活动。正月里，每天都是好日子，不用选，不用看，这家结婚，那家嫁女。孩子们兴高采烈地玩炮仗，数压岁钱。大人们走亲访友，有的为新年工作铺路疏通，有的为过去的隔阂麻烦坐在一起笑中泯恩仇。过了初七、初八，各村的锣鼓秧歌舞蹈队就蠢蠢欲动了。这种喜庆一直持续到正月十五元宵节之后，才渐渐回到往日的模样。

每年过年，刘乐然都要弄出一些新花样助兴。今年买了小轿车，他就围绕自家的小轿车做文章。刘家在蛤蟆村属于小户，又几代单传，自然亲戚也少。刘乐然就用毛笔红纸黑字写了一张告示，美其名曰便民喜讯。意思就是说，本人新近买了一辆小车，现正在磨合阶段，春节无事，愿为本村两类情况的村民服务：一是老年人出门走亲戚，他将免费接送；二是新郎、新媳妇，订婚的准女婿、准媳妇车接车送，费用是一包喜糖。村民们看了，立即就有人来到刘乐然家报名预约。

这一张告示，足足让刘乐然和他的小轿车一直忙到正月初十。随后，刘乐然又联系同银芳的轿车，将村子里张运动的父亲张士官，朱环环的父亲朱五四，乌云厚的老母亲，以及自己的老父亲刘传统用车拉着，一大早出发，在省城西安美美转了一天，吃了西府、东府各地的名小吃，同银芳用提早准备的照相机拍了许多照片，赶天黑，顺利回到了蛤蟆村。

刚进门,吕哈定就悄无声息地出现在面前。他高度赞扬了一番刘乐然的所作所为,特别是今天拉上村里老人旅游一事。又从人情伦理的角度,工作政治的角度评价刘乐然有远大眼光,会处世,绝对聪明,长此以往,蛤蟆村大大小小,老老少少的人都会佩服他刘乐然,信任他刘乐然。说话期间,吕哈定竭力表现出一副真诚的发自肺腑的表情,一双手还不时地有力地打着手势。刘乐然心知肚明,他不忍心打断吕哈定,这种故作真切激动实则肤浅露骨的拙劣马屁,正是吕哈定自认为他的强项和长处。

感到意思表达得到了火候,吕哈定话锋一转,说:"刘组长。"

刘乐然赶忙抢过话头:"别别别,吕哥,叫我啥都行,千万不能叫组长!"

"是是是,我就叫你兄弟。是这,你今天拉上这几位老人在西安转了一圈,也花了不少钱吧?"

"小事小事,对老人嘛,咱不能拿钱来说,只要他们身体健康,高高兴兴的,比啥都好!"

"大雁塔、小雁塔、钟楼都去了?"

"那当然,都离得不远!"

"门票可能一个人也几十块哩?"

"不说不说,给老人们花钱,兄弟我愿意!只要高兴热闹就对了!"刘乐然不想再听吕哈定拍下去了。

大门一响,朱环环来了。一进院子,朱环环就将一百块钱塞到刘乐然手里,那嘴里还千恩万谢地说:"兄弟做得好,拉上老人在西安城转一圈不容易。说实话,我爸老早都想到西安看看哩,你真是积福行善哩!"

"别急,你这一百块钱是啥意思?"

"对了对了,只怪老哥不懂礼数,多少你好歹收下,今后我一定遇事多想想!"朱环环坚持不接刘乐然塞过来的一百块钱。

刘乐然刚要开口,乌云厚腾腾腾进了门:"兄弟,我没有一百块钱,给,这是年前你给我送来的一袋子洋面,你吃去,就当顶了那一百块钱!不管咋说,你替我给我妈尽了孝,你收钱也是应该的!"说着,乌云厚将一袋子五十斤的面粉放到窗台底下。

"云哥,你这是干啥哩?这面是政府慰问你的,你给我干啥哩?还有,我拉老人出去转是我的事,我就没要钱嘛!你这样做,把我当成啥人了?"刘乐然抓住乌云厚的手,连忙说。

"你对我妈的好,我记在心里,我没钱,这面你得收下!"乌云厚坚决地说。

朱环环不由得看了一眼,他可是第一次见乌云厚这么讲理。

刘乐然真糊涂了。偏偏这时候,张运喜给他打手机:"兄弟,不好意思,你看娃要上学花钱,你知道,去年拖拉机也没挣下钱,是这,那一百块钱过年以后咋样?我知道你买小车可能也紧,要不,你从我包地款里一扣。当然,你拉老人旅游确实是好事,可我真的今年手头紧得很!"

"运喜哥,我啥时候给你张口要钱来?你过来,咱当面说清!"

乌云厚不管刘乐然说什么,转身就要走,刘乐然一把拉住:"甭急甭急,云哥,把话说清你再走不迟!来来来,外边冷,都进屋!"

乌云厚一把推开:"我不管行不行,就这么弄,我还要喂羊去呀!我走了!"

刘乐然无奈地叹口气,把一百元放到桌上:"环环哥,你刚才说的那一大堆话我真的没听懂,你说,这一百元到底咋回事?"

朱环环不由得转过脸去看吕哈定。

吕哈定坐不住了,不自然地笑道:"兄弟,是这样,我考虑这小车也不是烧水哩,又有同银芳的车,一路上还有过桥费啥的,再是吃饭停车门票,我想这花下来也不少哩,我就跟那几家说了一下,也没说必须拿一百块钱,都让采取自愿!"

"你看、你看,你咋能这样弄事哩?就是收钱我也不可能让你说去!"

"对对对,你兄弟面情软,我估计你也说不出口,所以就自作主张了!"吕哈定干笑着,一脸十足的奴才相。

"对,事实,这出去一天也花一两千块钱哩,但我愿意,我不心疼嘛,我觉得这钱花得值嘛,总比打麻将强百倍!我没有多少钱,我也是靠收破烂挣几个钱,也不容易。我说了,花这钱,我心甘情愿!我爸这么大年纪了,说实话,一辈子还没出过县城哩,我起初就是想拉上他去,可一想,拉一个人是拉,拉一车人还是拉,人家同银芳听说后,自告奋勇要去嘛,所以才把咱组里这几位老人都拉上去了!可你看看,你咋能这样?哎!"

"对对对,好兄弟,我啥意思都没有,只是确实佩服你的为人处世,确实

是替你着想!孝心嘛,让做儿女的尽一尽也是应该的!"

"可你这样一弄,就变味了!人家把我看成啥人了?"刘乐然气得一拍大腿。

"兄弟,我指天发誓,我吕哈定要是别有用心,天打五雷轰!"

刘乐然用手一指吕哈定:"唉,你呀,可真有意思!"

吕哈定笑笑,赶忙拿起桌上的一百元钱塞到朱环环手心里。

进来半天,一直不说话的老会计黄木泥尖锐地指出:"你呀,纯粹是为了买好,耍小聪明!结果是既蹲尻子又伤脸!"

(二)

刘乐然买小车,在蛤蟆村引起的影响是很深远的。首先,吕哈定已经佩服得五体投地了,他真切感受到了后生可畏这句话的含义。近两三年时间,他还连正眼都不愿看一眼的不男不女的毛头小子,竟然让他如此臣服,万万没有料到,同时,也对自己观察事物发展的能力产生了怀疑。其次,就是田小雨和李军。当小雨看见刘乐然门前那辆红得发亮的小车,她的心里就荡起一片涟漪,她早已经而且不断地告诉自己,刘乐然和她田小雨没有任何关系,任何瓜葛,她没有必要没有理由去关注他。但一切都是徒劳,她总是不由自主地去想刘乐然,去关注他的一言一行,一举一动。当听说刘乐然买了一辆小轿车后,她竟异常兴奋,而且急忙去问朱环环,刘乐然买的啥车?多少钱?刘乐然会不会开?意识到不该这样问的时候,心头掠过一阵阵针刺般的疼痛。她盼望刘乐然越来越好,但看见他不断进步,又非常惆怅,非常难受,甚至有种找一块不为人知的地方,好好大哭一场的想法。

这天下班回来,朱环环刚走,老田就喊女儿过来。田小雨解下围裙,掩上厨房门,快步进来。

"你做啥饭哩?"老田问。

"稀饭,小米稀饭,您不是爱喝稀饭嘛。"

"算了,等一会儿做,跟爸说说话。"

"行!"田小雨愉快地答应着,在床边坐下来。

"你扶我起来。"

"您不是和环环哥说了一下午话,刚刚躺下嘛。"

"没事,我想坐坐。"

小雨扶起父亲。

"最近咋样?"老田看女儿一眼。

小雨点点头。

"李军没过来?"

"我下班时他还没回来,去西安了。"

"最近见过刘乐然没有?"

"没有。你咋问他呢？我也不想见他。"田小雨低下头。

"哎,啥事都不要记到心里,不当亲人了也没必要成仇人!"

"爸,您——"田小雨十分意外,父亲的口气听上去特别超脱,完全是那种惊涛骇浪之后的平静恬淡。那眼神没有怨恨,没有悲伤。

"那您真的不恨他了?"

田冷春没有回答。好久,说:"刘乐然买了一辆小车?"

"不知道。"

"会的,这娃不简单! 这娃有大出息呀!"

"爸。"田小雨低头轻轻揉着自己的手心,"您咋知道的?"

田冷春淡淡一笑:"爸虽然下不了床,可村里发生的事一清二楚。"

"是环环哥说的?"

"嗯,你上班去了,他陪我闲聊说的。"

田小雨再没有说话。沉默了一会儿,她站起来:"爸,我做饭去。"

田小雨走到厨房门口,又转身去了后院。父亲的态度,让她心里很难受,她怎么也想不到父亲已经不记恨刘乐然了,砖厂的一切,母亲的死,好像他统统都不记得了,如今,最伤心的却成了她田小雨! 吃过晚饭不久,甚至连一集电视剧都没有看完,田小雨就睡去了。大概晚上十点多,李军突然回来了,他先是敲门,一遍又一遍敲门,田小雨关着灯,睁着眼看着一点也看不见的屋顶,却不吭声。她不想给他开门,她不想见他。接着,李军又打她的手机,田小雨拿起手机立即调到静音模式上。一个多小时后,李军只好开着车回阳沟派出所去了。

第二天,李军来到县局办事,问小雨干吗不开门? 小雨说心情不好,不

想开。李军就说,你是不是后悔了?田小雨不语,抬起头,望着窗外。李军却突然说:"不就是刘乐然买了一辆几万元的破车吗?至于嘛,他刘乐然就是买飞机,也改变不了他的农民身份,也改变不了他是个收破烂的!共产党会给他一月发几千块钱工资吗?"

田小雨生气地站了起来:"你出去!现在是上班时间!"

李军点上一支烟,狠狠瞪了田小雨一眼,大步走了出去。

田小雨听了,很惊讶,更伤心。如此势利,她当初怎么没看明白呢?总以为从山里出来的娃最质朴,最憨厚!唉!田小雨的心一下子就像刀扎一样难受!她突然明白了为什么自己和李军两个人两颗心之间老是隔着一层东西的缘故。她觉得她和李军真不是一路人!想起要和这种人生活一辈子,那心不禁打了个哆嗦。

两个人之间如此冷战了几天,临放春节假,又渐渐缓和了。但从此以后,田小雨心凉了,冷了,李军似乎也没有当初那份燃烧般的热情,来田家的次数也稀了,隔三岔五的,隐隐的,两个人的感情似乎出现了裂痕。最大的一个秘密是,田小雨断然拒绝了和李军过性生活。不管李军如何哀求,田小雨都抓紧裤带,没有动摇。有天晚上,李军喝了一些酒,强行将田小雨的裤头扒去,要行男女之事,田小雨一把拿起茶几上的水果刀,对着自己的胸口,声嘶力竭地说:"你,你再逼我,我马上就死给你看!"

李军吃惊地愣了半天,然后狠狠扇了自己老二一巴掌:"羞先人哩,我叫你发贱!我让你不要皮脸!我让你不知好歹!"提起裤子,开车走了。

田小雨并没有阻拦李军离去,只是默默地叫苦,苦的是她怎么遇上这么一个心胸狭窄、小肚鸡肠、阴谋歹毒又极其势利的小人!这难道是她田小雨的命吗?

春节期间,按照计划,刘乐然犹豫再三,还是硬着头皮拨通了田小雨的电话。刘乐然的电话和名字已经从小雨的电话簿里删除好久了,但她还是立即就认出了这十一位阿拉伯数字是刘乐然的!她既意外又惊喜,只是在准备要接的一瞬间,还是放弃了。刘乐然不知道,一直没人接,他考虑的却比较复杂:一是手机恰好不在身边,田小雨可能正忙着干什么;另一个就是旁边有人,不方便接;再一个就是不愿意接,不想接!要不要继续打呢?刘乐然迟疑了,怕伤自尊了,但又一想,他今天打电话,是有正儿八经的事要谈,并不是什么私事。

田小雨没有接,不光因为矜持,也想得有点多。等对方挂了,心里就产生一种小小的后悔。之后,她就不断地看手机,就等待手机再次响起来,刘乐然再打过来。终于,刘乐然真的打过来了。田小雨的心立即紧张起来,等响了几秒钟,她才按下接听键,然后礼貌地尽力用平静的口气问:"喂,谁呀?"

对方停了一下,说:"你好!是我,刘乐然!"那声音听上去客气礼貌又愉快阳光:"年过得好,小雨!"但还是让人感到了距离感。

"哦,你也好吧?"

"好!哈哈哈!"刘乐然爽朗地笑了起来。

"你——有事吗?"

"对,还真有事。你啥时候有时间,咱见一下面。"

"这,你觉得还有必要吗?"田小雨仍然矜持地说,心却怦怦跳得厉害。

"有,有呀。我还打算过去看看田叔哩!"

"是吗?你有那么好的心?"田小雨微微笑道。

"看看看,老同学,我觉得你还是对我误会太深!这样,我想和你谈谈砖厂的事,你考虑一下,不管咋样,田叔为村上更为砖厂立下了汗马功劳,咱绝对不能忘的!放心,事情一定会处理好!"

"那行,你看啥时候?"小雨好失望,原来,刘乐然是为公事的。不过,砖厂的事也该有个了断,有个说法了,拖下去对谁都不好。

"这样,你考虑一下,不是你舅侯水丁还有几万元在砖厂里,只要是你爸手里的事,只要你舅手里有你爸当年给开的手续,咱统统都认!就这,过几天我和你联系!"

"好,就这事,还有别的吗?"

"哦。"刘乐然沉吟一下,说,"我想问一下,你啥时候和李军结婚?"

"结婚?谁说,你听谁说的?"

"呵呵,这不用谁说,这是事实嘛。我的意思是,你们结婚时一定通知我一声,不管以前怎么样,咱还是老同学!"

"谢谢,你还记得老同学。"田小雨一阵心痛,说话几乎都有些哽咽。

"不用谢,这——"刘乐然犹豫一下,"你还好吧?李军应该对你很

好吧?"

"好,很好!如今这样了,你说我好不好?"田小雨停一下,继续说,"我给你刘乐然说,以后,再也不许在我跟前提起李军!"田小雨迅速挂断电话,泪水哗哗地流了下来。

(三)

近年来,吕哈定收奶的生意也不是很好做。原来,县上的乳品企业,由于种种原因被市场的浪潮冲击得无影无踪了,一些民营乳品厂渐渐成长了起来。随之,政府为原来县乳品厂划分的奶源收购辖区也取消了,各收奶员彻底进入了无界限的市场化收购局面,收奶员觉得哪个乳品厂好,对自己的脾气,合自己的胃口,就将鲜奶交到哪个乳品厂。慢慢地,竞争越来越激烈,奶农弄虚作假也越来越肆无忌惮,他们不怕卖不出去。你张三说我的奶密度不够,水掺得太多了,人家李四照样要;你嫌我羊发烧了,羊奶包子发炎了,鲜奶品质有点次,可人家不嫌,我照样变成钱。收奶员也难做,水大,密度低,交到厂里水分扣得多,一多扣,这一车鲜奶的利润就打问号了,甚至有白干或者倒贴的危险。更甚的是厂子直接不要,一车十几吨鲜奶损失了就更惨了,几个月都白干了。但你如果不收这家奶农的奶,人家马上就给了别的收奶员,从此就会失去一个资源,这样也影响生意。所以说,收奶员也两头作难。还有一个更大的问题是欠账!但这欠账多了也有好处,它可以进一步巩固二者的关系。

要说欠账,根源还在乳品企业。市场波动大,乳业产品竞争可谓白刀子进红刀子出,特别是国外乳品进来后,内地乳业纷纷落马,四处逃散,甚至全在石头缝里生存,自然,以羊奶为原料的也不例外。于是,乳品厂因经营艰难又不得不经营的情况下,对下线即收奶员开始欠账。欠多了,发一次,欠十万,发一万,越积越多,越积越大,收奶员也没那么多资金,最后吃亏挨打的就是千家万户的奶农!吕哈定也是这条欠账线上的人,自去年以来,吕哈定至少欠奶农三万多元!据黄木牛等人估算,这些钱还仅仅是欠蛤蟆村七个村民小组的,外村的还不清楚!

就三组来说,欠村民朱环环、李就就和李强这几家最多!

春暖花开,大概一过正月二十,就慢慢开始收奶了。可今年,吕哈定的心里却装了老虎,难受得很!今天,已经是正月十六了,乳品厂突然通知说,去年那五万元奶款暂时付不了,老板得了重病,已经去上海了,估计资金下来在清明前后。吕哈定一听脑袋嗡地一下,傻眼了,他可是大嘴大梆子给欠奶户说正月二十是一堵墙,所有欠款在正月二十前全部付清!

越发愁,债户逼得越紧。一听说到清明前后,一些指望开春用这笔钱的人家希望落空了,马上急了,围在吕哈定家不走。

朱环环两口子在吕哈定院子里坐了整整一上午,没有一点收获。肚子饿了,这才垂头丧气地回了家。儿子朱正确那只眼睛到底还是没能保住。现在,春节过完,按计划到西安给朱正确装一只假眼。儿子要长大成人,视力的缺陷弥补不了,总不能让那只坏眼还占着脸影响形象,换只高仿眼,看上去会美观很多,甚至不知内情的人根本看不出那是假眼,同时,也多少恢复一点朱正确的自尊心。虽说这些费用全都是张运动承担,但毕竟自己还得准备一些生活费什么的。吕哈定还欠五千多元的羊奶款,答应正月二十之前付清,也正好赶上给儿子看病。没承想,吕哈定竟要变卦!朱环环两口子自然很着急,吃过午饭,老婆毛线线说:"咱人软,缠不下吕哈定,有人能缠下他!你去,寻李强去,听说欠李强也四千多块钱哩!"

见了李强,朱环环把情况一说,李强却一点也不着急,他微微一笑,说:"环环,你可是稀客,来来来,喝杯茶!"

朱环环连忙推辞,他哪有心情喝茶!

"喝喝喝,大过年的,客气啥?给,我这可是八百八十块钱一斤的正宗铁观音,烂烂陕青我从来不喝!"

朱环环接过茶杯。

李强用手一指茶具:"这铁观音恐怕你一辈子都没喝过!这是我局长弟弟给的。说实话,我一年的烟茶从来没买过!"

朱环环的心思却在羊奶款上:"强哥,吕哈定说,欠款到清明前后才给哩。"

"不怕不怕,他不敢!我不信他敢给我李强绾花子!"

"你不知道,村里一些人都在吕哈定家里要钱哩!"

"要下没有?"

"当然没有,吕哈定说奶厂没给他,他拿啥给咱哩?人都说,只有你能缠下吕哈定,还是你要吧!"

李强点点头:"那是,不过这吕哈定又没干啥,为啥不清账哩?难道奶厂真的没给?"

李强终于被说动了,他把茶色墨镜一戴,一手掂着手机,一手端着一包高档烟,威严地说:"带路!"

朱环环没有骗他,吕哈定院子里果然聚了不少人。黄木牛一见李强进门了,忙道:"呀,大侠来了!大侠来了!快快快,大侠出马,马到成功!咦,把局长烟给咱发一根!"

李强在院子里站住,很不在乎地给黄木牛扔过一支去,问:"这到底咋回事?"

"尿,你都进门了还不知道咋回事?"黄木牛小心翼翼地很享受地吸一小口烟说。

"吕哈定人哩?"李强板着威严的脸,问。

"刚去了后院茅房。"黄木牛道。

"那现在咋说的?"李强继续问。

"吕哈定说奶厂没给,他这几天正想办法呢,钱下来了先把大家的账付了。"

"那就对了嘛!"

"尿,吕哈定那货是光身子穿皮袄,转身大!谁知道是真的还是哄人哩?"

"我问问!"李强说着,拨开众人,挤进里屋,"嫂子,我吕哥哩?"

吕哈定老婆李欢迎忙说:"后院茅房去了!"

"不对吧,这都快半小时了,吕哈定是拉井绳哩?现在还没拉毕?"

有人推开后门,跑到后院一看,大叫着跑了过来:"茅房没人,后门没关,八成是早从后门溜了!"

大家这才叽叽喳喳议论起来。

李强道:"嫂子,你个女人家,咋也哄人哩?这个做生意要讲诚信,你知道不?这个'八荣八耻'你知道不?"

李欢迎忙道:"兄弟,当真是奶厂把人耍了!奶厂原先答应的是正月十五前付奶款哩,谁知道老板得下瞎瞎病了,到上海看病去了!"

"真的吗?"李强问。

"千真万确,我一个女人家哄你弄啥哩?"

"那好,我给公安局打个电话,让我局长弟弟派便衣过去了解一下情况!"说完,李强嘴一歪,吐掉烟屁股,威严地去了。

"大侠,大侠!"黄木牛再叫也没拦住,等走远听不见了,一脸鄙夷地说,"真他妈吹大侠!笨狗扎个狼狗势,呸!"背地里,蛤蟆村人把李强都称"吹大侠",即所谓吹牛皮大侠客。

吕哈定确实从后门跑了。不过并不是躲债户,他寻刘乐然去了,他希望刘乐然能江湖救急,一是出面给一院子的债户做做思想工作,退了城下之围,再一个就是看能不能借给他几万块钱,万一为难的话,看能否帮忙在信用社给贷一笔钱,他只用三个月,五一之前就归还。刘乐然手边并没有多余的钱,至于贷款,他倒可以给帮帮忙。问题是吕哈定之前是否贷过款?如果有,就不好办。两个人谈好之后,刘乐然随吕哈定去了吕家。

刘乐然来了,大家都上前问情况,刘乐然就先说了一下吕哈定目前的情况,然后向大家说了他将帮吕哈定筹钱的方案以及付款的时间,众人这才放心地散去。

（四）

元宵节之后,阳沟镇如期举行了三干会。会后,刘乐然顺利被接收为中共预备党员。接着,镇党委、政府研究决定,任命刘乐然为蛤蟆村代理村主任,等到换届选举时再理顺。随后,镇政府副镇长在蛤蟆村全体村民大会上宣布了镇政府的决定。没想到,会场竟响起了持久的热烈的掌声,许多村民都用赞许的目光看他,看好他。也真心希望刘乐然能带领全体蛤蟆村人早日甩掉穷帽子,过上好日子。

徐书记、王镇长也拍着他的肩膀,紧紧握住他的手说,由镇党委、镇政府做你的坚强后盾,放开手脚,好好干!你是全镇最年轻的村官,一定要干出一番名堂来!刘乐然郑重地点点头:"没问题,我会的。首先,我不胡弄,我也要做到我们蛤蟆村的村干部都不胡弄!其次,我保证把蛤蟆村每一个村

民的事都当我自己的事来干!"

任命文件只有薄薄的几页纸,但刘乐然却感到了肩头责任的重大,同时,这文件也是他人生历程中一个鲜红的亮点,一个踏上远程的绿色信号灯。面对全体蛤蟆村村民殷切的期盼的目光,刘乐然暗下决心,发誓一定要干好蛤蟆村的事,决不辱没使命!一年后,刘乐然又顺利当选为蛤蟆村党支部书记;同银芳也被接收入党,后当选为党支部副书记。这是后话。

其实,工作上的事情一直都在按刘乐然的计划进行着。

就在刘乐然准备去找田小雨商量砖厂的事时,田小雨却给他打来了电话。好久好久了,田小雨从来没有主动给他打过一次电话。这个电话让刘乐然很高兴。按照约定,刘乐然来到县城一家饭馆的包间见到了田小雨。冬去春来,一切都显得有了暖意。田小雨显然经过了精心打扮。她剪了短发,没有穿警服,葱绿高领的羊毛衫,皮短裤,马丁靴,外穿一件浅色的长大衣,看上去比较精神,和去年冬天相比,简直就像换了一个人。气色一好,那皮肤红里透白,越发动人,特别是那胸前露出的一片葱绿,生机盎然,有活力得很。刘乐然不禁眼前一亮,只是李军没有来,旁边坐着的却是田小雨的舅舅、有名的黑律师嘴子客侯水丁。见到刘乐然,侯水丁也十分客气,他竟掏出一支烟抢在刘乐然之前给对方递过去:"刘书记,你好!"这一声称呼,连小雨都不由得看了一眼舅舅。刘乐然更是不习惯,甚至还本能地看了一眼包间外边,然后不好意思地笑道:"好我的律师叔哩,你再甭糟蹋侄了!""咋哩?叔又没叫错嘛,咱俩不是十分熟悉,我这样称呼你难道有错?"几个人说着笑了起来,气氛一下子活泛了。

刘乐然点了几个菜,要了几听饮料,说:"来,咱边吃边说,以说为主。"刘乐然从背包里取出一包烟放到桌子上。

田小雨注意到了一个细节,刘乐然点的菜,一荤三素,全是她喜欢吃的,连饮料都不例外。她不由自主地想起了她和刘乐然在一起吃饭的情景和如今是多么相似!然而,人面桃花,东风笑过,一切都不同了,都成历史了!特别是刘乐然,看上去谈笑风生,似乎并不记得这些,或者这些在他们之间从来就没有发生!他就真的不记得了?忘了?田小雨不相信,从玩尿泥过家家到上小学、高中,到走向社会相恋相爱相知,青梅竹马,她相信刘乐然一定没有忘,一定记着他俩的一切。只是他现在成熟了,懂得隐藏自己了而已。

田小雨心里还是有点儿小小的恼火,她故意殷勤地过分关心地给舅舅侯水丁夹菜,偏偏不给刘乐然夹,甚至连一句客气话都不说。

　　不过一谈到砖厂,几个人都表现得特别有姿态,有觉悟,也更具有看穿风尘云雨之后的超脱意味。小雨说,她和舅舅商量了,不管咋说,她田家世世代代都是蛤蟆村这一块土地养育的,如今,她也没有多少亲人,但也可以说,蛤蟆村每个人都是她的亲人!不错,父亲一辈子为集体,为砖厂也做得不少,砖厂能有今天,是父亲坚持不懈苦苦拼搏甚至当牛做马发展起来的,村里的小学、水利、人畜饮水,都是因为有砖厂才发展起来的!虽说砖厂是蛤蟆村三组的,但三组集体这些年给了砖厂什么?什么也没有!当然,这些都过去了,不说了!我父亲也有做错的地方。比如,他不该将砖厂的所有权转到自己名下,至于现在嘛,我希望村上也不要追究过去了,我也不想要啥,只希望能给我父亲一个平顺的幸福的晚年生活就可以了!田小雨说得很平静,很舒缓,很坦然,很真诚,一点也不悲戚,这些话显然是经过深思熟虑的。

　　随后,黑律师侯水丁说,我是一个外人,没有发言的资格,我今天说的这些话,纯粹是代表田家,代表我外甥女说的,希望刘书记多担待一些。首先,这砖厂到底归谁,没有多少值得商讨的地方,如果说是你们蛤蟆村三组的,这些年来,砖厂起起落落,动动停停,从当年纯粹的手工上马,到后来发展成现代化的砖机、推土机、大型风机、拉坯车等等,一应俱全,三组集体给砖厂投资过一分钱吗?没有!甚至砖厂还不断给集体拿出来。比如,集资建校;比如,打机井;比如,拉自来水,等等。但如果说是田冷春他个人的,也不准确,至少1984年起板建砖厂的时候,蛤蟆村三组每家每户还入了几十块钱的股份,这块地方也是集体的,所以说,很难说清楚,一句话,田冷春把集体的砖厂当自家的来经营,你们三组却把砖厂当别人的去看待,摔扁捏圆,不管不问!但总的来说,田冷春为砖厂的发展付出了毕生的精力甚至生命!这几年建筑业兴隆,砖厂有效益了,你们三组要把砖厂收回去了?不过那也没啥!因为本来就没有什么约定、合同。但按理,既然要收回去,就应该清核资产,详细评估一下,如今这个砖厂到底有多大家底,然后,看给人家田冷春如何分配报酬。不说别的,光说地面上咱能看见的固定资产,就是很大的一笔!一台全自动制砖机,多少万?两台九十马力的推土机,多钱?十辆拉砖坯的农用三轮,多钱?还有那大瓦数鼓风机,还有当初是罐罐窑,现在建成

了大型轮窑,这多钱? 再是,那一排二十多间的办公房,那两眼机井,十几档动力线,一个八零配电室,自来水,洗澡堂等等,你算算! 侯水丁一口气说到这里,喝一口饮料,拿起一支烟,点着,透过飘起来的蓝色烟雾,看一眼刘乐然。

田小雨看看双方,轻轻推一下舅舅。

刘乐然一言不发,神情有点严峻。

"当然,"侯水丁说,"我今天提出这些,也是让你刘书记心里有个数,也想通过你让老会计黄木泥等一干人心里明白,田冷春这些年在砖厂没有多少功劳也有很大的苦劳;另一方面,我侯水丁看你刘书记虽然年龄不大,但为人公道,正派,套一句时髦话,属于有很大升值空间的潜力股。所以,你不要在意,这些我只是说说,并不是要你一定要给田家多少,还是我外甥女那句话,让我姐夫安度晚年,再不要折腾,也千万别再折腾!"

听完之后,刘乐然深受感动,他说:"你和小雨都放心,我一定会处理好这些问题,绝不会再让田书记受到任何伤害!"

"哦,对了,是这样,这是当年田书记给我打的五万元的借款以及清息条子,这钱你看咋办?"

刘乐然接过来看看,说:"条子你暂时拿着,你想要钱或者继续放在砖厂都好办,我很快就给你一个准信!"

如此棘手的问题,最终竟如此简单地解决了,这就是世事! 刘乐然万万没有想到,他在心里也非常感谢田小雨一家人。接着,他执意再点了几个热菜,要了一瓶白酒。趁侯水丁去洗手间的空儿,田小雨问:"当官了,啥时候请一顿啊?"

刘乐然发现田小雨正看着他,忙避开,说:"今天这就是请你哩!"

"去,一码归一码!"

"好,时间、地点你定,好好请你!"

"这还差不多! 哎,"田小雨突然压低声音,"有目标了吗?"话一出口,那脸就红了。

"没有,你给物色一个!"

"好啊!"田小雨高兴地说,"说说条件。"

"只要人品好,是个女的,再就没有了!"

"呵呵呵,你呀!"田小雨伸手一推刘乐然,随后,她就感到了自己的冒失,忙低声说,"对不起。"

"没啥!忘了问,你怎么样?和他啥时候办事?"刘乐然谨慎地问道。

"不怎么样,一点也不怎么样,我现在才发现,我和他根本就不是一路人!"

"闹别扭了?"

"不仅是别扭!我和他不可能!我现在再也不谈恋爱了!从今以后,彻底恢复我的自由身!"

"是不是?"刘乐然睁大眼睛,"知道不?同银芳也给我说,她和余律师不行,她已经恢复了自由!你、你们这到底咋回事啊?"

正说着,侯水丁从洗手间出来了,他说,一个朋友打电话,说是有个民事案子,生意来了,他得过去一趟,刘乐然和田小雨再三挽留,他笑笑,还是去了。

要了一桌菜,总不能浪费了,正好也有事,刘乐然立即打电话叫来同银芳。谁知,同银马也相跟着来了。这小子现在成了姐姐的跟班。

初春,一个阳光灿烂,又经过精挑细选的日子,蛤蟆村三组的砖厂终于开张了!据说,同银芳承包了砖厂,被村上封为蛤蟆村砖厂的执行厂长,而将老书记、老厂长田冷春任命为蛤蟆村砖厂厂长,黄木泥仍是村会计,并被任命为砖厂的财务总监。同银芳办事有气魄,她命人绕砖场插了一圈红红绿绿各色的彩旗,又叫来锣鼓队秧歌队助兴,那鞭炮足足放了一三轮车。蛤蟆村的男女老少几乎都来了,李军带着几个民警做现场秩序的维护工作。特别引人注目的是,同银芳和田小雨两个人推着轮椅,将老书记田冷春一步步从大路上推进砖厂庆祝会场的主席台。刘乐然、黄木泥等人则主动离了会场,跑过来接坐着轮椅的老书记田冷春。老田激动得热泪盈眶,连连说:"好好好,砖厂又开了,又开了!"

在庆祝会上,同银芳、黄木泥等人先后发言,老书记田冷春也讲了一段话,刘乐然做了相当全面的总结。最后,根据大会的安排,老书记、老厂长田冷春宣布:"蛤蟆村三组砖厂正式开工!"

随着同银芳一声令下,制砖机轰鸣了起来,推土机突突突吼叫了起来!

第二十三章

（一）

老会计黄木泥最近可谓喜事连连，花好月圆。砖厂终于被大伙讨回来了，村会计的位子还保住了，最关键的是自己居然成了蛤蟆村砖厂的财务总监。这可是个再重要不过的缺儿，足足说明刘乐然同志对他的彻底的全面的放心和重视。

但还有一件更为重大的事就是他的儿子，他黄家唯一的香火继承人黄连胜格外长脸地回来了！儿子这两年的不省心已经成为他心头一块巨大的石头，不管干什么事，在什么情况下，只要一想起黄连胜来，他马上就蔫了，心情沉重了。掐指算算，儿子属牛，今年已经二十五岁了！我的天，一个农村娃，一个农民身份的又没有任何光环学历的小伙，已经二十五岁了！在农村来说，已经步履沉重地迈进大龄青年的队伍了！如果还不引起重视，眨眼再晃悠两年，他就真的对不起长眠在地下的黄家的老先人了！说心里话，今年这春节就过得很不是滋味，儿子的终身大事没有解决，他都没脸出门，总感到自己低人一等，无能，没有本事。一听说村里哪家给儿子结婚，哪家给孙子过满月，他就羞愧得很，烦躁得很，不由自主地就想发脾气。那天，他刚来到大门口，却见吕哈定两口子提着红包袱经过，一问是去女儿家，说是外孙女满月，黄木泥心里马上就不好受，甚至认为吕哈定笑眯眯看着他，故意将看外孙一句话说得特别地响，明显是给他黄木泥亮耳！因为吕哈定的女儿和他家黄连胜同年同月生。回到屋里，一肚子闷气没地方出，竟大骂枣花把饭给他舀得太满了！

如今，儿子黄连胜英气勃发地回来了，尽管这一去又是杳无音信，连过年都没声音，但突然回来了！突然站在他面前了！黄木泥上一眼下一眼细细地爱不释手地打量着他的作品,觉得儿子成熟很多了,说话也稳重多了,最可喜的是知道尊敬父母,心疼父母了！他知道老妈胃不好,特意买了一条护胃的什么元气袋,这袋子里边全装的是驼绒,软绵绵的一上腰,马上就有温暖的感觉,灵验得很！给老爸买了一把二胡,别看古旧,却是省戏曲研究院一位名家的宝贝,据说要五千多元哩！这都是小事,黄连胜现在是省电影制片厂的助理导演,工资高,待遇好,有地位,有面子,到底是他黄木泥的后代,血管里流的是艺术家的血,身上的肌肉是由无数艺术细胞组成的！他黄家多少代的艺术血脉终于有人继承,而且一代胜过一代！黄木泥怎么能不高兴呢？激动呢？如果说儿子是他心头的一块巨石的话,儿媳妇就是搬掉巨石的那个杠杆！现在,黄连胜终于威风八面地把杠杆给老子扛回来了,你说,他能不高兴得手舞足蹈吗？

"你说的可是真的?"黄木泥坐不住了,他背着手,大步在院子里转着圈儿。

"那当然,她家就在县城交通局家属院里！"黄连胜一脸骄傲地说。

"这娃叫啥名字?"枣花忙问,"长得咋样？能配住我娃不?"

"叫刘春娟,长相还可以吧,和那个谁——"黄连胜眨巴几下眼睛,用手习惯地敲敲脑门儿,"和电影演员马伊俐,对,就是马伊俐有点儿像！"

"啥？马伊俐个子不高。"黄木泥摇摇头,不是十分满意。

"我是说脸面像,个子比马伊俐高,大概一米六七左右。"

"呀,那么高！好好好,好！"枣花情不自禁地伸手比画着高低,高兴地说。

"这娃是弄啥的?"黄木泥问。

"弄啥?"黄连胜一笑,骄傲地说,"和你原来是同行！省戏校毕业,学的是小旦,现在省秦腔剧团哩！"

"呀呀呀,好！这可是我黄木泥烧高香了！"黄木泥站住,使劲一跺脚,乐得手舞足蹈,居然流露出几分孩子似的天真烂漫相。

"那你俩现在关系到哪一步了?"黄木泥关切地问。

"我俩都几年了,你看我这羊毛衫,牛仔裤,还有这一双名牌皮鞋,都是人家给我买的！"

"是不是?"黄木泥两口子睁大眼睛。

黄连胜幸福地点点头,回身从里屋的背包里取出一张照片递过来。

枣花连忙接过去，黄木泥情不自禁地要过去："我看！"

这是一张黄连胜和他的女朋友刘春娟的合影照。照片里，两人亲昵地站在一起，黄连胜一手握着刘春娟的小手，而刘春娟的另一只手却搭在黄连胜的肩膀上，头还微微向黄连胜胸前一偏。

"这是不是你俩的订婚照？"枣花满心欢喜地问儿子。

"啥叫订婚照？人家城里叫确定恋爱关系！"黄木泥白老婆一眼。

黄连胜点点头，说："爸、妈，我俩不光确定了，这次回来还想把事办了！"

"啥？结婚？真的？"黄木泥和枣花异口同声地问。

"真的，千真万确！"黄连胜十分肯定地说。

"可咱啥也没准备呀！"老两口又齐声说。

"不用。其实，"黄连胜摇摇头，有些不好意思地说，"其实我俩已经住在一起了，在西安，我们单位的同事都知道我俩已经结婚了！"

"啊？"两人又齐声道。

"那你准备啥时候要娃呀？"枣花忙问。

"是呀，人家吕哈定的女子跟你同岁，娃都过满月了！"

黄连胜一笑："不急，等忙过这一阵子就要，赶年底让你二老也把孙子抱上！"

"那、那、那太好了！"两人齐声说道。

"娃他妈，我这不是做梦吧？"黄木泥一碰老婆。

"做啥梦哩？真的！"枣花看老汉一眼。

"哦，对了，那春娟家里都有啥人哩？"枣花问。

"她家里嘛，她妈去世早，现在有个后妈，她爸原来是交通局长，身体不好，退二线了！"黄连胜看看二老，说。

"好，我娃有出息，比你先人我有出息！短短两三年，一个农村娃光身子跑到城里闯荡，不光弄了一个导演助理，还娶了一个城里媳妇！好！给先人把光争了！试问，这么大个蛤蟆村有谁能比我黄连胜本事大？就把他考上一本重点大学的统统算上！"黄木泥激动地说着，感情完全沉浸在伟大的自豪里边。

过了一会儿，他沉吟道："那咱这结婚咋办呀？"

黄连胜道："春娟家就是那么一个情况，后妈不可能对她有多好，咱也不

300

要指望人家陪啥嫁妆,其实,我和春娟商量了,也和她家说了,人家那边啥要求都没有,咱几时结婚都行,但有一点,就是让拿过去三万五千元的离娘钱,再啥也不要了!毕竟人家把春娟从一尺五寸养大成人嘛!"

黄木泥一听,很相信地点点头:"好,很好!简单实际,也低调稳重,不过,你爸你妈就你一个儿子,咱说啥都要请来亲戚诸人,邻家对门,好好热闹一回,摆他几十桌才对!"

"爸,我看没有必要,我刚才说了,我俩已经生米做成熟饭了,咱不用讲那些排场,那是浪费!"

"不行!"黄木泥坚决地说,"这回你要听爸的,爸理解你的心情,知道你心疼钱,但这排场一定要讲,咱要好好在蛤蟆村所有人面前扎一回势!排场一回!这也是给黄家老先人争光哩!这钱应该花,花得值!就是砸锅卖铁都要花!我愿意!哪怕过后吃糠咽菜哩!是这,晚上叫你妈弄些菜,把你二爸叫过来,咱好好策划策划!"

"算了爸,咱确实没必要,只要给那边三万五千元,一切就全搞定了!"

"三万五算个啥?这么好的媳妇就是女方要十万八万我都掏!不过,你放心,花多少爸不跟你要!对了,晚上再把刘乐然请过来!"

(二)

看见侄子黄连胜,黄木牛立即就想起了那年被这狗东西拐跑的摩托车,心头的火腾地就蹿上来了!那可是一辆崭新的摩托车啊,连五百公里还没有跑下呢!他喜欢得睡觉都想搂到被窝,这是他几年的希望和努力才买的啊!

黄木牛攥攥拳头,真想扑上去,左右开弓,一面三下,给六个嘴锤,放放他的生血!但还是忍住了,这是亲侄子,他老子如今又握着村上的实权,还是砖厂的什么财务总监。黄木牛耐心地客气地微笑着听完侄子的话,立即就相跟着去了哥哥家。不一会儿,刘乐然也到了。

黄木泥看看几个最亲近的人,压住内心的兴奋和自豪以免冲到脸上去,用一种波澜不惊的口吻说了儿子黄连胜这几年的情况,特别是说到黄连胜的婚姻媳妇,黄木泥越发显得轻描淡写,好像这一切都在预料之中,必须发

生和必然发生的。否则,就不正常了。

黄木牛一听,啪地一拍膝盖,说:"好!我姓黄的这下可长脸了!光宗耀祖了!哥,你的计划我赞成,这么大的喜事,不摆他几十桌还等啥哩?让左邻右舍看看,咱老黄家可是人才辈出!"

刘乐然也很高兴,他说:"会计叔,你是正柱子,你说,让侄干啥就干啥,没二话!有啥困难也只管说!"

"你是书记,你给咱当大管家,我把啥事全交给你,原则是越热闹越好!"

黄木泥高兴,三个人,一瓶白酒喝干了还没够。

"那这三万五千元礼钱咋弄哩?"黄木牛问。

"钱不用操心,我在信用社一取就行了!"黄木泥摆摆手。

黄连胜却比较矜持,他客气地给这个敬烟,给那个倒酒,既成熟稳重又落落大方,还有种优雅的绅士派头,不愧是当导演的。

"哥,我是说,这礼钱咋过给女方?"

"这个没事,到时候我交给春娟就行了!"黄连胜及时准确地插上一嘴。

临近大喜之日,刘乐然调配开手里的一切事务,头一天下午就入事了。他和黄木泥兄弟商量了一番,然后用毛笔写了一份执事单贴在墙上,同时,让老会计黄木泥亲自去请村子里来帮忙的人。根据安排,决定让吕哈定专烧茶水,朱环环、张运动、张运喜跑堂端菜,李就就老师招呼各方来宾入席就座事宜,玉女、毛线线、李欢迎、赵水仙择菜、洗碗碟、蒸馍、调菜等等帮厨,黄木牛主管烟酒发放,蛤蟆村小学校长同大炮做账房先生,专收来客贺礼和记账,村小学韩小英老师接新媳妇下轿、进院、入屋、席间行礼、认亲事宜,刘乐然作为证婚人并宣读结婚仪式诸事。

一切安排就绪,刘乐然开车将黄木泥原来剧团里的唱家子统统接了过来,又打发张运动开上小四轮将美人村张老汉等一干人,以及锣鼓家伙拉了过来,村西头小卖部唐绪娃送来一摩托三轮烟花礼炮,说是老会计黄木泥打电话吩咐的。

晚上,黄木泥家里灯火通明。张老汉一干人吃饱喝足之后,在大门外边,当院里,后院里,一场又一场地渲染气氛。那鼓人称老鼓,比食堂里一张十二个人围着吃饭的转盘餐桌还要大,张老汉和另一位壮汉手持胳膊粗的鼓槌,身着金黄色的喜庆服,围着大鼓跳着转着,胳膊抡圆了地敲打,那鼓槌上的红绸子,人脑门儿上、腰上系的红绸子随着节奏,做半弧状或者平行的运动,别有一番韵道和滋味。由县剧团以及几位著名民间艺人组成的自乐班,在黄木泥的客厅里抑扬顿挫地唱秦腔。刘乐然领着几个小伙子坐在黄连胜新房的大床上尽情地打扑克,黄木泥两口子特意端来瓜子、喜糖,供其享用。这个场面很重要,关中道农村俗称烘新房。

黄木牛和哥哥商量了一下,让侄儿黄连胜手捧先人遗像,跟着他去了公坟里请祖宗牌位。到了坟地,响了一串鞭炮,点了一沓纸钱,叔侄两人扑通跪倒,黄木牛声音洪亮地说:"爸、妈,您孙子黄连胜终于修成正果,有大出息了!现在是电影导演了!明天大婚,特来请你二老回家吃酒席!也希望二老从今往后多保佑您的儿孙们工作顺利,家业兴盛!"说罢,二人咚咚咚磕了三个响头。回到家里将先人牌位供奉在堂屋的正当中,献上时令水果。

大约到了晚上九十点钟,有人将礼炮烟花端出家门,开始噼噼啪啪地燃放,进一步地渲染黄家上空的夜色,引得蛤蟆村许多人观望议论。

老书记田冷春听见了花炮声,看见了映在窗前的彩光,一问小雨,原来是老会计黄木泥给儿子结婚,很有些感触地点点头,自语道:"哪天咱家也这样热闹一回,该有多好!"

田小雨为了让父亲高兴,忙说:"爸,你等着,快了,到时候咱也要弄得热热闹闹,让您高兴高兴!"

"这话爸爱听!"

正说着,大门一响,院子里传来一阵脚步声。原来是黄木泥领着儿子黄连胜进来了。

客气了一番,黄木泥指指儿子黄连胜,热情洋溢地说:"老书记,这是小儿黄连胜!我是你的老部下,咱也是乡里乡亲的,明天给娃结婚大喜,这嘛,我特来领儿子过来看看你!顺便也报个信儿,明天,一定要请你喝杯喜酒,让老领导也沾沾喜气!"

"好好好,哎呀,不常见,大了,你儿子长大啦!好,有出息,眉清目秀,一表人才!明天这喜酒说啥也要喝,就是你不叫我都要喝!"田冷春高兴地说,"有千年邻家,没有千年亲戚,以前的事都是为了工作,和咱世代相聚在一块相比较,那算个啥?"

一旁的黄连胜忙将一支烟毕恭毕敬地递给田书记,微笑着点着火。

其实,黄木泥过田冷春这边来,一半理由是他嘴上说的,还有一层意思是来炫耀、夸赞和回应的。他当然没有忘记当年拐跑兄弟黄木牛的新摩托时,田冷春背着他在吕哈定等好多人跟前讥笑他家的话:"想不到蛤蟆村几十年咋出了这么一个货!弄不住外人,扭自己架上鸡哩!"现在,要让田冷春看看,他黄木泥的儿子到底如何!哼,不但扭的是外人的鸡,还是城里的鸡,西安城里秦腔剧团的名鸡,高档鸡!而且,不需要托媒人、提礼品等等这些外力作用,人家全靠自己一人就搞定了一切,可谓物美价廉。

第二天大喜,一清早,各路帮忙的人都陆陆续续正式入了事。玉女昨天下午就来了,按照安排,她给厨师拉下手,将各类凉菜、热菜的材料都上了案板,切好,只等装碟或者下油锅。卖过羊奶,梳洗一番,玉女就兴冲冲地来到老会计家。自从去年拾了那个新手机之后,玉女爱上了手机,离不了手机,出门也好像比以前爱照镜子、爱搽香脂了。到了老会计家,她直接就进了厨房。吕哈定也早早到了,已经将各个盛开水的保温瓶统统灌满了。因为上了银行的黑名单,贷款的事始终没有着落,欠奶款归结不了,群众都把羊奶卖给了七组的唐绪娃。所以,已经农历二月了,他还没开始收羊奶。看见玉女来了,吕哈定沏了一杯热茶端到厨房,给了玉女。这时,刘乐然来了,在他的指挥下,一推闸刀,鼓风机呜呜叫着,将一个巨大的红色气拱门吹了起来,几个帮忙的随即从车上抬下红地毯,从黄木泥的客厅门口一直铺到大路边,接着,一辆辆提前订好的迎亲小轿车都披红挂彩一尘不染地开到黄木泥家门口,由于地方有限,小车排成队几乎占了半条街。朋友、邻家、对劲的关系户们都来行贺礼了。小学校长同大炮热情地接待着,收过二十、五十、一百各色轻重不等的礼金,龙飞凤舞地记下各位的大名,李就就老师随即热情地招呼大家喝茶抽烟小坐。田小雨也来了,父亲叮嘱让行五十块钱,她却私自做主行了一百。本来不进院子,看见刘乐然在里边,就顺坡下驴来到院里接过一杯热茶来。刘乐然冲她友好地一笑,走过来。小雨看看刘乐然,一撇小嘴:"你又没结过婚,你能当大管家?你懂?""没问题,学哩嘛,这又不是给原子弹安把哩!"

(三)

该吃早饭了,玉女几个妇女炒了一荤三素四个菜烩了一锅馍。热馍就菜喝茶水，就是所有帮忙人的早餐。刘乐然是伴郎，今天，他穿了一身浅灰色笔挺的西装，打了一条浅灰色的领带，那布料在阳光下闪着明星子，脚蹬一双红皮鞋，与略微年轻同样不失帅气的黄连胜站在一块，相映生辉，惹人喜欢。按风俗，刘乐然吃了偶数的荷包蛋，然后，领着新郎带着迎亲队伍向县城徐徐进发。临走，黄木泥将三万五千元交给刘乐然。这三万五千元用一块红绸子包着，又装进一个阔气的枣红色的女式皮包里，显得极为用心，高度重视。黄连胜坐在副驾驶的位置，将皮包抱在怀里，刘乐然既当司机又是伴郎。一路上，摄像人员坐在一辆较小的小轿车里，一会儿冲到迎亲车队的最前面，一会儿又在后边，一会儿又紧紧跟着主婚车拍特写，显得既灵活又活跃，其中把黄连胜的镜头取了不少。

　　家里，同样也在有条不紊地忙活着。蛤蟆村小学年轻漂亮的少妇型女教师韩小英也在前一天进行了精心地打扮、梳妆。今天，她的主要任务是在大门外迎接下轿的新娘子，关中道乡下人称接媳妇的。当婚车到了主人家门口，接媳妇的在几位同样漂亮的年轻女性陪同下，端着茶盘来到车前，请媳妇下来，并给媳妇以及媳妇的直系贺客们奉上一杯热茶。媳妇能否顺利下轿，全在接媳妇的一张巧嘴。同时，接媳妇的这个人，一定要形象好，气质佳，谈吐非凡。此刻，她在媳妇和娘家人面前充分体现的是男方家的尊严、底气。应该说，这是一个不折不扣的却很必要的面子工程。

　　蛤蟆村距离县城很近，迎亲队伍是按计划的时间徐徐前行的，车队十点整出发，十点半到媳妇娘家，在女方家待半个小时，大约十一点二十分从县城返回，到蛤蟆村黄木泥家大门口就是十一点五十分。关中道有讲究，迎亲车队一般情况必须赶在正午十二点之前到男方家。当然，今天这个时间节点是在新郎黄连胜的提议下，做了小小的改动。一般来说，迎亲队伍早走，在女方家里至少待一个小时，女方家里应该适当备一些简单的饭菜款待新郎一干人，但黄连胜说，他岳父家里情况特殊，这一切就免了。

　　十点半，迎亲队伍准时进了县城。刘乐然并不知道县交通局的家属院，便回头问黄连胜咋走。这个问题让黄连胜犹豫了一下，然后，他手一指左边："走，向南！"

　　走了一段，黄连胜掏出手机打了一个电话，对刘乐然说："向西，文化大街！"

刘乐然有些诧异："文化大街？"

"对，没问题，文化大街！天仙配影楼！春娟说，不从她家走了，直接从天仙配影楼走！"

"哦。"刘乐然点点头，心里不由得一怔。

文化大街比较繁华，来往行人车辆都不少，车队终于到了天仙配影楼门前，黄连胜说："书记哥，你等等，我先进去看看。这彩礼还是我自己给春娟，旁人给她不会收，她自尊心强。"

"行，那你先进去。"刘乐然不假思索地说。

黄连胜拿起皮包，进了天仙配影楼。

好久不见黄连胜出来，刘乐然下了车，在天仙配影楼门口踱步。暗想，是不是还没化妆好？还没来？双方因小事发生了摩擦？车队司机都陆陆续续下了车。

再过了二十多分钟，仍然不见出来，刘乐然着急了，他推门进了影楼，有服务员赶忙迎上来。

"请问新娘化妆间在哪儿？"

"在二楼，您是——"

"哦，我来找、找，这个，你们今天有几位新娘来化妆的？"

"是这样，只有一位，已经走了。"

"走了？"

"是的。"服务员肯定地说。

"啥时候走的？"

"有一会儿了。"

"几个人？"

"两个人。"

刘乐然愣住了。难道黄连胜和他媳妇已经回蛤蟆村了？不可能呀，他忙掏出手机给黄连胜打电话。电话却无法接通。他问服务员："你们这儿有几个大门？"

"两个，一个北门，一个南门，你们这是南门。"

"知道了！"刘乐然立即出了大门，他四下看看，然后给老会计黄木泥打了一个电话，黄木泥却没有接听。

黄木泥当然没有接听,他根本就没有听见。此时,已经是中午十一点四十分了,按计划,新媳妇即将进蛤蟆村了。家里人正紧张而欢快地忙活着。吕哈定、张运喜、毛线线、玉女几个人早商量好了,此时,他们互相一挤眼,几个男人迅速抓住黄木泥,抓一把锅灰涂到脸上,有人立即将早已准备好的硬纸板牌子挂到脖子上,顺手变戏法似的拿出一个高罐罐帽子扣到脑袋上,再将一面铜锣塞到左手,木槌塞到右手;枣花也一样,玉女将早备好的红印泥抹到她左右脸蛋子上,活像贴了两片火红的枫叶,毛线线等人把硬纸牌子挂到脖子上,然后,众人推着黄木泥两口子来到大门口,左右各一站。黄木泥胸前的牌子上写着:"我要抱孙子!"枣花的牌子上写着:"我要洗尿布!"按照吕哈定的要求,黄木泥"镗"地敲一声锣,高声喊道:"我要抱孙子!"再敲一声,枣花高声道:"我要洗尿布!"众人一见,哈哈大笑。黄木泥看一眼老婆,枣花看一眼老汉,二人也哈哈笑了起来。这样如此吵闹,黄木泥怎么听得见手机响?

而迎亲队伍这边,刘乐然两边都联系不上,心里就真的着急了!司机们也四下寻找打问。刘乐然再给黄连胜打了一个电话,奇怪,还是无法接通。迎亲车队里,有一位司机家里正好也在交通局家属院。他说,好像没听说家属区谁家姑娘今天要出嫁。刘乐然又说了一下刘春娟的家庭情况。这位司机摇摇头,说他爸他妈都是交通局干部,他就是在家属院长大的,记忆中应该没有一个什么副局长姓刘,倒是前任的一把手姓刘,这一任的局党委书记姓刘。刘乐然糊涂了,只好再给黄木泥打电话。谁知老会计还是没有接。他锁好车,给司机们说,刚才影楼的服务员说,在这家化妆的新娘早他们一步走了,新郎长得胖胖的,戴一副眼镜,应该说这人并不是黄连胜,黄连胜偏瘦,也没有戴眼镜。这就越发奇怪了!刘乐然彻底弄不明白了,媳妇没接到,新郎又没影了,这到底是咋回事?

正在万分着急的时候,他的手机响了一下。急忙一看,竟是黄连胜!

刘乐然急忙打开短信:

刘书记,你好!看到这条短信,我已经离开县城了。我对不起我爸我妈,对不起我黄家先人!对不起你,对不起全村人!我实实在在没有办法。几年闯荡,一无所获,只有一颗千疮百孔的心!但却明白了一个道理:一定要学来真本事!只有学来真本事,才不会一辈子住在土窝窝!才能彻底把

农民这张皮脱了！三万五千元我带走了，我要去学本事！之所以出此下策，是因为我实在想不出比这更好的办法了！我如果用别的理由要钱，我父母一定不会给我钱的！我只能这样，事到如今，为了这笔钱，我也必须这样！刘春娟是我冒捏的，根本没有这么一个人！再见，我走了，我一定会回来的！我一定要脱了农民这张皮！！！

看完这些,刘乐然的头轰地一下乱了！他慢慢蹲下身,让脑子静了静,扑哧笑了,但随即又沉下了脸。现在,火烧眉毛的是：今天这事如何收场？他该如何对黄木泥说？

沉思良久,刘乐然终于给同银芳说了。同银芳气愤地也笑了,然后破口大骂,之后,她说,这一切都瞒不了。既然瞒不了,还不如实话实说。再说,如今这结果并不是他刘乐然造成的,这个天大的荒唐是黄木泥的不孝儿子黄连胜一手自编自导自演的！

黄木泥这个民间艺术家今天特别沉得住气。听了刘乐然的话,又看看儿子发的短信,异常镇静地说："没事,今天也正好是我爸的生日,就权当设宴给我先人过寿哩！来,让厨子上菜,亲戚诸人,朋友邻家都来放开吃,吃光吃净！"

吕哈定强忍住不敢笑出声来,却低声说："世上哪有给死人过寿的？啥理由寻不下,寻了这么一个理由！"

黄木牛憋不住了,他拨开众人,三步并作两步,跑到先人的牌位前,点上三炷香,扑通一声长长地跪下来,放声大哭道："爸呀,妈呀,世上少有呀,你娃把你哄了呀！天大大,地妈妈,你咋给我黄家这么一个货呀！"

黄木牛哭号着,还不断地创新,不断地变换遣词造句,放肆地想着花样抒发胸中的羞辱之情。最后,竟左右扇自己的耳光！

一大院子的客人,行礼的邻家以及朋友,终于吃不下去了,都掩住嘴逃了出去。

黄木泥万万没想到,他竟生了一个前无古人后无来者的宝贝儿子！这个弥天大谎立刻传播开,并且必将会不断地深入人心,口碑相传。保守估计,至少也会传过八代子孙去,哪一年被写进书里也未尝可知。

（四）

"黄连胜娶媳妇"从此成了蛤蟆村人甚至方圆许多村庄人们茶余饭后的最猛的谈资。黄连胜有个小名叫"猪娃"，从此，"连胜哄猪娃，猪娃哄连胜"渐渐地演变成了蛤蟆村人的民间俗语。比如说，自己哄自己，不说"自欺欺人"，而说你这样做简直是"连胜哄猪娃，猪娃哄连胜"。这个段子也相当精彩，百说不厌，常说常新。应该说，民间才是藏龙卧虎英雄辈出的地方。老好人刘传统听了都气得牙痒痒，他怎么也想不通黄木泥家几代没有这种脉气，为人也好像并没有做过什么伤阴德的事，咋就生了这么一个儿子呢？想到这里，刘传统突然想起来，大概七八天之前他发现的一个怪现象。那天忙完收废站的事，他去地里看庄稼，顺便也出去走一走，活动活动。早春二月，虽有丝丝寒意，毕竟挡不住温暖的阳光，麦苗绿油油的，已经完全睡醒了，起身了，几天不见，竟埋过裤腿了！刘传统一边走，一边欣赏各家麦苗的长势，并在心里一一做着对比。不管怎样，他总感到自家庄稼更精神，更喜人，更亲切。过了两家，他突然发现有一家麦田里居然有一大片红光地！那里一根麦苗都没有，甚至寸绿不生。这片红光地看上去至少有三领芦席大小，横跨四畦田地。这红光地特别特别圆，而且界线十分清楚。刘传统百思不得其解，这是什么原因造成的？为啥这么圆？依据经验判断，这绝对不是播种失误的原因，也不会是土壤墒情的原因，更不是野兔什么东西吃成这个样子！他走到地里，仔细一辨认，原来这是黄木泥家的地。刘传统始终相信一种说法：一个家庭的运道和他家的庄稼长势好坏有直接的相互预示的作用，他认为日子过得不好，他家的庄稼长势一定不会好。如果地里的庄稼突然异常，他的家道运气一定会发生突变，或者出啥不测的怪事横事！如今看来，黄木泥家的情况，又一次被预见和证实了！唉，家门不幸呀！刘传统叹一声，慢慢站起来，向村里走去。

傍晚，刘乐然刚进了家门，洗漱完，打开电脑，刘传统来到屋里，说："娃呀，有个事想给你说一下。"

"啥事，你说。"刘乐然没有回头，继续在电脑上忙活着。

"你看，我今天拾了一个手机，等了半天没人，就拿回来了。你看这事咋

办?"刘传统被那个自行车事件吓坏了,下午捡到手机到现在,心里一直不安。儿子一进门,他连忙过来说明情况。

"啥手机?"刘乐然转过身,"在哪儿拾的?"刘乐然接过手机。

"村子后边。你看会不会有啥事?"

这是一个红色的女款手机,上翻盖,样子很时尚,成色也不错,下边还吊了一个小零碎装饰物,看来,手机的主人用得很仔细。刘乐然想了想,说:"是这,我明天写一个招领启事,贴到门口墙上,看是谁的给人家。"

刘传统一听,说:"对对对,到底还是你有主意!"

刘乐然把手机放到电脑桌旁,继续上网。过了一会儿,他想了想,隐约觉得这手机有点眼熟,但到底是谁的,或者在哪儿见过,又一时想不起来。他打开手机,查查电话本,看能不能得到一点什么线索。谁知,他越看越吃惊,越看越意外,甚至那里边的短信内容图片都让他耳根发烧,脸颊发红。他关了手机,沉思良久,然后把手机卡拔下来,将自己的一张卡插进去,叫来父亲,说:"爸,这手机你拿上先用几天!"

"我用手机?我拿上没作用嘛,我不要,我不要!"

"听我说,你拿上,有用!你没事了就拿上在街道里转,人多的地方就掏出来给我打电话!"

"没事了打啥电话?"

"你别管,按我说的去做!"

手机是玉女丢的。玉女丢了手机,就如同丢了魂,丢了命根子,但又不敢在张运动面前表现出一丝一毫的破绽。每天,只要张运动吃过饭一去砖厂拉砖,她就立即寻找。要命的是她一点都想不起来手机丢哪儿了!她仔细地连家里爬的一只蚂蚁都不放过,但始终找不见。她悄悄地神不知鬼不觉地去村后那个破井房找了好多遍,包括那里的一棵草都拨拉开看过了,还是没有。那手机里有吕哈定那个死鬼给她发的妹妹长妹妹短酸掉大牙却又特别令人春心荡漾的短信,她真后悔,干吗当时不立即删除了呢?其实,当时她也想到删除,但却有些舍不得,因为每看一遍,心里都会幸福一阵子,同时又想,张运动从来没有翻看她手机的坏毛病,也就忍了,把这能让人幸福的短信留下了。这下可好,手机一丢,就像有人点燃了埋在她家的威力无比的炸弹的引信,迟早有一天,她的家就会轰的一声爆炸了!不仅仅是丢人羞先人那么严重！她急得像蛋已经出了屁眼还没找到窝的老母鸡,一夜一夜都睡不着觉,干活也像慌了脚的野兔,总是惊魂不定的样子。

万幸的是今天上午,她居然发现刘传统拿着一个手机,和她的手机特别像,为了进一步确定是不是她的,玉女将自家的废纸箱、张运动换下来的破轮胎,还有光光念过的旧书、旧本子收集起来,用架子车拉上,交到了刘乐然的收购站。她观察得很准,刘乐然果然没在,趁着过秤卸货算账的空隙,玉女仔细看了看那个手机。刘传统干活的时候,将手机放在窗台上,玉女偷偷拿起手机看了看,真想顺手牵羊拿走,却没敢。回去之后,她就立即偷偷告诉了吕哈定。

"丢了不要了,我另给你买一个新的!"吕哈定大气地说。

"你说的是屁话！那上边有你发的短信,还有——"玉女欲言又止。

"还有啥?"吕哈定故意问道,脸上不禁露出坏坏的笑。

"你说还有啥？没事干了你把你老二拍下发给我是搭错线了?!"

"啊？那你没删?"

"我又不会删!"

"你肯定手机在刘叔手里?"

"嗯。"

吕哈定和玉女其实在去年已经勾搭上了。玉女每次卖羊奶,吕哈定都不克扣她的斤两,也不弹嫌她的羊奶掺的水多少。渐渐地,她感觉到这些后,心里对吕哈定有了小小的感激之情。从此,每天早上收奶,玉女就主动给吕哈定帮忙抬奶桶子,挪台秤,倒奶。慢慢地,交奶人多了,玉女还帮忙发钱或者记录斤两。量变产生质变,吕哈定不光对玉女的羊奶来者不拒,还从不欠玉女一分钱奶款。两人于是就走到了一起。去年,吕哈定又偷偷给玉女买了一部新手机,如今,手机一丢,形势立即变得严峻了,他如何办？如何能化险为夷？再一想,刘传统为什么敢把一部捡来的手机,大鸣大放地使用呢？就刘传统这号人也对手机感兴趣？手机对他有多大用处？他最信任的人就是自己的儿子,捡了一部手机,对他刘传统来说,应该是一件大事,他能不给儿子说？不正常,这里边一定有文章。看来,手机的事,刘乐然一定知道！

"那刘乐然为啥不声张哩?"玉女问。

"以刘乐然的人品,不会那么做!咱俩的事刘乐然一定知道了!但他保守着秘密,并没有说出去!你想想,刘传统拿着手机至少有成十天了,咱的事咋没露呢?"

玉女点点头:"那咋办?"

"还能有啥办法?我见刘乐然去。"

"见了你咋说?"

"只能打开天窗说亮话!"

"那咱俩的事不是露馅了?"

"我偷偷去见,把事挑明说,看刘乐然有啥要求,现在,不破费已经不可能了!"

玉女无奈地叹一口气。

"唉,你看你咋弄下这事?"

"你要不发那种短信,就啥事也没有!"

"你胆大,你不怕张运动发现?"

"我不管,谁让你屄贱?反正你想办法解决,要不回手机我跟你没完!"

听了这句话,吕哈定心里一哆嗦。他深深知道这女人也不是什么省油的灯。

一个晚上,吕哈定提着两条烟,偷偷找刘乐然去了。

"呵呵,吕哥,我知道你会来寻我!"刘乐然对着镜子正专心致志地刮胡子,他用眼角余光一扫,说。

"时间长了,我来给刘书记汇报汇报工作。"吕哈定没张口,脸已经臊得成了猪肝。

"你俩睡到一块的时候,咋不给我汇报哩?眼看露馅了来啦?"

"兄弟,江湖救急!英雄难过美人关嘛,没办法。你说,刘书记,啥条件?"

"问得好!灵人不用点拨,我还真有条件。"

"好好好,领导说!"

"我实话给你说,见不得人的事迟早会露出马脚。你知道原先田书记和老会计老婆枣花的事不?黄木泥为啥那么恨田书记?为啥一定要把田书记赶下台?为啥抓住砖厂不放?"

"我听说过。"

"你难道还不吸取教训？张运动你能惹下不？也许脑子没你环环多,可他人高马大,我敢说,你两个都不是他的对手！他要是知道了,这事会饶你不？"

吕哈定鸡啄米似的点着头,又急忙给刘乐然发烟点火。

"我的条件是,第一,悬崖勒马,立即收手,兔子还不吃窝边草哩！你要是爱女人,有本事在外边弄小三去！第二,三天之内,把咱村里所欠的奶款全部兑付了！你知道不,朱环环两口子很恓惶,娃又出了那么大的事,现在要换假眼,急得手只想从喉咙里伸出来,你真的忍心？"

"没问题,我一定照办,就是吃屎磨刀子也要把钱弄下,把账结了！其实,一个朋友给我弄了一笔款,这一两天就到手了！说实话,我也急得呼呼的,奶款不清,我也一下子收不成奶。做不成生意事小,不继续给奶厂供货,以前的欠款更难要！"吕哈定挠挠头。

"这烟你拿回去办事用,等把奶款兑付了,你再来取手机！要是做不到,我就把你俩的丑事公布出去,到那时看你还咋活人,看张运动咋收拾你！"

第二十四章

（一）

  过了清明，关中道就彻底进入了无霜期。不冷不热，是一年中金子也不换的时候。田小雨挑了一个日子，打算将父亲拉到县医院再做一次全面的康复检查，这也是去年冬天出院的时候大夫再三叮嘱的。用医院的车虽说方便，但人心里不喜欢，父亲更不爱，也免得村里人生疑。用李军派出所的车，小雨心里不愿意，一则人家是公车，影响不好，再则，她实在不愿向李军开口。更关键的是，从春节放假至今，两人明显已经出现了裂痕。当然，出现问题的主要还是小雨。通过一段时间的交往，她自认为逐渐看清了这个人，心里越来越明晰地感觉到，自己和李军根本不是一路人！狼爱上羊，到了任何时候，羊都不会抹去心头的阴影。田小雨面对李军，开始不自觉地保护自己，有意识地淡远李军，拒绝李军。而李军因为那次没有得手，对小雨很是恼火，并且耿耿于怀，从此也有意疏远田小雨。两人之间就这样爆发了冷战。在小雨处理家事期间，李军发现她又和刘乐然接触，心里更恼火，又不想妥协，二人就这样继续僵持着。过了一段时间，李军实在忍不住了，就给田小雨打了一个电话。小雨不温不火地问他有什么事？李军一笑，说，没事就不能给你打一个电话？小雨却说，我正忙，然后就把手机挂了。李军瞪着手里的电话，一脸怒气，心想，女人难道就这么绝情？田小雨是不是又要和刘乐然在一起？那么大的伤害她都忘了？刘乐然一个烂农民，有啥好？不就是收破烂挣了几个钱吗？不就是买了一辆车吗？有啥了不起？不让碰她，好久了也不联系，难道这女人真变心了？李军点上一支烟，默默看着窗外。到了下班时候，李军又给田小雨打了一个电话，说，文化街新开了一家饺子馆，两人一块去那里吃一顿饭，再是时间长了，想和她一同回去看看田书记。田小雨沉默半天,极其冷静地说,饭吃过了,不必破费。通过这几个月交往,她感触很多,想一个人好好静一静,想一想,请李军不要打扰她。

其实,小雨并没有吃饭,她是实实在在不想再见到李军。下班后,她迟疑了一会儿,终于给刘乐然打了一个电话。原来,刘乐然随县委组织的一个村官代表团外出考察学习去了,刚好回到县上,接了田小雨的电话,就赶忙过来了。

"你不是说下午才回来吗?"小雨高兴地问。

"提前了,有一个点不去了,这就回来了。说吧,啥事?"

"不错,现在也成大忙人了!"

"不敢,不敢!不过,出去看看,还是不一样,收获很大!"

田小雨递过一杯茶。

"你烟瘾现在不小呀?"

刘乐然打个唉声,摇摇头:"有些事想得人头痛,烟瘾就大了!说,啥事?"

"想用一下你的车!"

"不会吧,你们单位这么多车,再说李军还有车!"

"不许提他,车费照付,你说让用不?"

"付车费没时间,不过,免费用倒有时间。你说,啥事?"

小雨一笑,就说了给父亲检查的事。

刘乐然一口答应:"没问题,保证第一时间使用。田书记给咱村立了功劳,用十次、一百次我都心甘情愿,而且永远免费!"

同银芳虽然说是砖厂的执行厂长,但心里非常清楚,这是刘乐然的良苦用心!让田冷春当厂长,只是一种平衡和安抚。自己是实际承包人,捽扁捏圆,砖厂的一切还是她同银芳说了算,充其量把田冷春当个人而已。再说,毕竟人家经营了一辈子砖厂,管理上样样精通,权当是给自己找了一个技术顾问,岂不是好事?让黄木泥当财务总监,这样倒省心,本来她就讨厌日鬼捣棒槌,一切事放到桌面子上,光明正大,明明白白,一清二楚,最好!

砖厂由于去年出事以后,一直处于瘫痪状态。去年冬天上冻前也没有做一块砖坯,各种机械设备风吹日头晒,无人保养管理,几个小电机让人偷跑了,一档电线让贼娃子割了。盖砖坯的塑料布、草帘子也残缺不全,所剩

的砖坯仅能挑出两三万还可以入窑烧砖。这一派残局,让同银芳上马后,整整忙了二十天才理顺。由于她资金雄厚,给上班的工人一天一发工资,招工毫不费力,到了三月二十五号,终于点窑烧砖,一切纳入正轨。刘乐然也非常高兴,那天,他和小雨、同银芳一起将老书记田冷春推到砖厂,举办了一个点窑仪式。田冷春看着火红的炉膛,声如狮吼的抽风机喷吐的烟气,两行热泪扑簌簌地滚了下来。谁知,当天晚上,就浑身发烧,连夜去了乡医院。说是偶感风寒,但却并没有咳嗽流鼻涕的症状,好几天才逐渐恢复。刘乐然小心翼翼地开着车,将老书记田冷春拉到县医院进行了全面详细的检查。据大夫说,老书记恢复得还可以,但今后一定要生活在一个平和宁静的环境之中,万万不可再遭受任何大的精神刺激,否则后果不堪设想。这样看来,田书记的发烧很有可能与参加砖厂点窑仪式时精神受到刺激有关,而不是什么风寒感冒。

当天检查回来,田小雨、刘乐然都给长期服侍田书记的朱环环做了详细的嘱咐,叮咛以后和田书记说话,一定要慢声细语,坚决不能惹田书记生气,书记想咋尽量满足。

胆小怕事、谨慎小心的朱环环言听计从,从此对老田更是和声细语,不烦不躁。然而,问题却偏偏出在了朱环环的老婆毛线线身上!

也许,世间一切变故都有某种天人感应的内在联系!

那是五月里一个礼拜一的早上,朱环环卖完羊奶,放回羊奶桶桶,让老婆收拾羊圈,给羊喂草,他洗洗手,直接去了老田家。因为每个礼拜一,他都要早去一会儿。这一天,田小雨必须按时上班,不能迟到。见到朱环环来了,小雨连忙提起包,交代几句,骑上摩托车就走了。

朱环环却站在院子里发了半天呆。

这是农历五月末。关中道的天气已经有了明显的炎热。田家院子中间的一棵杏树,一夜之间彻底干枯了!每一颗杏,每一片杏叶,统统干枯了,发黄发白了,褪去了所有的绿色!这棵树大概有小碗碗口那么粗,树龄至少十多年了,结的杏子虽然到六月下旬才成熟,但却特别大,黄亮如金,核小肉多,又十分繁硕。这么多年来,年年如此,根本没有什么大小年。树身不高,表皮亮滑,十分健壮。枝叶浓密,荫郁如盖,不生病不招虫,是夏季纳凉的好地方。前些年,老田曾用水泥预制了石桌石凳放在那里,打算茶余饭后小

— 316 —

憩。但因太忙,竟也没有在此享受几回。但现在这是怎么了?

朱环环很是吃惊又百思不得其解。不过,他并没有告诉老田。他仍然一如既往地伺候着老书记。

吃过午饭,老婆毛线线来换班,看到杏树成了这般模样,不由得大惊失色。朱环环叮咛老婆不要声张,然后,吃了饭,上县城给儿子取药去了。

午饭后,老田看了一会儿报纸,觉得无聊,摘了老花镜,抬头默默瞅着窗外。老田的房子偏左,从窗户望出去,仅能看见前院里那棵杏树的一枝半叶。但这一枝半叶却吸引了老田的注意力,他奇怪地问:"环环老婆,我院里那棵杏树咋哩?"

"杏树?不咋呀!"

"我咋看见树叶干了?"

毛线线装作不知,特意跑出去看了看,说:"没事,可能是烧院子里的垃圾,火焰冒上去把树叶烧干了,就那一小枝,都好着哩!"

田冷春点点头,让扶他躺下。睡不着,又让扶他坐起来。老田叹口气,低了头,拿起报纸看一眼,又扔到一边。

毛线线看老书记无聊得很,忙说:"田书记,你想要啥不?"

"不要。"

毛线线想了想,突然眼睛一亮,说:"田书记,我给你说个事,保证能把你笑得肚子疼!"

"是不是?"田书记漫不经心地说,"那你说说!"

还没说,毛线线就笑了:"这事一想起来人就想笑!你说,这娃咋这么二来?"

"咋哩?你说!"

"你真不知道?"

"你没说,我咋知道?"

"老会计给娃结婚你知道不?"

"我咋不知道?我还让给行了五十块钱的礼!小雨还给我端的菜、酒几样子哩!"

"不是,我是说黄连胜娶的媳妇!"

"媳妇咋哩?"

"你还真不知道？小雨没给你说？"

"你快说！"

毛线线便将黄连胜如何自编自导的"连胜哄猪娃，猪娃哄连胜"的故事详细学说了一遍。

老田一听，先是不相信，接着又气又笑，最后竟哈哈大笑起来！

谁知，这一声笑出去，头一仰，身体一震，竟再也没有收回来！

急救车拉到县医院，老田已经断气了！

老田的生命笑着笑着就结束了。

（二）

田小雨的舅舅黑律师侯水丁进了田家，黑着脸四下看看，命人立即将那棵老杏树砍掉了！

老书记的死，蛤蟆村许多人都落泪了，田家人的遭遇也使人深感同情。田家院子里那棵大杏树的一夜干枯，也让蛤蟆村人心惊肉跳，看得发毛。有人私下开始推测说，田书记在昨天晚上，灵魂就被阎王爷差的小鬼叫去了，由于顽强抵抗，他那强势的灵魂抱着杏树不愿走，最后，阎王一怒，将他和树一块抓走了！

对田小雨来说，父亲的突然离去，无异于晴天霹雳！仅仅两三年时间，她就成了一个孤儿！她哭得死去活来，最终，被刘乐然几个人送到了村诊所。有点做贼心虚的毛线线，心甘情愿地承受了丈夫朱环环痛恨甚至恶劣的臭骂！朱环环，这个懦弱的小个子男人，一辈子对老婆言听计从的温顺善良的小男人，终于英雄了一回。毛线线当着田小雨、侯水丁、刘乐然等等众人的面，详细学了一遍自己如何讲"连胜哄猪娃，猪娃哄连胜"的故事逗田书记开心，没承想竟把书记笑死了！真是千古奇事！毛线线痛哭流涕，还跪在老田的灵前，使劲扇自己的耳光。"你，唉，我都没有给我爸说这事，怕刺激他，你倒好，你你你……"田小雨痛心又气愤地说。

侯水丁到底是见过大世面的人，他化悲痛为力量，迅速义不容辞地挑起了田家的大梁。刘乐然第一个投身到田家这场大悲剧的后事料理之中。他一面操心田小雨，一面跑前跑后地忙碌。依照关中道的风俗习惯，人到了头,先在大门外响一串鞭炮,然后让老剃头匠朱五四给老田剃了发须,张士官几位上了年纪的人帮忙给老田洗了一个简单的澡,刘乐然风风火火地拿来临时从纸扎店买来的三身老衣,侯水丁仔细看了看,点点头,觉得针脚细密,布料质量也不错,然后让给姐夫穿上。张运喜是报丧的,他骑着摩托第一时间给老田的亲戚家通知不幸。

　　黄昏时分,各路亲朋纷纷赶到田家。小雨也被人搀着来到父亲的灵前。有人小心翼翼地打开棺材盖,几个人抬头抬脚,将老田慢慢放入棺材中,这时候,所有到场的亲人,排成队,绕棺材一周,然后,依次跪在灵前,头人点着纸钱,哇——一声,所有男男女女便一起放声大哭起来。末了,才徐徐盖上棺材盖儿。若是还有什么远路上的亲戚没到,棺材盖儿就不能进行密封。若基本到齐了,才能盖实,用麻纸严严地封死合缝。在关中道,这就叫入殓。田小雨趴在父亲的棺材盖儿上痛哭着,双手颤抖,死死不愿离去。

　　随后,侯水丁抱来姐夫生前床上的被子,盖在棺材盖儿上。搭起白色帷幔,挡住棺材,抬来一张方桌,放上老田的照片,献上果盘,点上长明灯,舀半碗炉灰,插上香。田小雨等亲人披麻戴孝跪在左右草垫上守灵,每有亲友吊唁,守灵人都要随着叩头哭号。

　　这边堂屋里搭起吊唁厅,那边,侯水丁又领上黄木牛等几个打墓穴的人去了公坟。到了公坟里,侯水丁在姐姐的坟前左右看看,选择好打墓的角度,用脚尖画出一个大致轮廓,黄木牛、李强几个人抡起铁锨镢头就干了起来。在关中道,两口子都死了,是要合葬在一起的,而土葬的合葬墓打起来也有一点技术含量。打好之后,等灵柩下葬到暗庭子了,打墓人才能将合葬墓暗庭间的那层土捅破,如果技术不好,打的暗庭子与早死人的暗庭子隔得土层太厚,那就不好干活,也是大忌讳,至于到底与早死人的暗庭子隔的土层有多厚,那全凭技术经验,万万不能提前捅透,那样就可能放跑了人家祖宗坟里的仙气。再是,不管死者的灵柩在家里放几天,打墓人都不能三下五除二将墓打好,必须做到下葬那一天恰好完工。

　　侯水丁从公坟里下来,根据安排,刘乐然已经联系了十二名吹鼓手,并已陆续到齐了。随后,又在大门楼上架起了高音喇叭。关中道把吹鼓手叫"乐人"或者"龟子"。叫几口乐人显示着主人生前的地位和家道的薄厚。十二口应该说是全乐人,最高档次。蛤蟆村在家的中青年人几乎都来田家帮

忙了。张运动兄弟妯娌也自然来了，两兄弟端盘传菜，玉女做饭干净麻利，自然还是给厨师拉下手。吕哈定终于开始收羊奶了，前半天忙，下午回来赶紧跑过来帮忙。黄木泥一病不起，老田的死又让他家沾腥惹臊，枣花脸上发烧，羞得出不了门，自然也没来。

　　十二口乐人在接客迎饭祭奠下葬时候是乐人，十二把高中低音色不同的唢呐放开了吹奏抒情，渲染气氛，而晚上，则在灵堂前唱各种与悲伤有关的秦腔折子戏，并通过扩音器送到门楼上的两个高音喇叭，传向四面八方。这几年，在关中道的乡下，只要你听到哪个村子突然响起了高音喇叭，多半就是有人死了。

　　大概晚上十点多，厨房里备了几样酒菜，帮忙人领着重孝的田小雨到公坟里去慰问打墓人。这是讲究，不管打墓人饥饿与否，都要这样做，因为人家给你先人正盖房哩！并且开饭时，须顿顿优先吃饭，每人一天一包好烟，完了，还要提上四样小礼亲自登门谢忱。只是可怜小雨这个纤薄细瘦的女子，二十来岁就经历了这么多生死离别，连村里的老人看了都不住落泪。

　　田家如此大的变故，李军也来了。他看上去十分积极又特别悲伤。当然，他也有另一个目的，就是趁此机会想办法修复好和小雨的关系。再说，蛤蟆村大多数人也知道他和田小雨的关系，同时也知道刘乐然和田小雨已经分了手。他要趁此再进一步，坐实他和田小雨的关系。他匆忙地来到村里的诊所，竟当着刘乐然、同银芳等人的面哭道："小雨，咱爸不在了你咋不给我早说呀？你千万要注意身体，不要怕，有我，还有我哩！"

　　"你你你，你不要胡说！"田小雨气愤地瞪着李军，说，"请注意你的措辞和称呼！"

　　现在，李军又来到侯水丁面前，厚颜无耻地说："舅，还有啥要弄的，你安排，我去！你歇歇，别太劳累！"侯水丁有些诧异，胡乱嗯了一声，没有明确答复。随后，李军又找见发孝服的赵水仙，说："我刚出差回来，我丈人去世得太突然，唉，快，我的孝服哩？"赵水仙完全相信李军的话，忙给李军缠上孝帽，又拿出一件孝衣让穿上。

　　玉女多少知道一些内情，忙问毛线线："没听说小雨跟李军订婚嘛，这咋还穿起孝衫来了？"

　　毛线线看看："真是李军！怪！我听环环说小雨就不愿意李军嘛，早先还说两个人准备订婚哩,以后压杆了！这咋还穿起孝衫来了？"

侯水丁也奇怪,他来到灵前,一问小雨,小雨忙说:"谁和他订婚了？这咋是这人哩？不行,我问他去！"

侯水丁生气地哼了一声。

田小雨起身叫过李军,伸手拽下李军头上的孝帽:"快快快,取了！谁叫你给我爸戴孝哩？我几时和你订婚了？衣服脱了！"

这几句话让李军特别尴尬,他惊讶地看看小雨:"你你你真的变心了？"

"一码归一码！你锅盖咋揭得这么早？你咋知道我要嫁给你？"

"咱俩的事全村人都知道,我要不守孝,村里人以为我不是你田家女婿哩！"

"你本来就不是！咱俩啥仪式也没举行,凭啥说你是我女婿？"

"可我——"

"任何事都有个过程,特别是婚姻大事！我觉得我们还了解不够！"

"啥时候能够？"

"我不知道！你要尊重我,尊重我爸,请你把孝衫脱了！"

李军想了想,默默地脱了孝衫。帮忙的人都不好意思围上来观看,但却放慢了脚步,放慢了手里的活,那眼神和注意力都集中了过来。

李军低头走了几步,突然站住,大声说:"小雨,我问你,既然咱俩了解不够,那你为啥把身子给了我？为啥和我睡觉？"

"你你你,你滚！你不要脸的东西还好意思说?!"田小雨突然爆发了,她本来就哭得嗓子沙哑,这一气,那说出来的话更沙哑,也更愤怒！

李军一看,田小雨像发了疯似的扑过来,惊得目瞪口呆。"对对对不起,对不起,小雨！我不是那个意思,我真的不是那个意思！"一面说,一面飞快地跑了出去。

几个人连忙过来拦住小雨,然后劝慰着坐下来。

李军出了田家大门,开上警车,呼啸着走了。

刘乐然给后院重新接了一个大瓦数的灯泡,又叫来村电工老安,让把临时用的三相动力电接上。因为人口多,席口多,没有动力电不行。老安忙给刘乐然发了一支烟,说:"刘书记,我实在没这个权力,动力电必须经过所长同意,不然私拉乱接所里罚我一千元哩！"

"你所长是谁?你有他电话没有?"

"我所长姓刘,是这,你问玉女。"老安压低声音,"我所长是玉女她叔伯兄弟刘玉虎!"

"是不是?"刘乐然有点意外,他转过头,冲正在厨房里的玉女招招手,"嫂子,你过来!"

玉女赶忙过来,刘乐然一问,确实是她娘家亲叔伯兄弟,然后将接电的事说了。玉女忙拿起手机给刘玉虎打电话。她瞄了一眼刘乐然,脸唰地红了,赶忙低下头。

刚说好,厨房那边又喊她过去,玉女赶忙又回了厨房。

和李军把事挑明了,田小雨心里倒轻松了。她跑过来,故意大声对刘乐然身旁的赵水仙说:"水仙婶,你咋这么糊涂的?你咋乱散孝衫哩?李军跟我只是乡党和同事关系,你咋乱发哩?"

赵水仙连忙道歉,说是自己老糊涂了。

"给,收好!"田小雨将孝衫递过去,在桌子旁边坐下来,看一眼刘乐然说:"刚才吃饭你干啥去了?"

"寻电线去了!"

站在厨房门口的玉女插话了:"刘书记忙得还没顾上吃哩,这不,正按厨师的要求,联系接三相电哩!"

"快吃去!"田小雨看刘乐然一眼,催促道。

"问我哩,你吃了没有?"刘乐然反问道。

"我不想吃!"说完,起身又回到了父亲灵前。

手机的事,玉女心知肚明是刘乐然安排的。她心里十分感激和佩服刘乐然的处事。这到底不是什么光彩事,她看见刘乐然就脸红,甚至根本不敢拿眼看刘乐然。是的,她真不该那样,不该鬼迷心窍地上了吕哈定的贼船。实话说,吕哈定有什么好?小心眼,小聪明,马屁精,充其量就是个收奶的,就那床上功夫也还没有运动的好!不了,孩子大了,以后再不敢了!

(三)

关中民间大多以土葬为主。今天埋人,头一天下午就要把尸轿抬来,在大门外安放好。前些年,出殡的尸轿和古代的官轿一样,相当正规,而且是前边八个抬轿的,后边八个抬轿的,四面是蓝色的轿衣,白色的轿顶,边角镶着白色的波浪边。轿子很大,放一口棺材绰绰有余,轿子也都是上好的木头做成,结实耐用。到了天黑,取一只粗瓷的小白碗,倒半碗食用油,搓一条棉花芯子做油捻子,点着了,放在尸轿里边,彻夜亮着,这叫长明灯。抬这十六人大轿很重,一路上,必须有备用的轿夫随时替换,自然需要大量的壮劳力。如今农闲,大多数农民都进城打工了,有的地方出殡都成了问题,无奈去请周围村子的人来帮忙埋人,再有的就是提前通知在附近打工的村民请假回村埋人。渐渐地,有人就目光敏锐地发现了商机,随即用农用三轮车改装成尸轿。说是改装,无非就是给车厢四周焊些钢棍,又做一个钢构的铁帽顶,然后用红黑白等颜色的布料蒙起来,并在驾驶室顶端显眼处绣一排醒目的白字:人生末班车。这样,一台机械化的尸轿就做成了。

　　老田的人生末班车也是昨天下午开来的。人娇嫩得很,一旦没那口气了,身体各部件都不工作了,就开始变质。现在是农历五月二十六日,正是火热的季节,老田仅停放了两天,那尸腐味就坚执地偷偷地穿过密封的棺盖散发出来。最先感知的是苍蝇,一个个绿头苍蝇不知从哪儿都被召唤来了,嗡嗡叫着,在老田的灵柩上乱爬乱叮。田小雨几乎三天都没吃东西了,全靠吊瓶维持,而尸腐味一次又一次将她熏昏过去。刘乐然不断地给棺材上喷洒灭害灵,但苍蝇们一点也不怕死,它们急切放肆胆大,前仆后继,忘我工作。

　　已经开始请抬棺材埋人的乡亲们了。张运动兄弟端着盘子,尽量抬高了胳膊,在各个饭桌之间穿梭来往,李就就几个人帮忙倒水,收拾桌子上的残羹剩菜。

　　赶中午十二点,所有抬棺材的人都吃过了,侯水丁大喊一声:"准备起灵!"即刻,灵前的乐人们撤了各种响器,换成唢呐,班头给一个信号,十二把唢呐就一齐吹了起来,一部分帮忙的人拿起灵前的排花、花圈、纸人、纸马出了家门。孝子们手拉纸杆一溜摆开哭号着鱼贯而出。田小雨顶着纸盆,两边人搀着,走在最前边。出了大门,一字排开,回过身,对着尸轿长跪下来。这时,早有人掀了尸轿的帽顶、围布,只听侯水丁一声大喊:"起灵!"刘乐然带领七八个小伙子,掀了棺材上的棉被,伸手去抬棺材。一股浓烈的尸臭味

熏得一个个忙去捏鼻子,赶苍蝇。

"动手!"刘乐然大喊一声,来到棺材的大头,双手朝后,采用背负式半抬半背起棺材,两边几个小伙子伸出手,棺材一下子就抬了起来。棺材尾部同样四个小伙子一齐用力,整个棺材稳稳地离了位,出了客厅,出了前院,上了人生末班车。一股黑黏的坏血浸出棺材奇臭无比,刘乐然手上、后腰、胳膊肘被染红了,绿头苍蝇轰地扑了上来。

有了人生末班车,比抬尸轿要省去很多力气,特别是蛤蟆村的公坟在北山下,但对村子来说,却一路上坡,弯又多。前些年,小伙子们最头痛的就是抬尸轿。虽说人生末班车的发动机是柴油机,噪声很大,但还是被十二把嘹亮的唢呐和洋鼓洋号的乐器,以及孝子们的哭声压下去了。正午时分,越来越炙热的阳光更加膨胀了这些声音,渲染了这些声音。老汉老婆包括一些眼窝浅的中年人都禁不住流泪了。田小雨从前天声音都沙哑了,只见她一脸抽搐痛苦的样子,却听不到声音。

灵车终于到了公坟,到了老田合葬墓前。慢慢回好车,停下来。村民们扛着铁锨等农具也随后到了,孝子们半圆形朝合葬墓跪下来,磕头哭泣。小伙子们围到灵车前,掀了顶帽围布,老田的灵柩裸露了出来。搀扶小雨的人立即让她取下头顶的纸盆,对着灵柩使劲摔碎了。刘乐然解开大棕绳,将另一头丢到灵柩另一边,张运动几个人也随即解开另一条大棕绳。随后,用大绳系好灵柩的两头,绳两边各有七八个小伙子拽起绳索,一、二、三,侯水丁说声"起!"灵柩就徐徐被撑了起来,向墓口挪去。打墓的黄木牛、李强早跳进墓口的明庭准备接应灵柩。当棺材到了墓口,李强一捏鼻子,忙说:"不行、不行、不行,我受不了!"爬上明庭,卸了茶色墨镜,跑出去好远。刘乐然看看,立即跑到棺材的大头,脚踩墓口两边的沿子,又用背负式抬起了棺材,一小步一小步向前挪动,只等灵柩完全处于明庭上方时,再慢慢落下。

这时候,正是生离死别阴阳相隔之时,田小雨不顾一切地扑了过来,趴在父亲的灵柩上,使劲拍打着,哭喊着,十二把唢呐及洋鼓洋号们也都摽了劲地演奏。几个人忙上来搀扶田小雨,拖拉田小雨。侯水丁也走到外甥女身旁,痛心地叫了一声小雨,然后强行拉开。

正在这时,有人大喊一声:"这人不能埋!"

所有人都吃了一惊,大家循声看去,原来是张运动!张运动一脸的激动,他快速跑到墓口,往旁边的土堆上一站,大喊:"这坟打错了!这是我妈的坟!!!"

张运喜也连忙跑过来,前后一看:"对,坟打错了!这是我妈的坟!!这人不能埋!你、你们都不要吹!!!"张运喜跑过去,推了一把乐人的班头。

公坟里,黑压压一大片人,立即静了下来。

刘乐然吃惊地四下看看。

侯水丁开腔了:"笑话,天下哪有打错坟的道理?没一点问题,埋!乐人,快吹!不要停!!"

乐人们又吹了起来。

刘乐然擦一把头上的汗,打算再次背起棺材,他也不相信坟会打错。

张运动兄弟显然失急了!二人端起铁锨,立即跳到墓口上,挡住去路。

侯水丁看看:"咋,你俩想闹事?"

"今儿这人埋不成!"张运动一晃手中的铁锨。

"就是,我看谁敢动?"

李军不知道啥时候又回来了,他勇敢地冲了出来,用手一指,义正词严地说:"兄弟,立即把你手里的家伙放下,胆敢闹事,我马上把你俩铐了!"

"闹事也要分清场合,你俩要是和田家有啥矛盾,你跟活人说,不要为难死人,谁都有死的时候!乐人,继续吹!大家动手!!!"侯水丁挥挥手。

"我看谁敢动!!!"张运动声嘶力竭地喊道。

张运喜却冲人群里喊道:"蛤蟆村姓张的,人家羞辱咱先人哩,咱真的连个屁都不敢放?!"这句话立马奏效,有人跟声就喊:"埋不成!"

也有人喊道:"先弄清,看到底把坟打错了没有?"

刘乐然一挥手,大声说:"大家不要争,也不要吵,两边人听号令。来,把绳拉起来,往后退退,先把灵柩放下再说!"

慢慢退出墓口,黄木牛低声道:"刘书记,这棺材不能挨地,也不能见天!"

刘乐然点点头,并没有理会。他大声说:"咱先把灵柩放下,再细细看看,到底有没有差错,如果没有,立即下葬!"

"不行!"侯水丁果断地说:"必须埋!"

这时候,张士官闻讯赶来了,他看看阵势,一下子扑到墓口,大声号道:

"老婆呀，我羞了先人啦，我让人羞辱了你，我张家吃了屎呀！咋弄下这种事呀！"

张运喜也眼圈一红，哭了起来。

有人叫起了哭得死去活来的田小雨。田小雨也手足无措，她跑到坟前，仔细地辨认了好久，却无奈地摇摇头。当初，运动妈和小雨妈几乎是同时死的，二人的坟又离得很近，周围也没有特殊的标记。

人群里早已炸开了锅。大家叽叽喳喳，议论纷纷。

侯水丁也有些拿不定主意了，他低声问小雨："对不对？"

"应该对着哩，唉，我也说不清了！"

正在争持不下，难以了断的时候，突然，一条一米多长的紫晶蛇从墓口里爬了出来！一旁的张士官老汉吓了一跳，赶忙后退几步。那蛇全身紫色通透，凉气逼人。它爬上了墓口，从容地不紧不慢地向山上的方向爬去。众人连忙躲开，有的年轻人想用手中的农具去打，立即被人制止了。

张士官怔怔地看了看，突然变得更加义愤填膺了！

"天哪，这下不好了，人家把咱祖宗的仙气放了！这下张家往后要遭殃了！"

这一来，局势眼看就要失控，刘乐然大声喊道："运动哥，你俩快把叔拉起来，老人的身体要紧！是这，侯律师，两边都不要急，大家不要乱！听我说，人暂时别埋，咱先看看，坟到底打错了没有？认错了没有！"

侯水丁点点头，张运动也放下手里的铁锹，擦把眼泪，和哥哥张运喜将老人搀起来。

因为发生了差错，蛤蟆村男女老少闻讯都赶了上来。

（四）

正如田小雨所说，田婶和张运动他妈的坟从外表看确实不好辨认。侯水丁也有些糊涂，但到了这个时候，即使错了也不能承认。打合葬墓是自己一手指挥安排的，姐姐这坟也是他来辨认的。而张运动兄弟一口咬定这是他妈的坟，田家把墓打错了！侯水丁再次绕坟四下查看了一番，擦一把头上的汗，小雨没有认错，他也没有认错，这应该就是张运动兄弟故意找事哩！

刘乐然招一下手,叫来吕哈定和几个小伙子,说:"吕哥,你几个赶快回去用你三轮到我收购站拉上十来根椽,再把我家里的塑料雨布拿来,马上在这儿搭一个临时灵棚。哦,对了,天热,再到李老师小卖部提上一扎啤酒喝去,先记到我账上!"

侯水丁走过来:"刘书记,你看咋弄?我刚刚再次看了看,这是我姐的坟,不会错!"

刘乐然叫过张运动兄弟,田小雨见状也走了过来。

"运动哥,你说这是你妈的坟有啥理由?"刘乐然看一眼张运动。

"我妈坟上有迎春花!"

"我妈坟上也有迎春花啊!"田小雨忙说。

"我妈坟上的迎春花大!也多!"

"去年冬里谁把坟上的荒草烧了,迎春花也烧了,现在都一样的,分不出大小多少!"田小雨辩解道。

张运喜忙说:"你都来看,我妈的坟跟南头路上的电线杆子端对的!"

侯水丁冷笑一声:"两点成一线,你站在哪个坟头看都是端对的!"

张运动挠挠头:"反正这是我妈的坟!"

"兄弟,说话要以理服人,反正啥意思?咱这是埋人,是大事,要是误了时辰你就得说个张道李胡子!"侯水丁的话里明显带了劲。

张士官发言了,他十分肯定地说:"没错,这就是你妈的坟!"

"运动哥,你还有啥证据?再说说。"刘乐然问。

"迎春花烧了,底子能看来!不信你都来看!"张运喜跑到坟头,用手一指,说。

"埋不成!我敢肯定,这确实是我妈的坟!"张运动坚决地说。

这时候,一阵三轮响,吕哈定拉着一车木料上来了,刘乐然走过去,忙指挥搭灵棚。

看热闹的人越来越多,大家议论纷纷。对现场的所有人来说这都是一个新问题,还没有人遇到过把墓打错。

"那是这,我提个办法。"侯水丁看一眼刘乐然,"外边看不来,咱看里边!我问你,你妈的棺材是啥木的?"

"松木的!"张运动兄弟齐声道。

"那好,我姐的是柏木的。你妈的棺材上带刀子没有?"

"啥?"张运动不解。

"你妈棺材两头刻花刻字没有?"

兄弟俩相互看看。

"刻了,大头这边刻了一个福字!"黄木牛站了出来。

"对对对,我爸我妈的棺材都是牛哥木匠铺做的!"

"我妈的也是!我妈的棺材上边也刻了一个福字!"田小雨说。

"不用多说,他妈是松木的,你妈是柏木的,下去一看啥都明白了!"侯水丁道。

刘乐然点点头:"这还是个办法!"

张士官却断然说道:"不行!要是把黑庭子捅开,把我张家祖宗的仙气就放跑了!"

"不行?不行你说咋办?事弄不清楚,难道人不埋了?误了时辰谁承担?再说了,要说放仙气,刚才都已经放了,还跑出来一条长虫哩!"

张士官唉几声,摇摇头,用拐棍在地上猛戳几下。

"你俩谁下去?"侯水丁问。

张运喜低下头。

玉女从身后使劲一拉张运动,张运动也不语,用手一搡,往前走了两步。

"当然是我下!"

"这样,咱三个下。"刘乐然说着,从黄木牛手中要过手电筒。

几个人当真下了墓穴。合葬墓里两个停放灵柩的黑庭子紧紧相挨,其间相隔一层很薄的土层。当第二个灵柩入庭时,由打墓人用铁铲打通中间的夹层,然后立即退出来,将暗庭封好,用黄土夯实明庭,再垒起一个墓堆,人的一生就算彻底回到土里去了。三个人进来,刘乐然照着手电,黑庭子里凉飕飕的,就像在空调下边,明显要比外边温度低很多。到了夹层,张运动犹豫了,把铲子往侯水丁手里一塞:"你铲!"

"你铲!"

"还是你铲,你经验丰富!"张运动说。

"你认为是你妈的你铲!"侯水丁不接铲子。

"不管谁铲,先把鼻子嘴都捂好!里边肯定难闻得很!才一年多,防中毒！"

张运动一听，脱下背心塞住嘴巴，另一只手准备捏鼻子。最终，还是刘乐然接过了铲子，他只用力铲了三五下，隔层就打通了，几个人急忙捂紧进出气的部位。浓烈的腐尸味迎面扑了出来，墓穴口一圈的围观者立即四散开去，炽烈的阳光下，尸臭味遇高温迅速膨胀挥发，随风散开。

三个人最终无功而返。都刻有福字，黑庭子里阴暗逼仄，臭气熏天，很难辨认，没有五分钟，就急忙爬了上来。一个个狼狈不堪，嘴脸乌青，大口喘气。

日头已经偏西，下葬的黄金时机，像点燃的蜡烛一样，一点点消逝着。

"这样，咱再下去一回，在棺材上割上一块木片，拿上来让黄木匠看看！"侯水丁道。

"那不如让木牛哥下去看！"张运喜道。

"说得轻巧！你的事你都不下去，叫我下去？！"黄木牛立即反驳道，并且狠狠瞪了张运喜一眼。

"木牛哥，那松柏有啥区别？"刘乐然问。

"松木光，木质稍软，柏木硬，木头上疤结多！"黄木牛道。

正说着，吕哈定跑过来说："灵棚搭好了！"

刘乐然说："拿一个镰刃子，你俩不管谁下去，在棺材上割一小片，拿上来！"然后，他回身去看搭的灵棚。

"去，你去！你要求，你举证！"侯水丁擦擦汗，拿起一瓶啤酒，用牙齿咬去瓶盖，大口喝起来。

张运动也拿过一瓶啤酒，用铁锨的棱角打开啤酒瓶，一仰脖，一口气喝完，跳进墓穴，站住。朝侯水丁说："咱俩下，你照手电！"

很快，两人就上来了。黄木牛接过木片，在太阳下细瞅，村民们也都好奇地围了上来。

终于看完，他朝刘乐然点点头，说："应该是松木的！"

"看！看！看！！咋说？我说是我妈的吧？"张运喜大声说道。

张运动让肚里的啤酒憋了一泡尿，刚打算找地儿放水，一听这话，马上折了回来，理直气壮地说："对，是我妈的！现在说，这事咋弄哩？！"

侯水丁想了想，说："张运动，你刚才是在棺材的啥位置割的木片？"

"不管啥地方,这是松木不是柏木!"

"别激动,黄木匠,我姐、我姐夫的棺材料都是我一手给弄的!我记得当时不够两口棺材,你让配的松木底座!"

黄木牛连连点头。

"你到底在哪一块割的?"侯水丁问。

张运动一愣,低声说:"我在底座上。"

"看看看!那就不行!"侯水丁立即说道。

"唉!"张运喜失望地低下头。

"不说了,咱再下一回!"张运动干脆地说。

(五)

合葬墓确实打错了!一辈子与人打嘴仗的常胜将军,嘴子客黑律师侯水丁在阴沟翻了船,把人丢到了小小的蛤蟆村!他非常懊恼!扫兴!但面前的局势却不容他去扫兴和懊恼,他立即和田小雨、刘乐然等人紧急磋商了一番,而且把指挥权都交给了刘乐然。刘乐然却暗暗叫苦,这种咬嘴事连黑律师都不行,自己才几斤几两?没有选择,他只好硬着头皮接过来。好处是,都是一个村的,不看佛面还看僧面哩!

刘乐然立即叫来黄木牛、李强等几个打墓的,吩咐厨房准备上好饭菜,又给一人发了一百元现金作为奖励,说:"各位老哥辛苦一下,不管怎样,立即动手,赶今晚十二点前把墓子打起来!"

关中道乡下有讲究,灵柩抬出门下葬,绝不能到第二天!也就是说,灵柩出门不能过夜,更不能见到第二天出太阳!随后,刘乐然又让田小雨提上好东西到坟里慰问打墓的几个人,同时给临时灵棚里拿去一些供品、香火。

张运动家里却在召开紧急会议。张士官吩咐两个儿子将蛤蟆村张姓同门有身份的长辈人一一请来,研究"讨敌方案"。

大家首先义愤填膺地声讨了一番,并表示了让祖宗蒙羞,自己脸上极不光彩的心情,然后开始商量如何让田家补偿损失以及制裁措施。

二次重新下葬,是不是应该把乡亲们再招待一次?刘乐然和侯水丁、田小雨做了探讨,最后决定一人发一包烟,其余全免了,并且通知村邻们不要休息,大概在晚上十二点以前下葬。谁知,几个人正在商量,突然停电了!院子里一片漆黑。刘乐然立即给村电工老安打电话,原来是镇供电所停了电。无奈,刘乐然又去找玉女。厨房人说玉女早走了,说是男人骂她,让她不要帮忙,回去了。

没有电,啥也弄不成,一院子帮忙的人乱成一团。深更半夜停电,没事好说,偏偏田家的事到了关键时刻!刘乐然立即给阳沟镇供电所刘所长打电话,并且说明了情况。刘所长却说,通往蛤蟆村的保险开关有问题,不停地跑电冒火花,只好把电停了。刘乐然刚合上手机,同银芳打了过来,问,咋停电了?没通知停电呀?刘乐然就说了停电的原因。砖厂也算是企业,怎敢随便停电?同银芳立即命人赶快启动备用发电机。过了一会儿,同银芳打过来电话说,她刚才问过电力局了,通往蛤蟆村的电路不可能有啥问题,油开关等物件都是不久前线路网改才更换下新的。侯水丁说:"这是供电所故意停电!应该是玉女那个所长兄弟要怪哩!"

"那这事和他无关呀?"田小雨道。

"可和玉女有关!"刘乐然道。

"几点几分停的电,记下来!我现在去看刘所长说的冒火花开关!走着瞧,我非把他娃的所长褂褂脱了不可!"侯水丁生气了。

"现在这电咋弄?"田小雨急切地问。

"联系发电机!"侯水丁大手一挥。

刘乐然不语,他又给刘所长拨了一个电话,将田家过事的情况,以及电力局了解的情况原原本本地给刘所长说了一遍,又详细介绍了一下黑律师侯水丁的情况,最后,希望刘所长三思,并尽快供电,切莫因小失大。末了,告诫说:"侯律师不是平地卧的,他现在就准备到冒火花的地方去呀,实话说,他这是收集证据哩,这个人维权意识很强!"

刘所长听了,什么话也没说,过了不到二十分钟,电来了!刘乐然再给黄木牛打了一个电话,说:"估计十二点之前,没问题把墓子可以打好。"

侯水丁点点头,若有所思地说:"我看张运动兄弟不会就这么完了,咱不如现在和他们沟通一下。"

"我也这么想的,这事不商谈好,张家肯定挡着不让埋人!"

其实,张家为此也确实争论不休。张士官等几个老弟兄的意见是让在

坟头唱一天大戏算了,田家不是有意的,咱又是一个村的!张运动兄弟却坚决不依,说这种羞辱必须让田家付出代价,在坟头唱三天大戏,更重要的是必须赔偿精神损失一万元!祖宗脉气泄漏费一万元!否则,这人坚决埋不成!

如此强硬的态度,没有丝毫商量的余地。刘乐然笑笑,说,没有千年亲戚,却有千年邻家,远亲也不如近邻,都是本乡本土的,应该想全面才是。田书记在世时,经营砖厂,也没少给蛤蟆村人办事。没有砖厂,你兄弟肯定不会买拖拉机。田书记不建水塔,咱一样,可能还吃的是担担水,而不是自来水。再说,要不是田书记,当时塌的还不是玉女嫂子?田书记还不是因这事早死的?等等。都是本村人,发生这种事,谁都不爱!要是趁此弄钱,外村人都笑话哩!田书记毕竟不在了,你俩挡住不让入土,就有点儿过分了!凡事都有一个度,谁如果突破这个度了,村里人就会指脊背的!说罢,刘乐然又单独叫出玉女好好说了说,并有意识地问玉女:"嫂子,你现在还拿的那个手机?"玉女低下头,那脸马上红了。

"没事,还有刚才停电的事,跟你家有关系吧?不敢那样,以公报私,会害了你兄弟的!"

"那是张运动那二货!"

"侯律师那人不好惹,一天就凭这吃饭哩!"刘乐然指指自己的嘴巴。

"也许是电房跳闸了!你看这电不是来了嘛!"玉女忙打圆场。

"我给你一个建议,一会儿事说的差不多了,你还是继续过田家那边帮忙,做人要长远一些!"

"那是,书记还救了我一命哩!"

最后,经过几个小时艰苦的思想工作,凌晨四点半,老书记田冷春的灵柩终于入了土。

第二天,在张运动母亲的坟前搭了一个简单的戏台子,美美唱了一天大戏。然后,再将田书记、田婶二人的口粮地以最优惠的价格包给了张运动、张运喜兄弟二人,这一场风波才算彻底平息。

第三部

第三路

第二十五章

（一）

石锁子回到蛤蟆村绝对是大新闻。

吕哈定不是第一个知道的,但却是第一个告诉刘乐然的。

"你听谁说的?"刘乐然也很意外。

"听我老婆说,是昨晚上回来的。"吕哈定看一眼刘乐然,摇摇头,不解地说,"这烂王胆子大,还敢回来,都不怕公安局来拾掇他?"

"你见人没有? 也许锁子哥这两年在外边混出名堂了哩!"

两个人正聊着,张运动急急忙忙来了,也不避吕哈定,见面就说:"刘书记,石锁子回来了!"

"我刚听说了。"

"我一早就知道了,"吕哈定说,"我老婆今早卖羊奶就听人说了!"

"那你还没我知道早!"张运动头一摇,"昨晚石锁子家里灯一亮我就知道了!"

"那咋不过来说这事?"吕哈定问。

"我正拉砖哩,车还在书记门口停着哩。"说着,张运动掏出一支烟递给刘乐然,又掏出一支自己点上。

一旁的吕哈定感到有伤自尊,他掏出烟,说:"刘书记,给,有肉不吃豆腐,抽咱的! 这是我女婿特意买的,听说一包要二十块钱哩!"说着,吕哈定用夸张的动作给自己掏出一支点上。

"一样,一样!"刘乐然推辞着。

吕哈定坚持从刘乐然手里取下张运动的烟,塞上自己的。飞快地毫不犹豫地打着火,另一只手轻蔑地把张运动的烟扔到桌子上,这一串动作熟

练、流畅而经典。

"不抽,我抽!"张运动伸手拿回自己的烟,"这烟劲大,我全凭它解乏哩。我走呀,还忙着哩!"

出了房门,张运动又拐回来:"对了,让你那好烟一打岔,我还忘了说正事哩。刘书记,石锁子这货当年基金会贷款撇了我一家伙咱就不说了,那一年全队的农业税让他盖了房子,这事咋弄哩?村上是不是应该追这事?"

还没等刘乐然开口,吕哈定说:"这又不是刘书记手里的事,再说过去都十几年了,你这不是为难刘书记哩?"

张运动一愣:"你咋能这样说哩?这事我只能给刘书记说,人家镇长、县长咱就说不上话嘛!"

"为这事听说当年镇上派出所都插手了,要问也该问派出所!"吕哈定奋力掩护着刘乐然。

"是这,运动哥,你先忙去,咱把石锁子的情况了解了解再说!"

"你不知道,这货当年把我坑得不轻,花了七八百元,最后给他把款贷下了,一下整得我几年踏不开脚步。咱交了农业税,倒给他盖了房,人这心里太憋屈!"

张运动开起拖拉机并没有急着去砖厂,这会儿,拉砖的车正多,去了也是白等。车子经过老会计黄木泥门口,张运动熄了火,进了院子,打算喝一会儿茶,说说石锁子的事。

黄木泥并不知道石锁子回来,这个消息令他十分惊讶。随即就打心底里不痛快。这货跑回来干啥?这不是猪娃子往蒜地里跑,寻着吃疙瘩哩?他立即就想起了那年李就就老师承包地的事,那可是他给出的偷续合同的主意呀!这货回来一旦把他咬出来就难看了!至少,刘乐然、张运动几个人就把他恼恨透了!何况他现在是正儿八经的村会计,村干部哩!黄木泥心里一阵紧张,但转念一想,未必!这个主意虽是他给李就就点的窍,石锁子又如何知道?但对于张运动的鼓动,黄木泥只是点头应许,实际上,他根本不愿意去找刘乐然,不愿意让村干部去翻石锁子的旧账。

石锁子原是独生子,在不到十岁的时候父母就去世了,而且死得特别突然,特别蹊跷,毫无征兆。早上父亲刚坐在桌边吃了一口饭,就扑通栽倒,人殁了。晚上天降大雨,母亲去厨房关电灯,让电打死了!一天之内,石锁子就成了一个孤儿,还是邻居们管吃管穿,政府管他上学,这才长大成人。

  石锁子心大胃好,如果说宰相肚子里能行船,石锁子肚子里就能开航母!当了多年村干部,整天吃吃喝喝,迷迷糊糊,他从没有感到过什么工作压力!相反,倒是三组组长这个官衔让他顺利地成了家,娶了一房貌美如花的姑娘做媳妇。媳妇叫篮子,是甘肃省山区里边的女娃,日子苦焦,来到陕西关中平原,一分彩礼也不要,遂心如愿地落了根。篮子不仅模样标致,脾气也好,性子温顺贤淑,还勤快吃得了苦,蛤蟆村人人夸奖,希望自家也能娶到一个篮子。石锁子不光懒惰,不光爱吃爱喝,更要命的是他做事从不思考,不计后果,不知道害怕。过日子、干工作、做事情从来没有计划,没有想法,完全是遇山上山,遇河搭桥,水到渠成的那种。他爱喝酒,就头脑一热,在阳沟镇街道开了一家饭馆,最后倒让自己吃倒灶了!党报党刊征订任务下来了,他就从枕头底下拿出老婆积攒的卖羊奶钱,不够,再拉上几袋子粮食卖了弥补。包里刚收了几千元的承包地款,石锁子马上就亢奋了,他叫上村上、镇上几个酒友立即下馆子,直至花得一文不剩,这才悄悄回到家里睡觉。总之,身上不能有钱,一旦有钱他就来想法。问题是没钱又着急,又坐不住,怎么办呢?石锁子就在村里寻找目标,看谁家需要庄基了,他就主动上门,让交几千块钱给划庄基。实在没人要,就卖渠边土崖上组里的大杨树大桐树。有一年,关中道一春雨雪不停,石锁子先人手里盖的四间瓦房漏得像筛子,人实在没法住,篮子哭着求他盖房,石锁子终于动心了,也终于计划了一回,这一回计划得特别伟大,六月底,他将全队两万八千元的农业税款揣在腰里,叫了十几个民工,不到二十天就盖了三间平房外带一间灶房,只可惜没住一天,就带着老婆娃逃出了蛤蟆村。

(二)

  在建筑队偷偷干了几个月,石锁子几乎没睡一个踏实觉。一闭眼睛,公安局就来抓他。听说潼关是个好地方,那山上到处是金矿,到处是金子。如今他才三十来岁,有的是本钱。说走就走,第二天,石锁子领上婆娘娃就走了。他要去大捞一把,几万元农业税算个啥?小菜一碟,也许一个月就能还上!赶年底他又回到蛤蟆村了,而且村民组长还照当不误!

经常把脑袋浸泡在酒里的石锁子当然想问题简单。到年底,他并没有回来,连想都不敢想!下金矿不是喝酒,也不是给羊圈里拉一车子干土!那是出牛马力,那是霸王活,那是流血流汗掉身上肉!他长这么大,并没有下过苦,看上去一身肥膘,很实在的一块子,却是个草包虚大汉,一个班没干下来,就虚脱拉稀了,第二天打死都不下矿!可又能干什么呢?矿上的轻活,地面活,又怎么能轮到他呢?他算老几?早让矿老板的亲戚诸人占去了,何况这工队又都是四川人,就算轮也轮不到他。他歇了一天,这才咬着牙继续下矿。从此,开始了三天打鱼两天晒网的矿工生涯。直到半年以后,他才逐渐适应了下矿干活,人脱了一层皮,瘦了两圈,却变得结实有力了,但总算在潼关站住了脚,为三张嘴巴找到了吃食。回忆在蛤蟆村的生活就像做梦,石锁子连自己也不十分相信。日子这东西,只有用时间和汗水去调和、去塑造才有味道,有模样才生动,才是实实在在的。过了三年,石锁子终于在技术、经济、人脉等方面积攒了一些本钱和自信,便和一个名叫王联手的四川矿工合伙包了一个金矿的一条隧道。他计划再好好干上两年,就回蛤蟆村,到时先交了那两万八千元的农业税,再去给张运动好好赔个不是,给些补偿,然后就安心过日子。

然而,想法没有错,现实却不看情面。就在他干了不到三个月,出大事了!

那天夜里,是王联手当班。吃罢晚饭,石锁子也下了井,打算换换王联手。老王感冒了,很严重,上班前还吊了针,石锁子是关心老王才下的井。王联手刚打好眼,装上炮,不肯上去,说是等炮放了。谁知却是哑炮,给了两次火都没有反应。王联手过去检查半天也没找出问题,跑过来打算重新下炮,石锁子就顺便过去再看看。刚刚到跟前,偏偏炮就突然爆炸了!轰隆一声,石锁子就被沙石浓烟吞没了!

当他苏醒过来的时候,已经在医院里躺了三天三夜了!虽然命保住了,却从此永远失去了双眼!医生说,光他头上脸上就达三十七处伤口,从这些伤口里抠出了一大碗小石头。身体逐渐恢复了,心却慢慢绝望了,死去了!石锁子躺在床上,通过感觉,通过空气流动的方向,通过别人对话,悄悄地秘密地寻找和判断窗口的方位、距离,以及周边的情况。那天,就在篮子刚刚去了卫生间,石锁子突然翻身跳起,扑向窗口!由于判断有误,窗子下边还有一个床位,这才没有跳下去。同房的几个病友一起扑过来,才将他摁住。石锁子大声号叫,篮子从卫生间惊慌失措地跑进来,连便盆也来不及提。石锁子在墙壁上疯狂地没命地磕着脑袋。篮子死死抱住他的腰,大夫护士们急忙跑进来,几个人摁住,直到镇静剂发挥了作用,石锁子这才慢慢睡去。醒来后,石锁子和篮子、女儿小青一家人又是一场痛哭。这样反复了一段时间以后,石锁子死了的心才又慢慢缓过来。

石锁子转眼成了废人,篮子不得不挑起这个家庭的生活重担。刚刚上到小学三年级的小青也只好辍学回来。房租交不起,蛤蟆村不敢回,篮子就领着一家人住在一个废弃的井房里。除过负担了二十几万元的医疗费外,矿上再给了五万元算是两清。春天的时候,篮子就满山挖野菜到城里卖,让小青照顾石锁子;夏天就到处找工地打零工,实在没法就捡破烂。问题是日子一天天过去,啥时是个尽头?而且石锁子特别想家,想渭北高原上那个蛤蟆村。他一心要回去,要回蛤蟆村,就像在外边受了欺负的孩子想回家找爸爸妈妈诉说一样。不管咋说,蛤蟆村还有几亩薄地,还有几间平房,还有一个家!

终于,石锁子一家人在外混了多年以后,于一个傍晚时分悄悄地灰溜溜地回到了蛤蟆村。

刘乐然听说之后,并没有打算立即过去看石锁子。从镇政府参加完关于低保户申报有关事宜的会议回来,听了老会计黄木泥的话后,这才去了石锁子的家。

黄木泥是专程来告诉刘乐然的,他不仅仅是告诉石锁子回来了,而是有关石锁子的进一步消息。石锁子回来让他有点不安,他立即就去了李就就老师家。一是封续合同的口,一是建议赵水仙能主动去石锁子家关心关心,摸摸情况,搞好关系。正说着,篮子来了,从那神情,老会计就认为石锁子这些年在外混得并不如意,没想到是篮子,就这么十年八年,貌美如花的篮子竟老了这么多,虽然仍然美丽。篮子是来买油盐酱醋的。赵水仙虽是农村妇女却会来事,她只收了篮子的油钱,别的都免了,末了,还端出一盘待售的鸡蛋送给篮子。篮子特别感动,赵水仙趁机就拉篮子去另一间屋子说话。三问两问,很快,这女人就知道了石锁子的一切。临走,篮子还特意叮嘱说,锁子不准她对外人说。黄木泥听了,叹口气,走了。石锁子这样,他倒放心

了,但这么大的事,该给刘乐然说说才对。

刘乐然扛了两箱方便面去了石锁子的家,黄木泥要一同前往,刘乐然没让。

村里的变化,篮子已经给石锁子说了。知道刘乐然已经当了村干部,也知道田冷春已经不在了,但他没有想到刘乐然很快就来找他。听见刘乐然在院子里和篮子说话,他很生气,真想摸起一块砖扔过去,又一想,反正自己已经这样了,死猪不怕开水烫,一分钱没有!不信他还吃人呀?!石锁子低下头,低声对女儿说,去,就说我睡着了,让他走!小青会意,掀门帘出来,在篮子耳边低语了几句。

刘乐然不等篮子开口,抢先道:"我顺便过来看看锁子哥,没别的意思。这样,以后,你一家子还出去就不说了,要不出去,有啥事就过来找我!还有,这次低保范围要扩大哩,回来我给你一张申请表!"

"好好好,谢谢刘书记!锁子身体不好,可能睡着了。"篮子有点内疚地说。

"谁说我睡着了?"石锁子突然一挑门帘,出现在门口。他戴着一副墨镜,一个长檐的帽子:"兄弟,不,刘书记,你的好意我领了!这低保我不稀罕,你爱给谁给谁,我不要!"说完,又放下门帘。

(三)

这些年,城市农村都在急扩忙建。对砖厂来说,绝对是一个千载难逢的机会。自从同银芳承包了蛤蟆村砖厂后,顺风顺水,每年都足额及时给村里上交承包款。按照她的计划,明年春上,和组上协商,再把东南角那十五亩土源地弄下来,购一台新砖机,把配电房增容一个档次。进入伏天,三天不下雨,就显旱了。现在,已经半月没下,地已经干了,连露水都瘦了许多。刚出了土的苞谷苗拧成了细麻绳,庄稼已经急需灌溉了,而做砖坯也需要水,需要把干涸的黄土调和为含有一定量水分的黏土。作为砖厂的机井,同银芳只能先将水用在做砖坯上,这是一条流水线,否则就要停产,只有多余了才能让出去浇地。没有在砖厂干活,也没搞运输的李强、吕哈定几个人就很有意见。特别是李强,不断地放出话来,说要是他家的苞谷苗旱死了,他就叫一台推土机,把机井填了,废了!砖厂是蛤蟆村三组的财产,机井也不例外!庄稼是第一位的,企业是第二位的,现在的问题是正好相反!这几天,李强每天都在自家地里转圈儿,眼瞅着继续枯萎下去的苞谷苗,眼瞅着蓝天白云火日头,眼瞅着不远处砖厂机井炫耀似的喷吐那白花花的清凉水,心里相当来气!从砖厂旁边经过,发现朱环环正戴一顶草帽,烈日下挥着铁锨修水渠,李强扶扶墨镜,冲朱环环"嗨"了两声。朱环环走了过来。

"得是你地都能用黄河水浇?"李强没好气地问。

朱环环上下打量了一下,不知道这句话的意思:"不是,我还有一片地黄河水浇不到。"

"地里苞谷苗眼看都旱死了,偏偏用水闷土哩!"李强摘了眼镜,狠狠瞪了朱环环一眼。

这句话纯粹八面不靠,朱环环听了更不知道如何回答。憋了半天,嘟囔道:"我是挣工资哩,这又不是我的井。"

"挣尿哩!啥钱不能挣,偏偏看上这钱?"李强狠狠地吐一口唾沫,说。

朱环环不敢再说什么了,拧身悄悄走了。

"回来!"李强吼道。

朱环环转过身:"这与我没关系,这是砖厂的井!"

"同银芳哩?"李强问。

"我没见。"朱环环低声道。他实在搞不明白,李强哪来这么大火气。

李强用衣服角擦擦镜片,恶狠狠地说:"我总要让你浇不成!"背着手,端直朝后街吕哈定家去了。

李强发这么大的火当然是有原因的。他家四口人,从北山迁下来,一人一亩,只有四亩地。当年石锁子跑了,将他家五亩半地租给李强耕种,他每年要给石锁子每亩五十块钱。现在,石锁子突然回来了,老婆篮子已经找上门两三次,要把地收回去,并且还要这些年的租金,李强心里一百个不答应!这五亩半地经过他这些年的修整、管理,不仅平整好浇,地板也被他养得十分肥厚,种上庄稼就是不上一粒化肥,地力照样用不完。你说,他如何舍得突然还给石锁子?何况麦子已经收了,苞谷苗都两寸高了,那地又全在黄河水口子上,前几天,才足足地浇了一水!但他又没道理给篮子发脾气,而且这女人长得又那么漂亮,那么让人心疼!窝火的是自家那四亩地没有一分

一厘能让黄河水浇,全靠砖场这眼机井灌溉。现在,天旱得空气都能点着,砖厂生意十分好,机井不顾庄稼,这人能不生气?李强和吕哈定聊了半天,然后起身去找刘乐然。

刘乐然听了,觉得李强的话也有道理,也看得出来,庄稼真让李强着急了!随即掏出手机给同银芳打了一个电话。一问,原来同银芳去宝鸡了,当天回不来,就对李强说:"同厂长明天回来,我来协调,先把你这几家的地浇了!没事,等一两天,苞谷苗耐旱得很,就是叶子干了,只要芯子绿的,见水就活了!"

"要是同银芳不给水咋办?"李强仍不放心,"听说一个工地在砖厂订了二百万块砖哩,同银芳急着给人家交货哩!"

"我知道,同厂长明天上午就回来了,咱商量嘛!"

李强低头要走,刘乐然摆摆手:"别急,其实你今天不来,我也准备寻你哩!"

"啥事?"

刘乐然扔过一支烟:"石锁子回来了你知道不?"

"嗯。"

"石锁子在矿上把眼窝炸瞎了你知道不?"

"啥?真的?我还真不知道!"李强装作一惊。其实,他也听说了。这个消息已经传遍了整个蛤蟆村,而且是篮子问他要地的时候,亲口对他说的。

"篮子找了我两回,你来前边才走了。"刘乐然道。

"哦。"李强故作不知。

"她说她也找了你几次了。"刘乐然希望李强自己说。

李强偏不说。

"都是一个村的,石锁子今天成了这样也恓惶。"刘乐然继续用启发式的口气,耐心地敲边鼓。

"其实,我并不是不给石锁子地。石锁子当年走的时候,你可能不记得,他那五亩半地庄稼没有草长得好,一料的收成没有草籽多!我连续三年深耕,领上婆娘娃娃拔草。再说,当年西川那两片地一片南高北低,一片两头高中间低,硬是我一架子车一架子车垫平的!唉!"李强有力地叹了一声。

"那你现在啥意思?"

"我？我能有啥意思？我没意思！"嘴里这样说,心里却想着如何让对方补偿的事。但又不愿说出来,授人以柄。

"你的意思是让石锁子给你一些补偿？"

"这是你说的,我没说。"李强道。

"那你说个数。"

"这——"李强犹豫一下,"我给我局长弟弟商量一下,刀响见菜不合适。成十年了,我跟这地真有感情了,现在一下子让我撂了,我还真转不过弯来。我想想,我想想！"李强起身就走。

刘乐然也站起来:"可现在刚好是撂地的茬口呀！"

"不忙不忙！"李强头也不回,急急地溜了。

回到家里,李强越想越生气。他根本没有想到为地的事,篮子竟然去找村干部了！好像是他故意赖住不给地似的！毫无疑问,这肯定是石锁子的主意。这么漂亮温柔善良的女人怎么会想到找村干部？这地绝不能说给就给！他已经为这地付出得太多太多,要知道这货还回来他就不该这样投资！

经过一番深思熟虑,李强终于有主意了。他特意刮了胡子,搽了发油,穿上那件去掉标志的警用短袖,下摆装进裤腰里,重新给皮鞋打了油,戴上墨镜,一手拿烟,一手拿手机,体面地充满优越感地去了石锁子家。

看见李强进了门,篮子十分意外。而李强的衣冠楚楚更让她意外。不过,她还是很欢迎李强来家里,这说明为地的事,刘书记找过李强了。

李强的确是为地的,但不是还地。他先嘘寒问暖地客气了一番,然后就夸起他的公安局长弟弟和派出所的干警弟弟。接着就说起村里的事,特别是前些年的事,这样自然就绕到了村干部的事,并且很巧妙地旁敲侧击了一下石锁子用农业税盖房的事。稍作描述,话锋一转,说:"有千年邻家,没有千年亲戚,只要有我李强在,你石锁子啥事都不会有,请放心踏实过日子！"相反的意思就是,如果石锁子得罪了他李强,就等于得罪了警察,得罪了公安局长,得罪了县公安局！免去农业税是现在不是前些年,他挪用农业税就是犯法！他李强一句话,公安局就会抓他去坐牢！到那时候,篮子、小青怎么办？他石锁子的家就真的散伙了！如今,他石锁子暗暗憋了一股子劲好好过日子哩,虽说眼睛看不见了,可他有他过日子的办法。一旁的石锁子低下头,默默听着,一言不发。"再说了,"李强接着说,"锁子兄弟的身体今后

也不适宜于种地,倒可以搞些家庭养殖业才是。这地嘛,还是让我继续种上,不行的话,咱就按社会上承包地的行情走,你俩看咋样?"李强盯在篮子身上的眼光终于拔下来,放到石锁子脸上。

石锁子不说话。

李强极其有耐心地摘下眼镜在太阳光下照照。

"我想想,过两天给你见话。"石锁子终于开腔了。

"那也行,是这,抽空让篮子来我家一趟,把这些年的承包地钱一拿。按理,五亩半地一年二百七十五块钱,十年就是两千七百五十块钱,多少就不说了,我给你三千块钱!"说完,李强很潇洒地去了。

(四)

砖坯要做好,不光土质要好,加多少水也很重要。水多了,出来是泥条,砖坯软,不周正,废料多。水少了,砖坯硬,粗糙,结构不紧密,一碰就烂,还伤砖机。只有水加合适了,出的砖坯又好又快,也风干得快,入窑早。在砖厂,朱环环已经锻炼成一名专业的高水平的和土师傅了,同银芳特别信任他,两个砖机的用土,全由朱环环来掌握,现在,给朱环环不像过去那样小工待遇,而是技师的工资。朱环环在砖厂找到了自己的价值,自然就干得很卖力很精心。天旱,和土的工作量大,同银芳怕他一个人忙不过来,想再给他加一个人手,朱环环拒绝了。同银芳说,那你多辛苦,我给你开双份工资!朱环环满心欢喜地答应了。白天,朱环环一面给一号砖机备水闷土,一面开掘通向二号砖机工作面备用土的水渠。这样到了晚上,他就省事多了,大水泵一开,渠把水自然就引过去了,而且他已分解成了一块块小畦子,可以说一晚上睡大觉都没事。

朱环环觉倒是睡了,但大事也发生了!这个胆小怕事的瘦小的男人一不小心就弄出一件愣事来。

天亮孩子上学的时候,朱环环帮老婆挤完羊奶,打扫了羊圈,喂上草料,沏一大杯热茶,去了砖厂。按时间计算,水应该把他白天修的地浇得差不多了,抽一会儿烟,喝杯茶,就该改水了。但眼前的情况却让朱环环惊呆了!水并没有流进他预设的小地块里,每一畦都被人故意堵了!在水渠的尽头,有一个大豁口,大水冲出豁口,奔走了!我的天,整整一晚上那该有多少水呀!

朱环环吓坏了,扔了茶杯,抓起铁锨就堵水口子。一夜的大水已经把豁口冲得很大很大了,一铁锨泥土扔进去眨眼就不见了!再一锨,又没了!根本不起作用!问题是这水去哪儿了?想到这里,朱环环赶紧跑到井房,一把拉下大闸,顺着水流查了下去。浇了谁家的地倒无所谓,一夜的大水全流到公坟去了!站在公坟边,朱环环蒙了,整个公坟成了一片河滩!大大小小,几十座坟头全泡在水里!

水淹了公坟,淹了躺在地下的蛤蟆村家家户户的祖宗的宅子,这是一个巨大的错误,严重的问题!全村人很快就会知道的!他朱环环很快就会成为众矢之的,挨顿打不要紧,关键是损失!他怎么赔?拿什么赔?朱环环绕公坟着急地打转儿,他下意识地蹲下身,用双手去刨土,去排水,干了几下,一想这并不是什么好办法,又站了起来,然后又转起圈儿来。

太阳出来了,公坟上空,鸟雀飞来飞去,叽叽喳喳。朱环环伸手在水里胡乱洗洗泥手,慌慌张张地向蛤蟆山方向跑去了,走了一段路,想想不对,掉头回了村子。

毛线线已经卖羊奶回来了,她瞧了男人一眼,很不解:"看你那熊样,跟慌脚子兔一样,咋哩?"

"瞎了,不得了了!水跑了,把公坟淹了!"朱环环双手哆嗦着,"你说这咋办呀!"

毛线线也吓了一跳。她急忙跑出去,关上前门,急促地说:"你来!"

到了后院,一指红苕窖:"你快下去,不管谁来,你千万别出来,有我哩!"

朱环环跳进红苕窖,踩住两边的脚窝,下去了。毛线线把一只竹笼放在窖盖上,又胡乱扔了几样闲物,去了前院。

吕哈定多年收羊奶养成的习惯是早起床,今天也不例外。老婆去卖羊奶,他就打扫院子,完了,端一杯茶,站在大门口看天。这时候,他今天已经看过几次的手机终于响了起来,没错,是李强打过来的。

李强在电话里告诉他,砖厂的水昨晚脱了,把公坟全淹了!吕哈定一惊,忙问,这就是你说的大事?这也太大了呀!昨天晚上,李强让他明天准备看热闹,砖厂的水浇不成庄稼也别想闷土!可他根本没有想到会是这个

样子！吕哈定急忙放下茶杯,对老婆说:"砖厂的水把公坟淹了,不行,我得看看去,看先人坟咋样了!"随后,他飞快地出了大门,见人就说:"砖厂的水把公坟淹了!"人们一听,都很惊讶。这消息很快就传遍了全村。

玉女放下羊奶桶子,忙给张运动打电话。张士官拄着拐杖也出了村。很快,村里的男男女女都拥向了公坟。

刘乐然的车刚进了阳沟镇政府,电话就响了。吕哈定在电话里急促地说:"刘书记,瞎了,砖厂的水把公坟淹了！你快回来!"

刘乐然吃了一惊,他迅速停好车,快步来到徐书记办公室,说了几句话,开上车就回了蛤蟆村。

公坟里人已经拥满了。大家七嘴八舌地相互询问着议论着,并且已经知道这是朱环环管的水,水是在朱环环手里跑了,淹了公坟的!

"朱环环哩,朱环环人哩？这货该不是吓跑了吧？"黄木泥四下瞅着。

"哎呀,快赶紧看看,看水灌到黑庭子没有?"张士官老汉用拐棍使劲戳着地。"灌水了,赔嘛,这有啥说的?"李强微微歪着脑袋,不急不慢地说。他站在那里,斜着身子,一条腿打着弯儿,脚尖轻轻抖动着,打节拍似的点着地。

"那就是,不过这赔也得让他朱环环出钱,与砖厂无关!"张运动大声道。

"都脱不了干系!"吕哈定接过话茬。

玉女一推张运动:"你少嘴长,赶紧拉你的砖去!"

老会计黄木泥快步来到公坟,顺手要过张运喜儿子张建壮手里的铁锨,说:"去,都赶紧拿家具,闲话少说,先把这积水排了再说!"

大家这才行动起来。天旱地干,积水已经没有多少,很快就排完了。公坟已经成了稀泥滩,一脚踩下去,泥浆就淹到了膝盖。张运喜想拔还拔不出来,多亏儿子拉了一把,才安全地退出来。

"不用看,水要是灌进黑庭子里,表面就能看出来!"黄木泥道,"现在赶紧寻朱环环,看这货咋啦?"

"就是,总不能水一排就完了!"吕哈定接过话来。

李强却说:"是砖厂的水把坟淹了,应该寻砖厂!再说,朱环环打死也撕不下二两肉,能赔个啥？把先人淹了这不是小事!"

"对对对,走走走,寻砖厂！寻砖厂去!"人群开始骚动了。

第二十六章

（一）

　　同银芳的小车刚驶进砖厂大门，从西南公坟那边就陆陆续续过来了一群人。同银芳刚从宝鸡回来，到目前为止，她并不知道砖厂的水已经闯了这么大的祸。看见人群，她还有些奇怪，好好的，村里人都在公坟干啥？又咋跑过来了？同银芳没在意，直接去了生产区。张运动拉着一车砖过来了，停住车，忙说："同厂长，咱闷土的水把公坟淹了！"

　　"啥？"同银芳忙问。

　　"你还是赶紧避一下，咱厂的水把公坟淹了！你看，人都来了！"

　　听了这话。同银芳怔住了，她曾料想过砖厂可能会出好几种事，却万万没想到是这种事。但回避并不是办法，也许把事情弄得更糟。

　　"朱环环！朱环环人哩？"同银芳忙问。

　　张运动哼一声："这货到现在还没露面！"

　　人们很快就拥进了厂子，立即把同银芳围在中间。

　　吕哈定大声说："同厂长，你看这事咋弄哩？我爸我妈是合葬墓，你看看去，水灌进去了，墓堆上有这么粗一个窟窿！"

　　"我奶的墓也淹了，上边塌了一块子！"张运喜在砖厂拉砖，不好说，怂恿让儿子张建壮喊道。

　　你一言他一语，同银芳听得头都快爆了。她站到高处，大声说："我才从外地回来，啥情况也不知道，再说，咱们有专门管水的人，厂里有规定，谁屙下谁擦尻子！我马上调查，大家先别急！"

　　"说得轻巧，淹了祖坟就是对先人大不敬！"李强不失时机地煽动着。

　　"照你这意思，淹了就白淹了？砖厂不管？"有人大声问道。

"不是，我没说不管，我是说这应该让朱环环来管！"同银芳忙说。

"那还是等于砖厂不管嘛！"黄木牛道。

"朱环环是给砖厂干活哩，砖厂的水把公坟淹了，就应该由砖厂负责，至于砖厂咋处理朱环环那是你内部的事！"李强大声道。

"对对对，说得好，就是！"众人随声附和。

同银芳一看满脸得意劲的李强，气愤地说："你屁屎给屎鼓劲哩，公坟里有没有你先人？"

"咋？你还不让我说几句公道话？大家听听，这种态度就不是处理事哩嘛！这是推脱责任哩！"

"我看了，把我爸的坟也淹了！赔，马上赔！"乌云厚快步走了过来。

"哼，这态度，我看难赔！你听，人家砖机还轰轰隆隆转得欢哩！"李强指指生产区。

"就是，把砖机给关了！不赔开不成！"有人大声吆喝道。

乌云厚抬脚冲向生产区。

刘乐然从公坟那边插斜路跑了过来，他敏捷地跳下土崖，拦住乌云厚等人的去路，叫了一声："云哥！"

乌云厚站住，看看刘乐然，没有说话。

"云哥，你先别急，听兄弟说几句话。"随后他一把将同银芳拉到一旁低语了几句，跳到一个土台台上，大声说：

"大家都不要冲动，事情已经发生了，咱就说事。请各位放心，关于淹了公坟的事，村上联合砖厂马上成立一个工作小组。第一，迅速查明事故原因；第二，统计核实被淹的情况；第三，立即研究赔偿办法。我保证，一礼拜之内全部处理到位！当然，话又说回来，咱蛤蟆村就这一个企业，企业的好坏至少和咱家家户户都有关系！各位心里一定要弄清楚，这是咱的企业，不是某一个人的企业！"说完，他给同银芳示意了一下，同银芳接过话茬儿说：

"各位乡党邻家，各位伯伯、婶婶、兄弟姐妹，我只想说一句话，不管啥原因，请放心，公坟的事，我绝不推脱一点责任。在公众场合，我不太会讲话，也从来没经过这种事，刚才说的话可能有不妥之处，请大家原谅，不要往心里去。请相信刘书记，我们一定会处理好！"

这两个人的话就像两把锋利的尖刀插进一个被气体即将憋爆炸的皮

球,危机瞬间解除了。

这时候,朱环环在老婆毛线线的陪同下,低头来到了现场。朱环环看了刘乐然一眼,刘乐然点点头。朱环环两口子冲大家作了一个揖,一起跪下来。环环说,各位乡党,朱环环两口子给大家赔礼了!我真心地告诉大家,这事不怪同厂长,只怪我朱环环贪睡,没有遵守厂里的纪律,才闯下这么大的祸!朱环环两口子愿意披麻戴孝给公坟里每一位先人摆花饭、烧香磕头、赔礼道歉!朱环环两口子愿意听从大家的任何处罚,绝无怨言,也愿意接受砖厂的任何处罚!说完,朱环环又看了刘乐然一眼。刘乐然接过话茬儿:

"环环哥也是咱本村本土的,我看大家就原谅他吧,咋个样?环环的人品大家心里都明白。我想他不可能有别的意思。不过我有两句题外话,环环哥对我说,以他做过的活,修的水渠,水一般不会脱,他怀疑有人故意把水放了!一会儿大家有兴趣的话可以去看看!"

大家一听立即窃窃私语起来,而李强不知啥时候已经溜走了。

随后,刘乐然、黄木泥、同银芳、吕哈定等几个人在朱环环的引领下来到闷土的渠边。大家一看,渠里通往各小地块的口子全被人堵住了,尽管被水冲得有些模糊,但仍然依稀可辨。遗憾的是,大渠尽头的大豁口已经被水冲得难以看出是自然脱水还是人为的了,但从高高的渠坝可以判断,这水不可能翻过渠坝去,也就是说应该是人为的。

刘乐然从吕哈定的电话里得知公坟被淹后,非常吃惊。他赶紧给徐书记请了一个假,没有参加镇上的会议,掉过车头往回赶。路上又和吕哈定、黄木泥几个人通了几次电话,大致掌握了事情的经过。他直接将车开到朱环环家门口。毛线线说,环环没在家。但从这女人的神情举止里判断这不是实话。刘乐然装作不知道水淹公坟的事,拉开车门,拿出一张低保家庭申报表,说:

"嫂子,环环哥到底干啥去了?你看,这是低保申请表,现在户主必须签字,今天是最后期限,一会儿就要报到镇里去!"

毛线线迟疑了一下:"那我能代笔不?"

"当然不行,你又不是户主。"

"哎呀,这咋办呀?"

"是啊,这一耽搁今年就毕了!那时候,可别说兄弟没给你办事呀!"

"这个——我记得好像环环刚还在哩,我去后院看看,是不是上厕所去了?"毛线线眼珠一转,忙去了后院。走了几步,站住,想了想,又去了。

很快,朱环环就和老婆回到了前院。刘乐然意味深长地盯着朱环环看。朱环环忙低下头。

"环环哥,藏啥哩?这事你躲不过去!"刘乐然道。

"你、你不是说低保吗?"毛线线嘟囔了一句,下边的话不敢说了。

"低保啥哩?我不说低保环环哥能出来不?"

"我、我、我不是故意的,我知道——"朱环环语无伦次。

"你啥都不知道,你连轻重大小都不知道!一个大男人,没事不惹事,有事不怕事,你怕啥哩?"

"我怕、我怕大家急了打我。"朱环环小声嘟囔着。

"不说了,走,嘴放甜,态度放诚恳,不管咋处理,先给乡党们赔礼道歉!人常说,有理不打上门客,还有我哩,没人打你!"

就这样,朱环环两口子才来到砖厂众人面前。

报案不现实,也没有充分的证据。村上虽说调查,如何查?查出来又怎样?一个事倒成了两个事!这种事越弄越复杂,本乡本土的,一片怒目相视,有啥好处?该糊涂还得糊涂,浑烂都在蛤蟆村这口锅里。但也不能松口说不查!如今剩下来的问题就是最重要的问题,如何赔偿?这种事,没有先例,没有标准。再一个问题就是四十多个坟头,都受淹了,可淹的程度如何界定?刘乐然、同银芳、老会计等人在一块紧急协商完了,又找村里的老人,有威望的人进行探讨,甚至还专程请教了一趟黑律师侯水丁。意见统一之后,刚要发放补偿金,负责核实的吕哈定、黄木牛却提出一个问题:合葬墓怎么办?刘乐然想了想说:"当然算两个。"大家也一致同意。可这样一来,统计坟头的时候,就不断地出现争议。比如李就就老师,村里上年纪的人都知道,他父亲的坟并不是合葬墓。父亲死得早,母亲改嫁到了陕南,死后并没有迁回来。但李老师却说迁回来了,当年他妈临死之前见他最后一面特意叮嘱让迁回来,只是没有举行仪式摆宴席请邻居街坊而已。这些年,他们清明上坟,从来都是上两份长钱纸花的。还有就是张运动家。张运动、张运喜兄弟感到常年在砖厂干活挣钱,抹不开面子,就让张建壮张光光堂兄弟俩出面了,甚至张士官老汉也出面了!哥儿俩说,奶奶虽然去世了,可葬埋的时候修的是合葬墓,水淹了,自然淹的也是合葬墓。张士官却说,他总不能眼睁睁看着水把他将来要住的房子淹了吧?淹了不修缮吧?貌似比较合理的诉求却让人哭笑不得!刘乐然同银芳只好苦笑着答应下来。

眼看事情核实完了,石锁子老婆篮子找来了。篮子说,小青爷爷、奶奶死得早,虽说如今坟头也找不见了,可也在公坟里,他们年年还上坟哩!既然在公坟里,那也肯定让水淹了,如今淹了就该赔偿,总不给人家都赔了把他家撇下吧?

同银芳道:"嫂子,你家情况我知道,人穷得有志气,千万不敢胡说。你家先人的坟在不在公坟里我不知道。你说淹了,可得有证据,你说说,你先人的坟头在公坟哪一块?"

篮子听了,脸唰地就红了。她低下头,好久才说:"我也不知道,这都是,这都是——"

"是锁子哥的主意?锁子让你来的?"同银芳看着篮子的脸问道。

"不不不,他才不哩,他知道还会骂我的!"略一停顿,说,"是李强到我家里说的。"

"李强?"刘乐然抬起头。

篮子点点头。

"不说了,是这,"同银芳拉开抽屉,麻利地数了一沓子钱,"给,这是一千元,你拿上!"

"不不不,我不能拿,锁子知道了又该说了。"

"没事,我不说你不说就对了!以后你愿意的话,到我砖厂来做活,扫地倒水打杂都行!"

"那这钱我不能要!"

"拿上,就算我提前给你付的工资!"

篮子拿上钱,傻傻地站着,半天说:"对不起,同厂长,我不该来说坟的事。"篮子惭愧地低下头。

(二)

水淹公坟的事就像迎面泼向同银芳的一盆凉水,上去就浇灭了她的雄

心壮志。不仅如此,这水不光刺骨,而且还肮脏,让同银芳捏鼻捂嘴心灰意冷。"人穷事多,天旱风大,一点不假!"她看了刘乐然一眼,很有怨气地说。"是啊,这么大一个蛤蟆村,唯一的企业就是砖厂。农民们收了麦子种苞谷,收了苞谷种麦子,这样下去,只能是越来越穷,越穷矛盾越多!"刘乐然若有所思地说。

"哎,说实话,让这事弄得我都没心劲了!真不如做生意,一天尽生了闲气了!"同银芳喝一大口啤酒,把目光投向窗外。

"咋,气馁了?"

同银芳摇摇头,没说话。

"各有利弊,有些人还眼红你哩!"

"哼,我不信!"同银芳嘴一撇,看刘乐然一眼。

"我就羡慕!可我弄不成,田书记就是例子。再说了,蛤蟆村目前摆下这样子,我也没心思弄砖厂。"

"人穷不说,最近贼还跑欢了!"黄木泥抬腿进了办公室。

"谁家又把啥丢了?"刘乐然忙问。

"还能有啥?羊!偷羊贼最近嚣张得很,大白天都下手哩!"老会计一屁股坐下来,气愤地说。

"到底咋回事?谁家把羊丢了?"刘乐然问道。

"李强嘛,上午才让人把羊偷了!"

"好,活该!"同银芳幸灾乐祸地说。

"李强把老婆打了一顿,还不准老婆把丢羊的事往外说!"黄木泥吐一口烟,未说先笑道,"你不知道,贼胆大得很,偷李强家的羊真跟演戏一样!"

"叔,快说嘛!"同银芳催促道。

事情的确像老会计黄木泥说的那样。近两三天来,蛤蟆村不断传出羊丢了的消息,而今天中午这起偷羊事件就发生得让人好气又好笑。

李强老婆菱花是个药罐子,还天生一双近视眼。虽然刚四十出头,看上去苍老得多,少说也比实际年龄大十岁。今天,是近来比较凉快的一天,云多阳光少,还有不间断的一道道小风。吃过饭,菱花坐在门前桐树底下,做着针线活,照看着大奶羊吃草。不一会儿,村道上开过来一辆黑色小车,在她家羊圈旁边停下来,一个三十岁左右的小伙子从车里出来,点上一支烟,笑眯眯地说:"姨,在门上凉快哩?"

菱花抬头看看,哦了一声。

"这是你家的羊?"

菱花答应一声,然后仔仔细细地看了看小伙子。这小伙敦敦实实,中等个儿,穿着朴素,一脸憨厚。

"你是弄啥的?"菱花问。

"哦,我是镇政府的!最近,偷羊贼比较多,很不安全,你要注意哩!"

"就是,你看我门前这羊圈都不敢离人!听说六组有人一大早让贼把羊偷了!"菱花忙说。小伙的话刚说到她心坎儿上。

"所以领导派我们下乡查看哩,叮咛群众一定要有防范意识,现在这贼防不胜防!"

"哦,你是政府专门派下来检查的?"菱花省悟似的点点头。

那小伙慢慢走到羊跟前,说:"姨,你知道人家咋偷羊不?"

"咋偷哩?"

"是这,我给你做一个示范。你看,贼娃子就是这样——"小伙说着拿出一把短刀,"你看,用刀把羊绳一割,然后,把羊一抱。"那小伙嘴一歪吐掉烟屁股,拧身把羊塞进车后座,然后,关上门子,说:"人家就是这样偷羊哩!"旋即钻进驾驶室,司机一脚油,黑色小车跑了!

菱花恍然大悟,原来这不是镇政府派来的!她扔了手里的针线,紧跑几步,大喊:"偷羊啦,偷羊啦!"

只是小车早没影了。

"就这样偷了?"同银芳睁大眼睛。

"就这样!"黄木泥肯定道。

"这贼本事大!这贼本事大!哈哈哈……"同银芳笑了起来。

刘乐然轻声叹口气。贼娃子偷的是村民的羊,抹黑的却是村干部的脸。他听了,真有些不好意思。而蛤蟆村小学的去留这两天更纠结着他的心。截至七月十五号放暑假,蛤蟆村小学一到六年级总共剩下十六名学生。而老师就有六名。估计下学期开学还有三个孩子要转走。学生少,老师就显得多,公用经费少,开销却不减。这样下去,学校就要关门了。按照教育主管部门的规定,如果学生家长、基层政府没有意见的话,蛤蟆村小学下学期

就是撤并的对象。

刘乐然为难了。蛤蟆村学校在解放前就有。那时,是村里几家土财东出资合修的一所私塾。蛤蟆村至少有五六代人通过村小学学会识文断字,曾经不少人由此走向科学或艺术的高端,成为蛤蟆村人心目中的名人、贵人。如今,在他刘乐然手里被撤并了,没有了,无疑是他的罪责。但现在的问题是,到下学期,不仅学生还要减少,据说六名老师四个骨干都要走,都想走,其余两位再两年就该退休了!这该如何办呢?明天,就到了他给同校长答复的日子了!

从砖厂出来,刘乐然一个人去了村小学。小学校落叶遍地,鸟雀聒噪。大铁门锈迹斑斑,砖木土三结构的教室,用白灰粉刷的墙皮,早已皱烂,有的掉在地上,有的翘起老高,一阵厉风就能吹下来。后边的围墙,风雨剥蚀,奄奄一息,手一推,都有倒下去的可能。几根木桩斜撑着土墙的后腰,一道铁丝,一块警示木牌,摆设一样的遮挡着危险。半人高的蒿草里,一只野兔嗖一声,从断墙处跑过去了。

刘乐然默默看着,回头时,突然发现一间教室的房檐下,竟然吊着一个拳头大小的马蜂窝!一群马蜂飞来飞去地忙碌着。刘乐然吓了一跳,他本能地后退几步。也许这种马蜂长相酷似骏马的缘故,民间称作马蜂。马蜂个头大,脾气暴躁,毒性猛,但并不主动攻击人类,除非它怀疑你要攻击它或者干扰它的生活,马蜂才会疯狂地报复。多亏是暑假!他松口气,再看了看,原来这是一间多年没用的闲余教室。

回到村里,刘乐然立即打电话叫来校长同大炮,又通知全体村干部前来开会。

会上,刘乐然首先让同校长如实介绍了一下村小学的情况,上级教育主管部门的管理办法,然后就蛤蟆村小学的去留展开讨论。刘乐然首先谈了自己的看法。他认为,蛤蟆村小学必须保留下来,并谈了几点保留下来的原因,之后再谈了几条振兴村小学的措施。谁知,他一说完,村干部全体赞成。校长同大炮听了也很振奋。刘乐然安排全体村干部从明天起统一到村小学做义工。砖厂负责提供砖、水泥、沙子等建筑材料。换了学校大铁门,盖了门房,推倒土围墙,粉刷教室,铲除杂草。刚刚干了三天,蛤蟆村就有不少村民主动加入了修缮学校的行列。吕哈定、黄木牛最积极。田小雨利用周末休假时间也跑回来干活。张运动说:"砖、沙子、水泥我弟兄俩包了,运费全免!"

上下二十天,距离九月开学还有一礼拜的时间,整个修缮工程就全部结束了。上级领导在学校转了一圈,连连夸奖,就这样,蛤蟆村小学终于保住了。随后,刘乐然带领同校长、韩小英等几位老师给本村的学生家长一对一地做工作,同时,制作各种标语横幅,贴在校门旁,挂在十字路口上方。刘乐然还印了一千份宣传单,开着车到附近村子商店街道散发。

学校焕然一新,村干部非常重视教育,同校长高兴地对几位老师说:"遇上了好村干部,小学就有救了!"

(三)

放水淹公坟,毕竟不是什么光彩事,甚至有些严重缺德。刘乐然在稠人广众之下宣布村上成立调查组,李强立即变得不安起来。他暗暗后悔,后悔自己不该头脑一热,深更半夜鬼使神差般地去开渠放水淹了公坟。当初,恨不能把砖厂的井填了,毁了,电线给铰了。当真这么做了,看见全村人着急气愤的样子,看见同银芳慌张无措的样子,看见朱环环磕头作揖的样子,心里却并没有多少得意和快感,想起来倒有一丝丝内疚。特别是看见许多人跑到砖厂领赔偿,心里很不平衡。觉得自己得罪了人,给不相干的人做了一锅好饭,他李强实在是全世界嘴最笨最没素质的人!突然看见篮子端着盆子往大街上泼水,李强眼珠一转,赶忙跑回家,换上他的警服短袖、皮凉鞋等行头,匆匆去了石锁子家。这女人美妙的身段,太馋人,太秒杀男人的心了!可惜跟了石锁子这么一个人!他应该通过这几亩地好好和这美人拉拉关系,亲近亲近;他应该帮帮这女人,多关心关心。不然,看一个美丽女人受委屈,他心里不忍,甚至是一种罪过!唉,想他李强,长得这么俊,这么好的背景,家道也是人上人,干吗就娶了一个浑身是病眼睛又不好的枣核女人呢?这太不公平了!难道篮子是对他李强不幸婚姻的额外补偿吗?想到这里,李强心里一阵激动,并且对篮子的怜惜同情瞬间就变成了炽热的爱恋!对,他必须去做做工作,老坟淹了的人家砖厂都有赔偿,也许篮子也能弄上!对,就说锁子爸妈虽然死得早,如今连坟都找不见了,但也一定在公坟里!

到了石锁子家一说,石锁子坚决反对,说啥也不让老婆去。"不要。"他坚决地说,"我不想让蛤蟆村人看我的笑话,我不要人家可怜我!"李强忙给篮子挤挤眼。其实,篮子确实被说心动了。如今日子过到这步田地,不是争强好胜爱面子的时候,脸面并没有活下去重要,咱不活可以,还有娃哩!临走,李强故意伸手推一下篮子:"快去找刘书记,就按我说的办,没错!"然后,大步回去了。

过了一天,李强又找了一个机会去见篮子。那天,篮子和女儿小青正在门前挖水道,想把自来水接到院子里边,石锁子坐在小沟里掏土。李强到了跟前,挽起裤管,拿过铁锨就帮忙。篮子客气地推辞,李强就说:"反正我这会儿也没事,闲也是闲着!再说,咱两家有缘分,帮忙是应该的!"干了一会儿,李强跑回去换了一双胶鞋,大干了起来。挖沟、接水管、回填、装水龙头,整整忙了一大晌,总算全部拾掇停当。坐下休息的时候,小青去小卖部买茶叶,篮子起身去了后院。李强一阵激动,心想总算等来了机会,他悄悄站起身,蹑手蹑脚地也去了后院。这当儿,一旁的石锁子却有意无意地咳嗽了一声,把李强吓了一大跳,他赶紧站住。人都说瞎子耳灵,是不是听见他的脚步声了?李强心一横,放轻脚步继续去了后院。

后院里放的是烧锅柴。篮子正低头在一棵挖下来不久的桐树上折树枝。李强到了跟前:"这树枝还湿着哩,不好烧,回头我给你弄些炭!"

篮子意外地看了一眼:"不要紧,这细树枝干了!"

"来来来,我弄。你女人手上没劲!"李强说着,故意抓住篮子的手一拉。

篮子本能地一收手,脸唰地红了。

李强装作不知,伸手有力地折着树枝,嘴里却压低声音说:"家里没个浑全男人就是不行!你看你,这么好的皮肤,手粗成啥了?哎!"李强突然停住,"像你这么好一个女人,真是跟错男人了!"说着,他麻利地从裤兜里掏出二百元钱拉过篮子的手,塞到手心:"给,抽空给你买件衣服穿!"

"不,不!我不能要!我咋能要你的钱?"篮子不知所措,坚决不接。

"拿上!这小钱算个啥?"李强几乎用命令的口气说。然后,他继续折树枝。

篮子只好把二百元装上,将折下的树枝抱起来,说:"对了,不折了,这些足够做饭了。这钱就从明年的承包地款里一扣。"

李强拍拍手上的灰尘,看着篮子一笑:"扣啥?这是给你个人的!"回身跟在篮子身后。看见篮子浑圆的屁股,纤细的腰身,一股难以抑制的激动冲上脑门儿,李强身不由己了,他情不自禁地贴了上去,双手从后边包围过来。

根本没有提防的篮子吓了一大跳,她吱哇地叫了一声,扔了抱着的树枝。李强的一双手却是一把大钳子,牢牢实实,弱女子怎么挣得脱?

"篮子,篮子!我的宝贝!我的亲蛋蛋!我、我想你,想得快发疯了!"李强急切地粗声地却是语无伦次地呻吟道。

"不,不!你放开!我大声叫人呀!"篮子使劲掰着那个卡在她一对胸上的大铁钳。

"不不不,我不!宝贝,心肝宝贝儿!"

"我真喊人啦!!!"篮子提高声音。

没看出,这女人竟是外柔内刚。李强悻悻地松了手,快步去了。

回到家里,闷气渐渐消了以后,突然觉得肚子饿了。李强在厨房转了一圈,掀开笼盖看看,使劲一关厨房门,有意识地弄出一点儿响声来,然后在客厅的沙发上坐下来。

菱花看在眼里,知道他肚子饿了,却偏偏不闻不问,装作没听见,继续忙她的针线活儿。

"你上午做的啥饭?"李强没好气地问,他实在等不到老婆问他了。

菱花从院子里隔窗露出半边脸来:"你学了大半天雷锋,饭都没混上?"

这句话戳到了李强的痛处,那心头的火咯噔就蹿了上来。他腾地站起来,快步来到院子里,怒视着菱花,恶狠狠地说:

"你还凭啥吃醋哩?把你长得两头尖中间粗榆树皮脸鸡爪子手,连生娃家具都割了!你到底有啥资格吃醋哩?你不吃了总不能也让我跟上受饿嘛!哼,倒退十年,我早一脚把你踢了!!!"

菱花一下子就没话说了。她当然知道李强说这几句话的意思。谁让自己有病哩?谁让自己把子宫切除了哩?可也不能把话说得这么恶毒呀!那眼泪吧嗒吧嗒就滚了下来。

"做饭去!"李强呵斥道。

菱花乖乖去了厨房。如果说篮子这个女人做得可怜,菱花把女人做到这个份儿上也同样可怜。而李强却觉得面对这样多病的丑陋枣核女人,自

己这个男人做得更可怜！虽然遭到了篮子的小小羞辱，但更炽热了他要拿下这个女人的决心！他已经不知不觉地深深地痴迷地爱上篮子了！夜深了，他仍然翻来覆去地睡不着，一双眼睛毫无困意地死死盯着泛着弱弱亮光的窗户。他坐了起来，摸出短裤穿上，起身来到院子里。黑暗中，他使劲抽着烟，在院子里转着圈儿。

终于，李强下定了决心。他狠狠地掐灭烟头，找出老婆的一只长筒黑色袜子，套在头上，穿上雨衣，刚要走，又折了回来，钻进厨房，从锅底上挖了两把黑，横横竖竖地涂抹到脸上，重新套上黑袜子，偷偷出门了。

当他爬上石锁子的院墙，突然犯难了。石锁子虽然看不见但能听见！小青虽说下午已经去县城一家饭馆打工去了，可石锁子在房子，两个人在一张床上，这该咋办？但转念又想，天气这么热，两个人也许没在一张床上！不管，看看再说！主意拿定，李强慢慢溜下土墙，刚向前走了两步，却又犹豫了，万一在一张床上咋办？他又退回到墙根，蹲下身，对！等！就在房子旁边等，晚上肯定要起夜，要撒尿，我就来个守株待兔！李强阴阴地笑了。这时候，大门口那边突然传来人翻身时压动竹床的咯吱声，李强吓了一跳，他随时做好了逃跑的准备。谁知随后又传来了轻轻的鼾声。李强松口气，靠近了几步，静静观察了一小会儿，心头掠过一阵惊喜，竹床上是一个人，这个人肯定是石锁子！天助我也！难道这两个人没在一块？对，没在一块！

李强的判断很正确，两个人确实没在一块。上午，李强帮忙装水管，他和篮子在后院的说话声石锁子隐约听到了。李强一走，石锁子就对篮子发火了，而且连午饭也没吃。小青见爸妈吵架，拿上换洗衣服去了县城，篮子硬是没拦住。本来，小青打算明天去打工的，女儿走了，篮子索性也不做饭了。晚上，石锁子就独自睡到大门口的竹床上去了。

李强推开房门，轻手轻脚地来到床边。谁知，篮子突然拉亮了电灯！李强一惊，随即扑了上去。他一把掀去毛巾被，另一只手举起短刀，低声吼道："不准叫，叫就要了你的命！"

明晃晃的尖刀和套着黑色长筒袜的怪模样把篮子吓坏了，她哪里敢出半点声？她双手捂住脸。李强激动得浑身发抖，他快速除去短裤，又一把撕去篮子的裤头，趴在了篮子身上。

回到家里，李强来到前屋，用手电照着老二，怒视了好久。

第二天,也就在李强上县城去了不久,他家的羊就让贼娃子戏剧般地偷走了。回来后,他关了大门,把菱花狠狠暴揍了一顿。这种事,发生在他李强家,绝对是讽刺!绝对是扇他耳光!绝对是要他两个在公安局干事的弟弟的好看!他立即把这个带有侮辱性的消息通报给了两个弟弟。而且,将通报的时间放在早上卖羊奶的公众场合。那时候,吕哈定、黄木牛、枣花、玉女等都在面前。李强把手机的通话放在免提上,尽量做到全程直播。最后对邻居们说,贼娃子偷他李强家的羊简直是太岁头上动土,想死了!眼瞎了!脑袋被门夹了!

(四)

不过,李强觉得这一次上县城,还是相当有收获的,尽管付出了将自家大奶羊贡献给贼娃子的代价。李强在两个弟弟那儿先转了一圈,在几个朋友那儿聊了聊,这使他极其意外地找到了一条发家致富的信息!

如今,农业实现机械化了,农民的闲时间多了,还有,现在的人重视休闲娱乐了,朋友们说他公安局有关系,给家里弄几台自动麻将桌准挣钱!静下心仔细想想,还真是好主意!李强越想越觉得对路,越想越觉得正确,第二天一早他就去了县城,没见到局长弟弟,却见了李军。李军一听连连点头,也感到是一个不错的主意。李强随即就三千元一台,买了两台麻将桌,把前院的大房子重新粉刷一遍,支起了麻将摊子,还打电话叫回了李军。李军看了看说:"大哥,要办就要舍得投资,档次必须办高档一些,来人不光打麻将,还要有烟、便饭!这跟开饭店一样,环境好、条件好,四邻八舍爱打牌的人就都来了。人多了还愁挣不下钱?"

李军一语点醒梦中人,李强忙道:"说得好,说得好!还是我兄弟见多识广,哥听你的!"停了一下,李强挠挠头,说,"可这弄下来也花不少钱哩!"

"那当然,逮鸟鸟还得一把瘪瘪谷哩,不投资咋行?你弄,钱不够有我哩,得多少过来取。"

李强听了兄弟李军的话,八九千元买了一台柜式空调,置了一套同时供给五六个人喝茶水的热水器。通过关系进了高中低几个档次的纸烟,并且以批发价出售给来打麻将的人,同时又进了一批方便面,提名叫响说免费给

大家煮面泡面。不仅如此,还买了一台较大的烤箱,为大家烤蒸馍包子,等等。然后制作了一个方形铜牌,上写"蛤蟆村李强中老年活动室"。

这些活路全部筹备好,整整用了二十天时间。随后,李强印制了几百份传单,上写:特大喜讯,蛤蟆村李强中老年活动室隆重开业!并介绍了该活动室的设备、环境、条件以及优惠办法。

开张头三天,李强就去找村支书刘乐然,希望他一定要在开张这一天光临,并打算让他为"蛤蟆村李强中老年活动室"揭牌。

一听中老年活动室,刘乐然挺高兴,便问:"你这活动室都有啥?"

"当然是麻将嘛,我买了两台全自动麻将桌,到咱那儿玩的人一律免费茶水,免费煮泡方便面,还有——"他递给刘乐然一支烟,"空调全天开放,夏天不热,冬天不冷!"

刘乐然若有所思地点点头,然后说:"这样,我尽量腾出时间过去,揭牌我就不用了,你另安排人!要是那天真的很忙,我就不过去了!"

"哦哦哦,还忘了说,我在我家大门前还建了一个简易的乒乓球案子,也是免费为大家提供。打麻将困了,可以活动活动,打打乒乓球。"

"那好,到时我尽量过来!"

"刘书记,那天你一定要来!"然后,他递给黄木泥一支烟,"当然还有老会计!你们一定要来,一定要来!"

看着李强快步出了大门,刘乐然问:"这是谁给李强出的主意?"

黄木泥一撇嘴:"哼,啥活动室?还不是麻将馆子!两个兄弟在公安局,没问题,这货肯定是弄赌场哩!"

"我看也是。这种活动咱不能去!"

"那当然!唉,田书记当年就不该把这弟兄几个弄到咱村里来!"黄木泥不满地说,"你走着看,咱村里以后有两口子打架骂仗的热闹看哩!"

尽管刘乐然没有去,李强的中老年活动室还是如期开张了。这一天,他的局长弟弟也没有回来,但李军回来了,还带了不少的朋友,响了无数的花炮,摆了几十桌酒席。李强亲自登门一家一户地请蛤蟆村的老少爷儿们去吃席。随后,在具体经营上,按照李军的办法,特意培养了几个铁杆、硬腿子,每天一吃过早饭就来到活动室,打电话联系张三李四王麻子。

由于投资多,上档次,再加上李强特别地积极,还有内行指点,李强的中老年活动室一开张就是满堂红,一天到晚,场场爆满。在铁杆们的鼓动作用下,连外村甚至阳沟镇上爱打牌的人都来了。

吕哈定特别羡慕,在心里不住埋怨自己咋就没想到办个麻将馆呢?黄木牛也开始从心里佩服李强。实在没看出,李强这个吹大侠办出事来还相当有气魄,真比他黄木牛强多了。自己开了二十年木匠铺,规模也算不小,却不敢给工作间装一台空调,给门口挂一张黄家木匠铺的招牌。去年春节,儿子放假回来,建议扩大经营,办一套工商手续,把黄家木匠铺的牌子挂起来,他却怕政府收税,觉得目前这样最好。如今看来,他黄木牛的思想还真跟不上趟了!不仅如此,黄木牛那天无意中发现,李强居然雄起起气昂昂地从唐绪娃的小卖部里扛了一大包子瓜子,十分显摆地穿过街道,回家去了。吕哈定站在门口也看傻了,他对黄木牛说:"你看看人家李强,光免费招待人的瓜子用肥料袋子往家里扛哩!"

张运动起初也是特别反感打麻将。他从没有打过麻将,也不会打,他认为那些麻将块子,搬来垒去太乏味,丝毫没有意思,有那两个钱灌一桶子油还吃一个月呢!吕哈定却鼻子一哼:"那是你不会打,学会了也照样!你以为光抡方向盘能挣钱?人家打麻将玩着,免费茶喝着,免费瓜子嗑着,也照样挣钱!"

虽然立了秋,却还在伏天,一场透实的大雨之后,太阳格外地炎热。午后的空气异常闷热,树叶纹丝不动。雨水把砖厂的路冲断了,张运动和他的拖拉机放假了。他闷热难耐,想睡又睡不着,来到大门口,蹲在树下的石碌碡上等凉风过来。在县城工地干活的侄子张建壮也回来了。他站住,说:"二爸,今天没拉砖?"

"没有,你咋回来了?"

"工地上干不成活,放了。"说着,张建壮递过一支烟来。

"你都抽开烟了?"张运动笑问侄子。

"我今年都二十一了!"张建壮也笑笑,"走,二爸,东头李强家去!"

张运动翻眼看看:"咋,你也学会打麻将了?"

"就你跟我爸不会,现在大小人都会!走,李强家里有大空调,不打麻将歇凉嘛,还有免费瓜子呢!"

如此闷热的伏天,又有不掏钱的空调瓜子茶水,谁不去是瓜子!张运动

动心了,他起身随侄子去了李强家。一进屋,张运动就不想走了,并且后悔自己咋不早来?如此凉快惬意,这简直是天堂!但一直不打麻将,干坐着脸上也挂不住。在吕哈定、唐绪娃几个人的怂恿下,张运动上场子了,张建壮、同银马几个人手把手地教他,很快,张运动就学会了。会了才觉得这小小麻将搬来搬去还真有意思。虽说是一二块,打了几个小时,竟然赢了十一块钱!这对他无疑是一个极大的奖赏和动力!

从此,张运动一有空就想去李强家,就想打麻将,并且告诫自己,只能打一二块,超出限额坚决不上场。但时间长了,经不住别人劝,张运动就自己推翻了制度。他手气不错,第一次上五块钱的场子,就赢了!他高兴地跑回家给玉女看他的麻将成绩。玉女听了却骂他:"你羞先人哩,真猪脑子!你赢了几个牌子?""十个。""十个牌子赢二十块钱,那等于一个牌子两块!打的是一个牌子五块,换钱一个牌子两块,你脑子让驴踢了!""呀,真的!一二块打惯了,我还拿两块钱算哩,不行,我寻李强去!""快对了,麻将场那账过去谁认哩?快吃饭!"

第二十七章

（一）

张运动渐渐迷上了麻将，一有空就跑到李强的中老年活动室去了，甚至吃饭睡觉的时间都成了奢侈。随着技术的熟练，兴趣的浓厚，玩得也越来越投入。所以人说，赌博是男人的天性。

入冬不久，一场突如其来的大雪，给张运动开辟了大块的打麻将时间。吃过早饭，他一头扎进李强的中老年活动室，直到第二天天亮才下场。一双眼睛熬得又红又肿，活像两只熟透的桃子。时间久了，玉女实在受不了，就不再给他留门，前门后门彻底关死。张运动进不了家门，就趴在窗上求爷爷告奶奶地叫，不灵验，就转身抓一把雪捏成瓷蛋蛋，将窗推开一道缝，往床上扔。玉女把头蒙在被窝里就是不理。实在没辙了，张运动只好钻到枣园的苞谷秆堆子里过夜，眼瞅着小儿子明明背着书包去上学，赶忙跑回家，倒头就打起了呼噜。

如今的张运动打麻将已不再是一二块了，认为这是孩子过家家，现在他上场至少十块、五十块。黄木泥常不解地对刘乐然说，像张运动这么一个扎实过日子的人，平常连一碗羊肉泡馍都舍不得吃，在麻将场一掷千金，想不通！刘乐然不无忧虑地说，这就是变态消费观。

终于有一天，张运动陷进去了。有一晚，他竟输了五千多块！第二天拉砖手握方向盘，眼睛睁得老大，脑子竟做起了梦。晚上，他拿着玉女她弟弟让开砖的一万二千元，又急忙去了李强家。他暗暗给自己下了命令，今夜一定要把本钱捞回来！他也憋足了汹涌的翻本的劲头。其实，他不这样也不行，这五千元玉女知道是砖厂结算的运费。不及时上交，玉女这一关根本过不了。再说了，麻将全靠手气呢，昨晚点子背，今晚就未必。

事情确实如此。一晚打下来,虽说凌晨三点半就散摊子了,但战果还可以,张运动赢了两千多!对此,他应该一鼓作气,乘胜追击才对,第三晚上,张运动又鬼使神差地去了。谁知,这一夜打下来,彻底把他打傻了!把昨晚赢的两千多输了还不算,竟然把给玉女弟弟开砖的一万二千元也全输进去了!简直是邪了门儿了,整整一个晚上,他竟没和一把,更没炸一把!而且越掏越多!张运动输急眼了,在李强的院子里一蹦老高,用左手狠狠抽打自己的右手,然后又用右手狠狠抽打左手,一边打一边骂:"羞先人哩,这到底咋了?手咋这么臭?这么臭!"末了,他给在场的几个人再三叮嘱要保密,千万不能说出去!

剩下来的问题就是这洋蜡如何消?上下一万七千块钱从哪里来?一个是必须给老婆上交,目前已经延期了!一个是必须交到砖厂开砖!这该如何办?正作难,同银马给他出了一个主意,说是他一个朋友收民间的拴马桩,饮水的石槽,如果长度在三米八以上,两边及出水口旁边雕刻有花鸟,一个起码在两万元以上!张运动却摇摇头,没在意。在砖厂装砖时,突然想起来自家老院子里就有这样一个石槽!记得当年那是父亲和爷爷在烂社那一年十五块钱从生产队饲养室弄回来的。父亲说,家里有一头大牛,用石槽存水方便,夏天没事洗衣服洗澡都方便。而且,石槽放水还有一个好处,十天半个月水不变质,不发臭!经常是清凉清凉的。

想到这里,张运动赶快将拖拉机开到一旁,让开位子让别人装车,随后回了蛤蟆村。路上,他想给同银马打个电话,可惜没有电话号码。张运动直接去了自家的老院子。老院子七八年都不曾住人了,记得张运喜头一年搬出去,第二年下半年他也就搬进了新家,离开了老院子。院里的几间老瓦房并没有拆,如今已几近坍塌。院里到处都是荒草枯枝,门房已经塌了。张运动观察了一番,从门房旁边的一个豁口跳了进去。

在原来老牛圈的旁边,张运动扒拉去柴草泥土,终于找见了那个石槽。他嘘一口气,猫下腰,挥动两只大手,有力地快速地拂去尘土,然后双臂展开,庹了一下,点点头,没问题,这石槽绝对在三米八之上!两侧以及前边的出水口雕有花鸟图案。张运动站起来,点上一支烟,兴奋地看着石槽。

稍作缓歇之后,张运动用柴草重新盖上石槽,警惕地四下看看,快步去了李强家。今天,同银马并没有在李强家,所幸的是这儿有同银马的手机号。张运动站在门外一处偏僻地,赶紧和同银马联系。

电话接通之后,张运动先问收石槽的情况。比如,哪儿的人收购,收上这东西干啥?咋个收法?等等,进行一番简单的考察和口头调查,以确定消息的准确性和可靠程度。同银马也听出了张运动的意思,立即就说,这事没问题,我亲眼见人家收了好几个呢!至于人家收上这东西干啥与咱没关系,哪怕他填城壕哩!张运动哦一声,觉得有道理,就说他家有个石槽,长度绝对在三米八以上,还带有刻画,并希望同银马能尽快将买家介绍过来,同时注意替他保密。

同银马正在县城一家工地结算交付的砖,正好张运动的侄子张建壮也在旁边。无法保密的是通话声大,一大半都让张建壮听去了。

张运动保密的原因,一个是不想让张运喜知道,再一个就是老婆玉女。玉女要是知道,石槽钱就得统统上缴,到头来,打麻将打的那个窟窿还是没法补上。张运喜知道了,石槽钱就得分一半出去,窟窿还是堵不上,甚至还有可能让玉女知道,那就没一分钱堵窟窿。所以他必须要保密,就是和买家接头都要秘密进行,不能放在家里。

张运动盼星星盼月亮终于盼来了收石槽的人。他领着人家故意从后街转过去,并从老院子后墙的豁口进去。看过石槽后,急于出手的张运动只是象征性地搞了搞价钱,然后两万一千元就定了下来。

问题是这么大个石槽,不可能像去商店买盒烟那么简单和藏得住。首先,从前门出来就是问题。无奈,张运动只好开来自家的拖拉机,用钢绳拴住门房,去拖拽,从而开辟出一条通道来,然后再用钢绳去拖拽石槽。

这么大的响动不光惊动了邻居,张运动的老父亲张士官也来了。这老头一屁股坐在石槽上,大声说:

"张运动,我把你个不孝顺的东西,真的穷急了?连先人留下的东西也敢卖了?你们都走,这石槽我说了算,谁都卖不成!"

张运动大为惊讶,他想了想,急忙跑了过去,一拉父亲的手,说:

"这不是卖,你看,咱老院子没人住了,放这儿也白放。这是我一个朋友,人家开了一个养殖场,想用一下咱这石槽,人家也不买,只是借用,借用一下!"

"啥?哼!你少哄我!你当我不知道?这人是收石槽的!你昨天联系

谁,给谁打电话我都知道,人家说这石槽少说也卖两万块钱哩!"

"你,你听谁说的?"张运动不由得提高了调门,然后,转过脸去看同银马。

同银马低声道:"不怪我,我没说,你打电话的时候,你侄子张建壮就在我旁边!"

张运动眼珠一转,说:"是这,爸,不卖也行,你看,这儿太危险,走,你先过来!"他抱起父亲,跳出老院子,然后飞快地朝村西头张运喜家里跑去。进了门,张运动直接把父亲抱进老人的卧室,放到床上,快步退出来,一把拉住门,顺手拿起窗台上的小木棍儿插上,然后跑回老院子。跳上拖拉机,启动马达,就往外拽石槽。

早有准备的张运喜父子俩刚一等张运动走了,张建壮就急忙给爷爷开了房门。张士官气喘吁吁,加上心急,行动反而慢了。张运喜连忙从里屋跑出来,说:"壮壮,快!把你爷背上送过去!记住,别让你二爸看见你!"

张建壮名字叫得结实,实际上长得比较瘦弱,但头脑不笨,他背起爷爷小跑着向村东头而去,直到已经可以看见二爸的拖拉机了这才停下脚步,靠着吕哈定门旁的猪圈的矮墙慢慢放下爷爷张士官。

这时候,张运动的拖拉机已经冲刺了几次,石槽眼看就从老院子里拉出来了。

同银马瞄了一眼,低声道:"不行了,你老爸又来了!"

话音刚落,张士官就喊了起来:"张运动你个忤逆,你敢把我关到房子里,卖不成!卖不成!!!"张士官又爬过院墙的缺口,一屁股坐在石槽沿子上。

(二)

石槽没卖成,落得一身臊不说,打牌输钱的秘密还传了出去,这让张运动十分懊恼。傍晚,从砖厂回来,放好拖拉机,张运动的肚子饿得咕咕叫,一掀锅盖,空的,拉开橱柜,啥菜都没有。张运动自知理亏,也不吭声,从笼里抓了两个大蒸馍,剥一根大葱,倒一缸子热水,吃喝起来。今夜,张运动没心思也没本钱再去李强的麻将馆了。想起那里,他的心就隐隐的疼痛。家里静悄悄的,黑乎乎的,往常这时候,客厅灯明晃晃的,电视也开得很大很响,玉女不是给他下面炒菜就是沏茶说笑,一片热气腾腾。

张运动打了一个饱嗝,黑暗中,摸出一支烟默默抽起来。他现在最恼恨的就是老父亲张士官。如果他不插一杠子,所有事情都解决了,窟窿补上了,运费上交了,一河水都开了! 现在可好,弄巧成拙,一塌糊涂! 真不知道,他七十岁的人了,手还伸得那么长,管这么多家务事弄啥! 争来争去于他有多大意思? 对,这一定是张建壮父子俩做的怪! 壮壮这狗东西! 老院子的石槽放那儿这些年都没人要,如今我来拉你父子俩就想要了? 想到这里,张运动捏捏拳头,真想一气之下冲到张运喜家里,将这父子俩好好收拾一顿! "狗日的,偏偏这时候坏我的好事!"张运动愤怒地骂道,起身回屋睡觉,房门却关着! 张运动伸手推了推,又敲了敲,等了一会儿,门突然开了,一床被子飞快地扔了出来,然后,门又火速关上了。张运动拾起被子,敲敲门:"哎,玉女,玉女!"却再也没有动静。

张运动只好抱起被子去了儿子明明的房子。

第二天一早,张运动刚要发车去砖厂,玉女一把夺过车钥匙,转身就扔到了房顶。

"你、你、你咋哩?"张运动有些生气。

"去,打牌去! 把拖拉机卖了去! 咱烧一天油,屎作用不顶! 拉的那砖弄啥呀?"

张运动扑哧笑了:"你看你,又来了,又来了! 今后我再不打该行了吧?"

"不行! 我问你,砖厂结的那五千元哩? 我打电话都问了,账结了都好几天了! 你说,钱咋了? 是不是打了牌了?"

"没有,没、没有!"

"哄,你还哄我! 还哄我!"说着,玉女扑上去就在张运动脸上乱挖乱抓。

张运动急了,一把推开老婆:"是是是,我打牌输了! 我好好干,今后再也不打牌了,我发誓,再打把手剁了!"

"我兄弟那一万二千元的砖开了没有?"

"开、开了! 真的,没问题,真的开了!"

玉女盯着张运动的脸寻找着破绽,然后说:"开了票哩? 拿票来!"

张运动忙说:"你看你,连我都不相信。开就开了,过这两天就送砖哩!"

"哼,你哄！你哄！"

"真的,真的！没哄你！"

"拿票来！"

"行,我给你取！"张运动不敢承认。这件事性质很严重,但又拿不出票,他被老婆逼到了三角旮旯儿。他故意在身上几个口袋里一遍又一遍地寻找,然后又装模作样地跑到房子找另外的衣服口袋。

玉女不依不饶地等在一旁。

"咦,我记得在裤子后边的口袋装的嘛,咋不见了?"张运动自言自语着,紧皱眉头,走出房门,做出一副竭力回忆的样子。

"哦,对了！可能在拖拉机的工具箱里！"他跑到车旁,"啊,你看,你把钥匙撂到房顶去了！"

"行,我马上给砖厂打电话问问！"玉女掏出手机。

张运动实在憋不住了,说:"玉女,老婆,我、我错了,我没开,我没开票,我——"

"我就知道你哄哩！"玉女上去就扇了张运动几个耳光,然后愤恨地说,"这日子没法过了,离婚！坚决离婚！"随后快步出了大门。

张运动下意识地摸摸脸,抓起窗台上的热水瓶,啪地摔了一个万朵梨花开:"离就离！"

玉女气呼呼地来到李强家,一把拉下电闸,咚的一脚踹开大门。李强和菱花刚刚起来,正打扫麻将室的卫生。玉女端直走进房间三下五除二就把两台麻将桌掀了个四脚朝天,抓住桌下的电线,使劲一扯,顺手就扔到了门外。

李强吓了一大跳,慌忙扑了过来。玉女一闪身,又将茶几掀翻了！瓜子茶杯烟灰缸一下撒了一地,叮咚乱响。

"玉女！玉女！你、你疯了?！"

"我就疯了！我让你一天开下这麻将馆害人！我让你害人！"说着,她一脚将瓜子盘子踢出门外。随后,她出了大门,双手摘下"蛤蟆村李强中老年活动室"的牌子,狠狠扔到地上,跳上去,就用脚踩了起来！

不少人刚卖羊奶回来,听见响动,陆续赶了过来看热闹。

李强也随后来到大门外,他也没有再次阻拦,只是胸有成竹地毫不畏惧地说：“好好好，你玉女厉害！你私闯民宅，大打出手，损害我的财物！你等着，我马上报警！”

"报警？赶紧报！你以为你弟弟是公安局长，是人民警察，你就敢开赌博摊子？！好，你报！赶紧报！省得我报！你兄弟要是敢护你，我就背上馍布袋，到中央告你去！"

玉女的话倒说得李强不敢报了。

"我、我、我看你这母老虎是少教，是欠打！你男人怕你我不怕！今天这东西乖乖赔了没事，敢说一个不字，我就叫你认得喇叭是铜锅是铁！"李强把手机塞到老婆手里，摘了墨镜，换上胶鞋，扬着拳头，号叫道。

"哼！我给你赔！我给你赔！"玉女拾起桐树旁边的砖块，照那张铜招牌狠狠砸了起来。

李强瞅机会扑了上去，抢拳头就打。玉女抬起身急忙躲闪。

"哼，你不要脸，我也不要脸！我就不信了，你是母老虎，我就是公老虎！我今儿这公老虎专拾掇你这母老虎哩！"

吕哈定几个人刚要上来劝架，张运动冲出来，一把抓住李强的手腕子："你咋？你咋呀？慢些，看把腰闪了！"

虽然救了驾，玉女并不领情，离开李强的中老年活动室，直接去找刘乐然。

一大早，镇政府包村干部小陈就来到了刘乐然家。老会计黄木泥，副书记同银芳等人也被叫了过来。几个人正在商量镇上关于大力发展奶山羊促农民致富等等事宜，玉女不避，直接推门进来了。

不等问话，那嘴巴就像机关枪，"突突突"扫射开了："兄弟，不！刘书记！你上任眼看三年了，群众都拥护你，给你寄了很大希望，实指望你给咱蛤蟆村弄些实事哩，你看你都弄了些啥事？贼娃子多得大白天都偷羊哩！看来，往后，人连羊都看不住了！养不成了！石锁子回来恓惶成那样了，连低保都吃不上！村里逢年过节天阴下雨，人没事了打麻将赌博，没一样正经活动！听说，还有人偷着跳人家篱子的墙，欺负篱子哩！现在，李强那鬼又大张旗鼓地开了一个麻将馆，一下搅得四邻八舍都不安，不打牌的人都学会赌博了！你们这些村干部为啥不管管哩？群众要你这些村干部有啥作用？这跟没村干部有啥区别？还有咱村小学，拾掇一整花一摊钱有啥用？连同校

长都跑去打麻将赌博哩！哎，你看看，羞先人哩，蛤蟆村成了啥了？"

刘乐然、黄木泥等人赶紧就让玉女坐下来。玉女推开茶杯："我今天反正豁出去了！我家日子也没法过了！就是这，我也不怕得罪你这一伙村干部！"

"石锁子低保的事有原因哩！人家石锁子坚决不要嘛，还是刘书记偷偷瞒过石锁子给他家办的，明年就开始领钱了！再是篮子受人欺负，咱就不知道嘛。既然这样，篮子咋不报警哩？"黄木泥赔着笑脸解释道。

"报警？篮子是外路客，又不识几个字，可能还想不到报警哩！"玉女道。

"嫂子，你今天这话句句都在刀尖尖上，说得很好！其实，我最近一直都在想这些事哩！你放心，我保证，咱村里这些事，我会一件一件全部处理好，解决好！"刘乐然非常诚恳地对玉女说。

（三）

玉女的一席话彻底刺痛了刘乐然，也让他有一种突然被惊醒的感觉。他有些脸烧，有些内疚，甚至无地自容。他不想辩解，不愿辩解，也没有什么理由去辩解。他真切地感到这一系列问题已经到了非想办法解决不可的地步。

下午，刘乐然通知所有的村干部，包括村小学校长同大炮，召开了一个严肃的紧急的重要的会议。

首先，刘乐然就玉女的一席话一字不漏地给全体村干部学了一遍，然后，就蛤蟆村目前的现状问题做了罗列和分析。之后，对村小学校长同大炮去李强家打牌的事进行了现场询问核实，同校长如实承认了。最后，副书记同银芳根据村委会的决定，宣读了几条纪律和决定：一是全体村干部今后一律不许出入赌博场所，一经发现，轻者警告，重者停职直至免职；二是全体党员一律不许出入赌博场所，一旦发现立即处理；三是对七组组长唐绪娃停职三个月，写出深刻检查，并以两委会文件形式在蛤蟆村村务公开栏告知全体村民；四是对蛤蟆村小学校长同大炮的主管单位通报同大炮打麻将一事，并建议给予处理，同时停发由村上每月为小学提供的教师补助三个月，再将此结果张贴在村务公开栏；五是由刘乐然、黄木泥共同找李强谈话，彻底规范老年活动室的工作,否则,村上将联合当地派出所予以取缔。

散会后,一直等在外边的李强快步从院子里进了刘乐然的办公室。刘乐然一看,说:"强哥,来得好,我明天一早还准备去你那边哩!"

"是吗?你知道玉女砸我摊子了?谢谢,谢谢书记关心!我过来也就是为这事的!你看——"李强掏出一个单子及一份材料递过去:"这是刘玉女无视国家法律,无故闯入我的中老年活动室,打砸造成我重大损失的清单及价格,这个是打砸事件的详细经过!"

刘乐然看了看,递给黄木泥。

"刘书记,你看这事咋弄哩?这可是破坏社会稳定和谐的典型案例!我办这中老年活动室没向政府要一分钱补助,也没要任何优惠政策,全是我个人投资!"说着,李强扶扶墨镜,递给刘乐然、黄木泥各一支烟:"我希望咱村上高度重视,严肃处理。当然,如果你觉得咱都是一个村的,面子上掰不开,你给我出一个证明,我找镇上去!"

"是不是?"刘乐然看一眼李强,嘴角流露出一丝难以捉摸的笑。

"其实,"刘乐然吐一口烟,"就你活动室的事村上刚才已经开会研究了,你就是现在不来,我和老会计明天一早就到你家里去哩,现在刚好。你这蛤蟆村李强中老年活动室主要活动项目都有啥哩?"

李强眨眨眼,说:"麻将桌,两台全自动麻将桌。一台价值三千元整!"

"还有啥?"刘乐然继续问。

"还有啥?还有,还有乒乓球案子一台!"

"那个还算是乒乓球案子?腿子是用砖块垒的,连水泥都不用!晃晃摇摇能打成不?案子是前几年放粮食的粮仓退下来没用的水泥板,连尺寸都不够,你自己说能打不?"黄木泥不无讥讽地说。

"张运动在你那儿输了多少钱?"刘乐然问。

"啥?输啥钱?屎!纯粹是娱乐嘛!"

"张运动输了一万七千块!你敢说你那儿不是赌博!"刘乐然用凛然的尖利的目光盯着李强。

李强心虚了,把脸转向一边,不看不回答。半天,他说:"那她玉女毁坏我家东西咋弄哩?"

"刘玉女咋不毁坏黄木牛木匠铺的东西哩?咋不毁坏我收购公司的东

西哩?"

"照你刘书记的意思,玉女就白毁坏了?!"李强转过脸,看着刘乐然。

"我认为是轻的!"

"你,你——"李强站起来,用手一指刘乐然的脸。

"你啥哩?把你手指头收回去!"刘乐然也站起来,一把握住李强的手指头,"你打着中老年活动室的旗号,开麻将馆,勾引人上道赌博!不信你还有理了!我给你说,第一,刘玉女毁坏你的东西事出有因,算你倒霉;第二,从今以后,你麻将馆玩钱不得超过一块!一旦有人举报你继续赌博,村上坚决予以取缔!"

"不行,刘玉女她得赔我东西!"李强手一扬,号道。

"不行也得行,就是这一弄!你不是有深大背景嘛,你告去!我就不信,李局长会向着你说话!李建是咱全县八十万人民的公安局长,不是你一个人的!"

"好,好!你等着!"李强怒火万丈地走了。

看着李强出了门,黄木泥兴奋地伸出大拇指:"刘书记,这个!"

"不说了,走,跟我去砖厂!"

"砖厂?天马上黑了,同厂长在不在?"

"在哩,下午散会我给同银芳打过招呼了,她在砖厂等着哩!"

两人匆匆来到砖厂。几个人见了,刘乐然就今后的工作提了几条意见。他提议让同银芳牵头,动员玉女等妇女组织蛤蟆村舞蹈队,由老会计黄木泥出面成立蛤蟆村自乐班、锣鼓队。两个人痛快应许,都认为这个主意不错。"是这,舞蹈队的所有服装道具我全包了,我个人掏腰包!"同银芳干脆地说。

第二天,刘乐然和老会计通过镇上介绍,来到了县文化局,见到了主管群众文化的田副局长。同银芳做通了玉女的工作,又分头发展了毛线线、赵水仙、枣花等等六七个妇女。刘乐然一看田副局长那儿有门,趁热打铁又连续跑了几趟文化局。终于,一个月以后的一天,刘乐然用厢式货车拉着一面大鼓等好几种乐器回到了蛤蟆村。老会计黄木泥连忙扯了几尺红绸子,将一对鼓槌细心地包好,这个民间艺术家看见这些就激动得心花怒放了!然后,他抡起鼓槌惊心动魄地敲了一阵子,咧嘴笑着对刘乐然说:"看看看,这一下农闲就有事干了!"

吕哈定忙道："是这,老会计,我现在只养了二十只羊,一天喂三顿就没事了,把我收个徒弟,给我教教敲鼓!"

"收徒弟就这么容易?上嘴唇一碰下嘴唇就对了?不成,孔老二还收几斤干牛肉哩!"张运喜忙道。

"那没问题,干牛肉没有,五香牛肉有的是!我马上就买!"

几个人说着,哈哈笑了。

刘乐然道："我正在联系,下一步,县上还给咱锻炼身体的活动器材哩!"

"那都有啥?"张建壮忙问。

"乒乓球案子,篮球架,单杠,双杠,不少哩!"刘乐然道。

第二天,刘乐然开着小车,拉着老会计黄木泥出了村子。

"刘书记,咱到底上哪儿去呀?"

"你只管坐你的车,到了就知道了!"刘乐然卖个关子。

"到底啥事嘛?"

"呵呵,急啥,到了就知道了!"刘乐然一笑,还是不说。

过了一会儿,黄木泥瞅瞅窗外,问:"还有多远?"

"快了,再十分钟!"说着,车子一拐,上了一条比较窄的通村水泥路。

"咦,咋像是去美人村的路?"

"对,咱就是去美人村!"

"是去见和你演碎戏的张老汉?"

"对,但今天不是演碎戏。到了你就知道了。"

进了美人村,张老汉早早就站在街道边等候了。

"张叔,电话上说了,我今天来,主要是看你们唱的曲子哩!"呷一口茶,刘乐然开门见山地说,"说实话,我还有想法,我们村也想成立一个曲子社。把咱老先人本土原创的东西传下去哩!"

"贤侄,你这话可当真?"张老汉忽地站起来。

"我啥时候跟叔开过玩笑?真的!对了,我给你介绍一下,这位是我们村的村会计黄木泥,我黄叔,是我学唱戏拉二胡的师傅!我师傅可是一个通家子,内行!年轻时在咱县剧团能拉能唱能导,转一圈的把式。当年那板胡是团里的头把交椅!"

"幸会幸会!几年前我就听刘乐然说过你,今天见了,太高兴了!"张老

汉双手握住黄木泥的手。

黄木泥也很高兴,但他还真的没听说本县哪个村还竟然有个什么曲子社,而且历史悠久。便问:

"张师傅,你说的曲子是啥剧种呀?"

"问得好!我现在就跟你细细说一说!"说着,张老汉从床头的木盒子里抱出一摞文字材料,戴上老花镜,说:"我这儿的曲子名叫美人曲子,创建于1914年,这应该是眉户的前身,主要以清唱为主,抒情味特别浓,实话说,这曲子是我老爷张文德创出来的。那时候,我老爷几个人给财东家拉长工,晚上没事,几个人一面喂牲口,一面随口就哼了起来!"

"哦哦,是这样。"黄木泥连连点头。

"你看着,我现在整理出来了十来个本子,我现在是第四代传人!这都是口口相传,到我这儿才整理成简单的文字。"

刘乐然接过来粗略翻了一下。

张老汉伸手抽出一个本子,说:"你看,这应该是我爷手里创作的,名字叫作《脏婆娘》,主要说的是一个家里人过日子邋遢不讲卫生,男人看不惯,两口闹矛盾以后又和好的故事。"

正说着,美人村退休回村的老干部郭大个子和几个婆娘进了门,几个人拉开架势,张老汉拉二胡,郭大个子打琴,两个婆娘合唱,给刘乐然、黄木泥表演了一折。

黄木泥听了连连拍手,大为感慨。回来的路上,老会计信心十足地说:"刘书记,咱今天没白去!不用管,曲子社的事交给我,我三个月给你组织起来,把老先人这些好东西说啥也要传下去!"

"对,我要的就是这效果!我不信,邪还能压正!咱把村民这些健康有益的活动搞起来,那些打牌赌博做贼跳墙的事就没有市场了!"

"好主意,好主意!叔我算是服了。哎,对了,听说你还买了一把萨克斯管?"黄木泥问。

"嗯,我想学萨克斯!"

"呵呵,你想得出,这要拜师哩!"

"我准备拜师哩!小雨说她给我介绍一个吹萨克斯管的!"

"你最近见小雨了?"

"嗯。"

黄木泥看看刘乐然的脸,欲言又止。

(四)

黄连学大学终于毕业了。这让勒紧裤腰带,供了儿子四年半的老子黄木牛长长出了一口气。更为可喜的是儿子顺利应聘到全国一家最大的电子类国企工作。待遇丰厚,令好多年轻人梦寐以求。为此,黄木牛特意请来左邻右舍,大大小小的村干部,以及亲戚朋友,摆了几十桌酒席庆贺。最后,别人没喝高,倒把他老弟兄俩喝醉了。他是真的高兴,喝多了;黄木泥一半是为侄子高兴,另一半却为自己那不争气的儿子伤心,结果也就醉了。

这是蛤蟆村自撤社以来出的第一位正儿八经的正牌大学生,并且工作也很令人高兴和羡慕。刘乐然特意将黄连学领到村小学,让他向师生们做了一番读书成才的即兴演说。在刘乐然的建议下,村干部们又为黄连学开了一个简单而热烈的欢送会,作为家长的黄木牛自豪得嘴巴都能咧到耳根后面。黄连学倒显得矜持和沉实,看不出丝毫得意忘形之处。吕哈定啧啧称赞,说这娃有出息,让父母省心,名牌大学又是好工作,将来媳妇好找,买房也容易。往后,黄木牛两口子高枕无忧,只剩下享清福抱孙子了!老两口到大城市安度晚年也不是没有可能!哪像咱,唉!

遗憾的是,这种可能性在黄连学工作一年后彻底掐断了,破碎了!

黄连学辞职了!

黄连学决定回乡当农民!

黄连学要养猪!

这一个接一个不可思议的消息,不光把黄木牛打蒙了,连蛤蟆村所有人都蒙了,吃惊了!

事情是这样的:那天,黄连学突然回来了!这让黄木牛两口子很高兴。高兴之余又有一些疑惑,儿子休假,回家怎么大包小包带了那么多东西?黄木牛不想直接问,就让老婆去问。黄连学神秘地一笑,说:"等等看,过几天你就知道了。"

吃过早饭,黄连学就骑上摩托车一个人出去了,直到下午才回来,一连几天都是这样子。之后,他又在村子里转悠,特别是老院子那一条街,还跑

到村上老科研站转悠。上午吃饭，黄木牛尽管非常在意，但还是用特别随意的口气问儿子啥时候回城里上班？黄连学说，我下午再去一个地方，晚上就应该定下来了。黄木牛皱皱眉，弄不清儿子说这话的意思，但也不便再问，擦擦嘴巴，点上一支烟，去了他的木工工作间。

第二天吃完早饭，黄连学说："爸，你吃好了？"

"好了。"

"那我给你说一件事。"黄连学平静地说。

黄木牛翻眼看看儿子，觉得这话听上去怪怪的："你说，我还忙着哩，五队定的棺材明天下午交工哩！"

"我把工作辞了！"

"啥？你说啥？"

"我把工作辞了！"

"辞职？为啥？为啥把工作辞了？这么好的工作为啥辞职？是不是你犯啥错误了，人家把你开除了？你说，你快说！"黄木牛站了起来，眼睛瞪得又圆又大，一副十分着急的样子，甚至有些让人害怕。

"咋可能哩？我一直表现良好，啥错误也没犯过，也不会犯错误！"

"那为啥辞职？如今找个好工作难死了，你竟然用脚踢了！"

"我有我的主意！"

"你说，啥主意？别说你是名牌大学毕业的，现在研究生都挤堆堆哩，我不知道你还能找下啥工作！"

"我——"

"你说！"稍作停顿，黄木牛突然省悟似的说，"好爷哩，辞职？这么大的事，你咋不跟我说哩，咋不跟我商量哩？你大了？翅膀硬了？你一个人随便就做决定了？"

"我这不是跟你说哩嘛！"

"哼，你这是说哩？你这是跟我商量哩？放屁！你这明明是把我打了弹弓了！你说，你现在啥主意！"

"我不想给人打工，我想自己干！"

"自己干？你有多钱？你当造手机、造电脑还是吹糖人哩？"

"我想回乡务农！"

"啥？回、乡、务、农？！你、你脑子是不是进水了？"儿子的一句话就像一支粗壮的针头突然扎到了黄木牛的屁股上，黄木牛神经质地跳了起来。

老婆慌忙从厨房跑出来："看你父子俩，出那么大声，小声不会说话？邻家还当吵架哩！"

"这就是吵架哩！你知道不，你这福疙瘩娃，你这名牌大学生，要回乡务农哩！！务农哩！！！"

"啥？"老婆万分惊诧地看着儿子，"这娃是不是在城里受谁欺负了？快，我娃快给妈说！"

"务农？上次队里调整地，把你的口粮田、责任田全都收回去了，我问你，你在哪儿种地呀？你种谁的地呀？"

"我不种地，我想养猪！"

"养猪？"黄木牛两口子几乎同时转过脸来，看着儿子。

"对，养猪！"黄连学语气坚决地说。

黄木牛扑哧笑了，一推老婆："听见了没有，你的名牌大学生，你的伟人，福疙瘩娃要养猪哩！哈哈哈！我黄木牛羞先人了！人家文盲都养得了猪，农村老婆老汉瓜子娃都养得了猪！我供你念了十几年书，跑回来养猪来了？！你、你跟你伯那个黄连胜有啥区别？哎哎哎……"养猪两个字从黄连学嘴巴里蹦出来，就变成了高压警棍，这警棍突然地准确地接触良好地电到了黄木牛。黄木牛一跳老高，发疯似的在院子里号叫着。突然，黄木牛像想起什么似的，快步跑到前边堂屋，在先人的供像前扑通跪倒："爸呀爸呀，你娃对不起你，对不起你呀！几年前，黄连胜那样羞辱了你一回，如今，黄连学又这样羞辱你！呜呜呜……"

尽管早有心理准备，黄连学还是被父亲的举动弄得有些发慌了。他一边去扶老子，一边做着一次又一次的解释，什么科学养殖啦，生态创意啦，市场规律啦，网络销售啦，人生价值啦，等等。

黄木牛却无动于衷。拜完先人，他说："你不要给我洗脑，你还嫩得很哩！你马上回城里上班，咱权当啥事没发生，要是敢说半个不字，你我就解除父子关系，立刻滚出我的家门！"

"爸，你把话说到这份儿上，我也没办法。我啥事都可以听你的，包括我的婚姻大事哩，但我的未来，我的事业，必须由我做主！行，你跟我妈保重，

—— 377 ——

我走!"

老婆急了:"这娃,你还真的走呀?"

黄木牛心里咯噔一下,忙道:"走能行,从小学一年级到大学毕业,把这些年的学费、抚养费给我你再走!"

黄连学不吭声了,一头钻进自己的房子,关了房门,再叫不出来。

黄木牛一屁股坐在沙发上,一支接一支地抽烟,末了他起身去了他的工作间,开了电锯,让那刺耳的尖厉的电锯声刺激自己,淹没自己,闹心自己,直至将他的心闹到麻木得什么也不知道的程度。

过了许久,黄木牛从工作间出来,看看儿子的房子,冲老婆摆一下下巴。女人会意,就去叫儿子的门。

黄连学死活都不开门。实在叫得太多了,黄连学就说:"妈,你别叫了,我想静一静,一个人好好静一静!"

这孩子的性格比较内向,平常很少发脾气,但他个性特别强。不过,人生大事,做老子的说啥也要负责,绝不能让娃有一丁点儿闪失,现在正是关键时候,一步错,步步错,甚至后悔受苦一生。可这娃不开门又该如何是好?这样想着想着,黄木牛就彻底没有干活的心思了。终于,他想出了一个办法。黄木牛分别给刘乐然、老哥黄木泥打了一个电话,说家里有大事请他现在无论如何过来一趟。接着,他端来梯子,爬到十多米高的大桐树上,找一个比较危险的树杈坐下来,让老婆藏好梯子,然后去叫儿子。

老婆来到前院,伸手敲敲窗,说:"连学,我娃起来,你爸松口了,快出来,和你爸说说话。"

这几句话相当管用,黄连学一骨碌爬起来,立即开了房门。

"走,穿好衣服,你爸在后院呢!"

一进后院门,老婆一下抱住儿子,声泪俱下地说:"好娃哩,你千万听妈说,快看看你爸!他爬到高桐树上,扬言要往下跳哩!"

"啊?"黄连学吓了一跳。

"连学呀,"黄木牛在树上叫道,"你不听我说,我也没有办法,可我得听你爷的话呀!我不能不孝呀!现在,我说不下你,给先人交代不过去,我想来想去,只好往下跳了!"先后赶来的刘乐然、黄木泥见此场面也吓了一跳。

"兄弟,你、你这是演的哪一出呀?"黄木泥忙问。

— 378 —

"牛叔,天大的事都是说成的,你千万不要冲动,千万要想开呀!"刘乐然也真急了。

"爸,爸!刘哥说得对,您先下来,咱有事好好商量嘛!"黄连学急得直掉眼泪。

"不,不行!老哥,刘书记,你们不知道,这娃辞职了!要回来当农民养猪哩!我把啥话都说尽了,人家就是不听!你看,咱弄下这羞先人事,我咋活人呀!我咋给先人交代?不说了,还是叫我死了算了!"

"爸!爸!你冷静,千万要想开!"黄连学说着,低头悄声问,"妈,咱家那长梯子哩?"

"梯子?梯子砖厂借去了!"老婆故意大声说。

"唉!"黄连学叹一声,抱着树试图爬上去。

"连学啊,你不用上,你要上来,我马上跳下去!"

"那、那、那你要干啥嘛,爸呀!"

"你只要乖乖回城里上班,我就下来!"

黄连学犹豫了一会儿,说:"你下来,爸!我答应你!"

"答应啥?"黄木牛问。

"我答应你回城里上班,不当农民,不养猪了!"

"那是这,老婆,你去拿纸跟笔来!让连学写一个保证,然后咱哥跟刘书记把名字签上,作为见证人。"

到底还是老姜辛辣。但年轻人往往不按套路出牌,第二天,黄连学就宣布那个保证违背他个人的真实意思,他要养猪,要当农民!

对于儿子,黄木牛终于死了心,并清楚地告诉儿子:第一,断绝父子关系;第二,自己做的决定,自己负责。

第二十八章

（一）

参加完为期一周的全县村官培训会之后,刘乐然强烈地感觉到,农村基层工作的重要性和迫切性,甚至觉得村上前一段时间的工作思路虽然正确,但还须继续深入,加大力度。是的,人的思想,好比一块土地,不长庄稼,必然就会长出各种杂草来。农民的自身免疫力相对较弱,更须及时除草施肥、打药灌溉。

下午,刘乐然叫来副书记同银芳、老会计黄木泥等人开了一个简短的支委会。他说,想成立一个蛤蟆村广播站,将广播站作为占领农民思想阵地的重要武器,这一提议得到了大家的一致赞成。随后,研究决定,给蛤蟆村八个村民小组各架四只高音喇叭,由刘乐然担任广播站站长兼总编辑,黄木泥、村小学校长同大炮任副总编辑,几名支委和各村民小组长任编委,播音员由同大炮、韩小英、刘乐然等人兼任。每个村民小组一周提供一至两篇稿件,可以报道本村的着急事、烦恼事、伤心事、气愤事,更要写好事、喜事、感人事。每周星期一、五首播,二、三、四、六重播,目前暂设两个栏目,一个是《今日蛤蟆村》,主要播报本村近期发生的各类新闻；另一个栏目是《时事播报》,主要播报各类政策、法规、会议精神等等。

人员组织全部落实后,刘乐然立即开始筹备各种器材。几个人分头行动,一方面,从砖厂的承包费中拿出一部分费用,另一方面,跑县上的文化局、教育局、农业局、公安局以及镇政府争取支持。两个月之后,蛤蟆村广播站终于建了起来,并举行了一个简单隆重的开播仪式。

进入冬季以后,农村小偷小摸时有发生,特别是偷羊贼。刘乐然就通过广播反复宣传,提高村民的防范意识。为此,他多次去县公安局联系,终于请来县公安局长李建来到蛤蟆村广播站,为大家专题宣讲冬季安全防范工作。李局长特意做了准备,讲起来细致全面,用语通俗易懂,举例鲜活生动,深受村民称赞,认为讲座及时、深刻、必要。同时也一下子提高了蛤蟆村广播站的知名度,那些小毛贼知道后,自然不敢再随便造次。

镇党委政府知道后,也对刘乐然这一工作举措给予了充分肯定和高度评价,团县委、农工部等县上的部门还特意来到蛤蟆村参观考察;县电视台记者兼主持人余小鱼还对刘乐然本人和蛤蟆村广播站进行了专题报道。

一个周末,田小雨也特意来到蛤蟆村广播站转了一圈,然后来到刘乐然的废品收购公司。

"你咋来了?"刘乐然有点儿意外。

"我不敢来?"

"不不不,我是说没见你打电话。"刘乐然笑道。

"最近干的事不少,我看你都瘦了!"

"不会吧,我还没觉得。"

"真的,也有些黑了。原来你不是特爱美嘛,现在咋了?"

"谁说不爱?现在照样呀。你看,我还买了吹风机哩。"

田小雨一笑,掏出一沓钞票:"哦,对了!这是一万块钱,我觉得捐给咱村广播站合适!"这是上次砖厂水淹公坟,厂里给我父母的赔偿金。

"小雨,这钱不能要,还是你自己拿上吧。"刘乐然急忙推辞。

"我想好了,你不用劝!"小雨坚决地说,同时把钱放到桌上。

"那这样,我打电话叫老会计。钱交给老会计!"

"刘书记,不用打,我都过来一会儿了,见你俩说话,没敢进来。"黄木泥一挑门帘,进了房子。

"呀,黄叔,你咋听人墙根儿哩?"田小雨故意嗔怪地说。

"不敢不敢!我啥都没听见,你俩啥也没说!"黄木泥连忙道。

几个人笑了。

黄木泥说:"你看我连学,咋是这娃哩!书念得那么好,又端了个金饭碗,竟然辞职不干了,偏偏跑回来要当农民哩,要养猪哩!唉,真不知道现在这娃心里都咋想的。"

"我不认为。"刘乐然摇摇头,"我觉得黄连学有思想,有能力,他辞职回

来也绝不是头脑发热！这小伙做事有主见，踏实，人家现在又读了那么多书，在大城市里啥世面都见过，我估计连学会有一番作为的！"

"对，应该是，我也觉得是这样！"田小雨肯定地说。

"嗯，经你俩这么一说，我觉得还有几分道理。"黄木泥点点头，"你看这兄弟俩，我连胜这败家子把头削尖了往城里钻哩，连学打死都要回农村哩，你看看弄得这都是些啥事！你不知道，这几天，看见连学就想起我连胜来，想起这忤逆我就伤心，整夜睡不着觉。"

"哦，连学今早上还打电话寻我呢，他想承包咱老科研站那些地方哩！"刘乐然赶紧用话去岔开黄木泥的思路。

"科研站？他能承包得起？那要十间房，还有一眼机井，十五亩地哩！"黄木泥道。

"就是，好几个人都想包哩！我没轻易给。"刘乐然随口道。然后，他给黄连学打了一个电话，将包地的情况说了说。

"咱科研站那地方，几个人都抢着承包哩，村上研究了一下，没有给，一个是原计划村上想开发一个啥项目，再一个是来承包的人想办啥企业，村上怕不环保，手续不全，没有给。你是咱村的，又是个人才，你承包能行。不过这要拿钱下地呀！"刘乐然说道。黄连学就问多少钱。"对你最优惠地说，这一年至少两万多块钱，不说一年了，你一次总得交两年的吧？"刘乐然说道。黄木泥在一旁仔细听着，微微点头。黄连学却说："没问题，小意思，我一次交五年的！对了，那是不是包括围墙里边的所有东西？"

刘乐然："那当然！"

黄木泥连连摇头："胡吹哩，他工作满打满算才一年，哪来那么多钱？木牛肯定不会给他一分钱！"

刘乐然摆摆手，换一个口气，说："兄弟，我想问问，你这事可靠不可靠？你这钱从哪儿来？"

黄连学道："这是我上大学时一位老师支持的，他给我投资五十万，再是，国家有政策，大学生自主就业，也可以贷几十万哩！而且，我老师的投资款已经到位了！"

"啊？"刘乐然吃了一惊，"好！下午咱见面再详细说。兄弟相信你的实力，村上会全力以赴支持你。"

一旁的黄木泥惊呆了,好久,感慨地说:"想不到,想不到! 看来,如今这世事是你们年轻人的了!"

田小雨也道:"人家连学肯定能行! 既然做出这么重大的选择,肯定不是拍拍脑袋就回来的。再说,现在这农民咋哩? 我觉得农村以后比城里还要好,有发展前途!"

几个人感叹了一番。黄木泥突然想起啥似的,说:"刘书记,知道不? 石锁子到阳沟镇赶集去了!"

"几时?"

"今天嘛!"

"坐谁的车?"

"一个人,步行去的!"

刘乐然和田小雨都不相信地看着老会计。

"真的,人家还是卖东西去了!"

"啥东西?"

"小百货! 一次性打火机,婆娘做鞋用的松紧带儿,粘鼠板,多啦!"

"叔,你胡说哩!"田小雨道。

"千真万确,咱村里好多人都见了!"

刘乐然半天不语。好久,才说:"好,锁子哥有志气,值得宣传。我明天就去看看,写篇稿子在咱广播站好好广播广播!"

(二)

既然死不了,就要活得好好的,活出人样来。自从半年前回到蛤蟆村,石锁子就憋了一股子挑战命运、挑战世俗的勇气和斗志。双眼瞎了可他能听见,双手双脚也十分灵便。人家能用拐杖,他怎么就不可以?

石锁子先用手在床上抚摸辨别着一切,并牢牢记在心里,然后下了床摸门,摸窗子,摸各种生活用品摆放的地方,篮子和小青也不断提示他,说门的方向,窗的位置。石锁子摸着记着,又竭力回忆当年盖房的情景,房的结构,方位。同时,他又默默记下了从床到房子门口是几步,到衣柜是几步,脸盆架是几步,窗台上的肥皂盒又是在脸盆的哪个方向,多高,多远,等等。从

此,石锁子就一次又一次地练习走动,不断加深记忆,提高熟练程度。慢慢地,连篮子和小青都对石锁子感到吃惊。因为他几乎已经做到了和正常人没有任何区别的程度。不管房间里的什么东西,你让他取或者放都相当自如、熟练、准确无误。

  接下来,石锁子就开始熟悉院子里的一切。他竭力忘掉眼睛,不依靠眼睛,他告诉自己从来就没有眼睛。他也不要家人提示,他慢慢地小心地扶着墙,一个人摸到后院,摸到那棵早已倒下来横在后院的桐树跟前,然后,摸索着选择折了一根一米多长、大拇指粗的拐棍,用拐棍敲打着探寻着从前院到后院,从客厅到厨房,从门前的自来水管到后院的厕所,猪圈,羊舍。一个星期,一米多长的拐棍竟磨损得剩八十厘米长了,他又折了一根,继续熟悉,行走,并且牢牢记下从房门到大门多少步子,到后院多少步子,等等。

  一个月下来,石锁子用了四根拐棍,然后就承担起了喂羊、喂猪以及给厨房提水等家务活。篮子十分吃惊,起初,她还以为石锁子能看见了,悄悄试了几次,才知道石锁子的眼睛还是原来的样子,一点也看不见。她男人原来是凭拐棍、触摸记忆来干活的。

  尽管这些,他觉得还不够,石锁子开始熟悉村子,熟悉通往外边世界的每一条村路。为了不让人笑话,石锁子白天忙家务,晚上他才出去。反正白天晚上对他来说没有多大区别,晚上路上行人少,干扰少,更加适合他。

  石锁子大概用了两个礼拜就熟悉了蛤蟆村的每一条村路,以及路况如何,走多少步有小桥,走多少步要拐弯,是左还是右,又走多少步需注意,因为路左边是深沟,等等。有一天晚上,石锁子正摸索着走着,稍一分神,就摔进了路边三米深的沟里。万幸那沟坡势较缓,下面又是刚深翻过的泥土,比较松软,这才侥幸没受伤。不好的是沟崖上荆棘丛生,他的脸颊、额头、肩膀头、手背划了许多血道子。在摔下去的那一瞬间,他哀叹一声,完了!一生就这样完了!深更半夜,又没人发现,只好等死了!落到松软的土地上,他镇静一下,翻身坐起,竭力回忆想想这是什么地方,村外的哪个位置,这小沟是啥样子。然后,赶紧伸手去摸拐棍,摸一圈,扩大一圈,还是没有,他估计应该是在滚下来的过程中卡在了荆棘丛里,要那样就完了,这么大的地方,没有拐棍,对他就更难了!他心一横,站起来,一尺甚至几寸地向前移动,终于,他又回到了沟崖边,他试了试,开始稳步谨慎地攀登。这样摔下去又攀爬,摔下去又攀爬,几经反复,石锁子终于爬了上来。随后,凭着记忆,掉头向村子走去。谁家的公鸡长长地打了一声鸣,随即引来一片叫声,这时鸡叫头遍,也许是二遍,总之,夜已经很深了。到了村口,他疲惫地咳嗽了一声,马上就传来一个女声:"爸——"原来是篮子和女儿小青。

到了家里说了经过,篮子不由得低泣起来。石锁子却说:"这样好,这让我一辈子都不会在南沟那儿摔跤了!"

石锁子一点也不气馁。第二天晚上,他又开始了新的征程:熟悉去阳沟镇的路。之后,他又向东熟悉去大王镇的路,向西去火神庙镇的路。在路上,他不光记下多少步子,还通过声音判断注意过往行人车辆的远近。同时,通过人、猪、羊、狗等声音来判断前边是不是到了某个村子。这个村子是啥村,多少步子远。三个月后,四公里外的阳沟镇,十一公里外的大王镇,二十公里外的火神庙镇统统都刻在了他的脑子里,为此,用去了四十多根拐棍! 接下来,他让家人打听哪儿有小百货批发。通过电话,石锁子终于和西安市康复路批发市场一个老板取得了联系。对方把货发到县城,小青就帮父亲取回来。有一天,大王镇集会,石锁子就背上小百货赶集去了。阳沟镇熟人多,他还不好意思去。他去得早,太阳冒红就到了大王镇。他站在镇政府旁边的电线杆底下,把长檐帽有意识地往下拉了拉,墨镜向上扶了扶,指头粗的拐棍别到屁股上边的皮带上,系在一块的锅刷、鞋刷、松紧带儿搭在肩膀上,提包挂在胸前,展露出里边的小百货,左手拿着一盘打火机,一沓粘鼠板,一动不动地等待着慢慢上街赶集来的农村人。开始经营小百货,石锁子还比较呆板,总是直直地站在原地,不管多热多冷,刮风下雨,都不回避。时间长了,他就动脑筋了,编出一套套卖小百货的顺口溜来招揽生意,同时,赶集时还带一杯水一个小收音机。至于收音机,一节电池,他常常用几个月,他并不是为了解闷止心慌,而是为了掌握时间。每到一个集会,他找好位置,放好百货,就掏出收音机,装上电池,听听到了什么时间。过上几个小时,他又听一次。夏天,往往到了下午五点以后才收摊,冬天一般四点左右。因为都是小百货,石锁子从不收大钱,最大是十块钱。关于钱,他已经做足了功课,手一摸,就知道是五毛、一块、五块还是十块。曾经有一段时间,他收过两张假十块,此后好长时间他不敢收十块钱。并且,长时间地琢磨假十块与真钱的区别。他摸,用手摸,感觉,用心细致地感觉。如今,他的手比验

钞机差不到哪儿去,用手一摸,真假自明。

今天,这是他第一次到阳沟镇赶集。但人太熟,想当年,阳沟镇一街两行谁不认识他石锁子,特别是那些饭馆、商店,镇政府的人更不用说,何况他还开过两天半饭馆。但如今,他已经想开了,并不觉得耻辱,不偷人不抢人,不要人的怜悯,凭劳动挣钱,又有什么可耻的呢?到了中午十二点左右,集会渐渐进入了高潮。老汉老婆来买油糕,婆娘女子娃来添置换季的衣服,顺带再扯上二尺条绒鞋面,买两张粘鼠板一个锅刷,烧水的铝壶漏了再买一片糊锅的胶纸;男人们则看看农具、拴牲畜的缰绳,适时的菜籽,四川的卷烟挑一二斤回去;那些年轻小伙娃娃骑上摩托车呜呜叫着,在街上穿来穿去地显摆,纯粹是为了散心,也许有的是为了见一面某个相恋或暗恋的女孩子、网友。总之,农村的集会也倒有一番泥土芬芳的味道。自然,有人就认出了石锁子!退休回乡,如今又被聘请到秦大建筑公司项目部的原阳沟镇干部老陈从镇政府出来,一眼就认出了被一群婆娘女子娃围拢着的石锁子。老陈先是吃了一惊,看着石锁子的举动,呆了半天,然后又细细观察了一会儿,等石锁子忙过去了,这才道:"锁子!"石锁子一愣,却没有立即回答。当年,老陈可没少吃石锁子的酒肉。每次下乡,他也爱去石锁子那里,说完正事,石锁子就领着老陈几位干部下馆子,总是不醉不归,归时还要拿些卤好的猪蹄或者猪头肉。

"锁子!是我,农经办老陈!"

石锁子这才放心地开了腔:"啊,陈主任!"

"你、你真的眼窝看不见了?"

"嗯。"

"走走走,找个地方坐坐。听说你回来了,我常说看你去哩!"

"不用,不用!我如今活命要紧,还真没有时间喝酒了!"

"那,那刘书记都没给你办低保?"

"我不要,等真的活不下去了再说。我不想占国家便宜,前些年占得太多了!"石锁子不好意思地笑笑。

"那你应该办个残疾证嘛,残疾人国家一月还给五十块钱哩!"

"不不不,咱又不是为国家残疾的。不要,我还能动弹。"

老陈无限感慨地摇摇头,欲言又止,招呼一声,去了。

不只老陈认出了石锁子,好多人都认出来了。蛤蟆村前来赶集的人都认出来了。

"锁子,给,把这俩油糕吃了,你看你,赶集说一声,来把你捎上嘛!"吕哈定说着,心里不免一番感慨。

了解完石锁子的情况,刘乐然的心里久久不能平静。回到家里,他第一次向父亲刘传统和多病的老妈学说了石锁子的境况。

"这娃真有志气,到底改过来了。小时候,锁子也没少在咱家吃过饭。"一向不愿说话的老妈终于开口了。

"妈,你也要想开哩,其实你没有啥病,想开了,心情好了,啥病都没有了。"刘乐然笑道。

"就是,你看你妈,我觉得这两年比前几年脸上气色好多了。"刘传统也笑道。

"你说的,前几年咱住的烂房一抬手就能够着房檐,一年四季光熬煎下雨哩!现在,啥都好了,要啥有啥,我当然不熬煎了!"老妈说着,脸上也绽出了几丝笑容,"可就是,好娃哩,你今年都二十八九了,赶紧把家成了,妈我啥病都没有了!"

"就是就是,村上事再忙,你人生大事也要紧。咱不能老等小雨,在一棵树上吊死!我觉得人家同银芳就好得很!"刘传统接过老伴的话。

"同银芳是有夫之妇,你看你说的啥话!"刘乐然埋怨道。

"她不是闹离婚哩嘛!"

刘乐然不说话。和父母说话就这样,不到三句话就会扯到自己的婚事上。

晚上,刘乐然推开一切杂务,将白天了解的关于石锁子的事迹写了一篇几千字的文章,又反复修改了几遍。成稿时,已是清晨五点了。他小睡了一会儿,洗把脸,快步去了村广播站。先让老会计、马校长几个人看了看,重新理了一下语句,然后,配上贝多芬的《命运交响曲》,他和韩小英一块播放了这篇稿子。

吃过早饭,刘乐然来到县电视台,将关于石锁子的那篇稿子交给了余小鱼。余小鱼一口气看完,其间流了几次眼泪。平静了好一会儿,余小鱼说:"刘书记,不,我叫你刘哥,真的,这事迹太好了,绝对是一个励志的好典型!"

然后,她说她立即报告领导,带上摄像去蛤蟆村采访石锁子。

"到时候,我打电话,你来接我!"余小鱼小嘴一翘,看刘乐然一眼,说。

"可以,没问题,我最喜欢给美女当司机了!"

"你也是一个大帅哥呀!"余小鱼笑道。

刘乐然笑着摇摇头:"哎,不行了!这两年村上事多,都顾不上好好捯饬自己了!"

"那好办!"余小鱼说,"给,我给你一张美容卡,这是咱县天使美容美肤中心的,一月两次,免费的!"

"啊?"刘乐然好意外,"不行,不行,我咋能要你的东西?"

"拿上,不许客气,我还有!"余小鱼抓起刘乐然的手,将卡啪地放到他手心。

"可我,一忙就忘了!"

"没事,我一直在那儿做,到时我打电话叫你,咱一块去。"

"这,这太不好意思了,这让我咋谢你?"

"谢?好啊,这样,快下班了,请我吃饭去!"

"行,我请你!"

(三)

李强的蛤蟆村中老年活动室起步很成功,但好景不长,可能连投资的成本还没有完全收回来,就让刘玉女这只母老虎给砸了!李强气坏了,大白天,贼娃子偷了他家的羊,让村里人没少耻笑;大白天,玉女又砸了他的活动中心,他有那么大的背景,照样还有人太岁头上动土。你说,他生气不?对,不仅仅是生气,简直是耻辱!他去刘书记那儿告状讨说法,结果是既蹲尻子又伤脸!回到家里,李强翻来覆去地思考琢磨,最终还是没有去找当局长的弟弟告状,甚至,只是在极不正式的场合,才给小弟李军透露了一丁点信息。

大伤元气的李强中老年活动室从此就冷清了起来。不久,村里成立了舞蹈队、自乐班,平时没事爱打麻将的中青年妇女们现在都跳舞去了,年轻的跳现代舞,年龄大的跳健身舞;青壮年男人们也很少来了,这些人要不就去学敲鼓拉二胡、唱戏唱歌,要不就去打球、翻单杠。再不久,村上又办起了广播站,一会儿说这个孝敬老人,一会儿又说那个种什么大棚菜赚了多钱,今天谈安全防小偷,明天讲打麻将赌博的危害,简直烦透了!不过,让他当局长的弟弟回来在广播上谈谈安全防范倒不错,村里人反响大,评价高,给他很长脸,他也很为此骄傲,甚至觉得全村人都应该骄傲!但弟弟讲完就回县城了,并没有来看他这个当老哥的。是不是因为自己办的麻将馆,弟弟有意避嫌?这让他很没面子!李强叹一口气,心里很不是滋味,如此下去,中老年活动室就维持不了多久。一个月光空调就要好几百元的电费,来一个人两个人,你也得开空调,否则,就更没人了!实在没看出,刘乐然这小伙年纪轻轻,坏门道不少,瞎点子倒有一肚子!想到这里,李强真想将刘乐然千刀万剐,剁碎撕烂!但只是想想,意念一下,他没有这个本钱,李军都打不过,何况他李强!

　　一不顺都不顺,不光事业不顺,李强想要的那种事同样不顺。那晚的化装潜行,虽然有让他抱憾终生的重大缺陷,但也尝到了难以忘怀的十分向往的蜂蜜罐子般的甜头。这种事有一种惊险刺激的甜蜜和诱惑,而且上瘾,并不断让他想入非非和浮想联翩。不久之后,李强又做了一次,而且如法炮制。这一次,堪称完美和经典,每次想起来,都有无限的冲动和流口水的感觉。那夜,石锁子竟然没在家里!他得手了,很深入,很火爆。他一把捂住了篮子的嘴巴,然后飞快地换下手,用自己的嘴巴堵住了篮子的嘴巴,开始贪婪猛烈地吸吮起来。有几次,他都成功地将篮子的舌头吸到自己的嘴巴里。他太专注了,太舍得花力气了,恨不能把篮子的肠胃、心肝都吸进自己的嘴巴里!好像只有那样,才过瘾,只有那样,篮子这女人才真正是他的,才真正被他占有了似的!

　　如今回忆起来,立即血脉贲张,难以忍受!李强不由得坐了起来。夜很静,黑色的天幕上,星星一眨又一眨,十分明亮。蛐蛐的叫声,潮水般涌过来,这是个大好时机,李强暗想。他悄悄出了房子,给脸上抹了几把锅灰,换上那身行头,翻过后墙,出发了。

　　这一趟,李强没有得手。那次之后,篮子哭了好久。两三点的时候,石锁子回来了,篮子将遭遇一五一十地说了。问题是,这个善良的女人经受了那么长时间蹂躏,却认不出对方是谁?是哪个不要脸的畜生、强盗、无耻之徒!她只是靠着石锁子的身体,嘤嘤地啼哭。起初,她还以为是石锁子,以

为多年以前的石锁子又回来了,那股床上的疯劲儿又回来了!后来,越来越感觉不对,越来越不像是石锁子的做派,她于是就竭力反抗,但却什么作用也不起,浑身麻酥酥的,又夹杂着莫名的恐惧,四肢一点也不听使唤,最后她竟身不由己了,任人摆布了!其实,自从石锁子出事以后,整整一年,两个人都没有做夫妻之事。后来开始做了,石锁子也像换了一个人似的,不但没有了以前的狼劲、猛劲,次数也少多了,每次的时间更短了,常常是她刚来兴趣,他就结束了,躺下了,这一点,也让篮子有一种说不出的难受。但尽管如此,她也得守妇道,也要尊重石锁子,不能给男人戴绿帽子。

石锁子已经把什么都看开了,看透了,他伸手理理篮子的头发,低声道:"老婆,这不怪你,全是我的错!以后我会注意的,我再也不让你担惊受怕了!被人欺负了!"从此,石锁子渐渐改变了晚归的习惯,这时候,他也基本上已经全部熟悉了赶集的路线。可就在这一天晚上,大概是夜里十一点半的样子,两口子正在熟睡,突然,石锁子轻轻一推篮子,低声说:"注意,有人来了!"

篮子吓了一跳:"那咋办?"

"你别慌,听我说!"石锁子悄悄下了床,从门后摸出一根茶杯粗的棍子,藏到门后。李强当然不知道这些,他满脑子都是篮子那雪白光滑的像鳗鱼一样的胴体。

瞎子耳聪。石锁子的耳朵特别灵敏,他估计来人已经进入到自己伏击的范围时,大喊一声:"篮子,开灯!"声落棒到,李强急忙一侧身,棒梢擦身而过!他吓坏了,魂飞胆丧,没命地向后院跑去,跳上那棵倒下的桐树,再一跃,上了墙,一口气跑回家,躲在前院房子里,开始大口喘粗气。

(四)

显然有了防备,李强怎么也想不通,一个瞎子,为啥防守反击打得这么好?!可他还是不死心,暗的不行,就继续来明的。通过这段时间接触,篮子肯定是需要那个,不然,上次那么放开地做,她为啥不反抗呢?可惜她还是不知道是他,真的知道,也许就愿意了。女人一旦被征服了,以后永远就顺了!李强这样想着,就又开始打篮子的主意。这天,李强眼看着石锁子出了门,赶集卖小百货走了,快步来到石锁子家。篮子拿出石锁子破了的布鞋,刚坐在院子里,打算补补,李强到了跟前。

"篮子!"李强色色地笑着叫了一声。

"你来弄啥?锁子没在!"篮子用警惕的眼光看着李强。

"我知道,我来有事哩!"

"有事等锁子回来了。我一个女人家不拿事!"

"咋不拿事?这事只有你能拿。"李强神秘地说。

"你说,啥事?"

"立客难打发,你都不让我坐下说?"

篮子从房门口拿出一个小板凳放在离自己一丈远的地方。

李强拿起凳子往跟前挪挪。

"你说,啥事?"篮子头也不抬地问。

"你看,这些年,你一家子不在的时候,夏秋两季种地直补款都是我领的,按理,我种你五亩半地,我仍然继续领这直补款。"说到这儿,篮子插话道:"那你领嘛!"

"不是,夏秋两次一亩地国家要补上百块钱哩,我的意思是,你看,我俩兄弟都是国家干部,我呢,又开着中老年活动室,好歹比你家松泛,这五亩半地的直补款我就不要了,你家领了吧!"说着,李强伸出手指弹弹肩头的一小片烟灰,再优雅地抽一口烟。

篮子不大相信地看看李强:"真的?"

"看看看,芝麻大个事还能有假?"

"那真谢谢你!"

李强一笑,左右看看,猫腰两步溜到篮子旁边,凑到篮子耳边:"谢?咋谢?"

篮子一歪头:"谢谢你好心嘛!"

李强一把抓住篮子的手:"好妹子哩,哥想你,想要你得很!"说着,顺势就往怀里拉。

篮子使劲抽回手,急忙站起来:"你不要胡来!我叫人啦!"

"去去去,叫啥哩?跟着一个瞎子有啥好?看看我李强,这身体,这家道,哪一点配不住你?"

"你出去！"篮子大声喊道。

"喊叫啥？篮子，篮子！"李强一犹豫，又扑了上去。

篮子急忙就往大门外跑："我喊人啦，喊人啦！"

李强站住："对对对，你回来，你回来！"

"我不！你走，马上走！"

"好好好，我走，我走！"走了两步，李强站住，"锁子回来，你给说说，抽空我把直补款送来！"说完，李强背着手，从容地出了石锁子的家门。

眼看着李强走远了，篮子这才放下心来。她关了前门，再也无心思拾掇锁子的鞋了，一个人在院子里发了一会儿呆，然后，锁上大门，去了刘乐然的家。

经过多年经营积累，刘乐然的废品收购公司规模不断扩大，为了方便工作和生活，他将家门一锁，让父母都搬到了公司居住。这样一来，父亲就不用一会儿跑来经营收购，一会儿又跑回去照看老伴。同时，又盖了十间简易工房，让三个工人也住在了公司。从此，刘乐然就可以一心忙村上的事务，只有公司有什么大事，他才亲自处理，其余就全部交给了父亲刘传统。

这天，刘乐然洗完车，刚打算去镇上，篮子却来了。

篮子站在大门外，犹犹豫豫的。刘乐然看见了，招呼她进来。

"有个事，我想来想去，不知道说出来合适不合适。"篮子低下头，难为情地说。

"有啥事就说，只要能帮上，我会全力以赴的。"篮子于是就把李强如何几次骚扰她的事学了一遍。把有人半夜来欺负她的事也说了，只是有意隐瞒了李强那次得手的情况。

"这事锁子哥知道不？"

"知道。上次就是锁子出的主意。"

刘乐然道："这样，李强要是再去，你就对他不要客气！警告他再有非分之想，你就报警了，打110了！我呢，再给锁子哥说说，警告一下李强，如果李强听说了，态度诚恳就算了，要不，你就过来找我，我找他谈谈，再不然就真的报警！同时呢，村上再想想办法。"

篮子点点头："嗯，我听刘书记的。"

篮子前脚刚走，吕哈定就进门了。

吕哈定今天见了刘乐然,显得特别毕恭毕敬。先是干净麻利地给书记点上烟,随后就对村上最近的一系列工作进行了高度赞扬和肯定,并小心翼翼地严肃认真地掏出一张纸打开来,双手递给刘乐然。原来是一份入党申请书。

刘乐然抬起头,看着吕哈定。

吕哈定诚恳而勇敢地迎住刘乐然的目光:"刘书记,其实我有这种想法已经好几年了,直到今天我才鼓起勇气提出来。我想,我想请你做我的入党介绍人!"

刘乐然很高兴:"积极向党组织靠拢,这很好,我全力支持。不过,你也要好好表现,村上布置的各项工作要带头积极去做!"

"那是,那没问题!"吕哈定又掏出一支烟递过去,"说真心话,刘书记,你这几年的工作,我吕哈定算是佩服得五体投地!第一,你年轻,干事有朝气,有闯劲,工作有点子;第二,思路清晰,工作不怕遇到挫折;第三,泼辣,能吃苦,把集体的事、群众的事,时刻放在心上,放在第一位;第四,人品好,心眼儿好。"

看架势,吕哈定还要摆出第五、第六来,刘乐然连忙摆摆手:"吕叔,你赶紧打住,千万不敢拿高帽子胡抡,我可受不了!"

"我说的是真心话,一点也没有拍马屁的意思!"

"你说,还有啥事?我知道你还有事!"

吕哈定呵呵一笑:"刘书记眼光就是毒!我还真有一件事。我想,我女儿秀英的娃也上幼儿园了,女婿在西安铁路上上班哩,秀英在家里没事为鸡毛蒜皮的事整天和公婆闹矛盾,听说你收购站还缺人,你看能不能让秀英到你那儿上班?不论卸呀算呀,或者拿呀抱呀,都没问题!"

"行,这有啥说的!没问题!"

又大概谈了工资待遇,末了,吕哈定还是没有要走的意思。

"刘书记……"吕哈定欲言又止。

"还有啥你说,咋还扭捏开了?"

吕哈定干咳了一声,说,"这样,我觉得这几年你的工作实在太繁重,一个人既担任村支书,又是村主任,同时还兼着咱三组组长,家里呢,还有一个收购公司,多亏你年轻,精力旺盛,放别人早不行了!说实话,这四五年,如

果没有集体这一摊子鸡毛蒜皮的事,你可能早娶妻生子了,你的公司也做得大得很了!所以……"说到这里,吕哈定放慢语速,偷瞄一眼刘乐然的脸,继续说,"我想替你分担一小部分工作。当然,如果可以的话,我一定会在你的正确领导下,好好工作,踏实工作,认真工作。你看,现在我也不收羊奶了,家里光养了一二十只羊,业余时间比较多。当然,不管你刘书记心里咋看我,这些都是我的心里话!"吕哈定终于说完了,难为得他额头都渗出了密密的汗珠。

刘乐然默默地点点头。其实,吕哈定的这些话也不无道理。他早就开始考虑这个事了。上次开支部会,他还曾经提出来说物色一个人选,把三组组长担任上,他继续兼任有时还真的顾不过来。记得最早他还给镇上徐书记、王镇长说过。领导的意思,让他先不要急,选好人再说。想到这里,刘乐然说:"你这话还有一定的道理,不过,按照村民自治法,村民组长是由选举产生的,下来,支部先开个会,我把你的情况、想法、决心在会上说说,让大家议一议,如果通过,我们就先任命你代理三组组长。表现好,工作好,下一步选举自然就顺利。当然,作为我来说,俺认为你还是可以的,有时,想问题还比较细腻、细心!"

"呀,真的?刘书记,谢谢,谢谢!不管成不成,叔我衷心地谢谢你对我的信任!"吕哈定心花怒放,站起身,双手一合,给刘乐然不停地作揖致谢。

第二十九章

（一）

黄木泥刚走到刘乐然的收购公司大门口,老婆枣花就急急忙忙追了上来。

"你弄啥来了？门咋弄的？"

枣花大口喘着气,顾不上说话,用手指指。

"你都不怕贼把羊偷了？"黄木泥继续问。

"那、那个你娃,你儿子回来了！"

"啥？！"黄木泥睁大眼睛。

"你连胜回来了！"

"放屁！"黄木泥瞪老婆一眼。

"真的,你娃黄连胜回来了！"枣花十分肯定地说。

"人哩？"

"在屋里,刚刚进门。"

"狗日的,还敢回来？"黄木泥突然愤怒了。这忤逆当年气得他只差报警了！

"回来就好,回来就好！这样,叔,你快回去看看,我一个去算了！"刘乐然忙道。

"哼,不管！你把他撵出去,不要他！走,我不回去,咱办咱的正事！"黄木泥继续愤怒着,他快步走到小轿车跟前,伸手拉开车门子,坐进副驾驶的位置。

"叔,你还是回去看看。这已经几年了,你回去看看！"刘乐然催道。

"不管,不管,走,发车,咱走！枣花,去,你把他撵走！我发誓了,我这辈

子没有他,把他撵走!"刘乐然和枣花低语了几句,然后回到车里。看着这两人坐车远去,枣花叹口气,呆立一会儿,回去了。刘乐然今天是要领着老会计去见县招商局驻西安办事处主任唐远,这是提前约好的。今天礼拜一,唐远在局里开会,下午才去西安。现在到招商局刚好,各单位周一的例会刚刚开完。唐远是蛤蟆村人七组组长唐绪娃的胞弟,都是乡党,为了蛤蟆村的发展,刘乐然想充分利用本村在外干事的这一关系,尽可能多地寻找一些使蛤蟆村快步发展的机会。招商局是专门招商引进项目的,现在不管咋说,先建立关系要紧。

的确如此,县招商局的会刚刚开完,唐主任刚打算给刘乐然打电话,刘乐然就到了。到底是乡党,唐远很热情,对家乡的发展十分关心,几个人一谈就是一个多小时。末了,唐远还执意要给刘乐然、黄木泥管一顿羊肉泡馍,之后,又相互留了电话。

黄连胜这一去就是三年多。虽然拼命想脱了农民这张皮,去过城里人的文明日子,实际并不容易。光有一副好相貌,远远不够,那不过是绣花枕头一包草。加上在娱乐圈里没有关系,不认得几个娱乐记者,不给他策划炒作,更不要说认识名导演,还没钱没背景没文化,正应了网络上一句话,理想很丰满,现实很骨感。当群众演员也是吃上顿难保下顿,报酬相当有限,而且喜欢干这种出力小又能露脸的人太多,手太稠,竞争比较激烈。最终开始后悔当年没好好念书,没上大学,肚子里墨水太少,如今想去什么电影学院,什么表演系等等全是扯淡。绞尽脑汁设了一个局,从老子黄木泥那里骗来三万多块钱,站在省电影学校门口,又没信心了,犹豫了,万一学不成,这几万元又花完了,咋办?这样一想,就悄悄离开电影学校,思谋投资做生意。无意中,黄连胜认识了一位中年妇女,这女人对他特别好,几乎无微不至地关心他照顾他,并给他推荐了一种化妆品销售,那经营理念推销模式,逻辑十分严密可信,就这样,仅仅几天,他就被洗脑了,热血沸腾,死心塌地地做了中年妇女的下线,身上那几万块钱就这样没了,无私地贡献给了上线和上上线。

有一天晚上,领导正讲课,忽然来了一帮警察,将他们一锅端了,侥幸的是唯独他一个人逃跑了。黑灯瞎火,见路就跑,钻了好多巷子,过了好多街道,他终于逃出了那座城市。从此,他成了孤儿,没有组织,没有领导的孤儿。为了生活,他钻垃圾桶,讨饭,到建筑工地打工,可惜招不住那份苦又不干了。他想到了回家,而且不止一次地想过,但还是痛苦地放弃了!以后,他竟稀里糊涂地流浪到了一个重庆的什么奉节县,在县城外的一个山脚旮旯里落了脚。那家人男的七十岁了,女的五十岁,四个女儿,三个都已经嫁了出去,二十出头的小女儿文文一眼就看上了黄连胜,死活都要嫁给他。于是,他做了这家的上门女婿。从此,过上了比蛤蟆村还要辛苦十倍的生活。这里地少,又都是山地,农业机械根本用不上,唯一的办法就是人力,手工。用镢头挖,肩膀扛,扁担挑,连吃水磨面都是这样。黄连胜想逃逃不掉,文文每晚让他老爸锁了房门睡觉,而且还要夜夜抱着黄连胜的腰睡觉,生怕他又跑了!直到有了儿子,这才慢慢放下心。后来,天降暴雨,地质灾害频频发生,山上的地也实在没法种,对此,政府推出了移民搬迁工程,文文的家就这样按计划被搬到了山口镇子旁的一片居民区。还好,这里交通便利,距离县城只有四五公里,但每家每平方米需交八百块钱,一百二十平方米就是九万六,这也是个相当吓人的数目,没那么多钱,一家人只好在县城租房住下,然后到处找活,打工攒钱买新家。这种沉重,这种辛劳,熬到头好像很渺茫。岳父年逾古稀,不能干活,还要花钱,儿子也一岁多了,花销越来越大,两个人在重庆打工,一月仅存两千块钱,能干啥?而蛤蟆村自己的家里,虽然有山,但也有一马平川的土地,交通又极其便利,农业作务全是大型机械,根本不用人出力。记得那一年在家里收麦子,小伙子全坐在地头的树荫下打扑克,联合收割机自然就一家一户排门收割了,住房也好,就像他黄连胜,弟兄一个人,那么大的院子,有厦房,有平房。厦房冬暖夏凉,平房干净卫生,建筑面积少说也有二百多平方米呢!这样越想,黄连胜越想家,越想蛤蟆村。有无数次,他都梦见了自己的父亲、母亲,多少次,他都是哭醒的!文文发现他流泪,就问他,他不说,文文就一遍又一遍使劲地问。最终说了,他流泪了,文文也流泪了。最后,还是文文说:"咱回趟蛤蟆村吧,儿子这么大了,还没见过爷爷、奶奶呢!"

终于有一天,黄连胜鼓起勇气,带着妻子文文和儿子回蛤蟆村来了。下了车,踏上回蛤蟆村的路,黄连胜突然站住不想走了。他觉得自己没脸回来,而家乡的山山水水却让他特别地心动。文文就劝他:"走吧,没事。是亲妈亲爸,怕啥?要打,就让打,要骂就让骂,骂完了打完了,就完了!不怕,还有我呢,还有儿子呢,我两个替你挨打挨骂!"

黄连胜冲文文笑笑,搂过儿子亲了亲,又开始往前走。此刻,他心里既无比的兴奋又莫名的害怕和不安。站在蛤蟆河边,看着清凉的河水漾出自己的脸庞,他再一次流泪了。

黄木泥一走,枣花就开始洗锅擦案,给羊拌食。她刚从后院端过羊的食盆,进了厨房,就听见大门一响,传来一阵脚步声。伸头朝窗外一看,院子里站着两个人。

"妈——"黄连胜不由得脱口而出。

"奶奶,这是奶奶,快叫奶奶!"文文忙逗怀里的孩子。

枣花一愣:"你、你真是连胜!"

"妈!是我,是我!是我!"黄连胜情不自禁地扑过来,抱住母亲。

枣花却一把推开儿子:"你咋成这样了?"

"妈——呜呜呜……"连胜哇地哭了。

"连胜,连胜!好我的娃呀!"

母子俩紧紧抱在一起。过了几分钟,枣花忙说:"你等着,我叫你爸去!叫你爸去!"腰上的围裙也来不及解,就疯一般地去了刘乐然的收购公司。

谁知,黄木泥一听,却火冒三丈,根本不愿回来!

而此刻,从县城回来,一路上经过刘乐然的开导,黄木泥的火气终于消下去了。下车后,他就回了家,虽然面无表情,但一颗心早已迫不及待了。

好像早早准备好的,黄木泥一进门,黄连胜在院子里就扑通端端跪了下来,文文也跟着跪下了,枣花早把孙子抱在了怀里。

黄木泥虽有心理准备,仍然感到很意外。儿子和刘乐然同岁,刚刚二十九岁,却明显地苍老,足有三十五六岁的样子,这让他心里一阵刀割般的难受。更意外的是,旁边那个女孩子,面庞清瘦而姣好,一脸善良,也端端跪在那里。

黄木泥控制不住了,鼻头一酸,泪水立即涌出了眼眶。

"娃呀!"他伸出手去拉儿子。到底是搞艺术的,眼窝子浅,感情丰富。

(二)

村风虽然有所好转,但篮子反映的问题也立即引起了刘乐然的高度警觉。同几个支委交流意见之后,刘乐然将全体村干部,以及家庭养殖大户组织起来,成立了一个蛤蟆村治安联防巡逻队。联防队分三个小队,一队四个小时,从晚八点到早八点不间断巡逻,并制定了严格的交接班制度。黄木泥特意设计了一个交接班的记录本,每一队给下一队以交班本子为准,上面有接班时间,领班人,本班成员,最后交班有本班巡视情况,处理情况,等等。同时设计了在村里的巡视路线包括必走和随意选择路线两种,村里还拿出专门的经费,给巡逻队配备了两个强光手电,几把雨伞,几双雨靴,几件棉大衣。

组织巡逻队,村干部自不必说,尤其是正处在考验期的吕哈定,十分积极。不仅按时参加,他还每晚给零点班和四点班的巡逻队员们烤馍和煮方便面,次次不误,受到了队员们的一致好评,也大大改变了大家对他的原有印象。

但也有不积极的,比如乌云厚。乌云厚现在是养羊大户,按照村上组织巡逻队的要求,他必须参加巡逻队,必须值班。先是老会计黄木泥去说,乌云厚想也不想地说:"不去!没屎事干了,他谁敢偷我羊,我逮住腿给他扭了!"

老会计一笑:"你逮不住咋办?"

"不可能,我天天都在羊跟前睡着!"

"这么多羊,你睡得过来?再说,贼娃子有时候白天也偷哩!"

老会计讨好地递过一支烟去。

乌云厚眨巴几下大眼睛:"我不管!"

"你看你,现在日子过得都相当可以了,咱要有大局意识。再说,这是刘书记让我来的!"

"刘乐然?"乌云厚挠挠头,不说话了。

老会计坐了一会儿,实在没啥结果,只好走了。回来给刘乐然一说,刘乐然没吭声。吕哈定凑过来,低声道:"刘书记,我去试试。"

"好,你试试。"刘乐然点点头。

吕哈定一出门,刘乐然说:"老吕心眼儿多,也许能说动乌云厚。"

黄木泥不语,鼻子轻轻哼了一声。

吕哈定一来,就被乌云厚堵在了门口。

"你个哈巴狗,弄啥呀?"乌云厚轻蔑地问。

吕哈定一笑:"没事都不敢来把你养羊的经验学习学习?"

乌云厚上下打量了几眼,说:"我当你又是来叫我参加巡逻队哩!能行,你进来!"

"兄弟现在种了几亩苜蓿?"吕哈定问。

"二亩。"

"这么多羊二亩能够?"

"想多种,那几片地离村子太远,不方便嘛!想换你村后那二亩地你不乐意嘛!"

"能行,我换哩!"吕哈定慷慨地说。

"真的假的?"

"当然是真的!老哥也爱羊,看你养这么多羊,心里高兴,权当支持你哩!"

"那好!"乌云厚露出少有的笑容,兴奋地站起身,四下找找,拿出皱巴巴的一盒烟,抽出一支递给吕哈定。

再聊了一会儿养羊经,趁乌云厚正在兴头儿上,吕哈定道:"老哥今天来还想给你一个建议,当然听不听在你哩,我觉得咱村上成立巡逻队是一件好事,说实话,我也参加了,只要天天晚上巡逻,他贼娃子就不敢打咱蛤蟆村的主意!再是,你大名在外,要是去巡逻,贼娃子就更不敢来了!你还年轻,多参加些集体公益事情,刨一个好名声,也就有人主动上门给你说媳妇哩!"

"可要去巡逻,这些羊咋办?"

"没事,一班只有四个小时,再说,贼娃子都不敢进咱村,还敢偷你羊?就几个小时嘛,这有啥?"

"那行,那我参加!我巡逻!村后你那二亩地啥时候换哩?"

"收了麦,咱各自撂地就完了!"

吕哈定就这样做通了黑铁塔乌云厚的工作。乌云厚一参加巡逻队,别的养殖大户很快就加入了。巡逻队当即就投入了工作。按照刘乐然的安排,又重点强化了石锁子家周围的巡逻。有些人想不通,私下说:"刘书记咋安排每班必须要到石锁子家前后转两圈?石锁子只养了一只羊,四头小猪,有必要吗?"黄木泥说:"少说多做,让你咋办就咋办,不要问那么多!"问的人自然就不言语了。但世上没有不透风的墙,渐渐地,大家就模模糊糊听说了有人跳篮子墙的事,是谁呢?却在心里将蛤蟆村的男人们齐齐筛一遍,看谁符合条件。符合什么条件呢,又不知道,所以,猜来猜去还是一个谜。

余心照接到刘乐然请他去蛤蟆村广播站做普法讲座的消息后,心里非常高兴。他觉得这是刘乐然有意识地为他提供了一个向蛤蟆村人展示自己才能的绝好机会。不管咋说,他没有和同银芳离婚,他还是同银芳的老公,他还是蛤蟆村的女婿,女婿顶半子,他要全力以赴,好好表现,他要让同银芳高兴、满意,他要为同银芳赚足面子。同时,这也是挽救他们婚姻的一次机会。认识深刻了,干起来劲头就足。刘乐然给他的题目是什么是赌博?赌博都有哪些危害?另一个题目是性侵害,以及性侵后构成的法律后果。当前农村留守妇女如何保护自己不受伤害?如何防范色狼,等等。

余心照上网查了许多资料,并精心从自己办过的案子里,挑了几个典型案例,将宣讲的这个日子在台历上用红笔标出来,而且,他还特意来到砖厂,告诉同银芳,他将要在蛤蟆村广播站的《今日蛤蟆村》栏目里做法律讲座。余心照就是不说,同银芳也知道,这是村广播站开编委会定下来的。"好事嘛,你好好讲,把你屎壳郎那几个黑腿好好显摆显摆!把咱村那些做贼钻柳、跳婆娘墙的东西好好敲打敲打!"

同银芳能开口给他提建议,这是罕见的。余心照高兴坏了,这说明老婆关心他了!余心照在砖厂转了转,参观了每一个生产环节的工作流程并问了问情况。这是他自同银芳承包了砖厂几年来,第二次被允许进厂。

回到办公室,他说:"老婆,我给你提个建议。"

同银芳看他一眼:"少说酸人牙的话,叫我名字。你说,啥事?"

"你签没签用工合同,销售合同,还有这砖机操作安全合同?"

"用工合同没有,卖砖有销售发票,不需要合同,砖机也没有!"

"必须要有用工合同,光有销售发票也不严谨,你给秦大公司那几百万砖有合同没有?"

"没有,秦大公司那么大的摊子,咱不怕他!"

"怕倒不怕,法治社会,一切手续安全为好,何况咱这是企业!比如秦大公司要几百万砖,啥时供货,如何结算,都应该有一个合同才是,万一你把砖送完了,货款拖着不给咋办?或者拖欠一部分长期不给咋办?是这,回头我

给你起草一份砖厂用工合同,一份销售合同。还有砖机操作安全责任合同,万一有啥事,咱白纸黑字权责利说得清!"

同银芳重新看看余心照:"看来,你还有些用处!好,交给你,你给我弄好!"

周一上午九点四十分,余心照在刘乐然的陪同下,准时走进了蛤蟆村广播站《今日蛤蟆村》的直播间。首先,刘乐然用苦练了好久的普通话谈了一下最近蛤蟆村出现的新情况,特别是时而发生的以麻将为工具的赌博活动,然后着重说了说村民们出外打工,妇女们带娃持家,给有些社会闲人留下可乘之机,妇女们容易受到侵害。对此,广播站特意聘请本县著名青年律师余心照先生,就这几类问题为村民们做普法讲解,以便提高大家的防范意识。随后,余心照打开笔记本电脑,拉出自己的宣讲稿,认真详细地开始了普法。

此节目竟持续了一个多小时才结束,接着才是联防队快报节目。在此,刘乐然亲笔写了一篇《联防队的炊事员》一文,让韩小英播送。该报道主要表扬了吕哈定义务为大家烧水、烤馍、煮方便面等感人事迹。这一方面,鼓舞了吕哈定更加好好干的决心,另一方面,无形中提高了吕哈定在村民中的威信。这个节目此后又重播了几天。

经过一段时间的广播,蛤蟆村人渐渐习惯在每天早饭时间或者傍晚时分听听村里的广播,也爱上了村里的广播站。特别是每周一、周五,村民们格外留意,听听今天蛤蟆村又发生了什么事。比如这一期赌博的危害和留守妇女如何防范色狼,反响就特别大。女人听了,对男人说,你看,打牌赌博多害怕,千万不敢入这行道!男人听了,对老婆说,记着点,这讲的都是实话,我不在,你自己一定要小心!而李强听了,又气又怕。感到刘乐然的每一招都是冲他来的!他真想瞅个机会把广播站的电线给割了,让喇叭变成哑巴!把刘乐然的汽车轮胎给戳了,让他跑不成!但这一切只是生闷气时候的想法,要说真的去干,却不敢。巡逻队转来转去,他害怕!特别有乌云厚那二货!而且犯法,那个律师说得很清!如此看来,他的中老年活动室只有悄悄地关门了。

(三)

物是人非。短短三年时间,砖厂易主了,母亲殁了,父亲殁了,田小雨从一个骄傲的公主,父母的掌上明珠,心尖尖,转瞬变成了孤零零的一个人!这种巨大的难以想象的打击,令蛤蟆村人都唏嘘不已,想起来就心里难受,田小雨这一副柔弱的肩膀就更不用说了!葬了父亲,过了百日,田小雨将家里的一切东西,尤其是父母用过的东西,统统遮盖了起来,锁了房门,住在单位就再也不愿回家,回蛤蟆村。这地方成了她的伤心地,成了她长在心里的一块永远也不愿意揭开不敢揭开的伤口!

那年春节,田小雨没有回蛤蟆村。她一个人离开县城,去了省城西安同学家。除夕晚上,她坐在宾馆的房间里,关了手机,摆上父母的相片,静静坐了一晚上。直到正月初七收假才回到单位。这期间,李军打过几次电话,也找过两次。因为没有见,除夕晚上,李军给她发了一条不冷但也没有多少热情的短信。刘乐然也打过几次电话,还发来短信,但小雨一个都没有回。元宵节,李军又叫她,她拒绝了,一个人去了侯家湾的舅舅家。黑律师侯水丁说:"你春节去啥地方了?打了多次电话也不见你接!快吃,这是专门买的你爱吃的黑芝麻元宵!"

小雨说她和同学去海南岛旅游了。

"啥时候去的?"

"腊月二十八一放假就走了。"

"嗯?这就怪了!那你爸你妈坟上的纸钱谁烧的?"

"我爸我妈?几时?"

"三十呀!我联系不上你,三十下午我去烧了纸钱,一看上面有人烧了,我以为是你哩!"

田小雨愣了。

"咱这儿年三十都要给先人坟里烧纸哩!意思不是你烧的?"

会是谁呢?直到那年三月份的一天,刘乐然来公安局户政室给村上办事,两个人一起吃饭叙旧,田小雨才知道这是刘乐然烧的纸。

的确如此。那年,是老书记田冷春死去的第一个春节。刘乐然第一年当蛤蟆村的村干部,腊月三十中午,他带领老会计、砖厂厂长同银芳一块来到田冷春的坟前,烧了一沓纸钱,响了一串鞭炮,将一瓶白酒全倒在了坟前。

如今,又是三年过去了。刘乐然仍然坚持在清明,在老书记的忌日,以及年三十去祭拜,但都非常低调,也从没邀请过田小雨同去。田小雨虽然明

确拒绝了李军的求婚,几年来也一直没有心情再谈恋爱,但有时候,她也奇怪李军,虽然知道他们两人之间不可能,也再没有强求过她,可总是隔三岔五给她打电话。有时候来局里还找她坐坐,聊聊,他自己也至今没有结婚,也没听说谈女朋友。刘乐然为什么不呢?同银芳不是声言要和那个律师离婚吗?不是一直对刘乐然有那种意思吗?他俩怎么不好呢?是不是刘乐然因为收购公司的事和集体的事顾不上考虑个人问题?田小雨摸不清。甚至,连她自己都弄不清为什么拒绝李军,为什么至今不谈恋爱,难道是下意识地在等一个人吗?等刘乐然吗?想重新找回他们那美好的过去?

然而,无可争议的是,近几年,蛤蟆村砖厂、集体的一些事务在刘乐然手里确实不一般,确实有不小变化。听说蛤蟆村除了办广播站,还成立了什么舞蹈队、自乐班哩,都上县电视台了!

眨眼就是老支书田冷春的三周年纪念日。田小雨没想到,这次刘乐然亲自来找她了!刘乐然竟然提出要以村上的名义给她父亲举办纪念活动,那口气十分肯定,不容推辞,不容置疑。这让田小雨心里无形中有了不少温暖感。"蛤蟆村就是你的家,你干多大的事,走到哪儿,也是从蛤蟆村出去的!"刘乐然诚恳地说。

谁也没有想到,老书记的三周年纪念活动办得相当成功。刘乐然专门请县文化局田副局长给老支书写了一副巨大的挽联,田副局长是全县有名的书法家,还担任着县书协的主席,又让县作协主席王大山亲笔润色了他给老支书写的悼词,并请镇党委徐丰徐书记和镇长王经书莅临会场。蛤蟆村小学校长同大炮、韩小英作为蛤蟆村广播站的记者,拿着录音设备专门采访了各位领导。刘乐然还亲自开着车叫来县电视台余小鱼及摄像记者全程录像。侯水丁依然是招呼各位吃行的大总管。几乎蛤蟆村的男女老少都来了,岑寂、冷清了三年的田小雨的家终于迎来了史上最热闹最蓬荜生辉的一天。此情此景,田小雨激动得眼泪就像断线的珍珠,擦都擦不及。最后,蛤蟆村的舞蹈队、自乐班还在田小雨家里前院后院热闹了一回,村上特别请来的大王镇美人村的张老汉带领他的曲子社,还尽情地唱了几折曲子戏。

虽然说舞蹈队和自乐班刚刚成立不久,演出也不怎么成熟,但这份热情、这份心意绝对是满满的真实不虚的。

田小雨又不由自主地爱上蛤蟆村了,一有空就回蛤蟆村了,一双眼睛和耳朵不由自主地关心起蛤蟆村了。

这天,经过深思熟虑,田小雨终于写了一份请调报告,亲手交给了局长李建。

李局长当即打开来,快速看了一遍:"你不想坐办公室?"

"我想到基层,我还想当片儿警!"

李局长看看小雨:"想去哪儿?"

"阳沟所。"

"当片儿警?"

"嗯,我想回蛤蟆村,当蛤蟆村的片儿警!"

"咱局里警力不足,一个片儿警至少要跑几个行政村。蛤蟆村只是一个行政村!再说,基层不比局里行政上,有时候没有作息时间,条件差也相当辛苦,说实话,也不适合女同志!"

"我不怕,我想去锻炼锻炼!"

"真的想好了?"

"想好了!"

李局长微微点一下头:"这样,你等通知吧。我和有关部门沟通沟通。"

只要局长点头,基本就算定了。李局长虽然再没说什么,但从表情来看,他还比较欣赏田小雨的想法和做法。至少,这娃的思想转过弯来了。

其实,田小雨要去阳沟镇派出所,还指名要当蛤蟆村的片儿警是有她的小主意、小阴谋的,说白了那无非是想和刘乐然多见面,多在一起而已。当然,她也为自己的这个决定感到兴奋和激动。

李军知道后,突然有一种莫名的激动。这就是说,从今往后,他就和田小雨在一块了,在一个所里了,甚至可以形影相随了。他自作多情地认为,田小雨有温度了,想和他复合了!回心转意了!这就对了,如今,她不跟他李军,又再能跟谁?她其实几年前都是他李军的人了!这个,蛤蟆村人都知道,刘乐然又怎会不知道?又怎会重新和她走到一块?笑话!李军掏出手机,翻出田小雨的名字,一瞬间,他似乎感到小雨手机号码的每个数字都很亲切,很可爱,很妩媚!他拨通了她的电话,却是占线。

当然占线,田小雨此刻正给刘乐然报告她的伟大决定哩!

"啥?片儿警?你想好,基层不比办公室,风里来雨里去,白天晚上没准

点,你一个女同志不合适!"刘乐然劝道。

"没问题!我就是想离咱蛤蟆村近些,再近些!你说咱那儿治安曾经不是很好我就心里着急,我想回来,加入你们的巡逻队!"

"哈哈,那当然好!那是这,你当咱的巡逻队队长!"

"呵呵,你在哪儿?我现在就过来!"田小雨兴奋地说。

(四)

蛤蟆村舞蹈队在刘乐然的提议下,由同银芳、刘玉女牵头很快组织起来了。这几个骨干从电脑、电视上学,照着碟片学,每天下午,大家组织起来,在蛤蟆村小学门前的广场上练习。同时,刘乐然和同银芳专程请来县文化馆的舞蹈老师,给大家手把手地教授。

过了一段时间,慢慢地大家都入门了,同银芳开上车拉着玉女几个人专程去了一趟省城。从头到脚,买来舞衣、舞帽、舞鞋、舞扇,红色、绿色的绸缎等等,光这些东西就花了三四千元,资金全由砖厂报销。渐渐地,那些上了年纪的五六十岁甚至七十多岁的中老年妇女们,听见音乐响起,都来到广场,跟在同银芳、刘玉女这些骨干的后面,手舞足蹈起来。刘乐然看见大家在跳,一时兴起,也穿上一身大红大绿的舞衣,还搽上脂粉,扮成女相,加入到了舞蹈队中,快乐地跳了起来。

那天,田小雨从派出所过来找刘乐然,去了收购公司,去了村小学,又站在广场看妇女们跳舞,就是找不见刘乐然。她心里还狐疑,明明电话上说他在村里,在学校门口的广场里,怎么不见呢?

一曲结束,刘乐然脱去舞衣舞帽和假辫子,走到田小雨跟前,咧嘴直笑,小雨竟没认出来,还上下看看刘乐然。

"小雨!"刘乐然叫了一声。

"呀,你、你真妖怪!"田小雨扑哧笑了。

同银芳走到跟前:"没认出来吧?你看刘乐然胭脂一搽,真跟电影女明星一样,比咱都漂亮!"

几个人笑了。田小雨说:"刘书记,你看,我拟了一个乡规民约,再给咱巡逻队拟了几条工作纪律,工作流程,操作规程!"

"我听着你叫刘书记咋怪怪的?"同银芳笑道。

"对对对,叫我名字最好!行,我先看看!"

还没等田小雨回答,同银芳意味深长地说:"小雨,你是不是把刘乐然一直叫刘书记呀?啥场合都叫刘书记呀?"

"这、这有啥?叫刘书记是尊称嘛!"

正说着,老会计打发儿子黄连胜来了:"书记哥,我爸让你过去哩,美人村的张老汉来了!"

"呀,真的,我几乎忘了!"

"咋哩?"小雨问道。

"自乐班今天请张老汉教曲子哩!"刘乐然忙道。

"哦。"田小雨想去又不好意思,正犹豫,同银芳道:"走,小雨!来,我教你跳舞!"

"不了,是这,我教你几个擒拿动作,这是我在警校学的,这几年,断断续续一直练着哩!"小雨忙道。

"哈哈,那倒好!篮子嫂,来,大家都来,让小雨给咱教几招咋防色狼哩!"

女人们哄地笑了,但个个摩拳擦掌,热情饱满地要学擒狼绝招。

曲子的确属于眉户的前身,入门学习并不难,适应性也很强,不管几个人,无论什么场合,有没有伴奏,或伴奏乐器多少都能开戏,形式灵活多样,音调清亮高亢。这天下午,刘乐然还真的很忙,这边曲子的几种变调刚学完,那边电话又响了,说是给他教授萨克斯管的师傅来了,就在他的收购公司。走马灯似的,刘乐然交代几句,又急忙回到收购公司。

不看不知道,一看师傅竟是一个二十岁左右的毛头小伙。特意染的黄头发,牛仔马甲,黑皮裤子,戴一副没有镜片的白圈子眼镜。刘乐然笑了:"你能吹萨克斯?"

"那当然!这有啥?甘罗十二还当宰相哩!我六岁在幼儿园就开始学萨克斯了!"

"你六岁吹萨克斯?气息够?"刘乐然不信。

那黄毛小伙哈哈一笑:"胡吹哩,我十三开始学的!"

黄毛小伙胖胖的,圆脸小眼睛,个子不高,像颗炮弹。他说:"我叫孟高

大！奶奶起的名字,希望我长得又高又大！来,领导！闲话少说,牛粪上插刀子——开始(屎)！"

"呀,你比我还心急！好！"刘乐然乐了。

"那当然！今晚还有演出呢！"

年龄不大,技艺不错,刘乐然受益匪浅。学完了,为了赶时间,刘乐然特意开车将师傅送到县城。

晚上,镇长王经书打来电话说:"徐书记定了,文下来了,下周一报到上班,去县招商局当局长！你明天下午两点到镇上参加欢送会！"

"这么快?"刘乐然高兴地问。

"嗯,其实也不快,你不知道内情,组织部考察谈话都半年了！"

第二天,刘乐然准时来到阳沟镇政府二楼会议室。镇上全体干部,各村书记、主任,以及教育、卫生、派出所各单位都来了。刘乐然特意准备了一个小本子,完了之后,他希望徐书记能给自己留几句话,今后加强联系,多多支持蛤蟆村的发展,等等。

欢送会办得比较隆重,徐书记、王镇长都分别讲了话,镇上两个副书记、副镇长还做了回忆和徐书记一块工作的发言。他们说,徐书记下乡,从不进馆子,不接受村干部的吃请,再忙都是回家吃。

随后,大家一起来到镇上的一家酒店,围成两大桌聚餐,各位也都相互敬了酒。宴会上,田小雨也被叫来了,徐书记并没有直接给派出所所长敬酒,而是给田小雨。他直接走到田小雨跟前,说:"美女警察,飒爽英姿,一看就是不爱红装爱武装！好,给人一种健康向上的活力！你叫田小雨,我的老伙计、老朋友田冷春书记的掌上明珠！看见你,真有一种说不出的亲切感！来,徐丰敬你三杯！听着,以后在工作中,谁要敢欺负你,就直接找我,我帮你出气,我给你做主！同时呢,今后工作上、生活上有啥困难也直接来找我！毕竟,我跟你爸也是四五年的交情哩！"徐书记喝了不少酒,话也就滔滔不绝地多了,特别是见了女同志,年轻女同志,又是一个另有一番滋味的美女警察！小雨也连忙站起来,接过酒:"徐书记,我还没敬您呢,应该先让我敬您才对！"

"不不不,今天一律是我先敬在座的各位！然后再说,然后再说！"徐书记一脸红扑扑地笑,对他招商局局长的位子,看来还是比较满意的。

酒刚刚到了兴处,突然,徐书记放在酒桌边的手机响了。有人连忙拿过来递给徐书记,徐书记看也不看就挂了。谁知,不到三分钟,又响了,老徐又不在意地挂断了。他说:"各位喝好,徐某人今年五十一了,招商局也就一届了!请各位今后——"说到这儿,电话又响了,徐书记一脸的不高兴,拿起电话:"喂!谁呀?说话!"

老徐听着听着脸上的笑就僵硬了,眼睛也瞪大了。他挂了手机,一拉王镇长,出了包厢。很快两人又回来,他穿上外套,王镇长道:"小王,你开车,拉上徐书记去一趟县里!"

徐书记朝大家点一下头,说有急事,就匆匆走了。

老徐一走,王镇长让服务员快上主食。众人不知发生了什么事,相互看看,又开始边吃边小声交谈。等吃完了,王镇长才沉痛地告诉大家,徐书记的爱人刚刚出车祸去世了!

"啊!"众人大吃一惊,这实在是一个不幸的消息,偏偏发生在徐书记刚刚升任局长之时,可叹人生命运真是难测难断啊!

第三十章

（一）

乌云厚养羊大获成功，并不是他有头脑有预谋的结果。他养羊大概有两方面原因：蛤蟆村人老几辈都有养羊的习惯，他家养羊也属传统，老妈没生他的时候，家里就养着羊；再一个原因就是他孤僻，沉默，不合群，不出门，不侍弄家里那几只羊再也无事可做。同时，这几只羊又是家里一切开支的来源，地位相当显赫，他不重视由不得他。

其实，蛤蟆村人虽然家家养羊，但都没有当作发财的门路，致富的门路，仅仅作为一种老人或家庭妇女们的营生，充其量作为家庭的零花钱罐子，乌云厚也不例外。自从刘乐然当村干部之后，在养羊方面没少给他帮忙。没看出，这个长得像女娃一样的小白脸还有两下子！那次，刘乐然卸下收回来的废品，来到他家，说："云哥，你不出去打工专门在家看羊，就要多看，当个事业来弄哩！凭你这两三只羊，一年到头还是攒不下钱。"

"看羊本来就发不了财。"乌云厚道。

"那不见得，我觉得还是你看得少。一只羊一天产十块钱，出去四块钱的料，还落六块钱哩！"

"要不了四块钱。"

"就拿四块算，你要是看十只羊，一天就是六十块，比一个瓦工还挣得多！"刘乐然给他扳指头算账。

"羊看得多了也不行，不产奶。羊要晒哩，要见阳光哩，这是我妈说的！"

"我看不一定。是这，我今天收破烂哩，在大王镇那边一家有两只好羊卖哩，你要不要？"

"好羊！有多好？"乌云厚眨巴一下大眼睛。

— 410 —

"没犄角,奶包子是桶形的,脖项还有两只小肉铃!"

"咦,那好得很!"乌云厚一听,眼放亮光,脱口而出,但随即又说,"好,为啥要卖哩?"

"人家娃在西安开公司哩,把父母接到西安去呀,看不成了才卖哩!"

乌云厚低下头,思量半天,又摇摇头。

"走!要不要,你先看一下,你不是爱羊嘛!"

"我没钱!"

刘乐然想了想,说:"那你光说要不要?"

"当然要哩!"

"好,那走!我替你垫上,等你啥时候有了还我就对了!"

刘乐然拉着乌云厚就去了大王镇。乌云厚一见羊,高兴得不得了。羊拉回来后,他蹲在旁边,情不自禁地抚摸羊毛,吃饭也端着碗蹲在一旁看羊。来年,这两只羊产了四只羊羔,全都是母的,而且羊奶产量特别高,乌云厚按照刘乐然的建议,将自家原来的两只羊卖了。到了第二年,乌云厚就成了六只羊卖奶,每天早上卖七八十块钱,连吕哈定都睁大了眼睛。黄木牛、赵水仙几个人跑到他家来参观。

第三年开春,六只奶羊产下了十三只羊羔,九只母羊羔!这就是说,到明年,他乌云厚就有十五只羊卖奶了,每天收入就是一百多块!

这个沉默、孤僻、不爱与人交流的男人渐渐找到自信了,他大步去了刘乐然家。将生了十三只羊羔的喜讯第一次告诉了别人。

刘乐然听了,似乎比乌云厚还高兴。他说:"这就对了,慢慢来,滚雪球。今年实验出去你就知道羊可不可以群养,人能不能发羊财了!"

"可以多养,就是要让羊多见太阳!"乌云厚信心十足地说。

"对,这就对了!再是我建议你赶紧考虑草料的来源,今年十几只羊吃草料就多了。"

"就是,十几只羊我还不熬煎,可今年出去就是问题了。"

"这样,把你离村子近的地方不要种粮食了,种苜蓿。"

"啥?种苜蓿?好好的地种苜蓿太可惜,不敢!"

"看看看,死脑筋!种二亩苜蓿,差不多就够你二十只羊吃了!苜蓿既是青饲料还是精饲料!特别是开花苜蓿,割回来,晒干,冬季喂羊最好了。"

"这我知道!"乌云厚起身走了,连招呼也不打。他还不习惯给人打招呼。

十几只羊就是十几张嘴,开年后,乌云厚的工作突然变得忙碌起来。他清晨五点就开始挤奶,六点,拎着两只大塑料壶去卖奶,七点开始打扫羊舍,扫粪冲尿,然后一只羊半斤精饲料一盆温水,完了之后,再把羊一一拉到舍外太阳下边,分别放上去年冬季储存的干草,或者苞谷叶子。吃完早饭,磨快镰刀,拉上架子车就下地割青草了。

阳春三月,油勺子、白蒿等等野菜野草都钻出了地皮,或渠边地头、路旁阳沟,或夹杂在麦田里,地梁子上,看上去不少,割起来慢,这些草数目多,个头小,整整一大晌,乌云厚一支烟都没工夫抽,仍然割不下一车。到了夏季,草木茂盛肥大,情况就大不相同了,但却不像往年,羊少,有结余,晒干可供冬春食用。到秋季收苞谷种麦子的时候,乌云厚真正有些慌了,因为夏季没晒下干草。没办法,他只好大量收集苞谷秆,一辆架子车黑明给自家拉苞谷秆,不管远近,只要村里人说不要了,愿意给他,他拉上架子车就去了。就是这些破苞谷秆,放在前几年,乌云厚拉谁家的苞谷秆那是看得起他,从来不会去征求主人同意的,当然也没人敢问他。现在,乌云厚算是文明多了,村民们知道,那是乌云厚这两年家境好了,心态好了,发开羊财了!

晚上蹲在羊舍旁喝茶,乌云厚这才慢慢悟出刘乐然建议他种二亩苜蓿是正确的。人没吃的饿一顿,影响不大,这些羊饿一顿就严重了,明天早晨马上就少两三成的奶钱!看来,刘乐然的话必须听,他的话有道理!

乌云厚又去找刘乐然。刘乐然开着小车刚出了收购站大门,他摇下窗玻璃:"云哥,有啥事?"

"苜蓿咋种哩?"

"我想跟种麦一样,要种,现在可能就是时候!"

"我,我——"

刘乐然下了车:"走走走,问问我爸!"

二人进了大门。刘传统就详细给乌云厚说了如何种苜蓿、啥时候种,以及必须注意的事项等。

到了冬天,刘乐然又帮乌云厚贷了一笔款。乌云厚将后院的地方集中规划整理了一番,买来砖、水泥等建筑材料,打算在后院重新盖一排羊舍。

刘乐然看了,就建议他,要盖就一次盖好,一下子就盖能养上百只羊的圈舍。但后院地方有限,最多能盖六十只羊的,刘乐然就鼓励他盖六十只羊的圈舍。乌云厚连连摇头,现在还没二十只,咋能一下子盖那么多?刘乐然就说,你今年十六只,明年就是三十二只,后年就是六七十只!难道你年年盖羊舍?

乌云厚一听,挠挠头,嘿嘿笑了。

只是问题又来了。材料备上了,乌云厚却请不到匠人,大家不拒绝他,只说已经上工了,不好辞退。他又去找刘乐然。刘乐然知道那些人怕到时候要不到工钱,不敢给乌云厚干活。刘乐然就说:"你们干,完了到我这儿领工钱!"

这件事对乌云厚也震动很大,他嘴上不说什么,心里却在开始不停地琢磨。人离不开人,人要活人,也就要为人,不然,没人帮你,没人帮的人活不下去。

(二)

对乌云厚的转变,蛤蟆村人议论的也不少。吕哈定常说,没有刘书记,乌云厚至今还是他那几只奶山羊!如今发了羊财,还真应该感谢刘书记才是!这话也得到了不少人的认可。当然,他个人的付出还是第一位的,比如,他对羊的痴迷,不管啥时候去他家里,你都会看见他在羊圈里,不是忙碌,就是目不转睛地观察羊的动态。可以说,他如今对养羊确实有了较深的研究,称为养羊土专家一点也不过分。再如,只要他不在家里,那一定是在田地里,无论天气多么炎热,他都拉着架子车在地里大把地挥汗如雨地割青草。

乌云厚下地,从来都是拉一辆架子车,出门就是步行。在他家里,没有任何交通工具,唯一的大型劳动工具兼做运输工具就是架子车。如今,随着乌云厚养羊事业的不断扩大,他的外交事务也逐渐多了起来。卖羊奶不必说,大不了像挑水似的,两只大塑料桶一装,扁担一挑,再不行就是架子车。但上阳沟镇,上兽医站光凭两条腿已经落后了,明显太慢,浪费时间。他想买一辆自行车,又拿不定主意,和多病的老妈说,老妈却让他和刘乐然商量。

刘乐然的话却让他吃了一惊。他说:"买啥自行车?现在自行车都是学生娃上学的工具,买摩托!"

"就我?买摩托?不行不行,开玩笑哩!"

"为啥?"

"我不爱摩托,我看见摩托就别扭!"乌云厚沉默了一下,说,"你不知道,那年和田书记闹事,我一榔头就砸了人家的新摩托。你知道那车多钱?七千多哩!我哪有钱赔?可脾气上来不由我!不行不行,摩托跟我是仇人!"

"买买买!怕啥?你看我,一个收破烂的都买小车哩!"

"呀呀呀,你说的,你是书记,我是啥?再说了,这东西烧油哩,自行车又不烧油!一斤汽油好几块钱哩!"

"那你一早上卖一百多块钱不花弄啥呀?"刘乐然笑着问。

"用钱的地方多着哩,我还没盖房哩,我妈不要我胡乱花钱!"乌云厚说完,回家了。最终,他买了一辆自行车。

那天,他想让刘乐然和他一块去,刘乐然有事去县城了。乌云厚从阳沟镇推着自行车回来,一路上,不少人都惊奇地看他。从砖厂旁边经过,张运动眼尖,一眼就认出了乌云厚,他连忙给旁边的侄子张建壮说:"快看,乌云厚买了辆自行车!"

张运喜一笑:"哎呀,乌云厚这是从奴隶社会一步跨进了社会主义!"

"不,社会主义初级阶段!现在社会主义人民都是摩托小车!"吕哈定在砖厂干杂活,他接过话茬儿,笑道。

"那咋不骑哩?"张建壮看了半天,不解。

"骑?以前都没摸过自行车,咋骑?当然是不会骑!谁买上自行车天天推上?"张运动道。

几个人哈哈笑了。乌云厚走近了,大伙连忙低下头,或把脸转向别的方向。

自行车并不难学,走前先骑上去,然后一只脚一蹬地,顺势踩着脚踏板就走了。回到家里,乌云厚练了一下午,就骑上走了。起初,他还有些紧张,以为这东西学起来会很难,实际上,由于他不怕摔倒,胆子正,也就很快。知道这么容易,他根本就不用从阳沟镇一路推回来。乌云厚个子大,腿长,自行车对他来说是小东西,比玩具大一点,当然不怕摔倒,也摔不倒,两脚着地,风险就化解了。

随着母羊的繁殖,乌云厚很快就达到了六十只羊。这一来,他更让蛤蟆村人另眼相看了!那些收奶员,都积极地和他联系,争取他这个大客户。如今,他已经不需要天天早上起那么早挤奶了,无论天阴下雨刮风,有人专门上门收购他的羊奶而且价格还比别人的高。不光高,还拿来吸奶器,自己去挤奶,他光站在一旁叼着烟,看秤数钱就完事了,相当有优越感。这种时候,也是他最自信最幸福的时候。

这六十只羊,过完年就会生下上百只羊羔,这该咋办?后院已经没有地方了。找了两次刘乐然,刘乐然只说想办法帮他解决,可人家现在村上的事也特别多,根本就顾不上。时间不等人,再几个月就是春天了,乌云厚等不来刘乐然的消息,就开始自己想办法了。

以他来说,办法其实很简单。经管好羊之后,乌云厚找来铁锨铁镢就干了起来。他和郑利马是邻居。皮条王郑利马全家搬到县城已经好几年了,他家后院那么大,前院对檐六间厦房还有一座两边流水的拱脊梁大房全都闲着,把这地方利用起来,在里边养百十只羊都没有问题,后院盖羊舍,不够了还有厦房,拱脊梁大房可以放饲料。是老院落,两家的隔墙当然也是土墙,又年代久了,风雨剥蚀,土墙也废了垮塌了不少,乌云厚先用铁锨顺墙根掏了一条一尺多宽的深槽,然后用铁镢开始挖墙根。挖完一溜墙根,乌云厚试着推了推,约莫差不多了,就找来几根一丈多长的木椽,顶到土墙的半腰上,再继续放心地挖墙根。这样,到了最后,没了根的墙就倒向了皮条王郑利马的院子。两边一通,一下子宽敞了许多。乌云厚背着手在郑利马院子里前前后后转了一圈,喝了一壶茶,又干了起来。他把倒下来的墙土推开,就地垫在了院子里。虽然院子高了几厘米,但盖羊舍丝毫没有影响。

当然,这项工程他一个人也不可能一天就干完,但放在他手里就特别快。因为他干起活来,没黑没明。除过喂羊和吃饭,他一晚上只睡两三个小时。天黑看不见,他也不点灯,就铲脚下的墙土,这活没有多少技术含量,有力气就行。完工后,乌云厚就以原有的羊舍跨度长短结构来规划郑利马的院子。计划好之后,乌云厚就去弄建筑材料。张运动开着拖拉机送砖,乌云厚就砸了郑利马家大门的锁子,让从前院进车。进去后,张运动才知道是在郑利马院子里盖羊舍。

第二天一早,郑利马就开着小车跑回来了。他详细地查看了现场,心里异常气愤,却有些害怕乌云厚。如果放在别人,郑利马早指手画脚大发雷霆,甚至抓住对方衣领扇耳光了。想想看,蛤蟆村几千口人,能有几个人敢在他郑利马头上撒尿?确实不多!而乌云厚就是敢在他头上撒尿的少数人之一!此刻,乌云厚刚卖完羊奶,放好钱,收奶的车走了,乌云厚走了过来。

"哎!"乌云厚不叫郑利马的名字也不叫别的称谓,"我说你回来了?"

郑利马装作没听见,继续用他的智能手机给现场录像。

乌云厚走到跟前,挥起大手,一巴掌将手机打出去两三丈远!说:"你扎尿势哩,还问不响你?!"

"你、你说,谁给你这么大的权利?你私自砸了我家大门锁子,掀了界墙,你这是侵权!犯法!你知道不?"郑利马连忙拾起手机,吼道。由于过分激动,那上下两片薄嘴唇,不住地抖动,还变成了紫色。

"少拿大帽子塌我!你在城里住的,这院子闲着又没啥用处,我用用咋哩?"

"你凭啥用哩?这是我的地方!"

"你城里有地方,这院子闲着我用用怕啥?你占下这些地方是下蛋呀?生娃呀?"

"那你为啥不给我说?"

"我咋没给说?我给你说哩,半天把你叫不响,我问你牛啥哩?"

"这是你给我说哩?你把锁子砸了,界墙放了给我说哩?"

"少牛皮!我给你说是好的!"

"好好好,你恶你恶!我跟你不说了,有人跟你说哩!"郑利马扭头走了,不是不想说了,他怕说得多了,乌云厚打他。

"叫去,牛头马面往这儿叫!"

(三)

郑利马开着车一口气来到阳沟派出所。这几天,派出所的院子里挤满了人。从天明到天黑,村民们都跑来照相办二代身份证。郑利马没有下车,在大门外抽了一支烟,又开车回了蛤蟆村。

当他把乌云厚破坏的情况原原本本给刘乐然学了一遍之后,刘乐然半天没有说话。脸色倒好像很平静,并不像他想得那么义愤填膺。

"那你说,咋办?"刘乐然问道。

郑利马一愣,没想到刘书记会这样问他。

"我个人肯定没有办法,只能来找村上。"郑利马很不悦地说。

"那你认为乌云厚犯法,你可以去找公安局或者法院嘛!"刘乐然道。

"这我知道。我按程序来,我第一步应当先找村上。"

"这种事应该说已经触犯法律了,村上也没有啥有效办法。我想你最好去找派出所。"刘乐然偷偷看一眼郑利马,说。

郑利马轻轻叹一口气,说:"你看看,这二屎把我手机都打烂了!"

"当年把田书记的新摩托都砸了,别说你手机!"

"哎,我觉得,刘书记!这事还要你管哩!听说这货光听你的话哩!"

刘乐然不语。

"你看,这货是花岗岩脑袋,不开化,软硬不吃,不好弄!"郑利马那语气又像是说给别人,又像是自语。

"你这样想就对了!"刘乐然接过话,"你想想,乌云厚怕谁?他就具体那么一个人,又没杀人,罪不至死。当年派出所拿他都没办法,你说咋办?再把话说回来了,你好几年前都住到城里去了,听说还买了几套房哩,你真个稀罕农村这房?"

郑利马低下头。想了想,刚要开口,刘乐然摆摆手,继续说:"你在大路边和石锁子隔两院那院空庄子是不是你的?这应该是几年前老书记手里给你划下的吧?"

"那我有庄基证哩!"

"那这四五年了你为啥不盖?按政策规定村上早就收回了!这是一个,既然新庄子给你划了,老庄子为啥还占着不退?新旧庄子都占着,能说过去不?再说去年清理空心村,连电话带人找了你不下十次,让你把老院子交了,你就是不理,现在用村干部呀想起来了?说实话,村民们对你意见大得很哩!"停了一下,刘乐然又说,"你的老院子已经是村集体的地方了,你上面的房子、大门等等一切附属物等于非法占据着集体的地方!"

"这这这,你咋能这样说哩?"郑利马忙道。

"咋不能？就是这概念！老院子自从去年通知你开始，可以说就是村上的了！"

郑利马看了刘乐然一眼，不语。不管咋说，儿子吃着国家饭，户口又没在蛤蟆村，城里还有几套房，村里再占着几院子，桌面上就是说不过去。村里认真，只有自己吃的亏。

"那你说咋办？"郑利马尽量用商量的口气说。

刘乐然想了想，笑了。他说："好我的郑叔哩！你都是咱村，不，咱全县有名的能人哩，这碎碎个事还能难住你？"

"哎，已经毡铺了，床尿了，那我回去想想。"郑利马拍拍脑袋。

"这就对了，你想办法去，我晚上去见见乌云厚。"

"那太谢谢你了！"郑利马一听连忙道谢。

"不过，老院子你还得交回，这也是正事。"刘乐然叮嘱道。

晚上，刘乐然果真去了乌云厚家。

喂过羊草料之后，乌云厚这会儿正一个人热火朝天地干着活。

"云哥！"刘乐然笑眯眯地叫了一声。

乌云厚扭过头："我正加班哩！"

"你扩大规模也不招呼一声，叫兄弟给你参谋参谋！"

"咋没有？给你说你忙得没顾上嘛！"

"这盖羊舍也不是一个人的活，我不信你一个人能把这盖起来！"

"有啥办法？鸭子上架哩，没办法啊！"

"呀，好爷哩，你咋把界墙给推了？没给人家郑利马打招呼？"

"看看看，我就知道是那老东西让你来的！"

刘乐然摇摇头："他有啥权利指挥我？是我自己要来的。扩大是大好事，可咱得有板有眼，你乌云厚如今已不是前两年的乌云厚了，你有家业了，你现在是养羊状元！说实话，明年村上还要把你当致富能手报先进哩！你是浪子回头金不换，全村人没事都议论你夸奖你哩！你看，你这么好的名声，咱可要珍惜哩，维护哩，你给谁也不打招呼，就硬把人家郑利马的院子占了，大家都说你哩！你那几年是烂娃，光身子、破罐子破摔，敢胡来，谁把你都没办法，现在千万不敢！比如你上次盖羊舍，为啥叫不下匠人？人都怕你，害怕你不给工钱！再说，你下一步还要盖平房，还要给兄弟娶一房嫂子哩！所以说，你一定要注意，按理办事哩！"

"好娃哩，刘书记说得太对了！你千万要听哩！妈看不到你娶上一房媳妇，死都不安心，就是到了地下，对你先人也没法交代呀！"乌云厚的老妈不知啥时候来到了院里，接过刘乐然的话说。

乌云厚放下手里的铁锨，说："走，兄弟！进屋，进屋说！"

"就是，快给刘书记沏茶去！"乌云厚的老妈伸手撩起门帘。

"婶婶说得对，你放心，现在像我云哥这样子，媳妇不愁！"

"那你赶紧给说一个！到时候请你喝酒，我老婆子亲自请你去！"

"妈，你再别说了！刘书记自己还没问下媳妇哩！"

郑利马回到县城，喝了几杯小酒，然后就躺在床上想。这件事明显是乌云厚欺负他，而他又丝毫没有什么有效的办法。刘乐然说得对，这么具体的一个人，你能咋？你能有什么办法？他都敢把派出所的牌子卸下来扛走，有人打他右腿一棍，他伸出左腿让继续打，这种人你能有什么办法？蛤蟆村几千口人谁和乌云厚计较？再说，刘乐然说的那些话，也有道理，自己离开蛤蟆村多年了，儿女个个都有工作，没有一个人当农民，唯一牵挂的就是那几亩地。咱还要那老院子干啥？如今这社会，那椽房，那拱脊梁房，那老式窗门，白送都没人要，别说卖钱了！争来争去有啥意思？而且村口还有一院庄基没盖哩！继续和乌云厚那二货争，岂不惹人笑？不过，那院新庄基不能丢，到老了，盖几间平房，住到乡下去，清静，空气好。这样看来，还得和村干部处好关系才是！

郑利马翻个身，觉得无论如何得想一个万全之策为好。

一夜苦思冥想，郑利马终于思谋了一个好办法。第二天一早，他赶紧给刘乐然打了一个电话。刘乐然说，昨晚他见乌云厚了，乌云厚有些开窍，郑利马很高兴，就请刘乐然到县里，两人吃了一顿羊肉泡，然后开着车就去了蛤蟆村的北山。

原来，郑利马想给乌云厚说一房媳妇！这媳妇是蛤蟆村北面蛤蟆山上店村人，名叫引弟。引弟是郑利马一个朋友的女儿，今年三十多岁，去年刚离了婚。家里养了几千只鸡，男人在县城开了一个"蛤蟆山土鸡蛋"直销店。引弟在家里养鸡，男人在县里卖蛋，比送超市利润大得多。起初还可以，送去一三轮的鸡蛋，就收回一车的钱，慢慢地，只送蛋，不见钱。原来，这男人

沾上了赌博的恶习,输了钱就借高利贷,最后,来一车鸡蛋,只够还利息。不仅如此,欠到五十万的时候,人家不欠了,直接要钱。那次,引弟急得给鸡买饲料,跑到城里问男人要钱,七八个大汉正在店里,引弟长得标致,丹凤眼,细长个儿,瓜子脸,粗粗的一条辫子,倒有几分纯朴、清秀。男人急了,就愿意将引弟抵出去。引弟跑了。从此,吃屎喝尿都要离婚!过了几个月,听说那男人在西安一个酒店的高层跳下去了。刘乐然一听也觉得般配,到了蛤蟆山上店村见了引弟,连刘乐然都心动了。一个人一天喂养着五千只鸡,引弟居然看上去还是那么白皙细腻水灵,这个赌徒太没福气了!再一说乌云厚,高大威猛厚实,引弟就感到又安全、踏实,又没结过婚,如今还养了那么多羊,引弟就更喜欢了,立即就要跟上过来见人。

刀响见菜,趁热打铁,这也正合刘乐然、郑利马的心思。下山回到蛤蟆村,刘乐然让引弟和郑利马坐在他的收购站里等,他急忙去了乌云厚的家。一说给乌云厚说媳妇,乌云厚眼睁得像铜铃,他老妈端直问刘乐然她是不是做梦?而且激动得哭了。刘乐然简单地说了一下引弟的情况,乌云厚忙道:"人在哪儿?我要见!"

刘乐然一笑:"就在我家里,现在马上就能见!"乌云厚突然怔住,翻眼看看刘乐然,道:"你哄我哩!"

"走!马上走!"

"那我——"乌云厚不好意思地笑了,"那我就穿这样子去?"

"没事,走,你长得这么英雄的,怕啥?"刘乐然笑道。

"人家看不上我咋办哩?"乌云厚倒不自信了。

"你抢她!来硬的!"刘乐然笑道。

"我说的是真的!算了算了,还是我站在一边装不知道,你让她偷偷看一下,能行,我再看她!"

"走走走,你跟我去,人家引弟就在我公司里,你俩又不认识,怕啥?"

乌云厚怀着一颗激动的忐忑不安的心来到刘乐然的收购公司。没承想,引弟倒比他开通,不光上一眼下一眼地看乌云厚,还倒一杯茶递到他手里,羞得乌云厚像个红脸关公。

刘乐然悄悄把乌云厚叫出来,问他:"咋个样?"

"能行!好得很,几时办事呀?"

"别急,还没到那一关。你知道这是谁说的?"

"你嘛!"

"错!这是你老邻家郑利马,郑叔!"

"你胡说,他能给我说媒?"

"就是我说的!我跟刘书记两人说的。这女的是我一个老朋友的女儿,两个月以前,老朋友就托我给他娃瞅对象哩!"

"呀,郑叔,那我还占了你院子哩!"

郑利马一笑:"好说,好说!咱先办你俩这婚姻大事!"

(四)

黄连学终于把蛤蟆村的老科研站承包下来了。这一点,他真的必须感谢刘乐然。签合同头一天,黄木牛还悄悄找刘乐然,希望别签。刘乐然倒给黄木牛做了一番解释:"既然连学死心塌地要当农民,挡也是白挡。蛤蟆村科研站不给黄连学,他还会找别的地方,你们父子俩都闹到那个程度了,还是等于零。你说,挡得住吗?"然后刘乐然又表扬了一通黄连学,认为黄连学不是回来当农民来了,是给农民正名来了,是创业来了!城里开公司是创业,回农村办养猪场照样是创业!有知识有文化不得了!一样是搞养殖业,科学养现代化养,效益肯定会百倍千倍!你像收麦,你用镰刀一刀一刀割,一天能收多少?开上联合收割机呢?一样吗?

黄木牛不言语了。晚上,他给儿子拿出五万元,说:"给,这本来是给你买房或者娶媳妇准备的,看来,你跟猪摽上了,我也不指望了,你拿上用去,到娶媳妇时候,你想办法去!"不等儿子反应过来,黄木牛将钱扔到床上,回头走了。

父亲的思想终于转过了弯,这让黄连学十分高兴。刘乐然却说:"他不转过弯,有啥办法?"随后又鼓励了一番黄连学。黄连学感动地说:"刘书记,村上以后用得着我的地方,尽管说,随叫随到!"

"说得好,下一步我还想请你为咱村的教育事业出一把力哩!至于咋弄,我还在考虑。"

这年春节,黄连学将自己的铺盖行李全搬到了科研站,他又买了几张红

纸,写了一副大红对联贴了上去。春节期间,有几个大学同学和单位同事来到黄连学的养猪场凑热闹。黄连学还把刘乐然请过去喝酒聊天,特别开心。和这伙年轻的知识分子在一起,让刘乐然受益匪浅,大受启发,特别是他们的思维方式,想问题的角度。

黄连学还叫了几次堂哥黄连胜,黄连胜只答应不过来。自从上次和媳妇文文回到蛤蟆村之后,原计划只是看看,谁知却不想走了。和文文商量,文文却丢不下重庆的父母,小两口闹了几天别扭。最后,在黄木泥两口子的协调下,文文决定将父母接过来过年。一打电话,二老不愿意,还让文文不要回来,家里有两个姐姐。年后暖和了,两位老人被接了过来,看了蛤蟆村的地方,连连说好!怎么不好呢?北有蛤蟆山,南有蛤蟆河,西去三公里就是县城,一马平川,良田千里,哪像文文家,除了山还是山,路是宽敞,却不是上坡就是下坡,拐弯特别多,特别险峻。二老开明,就一致同意小两口住在蛤蟆村算了,地方好不说,亲家就这么一个独苗,两家人说开了,更是十分亲睦。从此,枣花在家操持家务带孙子,小两口出外打工,老会计黄木泥一面务农,一面忙村上的事务。

过完年,张士官老汉就七十三了。七十三是一个不大不小的门槛。不论本人还是家里人心里都有一个戒备。一冬无雪,正月初四立了春,雪纷纷扬扬下了起来,而且一发不可收拾。气温也下降了许多,似乎比冬天还要冷。过了正月初十,张士官老汉就感觉身体隐隐有些不对,只是一时不能感觉出来到底是身体的哪里。到了十五元宵节,就严重了,气喘气短,不停咳嗽,说是肺上的病,阳沟卫生院建议转县医院,人老了不能马虎。但问题也就来了,住院就要花钱,这笔钱如何出?怎么出?张运喜思来想去,觉得不好意思直接对兄弟明说,就去找刘乐然。

元宵节,蛤蟆村舞蹈队自乐班都有大活动,此刻刘乐然正忙得不可开交。一大早开了一个干部会,上午,同银芳就将舞蹈队带到学校门前的广场上,让村干部们先验收。接下来是自乐班、锣鼓队,等等。张运喜找到刘乐然把情况一说,刘乐然道:"这种事情你们兄弟先商量着办,万一说不到一块了再说。"

问题是不管是否能说到一块,张运喜打心底里就有些怯火张运动,所以无论啥事都不愿意直接和张运动去说。张运动一旦拒绝,啥都不好再说了。

但现在,情况紧急,刘乐然正在忙,自己只好面对兄弟了。

回到家里,张运喜打发儿子去叫。张运动却不来,说是玉女跳舞去了,羊今天刚好是预产期,走不开。

"爸都病了,她还有心思去跳舞,真是!"张运喜嘟囔一句,说,"走,跟我到你二爸家去!"

"你俩说事哩,叫我弄啥?"张建壮不明白。

"你不懂,这跟谈判一样,要助威哩!人多了好说!"

张建壮狡黠地一笑,随老子来到二爸家。

说到父亲的病,张运动忙说:"那要看,赶紧看!大夫让住院就住院,不敢马虎,咱爸今年是门槛,要注意哩!"

"这才过了年,手里干干的,没有钱嘛!"张运喜道。

张运动不接话,只说:"我过去看看羊!早上都不好好吃,水道也胀了!"

张运喜不语,一旁的张建壮摆弄他的手机。张运动过来后,张运喜又开了腔:"这住院不是一个钱两个钱!"

"现在有合疗哩,怕啥?听说报不少哩!"张运动说。

"再报销,现钱总得咱出!"

张运动点上一支烟:"那你就得赶紧想办法!咱爸这病不敢耽搁!"

"就是,我这就是跟你商量来了!"张运喜看一眼兄弟。

"跟我?"张运动似乎有点意外,"我的情况你应该知道,去年打麻将闯了牛大一个窟窿,到现在口还张着哩!"

"我爸的意思是说,我爷现在住院得不少钱,咱两家商量着一人先拿上几千元!"张建壮插话了。

张运动极不乐意地看一眼侄子,说:"当年分家时说得很清,你爸管你爷,我管你奶,生养死葬,一清二楚,我还出啥钱哩?"

"那我奶葬埋的时候,你咋让我家也出了一份钱?"张建壮变脸了。

"啥?你是谁?盐里没你醋里没你,你插啥嘴哩?你有啥资格说话?出去,马上给我出去!"张运动将正抽的烟摔到地上,用脚尖狠狠一碾,手一指房门口。

"出去就出去!"张建壮气呼呼地走了。

"你说事来了,领上你儿子扎啥势哩?"张运动怒视着张运喜,质问道。

"不管咋说,看病这钱你出不出?"张运喜站起来。

"出去!一分不出!"

"那你为啥当年要我给咱妈抬一份?"

"弄清,那是咱妈去世了,是葬埋,不是看病!"张运动厉声说道。

"你——"张运喜一指兄弟。

"你啥哩?叫你出钱你心里清楚!咱妈的地你种了多年?嗯?!"

张运喜还想说什么,却在肚子里找不到一个词,大步走了。

到了家里,他把儿子训了一顿,认为建壮说话太急躁,太冲。

"你没见我二爸说话那意思,让你赶紧准备钱去,好像是邻家人得病了!"张建壮不服气地说。

张运喜低下头,默默生闷气。

"爸,我有办法!我现在就给同银马打电话,让他伙计过来,咱卖石槽!"

"行不行啊?"张运喜心里没底。

"咋不行?给我爷看病哩,卖石槽是天经地义的!他会说的啥?"张建壮理直气壮地说。随后就立即打电话开始联系。因为时间紧,不能耽搁,下午,收石槽的人就开车来了。一见,并不是上次那个商人。

张运喜父子俩领着人到院子一看,谈好价,立即就动手装运。

张运动闻讯赶来了。

"你这是弄啥哩?"张运动走到张运喜跟前,用手一指,厉声问道。

"卖石槽给我爷看病呀!"张建壮头也不抬地说。

张运动走到收石槽的人跟前,说:"把你车开走,看啥地方热闹去啥地方!这石槽谁都卖不成!"

收石槽的人诧异地看看张运喜。

张运喜连忙跑过来:"运动,运动!是这,你来,你来,你听我给你说!"

"走远!我看谁今天敢把石槽动一下!"

张建壮说:"村里人都在现场,大家评评理!我爷有病需要住院,兄弟两个一人一半,我二爸不出,没办法了,想把这石槽卖了给我爷看病,大家说,这该合情合理吧?"

"放屁!当初分家,一人一个老人生养死葬清清楚楚,现在老人住院来黏我来了?我不出就想卖石槽呀?门儿都没有!这石槽是先人留下的纪念,是传家宝,说啥也不能卖!这是我爸去年我想卖石槽的时候,亲口给我说的!"张运动冲着大家大声说。

刚过了正月十五,春上又多雨雪,好多人还猫在村子里没出门去打工。这一吵,大家都跑来看热闹。

事情复杂了,看看没希望了,收石槽的人摇摇头,走了。

张建壮虽然没有张运动高大魁伟,但年轻气盛,回到家里,扛起大锤,将石槽砸成了几大块!

张运动一听,一股怒火腾地冲上脑门儿。

"爸,我看建壮哥欠打!这石槽还有咱家一份,让他赔!"已经长得人高马大的张光光愤怒地说。

张运动沉默不语,觉得自己去和侄子理论,人家笑话,不说,这东西明显是寻事哩,根本没把他在眼里放。去年要不是这父子俩作梗,石槽咋能放到现在?

"你能打过你建壮哥不?"张运动问儿子。

"他算个鸟!"张光光嘴一撇,极度蔑视地说。

"嗯,我看他身单力薄也不是我娃的对手!"张运动用欣赏的目光看一眼他和老婆的杰作。

"对了对了,多一事不如少一事,就当啥也没发生!光光大了,还要问媳妇哩!真是,都不怕人笑话!"玉女插嘴道。

"不行,不给这货一点颜色,不知道害怕!"张运动道。

"我爸说得对,就是!"张光光附和道。

接下来,父子俩开始秘密地商量内战方案。

第二天上午九点半,正是蛤蟆村人吃早饭的时候,蛤蟆村广播站《今日蛤蟆村》准时开播了。今天播出的头条新闻是:蛤蟆村一个价值几万元的石槽被主人有意砸碎了!

只听广播里说道:

据本站消息,昨天,我村三组发生了一件令人感到蹊跷的怪事,一个价值两万多元的饮水石槽被村民自己砸碎了!这究竟是怎么一回事呢?本站通讯员做了暗访。据当时在场的目击村民讲,昨天上午,村民张某喜要将老院里的一个石槽卖掉给父亲看病,正在搬动时,张某喜的弟弟张某动挡住

了,坚决不让卖。他说这是祖上留下的,父亲说不能卖,最终,收石槽的人空手而去。随后不久,张某喜的儿子张某壮用大锤将石槽砸碎了!事情到底有何隐情,本站将继续报道。

　　蛤蟆村广播站自开办以来,收听率不断攀升。因为讲的都是村民身边的事,村民自己的事,村民关心的事。大家一边吃着饭,一边听着广播,一边议论着。这条消息播出后,立即产生了巨大反响,不说村民们的议论,光张运动、张运喜两家人就坐不住了!

　　玉女骂张运动小心眼儿:"石槽卖就卖了,挡啥?等不给咱分钱再说!""分钱能到咱手里不?"张光光问他妈。玉女眼一瞪:"咋不能?豇豆一行,茄子一行,你爷有病花钱是一码事,卖石槽是另一码事!这一下弄得好,全村摇铃了,把人一下都丢到广播上去了!"

　　张运动气得直哼哼,张光光小声问:"昨晚商量的事弄不弄?"

　　"弄个屁!你看事都弄成啥了?"张运动气愤地说。

　　"对着哩,把人丢一丢对着哩!你看人家家家户户都急着过日子哩,谁像你这一窝子,成天搞内斗哩!"

　　"你没听广播站还调查哩,说不定星期五就又播出来了!"张光光提醒道。

　　"这人丢的,娃将来问媳妇咋弄?"玉女道。

　　"不行,我寻刘书记去!"张运动大步出了门。

　　不光张运动着急,张运喜家也着急。听了广播,张运喜不停地拾掇儿子:"头脑简单,做事莽撞,这下好,全村人都把问题看在咱身上了!觉得咱这人难说话,亲亲一家子都弄不到一块!往后,邻家还敢和咱打交道不?何况,这石槽两万元哩,不是摔个茶壶!"说来说去,最后,张运喜也找刘乐然来了。

　　刘乐然知道消息一播出,张运动兄弟会找上门来,他也要的就是这个效果。问清事情的来龙去脉,刘乐然说:"都是成年人了,啥道理都懂,也不用我多说,当初兄弟二人分家咋写咋来,这也不用我多说。现在只问一句话,你两家这事咋办呀?是继续你一拳我一脚地惹人笑呀,还是兄弟握手言和,都好好过日子呀?给我一个态度,以后作为咱蛤蟆村广播站的后续报道。"

　　"不不不,刘书记,我听你说,好好过日子,好好过日子!这人咱丢不起,娃都大了,还要问媳妇哩!"张运动急忙道。

"对对对,我也是,咱都四十几的人了,建壮、光光都还要问媳妇哩,好好过日子!过日子!"

刘乐然冲张运动一摆手,张运动咧嘴笑笑,掏出一支烟,递给张运喜:"喜哥,兄弟对不起,这事一开始就怪我!"

"我不对,我没指教好你侄娃子,你看把石槽给砸了!"张运喜忙道。

"对了,不说了!赶紧给老人看病去,老人是大事!"刘乐然冲两人一摆手。

第三十一章

（一）

公元2012年，蛤蟆村迎来了历史上前所未有的机遇。

根据政策和县上的计划安排，蛤蟆村村委会的建设专款已经批了下来，七万多块钱，一亩左右面积。同时，刘乐然又争取了几台电脑等村干部办公设备。至于村委会地址还在原来的地方不变。从镇政府出来，刘乐然刚打算回村里，手机突然响了，原来是县招商局驻西安办事处主任唐远打来的！一年多了，自从见了一面留下联络方式，刘乐然几乎再没有和唐远通过电话。不对，还见过一次面，那是年前在原阳沟镇党委书记现为县招商局局长徐丰的家里！那天，正好是镇上给徐丰开欢送会，妻子坐车下基层，小面包车一下子翻到了几十米深的沟里，人当下就殁了！第二天是星期一，徐局长还是照常来到新单位正式报到上班，和局里的干部开过见面会，就立即请假回家处理妻子的后事去了。

徐书记在阳沟镇工作的时候，没少支持刘乐然的工作。他也很器重刘乐然。刘乐然也是他看着入了党，从村民小组长一步步到担任蛤蟆村党支部书记兼村主任。可以说，两人之间既是上下级关系，又是忘年交的好朋友。刘乐然知道这个不幸的消息后，非常着急也非常痛心，他来到徐书记家里帮忙料理一切杂事，直至将徐书记的爱人安葬，前后整整五天时间。也就是在这个期间，见了乡党唐远。如今，突然打来电话，是什么事呢？而且说得很神秘，让他赶快去县城见面！

刘乐然没再多问，掉过车头，沿310国道，一脚油就到了县城。

二人见面，唐远急忙就说："快，咱村的机会来了，县上引进了一家二十个亿的大企业，要在咱蛤蟆村北边沿山一带建厂哩！"

"啥企业?"刘乐然急忙问。

"生态水泥生产线,二十个亿!"唐远道,"你赶紧去找你镇上,找我局长!你不是和徐局长关系熟嘛,赶快争取!"

"消息可靠不?"

"没问题,千真万确。估计这几天就在咱村那一带选址勘探哩!"

"那可太好了!谢谢,谢谢!我这就去!"刘乐然拧身钻进车里,开上就跑了。

一边开着车,刘乐然一边紧张地思考着先去哪里,都找什么人？随后,又给同银芳、黄木泥打电话,通知立即去他的收购公司开会。

刘乐然一说,几个人兴高采烈!

"像目前咱这村容村貌、村民觉悟、村干部素质,比方圆都好!咱应该好好争取!"黄木泥高兴地说。

"争取企业关村容村貌的屁事哩!会计叔你该不是高兴糊涂了吧?"同银芳笑道。

"不不不,咱这属于软实力,你看看,自去年以来,咱村上有几个人打麻将赌博?再说了,咱村民心都齐,都拥护咱村干部哩!"

刘乐然道:"现在不是自夸的时候,快想办法,咱咋个争取？如何争取?"

"这有啥说的,咱蛤蟆村蒜苗好,大葱好,我给咱弄上一车,拉上送人寻关系嘛!"同银芳道。

"还有粉条!咱这阳沟镇的红苕粉条整个西北几省都有名气!"

"就是,整上几千斤!"同银芳道。

"我看是这,咱现在立即成立一个招商小组,马上投入工作!"刘乐然说,"同银芳,你和吕哈定负责群众协调工作,我和老会计给咱跑单位,找领导!"

"行,没问题!我能喝酒,你碰上酒量大的领导,给我打电话,我马上就到!只要能把这二十个亿的企业弄到咱蛤蟆村,喝死我就当睡着了!"同银芳嘴像刀子,痛快地说。

安排好之后,刘乐然开着车,拉上老会计立即去找镇长王经书。可惜王镇长不在,打电话不通,一问办公室,原来王镇长去县政府开会了。二人立即又去县政府。在会议室外等了足足一个多小时,会才开完。原来,会上说的就是关于这个项目的事。

"刘乐然,你是属狗的吧?鼻子咋这么尖?刚才这个会就是说水泥厂的事哩!人家可能要在蛤蟆山一带选址,辛县长专门把可能涉及的几个乡镇镇长都召集来开会哩!镇上还没行动,你可动身了!"王镇长笑道。

"走走走……"刘乐然一笑,"到饭时了,兄弟私人请你!"刘乐然给老会计挤一下眼,拽着王镇长的胳膊就走。趁吃饭的当儿,刘乐然向王镇长详细介绍了蛤蟆村的地理优势和人文优势。王镇长一笑:"你别说了,我知道的没你详细也差不多!"

"那是这,王镇长,你帮我引见一下水泥厂的领导,看谁拿事哩,咱见见面嘛!"

"咋?可拉关系呀?"王镇长忙问。

"不不不,咱是正常争取,主动总比不主动强嘛!"刘乐然连忙解释。

"但是,我不认得。"王镇长说,"我也是才知道这个事,人家老总,是光脸还是麻子我真不知道,还没见过呢!不过,你们村积极争取的这种态度很好,我双手赞成!我也会积极推荐的!"

"有领导这句话,我就心满意足了!来,我敬你一杯!"刘乐然端起酒杯。

黄木泥接过来:"刘书记开车,我替他喝!"

和王镇长分手后,刘乐然急忙去找招商局。二十个亿的生态水泥生产线是县上的重点项目,虽说辛县长主抓,可具体运作还是招商局。刘乐然听了王镇长的话,马不停蹄来找徐局长。徐局长没在单位,办公室人说可能陪生态水泥厂秦总有事哩!

"是不是才引进来的二十个亿的水泥厂?"刘乐然忙问。得到肯定答复之后,刘乐然马上给徐局长打电话。徐局长说他正在忙,有事晚上说。

刘乐然知道徐局长平常不在外边吃饭,即使爱人不在了也一样。记得有一次他去徐局长家,刚好是午饭时间,徐局长正系着围裙在厨房忙活做饭。于是,他又开车回到蛤蟆村,问老会计谁家婆娘的馍蒸得好?老会计一拍胸脯:"还问啥?我老婆子你婶婶嘛!那大蒸馍蒸得又白又暄腾,鼻子一闻一股子面香味,百吃不厌!"

"那好,就拿你家蒸馍!"

两人来到老会计家,一问,馍不多了,枣花明天才准备蒸馍哩。黄木泥瞪老婆一眼:"关键时候你就拉稀!"

枣花却说:"你快去,玉女馍蒸得比我还好!"

"真的,我都忘了!"刘乐然忙道。

二人赶快来到玉女家。一看,吕哈定在这里,他正和张运动闲扯,刘乐然一说馍的事,玉女一口答应。

"嫂子,我要的不少哩,起码一二十个呢!"刘乐然忙道。

"没问题,我才蒸了一锅子哩!"

张运动不悦地看老婆一眼。玉女觉察到了,却不看他。张运动沉吟一下,故意说:"我觉得这一次你蒸的这馍味儿不太好!"

"去去去,放你的狗臭屁,馍味儿好得很哩!"玉女马上驳斥。

"可能发酵过头了,有点酸!"张运动道。

刘乐然一笑:"运动哥,不说了,一个馍一块钱,给你二十块钱!"

张运动连忙推辞:"不是,我怕咱这馍人家不稀罕!"

"这是给咱村办的大事,企业落户到咱这儿一河水就开了,几个馍算啥,我有零钱!"吕哈定忙给掏钱。

"不敢不敢,你要给钱,这馍就不给你了,我好歹也知道轻重!"张运动忙说。

出了门,太阳就要落山了。刘乐然把吕哈定叫到一旁,低声问:"你是不是又和玉女联系了?"吕哈定连忙否定,甚至马上要赌咒发誓。刘乐然这才放心地去了。随后,他又给田小雨打了一个电话。小雨菜炒得特别有味道,凡是吃过的人都这么说。刘乐然说明情况,希望能一块去徐局长家,而且徐局长对她印象又特别好,为了村上的事,又是刘乐然亲口对她说的,小雨满口答应了。

天擦黑,刘乐然领着田小雨、黄木泥来到了徐局长家。进了门,徐局长果然还没吃饭,正一个人躺在沙发上半闭双眼歇乏。一见刘乐然、美女警察和黄木泥几个人立即来了精神。

刘乐然将一包手工馍拿到徐局长面前:"徐局长,这是咱蛤蟆村人的手工蒸馍,没有增白剂,不用发酵粉,你看好不好?兄弟知道你爱吃馍,特别是手工馍,今天就顺便捎来一袋!再是,今天你不用下厨,你看,小雨的厨艺不敢说多好,但炒几个菜绝对正点!"

"真的假的?"徐局长惊奇地问。

"那还有假？手撕包菜,青椒炒粉条,西红柿炒鸡蛋,还有醋熘土豆丝!你看,怕你菜不全,我都带来了!"刘乐然一指。

徐局长听了,非常兴奋,他说这是他去年自爱人不在以后,第一次这么高兴。

吃着饭,刘乐然就将招商的事说了。

徐局长首先表扬了刘乐然的工作,随后让他写一份关于蛤蟆村的基本情况介绍,一是地理位置、土地面积,再一个就是村上的情况,村民觉悟、干部素质,等等。然后,还答应帮他引见水泥厂的秦总。说着,他还不停地夸奖小雨,简直比他爱人的厨艺都好!

(二)

从徐局长家里回来,刘乐然心里实在多了。他现在能做的就是立即写好蛤蟆村的材料给徐局长送过去,下来就是静等徐局长联系秦总的消息。当然,徐局长不可能在正式场合以正式的方式将蛤蟆村推荐给生态水泥厂的秦总,这样不合适,对别的乡镇也不公平。两天过去了,迟迟不见徐局长的消息。刘乐然几次摸出电话又放下了,领导没来电话,肯定是还没有消息。他不会将蛤蟆村的事忘了。

徐局长的消息没等来,张运动倒是急急火火地来找他。

"刘书记,完了完了!我看水泥厂建到人家火神庙镇去了!"

刘乐然吃了一惊,忙问:"你听谁说的?"

"我亲眼见的!我给火神庙陈家村送砖,看见一群人扛着仪器设备,还开了好几辆车,在麦地里测量哩!那儿的人说他们村建大型水泥厂呀!"

"几时?"

"就刚才!我才送砖回来,就赶紧给你说来了,你看,我拉砖去呀!"说完,张运动点上一支烟,开车又去了砖厂。

刘乐然一听,心里凉了半截子,他立即拨通了徐局长的电话,但马上又挂断了。想了想,叫上吕哈定,二人悄悄骑着摩托,去了火神庙陈家村。一路上,吕哈定问他去干啥?刘乐然没有详细说。

到了陈家村,一眼就看见村路边停了几辆小车,几辆皮卡工具车,麦田里有十多个人在指指画画的。两人放好摩托,步行走了过去。到了跟前才看清,这些人正拿着各种野外操作的仪器在测量着什么。有一个小头目模样的人,蹲在一旁,手里拿着半瓶啤酒,墨镜顶到脑门,两只镜片在太阳下一闪一闪地发着光。刘乐然笑着递上一支烟:"师傅,咱这是干啥哩?"

"咋?你是这村上人?"

刘乐然摇摇头。

"测量,想在这儿建水泥厂哩!"

"哦。"刘乐然点点头,"是不是那个生态水泥厂?"

"就是!"

"听说要投资二十个亿哩!"

"不错,二十个亿!"

"那现在就在这儿建呀?"刘乐然又问。

"有可能,我们正在这儿勘察哩!"

刘乐然点点头,心里明白了,有可能就是说还不一定,他给吕哈定挤个眼,二人走了。

"刘书记,是不是水泥厂不在咱蛤蟆村建了?"吕哈定小声问。

"我本来就没说水泥厂一定建在咱那儿,我是说这是个机会,咱要积极争取,到手更好,不成咱也不后悔!不过你看,现在人家只是勘察,也不一定在陈家村建!"

"是这,陈家村有个和我原来一块收羊奶的,听说他大儿子现在是村主任,咱要不去探探口风?"

"好主意,走!"

两个人骑上摩托进了村,到了一家五开间的院落前停住。门前停着一辆小轿车,一辆面包车。用铁链子拴着的大狼狗看见来人立即就哇哇狂吠起来,那叫声粗壮有力,回声震耳。

"麻子哥!麻子哥!"吕哈定叫了两声。

随后不久,一个大高个子中年男人走了出来,认出吕哈定,朗声笑着迎了进去。

麻子姓麻,脸上光光的,并没有小肉坑。刘乐然不要吕哈定介绍自己的身份。寒暄了几句,吕哈定就问:"麻子哥,我刚才过来,看路边停了几辆小

车,一些人在麦田里弄啥哩?"

"哈哈,你问这事?我这儿马上建大型水泥厂呀,几十个亿哩!"

"那你这儿人有福了!哪儿人建的?"吕哈定问。

"国家建哩!咱省那个秦志煤电集团投资的!"

"是你们村干部找来的?"吕哈定问。

"㞎,我们这儿的村干部哪来这么大本事?这是我陈家村有人在秦志煤电集团当官哩,人家想给家乡人办事哩。"

刘乐然一听,心里全凉了。

"麻子哥,听说你大儿子是村主任?"

麻子笑着点点头,抬手指指楼上:"人家村干部现在正商量事哩!"

"那好,你村里人以后就发财了!"吕哈定道。

"听我娃那一伙村干部闲聊时候说,以后,厂子建在这儿,刀把就攥在咱手里了,想叫他笑他就得笑!没钱花了,弄几个村民把企业大门一堵,钱就来了,给得少了都不行!哈哈哈,现在这一伙娃们比咱有办法,咱跟不上时代啦!哈哈哈。"

刘乐然沉默不语,吕哈定皮笑肉不笑地附和着。

过了一会儿,两个人就告辞了。

刚出了陈家村,就看见七八个人围着搞测量的人争争吵吵,路边放了四五辆摩托车。

原来是陈家村的村民没收了水泥厂的测量仪器。说是麦苗刚起身,让这些人都踩坏了,必须赔偿!刘乐然忙让停住车,反正回去也没事,就悄悄站在一旁看热闹。那个戴墨镜的头儿和村民理论,想要回仪器设备,村民们就提出每亩一千元的青苗赔偿,墨镜说,赔钱的事他真的做不了主,他们是搞技术的,他现在马上汇报,并希望村民们能将仪器归还,不要误了工作进度。村民们就坚决地说,门儿都没有,不解决问题,啥也别想干!工作进度和他们屁不相干!无奈,墨镜就给村干部打电话,先打给村支书,不在服务区,又打给村主任。主任说,没在村里。墨镜好像又给更大的领导打电话,然后停下来等待。有的村民就催墨镜快点,接下来,几个人就坐在土梁上七嘴八舌嘻嘻哈哈聊天吹牛。刘乐然和吕哈定刚想走,却见从村子里开出一辆小车,一辆面包,细一看,正是麻子门口放的那两辆车,车上下来几个人,说是村干部,于是开始断官司。

回到家里,刘乐然终于鼓起勇气,给徐局长打了一个电话。徐局长却挂断了。过了一会儿又主动打了过来。徐局长说,蛤蟆村的材料他已经让秦总看了,也说了。不久前出现了一个不利情况是,火神庙镇陈家村在秦志煤电集团有人,看样子,秦总比较看重陈家村这个点。当然,并不是说没有一点希望了,首先,蛤蟆村距离蛤蟆山更近,采集原料近,同时,又有蛤蟆河,有水,用水方便,这两点就比陈家村有优势。这么大的企业,投资这么多钱,人家不可能因为有什么关系就不考虑效益,只能说,在同等条件下,水泥厂选址有可能首先考虑陈家村。不要着急,目前人家只是勘察选址,不过先看陈家村而已,完了也会去你们那儿勘察的。

徐局长的最后一句话让刘乐然吃了安心丸。他一遍又一遍地回味徐局长的这些话。随后,召集全体村干部、党员,开了一个会议,让各村民组长回去后立即做好每个村民的工作,坚决杜绝出现今天像他在陈家村看到的情况。

事情正如徐局长说的,隔了一天,秦志集团就来蛤蟆村选址勘察了。那个墨镜男一眼就认出了刘乐然。刘乐然也当着这些人以及镇上的干部说,第一,欢迎秦志集团的技术人员来蛤蟆村勘察测量选址,在整个勘察过程中,只要是在蛤蟆村的土地上,请放心大胆认真地工作,保证不会有一个村民阻挠干扰测量工作,更不会向集团索赔什么青苗赔偿;第二,蛤蟆村人还为所有勘察人员准备了正宗的农家饭菜,并且全部免费,当然不吃也不会勉强。

刘乐然是这样给秦志集团的技术人员承诺的,也是这样做的。秦志的技术人员特别意外,吃了饭更是感动!中午,同银芳在刘乐然的授意下,开着面包车还为技术人员们送来了茶水饮料。

蛤蟆村人的热情好客和远大眼光,给秦志集团的技术人员留下了深刻的印象,墨镜男一个劲地夸奖蛤蟆村人素质高,纯朴,农家饭的水平也是一流的。临结束测量工作,他还亲自找到刘乐然,当面表达自己的感激之情:"刘书记,我们走了许多地方,还没见过像你这么年轻聪明的村干部!你不知道,我这人心里藏不住话,不把感谢的话说出来,我憋得慌!我郑重对你们说,你们这儿的地理位置是最理想的,我们会全力推荐你们的!"

（三）

  刘乐然就这样获得了成功,获得了秦志集团,以及镇上、县上各级领导的一致认可。然而,更大的问题还在后面,那就是征地!秦志集团生态水泥厂计划总投资二十个亿,厂区占地面积五百五十亩。北山即蛤蟆山正对村子的这个山头明月山将是主要原料,而这五百五十亩地,其中蛤蟆村三组就占了五百亩,几乎百分之九十以上,其余七个村民小组占地总共只有五十亩。但明月山头属于这几个组,并没有三组一块石头。不可否认,许多地方,不管是城郊还是乡下,征地是一个最敏感的话题,也因此闹出五花八门的意想不到的奇奇怪怪的事情来。农民天生是土虫虫,土地是农民的命根子,这一个观念根深蒂固,历史悠久,因为,中国是一个农业大国,农耕时代在中国绵延几千年。你征地就是要我的饭碗,饭碗给你了,我拿什么吃饭,我又吃什么?农民们好像还没有想好离了土地如何去找吃的,如何生活下去的办法,即使有目标了,有打算了,试着去做了,但那是一个全新的世界,充满风险的世界,而农民最不喜欢的就是风险。为了活下去,为了平顺地传宗接代,他们就抓住自己的饭碗——土地不肯舍弃,不愿松手。你权大势大力大,都弄不过你,只好将饭碗交给你,那就要多要钱,只有钱有了,风险才会没有了,才有吃的了,才能活下去了。如何处理好这些问题,最关键的就是宣传国家关于征地补偿的办法和标准,一亩地多钱,必须完全的透明,让每一户每一个家庭成员都清楚明白,弄懂理解;另一点更重要,那就是解决他们被征地之后的后顾之忧!让他们要有事做,有依靠。

  刘乐然立即召集蛤蟆村全体党员、全体村干部,以及相当一批村里的能人、有眼光的人、威望高的人开了一个大会。会上,他透彻地充分地分析了农民与土地的关系;详细解读了国家关于征地的政策、标准;村上关于企业落户以后的发展思路,工作方法;同时,他代表村干部向大家做出了几项承诺,并表了自己的决心;最后展望了几年后蛤蟆村的发展前景。

  讲完之后,刘乐然拿出了蛤蟆村村委会和秦志集团签订的一份合同,交给大家,让每一个与会者详细阅读。

  其实,就在秦志煤电集团生态水泥厂决定落户在蛤蟆村之后,刘乐然一刻也没闲着,他立即去找田小雨的舅舅黑律师侯水丁。在处理各种事务方面,刘乐然一直信服的就是这个黑律师。侯水丁问他:"你打算咋办?"

刘乐然摇摇头:"我现在没有一个清晰的思路!"

侯水丁低头仔细地擦拭他的石头镜腿子,慢悠悠地满含滋润的口气说:"这可是一块大肥肉!地一征,给村民一分,然后再慢慢卡企业的油,美!一年眼睛闭住弄他几十万!换一辆好车,在县城买一套房,想干啥干啥,给县长都不当!你看一些有企业的村干部,跟活神仙一样,权力还大无边,没钱花了,派几个村民把企业大门一堵,企业拿十万八万让你摆事,你给村民一人发一点安慰费,剩下的自己包包一装,继续花!村上搞啥活动了,给企业打个电话,要几个赞助,弄不好还落几个哩!"说到这儿,不见刘乐然吭声,侯水丁停住,眼睛一眯,问:"你没看这咋个样?"

刘乐然道:"这样办,村干部发财了,把落户企业整了,村民也穷了!不行,我要干,就干双赢的事!不,三赢的事!村民富了,村集体富了,落户企业富了!"

"对,说得好,这才是灵人!会弄事的人!"侯水丁一拍大腿,高兴地说。

"我想抓住企业落户这个千载难逢的机会,好好把村集体经济搞上去!你看,现在好多村级集体经济都很薄弱,包括一些先进村、明星村,村民富了,村集体啥都没有!想搞公益事业,没法搞,没钱!如果从村民家里集资就成了问题了!"刘乐然边想边说。

"那你准备咋抓村集体经济?"侯水丁问道。

"我想,这次征地,企业给不少钱哩,村上可以提留一部分,比如三百万、五百万等等,然后用这钱发展村集体经济,提留的钱按股份计算,村上企业盈利了,按股份分红!"

侯水丁打断刘乐然的话,毫不迟疑地说:"凭我的经验,我可以肯定地说,不行!绝对不行!这样做,不合国家政策,上边肯定不同意,至少不支持你这样做,除非你把征地款一分不少地发给村民,村民再拿出来入股,而且必须是自愿!尽管如此,百姓的话也不好说,百姓就是百人百性,一个人一个性格,有的宽厚,有的狡黠多疑,多疑的人不用说就会不断地寻事制造矛盾!这办法不行!"

"那你说我该咋办?"

"发展集体经济,非常对,但绝不能打农民征地款的主意,你看。"侯水丁索性放下他的石头眼镜,专注地说,"秦志集团投资二十多个亿,你想,光建厂要多大的工程量?建成投产之后,还要多少生产工人?多少车辆运输?每天要用多少水泥包装袋子?还有保洁,用水,等等!"侯水丁给他扳指头细算起来。

刘乐然接过话头:"村上以集体的形式参与工程建设,然后成立运输队、编织厂?村民进厂打工?"

"对,聪明!我不说,你想去!"

"好,在签征地合同时就谈这些条件!"刘乐然眼睛一亮,高兴地说。

"这些最好也签成书面东西!"侯水丁道,"征地是企业最头痛的事,你村干部要是能顺利地把五百多亩地征下来,给落户企业就把汗马功劳立下了!"

刘乐然高兴坏了,对顺利征下五百五十亩地他还是有信心的。签合同这一天,不光村干部去了,他还特意请来了黑律师侯水丁。

现在,大会场的所有党员干部村民骨干们一看这个征地的附带合同,都放心了,连连点头。

这些人的思想工作做通了,征地工作就迎刃而解了。

接下来,刘乐然根据国家有关法律政策规定征地标准,组织了大约三百多字的一个宣传彩页,经律师审核后,加印了三千份,进行铺天盖地的宣传散发。全蛤蟆村三千多口人,除过孩童,人手一份还多出二三百份。然后,又请来余心照,在蛤蟆村广播站对征地政策进行逐字逐句的解读剖析,连续三天不间断地重播。与此同时,刘乐然从村小学抬出两张桌子,放在对面广场当中,他和侯水丁律师、余心照坐在桌旁,等待对政策不清楚的村民前来咨询。

老会计黄木泥、吕哈定、唐绪娃等人由于吃透了刘乐然的工作思路,各种征地政策,不仅积极拥护,还分别深入到各家各户给村民讲解。

由于这次全体党员干部以及村民骨干大会,张运动、刘玉女两口子也被邀请参加了,二人格外活跃积极。

吃过饭,李强戴着墨镜,将红黑方格的衬衫下摆束在裤子里,沉着脸向村小学这边不急不慢地走了过来。吕哈定迎面过来,笑眯眯地问:"李强,你干啥呀?"

李强翻白眼看看,说:"我有件事不明白,去问问!"

"你说,啥事?我给你解释!"吕哈定忙盖上口杯盖儿,信心十足地说。

"你?你的解释有权威性不?"

"啥权威性?保证准确!"

"去去去,看哪儿热闹去哪儿!"李强一撇嘴道。

"说,我给你解释!"老会计黄木泥走了过来。

"你?"李强沉吟一下,"别看你是大会计,我还是信不过,我要听刘乐然亲口给我说哩!"然后,双手一背,走了。

黄木泥拿眼瞄瞄,朝吕哈定道:"你看那个货!"

李强径直来到学校对面的广场刘乐然桌子跟前:"我向你请教一个问题。"他用手一指刘乐然,晃着脑袋说,"这征地款如何发放到农民手里?谁发哩?是否经过你们村干部的手?"

刘乐然和蔼地说:"这钱由秦志集团来发,通过镇财政所和信用社,与村干部无关。"

"我没听清!"

"呵呵,可能是我没有说清。征地款由镇财政所直接打到每家每户的征地款专用卡上,你自己拿着卡到信用社取钱,村上不见一分钱,也不会提留村民一分钱!"

李强抬起头,翻眼看看天上的白云,走了。

(四)

经过三天的政策宣传讲解,感情攻心巩固之后,刘乐然觉得火候差不多了,早上准时七点整,他就将全体村干部紧急集合起来,开了一个简短的会议。首先,他正式任命吕哈定为蛤蟆村三组代理组长,并让吕哈定做了表态发言。吕哈定期待已久,心情激动,说话斩钉截铁,语无伦次。大家报以热烈的掌声和善意的笑声。之后,刘乐然让老会计拿出设计好的征地合同书逐项逐条给大家做了一番解读,使每位干部都充分理解吃透。然后给每个村干部划分了工作范围及任务,将空白合同分发下去,让大家立即行动,到

各家各户去和村民签合同,并让每一位村干部带上水杯干粮,取消吃饭时间,抓紧每一分每一秒,合同必须赶天黑签完,坚决不能过夜,否则,夜长梦多。同时,每位入户干部必须保持热线状态,每签完一户,向刘乐然电话报告一户,最后,村上将对完成情况进行排名,前三名的干部分别予以五千、三千、二千元重奖,后三名视情况予以处罚。刘乐然、余心照、侯水丁坐镇办公室,同大炮、韩小英值班广播站,工作进度情况随时在大喇叭上予以通报。

因为征地面积主要在三组,刘乐然特意给吕哈定详细嘱咐了一番,又让张运动两口子做他的帮手,同时,还将副书记同银芳、老会计黄木泥也派到了三组。

由于前期宣传做得扎实到位,入户签合同的工作进展得比较顺利,赶晚上八点前,几乎可以全部完成。这让刘乐然长出一口气,心里终于有底了。只要百分之九十五的人签了,他就不怕了,个别钉子户连不成片,就成不了气候。

最后,剩下没有签的或者有问题的也就三户。

这第一户就是郑利马。皮条王郑利马这次有些失策。就在征地宣传那几天,他给一个外地朋友办事,正好出省了,这使他失去了串联村上一些人一起来对抗征地的机会。当然,对抗不是目的,按他的想法就是尽可能地提高征地补偿,要不就趁此机会向企业要些好处,或者什么挣钱的小工程也行!万一不成,企业将来招工给几个招工指标也可以!总之,这是一个机会,不能浪费。没承想,村上签合同这一天他没赶上!

郑利马是签合同这一天晚上回来的。出了火车站,他开上车就回了蛤蟆村。一打电话,才知道今天已经签完了,几乎各家各户都签了!郑利马听了相当懊恼。于是,关了手机,回了县城。

刘乐然让人给郑利马打电话,开始说在外地,后来说在路上,天黑时候打,说马上到了,现在已经晚上十点多了,再打却关机了。

第二天一早,郑利马还没起床,刘乐然就坐在他旁边了。

"郑叔,你这合同主要是等侄亲自上门和你签哩,别的村干部不够档次,是不是?"刘乐然笑道。

郑利马不好意思地解释说:"在北京忙了十多天,昨晚回来实在太乏,今天才准备回村里去哩!"然后,话锋一转,说,"现在企业征地,这可是咱农民的一个千载难逢的机会,一定要想办法把这机会用扎实,要不然,后悔都来不及。比如咱村上这征地,是不是太草率,太急了?"

刘乐然说:"人家是国企,一切都是有标准有程序的,不是民营企业,征地全是按国家标准走哩,不可能任咱随便抬价。"说着,刘乐然拿出村上和企业签订的土方平衡、厂区围墙基础建设,以及企业投产以后,各种原材料供应、运输、生产、产品包装、厂区绿化保洁等等工程的意向合同,郑利马一一看着,心里咯噔一下,原来这小伙不是他想象中的简单,将企业这些工程,统统给蛤蟆村村集体揽去了!这一定有高人指点!

终于看完,郑利马频频点头称赞。暗想,既然拒签无用,何不落个顺水人情。于是,郑利马提起笔麻利地签了征地合同。刘乐然立即电话打给广播站,大喇叭一公布郑利马的名字,那些签了合同却还心存疑虑的人家,一看能人郑利马签了,心里自然踏实了许多。

第二个人不是别人,正是李强。就在刘乐然大张旗鼓宣传征地政策的第二天晚上,李军悄悄回来见他大哥了。

兄弟两人仔细商量了一番,李强就去找石锁子一家,说,合同不能轻易就签,咱几家联合抗几天,他企业没办法就要给咱涨地价哩,一亩地涨万儿八千元很容易!这么大的企业,二十个亿弄事哩,不在乎这一丁点!但咱不给地,哪怕它是一百个亿的企业,也没办法!这比下苦挣钱强多了!你想想,一亩地涨八千,你家五亩多地就增加四万块!你几年时间能挣四万块?随后,李强又去黄木牛家、李就就老师家、张运喜家,一番说道,大家都答应了,谁知,到时候,一个个都签了合同。这让李强很生气,李军也很不高兴。"就是全村都签完,我也不签,看他能咋!我看他谁敢在我地里动一铲子!"李强暗想。

李强真的铁心了,吕哈定、黄木泥、刘乐然等全都来了,可他就是不签!

吕哈定生气地说:"当年,田书记把这一家人从北山弄下来,简直是胡整哩!"

这一句倒提醒了刘乐然。他立即开上车去找公安局长李建,说明了一切情况,又将村上和企业签的合同让李局长看了,表明这一切全是为了村集体,为了全体村民,并无半点个人私心。李局长沉思了一下,毫不犹豫地给李强打了一个电话,将村上的情况向其说明,再规劝了一番,然后又给李军

打了一个电话。灵验得很,第二天,李强就把合同签了!

这最后一个就是七组唐绪娃家里。当然,这家不是不签合同,而是因为种的地有问题。

企业占蛤蟆村七组只有二十五亩地,偏偏就有七组组长唐绪娃家里四亩。也就是这四亩地出了岔子。唐绪娃弟兄二人,弟弟唐远在县招商局当干部,老婆春凤却是农民。大概七八年前,春凤带上孩子进县城了。孩子上学,她就在街道上开了一家小吃馆子,生意不错,三年前两口子又买了房。走的时候,将地给了兄长唐绪娃经管耕种。由唐远赡养的老父亲却不愿意进城,只好搬到唐绪娃家和老伴住在了一起。从此,两位老人就由唐绪娃赡养。因为唐绪娃种着春凤那几亩地,唐远两口子就没再承担赡养老人的费用。正因为当初没有说清楚,现在,四亩地一征走,问题来了。春凤特意从县城赶回来,找刘乐然要求解决这个问题。"四亩地,十几万元哩,哪怕给我一半也行!当初我也没有说把地给大哥!"

刘乐然道:"那你咋不出赡养费哩?"

"大哥白种的我的地嘛!"春凤道。

唐绪娃却说:"前些年种地有啥利呢,农药、种子、水肥一投资,不贴机耕费都是好的!再说,这么多年了,赡养两位老人,我也没跟你要过一分钱!"

"那你咋不要哩?"刘乐然问。

"赡养老人都凭自觉哩,谁还撑着要去呀?"

"我没出就是因为你种的这四亩地嘛!"春凤低声道。

"我刚才说了,种地就没有啥利润!"唐绪娃接过话。

"是这,这应该是你弟兄之间的内部事务,与村上征地没有关系!嫂子,你个女人家也拿不住事,叫唐主任回来,亲兄弟嘛,一母同胞,姿态放高一点,别叫人笑话。你哥管两个老人这些年也不容易,你在外做生意也辛苦,相互体谅,看着解决!"

"那行,不说了,我给你退一半!"唐绪娃干脆地说。

"哥,是这,我能拿住唐远的事,你给两万元,准有这一回事对了!"春凤也大度地说。

"看看看,这不对了!话说开,就完了。亲故,亲故,就是相互照顾嘛!"黄木泥笑道。

从宣传到每一户拿到征地款,五百五十多亩地,刘乐然带领的蛤蟆村一班村干部上下一礼拜就到头了。秦志集团的秦总、县主管领导、招商局、阳沟镇都对刘乐然的工作给予了高度评价。为此,县委书记、县长亲自指示要把蛤蟆村征地工作的宝贵经验总结出来,作为典范事例予以推广宣传。县电视台节目主持人、记者余小鱼立即就把这个好消息打电话告诉给了刘乐然。第二天,余小鱼就跑到蛤蟆村采访来了。

　　采访完蛤蟆村的征地事迹,余小鱼提出要去刘乐然的废品收购公司看看。刘乐然只好陪她过去。昨天刚走了货,场地打扫得干干净净,并不十分忙。吕秀英连忙沏茶倒水,还洗了几样水果。余小鱼在刘乐然耳边,悄声问这女孩是谁?刘乐然说,她叫吕秀英,我们三组组长的女儿,余小鱼就咯咯地笑了。公司的大花猫出外觅食了,一窝生下来刚刚二十天的小猫娃在墙角的太阳下,欢快地跑来跑去。余小鱼看见了,高兴地跑过去,双手抱起一只,又是抚摸又是亲昵,还拉开她的肩包试着将小猫娃放进去,听它在里边着急地叫唤,她却咯咯地发笑。随后,她又看了看刘传统老两口,还低声埋怨刘乐然为啥不早说两位老人也在公司,害得她啥礼物也没有买!余小鱼父亲是县医院著名的内科专家,她硬要刘乐然把母亲弄到县医院去,让她爸爸好好给看看,需要的话,还可以住在她家里,她下班回去可以照顾老人。刘乐然连忙答应下来,说,忙过这一阵,一定去!临走,余小鱼又要刘乐然开车去送她。尽管很忙,刘乐然还是答应了。

第三十二章

（一）

　　对企业来说，时间就是金钱。五百多亩地顺利征下来以后，为秦志集团建厂的几个大型施工单位很快就开进来了。参加完企业的开工仪式之后，刘乐然早已筹划的蛤蟆村实业公司也成立了，大家一致推举刘乐然任公司董事长兼总经理。五百多亩地，其间有不少沟壑、峁梁，需要填移平整，即土方平整工程。对此，实业公司成立了运输大队，由张运动任队长，组织起全村所有的运输车辆，以租赁的形式进行施工；由唐绪娃任施工队队长，召集全村的泥瓦技工普工，主要做厂区围墙、地面平整处理工作；同银芳被推选为副总经理，成立实业公司后勤服务公司，主要协调做好几个施工单位几千工人的吃住等工作。这些工人来自五湖四海，多以几十个人等不同工种业务为单位分为工队，后勤公司就联系协调他们住进了蛤蟆村的农户里。不少工队连吃饭都由农户承担。水泥厂建设工期一年半，仅此一项，就为蛤蟆村的农户们增加几万元的收入。

　　一天晚上，刘乐然忙完回来，刚拿出他的萨克斯管练习吹奏了一会儿，一个人趁夜色悄悄来到了他的收购公司。进了屋子，一看认得，来人正是秦志集团建厂的一家大型建筑公司的财务总监孙总。说了一会儿闲话，孙总说，初来贵地施工，希望咱村上多行方便，多多支持我们的工作。然后，很从容地拿出一张银行卡递过来，说，一点心意！

　　刘乐然接过来："这是银行卡？"

　　孙总点点头："这是五十万块钱，请你务必收下！"

　　"多钱？"

　　"五十万人民币。"

刘乐然笑道："孙总，你看我有多大？"

"没有三十吧？"

"对，今年二十九！五十万不少，但没有我年龄值钱！我还年轻，我不想让五十万把我弄到监狱去！"

"刘书记说笑了，我们没有任何别的意思！这是我们每到一个地方办事的行情！"孙总诚恳地说。

"你有你的规则，我有我的原则，你拿回去，我不可能收！但话说回来，你们的工作，只要不过分，我本人以及我们村上全力以赴支持！请放心，我刘乐然说到做到！"

虽然拒绝了，但刘乐然的心里一直平静不下来，甚至觉得可惜。五十万块钱，不是一个小数目，从某种程度上来说，它甚至完全可以改变一个人的命运！其实要上也可以，可以让对方捐给村上！

"这钱千万不敢要！"侯水丁语气坚决地说，"要上，你就完了，就让人家把你套住了，以后人家提啥条件，都得答应。再说，你的前途就值那几个钱？笑话！就是以村上的名义也不能要，咱要塑造好蛤蟆村这个牌子！"

刘乐然站在窗前，沉思良久，然后重重地点点头："叔，你说得对！不能要，绝对不能要！"

接下来，经过深思熟虑，刘乐然决定关掉他个人的废品收购公司。

经过七八年的苦心经营，刘乐然的废品收购公司已经成了全县最大的废品收购公司。从当年自己拉上架子车去阳沟镇卖自家的废品，风风雨雨，历经挫折，到如今发展到占地二十多亩的废收公司，说关就关了吗？

从来对儿子言听计从的刘传统这一次不干了！他站起来，坚决反对！这个公司虽说他不是当家的，但却和他感情最深，多年来，他每天都和这些东西打交道，分拣、整理、堆放、过秤、装车，等等，刘乐然他干什么呢？特别是这几年，几乎都没用手碰过！只是联系运输结算，其余时间全忙了村上的事，忙了别人家的事！哼！不收破烂了你吃啥？喝啥？你小汽车难道烧的是水？你妈看病花的不是钱，是废纸？媳妇还没影儿呢，就是有了，还要订婚结婚，这些难道不花钱？恐怕花得少了都不成！

"不能关！凭啥要关？"刘传统质问儿子。

刘乐然不由得看一眼父亲。因为这些年来，他从来没听到父亲对他

说不。

"爸,你别管,听我说,我有我的计划哩!"刘乐然笑道。

"不行!"

"你看,你年龄大了,我妈一直有病。破烂这东西也脏,也劳人!从今以后,你光把我妈和你身体照顾好就对了,城里像你这年龄人家早退休了!"

"人家退休了有工资,我不干了你发钱哩?"

"发!我当然给你发!"

"你给我发钱?快对了!没有收购站了,收入在哪儿哩?你拿啥给我发?就凭镇上一月给你那一二百元给我呀?哼!"

"不是,我有我的计划哩!当然不可能给你发那一点钱!"刘乐然继续和父亲耐心地说道。

"呀!你是不是想从水泥厂里弄钱?要是这样,坚决不行!那是犯法,咱一分一文都不能要!"刘传统紧张地说。

"咋可能?是这,咱村引进了大企业,我又是村书记、村主任,现在还兼着村上实业公司的董事长,以后根本就顾不上收购站的事,这是一。还有一个,水泥厂才开始建,各种建筑废品产生得多,以后很可能都给咱收购公司送来了,咱大量收购,群众肯定就有看法了,所以,我想把收购公司停了,不开了!"

"水泥厂那个的废品咱又不白要,按官价收就对了,怕啥?再说,你没时间经管收购公司,有我哩,反正咱这收购公司名气出去了,我弄就对了!"

"我知道咱按价收购,你想,我是村书记,群众肯定背后里有议论!我说白了,我不想让人说闲话!"

"对着哩!村上事大,咱娃的事大!万一有个啥事,让人说闲话划不来!"很少说话的老妈突然开口了。

"看看看,爸!你看我妈,你都没有我妈觉悟高!"

刘传统摇摇头,说:"好娃哩,你一月镇上只给你发一二百块钱,要是没有收购公司了,咱这日子咋弄?你给村上干事我不反对,可咱收购公司也是守法经营哩,要不,水泥厂的废品咱不收,让别人去收,这就没人说闲话了!再说,我怕没收购公司了,收入少了,我怕你要拿人家不义之财!咱说啥也不能做那种事!"

"快对了,放你一百二十条心,咱娃就不是那种人!"老伴插话道。

"就是,我如果爱钱,那天晚上,人家一把给我五十万我早收了,还能等到现在?放心,我知道哪头轻哪头重!听我说,咱把公司关了,不是还有二十万的征地款嘛,就当你跟我妈的养老钱,其余啥事你不用管!"

"二十万能咋?你眼看三十的人了,还没娶媳妇哩,将来看这二十万还够不?"刘传统道。

这天晚上,刘乐然和二位老人一直谈到深夜,才勉强做通老爸的思想工作。

几位村干部听说刘乐然要把收购公司关了,也十分诧异。

吕哈定是知道最早的。他真的弄不明白,刘乐然为啥要把收购公司关掉。

"你是亲耳听你刘叔说的?"吕哈定问女儿。

"那当然!刘叔从来就不会开玩笑!还说就这两三天就关了!"吕秀英一边洗着儿子的衣服,一边和父亲聊天。

"不行,让我过去问问!刘书记这么好的脑子咋能弄这笨尿事哩!"吕哈定背着手在院子里转了几圈,去了刘乐然的收购站。

进了门一看,原来老会计、同银芳都在。

"刘书记,我听说你咋关收购公司呀?"吕哈定忙问。

"嗯,就是。"

"啥?关你这收购公司呀?"老会计黄木泥不由得问道。

同银芳也吃了一惊:"经营这么好的为啥要关哩?"

"一个是精力有限,再一个——"

刘传统插了一句:"人家觉悟高,怕落话把儿!"

"对,就是,我爸说得对。"刘乐然笑道。

"这能落啥话把儿?"吕哈定不解。

"去去去,你这政治敏感度不够,回去好好想去!"老会计道,"说实话,从这一点就可以看出,刘书记是真心实意、一心一意、全力以赴搞咱蛤蟆村的工作哩!"

"好,我赞成,刘乐然做得对!佩服!"同银芳爽快地说。

（二）

　　水泥厂建设正式开始了。几百亩大的工地上，两千多工人在忙活着。人声鼎沸，机器轰鸣，连整个蛤蟆村都忙活了起来。在外打工的村民们都纷纷卷铺盖回来，加入到了村实业公司或者别的施工队，有一技之长的人更是吃香。刘乐然格外忙碌，一会儿工地上，一会儿村里，一会儿又在镇政府，一会儿又开车去县城。村上暂时没有办公室，刘乐然就将已经关掉的收购公司作为临时办公场所。张运动当了实业公司的中层干部，干起工作来劲头特别足。本来搞运输他就是内行，加上人高马大，做事认真抠门儿，那些司机们尽管嫌他吝啬，却又不敢不听他的话。

　　刚刚立了夏，早晨起来还挺凉爽，十点以后，那太阳就发起了威，变本加厉，越来越热。加上没有一丝风，天气就像是一口倒扣的烧热的大锅，嘴巴不停地喝水，臭汗不停地从皮肤上往出淌，头发全是湿的，又加上不停地干活，人简直成了落汤鸡，只是那汤不是上好的水，却是臭汗！

　　下午两点左右，蛤蟆山那边突然涌上来一团乌云，眨眼，就起风了，风越来越厉，就像是一把把飞过来的尖刀，那罩住人的大块闷热的空气一下子被万箭穿心，烂成了筛子。乌云像长了翅膀，跑得飞快，一瞬间，整个蛤蟆村的上空就看不到蓝天了，太阳很快被吞没了。尽管尘土飞扬，人们还是大喊凉快，只是刚才的落汤鸡立马变成了土鸡！

　　热锅换成了黑锅！闪电在云层里不断跳动，就像是火苗在燎锅底！雷声既沉闷又惊心动魄。黑锅终于扛不住了，瓢泼大雨哗哗地落了下来！

　　几千工人潮水般涌出工地。不一会儿，混浊的洪水就从蛤蟆山滚落下来，野兽般嚎叫着四处奔流。

　　不过，这雨来得猛，也撤得快。一开始下雨，那云就四下溃散，十分钟左右，黑锅就破了，烂成无数铁片了。蛤蟆山那边流露出一抹蓝天，随后渐渐地扩展开来。鸟雀们落在电线上，叽叽喳喳地鸣叫，各家各户门前或者屋檐下，站着的村民们、工人们也开始说笑走动，洪水还在街两旁的阳沟里哗哗地流动。

　　工地上一片明亮，充足的雨水使工地变得异常泥泞，只有歇工了。

就在人们准备散去的时候,有人突然大喊:"你看天!"

"呀!就是!快来看,快来看呀!"

"快看,天上那是啥!!"

许多人都跟着尖叫了起来。

原来,大雨过后,在南边的天空,准确地说,在五百多亩大的水泥厂工地的上空,突然出现了一个非常神奇的景观:

天空里,白雾烘托出一片神奇的世界。在那世界里,有两座浓墨重彩的山峰。一座绿松白雪,层层交错;一座桃红柳绿,万紫千红。两座山峰之间,是一汪碧波荡漾的湖水。左岸不远,一片巨大的荷叶上,一只古铜色的大蛤蟆伏在上面,棱角鲜明,身躯饱满,双目炯炯,睿智博大,浅白色的脖项一起一伏,一张一收,硕大的嘴巴里露出少许的半圆形的东西,有人说是蛤蟆口衔钱币,有人说那是舌头!岸上,则匍匐着乌压压数不清的黄的、绿的、灰的各色大小不一形状各异的蛤蟆,如同集会,如同朝拜。右岸,一块巨大礁石上,一条手指粗的紫晶蛇盘踞着,身躯缓缓蠕动,灵秀的脑袋微昂着,看上去,从容洒脱,神秘隽永。礁石周围,爬满了无数条各色蟒蛇,它们回环伸展沉静内敛,一个个微翘的脑袋朝向紫晶蛇,像是聆听,又像是注目。

这种景象把人惊呆了,足足静寂了好几分钟,人们才开始感叹、议论、欣赏。有人拿出手机不停地拍照,有人兴奋地说,这就是人们说的海市蜃楼!天象景观!但黄木泥却说,这一定有意思,这种紫晶蛇只有蛤蟆山有!只有我们这儿有!有人随即问他,那这是什么意思,他却摇摇头,说不上来。

可惜,这种景观持续的时间并不长,大概十分钟左右,就慢慢消失了。但在蛤蟆村人的心里却难以抹去,就像烧红的烙铁烙上去一样,永远记下了。毕竟,海市蜃楼这种景观并不是在每个地方都会出现,也不会那么容易出现。

施工因下雨停下了,大部分人都可以趁机好好休息一下,刘乐然却不能。只要他在,从早到晚,他的办公室人来得就不断。黑律师侯水丁好像成了他的军师,几乎天天过来。镇上的干部刚走,阳沟派出所的副所长李军就来了。上次征地和李强商量的办法最终流产了,这让他很生气,他又没有办法,只好作罢。不过,今天来找刘乐然,却有好事要谈。他态度非常好,说话和气得很,坐在那里,就像个领导,沉稳、文静、不急不慢,胸有成竹的样子。

李军高度赞扬了一下刘乐然的工作,充分地毫不吝啬肚子里的华丽辞藻,肆无忌惮地表扬了一番蛤蟆村的治安状况。他特意给刘乐然发了一支一百多块钱一包的什么九五之尊的香烟。

"就是不一样,好烟就是好烟。"刘乐然抽一口,嘴上这样说只是为了照顾李军的热情,心里却没有感到有多好。

"那好,刘书记喜欢,这一包就送给你了!你看,才拆开,你抽了一支,我抽了一支!"李军说着,将烟塞到刘乐然手里。

刘乐然急忙推辞。

"看看看,你这就见外了,拿上!一包烟嘛,放心,我又不是送给你一整条,把你吓得!好东西弟兄们共同品尝嘛!"李军硬将烟放到办公桌上。

"刘书记,今天来是这样,最近,咱省政法委在全省搞一个平安建设先进单位评选活动,让各政法机关层层推荐,我跟局里联系了,咱县局推荐的就是咱蛤蟆村,你看一下,这儿有个表你一填,下来再写一个咱村上如何搞好平安建设这一方面的先进材料,说实话,我想把咱村报成平安建设先进村哩!"

刘乐然接过表格,说:"那是好事嘛!"

"应该,咱村不是吹哩,够标准!"黄木泥道。

"同时嘛……"李军道,"还把刘书记你个人报为平安建设先进个人!要是评上,我给你说,刘书记,这个荣誉高得很,你以后就是省级劳模的待遇!"

"好!好得很!刘书记年轻,需要这种荣誉!"黄木泥附和道。

刘乐然详细看了看表格,然后递给黄木泥,说:"黄叔,你抽空儿把这表一填,材料都在我肚子里,晚上我加班写!"

说完正事,又闲扯了一会儿,并不见李军有走的意思,刘乐然道:"李所,还有啥事?"

李军迟疑一下,站起来,给刘乐然招招手,二人来到另一间办公室。

"啥事,这么神秘?"刘乐然笑问。

李军压低声音说:"是这,我们王所长说,他一个铁哥儿们手里有二三百万闲钱,你看能不能通过你给弄些工程让干去?"

"王所长?就是你们所里一把手?"

"对对对,这是他一个朋友,过命关系。一般他不会应承!"

刘乐然挠挠头,还真有些为难。派出所这一伙人不能轻易得罪,但这种事又不可随便开口子!想了想,刘乐然说:"集体这事还确实不好办,村上开了会,也和水泥厂签有合同,确实无能为力,别的私人事,都好说!要是我带头开口子,这就乱了,我就领不住了!你回去给你所长好好解释解释,希望他能理解!"

"哦,那好!"李军若有所思地点点头,"行,那我走了!"说着,头也不回地大步走了。

就在和李军说话的当儿,原阳沟镇农经办主任陈光荣登门了。刘乐然一见就笑道:"老领导,真的还把钱挣不够?"

"哦,你是说我在大秦公司?唉,没办法,我就说退休了,好好歇歇,抱抱孙子。秦大老板三顾茅庐,硬叫哩!不去不行,这才去了!我看小弟这蛤蟆村弄得红红火火,美得很嘛!"

"你今天咋还有空来了?"刘乐然问。

"不是不是,这不,我亲家给儿子订婚待客哩!完了我路过,过来看看!"

"那应该嘛!蛤蟆村是你工作过的地方,关心关心应该嘛!"黄木泥笑道。

"岂止工作过?这儿可是我流过汗水的地方哩!当年为砖厂的事,我没少跑你们村,还兼任了两年村支书。"

说着,几个人笑了。

"哦,对了,刘书记!你看,我老板给了我一包好茶叶,听说几千元一斤哩,可我一看是绿茶,你知道,我就不爱喝绿茶,我胃凉,一直喝的是红茶!给给给,我给你捎过来了!好歹咱还在一块共了几年事哩,感情是第一位的!"

"不敢不敢,好我的领导哩,我对茶就没啥要求,喝不喝都行,你还是留下,办个事用吧!俺真受用不起!"

"看看看,给我扎势是不是?给,必须收下!你不收就是见外!就是扎势!"陈光荣故作生气地说。

刘乐然推脱不过,但心里却想,这老陈肯定又是冲工程来的!他忙灵机一动说:"老领导,你不知道,这几天忙得很!你知道刚才派出所李军干啥来了?想通过关系包活儿哩!还打的是他王所长的旗号!可你知道,咱村上

和人家水泥厂签有合同,人家把土方包给咱是支持咱哩,咱再倒贩出去就不像话了!再是我一开这个头,底下村干部就没法领了!"

"就是,这千万不敢!这一给,别说村干部,群众就乱了!"黄木泥道。

"对对对,你这思路清,就要这样弄。俗话说,打铁先要自身硬,你以身作则,别人就不敢!"陈光荣嘴上说,心里却骂刘乐然是个六亲不认的东西!

临走,刘乐然将那包茶叶又塞到陈光荣手里,老陈装作无奈地说:"那你真不要,我就没办法了!行,我拿回去!"

老陈一走,老会计黄木泥说:"哼,一会儿来了两个想包活儿的!"

刘乐然苦笑着摇摇头:"多了!这几天来了好几拨了!昨天,唐绪娃他弟县招商局的唐远还寻我给人介绍工程哩!还说啥百分之多少的回扣!还有阳沟镇税务所所长也找我哩,咱不认得,他就让镇财政所长老郭引见哩,硬要约我在县里吃饭哩!"

坐在一旁,始终一言不发的侯水丁这会儿开腔了:"团结坏人不坏事,团结好人做善事,团结能人干大事!不管哪路来的,都要想办法对付好,尽量不要得罪人!"

"那你说,刚才想要工程的人,我是不是把他们都得罪了?"刘乐然不知道侯水丁这话的用意,忙问。

"我也说不准,但咱尽量朝这方面努力!话说回来,有些人不会想问题,认为咱把他得罪了,咱也不要怕!"

刘乐然点点头:"哦,对了,你刚才那几句话是啥?很有意思,让我记下来!以后做事还真得照这样办!"

黄木泥也觉得这几句话经典,一面想一面不住点头。

(三)

临近中午,刘乐然刚处理完工地上的事,老会计黄木泥打来电话,说阳沟镇税务所齐国远齐所长来了,让他赶快回去一趟。刘乐然答应一声,顺便在吕哈定家里拿了一个蒸馍,一根大葱,大口吃着,大步走着。"刘书记!事再忙总得吃饭嘛!你看你,到现在还没吃早饭哩。吃了再过去嘛,我家里啥都是现成的!"吕哈定在身后边追边说。

刘乐然摆摆手:"算了,你先去工地!"

齐所长还带了一个人过来。刘乐然递过烟,齐所长拒绝了。另一个税务干部说:"我们今天过来是公事,把你实业公司的账全部拿出来!有人投诉你们偷税漏税!"

"我们才运转时间不长,不可能偷税漏税。"刘乐然和蔼地说。

"这不是凭嘴说哩,拿账来!"

刘乐然吩咐老会计拿出账目。

这位税务干部一会儿问,购买的水泥怎么是收款收据,一会儿又说,账目记录不规范,等等。甚至说,这税率定得不合理。横挑鼻子竖挑眼,显然有意找事。齐所长坐在一旁,一言不发,只是抽烟喝茶,面无表情。临走,又提了许多问题,并限定一周内整改,否则,以税法从事。

齐所长一走,侯水丁就走了过来:"这是找事来了!"

"肯定是嫌没给工程!哼,一看就不是啥好东西!"黄木泥生气地说。

刘乐然点上一支烟,抽了一会儿,拿起笔,说:"我把他约我吃饭要工程,今天来查账写一个详细的情况说明,一打印,给他齐所长一份。给县税务局一份,给县纪检委一份,再给电视台一份!我看他啥态度!"

两个人一听也有道理,又提了一些建议,刘乐然查过有关税法,立即起草材料,第二天就给各单位送去了。

这一招果然灵验,下午阳沟镇财政所老郭就打来了电话,说齐所长是他的朋友,关系不错。当然,你们村上也有自己的规定,工程的事情为难也能理解,毕竟这是集体的事,不是个人。齐所长去查账,也是职责所在,为国敛财嘛,既然有人投诉,他不去也说不过去。不过,根据检查的情况来说,没有什么大问题,再说,你们实业公司也才开始工作,所以就不追究了,以后规范经营就是了。

这件事就这样过去了,但李军却好像没有这么简单。

自从企业落户到蛤蟆村之后,刘乐然几乎再也没有每天早上五点半起来跑步锻炼了,因为白天的工作量极大。有时候早饭到了中午才吃,而夜晚都是凌晨一两点才休息,第二天一早不是跑工地就是和人谈事,已经没有精力去锻炼了。父亲和老妈给他做上饭,他没时间吃,不做饭,他又回来想吃饭,全搞乱了!没有一点办法,刘乐然索性就让家里不要管他,一桶面一个

蒸馍,一根大葱往往就是一顿饭,方便面在他办公室整箱堆放着,深更半夜饿了,他就吃一桶。终于,他病了!

这天,刘乐然在办公室里正打吊瓶,随着一声有力的马达轰鸣声,一辆桑塔纳警车直接开进了收购站院子。又一掉头,直接对着刘乐然办公室的门口停了下来,两边门子一开,走下来李军和两名协警,一脚踹开门,走了进来。

"哟,刘书记,你咋哩?咋还打起吊瓶了?是营养针吧?"一个协警道。

"该不是半夜让人把你吓病了吧?打壮胆药哩?"另一个协警道。

李军往刘乐然斜对面的沙发上一屁股半躺下来,脑袋放在沙发背上,翻眼看看刘乐然:"胡说,刘书记这是为革命工作累倒了!不过,你可不知道,我这人会看病!"

"咦,李所,没听说过呀!"一个协警问。

"我这法子是祖传秘方,刘书记的病要让我治哩!"李军掏出一支烟,手抖动着,火苗一闪一闪,就是点不着烟。另一个协警忙掏出打火机。

"李所,我看你可能喝多了!"刘乐然终于开口了,"老会计,给各位沏壶浓茶,清醒清醒!"

"就是就是,我去!"黄木泥道。

"刘乐然,你现在是啥?蛤蟆村党支部书记,蛤蟆村主任!一手遮天,牛!太牛了!"一个协警走到刘乐然跟前,用手指着刘乐然的额头,说。

"就是,咱所长的话都敢不听了!牛,实在牛!"另一个道。

"牛个鸡巴!小小个村官,你没看官簿里有没有你?狗日的,敢给脸不要脸,办公室给老子砸了!"李军啪地一拍茶几。

"哎哎哎,李军!李所长!听叔说一句,听叔一句话!"黄木泥忙伸手去挡。

"老家伙,滚开!"李军用手一指。

另外两个协警一人抓一只胳膊,将黄木泥推出办公室。随后,几个人就开始砸了起来。

刘乐然取下吊瓶,从容地说:"李军!其实,你砸得好!本来我这电脑配置就低,也时间长了,打算换哩!这办公桌椅也是次品,刚好,刚刚好!你砸,赶紧砸!"

刘乐然退出办公室,黄木泥搬来一把椅子让他坐下,又把吊瓶想办法挂在身旁的树杈上。

田小雨接到黄木泥的电话时,她开的面包车刚刚走到水泥厂建设工地旁边。挂断电话,加大油门,以最快速度赶到了刘乐然的收购公司。而此时,办公桌椅、电脑、电话已被砸得稀巴烂,几个人正在揭床板,砸窗户。

刘传统已经将老伴锁在房子里,然后心惊胆战地拉儿子,让儿子快跑。这个老实又善良到老好的老农民,上一次已经被李军吓得拉到裤裆里了,杯弓蛇影,此刻,他已经吓得脸上没有一点血色了!

田小雨顾不了许多,她把车随便放到院子里,一个箭步跳下来,快步冲进办公室。她抓住李军的衣领,就是响亮的两个耳光!

"李军,你疯了!疯了!"她大喊一声,回过身,一个擒拿,将砸窗户的协警摔倒在地,又一脚,踢到另一个警察的手腕上。

李军下意识地捂一下脸,摇摇脑袋,然后吃惊地看着田小雨。

两个协警像机器,突然被田小雨拉下了电闸,瞬间就安静了下来。

而此刻,刘乐然已经给110报了警,又直接给李局长打了电话,如实叙说了事情的经过。

不到一个小时,县公安局李局长就带着局纪检书记等人赶到了刘乐然的收购公司。李军等人已经被带离醒酒。对于今天发生的这件事,李局长代表公安局连连向刘乐然致歉。他狠狠地把李军臭骂了一顿,同时宣布立即解聘两名滋事的协警,最后,诚恳地说:"刘书记,兄弟,咱都是一个村的,我不管是作为兄长,还是领导,都负有很大责任!你说,兄弟,你发一句话,把李军撤职了,我马上照办;你说,把他关禁闭,我也立即执行;你就是让把他警服脱了,我也没说的!但一点,不要让记者知道了!兄弟,你说咋办,老哥立即照办!"

这些话让刘乐然为难了。这就是人家的高明之处!艺术之处!这就是领导!但刘乐然咽不下这口气,他说:"我有两点,所有损坏的东西,三天之内,给我赔偿并装好!第二,李军犯到哪一条,按哪一条处理!不然,我再也不会忍让了!"刚刚赶来的侯水丁还没等李局长表态,连忙说:"刘书记的意思就是不要影响他的工作,尽快把办公东西弄好。再一个就是,你局长看着办,毕竟都是一个村的,窝里斗,人家笑话!"

刘乐然看一眼侯水丁,刚要张口,侯水丁道:"刘书记,你歇息,气管发炎,尽量少说话!"并偷偷给刘乐然挤一下眼。

李局长等人连连道谢,适时地离开了。

人一走,刘乐然气呼呼地问侯水丁:"你咋做起我的主来了?"

侯水丁一笑:"冷静,冷静!冲动是魔鬼!"

"我咋能冷静?这次,我就是要把李军那一身警服给扒了!"刘乐然大声道。

"扒了能咋?"侯水丁问。

"你没见李军嚣张成啥了?一个民警喝了几瓶酒就砸我办公室来了!我办公室搁的啥?党旗!中国共产党党旗!"

"你真的不知道哪头轻、哪头重?"侯水丁问道。

刘乐然叹口气,低下头。

"我给你说,要干成一件大事,不吃苦不行,不受辱,不喝几桶脏水更不行!韩信当年还钻裤裆哩,你这算个啥?"侯水丁大声说道。

这天晚上,刘乐然几乎失眠了。他思前想后,到底还是觉得侯水丁说得对,并暗自庆幸多亏了侯水丁及时赶到场。第二天,李军在公安局纪检干部的陪同下,当面给刘乐然赔礼道歉,并买了一台新电脑,一套新办公家具,叫来阳沟镇专做铝合金窗门的师傅,重新换了铝合金窗子,额外配了窗帘,又听说那两名协警被解聘了,李军的副所长也被免了!这件事就这样过去了。

但一波未平,一波又起!

这天晚上,刘乐然刚送走水泥厂项目部的人,院子里开进来两辆小车,六七个人进了刘乐然的办公室。刘乐然一看全是生面孔,不认得。这几个人不是光头,就是一头花花绿绿的毛发,二十岁左右,显然不是什么正经人。

"几位贵姓?"刘乐然问。

"哦,刘书记!我兄弟几个你不认得,可我们都认得你!没事,来把哥看看!"那个二十多岁年龄稍大一点的光头胖子说着,将用细绳捆着提在手里的三根黄瓜放到桌子上:"给哥拿些菜,不成敬意,望笑纳!"说着,他毫不客气地一屁股坐在沙发上,"来来来,兄弟们,这是刘书记家,没事!坐坐坐,随便坐!"

几个人就各自找位子坐了下来。

"你们几个是弄啥的?"刘乐然问。

"不弄啥,没事!一天到晚都没事,半毛钱的事都没有!"光头一笑,轻松地说。

刘乐然不问了,几个人也不说话,各自翻看自己的手机。

过了一会儿,刘乐然又问:"几位兄弟到底有啥事没有?"

胖子一笑:"没事,半毛钱的事都没有!哦,刘书记认得齐国远不?就是阳沟税务所所长!这个人是我一个朋友的朋友的朋友!"说完,又不说话了。

刘乐然问:"我认得齐所长,你问这话啥意思?"

"没有,一点意思都没有!"胖子说完,又不语了。

这时候,田小雨端着两盘菜走了进来:"来来来,饭好了!"回头看见这几个人,有些意外,"你们几个是干啥的?"

"没事,来看看刘书记,给刘哥送些菜!"胖子道。

刘乐然礼节性地问几个人吃饭了没有,胖子点点头:"你们吃吧,没事,不影响!"

刘乐然就吃了起来:"不好意思,我还没吃午饭!"

本来,田小雨还想和刘乐然好好聊一聊,这几个人在这儿,她就没兴趣了。

又过了一会儿,看看不早了,田小雨道:"你们几个没事了快回去吧,不早了!"

"那田警官你不回去吗?"

"我是蛤蟆村的片儿警,我们还要谈工作!"田小雨看看这几个人。

这几个人再待了一会儿,经再三催促,这才走了。

第二天晚上,提上三根黄瓜又来了。虽然什么话也不说,却让人芒刺在背,极度不舒服,而警察又不好介入,刘乐然只好忍着,扛着。要么对这些人视而不见,要么就告诉自己,这些人是自己的免费保镖,放好心态,这样一想,刘乐然甚至拿起萨克斯管吹了起来。这些人终于没辙了,过了一礼拜,再也不来了。但时隔不久,连续三天,刘乐然一大早起来,刚要开车,却发现小车轮胎被尖刀开膛了!田小雨立即安排村上的巡逻队将刘乐然的收购公司作为重点防范对象,自己还悄悄潜伏下来,整夜守在刘乐然办公室抓贼。与此同时,开始着手调查光头胖子几个人的背景、个人情况。

从此,这种事就再也没有发生。

(四)

随着大型水泥厂的开建,几千工人的拥入,蛤蟆村一下子热闹了起来。在同银芳的后勤服务公司协调下,各家各户的空房全租给了这些工队。一间十几平方米的房子,一月就是二三百,农民高兴得很!有条件的农户还提供就餐。妇女们完全不用再出去干活,家里有几间房租出去,再提供七八个人吃饭,这一月下来少说也落个三千多块。反正自己也要吃饭,原来擀一案面,现在大不了多擀一案;原来蒸一锅馍搭三格笼,现在搭五格或六格,反正烧的时间一样,何乐而不为呢?

吕秀英今年二十五岁了,儿子四岁送到了幼儿园,女婿在省城一个国企当工人。刘乐然的收购公司关掉后,她就再也没有出去找活儿,一院子平房,三间空房全租了出去。一个房间三个人,三间就是九个人!这九个人刚好是一个小施工队,工头叫豹子,至于姓什么,官名叫啥无须知道那么清楚,反正工人们都叫他豹子。豹子就建议吕秀英也给他们把饭管上。吕秀英有些担心,她没做过这么多人的饭,又是长期的,怕做不好,也怕扛不住。公公婆婆就鼓励,说他老两口还不到六十,可以帮忙,精神得很哩!吕秀英就答应了。

其实,别看吃饭的人多,做起来并不累。早上,炒两个菜,外加一碟油泼辣子,一盘咸菜,烧一锅大米稀饭就好了。上午,轧面机提前将面轧好,到时候一下,完事,简单得很!不想蒸馍,就去蒸馍店,跑几步路而已。豹子是四川人,三十出头,浓眉大眼,结实高大,十分豪气。他有一辆黑色桑塔纳,过几天,就抽空开到阳沟镇割一吊子大肉,往案板上一放,说:"妹子,给咱炒肉!这个不往伙食费里算!"又从车里抱出几个西瓜,"妹子,给!吃去!这是给你们的奖赏!"有一次,豹子上了一趟县城,带回来好多东西。晚上,他悄悄给吕秀英拿来一双高跟皮鞋,说:"妹子,给,穿去!本来是给我老婆买的,刚才打电话说又不来了!放到我跟前碍手,送你啦!"

"这咋成?不行,不行!"吕秀英忙说。

"这咋不行,我又穿不成!你赡穿,质量不错,这鞋是牌子货!"

"那多钱？我把钱给你！"

"一双鞋算个啥？穿去吧！这么热的天,你给咱做饭哩,权当给你发奖品了！"豹子说着,顺手将皮鞋扔到吕秀英的床上。

吕秀英拿起鞋:"再说这也不一定合我的脚呀！"

"没问题,你和我老婆一样高,胖瘦也一样！"说着,豹子点上一支烟,大步走了。

吕秀英看看门外,豹子进自己房子了,忙拿出鞋,细细地端详,穿到脚上一试,不大不小不胖不瘦,高兴得不得了,再一看商标,果然是名牌,心里更是高兴,就像鸡毛在心窝扫的一样舒坦。世上好多女人都是这样,爱小东小西,爱占小便宜,吕秀英也不例外。

又过了一段时间,晚上下工没事,天气闷热,豹子避开众人,悄悄对吕秀英说:"走,上阳沟镇夜市吃烤肉去。反正热得也睡不着！"

吕秀英就笑着摇摇头。豹子不勉强,从夜市回来,给她带了一大把烤肉。浓烈的孜然味直勾人的口水,还热乎乎的,像是刚离了烤炉。

之后不久,豹子又邀她。吕秀英就偷偷去了。这一晚,他们吃了烤肉,还抱在一起互相啃肉。天热得慌,又喝了些啤酒,往回走的时候,豹子一掉头,上了蛤蟆山,说是山上高,凉快。吕秀英嘴里喊快回,手却紧紧抓住了豹子放在她两乳之间的大手上。吕秀英正年轻,女婿在省城,还喝了酒,这等诱惑如何受得了？

汽车爬上山,在一个大拐弯处,路旁溢出一块开阔地。豹子停好车,二人下来,一缕缕凉风就飕飕地刮过来,被臭汗弄得又黏又湿的身体立刻就干了爽了。

两个人尝到了甜头,就变得一发不可收。隔三岔五他们就要做一回。半山上,大树背后,土壕里,到处都有他们快乐的故事,只是没敢在家里。

工厂在如火如荼地建设着,两个人的关系也变得相当深刻。由于大工程没有结算,豹子所承包的小项目不可避免地就得垫付。豹子就借吕秀英的钱,说明五分的息,反正用的时间也不长,大工一结,他就返还了。在她家吃着住着,怕什么呢,不怕,吕哈定对女儿说,借给他！存到银行才几厘,这要几分呢！吕秀英就放心大胆地分三次借给了豹子四万五千元。

谁知,大工程直到年底全完了才结算。期间,吕秀英一月又一月不见结

账,心里急,吕哈定就说:"怕啥?你的钱长腿着哩,不怕不怕!"

但还是怕了。到了年底,豹子在没有任何征兆的情况下,所有物件一样没动,领着他的八个兵,带着六十多万元刚刚结算的工程款,逃了。没有姓氏,没有地址,电话打不通,这强盗!这臭男人原来全是装的,全是骗人的!吕哈定忙领着女儿去水泥厂打问,原来,豹子的小工程是经过几道手的,甲方并不知道,也不认得什么豹子!

同银芳一听也很生气,但又不知道怎么做,几个人就去找刘乐然。而这个时候,刘乐然根本就顾不上!

原来,早饭还没吃完,张运动就打来电话,说朱五四老汉变卦了!三千元不行,必须五千元,还挡住不让大车过!刘乐然就说,你让朱五四老汉过我这儿来,我私人给他两千元!没几分钟,张运动打来电话,说,老汉不过来,让你过去!

刘乐然吃完饭,匆匆去了工地。

虽说已经到了年终,大工程基本停了,可蛤蟆村给水泥厂承修的排水工程才刚刚动工。这个冬天一直无雪,天气并没有多冷,大地只冻住了一个表皮,不妨碍施工。昨天上午,刘乐然和村上几名干部特意见了朱五四老汉。这个一直孤身住在梨园的老人一场大病之后,这几年倒越活越精神。朱环环也多次叫他回家,朱五四就是不听。因为搞水泥厂的排水工程,拉土车在进入施工现场时必须有一个相互避让的地方,而这地方正好是朱五四老汉的菜地。朱环环不拿主意,这事必须和朱五四来说。

"这一定是毛线线的主意,朱环环不拿事是推脱!"老会计道。

"环环想多拿补偿款,还不想得罪人,只有把老爸搬出来!"同银芳道。

经过几番交涉,朱五四终于同意了这三分地给三千元青苗补偿的条件。随后,打了条子,领了款,这事就算到头了。没想到,今天早晨拉土车刚一到这儿,朱五四变卦了,要五千元!刘乐然走到跟前,叫了一声伯伯,然后问他为啥挡车?朱五四道:"你说为啥?你把我哄了!我现在要五千元!"

刘乐然一笑:"好我的伯伯哩,昨天咱几个人在一块,红口白牙说得一清二楚,你字签了,钱领了,睡了一晚上,咋来这一手哩?"

"我不管,再说就要一万!"

"一万?昨天没签字领钱,你要十万我都不嫌!你现在要五千都是跟人胡说哩！你想想，一共三分地，顶多损失你一料庄稼，你就是种菜也不过几百块钱，又不是征地，你这不是胡说哩嘛！"

"不行，拿一万元来！"朱五四老汉将小方凳放在拉土车前轮前边，勇敢地坐下来，朝刘乐然一伸手。

刘乐然对张运动说："你去发动车！"随后，抱起老人退到一旁的小土堆上。张运动一踩油门，几辆拉土车冒着黑烟吼叫着顺利进了施工现场。

"咋？咋？你还打人呀？你打！你打！我今天拿这老羊皮换你娃小羊皮哩！"朱五四老汉大喊着抱住刘乐然的腿。

"伯伯，别激动，千万不敢激动！我没打人！你说我打你也没人相信！你要换我这小羊皮我还不换！来，起来起来！坐这儿！"刘乐然用力掰开朱五四老汉的手，抱起来放到小方凳上。

张运动领着他的运输队就这样施着工。朱五四身体被刘乐然缚住，干瞪眼，没办法。

"伯伯，你可能还没吃早饭哩，反正侄我是刚刚吃了！肚子饱饱的，挨到天黑不成问题！给，抽一支烟！"

过了一会儿，朱五四老汉问："你说这事咋弄哩？不行我叫记者呀！"

"叫记者？好好好，太好了！赶快叫！我认识不少记者，给你介绍几个！得成？我再给你说，记者也是主持正义的！你想想，三分地，仅仅损失你一料，就给你赔三千元，你凭良心说，是多还是少？何况咱这儿的地种麦种苞谷哩，一亩地一千斤，你也不过三百斤，三百斤多钱你知道！咱到时候看，记者向着你说话还是向着我！向着咱村上！"

这时候，同银芳、吕哈定和吕秀英来了。吕哈定看了看，和同银芳一块过来就拉朱五四。吕哈定道："叔，走走走！三千元不少！你要知足哩！你看，你儿子也要活人哩，你孙子也不小了！走走走！真是没事干了！"

吕秀英只说被豹子骗了财，骗了色打死都不说。刘乐然立即和田小雨联系。田小雨了解情况后，立即立了案，并做了详细调查，最后，申请上网追逃，这件事才算告一段落。

第三十三章

（一）

　　事实证明，刘乐然的工作思路是正确的。随着生态水泥厂的建设，蛤蟆村集体经济从小到大，从弱到强。这个冬天，在刘乐然的多方协调运作下，占地二十二亩，总投资二百二十万元的蛤蟆村村委会办公楼建成了。该楼不仅提供村干部办公，还设有大型多功能会议厅、监控室、农家书屋、档案室，等等。办公楼前，是一个一千五百平方米水泥地面的广场。同时，投资上百万元对蛤蟆村小学进行了大幅度修建亮化。而计划将蛤蟆村一、二、四、五、六、七、八组从沟道里整体搬迁出来的移民工程已开始进入设计阶段。收购公司被儿子强行关掉之后，刘传统老汉一下子有点闲得慌，就从乌云厚的养殖场里买了一只羊羔，如今，已经怀崽显肚了，大概在来年正月二十左右就下羊娃了。刘传统仍然每天早早就起来，打扫完自家院落，没事就抱着扫帚去扫街道，村民们见了都礼貌地尊敬地和他打招呼，有的还说他有福，生了一个好儿子。刘传统却赶紧道："好啥？如今都三十了，媳妇还连影儿没有哩！他妈都快愁死了！"

　　但人家却笑了："好叔哩，媳妇现成的谁不知道？你真的也不知道？"

　　刘传统有点苦恼地说："唉，摸不清人家年轻人咋想的？看他跟小雨蛮好的，可不见进展嘛！咱又帮不上忙！"

　　"这叫好事多磨！"

　　"啥好事多磨？我估计人家娃可能有顾虑，你想想，人家是警察，吃国家饭哩，咱娃是农民，按理也不般配嘛！"

　　到底般配不般配，只有刘乐然和田小雨心里清楚。初恋是情窦初开的第一束玫瑰，是最美好最纯洁也最难抹去的甜蜜印象。刘乐然和田小雨就是这样。但经历了那么多之后,两个人的心都痛了,疲倦了,甚至伤痕累累了,再也焕发不出如火如荼的激情了。再加上刘乐然这两年越来越忙,特别是企业落户以来,更是如此。所以,两人之间的感情也没有多少波澜,但也没有实质性突破。至少,现在他们还没有捅破那层人为地再度糊上的窗户纸,而且两人之间常常是忽热忽冷,时近时远,似乎都猜不透对方的心思。

这种情况也出现在李军对田小雨的态度上。李军被免职之后,情绪一直非常低落,他想不明白,这世界既然生了他干吗又生个刘乐然出来?刘乐然处处和他作对,事事和他过不去,难道是他的克星不成?还有二哥,这一次,竟然为了自己的官位,不顾兄弟手足之情,不护着兄弟也就罢了,还举起屠刀!对了,更可气的是田小雨这个女人!那天,她竟然像一头发疯的小母狗,听说刘乐然办公室被砸,不顾一切地冲了过来,还无情地果断地抽了他几个耳光,而且还打了他的两个小弟!那举动,那身手,让他大开眼界,大为震惊,一个柔弱纤细的女子,竟会这么厉害?在以前,他可从来没见过,根本没见过!李军感到自己太不幸了,他恨刘乐然,恨二哥,现在,更恨田小雨!看来,这女人对他并没什么情意,这女人原来就是一只喂不熟的小母狼!

这天,刘乐然从工地上回来,刚端起饭碗,刘传统开口了:"娃呀,这一年眼看又过去了,过年你就三十了!"

"嗯。"刘乐然大口吃着饭。

"你一拖一年,一拖一年,是不是等小雨哩?"

"没有,你看企业来了,忙得顾不上嘛!"

"人家老会计比我小得多,孙子都到处跑哩!"

"爸,你放心。忙过这一阵,我就解决!"

"忙?水泥厂建成还得一年,再一年就三十一了!"

"我知道了。"

"你啥都不知道!你不嫌人骂,我还嫌人骂哩!"刘传统使劲把筷子放到桌子上。刘乐然看看父亲,笑道:"好好好,我考虑,我考虑!听你话,坚决听你话!"

实际上,这件事他也该进脑子了!认真考虑了!吃过饭,他开车去了阳沟镇派出所。

进了田小雨的宿舍,刘乐然笑道:"今天上午闲一点,我请你吃顿饭!"

"刘书记今天咋想起请我了?"田小雨一边叠着刚洗好的衣服,一边高兴地说。

"前段时间忙,这不,我要好好谢谢你哩!"

"咱俩还用这么客气?"小雨低声道。

"一码归一码!"刘乐然笑道。

"不用了,你的心意我领了!"

"呵呵,这会儿没人干扰,和你说说话!"

"还搞得这么正经!"田小雨嘴一撇。

"真的,你发起怒来好厉害!"

"那是,本小姐在警校几年,你以为是白学了?"

"那天真的谢谢你!"

"哪一天?"田小雨故意问。

"就是那一天嘛!"刘乐然笑道。

田小雨也笑了。

过了一会儿,刘乐然低声道:"小雨,你还不打算考虑个人的事?"

"我?"小雨沉思一下,说,"我在等某人,他要是再不行动,我就出家去了!"

"某人是谁?"刘乐然低声问。

"他应该知道!"

"是李军吗?"刘乐然看着脚下。

"我说过了,以后再也不许在我面前提起这个人!"小雨有点生气地说。

刘乐然高兴得连连道歉。然后幽幽地说:"这些年,我也一直等着她。我不会也背叛不了我的初恋!"

田小雨听着,突然流起泪来。刘乐然伸手抱住田小雨:"小雨,小雨!"

田小雨用拳头轻轻在刘乐然的胸脯砸了几下。

"咱们,咱们到年底就结婚,结婚好不好!"

"嗯,都听你的,我听你的!"

两个人紧紧拥抱着,好久才分开。因为田小雨要去县上开会,刘乐然只好告辞了。他已经接了好几个电话,村上的一摊子事还等着他。两个人从宿舍出来,却见李军站在院子里,手里夹着一支烟默默地看了一下,转过身去。

李军还是咽不下这口气。他寻找着怒火的出口,思索着报复的方法。

这天,李军听手下的线人说,蛤蟆村召开全体党员干部会议,据说还有小学校长、村卫生所所长、包片干警田小雨。由于村委会以及广场刚刚建成,暂不能使用,会议只好在刘乐然收购公司的大院子里举行。

李军行动了,他先来到大哥李强家里,脱了警服,换上便装,然后去了会场。

果然,刘乐然收购站的院子里聚满了人。李军一眼就看见了田小雨。田小雨看上去也很热情洋溢,她不光来开会,还帮刘乐然干这干那,比如提开水,给大家倒茶,等等。李军进了院子,直接来到类似主席台的那张方桌跟前。

"田警官,忙着哪?"他阴阳怪气地叫道。

田小雨一愣:"李军,你来干啥?"

"我?我专程来找你呀!"李军说着,转向大家,"各位乡邻,大家仔细听着!我和田小雨谈了三四年恋爱了,可以说,我为她爸她妈她们那个家没少出力流汗!她呢,也早和我睡到一块了!谁知,这两年,见异思迁,一脚把我蹬了!"说到这儿,田小雨厉声说:"李军,这是会场!有啥话咱下面说!"

"对,我李军要的就是会场这机会!田小雨,我今天来,也不是死乞白赖求你来了!我今天只有一个要求,大家也听清楚了,我李军现在只有一个要求:田小雨,我真心地恳请你归还我二百五十块零二毛五分钱的避孕套钱!!!"

李军一语落地,会场轰地炸锅了。

"你、你、你流氓!无耻!卑鄙!!"田小雨哭了起来。

"啥,流氓?我索要避孕套钱就成流氓了?!哈哈哈……"

田小雨转过身,痛哭着跑了!

刘乐然几个急忙就追,但无论如何没有拦住。刘乐然看着田小雨发疯似的走了,跑回院子去找李军。李军却早已溜掉了。

(二)

李军的用心显然恶毒至极,深思熟虑。他的每一句话,每一个字词,都

像是鞭子,都像是在水中浸泡已久的皮鞭,然后蘸着屎尿,一鞭鞭有力地无耻地抽打在田小雨的身上、脸上,心上! 不仅如此,这鞭子很长,也有一下没一下地抽到了刘乐然的身上。刘乐然感到脸烧和羞辱。他平抑了一下心情,勉强开完大会。随后,他就给田小雨打电话,接连十几个,田小雨都没有接,再打,却关机了。忙完村上的事,天已经彻底黑下来了,刘乐然不放心,开车去了阳沟派出所,没人,又去县城田小雨的住所,还是没人。回来的路上,他收到了一条短信:别打电话,我出一趟远门,散散心。刘乐然停住车,立即就打电话,田小雨却关机了。他熄了火,将田小雨的短信足足看了十遍。

开年学生收假,刘乐然和同校长商量了一下,给全校每位老师配备了一台笔记本电脑,一身西装作为工作装。起步三百元的保底奖金。同时,所有师生全部免费午餐。他还亲自去听老师们的讲课,制定出教学质量的目标。五一前后,蛤蟆村村委会办公楼,以及楼前的群众文化广场正式交付使用。刘乐然让同银芳的舞蹈队,黄木泥领的自乐班热闹了一天。六一儿童节,村上给每个小学生发了一身校服,六月下旬期末考试,蛤蟆村小学各年级成绩一跃成为全阳沟镇第一名。七月份,刘乐然领着同校长将全村所有退休的老干部、老教师拜访了一遍,希望他们为蛤蟆村小学的发展提出宝贵意见。并从这些人中挑选出一批德高望重的人成立了蛤蟆村教育督导团,大家一致推举刘乐然为团长。督导团每月一次对蛤蟆村小学的教学情况进行全面督察,提出缺点不足。八月二十五日,刘乐然拿出五十万元,在村委会门前的广场搞了一场声势浩大的"蛤蟆村2012年大学生颁奖大会",对全村考上一本、二本、三本,以及大专职校的学生进行了最高一万最低三千的重奖,蛤蟆村广播站全程录像,之后,又制成节目进行了播出,县电视台也被邀请前来参加采访。

余小鱼在前几天就得到了这个消息,并协调台里各方力量,做了充分准备。近两年来,余小鱼和刘乐然的联系越来越频繁,两个人从工作关系已发展到了朋友的范畴。余小鱼过几天就会给刘乐然打来电话,有事没事都要在电话上嘻嘻哈哈一会儿。每个月两次去美容中心她都要叫上刘乐然。但自水泥厂落户以来,刘乐然根本保证不了一月两次去美容,余小鱼就命令他必须保证一次。

今天这大会开完之后,余小鱼让摄像坐台里的车先回去了,她不走,她对刘乐然狡黠地一笑,说,她要深入采访,她要了解刘乐然工作以外的事。遗憾的是办公室里不断有人进来或者出去,二人根本展不开话题。无奈,余小鱼说:"走,我饿了,你请我吃饭去!"

"哪儿?"刘乐然问。

"当然是县城!"

"县城?"刘乐然意外地说。

"对啊!走吧,我埋单!"

"不不不,当然是我埋单!"

"这就对了,就凭我介绍你免费去美容就应该请我!"说着,余小鱼咯咯又笑了。

刘乐然只好放下别的工作,开车带她去县城。在余小鱼的引领下,直接来到城南一家名叫"星月神话"的酒店。谁知,刚进了大厅,有人突然惊喜地叫道:"小鱼!"

余小鱼站住:"大经理,你好!"

"这位是你朋友?"

"男朋友?"

"他是女的吗?"两个人低声说着,咯咯笑了。但刘乐然肯定听见了,那个高挑个儿的女孩子应该是大堂经理,她还不住地上下看了几眼刘乐然。

二人要了一个包间,两杯菊花茶。

"吃啥?"刘乐然问道。

"吃?我还不饿!你饿吗?"余小鱼笑问。

"那就先喝一会儿茶。"

"算了,你好像饿了!"余小鱼说着,回头招手叫来服务员,"去,我常吃的那四个菜,一瓶红酒。"

两个吃着,慢饮着红酒。余小鱼说:"从现在开始,我不叫你刘书记了!我叫你刘哥!"

刘乐然笑着点点头:"行,反正我比你大!"

"我问你一个问题,你谈恋爱了吗?"

"这个还要回答?"

"必须的!"

"谈过一个。"刘乐然郑重地说。

"那为什么到现在还不结婚?"

"还没谈好,再是太忙了,顾不上。"

"我呢,今年二十五了,我爸我妈整天逼我相亲,我说我有了,正在谈。他们问哪儿的,干啥工作?哪个大学毕业?房在哪儿买的?多大面积?"余小鱼喝一小口酒。

"你咋说?"

"我说了,我正在谈。我谈的对象名叫刘、乐、然!今年二十八九岁了,比我大,合适,学历,社会大学本科,学的专业是社会管理——"

"停停停,我的天!余小鱼,你太胆大了吧?我们谈了吗?"

"我们没谈吗?"余小鱼反问道。

"别开玩笑,这种玩笑开不得!"

"我是认真的!"

"啊?"刘乐然看一眼余小鱼,"可我,连想都没敢想,而且——"

"不要而且,来,干杯!"

"小鱼,我说真的,我谈了一个,我们已经五六年了!"

"是田小雨吗?我不管!"

"对不起,我真的不能和你谈,我们已经准备结婚了!"

"啥时候?"

"快了。"

余小鱼不吭声了。她端起一杯酒一饮而尽,然后又倒上,又一饮而尽,又倒,刘乐然一把拿过酒瓶。

余小鱼打一个嗝儿,举起筷子夹菜,却使劲夹碟子边儿。

"我、我是不是贱?是不是没人要?"余小鱼用筷子头指着刘乐然,问。

然后,慢慢趴在桌边,不动了。

刘乐然叫了两声,不见余小鱼吱声,只好去找大堂经理。

高个儿姑娘走进来,推了推余小鱼,低声道:"小鱼真的喝多了!"

"那咋办?"

"你把她送回去呀!"

"咱一块去,我还不知道她家在哪儿!"

"你不是小鱼男朋友吗?"

刘乐然没有吱声。

(三)

村委会办公楼以及文化广场投入使用以后,刘乐然又给广场西北角装了一台大型LED显示屏,另一侧装上了各类健身器材。每天吃过早饭,蛤蟆村的老人们就到广场活动,锻炼,晒太阳,拉家常。而下午或者晚上,同银芳、刘玉女的舞蹈队就放起音乐,跳现代舞和健身舞。进入农历九月,刘乐然请来县城一家服装厂的裁缝师傅,给全村老人每人做了一套夹衣。重阳节这天,阳光明媚温暖,蛤蟆村实业公司放假一天,刘乐然打发同银芳接来专业修脚师傅,给广场中央摆上一排小椅子,请来全村六十五岁以上的老人,烧好中草药熬制的足浴水。看看老人们都坐好了,儿女们都到场了,刘乐然一声令下,儿子、媳妇、女儿们都挽起袖子给自己的老人洗脚。起初,有人左右看看,一脸地不好意思,好像不习惯,刘乐然就催一声,率先动起手来。一个动手,两个动手,接着大家都动起了手。老人们乐得合不住嘴,儿女媳妇们也嘻嘻哈哈,现场气氛相当融洽。这一洗,婆媳矛盾洗没了,父子误会消除了,不和睦的家也和好了,过起日子来就更有劲了!完了,刘乐然和几个村干部详细检查,看谁家老人的脚洗得净,洗得好,老人感到更舒服,然后让大家评选,并对前三名进行奖励。接下来,让专业的修脚师傅为老人们仔细修剪和理疗。最后,刘乐然代表村委会讲了一段话:

"我们都有老人,我们都会老。尊老爱幼是中华民族的传统美德!脚是人的第二心脏,保护好脚,才能保护好身体。我们的父母用双脚为儿女们走出了一片基业、一片天地,如今,我们长大了,成人了,甚至做父母了,就要回报他们,孝敬他们。我们只有真心实意地心存感激地为父母们洗脚尽孝,儿女们才会为我们洗脚尽孝!洗脚最能体现一个人对长辈的孝心,因为脚很臭,也很丑!只有让孝心淹没了我们那些臭和丑的心理,我们才会有为父母洗脚的冲动,这是孝心的冲动,感恩的冲动!今天,乘重阳节之机,搞这样一场隆重的活动,不是走形式,更不是作秀!从今以后,我们每个季度将在广

场为老人们洗一次脚,请专业师傅修一次脚!同时,每年评选一次'好媳妇好儿女'活动,重奖那些孝子孝媳!"

刘乐然讲话的过程中,村民们都听得很仔细。会场里不时响起热烈的掌声。会后,朱五四老汉抓住刘乐然的手,使劲摇动,感动又愧疚地说:"娃呀,不!刘书记啊,我老糊涂了,伯我做得不对,你千万别计较呀!"

刘乐然一笑,说:"没事,就当那天咱俩演碎戏哩!"

这个活动也在村民中引起了极大反响,一些老人说,刘乐然简直比有些亲儿女都好!王镇长也不住地夸赞:"好,好村官!总算我当年没看走眼!"余小鱼听说后,第二天一早就赶来了,她说:"刘哥你不够意思,这么好的新闻为啥不叫我?是不是我说和你谈恋爱把你吓着了?哼,我可不管你和谁谈,只要没结婚,我打电话你必须接!不准躲我,不准不理我!"

过了腊八,天气刚交了二九,大地完全冻实了。刮了几天北风,一场大雪就纷纷扬扬落了下来。已经接近尾声的水泥厂建设工程只好停下来,工人们也都放了假。刘乐然组织村干部一大早就开始扫雪,清理村路。

距离春节还有二十天,刘乐然一面安排做好实业公司的施工决算工作,一面开始筹划蛤蟆村春节文艺晚会。联欢演出初步计划放在正月初五、初六、初七的每天下午到晚上。主要节目由村舞蹈队、自乐班曲子社来出,其次,还有村小学、村卫生所、实业公司运输队、施工队以及村民的个人节目。刘乐然不光表演两个萨克斯管独奏,还男扮女装参加了舞蹈队的几个节目。他天生爱热闹爱文艺,一套舞蹈动作他三个小时就学会了!一天就练熟了!老会计根据曲子清唱的特点,编了一折《咱新农村》。刘乐然刚练完舞蹈,就被拉到了自乐班。

"刘书记,你看这一段曲子咋个样!"黄木泥说着,一扬手。板胡、二胡就拉了起来。枣花和毛线线轻施脂粉,并排站了起来。黄木泥头一歪,对刘乐然说:"这是女声二人唱。"

"春去冬来冰雪融/蛤蟆河畔起歌声/你看那——果树漫川桃花红/丰产田里麦苗儿绿油油/你听那——秦声秦韵春雷动/热气腾腾轰隆隆/新农村建设号角响/勤劳致富换新天,换新天!"

唱到这里,枣花和毛线线随着板声又说开了,枣花道:"拉起板胡唱大戏,说段快板听仔细,如今农村变化大,新住楼房装电话,墙上地上贴瓷砖,玻璃窗明亮耀人眼,席梦思睡上软,电褥子一插就是诒。"

毛线线道:"电磁炉,不冒烟,水龙头就安在锅台边……水泥路修在家门前,手机电脑把生意谈……"

实在没看出,枣花和毛线线都有音乐细胞。"婶婶,你都五十多的人了,这声听着跟带叶的白萝卜一样,干巴脆! 好好,我师傅这词也编得好!"刘乐然说着,带头鼓起掌来。

接着,刘乐然道:"嫂子,你没看让伯伯搬回家里住,咋个样?"

"没问题,不过,我公公那人要让你说哩。他现在只听你的话!"朱环环老婆毛线线笑道。

"刘书记,来来来,你先别急着走! 美人村张老汉还派两个把式来了,正在后厅房里排古戏哩! 走,看看去!"黄木泥忙道。

两人来到后边厅房。却见几个人正在厅房中央手把手比画着,朗声唱着。这是张老汉曲子社几辈传下来的古装剧《奉琴》,说的大概是伯牙摔琴谢知音的故事。那激越高亢又含忧带怨的声情倒有几分味道。此刻,吕哈定一面按着把式的指点伸臂扬袖,一面起声歌唱。

"停停停。"黄木泥打断演唱,"你刚才这一句咋唱的?"

张老汉派来的花胡子老吴说:"江边一只鹰呀!"

"江边一只鹰?"黄木泥皱皱眉,说,"伯牙摔琴苦无人赏识,咋是江边一只鹰哩? 不对吧,这词讲不通嘛!"

"看剧本嘛!"刘乐然道。

老吴摇摇头:"这全是口口相传,哪有剧本?"

"是不是江边遇知音?"刘乐然想了想,说。

黄木泥点点头:"对,应该是江边遇知音! 不可能是江边一只鹰!"

几个人想想,都觉得有道理。

老吴道:"照这样说,我唱了几十年,我爸唱了一辈子都是江边一只鹰呀?!"

几个人一听哈哈大笑。

"这也不是没有可能,你不是也不识字嘛!"黄木泥笑道。

"对对对,不识字,我人老几辈都是文盲,没进过学校的门!"

"哈哈哈,你看看,文盲还整的是文人的事情!"吕哈定笑道。

随后,又排了几折别的戏,刘乐然也高兴地要参加曲子演唱。不过,对他来说,用四五天排一折戏,时间上还是有点奢侈。但他喜欢,他说,只要自己高兴,还把人家逗笑了就值。

腊月的日子飞快,眨眼就是春节了。从正月初五下午开始,蛤蟆村举办了三天文艺晚会,所有节目全出自蛤蟆村人自己,原创本土,场面火爆,气氛热烈。蛤蟆村的男女老少,几乎无一缺席,小青领着父亲石锁子也来到现场凑热闹。

刘乐然的节目成了亮点。跳舞蹈他打扮得花枝招展,时髦鲜艳,俨然一个绝色少女。下来,是自乐班的节目。一折《赞新农村》又说又唱,一折《奉琴》委婉清雅,别具韵味。压轴的是刘乐然主演的《脏婆娘》。这一折戏里,演员们全化了装,刘乐然扮演的是主角脏婆娘,那走手扮相,还有台词笑得人肚子疼,掌声一波又一波,就像海边的潮水。

《脏婆娘》说的是一个长相丑、生活邋遢,又是馋嘴懒身子的妇人。一开场,就是丈夫王二对她不满的训斥:

男人开言:"懒婆娘你听着/一天毛头黑脖项揪着/一对子烂眼眼角屎沾着/塌塌鼻子清鼻涕淌着/火镰大嘴能塞进一个蒸馍/老瓮状的身子牛笼嘴奶头上罩着/犁辕子大腿弯镰脚勾着……"

然后,王二就扑上去打老婆:"看见你恶气多/抓住领口揪耳朵/七拳六脚十三响/一捶戳个青眼窝……"

被打的脏婆娘就十分委屈地哭起来:"走上前来双泪落/叫声奴夫我的哥哥/你嫌婆娘不洗锅/我比我妈强得多/奴三天把锅洗一遍/我的妈一月洗一次锅/你嫌奴家不会过/我比我姐强得多……你若失手打死我/你想起奴家该怎么/白昼间若想起我/茶不思来懒做活/到晚间若还想起我/心慌瞀乱咋睡着/奴会描龙会绣朵/奴会织布做鞋窝/奴会炒上几盘菜/奴会擀面烙油馍……"

唱到这里,脏婆娘手往腰里一叉:"我娘家人手也不少/三个兄弟四个哥/我大哥曾把执事打/我二哥手提开道锣/我三哥登台唱花旦/我四哥衙门把行坐/有一个弟弟会剃头/有一个弟弟会修脚/唯有老七生意好/提上水烟叫敞火……你若失手打死我/我娘家来上一伙伙/手提斧头把门砍/摔了碟子砸了锅/叫强盗今日饶了我/没人了奴把你叫声哥哥……"

唱到这里,刘乐然扮的脏婆娘还故意给王二抛一个媚眼,扭一下身子,骚情一回,惹得村民们哈哈大笑。

这个连续三天的春晚,让全体村民乐透了。蛤蟆村广播站进行了全程录像,随后将节目剪辑后在广播站,以及文化广场的大型LED显示屏上进行重播。老人们没事就看,就在上面找自己或与自己有关的亲人、邻人表演的节目。县电视台接到刘乐然的邀请后,也派专人录像。让刘乐然稍感意外的是,余小鱼没有来,她说父母逼婚,走不开。

(四)

春暖花开,秦志集团大型生态水泥厂终于建成了。这个实际投资二十四个亿的庞然大物,仅点火试车就需五百万元,其中用去柴油二百万元,还有大量的土、铁粉、矿石,等等。按企业落户时签订的协议,水泥厂所需原材料的供给(土源),以及产品的运输包装等均由蛤蟆村实业公司承担。但水泥厂新上任的老总老何似乎忘了这档子事,不光铁粉矿石等没让蛤蟆村承运,连所需的土方也给了西山下边的梅家庄!

蛤蟆村人不明白了,黄木泥、吕哈定连忙电话告知了正在县上参加培训会的刘乐然。刘乐然让大家冷静,等他回来了再说。但有些村民等不及了。有人说,水泥厂过河拆桥,厂建起了,把咱一脚踢了!有人说,刘乐然上当了,村民们也跟着上当了!蛤蟆村让水泥厂耍了!这么大的厂子,咱说话不算数哩?这能做好企业吗?更有人说,咱的地被人家占了,水泥厂不给活儿了,蛤蟆村以后只剩下喝西北风了!

这种议论,句句都是火苗,句句都是引线,张运动大手一挥,带着几十台拉土车,装上建筑垃圾过去就把水泥厂的大门堵了!同银芳、刘玉女带着一帮老汉、老婆、婆娘、女子娃拿上小板凳也朝水泥厂拥来了!

吕哈定一看不好,赶紧就给刘乐然打电话。刘乐然立即让他和老会计去说服群众,千万不要堵人家的大门,影响水泥厂生产。吕哈定有些想不通,但还是快步去找老会计黄木泥。

此刻,水泥厂的几个大门都已经被建筑垃圾堵上了,不要说车,人进出都难。同银芳、刘玉女带领的一帮老少爷儿们早封了水泥厂的咽喉要道。

厂区正门当院里，几个水泥厂领导模样的人看看堵在大门口那小山似的建筑垃圾还有外边停满的拉土车，不住地来回踱步，打电话。张运动站在建筑垃圾上，对院里的人大声说道："水泥厂的领导们，你们听着，不要我蛤蟆村的土能行，我蛤蟆村人只有一个条件，请你们用直升飞机拉土！"

话音一落，一帮司机们，特别是张建壮、张光光这些年轻人随声附和："对，连人上下班都用直升飞机！"

同银芳、刘玉女一堆人轰地笑了起来。

这时候，黄木泥、吕哈定二人匆匆来到现场。黄木泥朝张运动招招手："运动，来来来。赶快下来！"

"下啥哩？人家水泥厂不让咱吃饭了，你说我能歇下不？"

"歇不下！谁能歇下？"有人道。

"运动，你听我说，赶快下来！水泥厂想胡说，咱有合同怕啥？"黄木泥大声说道。

"合同？咱蛤蟆村跟国家签合同有多大作用？人家说不算数就不算数！咱能硬过国家？"张运动不下来。

"老会计，你是不是得了水泥厂啥好处了，胳膊肘咋往外拐哩？"玉女接过话。

"就是，你这一伙当干部的是不是得了水泥厂啥好处了？"有人接过话来，追问。

"红口白牙，晴天大日头，谁得水泥厂一个子儿就是四条腿！"黄木泥生气了！

"就是，这种事不能胡说！蛤蟆村的干部，我们放心，不会干那种事！"朱五四老汉很有激情地说。

"就是，咱不能胡说，咱蛤蟆村的干部给群众办的事明摆着哩！就说刘书记，起初建厂人家给他拿来五十万元都不要！这个大家可能都知道吧？！"吕哈定开腔了。

"我敢说，这一届村干部自解放以来都没有！"朱五四大声说道。

话音刚落，那些老汉老婆们哗哗鼓起了掌。堵门闹事好像成了评价村干部的民主生活会。

刘乐然不得不中止培训。张运动这里一堵门，他的电话响得就没有断过。县政府、招商局、镇政府,以及水泥厂何总都打了过来。刘乐然开上车,出了县城,直接来到水泥厂。

张运动一看刘乐然来了,从垃圾堆上面跳了下来。

"运动哥,这是你带人堆的?"刘乐然用手一指。

"对,不给水泥厂一点颜色不听话!"张运动答应一声。

"就是,要不把咱蛤蟆村打了弹弓了!"张运喜道。

刘乐然站到高处,大声说:"大家不要动,听我说几句话。目前,水泥厂和咱村上出现了一些小问题,这很正常,不奇怪,大家的心情我能理解。但请各位放心,咱村上和水泥厂签有白纸黑字的合同,这是受法律保护的!这是第一;第二,请蛤蟆村所有父老乡亲放心,我刘乐然一定会把这件事处理好!好了,大家都回去吧,开春了,该忙啥忙啥去,春天这时间耽搁不起!"

几年来,尽管刘乐然不到三十岁,但却已经在蛤蟆村村民的心目中,建立了很好的威信,就这几句话,众人立即散了。

刘乐然叫过张运动:"去,组织你的车队,两小时内,把所有的建筑垃圾咋拉来咋拉回去!把大门让开!"

张运动动动嘴唇,想说什么,没说出来。

刘乐然严肃地看着张运动的脸。张运动嘿嘿笑了两声,一挥手,上了车。

下午,刘乐然和同银芳、黄木泥、吕哈定同水泥厂何总如约见面了。

这一场谈话,简直成了刘乐然的演说,刘乐然的独角戏!

双方见面了,刘乐然心平气和,脸上看不出任何负面的情绪,加上上午现场处理堵门的事,这让当时一直站在门里边看着的何总很感意外。

双方坐定,刘乐然说:"何总,你好!我首先代表蛤蟆村所有村干部,以及全体村民向你表示真心的道歉!"说到这儿,刘乐然和几位村干部一起站起来,给何总鞠了一躬。

刘乐然点了一支烟,镇静了一下情绪,说:"当然,任何事情都有因果联系。比如今天这堵门事件。为啥堵门?村民们觉得咱们水泥厂说话不算数,把当初签订的协议当一张废纸了,因为合同说得很清,何总可能见到了吧?"

何总嗯了一声说:"你继续说。"

刘乐然道:"那好,我就不说合同内容了。现在,地顺利地征了,厂子建起来了,要生产了,是不是感到那个协议不公平,好像把原材料运输供应全部交给蛤蟆村,蛤蟆村就卡住企业的脖子了?抓住企业的刀把子了?企业就成了蛤蟆村案板上的一块肥肉了?我认为你们想错了,现在是法治社会,一切都要依法办事!蛤蟆村和水泥厂之间根本不存在谁卡住谁脖子的事!首先,我们蛤蟆村不会!"

"说得好!"何总脱口说道。

刘乐然继续道:"话说回来,今天我也把那个协议带来了,你要是真像我分析的那样想的话,只要你提出解除这个合同,我们也答应,同时我也向你保证,今后,你们水泥厂无论把土源给谁,我们蛤蟆村村民都不会再去堵你的大门!"

何总抬起头看看刘乐然。刘乐然点点头:"请放心,绝对不会!但是,我有点担心的是,梅家庄或者别的村子能否把土给你们及时持续地供给上?他们是否有蛤蟆村的实力?再一个,我们村的土源距离水泥厂最近,最方便,土质也好,土源也极其丰富,给你们可以说物美价廉!同时,我们不会拉一车土,清一车钱,像别的村子一样,刀响见菜,我们可以一月一清,这无疑也为你们节约一笔不少的周转资金!"

"嗯,你说!"何总点着头,看一下刘乐然。

刘乐然继续说:"再一个就是原材料和产品的运输问题。听说有一家运输公司想全部承包你们的运输?"

"对,你们蛤蟆村有多少运输车辆都可以加入进来,这一点我可以保证,不过得服从人家的管理。"何总接过话,语气确定地说。

"你需要多少车辆运输?"刘乐然问。

"初步预计二百辆吧!"何总道。

"对!问题就在这儿!目前我们村有二百余辆车!你能全要吗?"

"啊?这个——"何总吃了一惊。

"你当然要不了!那要谁不要谁?这就必然会出现矛盾!这个矛盾如何解决?这是第一个问题。第二个问题是,我们村这些车,加入到你们的运输公司,由你们统一调度安排,请问,这在蛤蟆村的地盘上,你们能指挥动这些车吗?这些车欺行霸市怎么办?"

"哦哦,这还真是一个问题!"何总点点头,再次看看刘乐然,笑问道,"刘书记今年多大了?"

刘乐然笑笑:"二十九。"

何总点点头,用欣赏的目光看看刘乐然。

"说实话,何总!我们蛤蟆村和你们厂是真心实意合作哩!你们是大河,我们是小河,只有大河水满、水清,小河才有水,才有好水!我们绝对没有别的消极的想法!"刘乐然十分动情地说。

"有道理!有道理!"何总紧紧握住刘乐然的手。

虽然这次谈话,何总没有明确地表态,但刘乐然对结果还是充满信心的。

随后,在县委宣传部的穿针引线下,《北山晨报》的记者鲁真领着两名省报记者前来蛤蟆村采访。他们主要了解地方基层如何处理与落户企业的关系;再一个就是在新农村建设中,蛤蟆村如何做大做强村集体经济?最后一个问题就是蛤蟆村如何在短短一礼拜时间之内为企业征下五百多亩地的?

刘乐然如实地客观地介绍了这几年的工作,特别是水泥厂落户以后的工作。

"如果说没有这二十几个亿的企业,蛤蟆村会发展这么快吗?"鲁真问。

"事在人为。那也许是另一种工作思路,另一种工作模式。你看,我们村的砖厂,经过几十年的风风雨雨,目前实力雄厚,规模宏大,我敢说,全县不多!仅砖厂一年为村上创造上百万的利润,养殖企业也逐步形成了规模,大型的投资五百万以上的已经有八家了!近几年来,政府对农村越来越重视,发展的机会越来越多,我觉得农村已经不是城市的后花园,而是一个新的大建设大发展的主战场!"刘乐然自信地说。

鲁真和两位省报记者频频点头,匆忙地记录着。

随后,刘乐然领着几位记者,在村子里走了走。他指着路边说:"这路灯是太阳能的,去年才装的,这每一个路口、巷口、拐角,都装了监控,监控中心就在村委会办公楼里。这一项,总共投资五十万元。路边这各家门前的景观树花草都是去年统一绿化的,所有费用全是村上出!"接着,刘乐然又领着记者看了看村小学。

回到村委会办公室,刘乐然展开一张蛤蟆村五年发展规划图。他说:

"下一步,我们要发展一个占地一千亩的休闲农业工程,占地一百亩的西湖景观微缩工程,以及农家乐、设施农业工程!这些都即将开工,一年后,初具规模!"

"这地方水从哪里来?蛤蟆河是干的!"鲁真不禁问。

刘乐然一笑,自信地说:"这水有两个方面来源,第一,生态水泥厂占地五百余亩,每年可排出十五万立方米的水,北边的蛤蟆山每年雨季时候,滚山水冲得田毁路断,我们粗略估算了一下,仅每年的滚山水大概在二十万立方米,我们修一个蓄水池,将这两方面的水收集起来,处理后,抽上来绕休闲农庄转一圈,然后再去浇地,这不对了吗?"

说着,刘乐然拿出一份蓄水工程的可行性调查报告,递给鲁真。

正说着,刘乐然的手机响了,他招呼一声,忙出了办公室。

"哈哈哈,脏婆娘!干啥哩?"余小鱼问道。

刘乐然呵呵一笑:"你干啥?"

"告诉你一个好消息,我妈下达的相亲任务完成了!我一个都不同意!我妈不管我了,我自由了!"余小鱼兴奋地说。

"哦,那好。是这,办公室来了几位你的同行,省报社的!完了联系!"刘乐然歉意地说。

"好,你们聊,我等你电话!"

刘乐然嗯了一声,挂了电话。

再聊了一会儿,几位记者要了一些资料,拍了几张照片,就走了。

下午,刘乐然回到家里,父亲刘传统说,有人送来一个东西,在窗台上放着。

刘乐然拿起来,是一个印刷精美的请柬。他打开,看着看着,眼睛慢慢地直了。

原来是田小雨和招商局局长徐丰后天要举行结婚典礼。

从窗口望出去,天边的阴云有些厚。在云块与云块的缝隙里,慢慢透出一抹蔚蓝。